おおえ
けんざ
ぶろう

大江健三郎
文集

おおえ
けんざぶろう

洪水はわが魂に及び

洪水淹及我的灵魂

[日] 大江健三郎／著

王建新／译

人民文学出版社

著作权合同登记号　图字　01-2023-1698

KOZUI WA WAGA TAMASHII NI OYOBI
by OE Kenzaburo
Copyright © 1973 OE Kenzaburo
All rights reserved.
Originally published in Japan.
Chinese (in simplified character only) translation rights arranged with
OE Kenzaburo, Japan
through THE SAKAI AGENCY.

图书在版编目(CIP)数据

洪水淹及我的灵魂/(日)大江健三郎著;王建新译.—北京:人民文学出版社,2023
(大江健三郎文集)
ISBN 978-7-02-017902-2

Ⅰ.①洪… Ⅱ.①大…②王… Ⅲ.①长篇小说—日本—现代 Ⅳ.①I313.45

中国国家版本馆 CIP 数据核字(2023)第 045639 号

责任编辑　陈　旻
装帧设计　李思安
责任印制　张　娜

出版发行　人民文学出版社
社　　址　北京市朝内大街 166 号
邮政编码　100705

印　　刷　北京汇林印务有限公司
经　　销　全国新华书店等

字　　数　397 千字
开　　本　880 毫米×1230 毫米　1/32
印　　张　16.625　插页 3
印　　数　1—5000
版　　次　2023 年 5 月北京第 1 版
印　　次　2023 年 5 月第 1 次印刷

书　　号　978-7-02-017902-2
定　　价　58.00 元

如有印装质量问题,请与本社图书销售中心调换。电话:010-65233595

"大江健三郎文集"编委会名单

(按姓氏拼音排列)

顾　问：
　　陈众议　　刘德有　　莫　言　　铁　凝
统　筹：
　　黄志坚　　李　岩　　谭　跃　　肖丽媛　　臧永清
主　编：
　　许金龙
编　委：
　　陈建功　　陈　旻　　陈晓明　　陈喜儒　　程　巍
　　川村凑　　次仁罗布　崔曼莉　　丁国旗　　董炳月
　　高旭东　　侯玮红　　黄乔生　　李贵苍　　李　浩
　　李建英　　李敬泽　　李修文　　李永平　　梁　展
　　刘魁立　　刘悦笛　　栾　栋　　彭学明　　平野启一郎
　　邱春林　　邱雅芬　　施爱东　　史忠义　　王　成
　　王小王　　王亚民　　王奕红　　王中忱　　尾崎真理子
　　翁家慧　　吴　笛　　吴晓都　　吴义勤　　吴岳添
　　吴正仪　　吴之桐　　小森阳一　徐则臣　　徐真华
　　许金龙　　严蓓雯　　阎晶明　　杨　伟　　叶　琳
　　叶　涛　　叶兴国　　于荣胜　　沼野充义　赵白生
　　赵京华　　中村文则　诸葛蔚东　朱文斌　　宗仁发
　　宗笑飞

代 总 序

大江健三郎——从民本主义出发的人文主义作家

许金龙

在中国翻译并出版"大江健三郎文集",是我多年以来的夙愿,也是大江先生与我之间的一个工作安排:"中文版大江文集的编目就委托许先生了,编目出来之后让我看看是否有需要调整的地方。至于中文版随笔·文论和书简全集,则因为过于庞杂,选材和收集工作都不容易,待中文版小说文集的翻译出版工作结束以后,由我亲自完成编目,再连同原作经由酒井先生一并交由许先生安排翻译和出版……"

秉承大江先生的这个嘱托,二〇一三年八月中旬,我带着与人民文学出版社外国文学编辑室负责人陈旻先生共同商量好的编目草案来到东京,想要请大江先生拨冗审阅这个编目草案是否妥当。及至到达东京,并接到大江先生经由其版权代理人酒井建美先生转发来的接待日程传真后,我才得知由于在六月里频频参加反对重启核电站的群众集会和示威游行,大江先生因操劳过度引发多种症状而病倒,自六月以来直至整个七月间都在家里调养,夫人和长子光的身体也是多有不适。即便如此,大江先生还在为参加将从九月初开始的新一波反核电集会和示威游行做一些准备。

在位于成城的大江宅邸里见了面后,大江先生告诉我:考虑到上了年岁和健康以及需要照顾老伴和长子光等问题,早在此前一年,已经终止了在《朝日新闻》上写了整整六年的随笔专栏《定义集》,在二〇一三年这一年里,除了已经出版由这六年间的七十二篇随笔辑成的《定义集》之外,还要在两个月后的十月里出版耗费两年时间创作的长篇小说《晚年样式集》(*In Late Style*),目前正紧张地进行最后的修改和润色,而这部小说"估计会是自己的'最后一部长篇小说'"。对于我们提出的小说全集编目,大江先生表示自己对《伪证之时》等早期作品并不是很满意,建议从编目中删去。

在准备第一批十三卷本小说(另加一部随笔集)的出版时,本应由大江先生亲自为小说全集撰写的总序却一直没有着落,最终从其版权代理人酒井先生和坂井春美女士处转来大江先生的一句话:就请许先生代为撰写即可。我当然不敢如此僭越,久拖之下却又别无他法,在陈旻先生的屡屡催促之下,只得硬着头皮,斗胆为中国读者来写这篇挂一漏万、破绽百出的文章,是为代总序。

在这套大型翻译丛书即将出版之际,我想要表达发自内心的深深谢意,也希望亲爱的读者朋友们与我一同记住并感谢为了这套丛书的问世而辛勤劳作和热忱关爱的所有人,譬如大家所敬重和热爱的大江健三郎先生,对我们翻译团队给予了极大的信任和支持;譬如大江先生的版权代理商酒井著作权事务所,为落实这套丛书的中文翻译版权而体现出良好的专业素养和极大的耐心;譬如大江先生的好友铁凝女士(大江先生总是称其为"铁凝先生"),为解决丛书在翻译和出版过程中不时出现的问题而不时"抛头露面",始终在为丛书的翻译和出版保驾护航;譬如同为大江先生好友的莫言先生,甚至为挑选这套丛书的出版社而再三斟酌,最终指出"只有人民文学出版社才是最合适的选择";譬如亦为大江先生好友的陈众议教授,亲自为组建丛书编委会提出最佳人选,并组织各语种编委解决因原作中的大量互文引出的困难;譬如翻译团队的所有成员,无一不在兢兢业业地辛勤劳作;譬如这套丛书的责编陈旻先生,以其值得尊重的专业素养,极为耐心和负责且高质量地编辑着所有译文;又譬如我目前所在的浙江越秀外国语学院,为使我安心主编这套丛书而提供了良好的工作环境并协助成立"大江健三郎文学研究中心"……当然,由于篇幅所限,我不能把这个"譬如"一直延展下去,惟有在心底默默感谢为了这套丛书曾付出和正在付出以及将要付出辛勤劳作的所有朋友、同僚。感谢你们!

另外,为使以下代序正文在阅读时较为流畅,故略去相关人物的敬称,祈请所涉各位大家见谅。

一、从民本主义出发

1.古义人:一个日本婴儿的乳名及其隐喻

日本四国岛松山地区的大濑村是座依山傍水的小山村,建于峡谷中一块纺锤形盆地。这座小村庄位于内子町之东,石锤山西南,为重峦叠嶂所围拥。小山村只有一条东西走向的街道,与从村边流淌而下的小田川大致平行。由于河流的上游和下游分别为群山所遮掩,盆地里的小村庄看似被山峦和森林完全封闭,状呈口小腹大的瓮形。一九三五年一月三十一日,一个小生命就在这个村子里的大江家呱呱坠地,曾外祖父随即为襁褓中的婴儿取了"古义人"这个含有深意的乳名。

所谓"古义人"之"古义",缘起于日本江户中期古学派大儒伊藤仁斋(一六二七年八月——一七〇五年四月)的居所兼授学之所"古义堂"。在位于京都堀川岸边的那所小院里,伊藤仁斋写出了其后成为伊藤仁斋学系重要典籍的《论语古义》《孟子古义》和《语孟字义》等论著,继而与其子伊藤东涯共同创建了名震后世的堀川学派,陆续拥有弟子多达三千余人。这位古学派大儒(或曰堀川派创始人)肯定不会想到,《孟子古义》等典籍及其奥义,会经由自己学系的后人,传给乳名为古义人的婴儿——五十九年后获得诺贝尔文学奖的大江健三郎,并被其内化为自己的道德观和伦理观,成为静静流淌于其文学作品底里的一股强韧底流,而"古义人"这个儿时乳名,则不时以"义""义兄"和"古义"以及"古义人"等人物命名,不断出现在《万延元年的 Football》(1967)、《致令人眷念之年的信》(1987)、《燃烧的绿树》(三部曲)(1993—1995)和"奇怪的二人配"六部曲(2000—2013)等诸多小说作品中。譬如长篇小说《别了,我的书!》开首第一句便开门见山地表示:"虽说已经步入老年,可长江古义人还是因暴力原因身负重伤后第一次住进了医院。"为了更清晰地暗示读者,作者大江特意在日文原版正文第一行为"長江古義人"这几个日文汉字加了旁注"ちょうこうこぎと"。这里的"ちょうこう"是固有名词,指涉中国的"长江",而"こぎと",则是"古义人"之音读,在日语中与"古義堂"谐音,作者借此清晰地告诉读者,文本内外的古义人经由曾外祖父和古义堂所接受的民本思想,其源头在于长江所象征的中国。关于"古义人"这个名字的缘起,大江本人曾在《大江健三郎口述自传》里作如此回忆:

  古义人的名字中,就融汇了这个学派的宗师伊藤仁斋的古学思想。我从阿婆那里只听说,曾外祖父曾在下游的大洲藩教过学问。他处于汉学者的最基层,值得一提的是,他好像属于伊藤仁斋的谱系,因为父亲也很珍惜《论语古义》以及《孟子古义》等书,我也不由得喜欢上了"古义"这个词语,此后便有了"奇怪的二人配"这三部曲①中的 Kogi②,也就是

---

① 在写作《大江健三郎口述自传》时,大江已发表同以长江古义人为主人公的《被偷换的孩子》《愁容童子》和《别了,我的书!》这三部长篇小说,后三部长篇小说《优美的安娜贝尔·李 寒彻颤栗早逝去》《水死》和《晚年样式集》尚未创作和发表,故此处有"三部曲"之说。
② Kogi 为"古义"的日语读音。

古义这么一个与身为作者的我多有重复的人物的名字。①

"古义"这个字词所承载的民本思想,与其后接受的日本战后民主主义思想以及经大江本人丰富和完善过后的人文主义思想一道,浑然形成大江健三郎之宏大博深且独具特色的文艺思想——勇敢战斗的人文主义和果敢前行的悲观主义。

2.由莫言引发的思考和回溯

大江的曾外祖父与孟子学说结下的不解之缘,要从其家族所从事的造纸业说起。大江的故乡大濑村所在地区的经济主要依靠农业和林业支撑,历史上曾是全国木蜡的主要产地,这里还生产利用森林中的黄瑞香树皮制作的纸浆,用以生产优质和纸。日本学者黑古一夫教授曾多次前往此地做田野调查,他认为"江户时代的大江家以武士身份采购山中特产,到了明治仍然继承祖业从事造纸业"②。其实,大江家作为批发商除了收购山中的柿干等山货外,从江户时代传承下来的造纸业才是其主业,自山民手中收集黄瑞香树皮并在河水中浸泡过后,将从中撕下的真皮加工为特殊纸浆,再向内阁造币局提供这种特殊纸浆以供其制造纸币。当时,日本全国一共只有几家作坊能够生产这种特殊纸浆原料。战后,由于货币用纸发生了变化,便不再使用这种纸浆原料。

为了更好地经营祖传产业,大江的曾外祖父年轻时曾前往大阪(或是京都),在古学派大儒伊藤仁斋学系开办的学堂里研习儒学,更准确地说,是研习孟子的相关学说,尤其是其中的民本思想和易姓

---

① 大江健三郎著,许金龙译《大江健三郎口述自传》,贵州人民出版社,二〇一九年三月,第10页。
② 黑古一夫著,翁家慧译《大江健三郎传说》,中国广播电视出版社,二〇〇八年三月,第22页。

革命思想。二〇〇八年二月二十一日下午,在东京都郊外小田急沿线的成城宅邸里,大江对来自中国的老朋友莫言这样解释曾外祖父专程学习儒学的原委:

> 曾外祖父年轻时曾在大阪的新兴商人间开办的私塾里学习孟子的相关学说。在当时的日本,普遍认为孔子的《论语》有利于天皇制,因而比较欢迎《论语》,同时认为孟子学说中含有反天皇制的因素,便对孟子及其学说持反对态度。不过也有个例外,那就是江户时期的儒学家伊藤仁斋对孟子持肯定态度,认为后世诸家大多根据其时的统治阶层利益来阐释儒学,比如对朱子学也是如此,这就越来越背离了儒学的真义,所以需要回到原典中去寻找古义,想要以此为据,用以构建自己的思想体系,他还写了一本题为《孟子古义》的研究类专著。相较于宣扬孔子及其《论语》的私塾古义堂所授教材《论语古义》,曾外祖父选择了《孟子古义》的学术观点,并将这些观点传给了儿时的我。早在孩童时代,我就觉得《孟子古义》中的"古义"是个好词,就接受了这其中的"古义"这个词语。[①]

在被莫言的同行者问及"你的曾外祖父是个商人,为什么要去学习儒学?"时,大江则这样对他的老朋友莫言解释道:

> 当时的日本商人都认为,经商是为得利,而若想得利,首先便要有义。若是不能义字当头,即便获利,也不会长久。本着这个义利观,曾外祖父就专程前去学习儒学中的"义",却不料被儒学的博大精深所深深震撼,更是与《孟子古义》中有关易姓革命的理论产生共鸣,在学习结束后,就带着据说是伊藤仁斋手书的"義"字挂轴回到家乡,却不再经商,而是在村里挂上那个"義"字挂轴,就在那挂轴下教授村里人学习儒学。再往后,就去邻近的大洲藩教授儒学去了。

[①] 根据二〇〇八年二月二十一日下午大江健三郎与莫言对谈现场所录文字整理而成。

代 总 序

莫言的访问引出大江对自身家学渊源的关注和回溯,那次访谈结束后,或许是认为自己未能更为透彻地向莫言阐释古学派的义利观,两年后的二〇一〇年三月,大江在刊于《朝日新闻》的专栏文章里,如此引用了三宅石庵[1]在怀德堂发表的讲义:

> 所谓利,是人的合理之判断,无外乎"正义"——义——的认识论之延长。实际上,商人绝不应考虑利用彼等职业追求利益,而应考虑从"义"这种道德原理出发之伦理性活动。义在客观世界中被转为行动之际,利无须努力追求亦不为欲望所乱便会"自然"呈现。"利者,纵然不使刻意相求,利亦将如影随形也。"[2]

这显然是日本近世儒学教育家对《易经》中"利者,义之和也"的解读,典出于《易经》"为乾之四德"中"元者,善之长也。亨者,嘉之会也。利者,义之和也。贞者,事之干也"。孟子在《孟子·梁惠王上》中亦曰:"王!何必曰利?亦有仁义而已矣。王曰'何以利吾国?'大夫曰'何以利吾家?'士庶人曰'何以利吾身?'上下交征利而国危矣。"我们也可以将孟子向梁惠王所作谏言,理解为孟子学说在《易经》义利观的基础上所做的寓言式诠释。

3. 大江对"古义"的再阐释

与莫言的访问时隔大约一年半后的二〇〇九年十月六日,在台北举办的第二届"大江健三郎文学学术研讨会"上,大江对莫言、朱天文、陈众议、小森阳一、许金龙、彭小妍等中日两国作家和学者更为详尽地讲述了曾外祖父学习儒学的背景:

---

[1] 三宅石庵(1665—1730),日本江户中期的儒学家,曾任怀德堂第一任堂主。
[2] 大江健三郎著,许金龙译《定义集》,贵州人民出版社,二〇一九年三月,第280页。

……我在孩童时代有个名为"古义人"的乳名。我的曾外祖父是中国哲学的研究者。……伊藤仁斋作为研究日本近世的中国哲学的学者而广为人知，他运用中国古典的正统解读法，写了"古义"（系列）的论著，准确地说，是《论语古义》和《孟子古义》等论著。

江户时代，有着基于近世的领导人和政治家的中国哲学意识形态。日本一直存在来自中国朱子的朱子学传统，及至日本近世，就出现了两个不同于朱子学的、对于古典的理解。其一，是作为学者而出现的著名的荻生徂徕这个人物，他主张把中国哲学真正视作古老的文本，遵循文本的本义进行解读。他的这种解读就成了武士和知识阶层的哲学，当德川幕府封建体制崩溃、发生明治维新、发生叫作明治维新的革命之际，就成了赋予日本知识分子力量的思想来源之一。……不过在这同一时期，另有一个对民众传授中国哲学的人，传授与政府的、权力方的解读相悖的中国哲学的人，此人就是伊藤仁斋。我的曾外祖父学习了这种中国哲学，便在自己的房间里挂起从先生那里得到的字幅，那上面有了不起的大人物手书的"羲"字。曾外祖父将其悬挂起来，就在那下面教授我们那里的人学习中国哲学。曾外祖父说，这么大的字幅，是伊藤仁斋亲手所书。

这里需要介绍一下大江所说的、在日本以天皇为中心的意识形态之下，孔子与孟子学说在日本社会受容与传承的际遇迥然相异——"普遍认为孔子的《论语》有利于天皇制，因而比较欢迎《论语》，同时认为孟子学说中含有反天皇制的因素，便对孟子及其学说持反对态度"。以此观照孔孟学说东传日本的历史，孔子学说在圣德太子时期便奠定了儒家正统的地位，演变为天皇制伦理的法理基础和伦理基础，而孟子学说，则由于民贵君轻的基本政治伦理天然违背了天皇制自上而下的尊卑观，从而成为东传日本之儒教的异端。这种尊孔抑孟的主流意识形态，直至伊藤仁斋的出现，才得到反思和受到批判。

4.不受历代天皇欢迎的孟子及其学说

《论语》早在三世纪后半叶便开始传往日本,公元二八五年,"百济博士王仁由于阿直歧的推荐,率治工、酿酒人、吴服师赴日,并献《论语》十卷、《千字文》一卷,这就是汉文字流入日本之始。其后继体天皇时(513—516)百济五经①博士段杨尔、高丽五经博士高安茂、南梁人司马达赴日,又钦明天皇时(554)五经博士王柳贵、易博士王道良等赴日,这可以说是以儒教为中心之学术文化流入日本之始"②。如果说这大约三百年间的儒学传入是时断时续的涓涓细流,那么到了七世纪,即中国的隋唐时期、日本的推古天皇时期,这涓涓细流就成了奔腾于日本本土文化这个河床中的汹涌洪流,广泛而持久地滋润着干涸的本土文化。在这个时期,有史可考的日本第一位女天皇炊屋姬,也就是推古天皇,为了抗衡把持朝政的权臣苏我马子,故而册封自己的侄儿、已故用明天皇的儿子厩户皇子为皇太子,这位皇太子便是后世盛传的圣德太子。其对内实施了一系列改革,对外则不断派遣遣隋使和遣唐使,如饥似渴地吸收和消化来自中国的先进文化,这其中就包括从中国大量引入的儒学和佛教文化。圣德太子更是学以致用,很快便基于儒佛文化亲自拟就并于六〇四年颁布旨在对官吏进行道德训诫的《十七条宪法》,试图以此为基础建立以天皇为核心的中央集权体制。该《宪法》除去第二条之"笃信三宝"和第十条之"绝忿弃嗔"取自佛教经典外,其余各条尽皆出自儒学经典和子史典籍。北京大学哲学系的朱谦之老先生曾对此做过清晰的梳理:

---

① 五经为《诗经》《尚书》《礼记》《周易》和《春秋》这五部典籍,是我国保存至今的最为古老的文献,也是我国古代儒家的主要经典。
② 朱谦之著《日本的朱子学》,人民出版社,二〇〇〇年十二月,第4页。

第一条"以和为贵"本《礼记·儒行》及《论语》"礼之用和为贵";"上和下睦"本《左传》成公十六年"上下和睦"与《孝经》"民用和睦,上下无怨"。第三条"君则天之,臣则地之"本《左传》宣公四年"君天也"与《管子》;"天覆地载"本《礼记·中庸》"天之所复,地之所载";"四时顺行"本《易·豫卦》"天地以顺动,故日月不过而四时不忒";"上行下靡"本《说苑》。第四条"上不礼而下不齐"本《韩诗外传》及《论语》"道之以德,齐之以礼,有耻且格"。第五条"有财之讼,如石投水,泛者之讼,似水投石",本《文选》李潇远《运命论》"其言如以石投水,莫之逆也"。第六条"无忠于君,无仁于民"本《礼记·礼运》"君仁臣忠";"惩恶劝善"本《左传》成公十四年。第七条"人各有任,掌宜不滥,其贤哲任官",本《尚书·咸有一德》之"任官惟贤材";"克念作圣"本《尚书·说命篇》。第八条"公事靡盬"本《诗经·唐风·鸨羽》,《鹿鸣之什·四牡》之"王事靡盬"。第九条"信是义本"本《论语》"信近于义"。第十条"彼是则我非"本《庄子》;"如环无端"本《史记·田单传》。第十二条"国靡二君,民无二主",本《礼记·坊记》"天无二日,土无二主"及《孟子》。第十五条"背私向公,是臣之道矣",本《韩非子·五蠹》篇"自环者谓之私,背私谓之公",与《左传》文公六年"以私害公非忠也";"千载以难待一圣"本《文选·三国名臣传序》。第十六条"使民以时,古之良典"本《论语·学而》篇"节用而爱人,使民以时"。①

由此可见,无论在形式上还是内容上,《论语》和"五经"都对《十七条宪法》带来巨大影响,从而为建立以天皇为核心的中央集权体制做了前期准备。当然,我们在这里需要关注的是,这部宪法引入《论语》者有四,而引入《孟子》者则为一。也就是说,在大规模引入中国儒学的初期阶段,或许是对于孟子有关易姓革命的民本思想不甚了解,圣德太子还是对孟子表示出了敬意,尽管在《宪法》中的参

---

① 朱谦之著《日本的朱子学》,人民出版社,二〇〇〇年十二月,第5—6页。

考和引用大大少于孔子的《论语》。

圣德太子去世后,孝德天皇在大化二年(646)颁布《改新之诏》,史称大化改新,提出"公民公地",将皇族和大贵族的土地收归天皇所有,"确立天皇的最高土地所有权及以天皇为中心的中央集权制。儒学的天命观及与之相联的符瑞思想成为革新的重要理论基点"[1],由此正式成立中央集权国家,并将大和之国名更改为日本国。随着神话传说故事《古事记》(712)和编年体史书《日本书纪》(720)的问世,日本历代天皇越发强调皇权天授、万世一系,及至明治维新后由伊藤博文起草并实施的《大日本帝国宪法》,更是借助日本传统中对天皇的尊崇,以法律形式确认天皇秉承皇祖皇宗"天壤无穷之宏谟"的神意,继承"国家统治大权"的上谕,其权力神圣不可侵犯,从而被赋予国家元首和统治权的总揽者之地位[2],集统治权、军权和神权于一身。于是,"民为贵,社稷次之,君为轻",强调主权在民、人民福祉才是政治活动之最大目的等孟子的政治主张,便不可避免地与日本历代统治阶层的利益发生了猛烈碰撞。至于孟子所提"贼仁者谓之贼,贼义者谓之残。贼残之人,谓之一夫。闻诛一夫纣矣,未闻弑君也"[3]等易姓革命的政治主张,更是为日本历代统治阶层所不容,不但代表皇室利益的公家不容,即便是代表幕府利益的武家也决不能接受。于是,在孔子自被奈良朝奉为"文宣王"(768)并享有王者至尊的一千余年间,孟子非但不能享受亚圣的荣光,就连其著述《孟子》也不得输入日本,致使坊间四处流传,不可将《孟子》由唐土带回

---

[1] 刘宗贤、蔡德贵著《当代东方儒学》,人民出版社,二〇〇三年十二月,第155页。
[2] 请参阅收录于《日本国宪法》之《大日本帝国宪法》,讲谈社学术文库2201,第61—77页。
[3] 引自伊藤仁斋著《孟子古义》第34—35页之《孟子·梁惠王下·2》相关内容。

日本,否则将会在回航途中遭遇海难……这大概就是大江健三郎对莫言所说的"普遍认为孔子的《论语》有利于天皇制,因而比较欢迎《论语》,同时认为孟子学说中含有反天皇制的因素,便对孟子及其学说持反对态度"的历史背景和政治背景了吧。

5.以民意代天意的民本思想

这种尊孔抑孟的现象到了幕府时代也没有任何改变,"作为军事独裁政权的幕府政权一直提倡武士道及尚武精神,而儒家的伦理道德思想在武士道形成过程中成为一个重要的思想来源,统治者及其思想家们利用儒学阐释武士道,汲取了儒学忠、勇、信、礼、义、廉、耻等道德观念,依其统治利益所需改造儒学,冀以充实武士道"①。尤其到了德川幕府时期,"出于加强思想统治,维护并发展幕府政治、经济制度的需要,在国家意识形态方面,由佛儒并用转向独尊儒家思想学说,把儒学定为官学,同时强行禁止'异学'。……倡'大义名分',把纲常伦理绝对化的程朱理学作为占统治地位的主导思想"②。这里有两点需要注意:一是"依其统治利益所需改造儒学,冀以充实武士道";二是"把纲常伦理绝对化的程朱理学作为占统治地位的主导思想"。前者是说幕府根据其统治利益所需而任意"改造"儒学,用以"充实武士道";后者则表明被幕府选中的、可供其"改造"的儒学或曰官学,便是"把纲常伦理绝对化的程朱理学"了。由此可见,经过种种"改造"的这种所谓儒学,就只能是遭到严重篡改的"儒学",为统治阶层的伦理纲常保驾护航的"儒学"了。这种儒学,便是大江口中的"来自中国朱子的朱子学",也就是被权力中心所指定的官学。为了

---

① 刘宗贤、蔡德贵著《当代东方儒学》,人民出版社,二〇〇三年十二月,第156页。
② 同上,第167页。

对抗这种官学,"及至日本近世,就出现了两个不同于朱子学的、对于古典的理解。……有一个对民众教授中国哲学的人,教授与政府的、权力方的解读相悖的中国哲学的人,此人就是伊藤仁斋"①。

大江在这里提及的伊藤仁斋是江户时期古学派中具有代表性的重要学者,而伊藤仁斋所在的"古学派是日本儒学的重要派别,也是官学朱子学的反对派。古学派学者认为只有古代儒学才具有真义,汉唐以后的儒学全是伪说。他们尊信三皇、五帝、周公、孔子,以古典经典为依据,冀望从古典中寻找作用于社会的智慧源泉,重新构建不同于朱子学、阳明学的思想体系,实际是希望以复古的名义打破当时朱子学的一统天下。古学派的先导者是山鹿素行,另外两个著名人物分别是堀川学派的伊藤仁斋、萱园学派的荻生徂徕。他们在思想意识形态上具有共同的特点,政治上代表被闲置的贵族及中小地主阶级等在野民间势力"②。这里说的是在德川时代中期,占全国人口百分之八十多的农民附属于大小藩主,而这大大小小的藩主又附属于大名,各大名则附属于"大将军"德川幕府。随着德川幕藩制在政治方面和经济方面开始出现危机,其封建体制开始瓦解,近代思想也便从中逐渐萌发并发展起来,就这个意义而言,与朱子学对抗的古义学的出现和发展,也就是历史的必然了。尤其在享保年间,日本全国的农村经济因商业高利资本的侵入而衰落之际,风起云涌的农民暴动在震撼德川幕府封建统治基础的同时,也给维护封建等级制度和伦理纲常的朱子学带来沉重打击。正是在这种背景下,"初奉宋儒,……及年三十七八始出己见"的伊藤仁斋叛出朱子学,转而在《论语》和《孟子》等古典中寻找真义,认同孟子"天视民视,天听民

---

① 根据"大江健三郎文学学术研讨会"台北会议录音整理而成的资料。
② 刘宗贤、蔡德贵著《当代东方儒学》,人民出版社,二〇〇三年十二月,第164页。

听",即以民代天、以民意代天意的民本思想,主张以仁义为王道,所以仁者之上位,虽说是天授,其实更是人归。对于失去民心民意、引发天怒人怨的残暴之君,则认为其已被以民意为象征的天道所抛弃,从而可以对其放伐。

6. 以革命颠覆不义的理想主义呼声

在详细阐释孟子的放伐理论时,伊藤仁斋更是在《孟子古义》里缜密地为孟子如此辩护道:

> 孟子论征伐。每必引汤武明之。及其疑于弑君者。乃曰闻诛一夫纣矣。未闻弑君也。盖明汤武之举。仁之至。义之尽。而非弑也。……何者。道也者。天下之公共。人心之所同然。众心之所归。道之所存也。传曰。桀放于南巢。自悔不杀汤于南台。纣诛于牧野。悔不杀文王于羑里。夫天下非一汤武也。向使桀纣自悛其恶。则汤武不必征诛。若其恶如故。则天下皆为汤武。不在彼则在此。不在此必在彼。纵令彼能于南巢牧野之前。得杀汤武。然不改其恶。则天下必复有如汤武者。出而诛之。虽十杀百戮。而卒无益。故汤武之放伐。天下放伐之也。非汤武放伐之也。天下之公共。而人心之所同然。于是可见矣。孟子之言,岂非万世不易之定论乎。宋儒以汤武放伐为权变。非也。天下之同然之谓道。一时之从宜之谓权。汤武放伐即道也。不可谓之权也。①

在当时看来,伊藤的宣言是何等的大胆。如果说在中国的历史上,易姓革命早已屡见不鲜,素有改朝换代之说的话,那么在日本这个所谓天皇万世一系的国度里,伊藤仁斋的以上话语可谓大逆不道了。所谓弑君,用日语表述便是"下克上",明显包括"犯上作乱"和"以下犯上"等道德和伦理层面的指责,但是伊藤仁斋在纣王被杀这

---

① 伊藤仁斋著《孟子古义》卷一,第35页。

件事上,却全然不做这种语义上的认可,倒是完全依孟子所言,认为武王伐纣是诛杀贼仁贼义之独夫而非弑君,可作为正义行为予以认可和鼓励,因为"夫天下非一汤武也。向使桀纣自悛其恶。则汤武不必征诛。若其恶如故。则天下皆为汤武",更是强调汤武放伐是天下之同然的"道也",而不是宋儒(或曰维护幕府等级制度的朱子学)所批评的从宜之"权变"。

伊藤仁斋笔下的"道",其后被暴动之乡的年轻商人所接受、所宣传、所传承,并取其宗师伊藤仁斋居所兼私塾的古义堂之"古义"二字,为自己的曾外孙命名为"古义人"。这个乳名为"古义人"的孩子多年后在作品里借小说人物之口讲述了这个乳名的背景:"宴会将近结束时,大黄突然说起古义人这个名字的由来。当然,这是以笛卡尔的西欧思想为原点的,然而并不仅仅如此。在与大阪——当时的大阪——有着贸易往来关系的这块土地上,不少人曾前往商人们学习儒学的学校怀德堂。古义人的名字中,就融汇了这个学派的宗师伊藤仁斋的古学思想。"[①]至于伊藤仁斋在上文中提及汤武放伐时所认定并高度评价的"道",时隔大约四百年之后,大江在《万延元年的 Football》里做出了这样的回应:

> 关于武装暴动的原因,那位与我有书信往来的老教员乡土史家,既未否定,亦未积极肯定我母亲的意见。他具有科学态度,强调在万延元年前后,不仅本领地内,即使整个爱媛县内也发生了各类武装暴动,这些力量和方向综合在一起的矢量指向维新。他认为本藩惟一的特殊之处,就是万延元年前十余年,藩主担任寺院和神社的临时执行官,使本藩的经济发生了倾斜。此后,本藩向领地城镇人口征收所谓"万人讲"日钱,

---

[①] 大江健三郎著,许金龙译《被偷换的孩子》,译林出版社,二〇〇八年十月,第109页。

向农民征收预付米,接着是"追加预付米"。乡土史家在信末引用了一节他收集的资料:"夫阴穷则阳复,阳穷则阴生,天地循环,万物流转。人乃万物之灵长,若治政失宜,民穷之时,岂不生变乎!"这革命启蒙主义中有一股力量。①

在这里,大江借小说人物之口说出"人乃万物之灵长,若治政失宜,民穷之时,岂不生变乎!"其以革命颠覆不义的理想主义呼声,显然来自《孟子·梁惠王下》的相关内容及其在日本的传承者伊藤仁斋的影响。不仅如此,大江还把以上经其改写的话语定义为"革命的启蒙主义",而且特意指出其中蕴藏着"一股力量"。更具体地说,这既是对孟子"贼仁者谓之贼,贼义者谓之残。贼残之人,谓之一夫。闻诛一夫纣矣,未闻弑君也"等易姓革命主张的认同,也是在借伊藤仁斋对此所做的解读而赋予故乡暴动历史以正当性和合理性,让所有暴动者及其同情者据此获得伦理上的支撑——"夫天下非一汤武也。向使桀纣自悛其恶。则汤武不必征诛。若其恶如故。则天下皆为汤武"。显然,故乡的历史暴动史实与先祖传播的孟子有关"民本"和"革命"思想融汇在了一起,森林中的农民暴动叙事所体现的朴素村落政治观和斗争史,恰恰是"民本"古义与"革命"的现代左翼思潮相结合的表现,更是大江在未来的人生中接受战后民主主义思想的伦理基础。

二、暴动之乡的森林之子

1.大濑村的暴动历史

作为大江文学的重要构成部分,大江的革命想象不仅萌发于曾

---

① 大江健三郎著,邱雅芬译《万延元年的Football》,人民文学出版社,二〇二一年四月,第88页。

外祖父《孟子古义》之家学影响，无疑也受到故乡暴动历史世代口耳相传的浸染，将边缘与中心的权力抗衡内化为一种本土化的体悟。大江的"古义人"乳名和其接受孟子民本思想以及易姓革命思想的土壤，恰恰是故乡大濑村这块历史上暴动频发的土地，正如大江在北京的一次讲演中所言：

> 而我，则在边缘地区传承了不断深化的自立思想和文化的血脉。对于来自封建权力以及后来的明治政府中央权力的压制，地方民众举行了暴动，也就是民众起义。从孩童时代起，我就被民众的这种暴动或曰起义所深深吸引。……我曾写了边缘的地方民众的共同体追求独立、抵抗中央权力的长篇小说《万延元年的Football》。这部小说的原型，就是我出生于斯的边缘地方所出现的抵抗。明治维新前后曾两度爆发起义（第二次起义针对的是由中央权力安排在地方官厅的权力者并取得了胜利），但在正式的历史记载中却没有任何记录，只能通过民众间的口头传承来传续这一切。……与中心进行对抗的边缘这种主题，如同喷涌而出的地下水一般，不断出现在此后我的几乎所有长篇小说之中。①

那么，作为大江革命想象的原型，故乡大濑村的革命暴动，是如何在德川幕府和其后的明治政府中央权力及其各级官吏等代理人的压制下被频频触发的呢？这些革命原型又与大江自身的文学建构有着何种关联？

当然，由于官方长年以来的持续遮蔽或改写，我们已经很难从官方记载中查阅并还原当年的暴动起因以及过程等完整信息了。大江本人在其作品以及讲述中所提供的信息亦缺乏完整性和系统性，更

---

① 大江健三郎著，许金龙译《北京讲演二〇〇〇》，《中华读书报》，二〇〇〇年十月十八日。

由于其小说的虚构性，小说叙事的史料价值也有待考鉴。与此同时，通过口耳相传的民间文学形式以及亲身参与了暴动文化之传播的老人们，亦随岁月流逝而日渐减少，其所提供的信息亦有模糊不清之处。所幸笔者在当地做田野调查时，曾获得一份非公开出版的方志。结合当地老人的回忆以及大江本人的讲述或文字记叙，得以大致瞥见当地暴动的肇因和状貌。这份由内子町志编撰委员会编写的《新编内子町志》第七节之《农民暴动》这个章节里有一个题为"大洲藩农民暴动（騒動）"的列表2-7：

年　号	公元	暴动名称
寬保元年	1741	久万山騒動
延享四年	1747	御藏騒動
寬延三年	1750	内子騒動
宝暦十一年	1761	麻生騒動
明和七年	1770	藏川騒動
明和八年	1771	麻生騒動
寬政元年	1789	柳沢騒動
文化六年	1809	阿藏騒動
文化七年	1810	横峰騒動
文化十三年	1816	大洲紙騒動
文化十三年	1816	村前騒動
文政十一年	1828	菅田騒動
天保八年	1837	柳沢騒動
天保八年	1837	横峰騒動
文久二年	1862	小藪騒動
文久三年	1863	宇和川騒動
慶应二年	1866	奥福騒動
明治四年	1871	廃藩置県騒動

| 明治四年 | 1871 | 郡中騷動 |
| 明治四年 | 1871 | 臼杵騷動 |

——以上为发生于大洲藩或与藩相关联的暴动。其资料来源于影浦勉「伊予農民騷動史話」「愛媛鼎史」『大洲市誌』和「高橋文書」。①

这份列表清晰标注了大瀬村所在的大洲藩地区,自一七四一年至一八七一年这约一百三十年间,发生被官方蔑称为"骚动"的暴动共计二十次。也就是说,暴动平均每六年半便会爆发一次。这里需要说明的是,图表所列远不及实际曾经发生的暴动次数,譬如一七八八年肇始于大江家所在小山村的大瀬暴动,就未能列入其中。在这片范围有限的区域内,如此高频度(有的地方甚至重复数次)发生暴动的原因不一而足,不过其主因不外乎来自各级官府的压榨、商人投机、官商勾结、粮食歉收、物价(尤其是粮食价格)高涨等等,这一点从大米和大豆在一八六一年至一八七〇年这十年间的涨幅便可略见一斑(2-8):

年 号	公元	大米	大豆
文久元年	1861	205 錢	218 錢
二年	1862	250 錢	272 錢
三年	1863	290 錢	260 錢
元治元年	1864	400 錢	364 錢
慶応元年	1865	650 錢	540 錢
二年	1866	2000 錢	1140 錢
三年	1867	1800 錢	869 錢
明治元年	1868	6000 錢	5700 錢

---

① 内子町志编撰委员会著《新编 内子町志》,一九九六年十月,第161页。

| 二年 | 1869 | 12000錢 | 10000錢 |
| 三年 | 1870 | 14500錢 | 21000錢 |

——以上为一石粮食之价格。其资料由知清吉冈文书所作。①

正如大江自述的"明治维新前后曾两度爆发起义(第二次起义针对的是由中央权力安排在地方官厅的权力者并取得了胜利)"②，即列表2-7分别发生于一八六六年的奥福暴动③和一八七一年的废藩置县暴动。从列表2-8可以看出，在大江经常提及的这两场暴动前后短短十年时间内，大米价格从一八六一年的二百零五钱猛涨至一八七〇年的一万四千五百钱，同期的大豆价格则从二百一十八钱猛涨至二万一千钱，前者涨至七十点七倍，后者更是狂涨至九十六点三倍。按照这个势头，未能列入的一八七一年(即发生废藩置县暴动之年)的涨幅估计越发让人心惊肉跳。至于物价何以如此疯涨的主要原因大致如下：首先是江户末期农民阶层开始分化，大量贫困农民为借钱度日而将农地转手他人，只能依靠佃耕勉强糊口；其二则是巧取豪夺了大量土地的地主和富商与藩府加强勾结，通过向藩府提供金钱而获得更多特权，转而利用这些特权变本加厉地盘剥贫困农民；再就是大厦将倾的德川幕府在政治上开始出现崩溃迹象，在经济方面则出现全国性物价高涨，尤其是猛涨的大米价格更使得贫困农民和底层民众的生活越发艰难；第四，雪上加霜的是，在庆应二年

---

① 内子町志编撰委员会著《新编 内子町志》，一九九六年十月，第190页。
② 大江健三郎著，许金龙译《北京讲演二〇〇〇》，《中华读书报》，二〇〇〇年十月十八日。
③ 一八六六年七月十五日发生在包括大江健三郎故乡大濑村在内的奥筋地区的、规模达万余人的农民暴动。因暴动领导人名为福五郎(亦有福太郎、福二郎、福次郎之说)，当地人便取奥筋中的奥以及福五郎中的福，将该暴动称之为奥福暴动。

(1866),遭遇了前所未有的大歉收,与藩府素有勾结的投机商人乘机将大米价格猛涨。正如大江在作品里所总结的那样:"人乃万物之灵长,若治政失宜,民穷之时,岂不生变乎!"于是,这一年的七月十五日,大江家所在的大濑村便爆发了名为"奥福骚动"的大暴动,前后历时三天,至十七日时共计波及三十余村庄,参与者多达一万余人。

这次暴动的经纬大致如下:该年七月某日,大濑村村民福五郎(亦有福太郎、福二郎、福次郎之说)因家中无粮,向村吏提出借用村中存米,随即遭拒,却发现村吏将米借给来村里出差的医生成田玄长,便与村吏发生激烈争执。福五郎由此痛恨贪图暴利的商人,决定发动村民一同上访,同村的神职人员立花丰丸于是承担其参谋,以福五郎之名撰写檄文并广泛散发于周围数十村庄,呼吁大家奋起暴动,不予合作之村庄则予烧毁!早已对为富不仁的富商心怀怨恨的数十村庄的农民纷纷加入暴动队伍。七月十五日晚间,赞成福五郎主张的大濑村村民捣毁村里的酒铺,在福五郎号令下前往内子镇,中途参加者络绎不绝,至十六日暴动队伍已达三千余人,当天在内子镇打砸店铺约四十间,继而在五十崎打砸店铺约二十间。及至十七日,共有三十个村庄、一万余人参加暴动。大洲藩府急遣信使往江户幕府报警,同时不断派人游说福五郎等三四位暴动头领,至当日晚间,福五郎等人被说服,继而解散暴动队伍。在参加暴动的农民相继回村后,三位暴动头领遭到抓捕,其中大濑村的福五郎以及同村的立花丰丸其后死于狱中……

诸如此类的暴动景象,通过世代的传述,在民间文学的传承下,从历历在目的口头讲述,化为跃然纸上的文学形象。这些暴动记忆和历史人物原型,促动大江以大濑为革命对峙的中心向压迫性体制发出挑战,而将暴动革命历史传承给大江的媒介,正是阿婆这位民间

21

文学的讲述者,暴动革命故事则作为元文本化入大江对于村庄暴动的文学虚构之中。

2. 阿婆的暴动故事元文本

为儿时大江栩栩如生地讲述奥福其人和奥福暴动这段历史的人,是大江家里名为毛笔的阿婆。多年后,《读卖新闻》记者尾崎真理子采访时曾提及大江面对阿婆栩栩如生的讲述而心神荡漾的过往:"那个'奥福'物语故事,当然也是极为有趣,非同寻常。据说您每当倾听这个故事时,心口就扑通扑通地跳。由于听到的只是一个个片段,便反而刺激了您的想象。"①于是大江便这样对记者回忆了当年的情景:

是啊,那都是故事的一个个片段。阿婆讲述的话语呀,如果按照歌剧来说的话,那就是剧中最精彩的那部分演出,所说的全都是非常有趣的场面。再继续听下去的话,就会发现其中有一个很大的主轴,而形成那根大轴的主流,则是我们那地方于江户时代后半期曾两度发生的暴动,也就是"内子骚动"(1750)和"奥福骚动"(1866)。尤其是第一场暴动,竟成为一切故事的背景。在庞大的奥福暴动物语故事中,阿婆将所有细小的有趣场面全都统一起来了。

奥福是农民暴动的领导者,他试图颠覆官方的整个权力体系,针对诸如刚才说到的,其权力及至我们村子的那些权势者。说是先将村里的穷苦人组织起来凝为强大的力量,然后开进下游的镇子里去,再把那里的人们也团结到自己这一方来,以便聚合成更强大的力量。那场暴动的领导者奥福,尽管遭到了滑稽的失败,却仍不失为一个富有魅力的人。我就在不断思考奥福这个人的人格的过程中,度过了自己的少年时代。②

---

① 大江健三郎著,许金龙译《大江健三郎口述自传》,贵州人民出版社,二〇一九年三月,第8页。
② 同上,第8—9页。

......

是祖母和母亲讲述给我并滋养了我的成长的乡村民间传说。在写作《万延元年的 Football》时,我的关心主要集中在那些叙述一百年前发生的两次农民暴动的故事。

祖母在孩提时代,和实际参与这些事件的人们生活在同样的社会环境里,所以,她所讲述的民间故事,常常会添加进她当年亲自见过的那些人的逸闻趣事。祖母有独特的叙事才能,她能像讲述以往那些口耳相传的民间故事那样讲述自己的全部人生经历。这是新创造的民间传说,这一地区流传的古老传说也因为和新传说的联结而被重新创造。

她是把这些传说放到叙述者(祖母)和听故事的人(我)共同置身其间的村落地形学结构里,一一指认了具体位置同时进行讲述的。这使得祖母的叙述充满了真实感,此外,也重新逐处确认了村落地形的传说/神话意义。[①]

病迹学(Pathographie)研究成果表明,儿时的生长环境对于成人后的价值取向和审美取向都将产生重要影响,这对于川端康成和三岛由纪夫来说如此,对于大江健三郎来说也并不例外。在"心口扑通扑通地跳"着倾听阿婆讲述奥福故事的过程中,少儿大江的情感却在不知不觉间开始倾向遭到压榨的暴动者一方,从而产生了与弱势群体共情的义愤,以至于"在不断思考奥福这个人的人格的过程中,度过了自己的少年时代"。然而,这种感情倾向却面临一个无法回避的尴尬,那就是在日本这个国度里,被称为"骚动"的农民暴动明显带有被官方蔑视的语感,而暴动本身更是被认为是"下克上"的大不敬,亦即中文语感中的"以下犯上"和"犯上作乱"之负面语义。这显然是儿时大江的情感所不愿接受的,正是在这种情感冲突的背

[①] 大江健三郎著,王中忱译《在小说的神话宇宙中探寻自我》,引自《我在暧昧的日本》,南海出版公司,二〇〇五年十一月,第7—8页。

景下,经由曾外祖父传承的易姓革命思想和民本思想才开始具有意义,才能为暴动之乡的这个小童提供了伦理上的支撑,用以抗拒"下克上"所带来的道德和伦理层面的负面指责,从而"在不断思考奥福这个人的人格的过程中,度过了自己的少年时代"之际,顺理成章地"在边缘地区传承了不断深化的自立思想和文化的血脉",将《孟子古义》中的易姓革命思想和民本思想内化为自己的道德观和伦理观,为其于日本战败后接受战后民主主义作了道德、伦理和理论上的前期准备。

另一方面,由于阿婆"在孩提时代,和实际参与这些事件的人们生活在同样的社会环境里,所以,她所讲述的民间故事,常常会添加进她当年亲自见过的那些人的逸闻趣事",而且阿婆"给我讲述(奥福)故事中的人物。故事情节只是一些片段,所以能够激发我勾连故事的能力。奥福是本地农民起义的故事中一个无法无天而且非常可爱的人物,用我后来遇到的语言来说是一个 trickster[1]"[2],故而在引发少儿大江倾听兴趣的同时,还培养了其进行再创作的能力。

如果说,经由曾外祖父传承的《孟子古义》中的易姓革命思想和民本思想,从道德和伦理上支撑少儿大江"在边缘地区传承了不断深化的自立思想和文化的血脉"的话,那么,熟稔戏剧演出的阿婆用"独特的叙事才能"对儿时大江讲述当地暴动故事,在培养其勾连故事之能力的同时,亦为大江进行了一场文学启蒙,使得"从孩童时代起,我就被民众的这种暴动或曰起义所深深吸引。……我曾写了边缘的地方民众的共同体追求独立、抵抗中央权力的长篇小说《万延元年的 Football》。这部小说的原型,就是我出生于斯的边缘地方所

---

[1] 意为神话和民间传说中的精灵、既有社会秩序的破坏者。
[2] 大江健三郎著,王成译《我的小说家修炼法》,中央编译出版社,二〇一九年十一月,第6页。

出现的抵抗",而且"与中心进行对抗的边缘这种主题,如同喷涌而出的地下水一般,不断出现在此后我的几乎所有长篇小说之中"!由此可见,从发表于一九六七年的《万延元年的Football》到晚近创作的长篇小说《优美的安娜贝尔·李 寒彻颤栗早逝去》(2007)以及《晚年样式集》(2013),随处可见的有关历史暴力叙事,既是大江的儿时记忆,也是其文学母题,还是其抗拒权力中心、用以构建根据地/乌托邦的重要依据。当然,这种叙事策略也使得其文学中的历史维度具有越来越开阔的空间。

3. "我在文学作品中构建的根据地/乌托邦确实源自毛泽东"

仍然是在大江文学的历史叙事空间里,早在大江的少年时代,曾有两个于日本战败后从中国遣返回故乡大濑村的退伍老兵帮助大江家修缮房屋,在小憩期间,这两个退伍老兵盘膝而坐,聊起侵华期间所执行的杀光、烧光和抢光之三光政策,让少年大江第一次知道"皇军"在中国期间犯下的累累战争罪行,在其为之深感愧疚和惊恐不安的同时,也对战争时期的军国主义教育之虚伪有了更为深刻的认识。这两位老兵还说起在中国战场攻打八路军根据地时狼狈情状,他们告诉在一旁倾听的少年:八路军的根据地大多建在地势险要之处。由于八路军与中国老百姓是鱼水之情,所以攻打根据地的日军部队尚未到达目的地,就有发现日军行踪的老百姓向八路军通风报信,于是八路军便在根据地设好埋伏,待日军进入伏击圈后就枪炮大作,打得日军如何丢盔弃甲、如何死伤狼藉、如何狼狈逃窜……

村里这两个退伍老兵的无心之言,却在少年大江的内心掀起巨浪:如果本地历史上多次举行暴动的农民也像八路军那样,在家乡深山老林里的险要处构建根据地的话,那么家乡的历史会如何演变?日本的历史是否会是另一种模样?带着这个久久萦绕于心的思考,大江在东京大学仔细且系统地研读了《毛泽东选集》四卷本,尤其关注第一卷里《中国的红色政权为什么能够存在?》。这篇文章是毛泽东于一九二八年十月五日所作,在第六章《军事根据地问题》中第一次提及"根据地"并做了如下阐释:

> 边界党还有一个任务,就是大小五井和九陇两个军事根据地的巩固。……这两个地形优越的地方,特别是既有民众拥护、地形又极险要的大小五井,不但在边界此时是重要的军事根据地,就是在湘鄂赣三省暴动发展的将来,亦将仍然是重要的军事根据地。巩固此根据地的方法:第一,修筑完备的工事;第二,储备充足的粮食;第三,建设较好的红军医院。把这三件事切实做好,是边界党应该努力的。①

所谓"根据地"是军事术语,而且从以上引文中可以发现其历史并不悠久,是军事对峙中处于弱势的红军为更好地保护己方有生力量而于险峻之处据险而守,同时争取时间和空间发展和壮大己方力量。中国第一次国内革命战争时期由红军创建的根据地如此,抗日战争时期由八路军所建的根据地也是如此,同时辅以游击战、麻雀战、坚壁清野、储存粮食、建立伤兵医院以及灵活运用"敌进我退、敌驻我扰、敌疲我打、敌退我追"等游击战术,与强敌进行周旋。

在东京大学就读期间学习了《毛泽东选集》中有关根据地的相关论述后,大江开始将这些论述与家乡的暴动史乃至日本的近代史联系起来加以思考。当然,历史不可复制,故而大江开始考虑在自己的文学作品中构建根据地,构建以中国革命模式复制的根据地。于是,"暴动"和"根据地"字样开始频繁出现在大江的小说文本里。譬如在不足十万字的小长篇《两百年的孩子》中译本里,如果用电脑检

---

① 毛泽东著《毛泽东选集》(第一卷),人民出版社,一九九一年六月第二版,第53—54页。

索"暴动"/"一揆",可以发现共有二十二处。对"逃散"进行检索,则有五十三处。两者相加,总共七十五处。这里所说的"逃散",是指在日本的中世和近世,农民为反抗领主的横征暴敛而集体逃亡他乡。这种逃亡有两个特征,一是数个、数十个村庄集体逃亡;二是这种有时多达数千人、数万人的逃亡,往往伴随着与领主武装的战斗。同样使用电脑检索的方法对《两百年的孩子》进行检索,还可以发现含有"根城"和"根据地"的表述各有二十处,一共四十处。这里所说的"根城",在日语中主要有两个语义,其一为主将所在城池或城堡;其二则是暴动民众的据守之地,或是盗贼的巢穴。"根据地"的语义为"军队等队伍为修整、修养或补给而设立的据点",在大江的文学词典里,这个单词显然源于中国第一次国内革命战争时期创建的根据地,抗日战争期间用以抵御侵华日军、争取抗战胜利的根据地;当然,这也是大江赖以在小说中构建根据地/乌托邦的原型。

二〇〇六年八月,笔者曾在东京对大江做过一次采访,现摘录其中涉及"根据地"的内容引用如下:

> 许金龙:您于一九七九年发表了长篇小说《同时代的游戏》,相较于中国传统文化中桃花源式的那种逃避现实的理想,这部作品中的乌托邦则明显侧重于通过现世的革命和建设达到理想之境。从这个文本的隐结构中可以发现,您在构建森林中这个乌托邦的过程中,不时以中国革命和建设为参照系,对以毛泽东为首的老一辈革命家所进行的艰苦卓绝的长征、建立根据地并通过游击战反击政府军的围剿、发展生产以提高物质生活水平等给予了肯定,也对江青等"四人帮"在"文化大革命"中祸国殃民的举止表示了谴责,同时也在思索中国在革命和建设过程中遇到的一些问题以及解决方法,试图从中探索出一条由此通往理想国的具有普遍意义的通途。当然,您在自己的文学世界里建立根据地的尝试,《同时代的游戏》显然不是第一次,也不会是最后一次。其实,

早在《万延元年的 Football》中,甚至更早的《掬芽打仔》等作品中,就已经出现了"根据地"的雏形。我想知道的是,您在文本中构建的根据地/乌托邦是否以毛泽东最初创建的根据地为原型的?当然,您在大学时代学习过毛泽东的著作,那些著作里有不少关于根据地的描述,您是从那里接触到根据地的吗?

大　江:正如你所指出的那样,我在文学作品中构建的根据地/乌托邦确实源自毛泽东的根据地。而且,我也确实在毛泽东的著作中接触过根据地,记得是在《毛泽东选集》第一卷的前半部分。

许金龙:是在《中国的红色政权为什么能够存在?》那篇文章里?

大　江:是的,应该是在这篇文章里。围绕根据地的建立和发展,毛泽东在文章里做了很好的阐述。不过,我最早知道根据地还是在十来岁的时候。战败后,一些日本兵分别被吸收到国民党军队和共产党的八路军里。参加了八路军的日本人就暗自庆幸,觉得能够在中国的内战中存活下来,而参加国民党军队的日本人却很沮丧,担心难以活着回日本。他们之所以这么想,是因为在侵华战争中,他们分别与八路军和国民党军队打过仗,说是国民党军队没有根据地,很容易被打败,而八路军则有根据地,一旦战局不利,就进入根据地坚守,周围的老百姓又为他们提供给养和情报,日本军队很难攻打进去。后来在大学里学习了毛泽东著作后,我就在想,我的故乡的农民也曾举行过几次暴动,最终却没能坚持下来,归根结底,就是没能像毛泽东那样建立稳固的根据地。可是日本的暴动者为什么不在山区建立根据地呢?如果建立了根据地,情况又将如何?这是我一直在思考的问题,并且在作品中表现了出来。①

在以上引文中提及的长篇小说《同时代的游戏》第五章所叙述的故事发生在明治初年,村庄＝国家＝小宇宙这个共同体决心独立

---

① 大江健三郎与许金龙对谈:《大江健三郎将访中国,深受鲁迅及毛泽东影响》,《环球时报》,二〇〇六年九月一日。

于"大日本帝国",准备抗击帝国陆军的讨伐。长期以来,人们根据共同体的创始者破坏人通过梦境传达的指示,利用山里的特产木腊与海外进行贸易的盈余做了大量的战争准备,构筑起巨大的堤堰,蓄水淹没自己的村庄,并在堤坝上用沥青写上"不顺国神,不逞日人"的标语,以示与天皇治下的"大日本帝国"决裂的决心,同时进行坚壁清野,在山上的森林里储存粮食,建起野战医院,把壮年男女武装起来组织成游击队,还建立兵工厂以制造武器……除此以外,有人还考虑以各种语言致信各国,呼吁世界上被压迫的民族团结起来,说是"尤其是致中国的信,真想面交很快就将与大日本帝国军队开始全面战争的中国共产党军队"①。

在这些准备工作大致就绪后,政府派遣的"大日本帝国陆军混成第一中队"也临近了。这支武装到牙齿的正规军常年在这一带镇压农民暴动,现在受命前来攻打这个共同体,以将其纳入天皇统治下的"大日本帝国"势力范围。由于这一带山高林密,又是连日滂沱大雨,部队便艰难地沿着略微平坦一些的河滩溯流而上。在村庄这个共同体派出的侦察人员发现"皇军"已临近时,水库里的水也蓄到了最高水位,于是,村庄=国家=小宇宙的人们点燃预先埋置的炸药炸开堤堰,开始了长达五十天之久的、抗击"大日本帝国"陆军的游击战。

呼啸而下的洪水瞬间便吞噬了混成第一中队的所有官兵及其携带的军马。政府第一次派遣来的军队遭到了全军覆没的彻底失败。于是,其后又派遣了由一位作战经验丰富的大尉率领的中队前来攻打。共同体由此正式开始了抗击"皇军"的游击战争。

---

① 大江健三郎著,李正伦等译《同时代的游戏》,作家出版社,一九九六年四月,第232页。

当大尉率领的部队占领村庄时,却发现这是座空无一人的村庄,甚至看不到一条狗。也就是说,共同体实行了最为彻底的坚壁清野。部队在这个被废弃的村子里,连洁净的水都找不到一口,便派出小部队寻找水源,却被游击队打了埋伏。于是,被缴了枪械后释放回来的士兵报告说,游击队就在这山中的森林里。到了夜间,共同体放出的老狼以及野狗让士兵们感到惊恐,而游击队设置的、可以切割下双腿的陷阱,更是让士兵们不敢轻易进入山林。

不久,大尉便开始了他的第一次搜山清剿,部队排成横列,每隔五米站上一个士兵。而游击队方面则在转移非战斗人员的同时,由青壮村民组成若干三人战斗小组,利用有利地形埋伏下来,相机射击某一个搜山士兵,然后再将其两侧的士兵引诱过来一并射杀,使得"皇军"遭受巨大伤亡,不得不铩羽而归。

大尉指挥的第二次大规模战斗,是吸取前次横向搜山失败的教训,命令士兵纵向攻入森林深处,以破解"堪称游击战之基础的原始森林的神秘力量",并伺机破坏密林里的兵工厂,却被共同体的孩子们以迷路游戏的方式引入迷魂阵……当"皇军"士兵们被诱入伏击圈后,"游击队员从藏身之处用西洋弓射出的箭没有声音,突如其来的袭击防不胜防。森林里的大树很高,日光像雾一般从枝叶的缝隙泻下,难以计数的蝉发出震耳的蝉鸣,弓箭的声音根本听不到。埋伏者瞄准出现在树枝所限的狭窄空间处的敌人,箭无虚发。在惟蝉鸣可闻的巨大静默里,大日本帝国军队的士兵中有十二人中箭身亡,另有十二人身受重伤。没有一个士兵发现新设置的兵工厂"[①]。

由于游击队控制了水源,大尉怀疑水源被施放了毒药,不敢再使

[①] 大江健三郎著,李正伦等译《同时代的游戏》,作家出版社,一九九六年四月,第253—254页。

用那里的泉水,转而组织运输队从山外连同粮食一同运往驻地,从而加重了运输队的负担,致使行动迟缓,被游击队在途中趁天黑夜暗之机混入运输队,"结果是担任护卫的士官和两个士兵扔下运粮队逃跑了。于是,大量粮食就被运进了密林里游击队的帐篷"①。

在大尉审问游击队的俘虏时,这些俘虏提供的信息更是让大尉心智混乱。第一个俘虏状似老实地交代说:"这个抵抗战争是从整个中国以及藏在长白山山脉的朝鲜反日游击战传过来,组织了共同战线,甚至不久就有援军到达,实际上自己就是负责和海外联系的负责人……"②在他的话语中,不时还"夹杂着一些他瞎编乱造的中国话和朝鲜话"③。第二个俘虏的交代更是玄乎,说是把森林里新发现的矿物质送到德国加以精炼,以其为原料,即将研制出新型炸弹,如果炸弹中的化学物质出事,"半个森林就可能一扫而光"④……

在屡屡失败的压力下,大尉决定用最狠毒的手段镇压这些"为了反抗大日本帝国而钻进森林"⑤的顽固山民,那就是运来大量汽油,准备火烧森林,"漆黑之夜充血的眼珠上,也许映现出了他们追赶着躲避大火而东奔西跑的半裸的女人们,也许映现出他们自己正在强奸或杀人的自我影像。直到此刻为止毫无趣事可言的战争,使他们的意识浓缩为一个观念——战争就是血腥欲望的爆发,他们今天晚上得出了这个结论,并且决定今后一定照此实行。不久之后,在转战于中国和南洋各地时,他们的这个血腥欲望果然就得到满足了"⑥。

---

① 大江健三郎著,李正伦等译《同时代的游戏》,作家出版社,一九九六年四月,第260页。
② 同上,第263页。
③ 同上,第263页。
④ 同上,第264页。
⑤ 同上,第266页。
⑥ 同上,第271页。

面对火烧森林的严峻局面,共同体在疏散了儿童后便集体投降了,其中大约一半人口得到的却是大尉的如下话语:"你们是真正地对大日本帝国发动叛乱、掀起内战的人,你们犯下的叛国罪行必须受到应得的处罚,我以军事法庭的名义宣布你们的死刑!"在进行了五十天的抵抗之后,共同体中的大约一半村民被血腥屠杀了,死在大日本帝国的淫威之下……幸运的是,共同体的半数儿童却随着徐福式的大汉逃离了杀戮,踏上寻找希望的远方。

4."我在小说里想要表现的确实不是绝望"!

从以上梗概的隐结构中不难看出,对于《同时代的游戏》第五章中关于创建根据地和开展游击战的内容,中国的读者都会比较熟悉,准确地说,应是"似曾相识"。在《毛泽东选集》第一卷之《中国的红色政权为什么能够存在?》、第六章《军事根据地问题》中,毛泽东早在一九二八年就曾准确地指出:"巩固此根据地的方法:第一,修筑完备的工事;第二,储备充足的粮食;第三,建设较好的红军医院。"①大江在《同时代的游戏》中修筑水淹敌军的水库,正是第一条所说的工事,而且还是大型工事。而预先储备粮食以及抢夺敌军运粮队,则是第二条的完美体现。对于设立野战医院以及转送难以救治的伤员这一措施,我们完全可以理解为是对第三条"建设较好的红军医院"的模仿和再现。至于文本中更为具体的彻底疏散人口、切断敌军水源、深夜放狼以及野狗骚扰敌人、引诱敌军深入密林以便相机袭击等内容,恐怕中国的中学生都可以将其精准地概括为"坚壁清野""诱敌深入""敌进我退,敌驻我扰,敌疲我打"……这些战术是战争中弱

---

① 毛泽东著《毛泽东选集》(第一卷),人民出版社,一九九一年六月第二版,第53—54页。

势一方因地制宜地抗击强势一方的战术,在中国战争史上最早提出以上战术的是朱德,而根据国内战争的严峻局面对此予以总结并将其上升到理论和战略高度的则是毛泽东。尤其在抗日战争期间,八路军和新四军依据这个战略战术不断发展壮大,创建、依托根据地展开游击战,最终为赢得抗日战争做出了自己的贡献。

另一方面,从《同时代的游戏》这个文本中有关"尤其是致中国的信,真想面交很快就将与大日本帝国军队开始全面战争的中国共产党军队""这个抵抗战争是从整个中国以及藏在长白山山脉的朝鲜反日游击战传过来,组织了共同战线"等等表述,清楚地表明其作者大江健三郎非常了解中国共产党领导的八路军、新四军所进行的抗日战争及其战略、战术,这个了解既有少年时代的记忆,也有大学时代对毛泽东相关军事理论的学习,恐怕还与大江于一九六〇年夏天对中国进行为时一月有余的访问时所接受的相关影响有关。由此可见,大江在写作《同时代的游戏》这部小说前,曾充分接受中国有关根据地和游击战的影响,因而当其考虑在政治和文化意义上的边缘之地,也就是故乡的森林里构建根据地/乌托邦时,大量引入了中国式游击战的因素也就不足为奇了。

由此我们可以确定,作者大江健三郎在构建位于边缘的森林中这个根据地/乌托邦的过程中,确实在以中国革命和建设的模式为参照系,对以毛泽东为首的老一辈革命家所进行的艰苦卓绝的长征、建立根据地并通过游击战反击政府军围剿、发展生产以提高物质生活水平等给予了充分肯定,同时也在思索中国在革命和建设过程中遇到的一些问题及其解决方法,希望从中探索出一条由此通往理想国的具有普遍意义的通途,并试图在自己文本里设计出一个更具普遍性的乌托邦。

在此后出版的《致令人眷念之年的信》《两百年的孩子》《愁容童

子》《别了,我的书!》以及《水死》和《晚年样式集》等长篇小说中,大江对权力中心改写乃至遮蔽边缘地区弱势群体之历史的做法进行了无情的嘲讽,借助森林中口耳相传的神话/传说和历史复制乃至放大遭到政府遮蔽的山村和森林里的历史,把那座神话/传说的王国进一步拓展为森林中的根据地/乌托邦——超越时空的"村庄=国家=小宇宙",清晰地提出了文化人类学意义上的边缘与中心的概念,使其"得以植根于我所置身的边缘的日本乃至更为边缘的土地,同时开拓出一条到达和表现普遍性的道路"①。这种从边缘和历史出发的叙事策略显然与"马克思主义批评理论一直在努力使文学批评具有历史维度"的主张高度契合,因为这种主张"认为需要返回历史,把历史当作重要的出发点来理解文化生产、批评概念、意识形态、政治和社会的范畴"②。就这个意义而言,大江在小说文本中频频引入暴动历史以展开边缘叙事也就不难理解了。这里还有一个需要关注的地方,那就是从这一时期开始,大江在表述森林中那些神话/传说和历史时,清醒地意识到在日本这个封建意识和保守势力占据强势的国度里,包括森林中那些山民在内的弱势者的历史,一直被强势者所改写、遮蔽甚或抹杀。譬如发生在大江故乡的几次农民暴动,就完全没有被记载在官方的任何文件中。为了抗衡强势者/官方所书写的不真实历史,大江以《同时代的游戏》和其后的《M/T与森林中的奇异故事》《致令人眷念之年的信》和《优美的安娜贝尔·李 寒彻颤栗早逝去》等晚近小说为载体,从"根据地"民众的记忆而非官方记载中,把故乡的神话/传说乃至当地历史中一些具有重大意义的部分

---

① 大江健三郎著,许金龙译《我在暧昧的日本》,引自《我在暧昧的日本》,南海出版公司,二〇〇五年十一月,第96页。
② 张京媛著《新历史主义与文学批评·前言》,《新历史主义与文学批评》,北京大学出版社,一九九七年,第2—3页。

剥离、复制乃至放大出来,试图以此在某种程度上还原历史真实,回归历史原貌,进而抗衡官方书写或改写的不真实历史。

  我们还需要注意的是,这种根据地/乌托邦叙事在大江的文学作品中也是在"与时俱进"——最初近似于中国国内革命战争时期和抗日战争时期的军事根据地,譬如《同时代的游戏》里的根据地和游击战;当其长篇小说《愁容童子》中的边缘性特征被中心文化逐步解构之后,在故乡森林里建立根据地的基本条件便不复存在,于是在《别了,我的书!》中,大江就通过因特网建立新型根据地,将根据地建立在边缘地区那些拥有暴动历史记忆的边缘人物的内心里,同时吸收和团结共同传承历史记忆的年轻人;及至在《水死》中,大江更是将抨击的矛头直接指向国家权力的象征:以修改历史教科书的形式强奸一代代青少年的日本文部科学省高级官员……

  儿时的暴动记忆就这样在大江健三郎的诸多小说中不断变形,作者据此在绝望中发出呼喊,试图由此探索出一条通往希望的小径,正如大江在一次接受采访时所说的那样,"我在小说里想要表现的确实不是绝望"[①]!

三、一九六〇年的访华:由民本主义向人文主义嬗变

  一九六〇年初夏时节,这个世界正处于躁动和不安之中——在亚洲的韩国,推翻李承晚政权的学生运动轰轰烈烈;在非洲,被西方大国长期殖民的诸多国家正全力争取民族独立,以摆脱殖民统治;在南美洲的古巴,反美浪潮一浪高过一浪;在拉美地区,同样正在兴起

[①] 大江健三郎与许金龙对谈:《我在小说里想要表现的确实不是绝望》,《作家》,二〇二〇年八月号,第54页。

争取民族独立的群众运动;在苏联,则因美国 U2 间谍飞机事件而怒火冲天;也是在这个时期,东西方首脑会谈正式决裂。六十年代冷战背景下的左翼反文化(counter culture)运动,更是使得全球青年先后掀起运动狂潮。众所周知,当时的日本更不是桃花源,反对《日美协作与安全保障条约》的全国性群众运动如火如荼,年轻学生们在这场运动风潮中纷纷走上街头。

一九六〇年,大江健三郎年届二十五岁,在校期间曾参加被称为"安保斗争"前哨战的"砂川斗争"。这里所说的"砂川斗争",是指一九五五年以农民、工会会员和学生为主体的日本民众反对美军扩建军事基地的群众斗争,也是日本社会在战后迎来的第一场大规模反战运动。在此后的一九六〇年一月十九日,日本政府与美国正式签署经修改的《日美协作与安全保障条约》(简称为《日美安全保障新条约》),以取代日美两国政府于一九五一年与《旧金山和约》一同签署的《日美安全保障条约》。在国会审议过程中,有人对条约中"为了维持远东地区的和平安全"之"远东"的范围表示质疑时,时任外相的藤山爱一郎表示这个范围"以日本为中心,菲律宾以北,中国大陆一部分,苏联的太平洋沿海部分"。藤山对《日美安全保障新条约》之"范围"的解释,几乎立刻就引发人们对战前和战争期间的所谓"大东亚共荣圈"的痛苦记忆,不禁怀疑日本政府是否试图再次侵略包括"中国大陆一部分"的亚洲诸国。不同于砂川斗争时期以学生为主体的抗议活动,这时不仅学生对政府的意图产生怀疑,就连绝大部分民众也都对此产生了怀疑,从而相继投身到反对缔结《日美安全保障新条约》的群众运动中来。大江健三郎此时刚刚从东京大学毕业,在文坛上已经小有名声,却从不曾淡忘将人文主义传授给自己的渡边一夫教授所引用的丹麦语法学家克利斯托夫·尼罗普之名言"不抗议(战争)的人,则是同谋",当然也必然地出现在了这数百万的示威群众之中。

二〇〇六年九月,在访问中国社会科学院的主题演讲中回忆当年这场大规模抗议活动时,大江表示"当时我认为,日本在亚洲的孤立,意味着我们这些日本年轻人的未来空间将越来越狭窄,所以,我参加了游行抗议活动。正是在这个过程中,我和另一名作家被作为年轻团员吸收到反对修改安保条约的文学代表团里"[1]。这里所说的文学代表团,是以野间宏为团长的日本第三次访华文学代表团。在这个大动荡的历史时期,在反对签署《日美安全保障新条约》的大规模游行示威活动中,青年作家大江健三郎开始了他的第一次出国之旅,与"另一名作家"开高健一同对尚未与日本恢复外交关系的中国进行了为期三十八天的访问。大江参加的这个访华团全称为"访问中国之日本文学家代表团",团长为野间宏(作家),团员计有龟井胜一郎(文艺评论家)、松冈洋子(社会评论家)、竹内实(随团翻译)、开高健(青年作家)、大江健三郎(青年作家),另有担任代表团秘书长的白土吾夫(时任日中文化交流协会事务局主任)。访问结束后,白土吾夫公布了一行七人计三十八日访华之旅的大致日程。这里需要说明的是,应该是顾虑到复杂的日本国内情势,出于安全考虑,这个日程并未列入当时被视为敏感的内容,譬如六月一日,日本文学代表团在广州参观毛泽东于一九二四年创办的农民运动讲习所;六月十六日,周恩来总理突然出现在代表团所在的王府井全聚德烤鸭店,对从东京大学毕业不久的大江健三郎进行慰问;六月十七日,代表团全体成员怀着悲痛心情,为悼念六月十五日晚间在国会大厦被警察殴打致死的东京大学女生桦美智子,前往人民英雄纪念碑

---

[1] 大江健三郎著,李薇译《北京讲演二〇〇六》,引自《大江健三郎文学研究》,百花文艺出版社,二〇〇八年七月,第1页。

敬献花圈并由团长野间宏致悼词……

　　就在日本文学代表团访华期间，反对岸介信政府签署《日美安全保障新条约》的日本民众在东京连日举行大规模示威抗议，六月五日，多达六百五十万示威者参加抗议活动；六月十日，为阻止美国总统艾森豪威尔于九月十九日访日，示威群众在羽田机场团团包围为艾森豪威尔如期访日打前站的总统秘书James Hagerty，致使其最终被美军直升机救出；六月十五日，五百八十万示威群众参加反对《日美安全保障新条约》签字和阻止美国总统访日的活动；当天晚间，七千余名示威学生冲入国会，与三千名防暴警察发生激烈冲突，东京大学女生桦美智子被殴打致死，示威群众与政府之间的矛盾进一步激化；六月十六日，焦头烂额的岸信介政府请求艾森豪威尔延期访日，最终被迫取消访日安排。在条约即将生效的当天夜晚，三十三万示威群众再次包围国会，试图阻止条约生效。然而，声势浩大的日本安保斗争终究未能阻止条约自动生效，却也迫使岸信介内阁于六月二十三日下台，艾森豪威尔总统则终止访日。这里需要重点提请注意的是，随着岸介信内阁的倒台，其准备修改于一九四七年生效的《日本国宪法》第九条的计划也随之束之高阁，为日本战后持续维护和平宪法、走和平发展道路打下了良好基础。正因为如此，大江才能在半个多世纪后自豪地表示："在战后这七十年间，日本人拥有和平宪法，不进行战争，在亚洲内部坚定地走和平发展的道路，也就是说，在战后这七十年里，我们一直在维护这部民主主义与和平主义的宪法。其中最大的一个要素，就是有必要深刻反省日本如何存在于亚洲内部，包括反省那场战争，然后是面向和平……在战后这七十年里，日本没有发动战争，关于这一点，日本人即便得到积极评价也是可以理解的。"①"反省"是上述话语的关

---

① 大江健三郎与许金龙对谈：《我在小说里想要表现的确实不是绝望》，《作家》，二〇二〇年八月号，第54页。

键词,也是大江从人文主义者渡边一夫那里继承、坚守并内化了的道德和伦理——"保持具有人性的反省……因为我们已经决定将这种反省置于正面而去思考"①。当然,和平宪法第九条能维系至今日,也是有赖于大江等当年参加反对签署《日美安全保障新条约》的这一批抗议者以及后来者,尤其是民众组织"九条会"长年间的不懈努力。

就在这如火如荼的抗议活动中,青年作家大江健三郎受邀参加以老一辈作家野间宏为团长的日本文学代表团,前往中国进行为期一月有余的访问,以获得中国对这场大规模群众抗议运动的支持。在羽田机场与新婚刚刚三个来月的妻子由佳里以及作家安部公房等朋友话别时,大江特地叮嘱妻子:为了使八十年代少一个因对日本绝望而跳楼自杀的青年,因此不要生孩子。时隔三十八天后,还是在羽田机场,刚刚结束中国之旅回到日本的大江却对前来机场迎接的妻子说:还是生一个孩子吧,未来还是有希望的。那么,这一个来月的中国之旅到底发生了什么,竟使得大江的态度发生如此之大的变化?而且,发生变化的仅仅是对待生孩子的态度吗?我们不妨回顾一下大江访华的大致经过。

在这一个多月的访问中,代表团一行先后访问了广州、北京、上海和苏州等地,与中国各界进行了广泛接触和交流,参观了工厂、机关、人民公社、学校、幼儿园、展览馆等,并多次参加声援日本人民反对《日美安全保障新条约》的集会和游行。在此期间,大江应邀为《世界文学》杂志撰写了特邀文章《新的希望之声》,表示日本人民已经回到了亚洲的怀抱,并代表日本人民发誓永远不背叛中国人民的深情厚谊。此外,他还在一篇题为《北京的青年们》的通信稿中表

---

① 大江健三郎著《解读日本当代的人文主义者渡边一夫》,岩波书店,一九八四年,第79—80页。

示,较之于以人民大会堂为首的十大建筑,万里长城建设者的子孙们话语中的幽默和眼睛中的光亮,更让他对人民共和国寄以希望。大江发现,无论是历史博物馆讲解员的眼睛、钢铁厂青年女工的眼睛、郊区青年农民的眼睛,还是光裸着小脚在雨后的铺石路面上吧嗒吧嗒行走着的少年的眼睛,全都无一例外地清澈明亮,而共和国青年的这种生动眼光,大江在日本那些处于"监禁状态"的青年眼中却从不曾看到过。这个发现让大江体验到一种全新的震撼和感动,一如他在同年十月出版的写真集里所表述的那样:"我在这次中国之行中得到的最为重要的印象,是了解到在我们东洋的一个地区,那些确实怀有希望的年轻人在面向明天而生活着。我不认为他们中国年轻人的希望就会原样成为日本人的希望。我同样不认为他们中国年轻人的明天会原样与日本人的明天相连接。不过,在东洋的这个地区,那些怀有希望的年轻人面向明天的姿态却给我带来了重要的力量。"①

当然,更让大江为之震撼和感动的,是中国人民在真诚和无私地支持日本人民反对修改《日美安全保障新条约》。六月中上旬,东京连日来爆发了数百万人参加的大规模示威活动,而在上海和北京,大江一行则先后参加了一百二十万人和一百万人规模的示威游行,以声援日本国内的抗议活动。或许是出于保护大江健三郎这个青年作家的考虑吧,白土吾夫的日程记录里没有列入周恩来总理得知东京大学女生桦美智子于十五日夜晚被警察殴打致死的消息后,于十六日放下手中工作特地前来慰问大江健三郎事宜——这一天,周恩来总理及其随从人员赶到王府井全聚德烤鸭店的二层,就桦美智子在国会大厦被警察殴打至死、另有千余示威者被逮捕一事,向正在与赵

---

① 大江健三郎著,许金龙译「中国の若い人たち、子供たち」,『写真 中国の顔』,现代教養文库,一九六〇年十月,第146页。

树理等人同桌就餐、尚不知情的大江健三郎表示慰问。四十六年后，在回忆当时的情形时，大江这样说道：

> 在门口迎接我们一行的周总理特别对走在最后的我说：我对于你们学校学生的不幸表示哀悼。总理是用法语讲这句话的。他甚至知道我是学习法国文学专业的。我感到非常震撼，激动得面对着闻名遐迩的烤鸭连一口都没咽下。
>
> 当时，我想起了鲁迅的文章。这是指一九二六年发生的三·一八事件。由于中国政府没有采取强硬态度对抗日本干涉中国内政，北京的学生和市民组织了游行示威，在国务院门前与军队发生冲突，遭到开枪镇压，四十七名死者中包括刘和珍等鲁迅在北京女子师范大学教授的两名学生。……我回忆着抄自《华盖集续编》中的一段话，看着周总理，我感慨万分，眼前这位人物是和鲁迅经历了同一个时代的人啊，就是他在主动向我打招呼……鲁迅是这样讲的：
>
> "我目睹中国女子的办事，是始于去年的，虽然是少数，但看那干练坚决，百折不回的气概，曾经屡次为之感叹。至于这一回在弹雨中互相救助，虽殒身不恤的事实，则更足为中国女子的勇毅，虽遭阴谋秘计，压抑至数千年，而终于没有消亡的明证了。倘要寻求这一次死伤者对于将来的意义，意义就在此罢。
>
> "苟活者在淡红色的血色中，会依稀看见微茫的希望；真的猛士，将更奋然而前行。……"
>
> 那天晚上，我的脑子里不断出现鲁迅的文章，没有一点儿食欲。我当时特别希望把见到周总理的感想尽快告诉日本的年轻人。我想，即便像我这种鲁迅所说的"碌碌无为"的人，也应当做点儿什么，无论怎样，我要继续学习鲁迅的著作。[1]

---

[1] 大江健三郎著，李薇译《北京讲演二〇〇六》，引自《大江健三郎文学研究》，百花文艺出版社，二〇〇八年七月，第2—3页。

在大江的头脑里,血泊中的桦美智子与血泊中的刘和珍叠加在了一起,化为"虽殒身不恤"的女子英雄。中国人民的真诚支持,周恩来总理的亲切慰问,陈毅副总理的会见,尤其是其后第五天(即六月二十一日)晚间,毛泽东主席于上海接见日本文学代表团时所表示的"像日本这样伟大的民族,是不可能长期接受外国人统治的。日本的独立与自由是大有希望的。胜利是一步一步取得的,大众的自觉性也是一步一步提高的"①等勉励,给了日本文学代表团中最年轻的大江以极大的震撼和感动。多年后,大江曾对笔者表示:早在大学时代,自己就已熟读《毛泽东选集》四卷本,对其中的《湖南农民运动考察报告》《星星之火,可以燎原》《实践论》和《矛盾论》尤为熟悉,所以毛主席在会谈中的不少话语刚刚被翻译出来,自己便随即知道这些话语出自《毛泽东选集》哪一卷的哪一篇文章。会见结束后,毛主席等中国领导人站在门口,与日本朋友一一握手话别。当时,从东京大学毕业不久的青年作家大江照例排在日本代表团的队尾,终于轮到大江上前告别时,毛主席一手握住大江的手,用另一只手指点着大江说道:你年轻,你贫穷,你革命,将来你一定会成为伟大的革命家。这段话语其实是毛主席在会见期间对日本客人所说内容的一部分,大意是一个成功的革命家必须具备几个条件:一是要贫穷,穷则思变,才会参加革命;二是要年轻,否则很可能在革命成功之前就已经牺牲;三是要有革命意志,否则就不会参加革命。多年后当大江获得诺贝尔文学奖并接受德国一家媒体采访之际回想起了毛主席的这段话语,便对这家媒体不乏幽默地表示:毛泽东主席曾于一九六〇年预言自己将会成为伟大的革命家,现在看来,毛主席只说对了一半——自己虽

---

① 白土吾夫著「中国訪問日本文学代表団の三十八日の旅」,『写真 中国の顔』,現代教養文庫,一九六〇年十月,第178页。

未能成为伟大的革命家,却也成了伟大的小说家。在二〇〇八年八月接受另一次采访时,大江对采访者回忆道:与毛主席握手时,感到毛主席的手掌非常大,非常绵软,非常温暖,这种感觉已经连同毛主席当时所说的话语一道,早已固化在自己的头脑里,在每年临近六月二十一日的时候,就会提前嘱咐妻子订购茉莉花,因为日本原本没有这个物种,是从中国移植到日本来的,所以并不多见。及至到了二十一日这一天,自己就会停下所有工作,面对那盆订购来的茉莉花,缅怀一九六〇年六月二十一日夜晚聆听毛泽东主席和周恩来总理教诲时的情景。讲述这段话语的这一天恰巧也是六月二十一日,大江便对采访者指着花盆中绿叶掩映的小小白色花蕾如此说道:

> 今天,我妻子买来三盆白色的茉莉花(把"茉莉花"念成了"毛莉好"),是从中国移植来的,就摆在客厅的中央。花开得非常可爱,经常传来阵阵幽香。我想起自己二十五岁的时候,中国领导人在上海接见了我。我记得自己在见到毛主席和周总理之前,前方有一条狭长的走廊,走廊两旁开满了洁白的花。花的浓郁幽香从两侧沁入鼻腔(用左、右手的食指分别指向两个鼻孔),我们就沿着茉莉花曲曲折折地向前深入。走廊的尽头就是毛泽东主席、周恩来总理、陈毅副总理,还有当时的上海市负责人柯庆施。在我的记忆中,毛泽东主席、周恩来总理、陈毅副总理,还有茉莉花,都是紧紧联系在一起的。这就是亚洲伟大的人物给我留下的最美好的记忆。我和帕慕克见面时,经常对他说:"帕慕克,你记着,我是毛泽东主席的一位朋友!"(大笑起来)其实也不能算朋友,但我见过他!①

鲁迅的启示,周恩来总理的慰问,毛泽东主席的勉励,不可避免地为大江的人生观带来重大影响。这种影响首先显现在回国时在羽

---

① 大江健三郎与许若文对谈:《卡创作了一个灵魂,并思索着诗歌……》,《当代作家评论》,二〇〇九年第一期,第95页。

田机场对新婚妻子由佳里所说的那番话语——"还是生一个孩子吧,未来还是有希望的"。这种对未来抱持希望的积极变化当然也反映在了其后的创作态度中。相较于初期作品中在"铁屋子"里发出的"含着大希望的恐怖的悲声",在相继发表于《文学界》一九六一年一月号和二月号的中篇小说《十七岁少年》和《政治少年之死》中,大江简直就是在呐喊了。这两部短篇小说为姐妹篇,前者叙述了一个十七岁少年为摆脱孤独和焦躁,受雇于右翼分子,成为所谓"纯粹而勇敢的少年爱国者"。后者仍然以独白的口吻,叙述这个十七岁的主人公在忠君的迷幻中,"为了天皇而刺杀"了反对封建天皇制的"委员长"。这两部无情抨击封建天皇制之虚幻、右翼团体之虚伪的姐妹篇一经发表,随即受到右翼团体的威胁。在右翼的巨大压力下,刊载该作品的《文学界》没有征得大江本人同意,便在该刊三月号上发表谢罪声明。从此,《政治少年之死》在日本被禁止刊行,直至二〇一八年七月被收入讲谈社版"大江健三郎全小说"之前的这半个多世纪里,未能被收录在大江的任何作品集里。对于标榜言论自由和出版自由的日本这个所谓的民主国家,这个事实本身不能不说是个绝妙讽刺。当然,这两篇作品的创作对于大江本人来说也是一个历史性转折,此后,作为一名知识分子,大江总是有意识或下意识地站在边缘角度,开始用审视甚至批判的目光注视着权力和中心,越来越靠近鲁迅所坚持的批判立场。

这次访问中国给大江带来的另一个重大影响,就是亲眼看到了革命获得成功的中国,并了解到中国革命的全过程。这已经不是此前空泛的革命想象,而是一个实实在在的成功范例,是中国自古以来的以民为本的最佳实践范例,是使得亿万民众得以摆脱战乱、贫困和屈辱,逐步走向富裕与和平的最佳实践范例。无疑,这是人道主义(由于人道主义和人文主义同出法语"humanism"之词源,我们当然可以认为这也是人文主义)在中国这片辽阔土地上获得的巨大成功。这个范例之所以成功,在很大程度上取决于在革命初期,毛泽东等革命家在实践中摸索和总结出"以农村包围城市,最终夺取全国胜利"的革命道路。中国革命的这个成功经验给了青年作家大江健三郎以极大启示,在思考故乡的暴动历史时便有了一个很好的参照系,同时开始考虑将这个策略移入自己的文学创作之中。也是在这一时期,在中国宏大革命愿景的反衬下,大江开始觉察自己"陷入了作为作家的危机,因为,我在自己写作的小说里看不到积极的意义……自己未能在作品中融入积极的意义并向社会推介。我意识到了这个问题,开始怀疑将自己人生的时光倾注到作家这个职业中是否值得"①。也就是说,为了迎合高度商业化的新闻界,刚刚踏足文坛的青年作家大江不得不接二连三地创作"有趣的小说"而非具有"积极的意义"的小说。倘若不如此,就可能像诸多崭露头角不久便被高度商业化的媒体短期使用后无情抛弃的新作家那样退出文坛。然而,无论是少年时代接受的战后民主主义教育,还是大学时代学习的欧洲人文主义,尤其是这次访问中国、亲眼看见人文主义在中国获得巨大成功后引发的诸多思考,都让大江开始怀疑是否值得用自己的整个人生来迎合新闻界的商业价值取向而不断写作以往那种"有趣的小说"。答案当然是否定的,因为这些"有趣的小说"对于深陷艰难困境的人类个体及至群体完全不具备人文主义价值!大江由此开始有意识地把故乡的山林作为根据地/乌托邦,借《万延元年的Footabll》中的农村暴动叙事抗衡官方话语体系中的"明治维新百年纪念活动";尤其在《两百年的孩子》里,运用转换时空的科幻手法,

---

① 大江健三郎著,许金龙译《作为〈广岛札记〉的作者》,引自《广岛札记》,翁家慧等译,中国广播电视出版社,二〇〇九年,第1页。

让自己三个孩子的分身往来于以往、现在和未来,让他们目睹历史上的暴动,并经历未来日本复活国家主义之际,孩子们在故乡的山林中找到具有共产主义特征的、彼此友爱的乌托邦。这个故事的梗概大致如下:

三个小主人公决定在暑假结束前,再进行最后一次冒险,而这次冒险的目的地,则是八十年后的当地山林。当他们来到未来之后感到震惊的是,原本茂密的大森林由于人为原因而开始颓败,在他们无意中闯入一座超大型建筑物附近时,却因未携带所谓输入个人详细信息的 ID 卡,而被戒备森严的保安队关在屋子里,其后送交县知事进行讯问。这时他们才知道,县知事正在这里举办一个大型集会,奇怪的是,出席集会的那些动作整齐划一、鱼贯而入的少男少女们穿戴的却是迷彩服和贝雷帽。后来他们在农场/根据地询问千年老树遭焚毁之事时了解到一个让他们不寒而栗的事实:在所谓"国民再出发"的口号下,未来的日本政府"掀起了精神纯化运动"的国家宗教,利用被修改的宪法烧毁国家宗教之外的所有教会、寺院和神社,以取消人们原先无论是基督教、佛教还是神道教的宗教信仰,试图从精神上对国民进行高度控制。作为具体措施,则强制性地要求人们必须随身携带输入个人详细信息的 ID 卡。同样可怕的是,政府动员了全国百分之九十的青少年参加了这场运动,并让这些少男少女头戴贝雷帽、身穿迷彩服,组建为一支规模庞大、组织严密的准军事组织……

显而易见,大江是在借助专门为孩子们创作的这部小说教导他们和她们如何与过往的历史进行对话,如何了解历史事件在其发生之时意味着什么,如何理解该历史事件对于当下甚或未来具有怎样的意义。

或许是担心在这部小说里对孩子们提出的预警不够充分,还不足以引起孩子们的足够重视和警觉,大江在其后第三年出版的长篇小说《别了,我的书!》里,更是借用与其在文本内的分身"长江"之日语发音相谐的"征候"来表征自己的工作:"我要做的工作,是在某些事件发生之前,就收集其细微的前兆。在那些前兆堆积的前方,一条无可挽救的、不可返回的、通往毁灭方向的道路延伸而去。……我所要写作的'征候',则要以全世界为对象,预先摸索出它前进的方向和道路。"①而且,这位由民本主义出发的人文主义作家为了让大多数孩子们都能阅读到这些"征候",特意提出要把记载这些"'征候'的书架调到适当的高度,以便十三四岁的孩子谁都能打开箱子阅读其中资料。因为,惟有他们才是我所期待的阅读者,而且,有关'征候'的我的想法,也都是试图唤起他们颠覆记录于其中的所有毁灭的标志的想法"②。大江将自己的人文主义课程对孩子们阐释得非常清晰且浅显易懂:他要将通往"无可挽救的、不可返回的、通往毁灭方向的道路"之"征候"和"预兆"告知孩子们,以期让他们产生"想法",去颠覆"其中的所有毁灭的标志",以便"创造出明亮、生动、确实体现出人的尊严的未来",而非"充满黑暗、恐怖和非人性的未来"③!我们可以将这段话语视作大江对孩子/新人的热切期许,还可以将其视为大江及其文学的人文主义核心价值观。

当然,未来也不是全无希望。还是在那片森林里,在两百年前农民举行暴动的旧址上,从南美以及亚洲各国来到此地的劳动者们以农场为基础,重新建立起了"蹈根据地"。在这个根据地里,"由于成

---

① 大江健三郎著,许金龙译《别了,我的书!》,译林出版社,二〇〇八年十月,第318页。
② 同上。
③ 大江健三郎著,许金龙译《走的人多了,也便成了路!》,引自《大江健三郎文学研究》,百花文艺出版社,二〇〇八年七月,第21—22页。

年人在农场和食品加工厂里忙于工作,孩子们便依据'蹓根据地'从创始之初便传承下来的志愿工作制度过着集体生活。有趣的是,这里的语言是混有日语和父母祖国语言的各种话语,而孩子们则只使用自己的语言……"①

或许有人会认为故事并不能代表现实,更不可能是未来的真实再现,对于二〇六四年那个未来所显现出来的可怕前景,我们大可不必在意。遗憾的是,东京大学学者小森阳一教授肯定不会同意这样的看法。在讨论《两百年的孩子》这个故事里未来的可怕前景时,小森教授表示,大江在作品里描绘的可怕未来,实际上现在已经开始出现——日本政要不顾曾遭受侵略战争伤害的亚洲各国人民反对,接连参拜供奉着甲级战犯的靖国神社;日本政府强行通过所谓国旗国歌法,要求学校的教职员工和所有学生在开学和毕业仪式上起立,在国歌声中向国旗致礼,而不愿向那面曾侵略过亚洲诸国的国旗敬礼者,轻则影响升职,重则被开除公职,在右翼政客石原慎太郎任东京都知事期间,这种处分更是严厉,据小森教授说,他的几个朋友已经因此而被开除公职;就在前几年,日本数十位国会议员在美国报纸上刊载大幅广告,说是不存在慰安妇问题,还恬不知耻地说什么那些慰安妇是自愿卖淫者,其收入有时甚至超过日本军队里的将军;更让人忧虑的是,日本保守派正在竭力修改和平宪法,尤其是这部宪法中的第九条有关日本永久性放弃战争、不成立海陆空三军的条款,试图为全方位复活国家主义清除最大的障碍。日本筑波大学学者黑古一夫教授的观点与小森教授相近,他认为日本的政治主导权始终掌握在保守派手中,他们期望从根本上改变日本战后开始实施的民主主义,复活战前的价值观……

---

① 大江健三郎著,许金龙译《两百年的孩子》,百花文艺出版社,二〇〇七年九月,第254页。

综上所述,大江所描述未来社会的阴暗前景,就不是毫无根据的空穴来风了,而是基于对现实的忧虑甚或预警。为了大多数人的希望,大江通过《两百年的孩子》这个故事,以艺术手法为人们展示了以往(被官方遮蔽了的暴动史)、现在(日本当下试图修改和平宪法的政治现状甚或准备违宪参战)和未来(日本几十年后极可能出现全面复活国家主义的阴暗前景),并借法国诗人、哲学家和评论家保尔·瓦莱里之口,向我们表明了历史、当下和未来的关系。尽管未来的前景是黯淡的,但是这位老作家也明确地告诉人们,情况并没有糟糕到绝望的地步,那里毕竟还有一群心地善良的人在农场/根据地里坚持自己的操守,抵制来自官方的高压,烧毁严重侵犯人权的ID卡,以各种方式不让孩子们参加那个准军事组织,等等。至于如何在了解历史的基础上创造美好的未来,不妨以大江在北大附中结束演讲时的一段话语来提供一种参考:

> 你们是年轻的中国人,较之于过去,较之于当下的现在,你们在未来将要生活得更为长久。我回到东京后打算对其进行讲演的那些年轻的日本人,也是属于同一个未来的人们。与我这样的老人不同,你们必须一直朝向未来生活下去。假如那个未来充满黑暗、恐怖和非人性,那么,在那个未来世界里必须承受最大苦难的,只能是年轻的你们。因此,你们必须在当下的现在创造出明亮、生动、确实体现出人的尊严的未来,而非前面说到的那个充满黑暗、恐怖和非人性的未来。我憧憬着这一切,确信这个憧憬将得以实现。为了把这个憧憬和确信告诉北京的年轻人以及东京的年轻人,便把这尊老迈之躯运到北京来了。之所以这么做,是因为已然七十一岁的日本小说家,要把自己现在仍然坚信鲁迅那些话语的心情传达给你们。①

---

① 大江健三郎著,许金龙译《走的人多了,也便成了路!》,引自《大江健三郎文学研究》,百花文艺出版社,二〇〇八年七月,第21—22页。

对于这段话语中出现的通往"充满黑暗、恐怖和非人性的未来"之可能性,大江无疑是悲观的,却决不是绝望的,更是在鼓励中国和日本的孩子们"必须在当下的现在创造出明亮、生动、确实体现出人的尊严的未来",坚定不移地憧憬着孩子们通过自己的努力,将免于陷入"充满黑暗、恐怖和非人性的未来",并且借助鲁迅的话语引导孩子们"希望是本无所谓有,无所谓无的。这正如地上的路;其实地上本没有路,走的人多了,也便成了路"。由此可见,大江既是果敢前行的悲观主义者,更是勇敢战斗的、由民本主义升华的人文主义者。

四(上)、源自鲁迅的"始自于绝望的希望"

1.初识鲁迅

在论及大江文学中的世界文学影响时,学界一直关注来自拉伯雷及其鸿篇巨制《巨人传》、但丁及其不朽长诗《神曲》(全三卷)、布莱克及其神秘长诗《四天神》和《弥尔顿》、萨特及其存在主义代表作《自由之路》、巴赫金及其狂欢化和大众笑文化系统之论著、艾略特及其长诗《荒原》和《四个四重奏》、奥登及其短诗《美术馆》、本雅明及其论著《论历史哲学纲要》等作家、诗人和学者以及他们的作品之影响,却很少有人注意到鲁迅和他的文艺思想在大江文学生涯中的存在和重要意义。其实,早在少年时期、学生时代乃至成为著名作家之后,大江都一直在阅读着鲁迅,解读着鲁迅,以鲁迅的文学之光逆行于精神困境和现实阴霾中。

正如大江在晚年间(二〇〇九年一月十七日)对铁凝和莫言追忆其所传家学时所言:"我的妈妈早年间是热衷于中国文学的文学少女……"[①]大江的母亲,彼时的日本女青年小石非常熟悉并热爱中

[①] 大江健三郎、莫言、铁凝著,许金龙译《中日作家鼎谈》,《当代作家评论》,二〇〇九年第五期,第52页。

国现代文学。在一九三四年的春日里,小石偕同对中国古代文化颇有造诣的丈夫大江好太郎由上海北上,前往北京大学聆听了胡适用英语发表的演讲。在北京小住期间,这对夫妇投宿于王府井一家小旅店,大江的父亲大江好太郎与老板娘的丈夫聊起了自己甚为喜爱的《孔乙己》,由此得知了茴香豆的"茴"字竟然有四种写法。在人生的最后一天,大江好太郎将这四种写法连同对"中国大作家鲁迅"的敬仰之情,一同播散在自己的三儿子大江健三郎稚嫩和好奇的内心底里,使其随着岁月的流逝在爱子的内心不断萌发和成长。

二〇〇八年二月二十一日下午,仍然是在位于小田急沿线的成城别墅区的大江宅邸,大江对来访的老友莫言讲述家世时曾如此提及自己邂逅鲁迅的缘起:

……那是一九四四年十一月的一个冬日,是父亲在世的最后一天,恰逢一个传统节气,当时自己家里的经济条件还算不错,不少孩子依循旧俗到家里来讨点儿小钱,父亲坐在火盆旁喝酒,把零钱放在手边,邻居的孩子用草绳裹着的棒子在屋里叭叭叭地跳上一圈以示驱鬼,父亲就给几个小钱以作酬谢。冬日里天气很冷,自己陪坐在父亲身边,没人来的时候就陪父亲聊天。父亲便说起中国有个叫作鲁迅的大作家非常了不起。自己由此知道,父母曾于整整十年前的一九三四年经由上海去了北京,住在东安市场附近,小旅店老板娘的丈夫与父亲闲聊时得知眼前这位日本人喜欢阅读鲁迅作品,还曾读过《孔乙己》,便告知作品里的茴香豆的茴字有四种写法,并把这四种写法教给了父亲。父亲在世的这最后一天很长一段时间里,自己一直在倾听父亲讲述鲁迅及其小说《孔乙己》。父亲介绍了鲁迅这位"中国大作家"及其小说《孔乙己》之后,也说起了"茴香豆"的"茴"字的四种写法,边说边随手用火钩在火盆的余烬上——写下四个不同的"茴"字,使得第一次听说鲁迅和《孔乙己》的自己兴奋不已,"觉得鲁迅这个大作家了不起,《孔乙己》这部小说了不起,知道这一切以及茴香豆的茴字有四种写法的父亲也很了不起,遗憾的是自己现在只记得其中三种写法,却无论如何也记不得那第四种写法了"。母亲后来告诉自己,父亲当晚回房睡觉时,说是以前认为老大老二有出息,现在想来是看错了,以后健三郎肯定会有大出息,自己讲到鲁迅的时候,健三郎眼睛都是直的,都放出光来,这孩子对学问抱有强烈的欲望,其他几个孩子却没这种感觉,这孩子将来不会是普通人……

从以上这些文字可以看出,一九三五年一月三十一日出生的健三郎是在将近十岁时第一次听说鲁迅及其作品的,当时的情景连同对父亲的追忆一同深深地印在自己的记忆里,为其后阅读和理解鲁迅创造了条件。根据大江的口述,当年在上海小住期间,大江好太郎和小石夫妇购买了由鲁迅等人于一九三四年九月十六日刊发的《译文》杂志创刊号,那是一本专门翻译介绍和评论外国优秀文学作品的杂志,由鲁迅本人和茅盾等优秀翻译家承担翻译任务。在后来的漫长岁月里,那本杂志就成了母亲爱不释手的书刊之一。再后来,这本创刊号就成了其爱子大江健三郎的珍藏。

大江夫妇还在上海一家旧货铺各为自己选购了一只红皮箱。一大一小这两只红皮箱陪伴他们走完了其后的生涯,最终进入他们的爱子大江健三郎晚年创作的长篇小说《水死》,成为该小说具有隐喻意味的重要道具。

在中国旅行期间,这对夫妇正孕育着一个小小的生命,那就是在他们回到日本后不久便呱呱坠地的大江健三郎。诞下健三郎之后,母亲小石"一直没能从产后的疲弱中恢复过来",于这一年的年底前往东京的医院住院治疗,其间收到正在东京读大学的同村好友赠送的、同年一月出版的《鲁迅选集》(岩波文库版,佐藤春夫、增田涉译)。七十多年后,大江面对北大附中初一年级和高一年级近千名新生回忆儿时情景时曾这样说道:"母亲是一个没什么学问的人,可是她的一个从孩童时代起就很要好的朋友却前往东京的学校里学习,母亲以此作为自己的骄傲。此人还是女大学生那阵子,对刚刚被介绍到日本来的中国文学比较关注,并对母亲说起这些情况。我出生那一年的年底,母亲一直没能从产后的疲弱中恢复过来,那位朋友便将刚刚出版的岩波文库本赠送给她,母亲好像尤其喜欢其中的《故乡》。"①十二年后的春天,当健三郎由小学升入初中之际,作为贺礼,从母亲那里得到在战争期间被作为"敌国文学"而深藏于箱底的这部《鲁迅选集》,由此开始了对鲁迅文学从不曾间断的、伴随自己其后全部生涯的阅读和再阅读,并将这种阅读感悟内化为自己的价值取向,不断显现于从处女作《奇妙的工作》(1957)直至最后一部长篇小说《晚年样式集》(2013)等诸多作品之中。

2."我从十二岁开始阅读鲁迅作品"

一般读者阅读大江文学,初时可能会感到大江的小说天马行空、时空交错,从而很难将其统合起来。如果坚持读下去,最好多读几本大江小说,就会发现这其中有一个似曾相识的共性,那就是作者始终立足于边缘,不懈地对权力和中心提出质疑甚或挑战,为处于边缘的民众大声呐喊。换句话说,特别是对于熟悉中国现代文学的读者而言,在阅读大江小说或是解读大江文本之际,经常会隐约感觉到鲁迅的在场。二〇〇六年八月里的一天,笔者陪同中国社科院外文所所长陈众议教授前往位于东京郊外的大江宅邸,协调其将于翌月访华的日程安排。处理完工作后,出于研究者的职业习惯,笔者便对大江提出了自己的困惑:在您的小说文本中总能隐约感觉到鲁迅的在场,最初阅读鲁迅作品时您大概多大岁数?您阅读的第一批鲁迅作品都

---

① 大江健三郎著,许金龙译《走的人多了,也便成了路!》,引自《大江健三郎文学研究》,百花文艺出版社,二〇〇八年七月,第14页。

有哪些？哪些作品让您欢悦？哪些作品让您难受？哪些作品让您长久铭记？您是从哪里得到那些鲁迅作品的？……

大江坐在专属于他的单人沙发上，照例安静地低着头在笔记本上记录下所有问题，然后抬起头来回答说：自己从不曾想过这个问题，也从不曾有人提过这个问题，在记录的过程中，自己已经在回忆并且思考这些问题了。现在有的问题可以回答，有的问题则因为年代久远，记忆已经模糊不清，需要进一步调查过后，待去北京访问期间再一并作答。现在可以回答的问题如下：自己确实读过鲁迅作品，而且早在少年时代就开始阅读，至于具体是几岁开始阅读鲁迅作品，还需要进一步回忆。第一批阅读的鲁迅作品有《孔乙己》《故乡》《药》《社戏》《狂人日记》……

为了更好地梳理当时情景，这里需要用对谈的形式还原这次谈话的经过和大致内容：①

许金龙：我知道您在儿时就从母亲那里接受了鲁迅、郁达夫等中国作家的影响，这从您的一些作品和谈话里可以感觉出来。我还注意到您在一九五五年写了一首题为《杀狗之歌》的自由体诗，也就是被您称为"像诗一样的东西"的习作，这首自由体短诗只有几行，全文是这样的：

> 为了杀掉足以咬死你的大狗
> 你首先要摸弄自己的睾丸
> 再让你想杀死的狗嗅那手掌
> 在狗上当之际，乘机打杀
> ＊ 发出含着大希望的恐怖的悲声
> 狗（Ａ）

---

① 大江健三郎与许金龙对谈：《大江健三郎将访中国，深受鲁迅及毛泽东影响》，《环球时报》，二〇〇六年九月一日。

代 总 序

抑或你(B)

死去

或者你们结婚(C)

*……鲁迅《野草》①

您在这里引用了《呐喊》中《白光》的这样一句话:发出"含着大希望的恐怖的悲声"。从您的这处引用可以看出,您在很年轻(或者很小)的时候就接触了鲁迅文学,我想知道的是,您最初阅读鲁迅作品是在什么时候?您又是在哪里接触到这些作品的?

大　江:现在回想起来,应该是在很小的时候开始阅读的。一下子说不清当时的具体年龄了,大概是在十二岁左右吧。《孔乙己》中有一段文字给我留下了非常深刻的印象,就是"我从十二岁起,便在镇口的咸亨酒店里当伙计"。这里所说的镇子,就是经常出现在鲁迅小说中的鲁镇。记得读到这段文字时,我就在想:"啊,我们村子里成立了新制中学,真是太好了!否则,刚满十二岁的自己就去不了学校,而要去某一处的酒店当小伙计了。"②这一年是一九四七年,读的那本书是由佐藤春夫、增田涉翻译的《鲁迅选集》。当时读得并不是很懂,就这么半读半猜地读了下来。是的,我是从十二岁开始阅读鲁迅作品的。

关于这本书的来历还有一个故事。我是一九三五年一月出生的,母亲生下我以后,她的身体一直到年底都难以恢复。母亲当时有一个儿时的朋友在东京读大学,这个喜欢中国文学的朋友便送了母亲一本书,就是刚刚被介绍到日本来的鲁迅的作品,记得是岩波文库本。母亲好像尤其喜欢其中的《故乡》。两年后,也就是一九三七年,这一年的七月发生了卢沟桥事件,十二月发生了日本军队进行大屠杀的南京事件,于是即

---

① 诗文中米花注为大江本人所注。或是出于笔误等原因,作者将典出于《白光》的"含着大希望的恐怖的悲声",误认为典出于《野草》。

② 大江健三郎小学毕业前,因家中贫困,母亲无力将其送到镇上的中学里继续读书,便在邻近的镇子找了一家店铺,打算等大江小学毕业后就送其去做不领工资的实习小伙计。

便在我们那个小村子,好像也不再能谈论中国文学的话题了。母亲就把那册岩波文库本《鲁迅选集》藏在了小箱子里,直到战争结束后,我作为第一届根据民主主义原则建立的新制中学的学生入学时,母亲才从箱子里取出来作为贺礼送给我。

许金龙:您当时阅读了哪些作品?还记得阅读那些作品时的感受吗?

大　江:有《孔乙己》《药》《狂人日记》《一件小事》《头发的故事》《故乡》《阿Q正传》《白光》《鸭的喜剧》和《社戏》等作品。其中,《孔乙己》中那个知识分子给我留下了非常深刻的印象,孔乙己这个名字也是我最初记住的中国人名字之一。要说印象最为深刻的作品,应该是《药》。在那之前,我叔叔曾从我父亲这里拿了一点儿本钱,在中国的东北做过小生意,把中国的小件商品贩到日本来,再把日本的小件商品贩到中国去。有一次他来到我们家,灌装了一些中国样式的香肠,悬挂在房梁上,还为我们做了中国样式的馒头,饭后还剩下几个馒头就放在厨房里。晚饭过后就问起我正在读的书,听说我正在阅读鲁迅先生的《药》后,他就吓唬我说:你刚才吃下去的就是馒头,作品里那个沾了血的馒头和厨房里那几个馒头一模一样。听了这话后,我的心猛然抽紧了,感到阵阵绞痛(用双手用力做拧毛巾状)。这是我有生以来第一次感受到这种内心的绞痛,不停地呕吐着,把晚饭时吃下去的东西全给吐了出来。

当时我很喜欢《孔乙己》,这是因为我认为咸亨酒店那个小伙计和我的个性有很多相似之处。《社戏》中的风俗和那几个少年也很让我着迷,几个孩子看完社戏回来的途中肚子饿了,便停船上岸偷摘蚕豆用河水煮熟后吃了。这里的情节充满童趣,当时我也处在这个年龄段,就很自然地喜欢上这其中的描述。当然,《白光》中的那个老读书人的命运也让我难以淡忘……

许金龙:鲁迅在日本留学期间,曾接触尼采、克尔凯郭尔、叔本华以及易卜生等所谓"神思宗之至新者"的思想,尤其通过尼采和克尔凯郭尔这两位存在主义先驱,鲁迅发现了尼采提出的"近世文明之伪与偏",以及克尔凯郭尔主张的"发挥个性,为至高之道德",其后就在这种影响下写出了《野草》等作品。当然,法国的现代存在主义与这种思想也是相通的。我想了解的是,您在阅读和接受鲁迅影响的同时,是否把其中与存在主义相通的某些要素也一并吸收了过来,然后在大学里自然也是必然地选择了萨特和存在主义?

大　江:我不知道鲁迅先生在日本留学期间曾接触克尔凯郭尔等人的思想。你刚才说到我在阅读鲁迅作品的同时,把其中与存在主义相通的某些要素也一同吸收过来,并在此基础上选择了萨特和存在主义,关于这种说法,我从不曾听人说起过,当然,我本人也从未做过这样的联想。但是,这是一个很有意思的提法。现在细想起来,鲁迅确实和克尔凯郭尔并肩站在黑暗的、深不见底的绝望之海上寻找着希望……

许金龙:您可能没有注意到,其实在鲁迅和克尔凯郭尔这两位先驱者的身后,还有一位戴着用黑色玳瑁镜框制成的圆形眼镜的日本老人,正与这两位先驱者一同站在黑暗的、深不见底的绝望之海上寻找着希望……

大　江:(大笑)……

许金龙:说到绝望与希望这一话题,我想起了您于去年十月出版的《别了,我的书!》。这是《被偷换的孩子》三部曲中的第三部长篇小说。在这部小说的红色封腰上,我注意到您用白色醒目标示出的"始自于绝望的希望"这几个大字。如果我没有说错的话,这是您对鲁迅的"绝望之为虚妄,正与希望相同"在当下所做的最新解读。当然,在您对这句话的解读中,希望的成分显然更多一些,更愿意在绝望中主动而积极地寻找希望。

大　江:(大笑)是的,这句话确实源自鲁迅先生的"绝望之为虚妄,正与希望相同",不过,在解读的同时,我融进了自己的一些看法。我非常喜欢《故乡》结尾处的那句话——"希望是本无所谓有,无所谓无的。这正如地上的路;其实地上本没有路,走的人多了,也便成了路"。我的希望,就是未来,就是新人,也就是孩子们。这次访问中国,我将在北京大学附属中学发表演讲,还要与孩子们一起座谈。此前我曾在世界各地做过无数演讲,可在北京面对孩子们将要做的这场演讲,会是这无数演讲中最重要的一场演讲。

许金龙:从一九五五年到二〇〇五年,这期间经历了整整五十年,跨越了您的整个创作生涯。从您在一九五五年那个习作中所做的引用,到二〇〇五年《别了,我的书!》腰封上所标示的"始自于绝望的希望",是否可以认为,您对鲁迅的阅读和吸收贯穿于您这五十年间的创作生涯?另外,您目前还在阅读鲁迅吗?还是儿时那个版本吗?

大　江:我对鲁迅的阅读从不曾间断,这种阅读确实贯穿了我的创作生涯。不过,儿时阅读的那个版本因各种原因早已不在了,现在读的是筑摩书房的《鲁迅文集》,是竹内好翻译的。(说完,急急前往书房抱回一大摞白色封套的鲁迅译本,将其放在客厅书架上让我们观看)……①

由此可见,从少年时代因战后义务教育法的实施感到庆幸而与《孔乙己》中的"小伙计"产生共情,到青年时期面对日本社会复杂现实的绝望而借助《白光》发出了诗学的"悲声",鲁迅文学对于大江的整个创作生涯而言,已然语境化于大江所处的社会现实,且内化到了其"暗境逆行"的文学基调中。

3.大江文学起始点上的鲁迅

前面引文中的《杀狗之歌》里的米花注是大江本人打上去的,其实,这段话源出于《鲁迅全集》第一卷《呐喊》中的《白光》一文,说的是一个屡试不中的老读书人在迷幻中奔着城外的白光而去,"游丝

---

① 许金龙著《大江健三郎与中国》,《传记文学》,二〇二〇年第八期,第47—49页。

似的在西关门前的黎明中,战战兢兢地叫喊"出的无奈、绝望却又"含着大希望的恐怖的悲声"①。这就直观地说明,鲁迅的影响历史性地出现在了大江文学的起始点上,始自于少年时期对鲁迅的阅读和理解,使得大江此后在东京大学就读期间,不自觉地接受了鲁迅文学中包括与存在主义同质的一些因素,从而在其接触萨特学说之后,几乎立即便自然(很可能也是必然)地接受了来自存在主义的影响。当然,在谈到这种融汇时,必须注意到一个不可忽视的重要因素——鲁迅在绝望中寻找希望的有关探索与萨特的自由选择,其实都与人道主义传统有着密不可分的内在联系,因为这两者共有一个源头——丹麦宗教哲学家、存在主义哲学创始人索伦·克尔凯郭尔及其学说:人是哲学研究的对象,不单单是客观存在,要从个人的"存在"出发,把个人的存在和客观存在联系起来。

　　用短诗所引"含着大希望的恐怖的悲声"来表现大江当时的心境是比较贴切的。这首《杀狗之歌》的创作背景是这样的:在二次世界大战的最后阶段,少年大江所在村庄的所有狗都被集中在山谷中的洼地上屠宰,用剥下的狗皮制成皮衣和皮帽,用以装备侵占中国东北的关东军,使其得以度过当地的严寒。待杀的狗中就有大江家那条狗,大江带着弟弟眼看着整日跟随自己的爱犬被无情打杀却无力解救,只是下意识地把手指放在口里咬着,一直咬出了鲜血还浑然不觉。最让少年大江气愤的是,那个杀狗人面对狂吠不止的狗并不正面打杀,而是先把手伸到裤子里摸弄一下睾丸,再将那手掌伸到将要打杀的那只狗的鼻子前,于是狗立即安静下来,只是一味地嗅着那手掌上的睾丸气味。此时,杀狗人便乘机抡起藏在身后的木棒砸向狗

---

① 鲁迅著《白光》,《鲁迅全集》第一卷,《呐喊》,人民文学出版社,二〇一九年十二月,第575页。

的脑袋,一只又一只的狗就这样倒在了血泊之中:

> 我最初受到的负面冲击,就发生在战争临近结束的时候。有一天,一个杀狗的人来到我们村,把狗集中起来带到河对岸的空场去,我的狗也被带走了。那个人从早到晚一整天都在打狗杀狗,剥下皮再晒干,然后拿那些狗皮到满洲去卖,也就是现在的中国东北。当时,那里正在打仗,这些狗皮其实是为侵略那里的日本军人做外套用的,所以才要杀狗。那件事给我童年的心灵留下了巨大的创伤。①

引发大江这段儿时记忆的,据说是大江从朋友石井晴一处听说,东大附属医院里用于试验的百来条狗每到傍晚时分便一起狂吠。也是在这一时期,日本政府为扩建军事基地而强征东京郊外的砂川町农田,并动用警察镇压当地农民的反抗。于是,大批学生和工会人员为声援农民而前往示威,这其中也包括血气方刚的大江和他的同学们。在谈到那时的情景时,大江曾在一篇文章中写道:我出生在日本,这是一件多么不幸的事啊!这种阴郁的声音在我的身体内部开始发出任性而微小的余音。当时我刚刚进入大学,并参加了示威活动。显然,儿时的痛苦记忆与现实生活中的无奈和徒劳感,使得大江对医院里那些等待被宰杀的狗产生了某种程度的共情,觉得自己和同学们乃至日本的青年人何尝不是围墙中等待被宰杀的狗?!四十五年后的二〇〇〇年九月,面对中国社会科学院的数百名学者,已是诺贝尔文学奖获得者的大江健三郎这样回忆当时的情形:

> 在那段学习以萨特为中心的法国文学并开始创作小说的大学生活里,对我来说,鲁迅是一个巨大的存在。通过将鲁迅与萨特进行对比,我对于世界文学中的亚洲文学充满了信心。于是,鲁迅成了我的一种高明

---

① 大江健三郎与莫言对谈,庄焰译《二十一世纪的对话——大江健三郎 VS 莫言》,引自《我在暧昧的日本》,南海出版公司,二〇〇五年十一月,第22页。

而巧妙的手段,借助这个手段,包括我本人在内的日本文学者得以相对化并被作为批评的对象。将鲁迅视为批评标准的做法,现在依然存在于我的生活之中。①

如果说,萨特让这位学习法国文学专业的大学生感同身受地体验到了墙壁、禁闭、徒劳和恶心的话,那么,作为其参照系的鲁迅则让大江在发出"恐怖的悲声"的同时,还让他"含着大希望"。那么,这是一种什么样的希望呢?我们不妨来看看鲁迅在文本中的表述:

"假如一间铁屋子,是绝无窗户而万难破毁的,里面有许多熟睡的人们,不久都要闷死了,然而是从昏睡入死灭,并不感到就死的悲哀。现在你大嚷起来,惊起了较为清醒的几个人,使这不幸的少数者来受无可挽救的临终的苦楚,你倒以为对得起他们么?"

"然而几个人既然起来,你不能说决没有毁坏这铁屋的希望。"

是的,我虽然自有我的确信,然而说到希望,却是不能抹杀的,因为希望是在于将来……②

尽管由于认识上的局限,大江当时发出的这种"含着大希望的恐怖的悲声"还很微弱、无力和被动,却历史性地使得鲁迅与萨特作为东西方文学的一对坐标同时进入大江文学的起始点,并由此贯穿了这位作家的整个创作生涯,在不同创作时期发挥着不同程度的影响,最终在其长篇小说六部曲里达到高潮。

写下这首《杀狗之歌》半个多世纪后的二〇〇九年十月,大江在台北的"大江健三郎文学学术研讨会"上做小组点评时,如此回忆了自己从青年至老年的不同时期对"含着大希望的恐怖的悲声"这段

---

① 大江健三郎著,许金龙译《北京讲演二〇〇〇》,《中华读书报》,二〇〇〇年十月十八日。
② 鲁迅著《呐喊自序》,《鲁迅全集》第一卷,《呐喊》,人民文学出版社,二〇一九年十二月,第440页。

话语的不同解读：

　　……许金龙先生的论文非常深刻而且正确地表述了我少年时期是如何接触鲁迅的,这令我感到非常怀念。同时,也使我重又回忆自己、审视自己一直都在阅读的鲁迅文学。其实,在很长一段时间内,我并没有真正读懂自己持续阅读的鲁迅文学。……后来才发现,实际上自己在年轻时并没有读懂鲁迅。在《呐喊》这部作品中,鲁迅表示要在绝望中寻找希望,发出"含着大希望的恐怖的悲声"。我认为这是鲁迅思想中最难以理解的部分。绝望中蕴含着希望,这一点我非常理解。但是,所谓"恐怖的悲声"却是在我十几岁到三十五岁这段时期所无法理解的。此后,患有智力障碍的孩子出生了。三十岁、四十岁、五十岁的时候,我在自己的人生道路上、在绝望中寻找着希望并发出了"恐怖的悲声"。六十岁以后,直到现在七十多岁,我才得以理解,在恐怖的绝望的呐喊中蕴含着巨大的希望。这是非常重要的。年轻时,我就在鲁迅作品中读到发出"含着大希望的恐怖的悲声"。随着年龄的增长,而后我发现,这两件事其实是一样的。十五六岁的时候,我非常真实地发出了"含着大希望的恐怖的悲声",却并不是抱有很大的希望。到了现在这个年纪才发现,其实这种悲声本身就蕴含着巨大的希望。刚才,许先生在论文中对我作品的评价是:《优美的安娜贝尔·李　寒彻颤栗早逝去》表达了最深沉的恐惧,却也表现出了最大的希望。其实,这也是我正在思考的问题。①

尽管年少时初识"含着大希望的恐怖的悲声"却难解其中奥义,基于儿时痛苦记忆且糅合鲁迅深奥话语的《杀狗之歌》毕竟写了出来,为其后改写为剧本《野兽们的叫声》做了前期准备。一九五六年九月,由《杀狗之歌》改编而成的这个独幕话剧《野兽们的叫声》获东京大学学生戏剧剧本奖。一九五七年五月,也就是写下《杀狗之歌》

---

① 大江健三郎著,许金龙试译,根据"大江健三郎文学学术研讨会"台北会议录音整理而成的资料。

两年后,剧本《野兽们的叫声》再次被大江改写为短篇小说《奇妙的工作》,投稿于校报《东京大学新闻》并获该年度的五月祭奖,其后被推荐为芥川文学奖候补作品。这部短篇小说一经发表,便连同其作者大江健三郎一同引起广泛关注,多年后,大江这样回忆当时的情景:《奇妙的工作》在校报上发表是一个契机,文艺报刊因此而向我约稿,我就这样开始了自己的创作生涯。

在鲁迅和萨特这对东西方存在主义作家的共同影响下,在传授人文主义精神的导师渡边一夫教授的引导下,二十二岁的大江健三郎于一九五七年正式登上文坛,"作为渡边的人文主义的弟子,我希望通过自己身为小说家的工作,使那些用语言进行表达的人及其接受者,从个人的以及时代的痛苦中得以平复,并医治他们各自心灵上的创伤"。

4."鲁迅先生说,决不绝望!"

写下这篇"处女作"五十二年后的二〇〇九年一月,大江面对北京大学数百名学生回忆创作这部小说的背景时表示:

> 作为一名二十二岁的东京的学生,我却已经开始写小说了。我在东京大学的报纸上发表了一篇短篇小说,叫作《奇妙的工作》。
>
> 在这篇小说里,我把自己描写成一个生活在痛苦中的年轻人——从外地来到东京,学习法语,将来却没有一点希望能找到一个固定的工作。而且,我一直都在看母亲教我的小说家鲁迅的短篇小说,所以,在鲁迅作品的直接影响下,我虚构了这个青年的内心世界。有一个男子,一直努力地做学问,想要通过国家考试谋个好职位,结果一再落榜,绝望之余,把最后的希望都寄托在挖掘宝藏上。晚上一直不停地挖着屋子里地面上发光的地方。最后,出城到了城外,想要到山坡上去挖那块发光的地方。听到这里,想必很多都知道我所讲的这个故事了,那就是鲁迅短篇集《呐喊》里《白光》中的一段。他想要走到城外去,但已是深夜,城

门紧锁,男子为了叫人来开门,就用"含着大希望的恐怖的悲声"在那里叫喊。我在自己的小说中构思的这个青年,他的内心里也像是要立刻发出"含着大希望的恐怖的悲声"。我觉得写小说的自己就是那样的一个青年。如今,再次重读那个短篇小说,我觉得我描写的那个青年就是在战争结束还不到十三年,战后的日本社会没有什么明确的希望的时候,想要对自己的未来抱有希望的这么一个形象。①

一个农村出身的青年,从偏远山村来到东京学习法语,却难以在这个大都市里找到一份固定工作,便将自己毕业即失业的黯淡前景投射于《白光》中屡试不中的读书人陈士成,用自己的作品发出"含着大希望的恐怖的悲声",直至整整五十年后的二〇〇九年才发现,其实"在恐怖的绝望的呐喊中蕴含着巨大的希望",在这个"巨大的希望"支撑下,大江逐渐走入了鲁迅思想的深邃之处。这篇小说的发表给初出茅庐的大江带来了喜悦和希望——"我觉得自己已经成了一个真正的小说家,并决心今后要靠写小说为生。在此之前,我还要靠打工、作家教以维持在东京的生活"②。然而,当自己兴冲冲地赶回四国那座大森林中,"把登有这篇小说的报纸拿给母亲看"时,却使得母亲万分失望:

> 你说要去东京上大学的时候,我叫你好好读读鲁迅老师《故乡》里最后那段话。你还把它抄在笔记本上了。我隐约觉得你要走文学的道路,再也不会回到这座森林里来了。但我还是希望你能成为像鲁迅老师那样的小说家,能写出像《故乡》结尾那样美丽的文章来。你这算是怎么回事?怎么连一片希望的碎片都没有?③

---

① 大江健三郎著,翁家慧译《真正的小说是写给我们的亲密的信》,《文汇报》,二〇〇九年一月二十二日。
② 同上。
③ 同上。

接着,这位母亲情真意切地谆谆教诲自己的儿子:

> 我没上过东京的大学,也没什么学问,只是一个住在森林里的老太婆。但是,鲁迅老师的小说,我都会全部反复地去读。你也不给我写信,现在我也没有朋友。所以,鲁迅老师的小说,就像是最重要的朋友从远方写来的信,每天晚上我都反复地读。你要是看了《野草》,就知道里头有篇小说叫《希望》吧。①

当天晚间,无颜继续留在母亲身边的大江带着母亲交给自己的、收录了《希望》的一本书,搭乘开往东京的夜班列车,借着微弱的脚灯开始阅读《野草》,就像母亲所要求的那样,当作"最重要的朋友从远方写来的信"阅读起来,在感叹"《野草》中的文章真是精彩极了"②的同时,刚刚萌发的自信却化为了齑粉……

当然,来自母亲的影响只能是大江接受鲁迅的契机和基础。对于一个着迷于萨特的法国文学专业的学生来说,鲁迅在《野草》等作品中显现出来的早期存在主义思想,那种"我只觉得'黑暗与虚无'乃是'实有',却偏要向这些作绝望的抗战"③的思想,恐怕也是吸引大江的一个重要原因。尤其是《过客》里极具哲理的文字,竟与大江心目中其时的日本社会景象惊人一致,而鲁迅思想体系中源自尼采和克尔凯郭尔这两位存在主义前驱者的阴郁、悲凉的因素,与萨特的存在主义中有关他人是地狱等思想亦比较相近,这就使得大江必然地将鲁迅和萨特作为一对参照系,并进而"对于世界文学中的亚洲文学充满了信心"④。当

---

① 大江健三郎著,翁家慧译《真正的小说是写给我们的亲密的信》,《文汇报》,二〇〇九年一月二十二日。
② 同上。
③ 鲁迅著《致许广平》,《鲁迅全集》第十一卷,人民文学出版社,二〇一九年十二月,第467页。
④ 大江健三郎著,许金龙译《北京讲演二〇〇〇》,《中华读书报》,二〇〇〇年十月十八日。

然，对于大江来说，鲁迅无疑是早于萨特的先在。只是囿于认识的局限，学生时代的大江对鲁迅面向"黑暗和虚无"而展开的"绝望的抗战"等思想理解得并不很透彻，这就使得《奇妙的工作》和《死者的奢华》等早期作品中多见禁闭、徒劳、无奈、恶心、孤独等元素，即便在《人羊》等同期作品中有少许反抗，这种反抗也显得被动、消极和软弱无力。当然，这种状况终究还是开始了变化——《揪芽打仔》原稿中的小主人公"我"最终死于村民的残酷追杀之下，这个结局却让大江想起了母亲的批评——"怎么连一片希望的碎片都没有？"于是将这个结尾改为开放性结局，让"我"在森林里暂时逃脱村民们的追杀，在山林中跌跌撞撞地向着不知方向的前方继续跑去。这处改写，在给这篇小说留下绝望中的希望之际，也为大江此后的创作奠定了方向。一如晚年间的大江在参观鲁迅博物馆后回忆当年情形时所言：

> ……在我的老年生活还要继续的这段时间里，我想我还是会和鲁迅的文章在一起。从鲁迅博物馆回来的路上，我再次认识到了这一点。至少我现在能够理解，为什么母亲会对年轻的我所使用便宜的、廉价的"绝望""恐惧"等词语表现出失望，却没有简单地给我指出希望的线索，反倒让我去读《野草》里的《希望》。隔着五十年的光阴，我终于明白了母亲的苦心。
>
> ……我想起了鲁迅先生说的"绝望之为虚妄，正与希望相同"。身患重病，又面临异常绝望的时代现状，鲁迅先生还是说，决不绝望！而且，也决不用简单的、廉价的希望去蒙蔽自己或他人的眼睛。因为那才是虚妄。[①]

由此可见，尽管面对着存在主义这一源于西欧哲学的精神命题，

[①] 大江健三郎著，翁家慧译《真正的小说是写给我们的亲密的信》，《文汇报》，二〇〇九年一月二十二日。

大江仍然一直站在东亚世界的宏阔视野和历史特殊性中,思考着自己与鲁迅文学的关联。鲁迅的存在主义倾向及其牵连的世界文学/哲学脉络,也与大江对法国存在主义传统的反思存在着更为深层的纠葛。从鲁迅与大江的存在主义纽带来看,二者的文学亦可被视作西方存在主义思潮在东亚不同时期、不同政治社会语境下的文学诠释。或许鲁迅深感自己的绝望呐喊终将消声于中国后帝国时代的精神"绝地",而与之相比,感受着鲁迅对于希望性力量的投注,大江选择占据偏远的故乡村庄这片日本帝制伦理斜阳之外的"飞地",来以它的新生神话和反抗史诗刺破绝望,并以积极前行的伦理(affirmative ethics)践行着从"绝地"到"飞地"的穿越,力图重构希望的轮廓。

四(下)、发自于边缘的呐喊

1."救救孩子"与"向尚未出生的孩子们敞开心扉"

在其后的写作中,大江对于绝望和希望的思考通过另一种形式体现出来——在长篇小说《同时代的游戏》等小说里,对权力中心改写乃至遮蔽边缘地区弱势群体的历史之做法进行无情的嘲讽,借助森林中口耳相传的神话/传说和历史复制乃至放大遭到政府遮蔽的山村森林里的历史,把那座神话/传说的王国进一步拓展为森林中的根据地/乌托邦——超越时空的"村庄=国家=小宇宙",运用人类文化学意义上的边缘与中心的概念,使其"得以植根于我所置身的边缘的日本乃至更为边缘的土地,同时开拓出一条到达和表现普遍性的道路"①。

---

① 大江健三郎著,许金龙译《我在暧昧的日本》,引自《我在暧昧的日本》,南海出版公司,二〇〇五年十一月,第96页。

发表于一九七九年的《同时代的游戏》中的"五十日战争"期间，村庄＝国家＝小宇宙的民众通过坚壁清野和麻雀战等多种战法与"无名大尉"指挥的"大日本帝国皇军"进行了殊死战斗，尽管这场力量极为悬殊的五十日战争最终以失败告终，很多村民为此牺牲了生命，作者却意味深长地在战争临近结束时，让"年龄不同的孩子们组成的这个队伍，年长的背着年小的，或者牵着他们的手，虽然都是孩子，却懂得不让敌军发觉，在那位大汉的带领之下，小心翼翼地朝原生林的更深处走去"①，以致在其后由日军"无名大尉"主持的极为严酷的军事审判中没有一个孩子遭到杀戮。在这里，作者意犹未尽地进一步指出："五十日战争结束之后，人们把带领村庄＝国家＝小宇宙二分之一的孩子进入森林深处的大汉，比作带领童男童女去创建新世界的徐福。"②显然，作者大江想要借此告诉他的读者，村庄＝国家＝小宇宙的人们尽管在五十日战争中失败并遭到日本军队的屠戮，但是他们的孩子们却逃离了"大日本帝国皇军"的屠刀，跟随徐福式的人物经由森林深处前往远方构建新的世界。或许，在大江的写作预期中，他的隐含读者将会为这些得到拯救的孩子未被黑暗势力所吞噬而感到庆幸，与此同时，他和他的隐含读者在这里或许还会产生一个带有倾向性的预期，那就是逃脱被吃掉之厄运、随同徐福式的人物前往远方"创建新世界"的孩子们，一定不会再去吃人，而"没有吃过人的孩子，或者还有？"③的美好心愿，则会在这个"新世界"里得以实现。

---

① 大江健三郎著，李正伦等译《同时代的游戏》，作家出版社，一九九六年四月，第252页。
② 同上。
③ 鲁迅著《呐喊》《狂人日记》，《鲁迅全集》第一卷，人民文学出版社，二〇〇五年十一月，第454页。

比上述尝试更为积极的,是大江在《奇怪的二人配》这三部曲中所做的进一步尝试——比如在《被偷换的孩子》里,借助沃雷·索因卡笔下的女族长之口喊出:"忘却死去的人们吧,连同活着的人们也一并忘却!只将你们的心扉,向尚未出生的孩子们敞开!"①这一小段话语会立刻让人联想到《狂人日记》的最后一句话语——"救救孩子……"②因为惟有孩子,尤其是尚未出生的孩子,才象征着新生,象征着未来,象征着纯洁,这新生、未来和纯洁中就可能会有希望,就可能会有光明,就可能不被人吃且不去吃人。再譬如《愁容童子》里那位如愁容骑士般不知妥协也不愿妥协、接二连三遭受肉体和精神上不同程度的伤害的主人公古义人,最终仍在深度昏迷的病床上为如此伤害了他的这个世界祈祷和解与和平。不过,相较于约半个世纪前在《奇妙的工作》等初期作品群里对鲁迅作品的参考,在此时的解读中,大江更是在用辩证的方式理解和诠释绝望和希望,更愿意在当下的绝望中主动和积极地寻找通往未来之希望的通途,最终借助《优美的安娜贝尔·李 寒彻颤栗早逝去》到达了"群星在闪烁"和"光辉耀眼"的至善、至福的天国。

2."这是我人生中最重要的讲演"

为了把鲁迅的相关话语以及自己的解读直接传达给孩子们,近年来,大江在北京、东京、柏林等地与不同国别的孩子们频频进行面对面的对话,例如二〇〇六年九月十日,在北京大学附属中学结束自己的讲演时,他与中国的孩子们如此约定:

---

① 大江健三郎著,许金龙译《被偷换的孩子》,译林出版社,二〇〇八年十月,第237页。
② 鲁迅著《呐喊》《狂人日记》,《鲁迅全集》第一卷,人民文学出版社,二〇〇五年十一月,第455页。

七十年前去世的鲁迅显然是二十世纪最伟大的小说家之一。我和你们约定,回到东京以后,我会去做与今天相同的讲演。惟有北京的你们这些年轻人与东京的那些年轻人实现真正意义上的和解,并在此基础上展开友好合作之时,鲁迅的这些话语才能成为现实。请大家现在就来创造那个未来!

"我想:希望是本无所谓有,无所谓无的。这正如地上的路;其实地上本没有路,走的人多了,也便成了路。"①

在进入讲演会场前,对于这场期待已久的讲演,竟然使得大江陷入难以自抑的紧张情绪。随着讲演之日的临近,这种期待和紧张也越发明显。二〇〇六年九月十日清晨,在乘车前往北大附中前,大江在其下榻的国际饭店的餐厅用早餐时,其用餐量却远超平日——"夫人昨天晚间特意从东京挂来长途电话,嘱咐当天晚上要喝点儿葡萄酒以帮助入睡,今天早餐的饭量则要加倍,要鼓足气力做好今天的讲演,因为这场讲演特别重要,关乎中日两国的孩子们的未来!……"在前往北大附中的路途中,大江或是局促不安地不停搓手,或是身体左转、双手用力紧握左侧车门扶手。笔者与大江交往多年,多见其或爽朗、或开心、或沉思、或忧虑、或愤怒等表情,却从不曾目睹如此紧张局促的神态,便在一旁劝慰道:"您今天面对的听众是十三至十九岁的孩子,不必如此紧张。"大江却如此回答道:"我在这一生中做过无数场讲演,包括在诺贝尔文学奖获奖之际所做的讲演,却都没有紧张过。这次面对中国孩子们所做的讲演,是我人生中最重要的讲演,我无法控制住自己的紧张情绪……"

汽车驶入北大附中校园后,在校长康健教授的引领下,一行人向

---

① 大江健三郎著,许金龙译《走的人多了,也便成了路!》,引自《大江健三郎文学研究》,百花文艺出版社,二〇〇八年七月,第21—22页。

大会堂走去。这是一座刚刚落成的漂亮建筑群,划分为大会堂和教学楼等功能区。进入建筑群大门内的大厅后,康健引导大家正要往会堂入口处走去,此前因与康健寒暄已不显得紧张的大江此刻却再度紧张起来,他停下脚步窘迫地对陪同在身旁的笔者急切说道:"我还是觉得紧张,这种状态是无法面对孩子们发表讲演的,请与校长先生商量一下,可否帮我找一间空闲的房间,让我独自在那房间里待一会儿,冷静一会儿,我需要整理一下思绪……"康健听完转述后为难地表示,师生们此刻都在大会堂里等待聆听讲演,临近的教室和办公室全都锁了起来,只有学生们使用的卫生间没锁门。得知这一情况后,大江似乎松了口气,疾步走入男生使用的卫生间,虽说空无一人的卫生间里还算清洁,只是那气味确实比较刺鼻,未及人们上前劝说,便示意大家离开这里,以便让他独自待上一会儿,冷静一会儿……不记得是三分钟还是五分钟抑或更长时间,只听见门轴声响,大江快步走出门来,精神抖擞地说道:"我做好准备了,现在我们进入会场吧!"话音未落,便领先向入口处大步走去,在学生们热烈的掌声中登上讲台,丝毫不见先前的紧张、局促和不安。在介绍了自己从少儿时期以来学习鲁迅文学的体会之后,这位老作家直率地告诉学生们:

> 现在,日本与中国的关系并不好。我认为,这是由日本政治家的责任所导致的。我在想,在目前这种状态下,对于日本和中国这两国年轻人之间的未来而言,真正意义上的和解以及建立在该基础之上的合作,当然还有因此而构建出的美好前景,无论怎么说都是非常必要的。①

随后,这位老作家要求在座的中学生们与他共同背诵《故乡》最

---

① 大江健三郎著,许金龙译《走的人多了,也便成了路!》,引自《大江健三郎文学研究》,百花文艺出版社,二〇〇八年七月,第17页。

后一段话语以结束这次讲演。于是，近千名中学生稚嫩嗓音的汉语与老作家苍老语音的日语交汇成一个富有节奏感的巨大声响在会堂里久久回响——"我想：希望是本无所谓有，无所谓无的。这正如地上的路；其实地上本没有路，走的人多了，也便成了路"。大江这是希望中国的孩子们和日本的孩子们乃至亚洲各国的孩子们，都能在鲁迅这段话语的引导下，"在当下的现在创造出明亮、生动、确实体现出人的尊严的未来，而非前面说到的那个充满黑暗、恐怖和非人性的未来"，为自己更是为了未来而从绝望中踏出一条希望之路。

3."始自于绝望的希望"：为着悠久的将来

当然，这种危机意识或是恐惧、绝望却又竭力寻找希望的心情，不可避免地显现在大江这一时期创作的、以孩子们为阅读对象的《两百年的孩子》《在自己的树下》《康复的家庭》《温馨的纽带》和《致新人》等一批小说和随笔中。为了使得包括小学五年级孩子在内的中、小学生都能读懂，作者一改以复杂的复式语句和复调叙述为主体的冗长叙述，转而使用极为直白和易懂的口语文体，把当下的困难和明天的希望融汇在一个个小故事里。

在《两百年的孩子》以及此后于北大附中发表的演讲中，大江对"那个充满黑暗、恐怖和非人性的未来"所表现出的恐惧和戒备并非毫无缘由，其借助《两百年的孩子》等作品为未来的孩子们预言的危机非常不幸地正在一步步成为现实——这部小说问世三年之后的二〇〇六年十二月十五日，也就是大江对北大附中的孩子们发表讲演三个月之后的二〇〇六年十二月十五日，日本政府不顾国内诸多在野党派和民众的强烈反对，强行通过《教育基本法》修正案，要在基础教育中强调战争时期曾灌输的"爱国主义"，为日本中小学教育重回战前的"道德教育"和进而修改和平宪法以及制定《国民投票法》

创造有利条件。面对以上这些有可能实质性改变日本社会本质和走向的严峻局面，大江并没有在绝望中沉沦，而是预见性地通过《两百年的孩子》等作品不断向孩子们提出警示，并亲自来到北京，呼吁中日两国的孩子们从现在起就携手合作，以创造出"明亮、生动、确实体现出人的尊严的未来，而非前面说到的那个充满黑暗、恐怖和非人性的未来"①。

在大江于北大附中发表讲演四个月后的二〇〇七年一月，他在写给笔者的一封私人信函里如此讲述了自己离开北京后的工作状态：

……在今年，将要进入自己最后的也是最大的那部分工作，我希望这是与此前所有构想全然不同的、具有决定性的作品。目前我还没有动笔，拟于二月开始写作，为此，已从去年年末开始认真做了尝试。不过，这也是我成为作家之后感到最困难的时期。总之，必须突破第一道难关。从现在开始直至月底，乃至二月上半月这段期间，我必须每天进行这种繁忙的创作尝试。②

经过种种艰难尝试后问世的那部"与此前所有构想截然不同的、具有决定性的作品"，便是大江的长篇小说《优美的安娜贝尔·李　寒彻颤栗早逝去》。这个书名取自美国著名诗人爱伦·坡的代表作《安娜贝尔·李》的诗句，那首诗说的是一个处于热恋中的纯洁少女遭到六翼天使的嫉妒，夜里从云中吹来寒风将其冻死。与大江此前创作的所有小说相比，《优美的安娜贝尔·李　寒彻颤栗早逝去》确实显现出"一种令人意外的特质"，那就是历经数十年的艰苦

---

① 大江健三郎著，许金龙译《走的人多了，也便成了路！》，引自《大江健三郎文学研究》，百花文艺出版社，二〇〇八年七月，第22页。
② 许金龙著，《译者序·"我无法从头再活一遍。可是我们却能够从头活一遍"》，《优美的安娜贝尔·李　寒彻颤栗早逝去》，人民文学出版社，二〇〇九年一月，第1—2页。

跋涉后,大江健三郎这位从绝望出发的作家终于为自己、为孩子们、为所有陷于绝望中的人,更是为着"悠久的将来"寻找到了希望。

4. 鲁迅始终都是一个重要的参照系

在大江的这部长篇小说中,也有一位如同安娜贝尔·李一般纯洁的美丽少女,这位被称为"永远的处女"的女主人公"樱"身世悲惨,在二战末期,除了她本人被疏散到农村而侥幸活下来,全家人都在东京大轰炸中身亡。美国军队占领日本后,她被一个美国军人收养,身穿让邻居羡慕的漂亮裙子,似乎从此过上了幸福生活,并在那个美国军人摄制的电影《安娜贝尔·李》中饰演身穿"白色宽衣"的少女安娜贝尔·李,"樱"由此被电影界所关注,很快便成为著名童星,最终活跃在以好莱坞为中心的国际影坛。完成这部作品后,大江在《致中国读者》中这样表示:

> (自己)就写出了这部稍短一些的长篇小说《优美的安娜贝尔·李 寒彻颤栗早逝去》,意识到一种令人意外的特质正从中显现出来。最重要的是,我在这部小说的中心设置了一位女性。她与我大体上属于同一代人,作为少女迎来了战争的失败,在被占领时期不得不经历痛苦的生活。但是,她超越了这一切,通过不懈努力塑造出具有国际影响的电影女演员的成功人生。然而,现在她却要重新审视自己的一生。
>
> 她试图通过将一位女性为主人公的故事改编成电影来实现自己的想法。那位女性是日本一处农村(那是我至今一直不停写着的偏僻农村)从近代化进程开始之前便传承下来的大众心目中的英雄。当地农村的女人都支持这位既导演电影,本人也出演悲剧性女主人公的女演员,要帮助她实现这个计划。①

---

① 大江健三郎著,许金龙译《致中国读者》,《优美的安娜贝尔·李 寒彻颤栗早逝去》,人民文学出版社,二〇〇九年一月,第2页。

代 总 序

　　在这位"具有国际影响的女演员"樱正要雄心勃勃地推进自己的电影计划时,却被制片人用"卑劣"手段送进了精神病院,于是,其处于巅峰期的演员生涯至此不得不画上句号,自此沉寂了三十年之久。在这种令人绝望的状态中,樱始终抱持一个不曾破灭的希望,那就是回到日本的那片森林中去,亲自出演那里两次农民暴动中的女英雄。就在这边缘地带的故乡森林里,在以边缘人物"母亲"和"妹妹"为中心的历代农村女人的帮助下,樱振作起来回到日本,"……摄影机分开被枫叶浓烈的红色映照着的树林所围拥着的女人们进入。樱那感叹和愤怒的'述怀'高涨起来,呼应着歌谣虚词的人们如波浪般摇晃。在那声浪的高潮点上,沉默和静止突如其来。'小咏叹调'充溢其间,此时,樱的喊叫声起,作为没有声音的回音,银幕上群星在闪烁……"①

　　这里出现的"群星在闪烁"是个关键词组,使得人们立刻联想到《神曲》的《地狱篇》《炼狱篇》和《天国篇》各卷的最后一个单词"群星"。在《神曲》原著中,但丁在此处特意而且准确地使用了表示复数的 stelle 而非表示单数的 stella。《神曲》中译者田德望教授认为,"地狱是痛苦和绝望的境界,色调是阴暗的或者浓淡不匀的;炼狱是宁静和希望的境界;色调是柔和的和爽目的;天国是幸福和喜悦的境界,色调是光辉耀眼的"②。我们由此可以得知,"樱"在绝望境地里始终抱持着希望并为之不懈努力,终于在偏僻农村的森林里的女人们帮助下,从边缘地区边缘人物的记忆和传承中汲取力量,到达了"群星在闪烁"的"光辉耀眼"的"至善、至福的天国"。或者换句话

---

① 大江健三郎著,许金龙译《优美的安娜贝尔·李 寒彻颤栗早逝去》,人民文学出版社,二〇〇九年一月,第209页。
② 田德望著《译本序·但丁和他的〈神曲〉》,《神曲·地狱篇》,人民文学出版社,二〇〇二年十二月,第21页。

75

说,大江和他的女主人公"樱"都确信可以将鲁迅笔下的那座"绝无窗户而万难破毁的"令人绝望的铁屋子砸开,确信希望"是不能抹杀的",如同大江本人动笔写作这部小说前几个月在一次讲演时所引用的那样,"希望是附丽于存在的,有存在,便有希望,有希望,便是光明。……只要不做黑暗的附着物,为光明而灭亡,则是我们一定有悠久的将来,而且一定是光明的将来!"①其实,当大江在这个文本里为"樱"于绝望中寻找到希望的同时,就已经打破了那间"绝无窗户而万难破毁的"的铁屋子,就已经在黑暗中发现并拥有了希望和光明,尽管为了这一天的到来,从第一次正式阅读鲁迅作品算起,读者大江经历了整整六十年岁月;从发表正式意义上的处女作《奇妙的工作》算起,作家大江花费了整整五十年时间。大江在构思这部小说期间所表示的"与此前所有构想全然不同的""决定性的"等表述,指涉的无疑就是这里所说的始自于绝望的希望。如同大江于二〇〇九年一月在北京大学演讲时所说的那样,"我这一生都在思考鲁迅,也就是说,在我思索文学的时候,总会想到鲁迅……"②换而言之,在大江的整个创作生涯期间,鲁迅始终都是一个重要的参照系,根据这个参照系进行的五十年调整,使得大江文学也随之发生了相应变化,从不见希望的《奇妙的工作》等初期作品群出发,历经在绝望中寻找希望而苦心探索的《同时代的游戏》等作品群,终于借助《优美的安娜贝尔·李 寒彻颤栗早逝去》找寻到了希望,找寻到了始自于绝望的希望!如果说,"鲁迅和克尔凯郭尔并肩站在深不见底的、黑暗的绝望之海上一同寻找

---

① 鲁迅著《华盖集续编·记谈话》,《鲁迅全集》第三卷,人民文学出版社,二〇〇五年十一月,第378页。
② 大江健三郎著,翁家慧译《真正的小说是写给我们的亲密的信》,《文汇报》,二〇〇九年一月二十二日。

着希望"①的话,大江便是从他们倒下的地方继续前行,经历了万般艰辛后,终于在远方的黑暗中发现了光亮,那便是属于大多数人的光亮,孩子们的光亮,未来的光亮,人类文明的光亮。当然,那也是人文主义的光亮。

5."鲁迅先生,请救救我!"

然而,在文本外的实际生活中,大江却又很快螺旋一般陷入绝望之中。尽管他在此前的长篇小说《优美的安娜贝尔·李 寒彻颤栗早逝去》里一时找到了希望,可那也只是深深绝望中的些微希望,黑暗的绝望之海上的些微光亮。换句话说,正是因为那绝望越深,才越发要挣扎着去寻找希望、面向希望。而这希望的最大来源,莫过于自少年时代就已私淑的鲁迅及其人文主义光亮,有如孟子所云"予未得为孔子徒也,予私淑诸人也"②一般。在这个再次陷入绝望境地的艰难时刻,大江于二〇〇九年一月十六日再次踏上中国的土地,想要从私淑的鲁迅那里汲取力量。翌日晚间,在老朋友却也是"小朋友"铁凝特地为大江挑选的孔乙己饭店里为其接风洗尘时,他对铁凝、莫言和陈众议等几位老友说道:

> 我这一生都在阅读鲁迅。十岁的时候,我从母亲那里得到《鲁迅小说选集》,对这部作品的阅读,决定了我的一生!从十二岁开始阅读这部作品算起,我现在快要七十四岁了,在这大约六十余年间,我一直将鲁迅这个人物视为巨大的太阳。实际上我对这样伟大的作家是有着某种抵触感的。今天清晨六点钟我睁开了睡眼,直至大约七点为止,我一直

---

① 许金龙著《大江健三郎文学里的中国要素》,引自《大江健三郎文学研究》,百花文艺出版社,二〇〇八年七月,第89页。
② 《孟子译注》卷八"离娄章句下"第二十二章,杨伯峻译注,中华书局,一九六〇年,第193页。

在窗边神思恍惚地眺望着窗外的美丽景色。当时长安街上还不见车辆往来,只见火红的太阳在窗子遥远的正前方冉冉升起,周围却还是一片黑暗。这种景色在东京没有,在全日本也没有,太阳从平原上冉冉升起的这种景色。在眺望太阳的这一过程中,我情不自禁地祈祷着:鲁迅先生,请救救我!至于是否能够得到鲁迅先生的救助,我还不知道……①

为了更为清晰地梳理这段情景,这里需要将视点回溯至二〇〇九年一月十六日下午。当时,大江从首都机场乘上迎候他的汽车,刚刚在后座坐下,就用急切的口吻述说起来:在接到邀请访华的函件之前自己就已经在与夫人商量,由于目前已陷入抑郁乃至悲伤的状态,无法将当前正在创作的长篇小说《水死》继续写下去,想要到北京去找许金龙和陈众议这两位老朋友,见到他们之后自己的心情就会好起来,他们还会把莫言和铁凝这两位先生请来相聚,自己的心情就会更好。到了北京后还要去鲁迅博物馆汲取力量,这样才能振作起来,继续把长篇小说《水死》写下去……当他发现陪同人员为这种意外变化而吃惊的表情后,大江放慢语速仔细讲述起来:之所以无法继续写作《水死》,是遇到了三个让自己陷入悲伤、自责和忧郁的意外变故。其一,是市民和平运动组织九条会发起人之一、日本著名文艺评论家和作家加藤周一于二〇〇八年十二月七日去世,这个噩耗带来的打击太大了!这既是日本和平运动的一个巨大损失,也是日本文坛的一个巨大损失,同时也使得自己失去了一位可以倾心信赖和倚重的师友。其二,则是二〇〇八年十二月底,老友小泽征尔为平安夜音乐会指挥完毕后,回家途中带着现场刻录的CD到家里来播放给儿子大江光听,希望能够听到光的点评。谁知斜躺在沙发上久久不

---

① 大江健三郎、铁凝、莫言著,许金龙译《中日作家鼎谈》,《当代作家评论》,二〇〇九年第五期,第54页。

愿说话的光在父母催促之下,更是在父亲催促时轻轻推搡之下,竟然说出一句"つまらない"!在日语中,这个词语表示"无聊""无趣"或"毫无价值"等语义,这就使得小泽先生陷入了苦恼,他苦思冥想却仍然想不出当晚的指挥到底哪里出了什么严重问题,及至很晚之后,才在自己和妻子的苦劝之下郁闷地回家去了。当自己稍后去东京大学附属医院例行体检并带上大江光顺便体检之际,这才得知儿子的一节胸椎骨摔成了三瓣,从而回想起前些日子送客人之际,光在院子里不慎仰天摔了一跤,可能当时胸椎骨恰好顶在铺在路面的石头尖上。这种骨折相当疼痛,可是儿子是先天智障,自小就不会说表示疼痛的"いたい"而以表示无聊的"つまらない"代用之,自己作为父亲却未能及时发现这一切,因而感到非常痛心,更感到强烈内疚和自责。至于第三个意外,是因为母亲去世前曾留下一个早年在上海买下的红皮箱,里面有父亲生前与一些师友的通信,有些内容涉及当年驻守我们老家的青年军官,他们在战败前夕试图发动兵变杀死天皇以改变战争进程。就像去年年初莫言先生和许金龙先生来我家时曾对你们说过的那样,受T.S.艾略特的长诗《荒原》中腓尼基水手死于水底这一情节的启发,我想要为同样死于水中的父亲写一篇小说,这就要参考父亲留下的那些书信内容。长年以来,由于担心书信内容被我写入小说里从而给整个家族带来伤害,母亲一直不让我使用那些材料,临终前还特意嘱咐我妹妹:要等自己死去十年之后,才能把红皮箱交给你哥哥健三郎。因为大江家族的男人都是短寿,估计你哥哥活不到十年之后,他也就看不到红皮箱里的书信了。当母亲定下的这十年之约到期时,我打开从妹妹那里得到的红皮箱之际,却发现用橡皮筋勒着的厚厚一叠信封里竟然没有一张信纸。问了妹妹后才得知,母亲在去世前的那几年间,为了保护整个家族的安全,她陆陆续续烧掉了所有信纸……换句话说,母亲烧掉了自己在《水死》

中需要参考的信函内容,因而《水死》已经无法再写下去了。在这接二连三的沉重打击之下,自己想到了鲁迅,想到要到北京来向鲁迅先生寻求力量……

带着这些悲伤、内疚、自责和抑郁访华后发表的、题为"在不明不暗的这'虚妄'中"的专栏文章里,大江是这样表达自己心境的:

> 在随后访问的鲁迅旧居所在的博物馆内,我在瞻仰整理和保存都很妥善的鲁迅藏书和一部分手稿时,紧接着前面那句的下一节文章便浮现而出——"倘使我还得偷生在不明不暗的这'虚妄'中,我就还要寻求那逝去的悲凉漂渺的青春"。我仿佛往来于自己从青春至老年在不同时期对鲁迅体验的各种切实的感受之间。而且,我还在思考有关今后并不很远的终点,我将会挨近这两个"虚妄"中的哪一方生活下去呢?①

其实,早在到达北京的翌日凌晨,大江很早就睁开了睡眼,站在国际饭店的窗前看着楼下的长安街。橙黄色街灯照耀下的长安街空空荡荡,很久才会见到一辆汽车驶来,再过很久后又会有一辆汽车驶去。在这期间,黑暗的天际却染上些微棕黄,然后便是粉色的红晕,再后来,只见太阳的顶部跃然而出,将天际的棕黄和粉色一概染成红艳艳的深红。怔怔地面对着华北大平原刚刚探出顶部的这轮朝阳,大江神思恍惚地突然出声说道:"鲁迅先生,请救救我!"当回过神来意识到自己的话语及其语义时,大江不禁打了个寒噤,浑身皮肤起了一层鸡皮疙瘩。显然,在大江此时的内心底里,已然将跃然而出的朝阳视为大鲁迅的化身,在面对已与这朝阳化为一体的大先生面前,深陷绝望的自己下意识地发出求救的呼声也就顺理成章了,尽管话语刚刚出口,随即为自己的唐突打了个寒颤,且起了一身鸡皮疙瘩……

---

① 大江健三郎著,许金龙译《定义集》,新星出版社,二〇一五年一月,第170—171页。

怀着这忐忑的心境,大江走进了此行的目的地之一、位于阜成门内的鲁迅博物馆。走进博物馆大门后,随行摄影师安排一行人在鲁迅大理石坐像前合影留念,及至大家横排成列后,原本应在坐像正前方中央位置的大江却不见了踪影,众人四处寻找时,却发现这位老作家正蹲在坐像侧壁底部默默地泪流满面。这是私淑弟子见到大先生时的激动?抑或是委屈?还是心酸?⋯⋯其后在馆长孙郁以及陈众议和阎连科等人陪同下参观鲁迅书简手稿时,大江戴上手套接过从塑料封套里取出的第一份手稿默默地低头观看,很快便将手稿仔细放回封套里,却不肯接过孙郁递来的第二份手稿,默默地低垂着脑袋快步走出了手稿库。当天深夜一点三十分,大江先生向相邻而宿的笔者的房门下塞入一封信函,在内文里有这样一段文字:

⋯⋯我要为自己在鲁迅博物馆里的"怪异"行为而道歉。在观看鲁迅信函之时(虽然得到手套,双手尽管戴上了手套),我也只是捧着信纸的两侧,并没有触碰其他地方。我认为自己没有那个资格。在观看信函时,泪水渗了出来,我担心滴落在为我从塑料封套里取出的信纸上,便只看了两页就无法再看下去了。请代我向孙郁先生表示歉意。①

其后在向陪同人员讲述当时情景时,大江表示尽管那些信函内容自己全都能背诵出来,却由于泪水完全模糊了双眼,根本无法辨识信笺上的文字,既担心抬头后会被发现泪水进而引发大家担忧,又担心在低头状态下那泪水倘若滴落在信纸上将会造成无法挽回的损失,如果继续看下去,自己一定会痛哭出声,只好狠下心来辜负孙郁先生的美意⋯⋯在回饭店的汽车上,大江嘶哑着嗓音告诉陪同在身边的笔者:

---

① 许金龙著《大江健三郎与中国》,《传记文学》,二〇二〇年第八期,第65页。

请你放心,刚才我在鲁迅博物馆里已经对鲁迅先生作了保证,保证自己不再沉沦下去,我要振作起来,把《水死》继续写下去。而且,我也确实从鲁迅先生那里汲取了力量,回国后确实能够把《水死》写下去了。①

这一年(二〇〇九年)的十二月十七日,长篇小说《水死》由讲谈社出版。翌年二月五日,讲谈社印制同名小说《水死》第三版。该小说的开放式结局,在为读者留下想象空间的同时,也留下了弥足珍贵的希望、黑暗中的光亮。

6."我的头脑里目前只思考两个问题,一是孩子,另一个则是鲁迅"

从鲁迅博物馆回国后完成的长篇小说《水死》问世一年后,具体说来,是二〇一〇年十二月二日,大江夫妇邀请他们的老朋友铁凝到位于东京郊外的大江宅邸做客,围绕鲁迅的书简、保罗·塞尚的画作《大浴女》与铁凝的长篇小说《大浴女》之间的互文关系等问题进行交流。铁凝带去的礼物是让大江夫妇爱不释手的《鲁迅日文书简手稿》,两个月后,大江曾在《朝日新闻》的专栏文章里坦诚讲述了自己与铁凝和莫言等中国作家的友谊基础和铁凝的礼物:"……无论人生观还是关乎文学的信条,我与他们所共通的,是对于鲁迅的高度评价,这一切存在于他们与我亲之爱之的基础中。去年年底,我收到铁凝君从北京带来的礼品《鲁迅日文书简手稿》,那是墨迹的黑色和格线的红色美丽至极的、鲁迅亲手书写的七十三封信函的影印版。"②

---

① 许金龙著《大江健三郎与中国》,《传记文学》,二〇二〇年第八期,第65—66页。
② 大江健三郎著,许金龙译《定义集》,贵州人民出版社,二〇一九年三月,第343页。

那天的交流轻松愉快、舒适自然,竟然持续了约六个小时之久。①其中很长时间是大江对铁凝介绍他正在创作的长篇小说:自己正在创作一部新的长篇小说,估计也是自己写的最后一部长篇小说了。这部小说的主人公是一位上了年岁的女性,这位女性一直住在森林中的村庄里,她的哥哥曾获国际文学大奖,兄妹俩就通过一封封书简讨论有关孩子和新人的问题。当然,这兄妹俩在作品外的原型就是自己与妹妹。目前,这部小说已经写了三分之二。不过,自己是个反复修改稿件的人,如果说写一页大稿纸的时间是一个小时的话,就需要另外花费两个小时来修改这页稿子的内容。这已是多年以来的习惯了……说到兴奋处,大江从楼上的书房将已经完成的部分稿件取下来递给铁凝,指点着稿纸、小剪刀和糨糊瓶,在对铁凝介绍稿纸相关处的具体内容之际,顺便指出被修改处的痕迹……铁凝听着这部作品的介绍,不由得被小说内容深深吸引,不禁对大江表示,自己会为这部作品的中译本撰写序言……

当晚在去意大利风味的餐厅用餐的路上,大江对一直陪同在身边的笔者表示:

> 现在我想对你说说自己目前的工作状态和生活状态。目前,我的头脑里只思考两个大问题,一个是鲁迅,一个是孩子。自己是个绝望型的人,对当下的局势非常绝望,白天从电视看到的画面和在报纸中读到的文字都让我感到绝望,从来客的话语中听到的内容也让我绝望,日本的情况让我绝望,美国的情况让我绝望,中国的有些情况也让我绝望。每天晚上,在为光掖好毛毯后就带着那些绝望上床就寝。早上起床后,却还要为了光和全世界的孩子们寻找希望,用创作小说这种方式在那些

---

① 铁凝著《与大江健三郎先生对谈》,引自《用蓄满泪水的双眼为耳》,三联书店,二〇一六年九月。

绝望中寻找希望,每天就这么周而复始。这就是我目前的工作状态和生活状态。①

说出这段话语时,大江绝对不会想到,百日之后,更有一场天灾人祸引发的巨大绝望在等待着他。在《晚年样式集》里,主人公如此讲述了其在电视画面中看到的绝望景象:

翌日黄昏,结束了摄制团队的工作后,设置导演再次登上陡坡,听说小马驹已经产了下来。在黑暗的屋内紧紧挨在一起的马驹和母马很快浮现而出,长方形的画面里显露出饲养马匹的主人的侧脸,他一面眺望着屋外一面说着话,对面则是雨雾迷蒙的牧场……他那阴郁的声音响起:"无法让刚刚出生的小马驹在那片草原上奔跑,因为那里已经被放射性雨水给污染了。"②

至于先前说到的那部长篇小说,遗憾的是铁凝终究没能为其撰写中译本序。因为,在她从大江家离去百日后,在那部新写的长篇小说即将完成之际,日本突然发生了震惊世界的大地震、大海啸、福岛核电站大泄漏的天灾人祸,史称"三·一一东日本大震灾"!在这个巨大灾难来袭的艰难时刻,大江感到即将完成的那部小说已经完全无法表现自己此时的绝望,更是无法帮助孩子们在这黑黢黢的绝望之海上找寻到希望。按照以往的习惯,这部厚厚的手稿应被付之一炬,不在这世上留下一片纸屑。不知是不是这位老作家还惦念着铁凝要为这部作品撰写中译本序言的话语,终究还是没舍得循惯例全部烧毁,而是存放在瓦楞纸箱里放入书库,而后振作起精神,开始着手撰写另一部表现此时此刻所思所想的长篇小说——《晚年样式

---

① 许金龙著《大江健三郎与中国》,《传记文学》,二〇二〇年第八期,第67页。
② 大江健三郎著,许金龙译《晚年样式集》,引自《大江健三郎全小说》,讲谈社,二〇一九年三月。

集》。在他的《晚年样式集》第一章第一节里,年迈的大江这样讲述着自己当时的情景:

>……从三·一一当天深夜开始,整日不分昼夜地坐在电视机前观看东日本大地震和海啸以及核电站泄漏大事故的报道……这一天也是如此,直至深夜仍在观看电视特辑,特辑追踪报道了因福岛核电站扩散的辐射性物质而造成的污染实况……再次去往二楼途中,我停步于楼梯中段用于转弯的小平台处,像孩童时代借助译文记住的鲁迅短篇小说中那样,"发出呜呜的声音哭了起来"。①

显然,面对大地震、大海啸造成的巨大伤亡和惨重损失,更是因为核电站大爆炸和大泄漏将为人类社会带来的巨大且长久的遗祸,作者大江健三郎及其文本内的分身长江古义人与创作《孤独者》时的鲁迅产生了共情,并在这种共情的催化作用下"发出呜呜的声音哭了起来"。这是痛彻心扉的哭声,极度恐惧的哭声,深深懊悔的哭声,当然,更是"含着大希望的恐怖的悲声"!

7. 他们的文学尽管多见黑暗、绝望和荒诞,最终想要传达给我们的却是呐喊和希望

这里所说的"鲁迅短篇小说",无疑是鲁迅创作于一九二五年十月十七日的《孤独者》,而"发出呜呜的声音哭了起来"这句译文,则是大江本人译自鲁迅文本"地下忽然有人呜呜地哭起来了"那句话语。对鲁迅文学有着深刻解读的大江当然知道,《孤独者》与此前和此后创作的《在酒楼上》和《伤逝》等作品一样,说的都是魏连殳等知识分子在那个令人绝望的社会里左冲右突、走投无路的窘境乃至

---

① 大江健三郎著,许金龙译《晚年样式集》,引自《大江健三郎全小说》,讲谈社,二〇一九年三月。

绝境。

在持续观看灾区实况转播的情景和人们的姿容表情时,大江在文本内的分身长江古义人这位老作家突然理解了多年来一直无法读懂的《神曲》中的一段诗句——"所以,你就可以想见,未来之门一旦关闭,我们的知识就完全灭绝了"①。自己之所以在楼梯中段的平台上"发出呜呜的声音哭了起来",其实正是因为福岛核电站的大泄漏使得"咱们的'未来之门'已被关闭,而且我们的知识(尤其是我的知识也将不值一提)将尽皆死去……"②在这个可怕的阴影下,儿子大江光在小说里的分身阿亮的动作越发迟缓,话语也越来越少,记忆力更是每况愈下,这就使得阿亮的妹妹真木为之担心:

> 在爸爸的头脑里,从那段诗句,从那段当城市呀国家的未来一旦丧失,我们自己积累的知识也将如同死物一般的诗句中,他联想到了阿亮的记忆,难道不是这样吗?!很快,记忆就将从阿亮身上丧失殆尽,他会随着一片黑暗的头脑机能逐渐变老,并在这种状态中走向死亡………
>
> 在爸爸看来,都市和国家的未来将不复存在,我们积累的知识也将如同死物一般,在爸爸的头脑中,这段诗句或许与阿亮的记忆联系在了一起。不久之后,阿亮将丧失记忆,头脑里一片黑暗,上了年岁后就在这种状态中走向死亡……如果整个国家的所有核电站都因地震而爆炸的话,那么这座城市、这个国家的未来之门就将被关闭。我们大家的知识都将成为死物,该说是国民呢?还是该说为市民呢?所有人的头脑里都将一片黑暗并走向毁灭。在这些人中,就有将远比任何人都浑噩无知的阿亮。爸爸大概是联想到这种前景,这才发出呜呜的哭声的吧。③

引文中的一些话语无疑将为读者带来无尽的恐惧和巨大的绝

---

① 但丁著,田德望译《但丁·地狱篇》,人民文学出版社,二〇〇二年十二月,第58页。
② 大江健三郎著,许金龙译《晚年样式集》,引自《大江健三郎全小说》,讲谈社,二〇一九年三月。
③ 同上。

望:未来之门已被关闭;我们的知识将尽皆死去;阿亮将丧失记忆,头脑里一片黑暗,上了年岁后就在这种状态中走向死亡……所有人的头脑里都将一片黑暗并走向毁灭……尤其令人恐惧和绝望的是,包括自己亲人在内的所有人并不是立即就灭亡的,而是在肉体毁灭之前,所有人的头脑里都将一片黑暗,然后在这无尽的黑暗和恐怖以及绝望中,如同凌迟一般痛苦和缓慢地走向死亡。

当然,更让这位老作家为之"因恐惧而发怔"的,是在福岛核电站大泄漏之后,面对全国民众要求废除核电站的巨大呼声,日本政治家和主流媒体相继表现出的近似歇斯底里般的疯狂思路——为了保持"潜在核威慑力"乃至实行核武装,绝不可以废除核电站!福岛核电站大泄漏七个月后,大江在《所谓核电站是"潜在性核威慑力"》的文章里引用了日本主流媒体和政治家的如下文字并表达了自己的愤怒:

> 日本……利用可成为核武器原材料的钚这一权利已被承认。在外交方面,这种现状作为潜在核威慑力而发挥着效用也是事实。
> ——《读卖新闻》社论,二〇一一年九月七日

> 维持核电站,可转换为想要制造核武器就能在一定期间内制造出来的那种"核的潜在威慑力"……去除核电站则会使我们放弃这种"核的潜在威慑力"……
> ——石破茂①,《SAP IO》,二〇一一年十月五日②

面对主流媒体主张继续维持"潜在核威慑力"的社论以及政府

---

① 石破茂(1957—),曾任日本防卫厅长官、防卫大臣、地方创生担当大臣、自民党干事长等职,主张扩充日本军备,突破二战后对日本自卫队规模的限制。
② 大江健三郎著,许金龙译《定义集》,贵州人民出版社,二〇一九年三月,第390页。

高官坚持借助民用核电站持续保有"核的潜在威慑力"的言论,大江愤怒且恐惧地表示:

> 我正是为以上两者间所共有的"潜在核威慑力"和"核的潜在威慑力"这种表述方式(虽然使用了貌似极为寻常的措辞方式,却仍然让我)因恐惧而发怵的。
>
> ……威慑,即 deterrence,用己方的攻击能力进行恐吓,以吓阻对手的攻击意图。就此事的性质而言,其态势可即刻逆转,这极其危险且巨大的永无结局的游戏就这样没完没了。所谓"核的潜在威慑力"假如是一种炫耀,是利用日本这个国家的核电站可随时制造出原子弹的那种炫耀,……东亚的紧张情势不也在朝着那个方向不断高涨吗?前面提到的那些论客,在怎么考虑何时、如何使他们信奉那个效力的"潜在性"力量"显在化"之战略,就不得而知了。
>
> 因这次大事故而回溯建设核电站时的情景,我们深切醒悟到直至今日的东京电力公司和政府的信息开示方法多么缺乏民主主义精神啊。然而,如这个威慑论般对民主主义的彻底无视,不更是未曾有过先例吗?
>
> 极为赤裸裸地表示去除核电站则会使我们放弃那种潜在威慑力的那位以熟识的低眉顺眼的忧愁面容进行威胁的政治家,他以为自己何时获得了国民的同意,这才手握这柄致命的双刃剑的呢?①

更有甚者,日本外务省外交政策计划委员会早在一九六九年就在《我国外交政策大纲》中如此表示:

> 关于核武器,无论是否参加 NPT(《核不扩散条约》),虽然当前采取不保有核武器的政策,却须经常保持制造核武器之经济与技术的潜力。②

---

① 大江健三郎著,许金龙译《定义集》,贵州人民出版社,二〇一九年三月,第390—391页。
② 同上,第392—393页。

由此可见,石破茂等日本诸多政治家之所以违背民意、居心叵测地坚持紧握"潜在核威慑力""这柄致命的双刃剑",也只是日本政府既定核政策的延续而已,他们"试图在目前五十四座核电站基础上再增加十四座以上核电站"①,进而"将残存的铀和生成于核反应堆中的钚从核废料中提取出来"②进行核燃料后处理,进而"即便在作为民用设施而建造的铀浓缩工厂里,也能够制造出用于核武器的高浓缩铀。核燃料后处理工厂的制成品钚则可以直接用于核武器"③。大江在这里已经说得非常清楚了——近半个世纪以来,在日本政府"须经常保持制造核武器之经济与技术的潜力"这一政策指导下,日本目前所拥有的五十四座核电站和计划在此基础上再予增建的十四座核电站,显然已不是单纯用作民用发电那么简单,长年从这些核电站已经提取和将继续提取并囤积起来的大量核废料以及早已建好的后处理工厂,更不可能是为了民用发电,而只能是打着民用幌子的"潜在核威慑力",更可能是大规模进行核武装而作的精心准备。大江及其同行者们是在担心,被称为"和平宪法"的《日本国宪法》第九条被修改之日,便是日本全面复活国家主义之时!当然,也会是日本大规模进行核武装之时!大江及其同行者们同样在担心,日本全面复活国家主义并大规模进行核武装之日,将会是日本重走战争之路之日,重走死亡之路和毁灭之路之始!由核大战所引发的末日景象,大江早在八十年代末和九十年代初,就在长篇小说《治疗塔》和《治疗塔星球》这两部姐妹篇里做了详尽描述,大概正是因为想到那个令人绝望且可怕无比的末日景象,大江在《晚年样式集》中的分身长

---

① 大江健三郎著,许金龙译《定义集》,贵州人民出版社,二〇一九年三月,第357页。
② 同上,第392页。
③ 同上,第357页。

江古义人这才"停步于楼梯中段用于转弯的小平台处,像孩童时代借助译文记住的鲁迅短篇小说中那样,'发出呜呜的声音哭了起来'"的吧!因为在他的认知中,这一天的到来不啻日本的未来之门将被沉重且永远地关上!

为了文本内外的阿亮和大江光这对永远的孩子的未来之门不被关闭,为了全世界所有孩子的未来之门不被关闭,大江借助刳肝沥血地写作小说而于绝望中挣扎着往来寻找希望,同时,也在频繁走上街头大声疾呼,呼吁人们认识到核泄漏的巨大危害,呼吁人们警惕日本政府借核电民用之名为核武装创造条件,呼吁一千万人共同署名以阻止日本政府不顾这种可怕的现实而重启核电站,呼吁人们反对日本政府和东电公司不顾日本国内民众和世界各国人民的抗议而计划强行向大海排放核废水,呼吁人们"救救孩子!"⋯⋯在大江的认知中,他的文学文本周围的社会存在与文学文本中的社会存在显然是同质的,因而这位老作家拖着老迈之躯在文本内外往返来回地大声疾呼,无疑是对阿亮和大江光这对孩子永远的挚爱,也是对全世界所有孩子的大爱,这种大爱,在大江的小说中和他所有读者的心目中都在不断升华。这种大爱,在日本,在中国,在韩国,在全世界,都将成为一种希望!无论中国的鲁迅还是日本的大江健三郎,他们的文学所描述的尽管多见黑暗、绝望和荒诞,最终想要传达给我们的却是呐喊和希望,一种发自于边缘的呐喊,一种始自于绝望的希望。这无疑是一种大慈悲,是对所有处于各种暴力威胁之下的天下苍生所生发的大悲悯。这让我们立即想起大江在斯德哥尔摩的颁奖仪式上所说的那段话语:"作为渡边的人文主义的弟子,我希望通过自己身为小说家的工作,使那些用语言进行表达的人及其接受者,从个人的以及时代的痛苦中得以平复,并医治他们各自心灵上的创伤。⋯⋯我仍将遵循这一信条,如若可能,愿以自己的羸弱之身,于钝痛中承受因二十世纪的科技和交通的畸形发展而积累的祸害。我更希望探索的是,从世界边缘人的角度展望,如何才能对全体人类的医治与和解做出体面的和人文主义的贡献。"

目 录

第一章　避核工事…………………………………… 1

第二章　破壳而出…………………………………… 17

第三章　窥视与恐吓………………………………… 34

第四章　对阵与应战………………………………… 50

第五章　"鲸鱼树"…………………………………… 69

第六章　再说"鲸鱼树"……………………………… 87

第七章　"boy"的抵制……………………………… 105

第八章　"缩哥"……………………………………… 122

第九章　大木勇鱼的"告白"………………………… 138

第十章　相互教育…………………………………… 156

第十一章　以犯罪代训练…………………………… 177

第十二章　实战演习………………………………… 191

第十三章　审讯"缩哥"……………………………… 211

第十四章 "鲸鱼树"下…………………………… *232*

第十五章 逃亡者 追捕者 守望者…………… *251*

第十六章 性的微光(一)………………………… *272*

第十七章 性的微光(二)………………………… *294*

第十八章 性的微光(三)………………………… *315*

第十九章 鲸鱼腹中(一)………………………… *337*

第二十章 鲸鱼腹中(二)………………………… *359*

第二十一章 鲸鱼腹中(三)……………………… *380*

第二十二章 洪水袭至 淹及吾魂……………… *402*

摇晃中的建筑与被洪水淹及的灵魂

　　——从大江健三郎的《洪水淹及我的灵魂》

　　　谈起 …………………………… 李　浩 *424*

第一章　避核工事

在已经能从月球上观测火星,早已具备超音速时间感的人类眼里,那已经是遥远过去的事了。当年,受美国防核工程的启发,一个日本商人打起了批量生产、销售规格统一的避核工事的主意。在武藏野坡地的西侧,他甚至建起了这种产品的样板间。从坡地的顶端往下,有一段呈八十度角的陡坡。陡坡下面的尽头,是一片生机盎然的湿地。在这里,且不说芦苇、茅草之类,连猪草、麒麟草都有。就在这片陡峭悬崖的底部,掩埋着一条三米乘六米见方的钢筋混凝土地下通道——这,就是那避核工事的样板间。

这种所谓的样板工程,终归是无法实现商业运作的。于是,这个国家唯一一座已竣工的民间避核工事,就这么被荒废了。五年后,当时承接这项工程的建筑商以这条地道为基础,又在上面建起了一座吊钟模样的三层建筑。一楼的中间和地下一样,是一块十八平方米的长方形空间,其后方延伸进斜坡的底部,空间的左边加盖了厨房和卫生间,卫生间前边是一个小玄关,玄关侧面建有螺旋楼梯,通过这个楼梯,可以把各层的房间连接起来。由于在螺旋楼梯顶端的对面还修了一个阳台,所以,三楼的面积要小得多。整栋建筑也是越往高处收得越紧,看上去就像是船桥。各楼层的外墙都是钢筋混凝土浇筑的,墙面上还留有用双层玻璃嵌死的枪眼。

这奇形怪状的建筑的设计师,正是当初承接避核工事设计的那位老兄。由于他不改初衷、坚持让新的建筑与原有地道浑然一体的设计思路,于是,新建筑就成了现在这般模样。一楼是客厅兼餐厅,地上有一个近似潜水艇舱盖模样的圆盘,掀起圆盘后顺着笔直的铁梯往下,就可以走进以前的地道。约定建筑一完工就住进来(他现在就住在里面)的那个男人,当初对设计师地上部分的方案也没表示过任何异议,只是要求对地下的地道作出一点小小的改动——他希望能在铁梯正下方凿出一个四方形的类似灶台表面的坑、在钢筋混凝土的地面上裸露出一块三十厘米见方的天然地表来。这块四方形的关东火山灰层赤褐色泥土,总是湿漉漉的。看来,这建筑物的主人,是要用避核工事中备好的小铁镐在这块三十厘米见方的田野上年复一年地耕作了。当水渗得太厉害时,他就在这四方坑的中间再挖出一个小坑,让积水往里流,然后用镔铁杯把水一点点地舀出来——每逢突降大雨,雨水就会顺着背后的斜坡冲下来渗入地下,然后又会通过这个三十厘米见方的农田小坑往外冒。

其实,这个绝对毫无功用的四方小坑,是这栋建筑物的主人的玄想之地。他总是坐在靠背笔直的木椅上,像个插秧的农民似的,把赤着的脚搁在这块泥土上,在那儿闭目沉思——无论是在凉飕飕的泥土让人畅快无比的酷夏,还是在小坑里竖起密密麻麻的霜柱、冻得脚掌失去知觉的严冬,他都从不懈怠,坚守着自己的玄想。他的玄想,是要和陆地上漫山遍野的树木、远方大海里的鲸鱼们展开心灵沟通。以前,身为某个处于核心权力圈的政治家的女婿,这男人曾担任过该政治家的秘书,后来,他又在该政治家掌控的某建筑公司从事对外公关,为避核工事的生产、销售做前期准备。可是有一天,他却突然摈弃了此前的所有自我价值认定,带着儿子到这里隐居下来了。现在,他认定自己就是这世上至善的化身——鲸鱼和树木的代言人。为此，他甚至还将自己更名为大木勇鱼，以向世人展示自己身为代言人的权威。

只有像这样玄想着，和树木、鲸鱼展开心灵感应，向"树魂""鲸鱼魂"发出呼唤，他才可能实实在在地思考。看看形形色色的鲸鱼生态照片，听听它们的录音，举着放大七倍口径五十毫米的七十三度多棱屈光望远镜从避核工事的枪眼里观察外面的树木——这些，就是他的全部工作。长满叶子时，树木的所有枝条都呈现出自然朝向性。可是一到严冬，那些黑不溜秋的枝条尾巴，根根都愁容满面地卷曲着，好像无论阳光从哪个方向射过来都与它们无关似的。尤其是夜色降临时，在乳白色天空的背景下，这种景象充满了望远镜的整个画面，仿佛这些枝条全都死去了似的。男人日复一日地守护着这些残像，守着守着，忽然有一天早上他终于发现，那些枝条静静地却又是迅速地唤醒了浓浓的树液，正在积聚着催生新芽的力量。从这一刻起，整个冬季一直发散着三十七摄氏度血的味道的、漆黑一团的勇鱼体内，某种已经枯萎的东西也要萌芽了，伴随着胸中一阵阵低沉的雷鸣声，它开始蠕动……

——在这一切都萎缩成一团的短短的时节里，他就像一只刚脱皮的螃蟹，一直紧绷着防范的神经。当然，这并不妨碍他心里产生想出去转转，看看那些将要萌芽的落叶乔木的强烈冲动。此刻，他再也按捺不住了，他出了门，而且是一路小跑着出门了。当萌芽还裹在灰褐色或是茶色的硬萼里的时候，他还觉得自己也像是浑身披着铠甲的纺锤形的冬芽，充满了安全感。可是一旦那可怕的、充满淫秽感的小东西，那柔嫩的淡绿的新芽冲破硬萼探出头来，他便觉得自己被某种深深的恐惧袭扰着，浑身僵硬，顿时茫然失措了。仅这一带就不知有多少亿这样的枝芽，想到这里，他不寒而栗——那些穷凶极恶的鸟类，若是它们一齐啄起这些柔嫩的、充满诱惑的新芽来，整个世界岂不会立刻为之崩溃?!

　　事实上,就在此刻,他还真遇到了一群这样的家伙,它们像一帮喝得酩酊大醉的顽童,既蕴含着危险的爆发力,又天不怕地不怕。这帮家伙,这会儿正聚在茂密的野椿树丛中叽叽喳喳地闹个不停。看到眼前的这一幕,身为树木代言人的他,红着脸,鼓着腮帮子,急得恨不得跺脚。

　　尽管如此,每次经不住诱惑战战兢兢地出门时,他都会折下许多已经萌芽或眼看就要萌芽的枝条塞进口袋,把它们带回来,摊在避核工事里的桌上琢磨一番。开始,他还踌躇满志,仔细观察那些树枝的形态,痛下决心——今年一定要彻底弄清新芽萌发的力量所在、新芽萌发的意义所在,可到后来,新芽那一旦离开树身就立刻开始枯萎的惨状,令他实在不忍长时间凝视,他所做的,只不过是凝神仰视着凑到眼前的细枝条,像触摸盲文字符似的,用指头在它们身上胡乱点几下而已。于是,桌上的那些树枝,就像被人抛弃的废物似的,渐渐干枯了,那形状,越看越像那些令他恐惧的鸟邪恶的腿……

　　只要没到发芽期,即便冬芽已经完全露出来了,"树魂"也只会缩在树根部冬眠。因此,一直立志和树木展开心灵沟通的他,还可以借此时机向真正意义的冬眠者学习如何安眠——就是那种哪怕在凛冽的寒风呼啸着一阵阵扫过每一根光秃树梢的夜晚也不做噩梦的安眠。但是,一旦赤裸的树木开始吐出新芽,他就会急得全身寒毛倒竖。这种心情,既含有几分诚服就范、等待危机来临的无奈,又含有几分急不可耐地向某个连自己也不知为何物的对象发情的焦躁。他有一种预感,这种征兆眼看就要出现了,就是它,在猛烈地煽起这种焦躁。在这种转换期,连对镜子中自己那张调动起整个身心的能量、向意识中渴求的某种东西完全敞开的脸,他都看厌倦了。每次剃胡须时都是凭手感摸索着向前推。同时,他又怀有几分警惕,怕剃须刀冲向自己的咽喉,还得管控住自己握着剃须刀的那只手。面对任何挑衅,都不能意气用事——因为他是作为一个五岁孩子的监护人住进这避核工事的。这孩子叫靖,他目光深澈、听觉敏锐至极,可医生们做出的诊断却是——这孩子是个白痴。他和靖住在三楼的卧室里,里面摆放着孩子生活中所需的一切。他把为祈求自己灵魂的安宁而倾注给地道里那个露出地表的小坑的热情,又延伸到了和靖同住的这间小房。和靖在这间房里共享欢乐时光,是他唯一的有现实意义的举动,是他在避核工事中生活的核心内容。

以前,靖是很消瘦的。可现在,由于缺乏运动,他已经有点肥胖了。确实,从面相上看,除了眼睛没有严重上翻外,靖确实具备了很多足以让医生疑为唐氏综合征的症状。除了睡觉,靖的全部生活内容就是反反复复地听父亲从各种唱片中转录下来的鸟叫声的磁带。也就是这些鸟叫声,触发了孩子自发的"语言"行为。供孩子坐卧的简易床上,枕头旁的录音机里总是传出音量极低的鸟叫声,这声音,也不知回放多少遍了。听着听着,靖不时会微微张开嘴,吸进一口气,然后低声说:

"是黑鸫!"过一会儿,他又会说:

"是树鹨!"

"是瑠璃鹟!"

"是仙台虫!"

……

不知不觉间,这个智力发育迟缓的孩子,已经能分辨至少五十种不同鸟类的叫声了。录音机里的鸟叫声给他带来的欢乐,绝对不亚于食物。而父亲勇鱼呢,由于自身抑郁的缘故,除了布谷鸟、大斑啄木鸟、夜鹰这几种叫声有明显特征的鸟,他能分辨出的鸟叫声永远也别想超过这孩子。于是,每天他都会花好几个小时陪在靖身边,一边听着低沉的鸟叫声,一边听着比鸟叫声还要微弱的孩子的喃喃私语,享受着这祥和的欢乐。

　　冬天接近尾声了。一天,雪又卷土重来。整整一天,勇鱼都在目不转睛地盯着那些塞满望远镜里那块湿漉漉的圆形空间的雪花。它们溅起水泡,跳起来,然后一动不动地静止在空中,真不知道什么时候才会最终落地。勇鱼恍惚地觉得,这雪花的运动里包含了世界所有的物质运动形态,它们似乎是在向自己做贯穿整个力学的最基本原理的启蒙。雪花一片片扑过来,在明亮的圆形空间里停留一下,然后又弹开,被风卷走……这一切,都给人一种清澈明快的时间感。突然,这片雪花飞舞的空间里闯进了一只头部、颈部漆黑的鸟。这鸟挣扎着、扭动着身躯坠向宇宙无边无际的空间,它的神情中既含着恐怖和无奈,也透着愉悦。勇鱼屏住呼吸,手握望远镜追逐了它好几秒。它那色彩斑斓的羽毛,就像是用不同颜色一遍遍叠印版画的模板——尤其是鸟背上那醒目的绿黄色斑块。不一会儿,那只鸟在再也无法捕捉的真正的虚无中消失了。直到这时,勇鱼还不放弃,还在拿着望远镜徒劳地追寻着鸟的踪迹。突然,他发现,在湿地的右前方,一群强壮的男人正在那儿时而快速奔跑,时而匍匐向前——那是自卫队员在搞小队训练。那儿有一个自卫队的小训练场,不远处的那些建筑,就是他们的营房。

　　傍晚时分,传来了什么东西噼噼啪啪敲击避核工事外墙的声响。勇鱼意识到,外面的雪,已经转为冻雨了。他走近枪眼,再次举起了望远镜。这次,他看到的是远方挺立在蒙蒙冻雨中的一棵橡树。夜色降临了,出现在圆形视野中的,仅仅是一根直挺挺的灰黑色的棍子。即便如此,他还是凝神看了好久。看着看着,橡树在他心中的形象越来越清晰,越来越高大,最后,他觉得,自己已经在和橡树的"树魂"进行心灵的沟通了。就像达到了人树合一境界似的,他觉得待在室内的自己也被冻雨淋得浑身透湿,树梢上的水正顺着树干往下滴。尤其是头部,因端着望远镜而向外张开的胳膊肘湿得厉害,和干裂的树干被水淋湿时的感觉没什么两样。橡树的血肉之躯冻得开始颤抖,但它的意识却丝毫不为之所动。若是它的太阳穴的部位有点痒的话,那一定是因为那儿歇着一只鸟。他眼里看到的,也和远方那棵橡树看到的一样。顶着背后刮来的寒风,鸟仍然尽力保持着平衡。风吹翻了它胸部和翅膀下的羽毛,露出树皮表面竖起的灰黑色毛刺。为了表现自己的从容,鸟不时扬起脖子,露出喙下的羽毛,颤颤抖抖地摇摆着脑袋,模样有点滑稽。看到这滑稽的模样,勇鱼禁不住学起鸟叫声来——咕咕咕……咕咕咕……听见这叫声,身后一直在一声不响地吃着饭的儿子,冷不丁插进一句,低声说:

"是斑鸠。"

那橡树上似有似无的梦幻的斑鸠,在靖的无误识别的鼓励下,锐利的爪暗暗使劲,把他的身体——橡树的树干——抓得更紧了。说紧,其实也就是稍稍增加了一点压迫感而已。渐渐地,他自己简直就成了那棵橡树了。他看着望远镜,觉得眼球正在承受某种巨大的挤压力,好似鸡蛋的薄膜同时受到来自内外两边液体的挤压一般,这两边的液体,互不相让,都在不断增大自己的渗透压试图压倒对方,结果,眼睛眼看就要被这液体挤穿了——望远镜中的景象越来越模糊,他再也看不下去了。一段清澈透亮的时光在已经成为橡树的他的内部和外围徘徊了一阵,然后消失了。就像橡树倒下一样,他仰面朝后倒向床边。要从橡树回归他自己,还需要等待新的时机。看样子,靖还没吃饱,他正面对空空的盘子微微地扭过头看着这边。可是他不能再为靖补做吃的了——他简直就像一个刚结束长时间奔跑的人,已经累得疲惫不堪了。

那天深夜,海水猛涨,进而扑上了陆地。一群濒临死亡的鲸鱼,就像是被谁逼着做出"要正义还是要邪恶"的最后决断似的,涌向避核工事,扬起它们身上比手掌还要柔软的、带着湿漉重感的什么东西——也就是背上的鳍——不断击打着避核工事的外壁。那击打,既显得有所收敛却又十分执着。渐渐地,它们的意图越来越明显了——那是在向谁发出召唤!迷迷糊糊中他意识到,自己一直等待的,正是这一天。原来,正是为了迎接这一召唤,自己才斩断了与现实世界相连的一切关系搬到这个避核工事里来的——睡梦中,他想。可是,虽然知道自己是来等待召唤的,却不知道怎样回应召唤者向自己发出的口令。他只知道,自己做好了心理准备,在这儿等到底,能等多久就等多久。他舒展着身子躺在床上,等待着,浑身燥热地等待着。可是后来,鲸鱼终究没有敲破外壁闯进来。

第二天,半导体收音机里传来消息,他头天看见在湿地上训练的那拨自卫队员,后来遭到了一伙小流氓的袭击,有人还受了重伤。这么说来,昨夜拍打外墙的,难道是手掌受了伤不能使劲的自卫队员?要不,或是那伙小流氓一不做二不休,想顺便也袭击一下避核工事的住户,想骗我走出去?

下午晚些时候,他去避核工事后面高坡上的私铁车站买回了当天所有的晚报,可是哪家报纸的报道都没有电台详细。看样子,是自卫队不想让这事闹大。不过,警方却私下展开了他们自己的调查,有两个警官甚至跑到勇鱼这儿来了。说是除了这次发生在湿地的自卫队员和小流氓之间的群殴案,还有另一个案子也在调查之列。说着说着,他们竟然走进了避核工事的玄关门。原则上,除了自己和儿子,勇鱼是不允许任何人进入避核工事的。为此,他还编造了一大套行之有效的理由,拒绝外人(包括他住在别处的妻子)靠近避核工事。有时候,他甚至反问自己,我是不是仅仅为了享受拒绝别人的乐趣才来到这里的?那些打探到这儿有孩子,于是便跑来兜售儿童杂志、文具类的推销员最难缠了,为了撵走他们,他不知道编过多少借口——既然他从没打算把自己有个智能发育迟缓的儿子这事告诉外人,那么,要打退敌人明目张胆的进攻,不事先想好万全的对策是不行的。

可这次情况不同了,勇鱼对群殴案的好奇心让警官钻了空子。可是,刚一进门,他们的兴趣就从案子转移到房子上了。开口就问:"这地方前不着村后不着店,房子也怪模怪样,你为什么跑到这儿来住?"对这个问题,即便回答了,警官们也永远无法明白。勇鱼意识到,看样子,为了保护自己和靖不受伤害,也只好重新发挥所有乱世之人都必备的小聪明了。他告诉警官:"前些年国家提出建核避难所的设想,并计划实施标准化批量建造,这远离尘世的房子,就是当初某个大建筑商设计的样板房。"勇鱼指着楼下的地道,一并对警官解释道,"由于几年后这避核工事所在的山脚和湿地都会被国家征收,用来建高速公路,于是这家建筑公司就派我先住进来守着。这是我的工作,为的是维护公司的正当权益。"说着,勇鱼还拿出一个文件夹,递给警官。

勇鱼知道,这文件上有个名字会对警官产生相当大的震慑。果然,警官们对文件里那个集建筑公司会长、勇鱼的义父、保守政党的元老级人物三重身份于一身的名字所具备的威力相当敏感,他们好像意识到无论自己刚才对眼前这个男人产生过多小的怀疑都不应该,必须马上对他做出补偿似的转换话题,说了说他们正在办的案子的细节,然后就匆匆打道回府了。要说勇鱼对他们说的那些话有什么反应,那就是——毫无兴趣。他庆幸自己免去了一件麻烦事,没被警官盘问自己刚才那番解释的真假。同时,他感觉到,以前就一直在自己体内慢慢扩散着的、类似燥热的、宣泄对象模糊不清的对某种标记的渴望,这会儿正在进一步升温。虽说这标记仍然是那么模糊、那么难以掌控,不过勇鱼还是有一种预感,它正吐着黄白色的微光,一步步走上了冲向自己的轨道。他起身看了看——玄关和厨房的门都反锁好了,儿子也睡熟了。寂静中,刚才的那种燥热感和环状旋涡中心的黑乎乎的虚空感越发强烈了。他双腿紧贴着一步步摸索着走下铁梯,把一双赤脚搁在那块渗着浓茶色水的三十厘米见方的泥地上。接着,他朝着自己心里那种标识的感觉所在的方向,不时掺杂进自己的想象,把警官们刚才讲的案子重新回放了一遍——

　　结束一天的工作后,一个刑警身上带着枪走出了警局,他打算在回家的路上喝几杯。路上,他遇到了一个小姑娘。按说,和自卫队员一样,刑警带着武器孤身在外面行动是很危险的,犯罪团伙瞅着的就是这个。可是,一方面这位刑警头脑里多少还带着点执行公务的意思,再加上那小姑娘引诱男人的方式很独特,于是,刑警就装出一副上了当的模样,跟着她走了。不就是那么回事吗?再说,这刑警都四十五岁了,老资格了,见过的场面多了,何况还是个大个子,有什么好怕的?"你带我去做什么?好事?什么?你说什么?"说着说着,小姑娘突然在一家饮品店门口停了下来,她低垂下头,稍稍张开双腿,做出一副要把衬衣塞进裤子里的模样,背对着刑警手淫起来。好像担心自己会白忙一场似的,渐渐地,她加快了动作的频率,屏住呼吸,发出沙沙的声响。刑警在一旁说,得啦,后边的先留着吧!出于同情,他走上前,拉起红着脸回头看着这边的小姑娘的胳膊走了。刑警觉得不解,边走边想:这小姑娘是想勾引自己才做出那种下流动作的,可是,她看上去一点都不像那种道上的老油子那样不把这种事当回事。恰恰相反,她似乎根本就没有过性经验,也就只知道自慰而已。他甚至觉得,这小姑娘看上去反倒像是个产房的药味儿还没散尽的处女——这究竟是一个什么样的小姑娘?她的脸,她的身材究竟长什么样?想引诱一个四十五岁的大个子刑警,还低垂着头可怜巴巴地背对着他张开双腿,把手伸进牛仔裤裤裆里自慰(按刑警的说法,她回头看自己的时候脸红,这就是当时确实是在自慰的证据。)——小姑娘一个劲地只顾往前走,她到底要去哪儿?刑警心里想:这附近是没有旅馆的,假若能找到一家黑店,那我今天就赚了。小姑娘带着刑警,来到一段行人稀少的斜坡,继续往下走。她带着刑警,已经一声不吭地走了很远了。刑警这时甚至开始怀疑,莫非这小姑娘神经不正常?不过,从她不时回头看刑警的眼神看又不像——那是一种认真的、充满准备成就一件大事的紧张感的人才有的正常眼神。

前面说的斜坡,是从坡顶平坦处的住宅区朝湿地方向伸出的悬崖往下劈开形成的一条狭长的山路。下到坡的尽头再往右拐,就是勇鱼所住的避核工事门前的小道。这么说来,案发后警官们来到他的避核工事调查取证,也决不是盲人放枪——只图听个声响。更何况,从悬崖到湿地这一路上,要说有人常住的房子,这避核工事是唯一的一栋。斜坡下没有旅馆,刑警也是知道的。再说,这个季节,也不可能在这种地方打野战啦!看来,这下该轮到我执行公务了,刑警想。要说人家刑警也确实一直是在执行着公务。就这么走着走着,眼看下到坡底了,路灯下,刑警打破沉默,对小姑娘说:"我说你们这些年轻姑娘啊,走到如今这一步,说到底,也不全是你们的错,都是让社会,或者说是让时代给逼的。"本来,刑警是想借这句信口胡说的话作开场白,接着往下执行他的公务,做小姑娘的说服教育工作的。没想到,没等他开口往下说,昏黄的路灯下,小姑娘扭过身来,背对着劈开的悬崖裸露出的红土壁面,突然张开她那比红土还要红的嘴,大声叫起来:"不管是啥时代、啥社会,咱们啦,该干啥还是干啥,不会变的!"听了"咱们"这两个字,刑警顿时觉得这话听起来别扭——就像一只大鸟的黑影突然从头顶上掠过那样别扭。不过他马上又平静下来,心想,这或许是对自己刚才说的那个"你们"的回应吧。"难道说,成了共产党的国家你们还卖淫吗?"刑警又还击了一句。小姑娘像接受面试似的,字字铿锵有力地高声叫起来:"共产党国家也好,其他什么党的国家也好,卖淫什么的,我们照样干!"就在这时,刑警突然发现,工棚和石料堆之间的夹缝里,四五个手持棍棒的年轻人正气势汹汹地朝自己扑过来。刑警马上做出了决定——对方人多势众,硬拼是不行的,我先逮住其中的一个,然后跑掉就行!于是,他设法绕到其中个子最小的那家伙身边。挨了一顿猛揍之后,这家伙才意识到刑警是冲着自己来的,吓得缩成一团。刑警给他戴上手铐,把另一头套到了自己的手腕上。这时,其他几个同伙从四面八方一齐扑了过来——结果,刑警后脑勺被重击了几下,昏过去了。醒过来时,他发现自己被拖到了石料堆后面,半个脑袋浸泡在山脚下涌出的水汇成的小溪里。看来,这帮家伙还没想把他淹死。而那个小姑娘,她这会儿正在不远的暗处使劲地搓洗着自己的手呢!身上的手枪已经没了,至于手铐嘛,这帮家伙是取不掉的,他们这会儿正在商量,要不要把刑警的胳膊砍了。下手可真够狠的。突然间,刑警一跃而起,拖着用手铐和自己连在一起的那个家伙,向附近的芒草丛冲去。那家伙在后面拼命地紧跟了一阵,突然跌倒在地上。他一边被刑警拖着继续跟跟跄跄地向前跑,一边掏出刀来,想要砍断——这次不是刑警的——自己的手腕。想想看,是刑警在拖着他朝前跑,这种情形下,要砍刑警的手腕,有时候是够不着的。总之,他想砍掉的是自己的手腕。眼看他的同伙就要追上来了,再说这家伙又重,最要紧的是,眼睁睁地看着这家伙砍自己的手腕太恶心,于是,刑警只好自己打开手铐,扔下他独自跑了。那帮家伙急得四处寻找,漫无边际地在后面折腾了好久,不时还能听见后面传来的叫喊声:"喂,听见了吗?你在哪儿?"等到完全摆脱了他们,刑警这才发现,自己头上、手腕上尽是血——头上的是自己的,手腕上的是那家伙的。

警官们说的芒草,其实只是一个代称而已。在这个季节,那片湿地里满是茅草、猪草、麒麟草干枯后留下的硬邦邦的茎秆。每到晚秋时节,这些原本比人的个子高出许多的杂草,会突然在一夜间以排山倒海之势枯掉,掩盖住湿地的凹坑。冬天一过,到了树木吐芽的时节,它们又会像每天磨损一截似的,高度迅速降低不说,密度也会日渐稀疏。到了新草疯长的季节,头年疯狂滋长的拉拉藤的残根开始探着头向前窜。此刻,在眼下这片由一人多高的枯草茎秆筑成的迷宫般的湿地里,一个满头是血的大个子男人,用手铐拽着一个年轻人,正拼命地向前狂奔,而且是在漆黑一团的深夜。而那个年轻人,不时拨开那些茅草、猪草、麒麟草的枯干,在被人拽着往前跑,跑着跑着,他想挣脱男人的手铐,掏出刀来,奋力挥向自己的手腕,身后,他的同伴在四处寻找,高声呼喊……

要自己用刀一下一下地砍,直到把自己的手腕切下来,这一行为的意义,不用说,远比被别人砍去一只手的层次要高得多——赤脚搁在湿漉漉的泥土上玄想的男人思索着。章鱼是吃自己腿的,被外力切断的腿可以重生,可是被自己吃掉的腿却不能。对细胞的自我意识而言,自食是一种比一般的可怕还要可怕不知多少倍的决断。看来,这个年轻人,是怀着抗拒重生的自暴自弃的勇气决定用刀砍掉自己手腕的。在他心目中,和犯罪同伙间哪怕是极为短暂的分离给他带来的恐惧,都比手腕永远不能重生带给自己的恐惧还要恐惧。相比之下,和同伴分离的痛苦远胜过砍手腕的疼痛。想到这里,勇鱼顿时觉得自己体内深处有什么东西在隐隐地往上涌,一种想吐又吐不出的恶心,憋得他十分难受。他尽力不让自己意识到自己的手腕的存在。尽力不让避核工事里放着的那几把刀以清晰的形态出现在自己眼前。"那个戴着手铐被人拽着往前跑的年轻人,他是不是喝醉了?"勇鱼当时还这样问过警官。"这和醉没醉有什么关系?"爱侃的警官不喜欢自己的话被旁人打断,胡乱应了一句,又接着说自己的了。可是,那个年轻人是醉的还是清醒的,这果真和自砍手腕毫不相关吗?那个因惊恐和绝望而近乎发狂的年轻人,假若当时是喝醉了,就像从他那发烫的稚嫩食道里涌上来一个嗝似的,多少还能让人感觉好点——若是喝醉了,说不定不会觉得砍断自己手腕那么令人恐惧的,或许自食手腕会变得稍微容易接受些的。喝醉了,那个在歇斯底里的亢奋和绝望之间颤颤哆嗦的年轻人,会产生一种裹着自己手腕的是别人的皮肤的错觉,会变得麻木迟钝,这就便于作出举刀划向自己手腕的决断了。不过,勇鱼又马上意识到,哪怕是这么一点容易令人接受的假想形象,里面还是混杂着许多疙疙瘩瘩的多余的东西。比如说,就算是醉了,当他意识到刑警是冲着自己来的时候立刻被吓得缩成一团,不敢动弹——这狼狈模样,刑警不是也看见了吗?这家伙,也就这德性。毕竟是一边被人拽着跑一边举刀挥向自己的手腕,对这一举动,还有一种似乎可以令人接受的解释,那只不过是一种有酒精壮胆时一时兴起的蛮勇——这种解释,显然也不能令人信服。

"不管是啥时代、啥社会,咱们啦,该干啥还是干啥,不会变的!在共产党国家也好,其他什么党的国家也好,卖淫什么的,我们照样干!"——他玄想着,从座椅上挺直身子,让身体的重心落到整齐摆放在裸露的泥土上的双脚上,然后,他直挺挺地站了起来,让肉体的根一点点伸进脚下湿漉漉的土中,扎进地球这块小小的皮壳里。接着,他又马上把这根拔了出来——看来,要攀上铁梯,走到一楼的枪眼旁,还真得付出极大的能量。

记得有一次,勇鱼曾花了一整天工夫,在一旁静静地观察园林工人挪动一棵高达五米的山茶树的全过程。看着看着,渐渐地,他觉得自己就是那棵被连根挖起的、身上挂着数百朵花和花苞的老山茶树——原本长在避核工事旁斜坡上的那棵山茶树,那天,要被人挖出来搬上卡车运走。园林工人们先把三根圆木捆成一个支架,再在支架上装上滑轮,把沉重的山茶树稍稍提起来,然后又挪动圆木,重新搭成支架,再把树提高一点……像这样重复无数次之后,沉重的山茶树就可以运往美国了——园林工人们就是以这种介于倔强的自信和懒惰之间的心态干活的。那天,枪眼里他那双偷看的眼睛若是被园林工人们察觉到了,(说是园林工人,也就其中那个上了岁数的还像是这条道上的老手。另外两个,是留着长发的年轻人,他们俩一直心不在焉地左顾右盼,所以,勇鱼没完没了的观察是大有可能挨他们一顿训的。)他们肯定会问:"你到底是什么人?监视这么久了,连咱们休息的时候都不放过,你究竟想干吗?"勇鱼想过了,到时候,我就这样回答:"咱就是那山茶树,咱也没想干啥,就是觉得像被连根拔起了似的,我就是被你们拔了,难道不是吗?"——作为一个从头到肩膀、到胸部,浑身披着好几百朵复瓣花和花苞的人,我就这样回答他们。

  这会儿,他觉得自己就像那棵正逢花期却被移走的大山茶树,靠自己的力量丝毫不能动弹,只能眼睁睁看着自己被人连根拔起。刚才,脚指头,甚至脚背都陷进湿漉漉的泥里在那儿站着时,就是这种感觉。现在,总算从铁梯上爬上来了,他拿起望远镜,灭了灯,透过已经没有任何反射灯光的黑乎乎的枪眼,把目光投向那片湿地——浓浓的黑暗,决然不同于肉眼看到的黑暗的黑暗。透过望远镜厚厚的深色凸面,他看到了那个当意识到刑警瞅准的猎物正是自己时吓得浑身哆嗦的小个子,唯独他一个人被从同伙中生生撕离出来,被大个子刑警硬拽走了。刺骨的寒风一阵阵呼啸着,搅得昨夜生成的降雨云层中出现了一个个空洞。渐渐地,月亮出来了,它时而被乱云遮挡在身后,时而探出头来,悬挂在枪眼的视角不可及的高空。那一排排枯草的茎秆的队列,就像先是被风折弯了腰、随后又吃力地抬起头来似的,在黑暗夜幕的底部跃起一道道白白的、细细的、短短的波浪线,朝着避核工事及其后面的坡顶平地方向舞动,就像海里小鱼群在毫无意义地跃向虚幻浩渺的天空。就是在这片天空下,那个手腕被套上了手铐的年轻人,在一脸惊恐地被人拖着向前跑。跑着跑着,在那颗既惊恐又激愤的心态的驱使下,他掏出刀来,挥向自己的手腕,发出了嘶哑的惨叫声。就在同时,那些被刑警夺去了同伴、为了找到他而在漆黑一团的湿地里四处奔跑的犯罪团伙,也在向他发出呼喊。或许,这两种叫声,和远方大海中鲸鱼们的暗语汇成一体,它们,和不曾被地上直立行走的任何个体破译的密码构成的暗语遥相呼应着,曾在夜幕笼罩下的天空隐隐回荡了许久吧……

第二章　破壳而出

　　勇鱼在期待着树木披满嫩叶那一天的到来。这是因为,只有到树木都披上叶的盔甲,它们的情绪进入安全地带时,和树木有心灵感应的他,才不用遮掩赤裸的自己,不用担心受到谁的威胁,才能在纷杂的人群中自由行走……一天早上,他从避核工事的枪眼里看见,水楢树的嫩叶终于度过了发芽期。和煦的阳光下,柔嫩的新叶就像展开的内脏,在风中摇曳。勇鱼觉得,自己也在完成越冬后生命力的更新。他闭着眼,舒展开鼻腔,缓缓地呼吸着,细细体味着身体里每一个新的涌动。他还意识到,即便最适应避核工事里的生活的靖,他的身体里也在补充着新的能量。于是,勇鱼开始通过感心术向他传递"该出去散散心啦"的信息。这事不难,无非需要费一点时间和耐力而已。傍晚,他像人们移种一棵小树苗时做的那样,把儿子包裹起来——说白了,为了防止干燥,人们移种树苗时一般会用稻草绳之类的东西把树干裹住,不同的是,勇鱼包裹儿子时没用稻草绳——出门前,他给孩子穿的是毛衣和草色的裤子,戴的是一顶浅檐的毛线帽。他带着孩子走下玄关外的斜坡,来到湿地外围的那条小道上。这时,孩子突然吓得哇哇地叫着,使出全身力气扭着身子抗拒起来。原来,他是害怕路边那一大片茎高五厘米左右、盛开着小白花的通泉草。他抱起孩子,从伸向路中央的那排花枝上方跨了过去。湿地上,那些干枯的茎秆和草叶日渐衰败,缩成了一团,成片的青草正在使劲地向前爬伸。若是在今天看见的这片湿地上叠放上高茎秆野草枝繁叶茂的季节在脑海里留下的印象的话,那么,今天看见的湿地显得凹陷下去了许多。看着路右边的大里樱树一路向前,沿着那帮犯罪团伙设伏等过刑警的小溪继续走,有一段高坡。不爬那高坡,而是从坡下面的电车隧道穿过去后,俯瞰下边,那儿是一片形状类似大船底部的耕地。顺着斜坡朝耕地的方向往下,经过耕地,再爬到对面的坡顶往下看,通往东京中心的干线公路那蜿蜒的曲线就近在眼前了。回头再看看对面避核工事上方的高坡,由于中间隔着那片湿地,它看上去更像是一座岛屿。岛的底部,是一片翠绿色覆盖的缓坡面。而勇鱼他们所住的避核工事,就像缓坡面上一团孤零零突起的钢筋水泥块。

乘上干线公路上的公交班车后,他和儿子在最后排并肩坐了下来。汽车一直在绕着湿地南沿迂回前行,这段时间里,他和儿子一直在遥望着对面山坡下的钢筋水泥块。渐渐地,脖子扭得越来越费力了。直到那建筑物在视野里消失后,他还用一只胳膊搂着儿子,扭头看着窗外,想尽可能确切地把握避核工事以及它所在的高坡的具体方位。他为什么要把避核工事的地理方位搞这么清楚?——那是因为,假如一小时后爆发了终极世界大战,在这座城市遭受核辐射、冲击波打击之前,市民会陷入一片恐慌,急于求生的人群会四处奔跑。如果他平日早就把为这一天做准备确定为自己全部生活的目标,真到了那天,他就能以一种特有的冷静和毅力带着靖穿过混乱的人群,徒步回到家里。还有,在树木和鲸鱼被授予正当权利那一刻到来之前,他和年幼的靖只有平静地等待,才能获得主动宣告人类世界终结的时刻的资格。那一天,在钢筋水泥的外壁在高热下闪出光焰之后,按说,孩子的耳朵对冲击波会有所反应的,勇鱼希望在那一刻能听到靖平静的喃喃细语:

"是——世界——末日……"

公交的终点——游乐园到了。在入口处,勇鱼把孩子夹在自己双腿前面,进了带着旋转拦木的入口栅栏,掏出硬币往自动售票机的投币口里塞,可这时他的手指头却感受到了一股很强的反弹力——原来是投币口坏了。于是,他只好转身退出来,准备到旁边的栅栏去。可这时,靖却哼哼地叫起来,死死抱住栅栏不走了,他只好一遍遍地好言相劝。一旦向靖那雾蒙蒙的脑袋里画进了下一步该干什么的行动路线图,他马上就会把这张图认成死理。这次就是这样——父亲让他走出了路线图的第一步,可这会儿却又改变了主意,让他推倒重来。这下,靖可就死活不干了。有一次,因一时糊涂,他带着靖走到了一条被堵死的走廊的尽头,想带他折回去时,靖好像到了肉体痛苦的极限似的,嘴里哼哼地叫着,向那面封死走廊的墙冲了过去。那次,为了把孩子从墙边拉开,勇鱼简直都快精神崩溃了。看那架势,靖好像认准了自己就是一颗能在墙上钻出窟窿来的小钉似的。当发现事实上不可能时,他只会发出沉闷的吼声,是绝对排斥去别的出口试试的。为了让孩子从认死理这块结木头中解脱出来,无奈之下,那天他自己非常逼真地朝墙壁撞了过去,把孩子吓坏了……

这次,靖又像鼓母虫似的撅着屁股紧紧抓住栅栏不放。为了把他的双手和双腿从金属管上拨开,勇鱼费尽了心思,后来还是放弃了。实在没法,他像是在目测物体与物体间的距离似的,滴溜溜地环视了一遍四周,以表示自己对靖已经彻底认输了。这样做,就可以等着靖在意识中走完他那已成死理的路线图,直到他露出轻松的笑脸。然后,就像突然意识到那地方原来可以轻松过去似的,朝刚才那条售票机出了故障的入口通道稳稳地走过去,靠近靖身边时,突然把他高高地举起来,越过栅栏放进了隔壁那条入口通道。当然,勇鱼自己得赶紧从老通道里退出来后才能绕进新通道。看着突然跑开的父亲的背影,靖突然大声惨叫起来,就像自己成了被人抛进残酷的现实世界的芥子粒的孤魂似的。这惨叫声,在勇鱼听来,就好像是趁着自己的腰在金属管上撞来撞去、一路小跑着在栅栏间绕来绕去、一次次投硬币的工夫,靖突然跑得无影无踪,却又能在他后面听见的那种惨叫。勇鱼过着的就是这样一种心理上严重依赖智能发育迟缓的儿子的生活——哪怕是自己和孩子之间只隔着一道栅栏,他立刻就会魂不守舍,觉得自己的存在感变得不丰满、不踏实。

终于找到了一条能塞进硬币的栅栏通道。勇鱼跪在地上,紧紧抱住惊恐万分的孩子——倒不如说,他这是要从孩子柔嫩的、热乎乎的肉体中汲取某种本源的激励。在他们的斜对面前方,远远站着一个游乐园的员工,像是在提防着这一对父子似的。那神情好像是在说:刚才那令人毛骨悚然的叫声究竟怎么回事? 被你这么一叫,这游乐园里的小动物恐怕连食欲都吓没了! 不过,真轮到和勇鱼视线相遇时,他只是温和地说了一句:

"要关门啦,这时候进去,怪兽也看不到,能坐的机器也都停了。"

"哎,大老远地特地赶过来,这……"勇鱼应了一句,搂着孩子朝里边看了一眼。

暮色浓郁的游乐园里,已经不见游客的踪影。高耸的铁柱上,悬吊在转盘下的那些飞船、吊篮,个个都无精打采地缩成一团,垂挂在当它们旋转时因离心力的作用甩开臂膀后完全遮住的天空的中央。过山车的轨道,看上去也只不过是立体迷宫的骨架。只剩下免费的秋千和跷跷板上的红涂料和点缀在畏畏缩缩的树枝间的绿叶,还在吐着鲜活的生机。烘托游乐园气氛的音乐,已经完全消失了。

"既然是远道来的,就到里面转一圈吧,请的钟点工正在给机器做保洁。只要园里还有游客,大门出口是不会关的。"那员工默默朝游乐园里边看了看,对还蹲在地上的勇鱼说。

水鸟群被关在笼子里,四周充满了类似鲍鱼皱褶的刺鼻的怪味。在这地方,勇鱼和靖没在这儿停留。那些小动物,都稍稍显露出各式各样的、狡猾的敌意——胆小怕事的山羊、骨瘦如柴的猪、疲惫不堪的兔子。这种地方都一掠而过。一只猴狰狞地站在栏边,好像在提醒人们别忘了它是群居动物似的。这地方也一带而过。他和靖走得太快了,甚至惊动了一群原本对游客反应迟钝的肥鸽子,它们纷纷争先恐后地扑打着翅膀飞了起来。那群离他们距离远点的,也站在那儿齐刷刷地看着同一个方向。对了,刚才看到的水鸟也好、猴也好、其他小动物也好,它们都是面朝同一个方向——游乐园后方夕阳落下的方向看着的。他脑海里闪过一个念头,好像这些小东西是在用姿态向自己暗示着什么,不过勇鱼没往心里去,只顾带着孩子急匆匆地朝前赶。

要说,站在动物栅栏外边仔细观察那些被关在里边的、被人逼得越来越懒惰的家伙,这事勇鱼和靖还真没怎么干过。平日里,勇鱼几乎把自己的精力都投入到观察树木上去了。而孩子呢,他常常是一连几个小时被鸟叫声的录音勾去了魂,也就是说,他是在用耳朵观察鸟类。可见,要说他们对观察事物冷淡,还真不太合适。充其量只能说,是那次孩子出生后不久就做的脑部手术严重地损坏了靖右眼的视力。还有,室内长期的封闭生活,也使得他没能熟练地掌握用一只眼睛推导出物体距离远近的方法。比如说,即便是用手指着让他看蹲在栅栏角落里做着讨厌鬼脸的狸,靖也只会死死盯着那一排钢筋的根部不放,至于他究竟是不是看见了栅栏里面的狸,那可就说不准了。面对一个生来就视力和智力都发育不全的孩子,他平生第一次看见的狸是怎么回事,你怎么向他解释?所以勇鱼老在想,靖构成想象力的外部条件受到了严格限制。

于是，勇鱼带着靖来到了游乐器械一溜排开的广场。前方五十米处有一个大圆台，台上是花样旋转茶杯。见勇鱼和靖在朝他们那边走，聚在台边的那几个年轻人，一齐投来了异样的目光。再往前走，那帮年轻人立刻像退潮似的一哄而散，涌到斜后方设有公共厕所的大紫藤架下去了，只留下一个溜肩膀的年轻人。从他们走开时的神情看，一定是勇鱼父子身上有什么自己没意识到、却能引起他们注意的地方。勇鱼当时意识到，自己和靖不知不觉间渐渐放慢了走向大茶杯转台的脚步。当然，他不想惹事，也没有刻意去看那些一哄而散的年轻人，而是装出一副"我迷上了这个花样转杯，径直朝这边走，但受到孩子的拖累，没法子，只好像腿上绑了沙袋似的，步子越来越小了"的模样，慢慢朝花样茶杯靠近的。

　那个留下来的年轻人，走进了旋转台旁边那间小虫笼样的控制室。他漫不经心地扫视着四周，那眼神好像是想告诉这对父子，他和刚才走掉的那些年轻人其实没有任何关系，根本就不认识他们。可是，他的表演太拙劣了，那眼神分明是在说，对扔下自己不管的同伙，他心里相当不快。见勇鱼他们没有走上杯台，而是站在台下一动不动，年轻人按下了机械的开关，然后挤进了开始缓缓转动的杯子间的狭缝。带着一种对日常生活少见的职业的轻车熟路感，在超现实主义的气氛中，年轻人连连扭了几下腰，钻进了茶杯。

　所谓花样茶杯，其实就是一个从力学上看不稳定的、模样像大茶杯的狭小空间。杯子底部连在带轨道的高台上，那些茶杯，在轨道上移动的同时，自身也在转动，杯子与杯子间形成一种复杂的公转关系，时而逼近时而离开，令人眼花缭乱。现在，那个趴在茶杯里、只露出头部的设备管理员——说不定只是个打零工做设备清洁维护——的胡折腾，又给茶杯的旋转增加了新的不确定因素。也就是说，由于他不停地扭动装在茶杯内的操作手柄，本来就在轨道上乱转的茶杯，自转更加剧烈了。茶杯飞快地旋转着,看那架势,他好像要操控着自己的茶杯,直到把其他所有茶杯都撞烂了才肯罢休似的。限定的时间到了,茶杯公转的速度慢慢缓下来,最后完全静止不动了。直到这时,他坐的茶杯还在自转。等到杯子完全停止了转动,年轻人这才从杯子里走出来——碰巧,这杯子正好停在了靠近勇鱼他们的方位——他已经失去了方向感,拨开拦门后,还没走下台座,他就晃了几下晕乎乎的脑袋,朝同伴们那边狠狠地瞪了一眼,然后,像求人救命似的,双膝、双手趴在台面上剧烈地呕吐起来。看到这情景,勇鱼不禁心里咯噔了一下。不过,他的注意力马上被身边暴起的笑声吸引过去了——在笑的,竟然是靖。

年轻人呕吐着,他双手趴在高台的地板上,颈部像纸老虎似的水平地、长长地前伸着。听到笑声,他直挺挺地抬起颈部前端的头,恶狠狠地瞪了靖一眼。这时勇鱼看到,年轻人嘴里、鼻孔里冒出一些稀稀拉拉、黏糊糊的脏东西来,垂吊在脸上。在淡淡的夕阳照射下,他整个脸都涂上了一层刺眼的橙黄色。在高台上那些暮色笼罩的大茶杯的映衬下,这张脸显得格外醒目。他的眼睛也引起了勇鱼的注意,这年轻人的眼睛,被呕吐自然带出的眼泪这个镜头放大了,大得像小鱼的眼睛,在那张脸上显得格外不协调。年轻人抬起右胳膊,擦了擦嘴。这时,他浅色竖纹的衬衣袖口张开了,露出缠着层层绷带的手腕。

接着,年轻人又擦了擦眼泪。没了眼泪,他眼睛的轮廓顿时分明起来,只是眼睛里闪出的却是一种无端厌恶的目光。靖不再笑了,勇鱼也扭过头去,避开了他的目光。一扭头,勇鱼便发现了一副奇妙的场景——这年轻人的同伴,已经对厕所形成了一个包围圈——一个形状类似那种只能进不能出的捕鱼笼的包围圈。而捕鱼笼的口,就是那个只能进不能出的公共厕所!站在捕鱼笼左前端的那个年轻人正紧盯着自己，其他人在看着西方的天空——不管是被关在这游乐场的，还是自己主动留在游乐场的，鸽子也好，猴子也好，那帮来路不明的年轻人也好，大家都齐刷刷地看着西边，他们身上，都似乎有一种安逸的疲惫感。那些年轻人，肩膀和身子绷得紧紧的，正在静静地守候钻进捕鱼笼的猎物。

勇鱼产生了一种被蛇盯上的青蛙的亢奋——尽管露在衣服外的皮肤在发冷。这是因恐惧而直接产生的寒冷。自己带着孩子，这就意味着自己毫无反抗能力。这个年轻的暴力团伙，除了自己，说不定也会对孩子下手的。勇鱼脑海里浮现出了自己轻易跳进这帮暴力团伙设好的圈套的图景。虽说靖这时好像还没有尿意，不过，这孩子难得出一次门，也许现在还兴奋着，说不定用不了多久他就会突然说：

"靖……尿尿！"

几步，只要朝厕所方向哪怕走几步，再要想改变行进的方向，就得抱起又哭又叫的孩子拼命向前跑，不然就没法轻易改变路线了。这帮家伙已经在紫藤架下布好了网，要是去了厕所，两个人就只会倒在被别人的尿溅湿的地上挨揍。勇鱼心里描绘着眼前面临的可怕场景——自己倒在水泥地上，任由他们用鞋尖踢来踢去，还有人生怕弄脏了自己的手，小心翼翼地伸出手来翻自己的口袋。他们已经下好了捕鱼笼，一旦被他们拳脚相加揍一顿，就算不像狗一样当场没命，至少也会被打趴在那儿不能动弹。结果就是，昏暗冰凉的厕所里，一个大男人失去了知觉，鼻子和嘴紧贴着地，重重趴在那儿。靖也被打了，他陷入了不明不白的恐怖旋涡，旋涡越转越快，越转越猛，他越卷越深。一想到孩子恐怖的表情，一种新的恐怖涌上心头。这种新的恐怖，使经常觉得自己和孩子共用一副内脏的勇鱼尝到了一种近似酸酸的、黏黏的胃液的味道，他觉得自己的眼球底部在隐隐作痛。掉头跑！像孩子的母亲那样抱起他掉头跑！要是觉得这帮家伙会从后面追上来,就大声叫,和孩子一起大声呼救!——意识中还保持着清醒的那个部分在对他说。

那个趴在茶杯台座上的年轻人,稍稍抬起斜纹牛仔裤的双膝,缠着绷带的手腕绕到后腰,腿不住抖动着在地上来回摩擦,想把沾在裤子上的呕吐物蹭到地板上去。这会儿,他像变了一个人似的,用充满嘲弄的眼神盯着台下的勇鱼,好像自己膝盖上沾着的是他们父子俩似的。还别说,他那挂在嘴角的笑,和那张得意地板着的脸混合而成的表情里,还真透着一种街头小混混特有的美。他的这种表情,在守在捕鱼笼口、负责监视着勇鱼的另一个年轻人那张薄片脸上也能看到。勇鱼甚至觉得,连那几个背对自己站着的年轻人脸上挂着的,恐怕也是这种表情。勇鱼真切地感受到,他们的窃窃冷笑声,像细浪一样,正朝自己一拨一拨地袭过来。一种破罐破摔的愤怒完全占据了勇鱼的头脑,他紧紧地抓住靖的手,朝为自己设下的捕鱼笼稳步走去——此刻的他,简直就像一头被捕猎团队包围的印度犀牛——尽管它唯一的武器只是脆弱的纤维质生成的角。它没有选择坐以待毙,而是在原地使劲跳跃了几下,伴着脚下的震耳声响,在把它巨大头盖里那弱小的大脑弄得发热滚烫的愤怒的指引下,突然扬起双蹄,朝包围圈的突破口迎头猛冲过去。——这时,他品味到了对毫无意义地将自己和靖暴露在暴力威胁之下这一举动的自我嘲弄的感受,他还觉得,自己心里的触手,几乎就要达到面对暴力时转被动为主动冲锋①这一自我境界的极致了。

经过捕鱼笼口时,勇鱼是笔直阔步向前的。这时他听到,那个进入自己眼角然后又退出去了的年轻人,在放过猎物(在勇鱼的意识里,就等同于放过冲锋的犀牛)后,像一个唯我独大地扯着嗓门向捕

---

① 原文为英文 charge。

猎同伴发暗语的头领似的,说:

"这家伙,就是那个把自己关在据点里的疯子,果然没错……!"

勇鱼牵着靖的手,穿过那以人构成的捕鱼笼,走过紫藤遮掩下的昏暗的通道,进了更昏暗的公共厕所。地面一片漆黑,靖直绷绷地抬起腿,摸索着深一脚浅一脚地朝前挪,不时还"喔喔"地叫一声,向勇鱼发出预警信号。勇鱼上前抱起靖,让他撒了尿,在那冰冷的陌生尿味里又添进了温温的、鲜活的新尿的气味。勇鱼自己也长长地撒了一泡。

走出公共厕所时,那些组成捕鱼笼的团伙,已经没了踪影,只剩下那个茶杯台座上的年轻人。他把身体的重心全压在拖把上,正在那儿懒洋洋地拖着地。灰暗的大气笼罩下,只有密密麻麻的树叶透出令人心动的油光光的绿色。年轻人的头顶,看上去也只像一丛浅黑色的稻草。透过黄昏的空气层观察年轻人时,勇鱼发现,这时整个空气层中已经在游荡着无数火红的粗尘粒。很自然地,他也像那些鸽子、猴,还有用自己的肉身组成捕鱼笼的那帮家伙一样,抬头环视了一下天空——一道细长的亮光,在越来越暗的云层下方清晰地勾勒出一条褶皱的金边。不觉间,暮色越来越浓了,当勇鱼带着靖走向大门出口时,那个清扫花样茶杯台座的年轻人,也肩扛着拖把,一路晃晃悠悠着消失在了夜色的深处。

干燥的旋风,把这个季节最后一拨花瓣——说白了,就是大量的里樱花瓣——一片片裹挟到了避核工事周围。若是那帮家伙藏在湿地或是湿地对面的什么地方观察避核工事,他们或许会嘲笑我,以为我的钢筋混凝土建筑原来是用灰乎乎的紫色花瓣点缀的——勇鱼想。当然,如果他们真的藏在能够看清堆积在外墙下边的里樱花瓣的距离内的什么地方的话,按理说,他们自己也完全可能被我用望远镜从某一个枪眼看到,那帮咧着大嘴嘲弄自己的家伙或许真的会突然闯进我望远镜的镜头——想到这里,勇鱼端着望远镜观察湿地方向的时间更长了。然而,好久都没从望远镜里捕捉到他们的身影。可是话说回来,这也并不能反过来证明他们没躲藏在湿地一带。想到这里,勇鱼心神不宁起来,似乎自己的心也被那枪眼外干燥的旋风搅乱了。

但是,勇鱼也不能老这么困在这避核工事里,任由自己的焦躁蔓延。他还得去自己和靖的经济监护人那儿死皮赖脸地讨点钱来。一天,他上了三楼,走进自己和靖的卧室,安装了一个插座,有了它,停电时只要拔掉电源线录音机就可以自动切换成电池供电。安装时他还特别留意插座的位置,以便孩子也能轻松操作。装好后,他又拿出那盘可以循环播放的鸟叫声磁带,把它塞进了磁带仓。接着,他又在房间角落里摆上一些盛好水的浅杯子和盘子,这样,即便其中某个杯子被踩翻了也不用担心孩子没水喝。连靖迄今人生中一大半日子都与之相随的那个哺乳瓶里,他也灌满了饮用水。然后,他把刀子、剪子之类所有带尖刃的东西,全都神经质似的藏好;往马桶水箱里塞进一块厚重的铜网,以免孩子溺死。还有,为了防止孩子把头套进去后窒息,他扔掉了家里所有的塑料袋,至于那些还装着甜点的纸袋,他也在袋子底部戳满了窟窿。万一洗衣液瓶倒了孩子把里面的东西喝了怎么办?——这也曾是他强迫症的表现之一。于是,从那以后,为了简化只身外出之前的仪式,每次买回洗衣液之类的东西,他都会给容器编上序号。

仪式,没错,的确是仪式。下一步,勇鱼还要等孩子把身子挪到床上,或是垫子上他自己觉得躺着舒服的地方,最后,就剩下按下录音机的播放键了。一听到野鸟的叫声,渐渐地,孩子的意识就开始封闭。到那时候,靖几乎就会变成一只进入冬眠的小动物。等到这一切都完成后,勇鱼才会不声不响地倒退着走出房间,轻手轻脚地下楼,独自离开避核工事……

从离开避核工事那一刻起,一直到确信这钢筋水泥的密封盒子里没有发生惨案之前,勇鱼的强迫症非但不会减弱,而且还会升级。那天回来时,在把钥匙插进坚固的门锁孔之前,他犹豫了好久。他跪在门前的半干的里樱花瓣堆上,耳朵凑近锁孔,若是这时听到里面传来录音机播放的低微的鸟叫声,他就会顿时放下心来。这时,录音机正在反复播放鸟叫声,这意味着靖没有从螺旋楼梯滚下来导致颈部骨折,没有把头塞进塑料袋窒息,没有喝洗衣液烧坏喉咙,没有在抽水马桶里溺水身亡。现在,他终于恢复了常态,平静地走进了避核工事。夜莺在发出各种不同的叫声——录音时,录音机放置的位置不同,录下的叫声会发生微妙的变化。在背对关着门的玄关那昏暗的环境下,夜莺先发出一种类似自己的脸贴着勇鱼的太阳穴处似的声音,然后又突然飞开,接着叫。这种叫声,虽说录音时的超科学的实证主义做得相当不错,但有时也会令靖困惑不解,犹豫片刻后,他会淡淡地笑笑,说:

"夜莺,这个还是夜莺。"

——奇怪,今天怎么没听见靖对夜莺叫声的应答?勇鱼爬上螺旋楼梯走进顶楼的房间一看,孩子在床下睡着了,整个身体夹在两只塑料桶之间。对着孩子那双上面带着氧化淀粉斑点的小脚掌,勇鱼像看什么稀罕物似的,凝视了好久。接着,他连外套都懒得脱,躺到孩子床上,身子缩成一团,找出那盘以黑鹅的叫声为导入部的磁带,对着说明书听起野鸟叫声来。听着听着,就这么迷迷糊糊地睡着了。就在这短短打盹的朦胧中,勇鱼梦见了靖。梦中的靖,已经是三十五岁的大人了。一道不知从哪儿投过来的淡淡的光束,罩在孩子身上。这光束,就像录音带里的鸟叫声一样,使孩子的形象凸显得更加清晰。而且,这淡淡的光,还直接照到了正在做梦的自己身上——额头上的皮肤,已经微微感觉到了它的热量。不过梦中的场面太惨了——梦中的靖,正在遭受两个男人的殴打。他已经是个大男人了,除了个子,其他没有什么变化——还是和孩提时代一样垂着肩膀,头部在整个身子中的比例,占到了三分之一;连那水汽感十足的胖乎乎的脑袋,也和孩提时代没什么两样。脸颊越往下越宽,盖过衣领,直接搁在锁骨上。被两个浑身肌肉的警官暴打的,就是这样的靖——一个老实巴交的、不招谁惹谁的大男人。他发出水下麦克风录下的鲸鱼那种呲呲的叫声,徒劳地挣扎着,想避开警官的手。

　　孩子实在不明白这些人为什么要这样对待自己,再说,他也想不出什么办法让他们就此罢手,只有呲呲地呻吟着,痛苦地前倾着头,任由他们暴打。一会儿,勇鱼被自己发出的鲸鱼呲呲声惊醒了,他无助地缩成一团,时而朝左时而向右,一直在床上翻来滚去,直到把那些已经溢出眼眶和含在眼里等待溢出眼眶的眼泪全部打理干净。甚至当他直起腰,双脚踏上冰冷的地面时,勇鱼还在想:我得教会靖,在挨打时不能只是忍着痛迎过来顺受,而要奋起反击,至少要学会灵巧地躲开对方的攻击。时不待人,日暮而道远。梦中的情景历历在目,既然梦中的靖都三十五岁了,按说,勇鱼自己应该已经不在世了。正是出于时间的紧迫感,理应已经去世的他才感到无奈,才会躺在床上辗转反侧着呲呲地哭喊。

　　可问题是,现在仍然活着的勇鱼怎样才能让靖知道自己面临被歹徒袭击的危险、怎样教会他如何应对、怎样对他进行实战训练呢?要不,自己就用黑布蒙面,把露出的部分涂成鲜艳的红色,然后在旋转楼梯的暗处突然扑上去揍他一顿? 不行,靖的嗅觉、触觉、听觉都是异常灵敏的,要是被他马上看穿了,知道那假歹徒其实就是父亲装扮的,结果会怎么样? 结果只能是——孩子会被头部蒙着黑布、其他部分涂成红色的父亲不明不白地暴打一顿。想到这儿,勇鱼怀着新的恐惧看了正躺在床下熟睡的孩子一眼,像往常一样,这次,到头来又是孩子的鼓励反过来让他舒了一口气……

一会儿,他感觉到了靖要醒过来的预兆,又看了床下一眼,甚至还刻意调整了一下头的角度,以便在室内的灯光下让双方都能清晰地看清对方。孩子很自然地睁开了眼睛,双眼——视力差的那只和好的那只一样——浮现出看到父亲就在身旁时的那种淡淡的、宁静的喜悦之情。接着,他稍稍闪动了一下眼眶周围发出牡蛎般光泽的那部分胎毛,露出成人般的微笑,轻轻地打着带淡淡香气的哈欠,说:

"是——仙台虫。"

勇鱼顿时觉得,一丝喜悦掠过心头,就像身体里有无数个气泡在涌动。直到这时,他才脱下外套,抱起床下睡意未尽的孩子温软的身子,像是想用孩子的体温证实自己鲜活的肉身似的,把靖紧紧地贴在自己胸前,一步步朝楼梯走去。

"咱们去做意大利面吃,等会告诉你今天发生了什么事啊!"勇鱼一遍又一遍重复着这句话,直到靖也跟着学说一遍才作罢。

把煮好的意大利面用黄油一炒,然后在上面撒点奶酪粉——勇鱼没有和别人一起吃这种东西的习惯。他三下两下就吃完了,然后咕咚咕咚地喝了好多水——过着封闭式家庭生活的男人一般都这样。而靖呢,他不时抬起头,木然地看着半空咀嚼着、咽下去——也就是说,这时候,除了品尝味道、把食物送进嘴里这两个动作外,他身体的所有运动机能都处于假死状态。面对盘子,他就是这样一门心思埋头苦干的。勇鱼在一旁痴迷地看着孩子的一举一动。盘子里的东西全吃完了,一粒奶酪粉渣都没剩下。可靖还在低头仔细搜索着盘子,生怕漏掉了什么。看到孩子这番模样,勇鱼拿出一罐和存储食品、蔬菜等一起买回的水果糖,放在孩子眼前。买这些东西的钱,都是今天外出的收获。靖使足劲,终于自己打开了盖子。他脸上露出成功的喜悦,伸手把盖子递给勇鱼,而自己,却低头对着罐子里排列得整整齐齐的水果糖着迷了好久。勇鱼这时也在仔细打量盖子反面仿古木版印刷的商标——一个神灵般的人物,正怀抱竖琴骑在一条大鱼背上,在浪尖上漂荡。显然,这是阿里昂①骑着海豚弹奏竖琴的图案,这图案,勇鱼在自己收藏的鲸鱼图集里见过。这会儿,靖已经迷上他的糖了,而勇鱼则在玩味着那个和鲸鱼同属一类的老版画商标。接着,勇鱼开始直接对靖——他心里暗暗希望也能被"树魂""鲸鱼魂"旁听到——没完没了地作起汇报来:

一到医院我就发现,在医患面谈候诊室里有一个便衣警官,说不定还不止他一个。反正,这种人看到一个也就够了。我看见公用电话旁站着一个女人,也不知道她是在那儿等面谈的呢,还是来陪病人的,有些事,她不想让病人知道、但又想吐露给外人,于是就跑到这儿来说。反正,我就是从这个年轻女人那儿打探出一个房间号的。我上前去问她,说:"对不起,我是报社的,请问特别看护病房在几楼?"这女人马上告诉我说:"你是问××的房号吧,五楼东边最尽头那间就是。"

我为什么要向人打探一个毫不相干的病人的房间号呢?那是为了以防万一。万一在电梯上碰到便衣问我找谁我该怎么办?其实,这种担心是多余的,后来我轻轻松松地就上了五楼。当然,走出电梯往东边过道一看,最尽头的那间病房门口,一个穿制服的警官正在那儿无所事事地站着。你猜我是怎么对付他的?我走进厕所,把坐便器的盖子放下来,就这么坐在上面等着警官进来上厕所,那穿制服的家伙一进来我马上就会知道的。果然,不一会儿,那脚穿带钉皮靴的

---

① 阿里昂(arion),公元前七世纪古希腊诗人。

警官像牛一样喘着粗气咯噔咯噔地进来了。他钻进隔壁的小间嘶嘶沙沙地折腾了一阵后，放了一个响屁，然后就没声了，静得出奇，大概持续了十秒到十五秒吧，最后，他扑哧一声独自笑起来了，就是那种从喉咙深处往上提的抽泣的笑。趁着这工夫，我冲出厕所，走过过道，推开了那间外面没人把守的病房的门。当然，我进去以后，秘书肯定会起身朝我走过来的。就在这一瞬间，我已经看到了那个癌症缠身的政界大佬，也就是咱靖的爷爷的脸，他斜靠在床上，床边竖围栏和他的胸部差不多高，围栏上还绑着一面镜子。当时，他正扭着身子、对着镜子在看自己的脸。那张脸，已经瘦得不成样子了。整个头部，太阳穴那儿最宽，往上到头顶，往下到下颚，都是均等地渐渐收窄，整个脑袋看上去像个滚圆的球。当时我想，看到自己镜子中的模样，想必他心里终于踏实了，他也许在想——这才是自己脑袋的本来面目。

记得当年我给他做秘书的那阵子，他是很胖的，老是惦记着自己脑袋的理想球形被多余的脂肪和肉破坏了。认为自己一身赘肉，很丑，尤其是头的形状难看。一次，我劝了一句，说：您言重了吧，我可没怎么觉得丑哦！他马上反驳我，当场描出自己学生时代脑袋的形状给我看，就差直接发火了。那个脑袋，除了头盖骨，加上仅有的一点皮肤，剩下的就是肌肉了，整个就一溜圆的西瓜。现在好了，总算回归到理想的头形了。可是此刻，他照镜子时难道没觉得自己那乌黑的小球嘴长在那工整的球形脑袋上有点不对劲？——记得当时，他对着镜子，张着圆圆的嘴，眼角还扫了我这个闯入者一眼。我当时好像看见了藏在那昏暗的圆窟窿中的喉头癌硬块。癌肿块的臭气、连同好几亿癌病毒正从那窟窿里往外喷。当时，我真想对这个有着工整球形脑袋的老人大声呼喊：在自己漫长的官僚、政治家生涯中，你撒了无数次谎，而且还要逼着人们相信它。不过，你在自己谎言的拉拉藤丛中,好歹还饱含热情地种下了一根关于头形的、真实的草。可惜呀,谁都不信的,偏偏就是这根草……——门口到病床前还有一段狭窄的过道,我还只走了半截,那个拼命效仿被癌症净化之前的政治家、长着一身横肉的秘书,立刻上前像一堵墙似的挡住我,又是推又是搡。那家伙背对窗户,逆光下看,只能说他像穿着防咬服的训犬士,或者干脆说像一个笨重的沙袋。他鼻孔里扑哧扑哧呼出的粗气,有一股重重的人丹和大蒜混杂的气味。真不明白,不就是成天坐在病人脚头吗,干吗还要用大蒜强身健体?这究竟算哪门子事?当然啰,这家伙强健的身体,在干推我出门这活计时还真派上了大用场。还有,这家伙还用脚踢我的膝盖,一下接一下地踢,踢得我连连往后退。即便这样,我还是一边反击,一边喊口号。这口号是一定要喊的,我要让老人听到我的呼喊,我要让他痛改前非。——"你要像树木一样,把脚深深扎进土里!"我被又踢又推的,喊口号的时候,当然只能断断续续地喊。我对着病人这么一喊,那个用人丹和大蒜武装起来的男人就可以腾出工夫来对着墙角那边的另一个人喊叫了:"直日,我可以揍他吗?"这家伙嘴上在叫,脚下也没闲着,还在使劲踢我,够狠毒的吧?墙角那边传来了你母亲冷静的回应:"没事,揍他就是。"这下,人丹大蒜男人开始殴打我了,一会儿,那个放响屁的警官也咯噔咯噔地跑了回来,他把我反绑起来,推着我的头,让后脑勺往墙上撞。这时我突然悟出来了,在这种时候,自己能做的,只有一件事,就是向外发出最短促的、然而却是最确切无误的信息。于是,我高声大叫起来:"吔——吔——!"……

"是——鲸鱼!"听到这儿,靖乐呵呵地说,像是在低声哼一首歌。

第三章　窥视与恐吓

　　以前,大木勇鱼的前身——也就是那个原本有户籍姓名的男人,有一阵每天醒来时,尤其是在手脚醒过来了,但胃呀、意识什么的还仍然拖着睡眠残渣的那段时间里,经常被一种深深的消沉所袭扰,深到了几乎觉得无论多惨的自缢都是一种解脱的地步。有一次,由于那天晚上帮当时还在一起生活的妻子磨过菜刀,那情景在睡眠期间复活了,有了生命。结果,在那天夜里的梦中,他竟然用那把菜刀尝试了多达十种自杀的方法。在极度忧郁下,他最后选定了一种——用杠杆撬动法切断颈动脉。而且,当时他还像做图解似的,事先把每一个步骤都刻在脑子里了。天亮醒来时,他发现自己躺在冰冷的床上。他像蜥蜴一样抬起头,赤着脚下了床,按最短的直线距离直接冲进了厨房。然而,冰箱电机的嗡嗡声从他的意识中一扫而过,对他的身体起到了制动效果。他无法回避冰箱的存在,借着黎明时分淡淡的光,他扫了厨房里那整齐摆放的三把菜刀一眼,打开冰箱,拿出一块在烤箱里加过热,但还没把骨头和肉切开的猪排骨,也顾不上上面那些凝成一块块的白脂肪了,直接用牙齿对着瘦肉一口口撕咬起来。那模样,有点像对着手镜看自己的牙齿,两手捏住排骨的两端,啃一口挪一下。等肚子填饱了,他的自我保护本能也苏醒了⋯⋯

　　在那段日子里,即便爬出了黎明时分消沉的深渊,看到投递来的晨报时,他仍然会产生这样一种感觉——社会版上要么会出现自己死亡的消息,要么会刊载一条以"**不想活下去的幼儿　终于死了**"为题的报道。若是当天报上没有刊载这样的报道,他反而觉得这不正常,只是一种偶然。所谓"不想活下去的幼儿",指的就是当时的靖。靖走进这条悲惨死胡同最根本的契机是什么?换句话说,从一直小心翼翼地守护着靖的人的角度看,促使他开始产生不想活下去的念头的那个无可怀疑的确切缘由究竟是什么?对此,尽管他思考了很久,但最终还是没弄明白。等到他注意到这一事实,就像夫妻俩同时意识到染上了淋病,不得不羞辱地告诉对方这一事实时那样,当他们意识到对靖的举动不可能作出任何别的解释时,事态已经恶化到极限了。甚至可以说,孩子这时候已经在积极主动地一次次重复着拒绝活下去的举动,就像养成了某种新的生活习惯似的。

当然,靖毕竟是个孩子,在他的意识中,是不可能和自己的身体过不去的。因此,忍着痛苦去一次次伤害自己的肉体,这样的事还真没有过。他的行为,往往令人琢磨不透。有一年冬天,妻子早上起床时,发现靖泡在只剩下一点微温的浴盆里,露出水面的皮肤已经发青,全身尽是鸡皮疙瘩。孩子染上了肺炎,拖了好久才痊愈。之所以久拖不愈,是因为大家费了好大的劲才把流食送进他胃里,可他却马上就吐得干干净净。听人说,食道的构造是这样的——从口腔到胃,一路障碍重重,可是反方向却格外顺滑。他总是把牙咬得紧紧的拒绝吃东西,即便好不容易逮住机会往他牙缝里塞进了一点东西,一旦进到胃里,他就会像自然的呼吸一样轻松地吐出来。那些千方百计想让靖吃点东西的人,能不心灰意冷吗?这种心灰意冷,决不简单是当自己的辛劳化作了泡影时的那种烦躁。麻烦就在于,当人们知道自己也是一个具有这种生理结构的人时,甚至对自己身为人也会产生厌恶。既然靖没有忍着窒息的痛苦把头埋进浴盆,那么,对他深更半夜一个人起来跑进浴盆这件事,还可以这样理解:只不过是昨晚洗澡洗上了劲儿,想再一次过把瘾而已。不过,这种自家的丑事,是不好意思告诉外人的。甚至他们夫妻俩谁都没有主动向对方提及过这事。要知道,以前,靖可是从来没表现出过喜欢洗澡的倾向的。

尽管如此,他和妻子还是私下达成了默契,只把这件事理解为孩子一时兴起所为,打算尽快忘掉它了事。可是,过了一阵,等到孩子的肺炎完全康复后他们发现,好像故意和大人的期待作对似的,靖不仅没长个子,反而缩了一圈,长回去了。这还不算,刚恢复普通孩子的正常生活,令人头疼的新问题又出现了。每次突然摔倒时,靖毫无自我保护的意识,总是任由自己的脸撞到地上,这种情形同一天会出现好几次。这一举动,在旁观者眼里,怎么看都是因丧失了生存意志而导致的假摔。每次摔倒,靖都是满脸鼻血,眉间、耳边都会受伤。这下,他和妻子只好四处求医了。有家医院看了靖的 X 光片后,认定这孩子是得了佝偻病——外行也能一眼看出,X 光片上,靖的骨骼前端是呈圆鼓状的。后来,靖的外公又找了一个整形按摩的医生,让他上门治疗。结果,上门的头一天,孩子的小腿骨就被他折断了。按摩师哀求着辩解说,这是因为孩子一点都没有表现出痛苦的迹象。说完,他就像一个撞见了小妖怪的路人似的,仓皇而逃,从此再也没有露面。

无奈之下,他和妻子后来只好把孩子关进了一个橡胶围栏的圆筒里。放他出来时,时时刻刻都挽着他的胳膊,以防他一次又一次地故意摔倒。夫妻俩还在圆筒底面铺上了用来包装美术品的橡胶板。只是,这东西的味道实在是太难闻了。在这软绵绵的底面上,靖仅仅是为了倒下去而吃力地站起来,这情景,谁看了都心疼。虽说是在柔软的橡胶板上,但这孩子完全不管自己是否会受伤,一次又一次地倒下去,见孩子这样,勇鱼觉得就像自己身体里的一团内脏被抛出去了似的难受。动作虽不剧烈,但他显然是在试图自杀。

后来,不仅是靖,连勇鱼自己也成了这副模样。站在人群中时,他常常无缘无故地突然猛摔在地上。还有,和别人说话时,他会不停地用指尖抓自己的太阳穴。发现朋友中有人对自己面带怜悯的厌恶神情,他看了看自己的指头,原来,指甲上沾满了抓破太阳穴处的皮肤后留下的血迹。治好肺炎后,在正常的生活中靖也开始拒绝摄取食物了,而勇鱼也开始不停地作呕。有一次,他在梦中给自己做出了一个合理的解释——凡是地上长的东西,一律不能吃,因为它们是自己悲惨命运的源头。从此,靖和他只能靠极少量的食物和淡糖水过日子了。当然,上班肯定是不可能的了。圆筒外是双膝夹着装满糖水的烧瓶的父亲,圆筒内是用瘦得皮包骨的指头握着糖水哺乳瓶的孩子——父子之间心心相通的心灵感应开始了。

终于有一天,勇鱼主动向妻子提出了自己的请求:除非从现在生活的地方逃往别处,说到底,就是逃亡到一个他和孩子都能得到解脱的地方,否则,他们是无法继续活下去的。当两个糖水爱好者处于无为的沉默中时,或许妻子也在一旁收到了他们间心灵感应的信息吧,她不仅没有异议,而且还出手相助,四处奔走,请人在废弃的避核工事的地基上,为父子俩建一栋隐居处所。虽说此后整个过程中受到了来自方方面面的世俗干扰,但工程竣工之前一直在医院里住着的勇鱼和靖最终还是成功逃进了避核工事,而且一来到这里就开始摄取糖水以外的食物了。新的生活方式一旦确立,他们俩自然就不再是拒绝活下去的孩子和他的父亲了,眼下靖迅速适应新生活的积极态度就是明证。至于为什么逃到用于躲避核武器的工事里就能对靖的病起到治疗作用,这个谁也说不明白。不管怎么说,从结果上看,这是一个除此别无他途的正确选择——对此,勇鱼深信不疑。

……一天上午,勇鱼带着靖外出购物回来时,进门前抬头一看,突然发现三楼外墙正中的枪眼外缘被人用红油漆画了一道圈,还在这道圈旁边的外墙上画了一个很大的叉。若是从远处眺望整个山坡斜面的话,有了这两条油漆线条的装饰,这个怪异的钢筋混凝土块看上去显得人性化多了。在用浓浓的朱红色描出的这个圆圈和叉上,竟然找不到一丁点油漆的滴痕。能干出这样的活来,没有相当集中的注意力显然是不行的。勇鱼明白了,在这种外墙面上作业,既耗时又需要相当多的人手。也就是说,得有人拿着大刷子涂涂料,还得有人跟在他身后把溢出线条的多余涂料擦干净。

那帮家伙是什么时候涂上去的?对了,他们要么是赤着脚,要么是穿着胶底鞋,从背后的斜坡爬上避核工事的屋顶,然后又从屋顶放下绳子吊着干的。既然是这样,那么,如果当时靖是醒着的,有人在外墙上爬,他是不会听不见的。他的身体,警觉神经是绷得很紧的。既然这样,按说到最后勇鱼也会觉察到的。要不就是在深夜,而且是在满月的深夜干的?可是,最近这两三天虽说是晴天,但月亮却很瘦啊。就这样,勇鱼回想起了许多具体的细节,以它们为线索,他逐步在心里描绘出了那伙人行动时的整体清晰图像——在漆黑一团的深夜,有人在挥动沾满朱红油漆的刷子,有人拿着电筒,先照亮已经描好的圈圈和叉叉的边缘线,然后把滴下来的一个个膨大的涂料疤痕擦掉——勇鱼想象出了他们每一个行动的细节。那帮家伙,很可能就潜藏在我能从钢筋混凝土墙中的枪眼中看得到的范围内。他们一定认为,由于我用调焦望远镜观察树木,结果导致自己的潜藏之所受到了监视。这油漆符号,就是他们表达抗议的体现。从外围被涂上了油漆的那个枪眼看过去,越过那一大片湿地,有栋房子正对着避核工事,那片地方原来是一座摄影棚,那栋房子早就停业闲置在那儿没人住了——对了,尤其是正对面那栋摄影棚的旧房子值得怀疑!

在电影这个消遣行当大行其道的那些年头,有家电影制作公司在湿地那边填埋出一块地皮,盖起了一座摄影棚。后来,那块地又被一分为三,左边那块卖给了新生的散心行当的典型代表汽车制造厂,右边那块退还给了政府——这肯定是当年填埋工程报批时就定下的先决条件。那片地,现在成了自卫队的小部队用来搞各种小规模训练的场地。剩下的,就是中间的摄影棚了。那片地方,现在几乎处于闲置荒废状态。如果正如勇鱼想象的那样,那帮家伙就藏在那栋摄影棚里,那么,他们就会把这边的调焦望远镜看作一种威胁,自然就会对这边发出防范性预警。但问题是,这警告是在表达什么意思呢?难道说,它仅仅只表示"如果你刺探我,我就会采取报复行动"?从勇鱼的调焦望远镜里,除了刺探行为,他们会不会还发现了什么?

  记得在靖开始表现出寻死倾向那阵子,有一天,在刚醒过来、但自我保护本能还处于休眠状态的那段时间里,勇鱼曾多少产生过一点自杀的念头。为这事,他曾向一个朋友咨询过。他和自己同一年大学毕业,现在是精神科医生。朋友是个务实主义者,他说,未遂的自杀企图,只是一种为寻求救助而发出的呼喊而已。这话也说得太直白了。勇鱼想:照这么说,岂不也可以把自己宅在房子里成天端着望远镜从枪眼里窥视外边世界的举动看作是在向世界发出求救的呼喊?抬头看见的那个圆圈和叉叉就是给他的提示!想到这儿,在他眼里,那朱红色的圆圈和叉叉顿时变得温馨起来,它们简直就像是向自己发出的一种信号——你的呼喊,我们真真切切地听到了!

  靖紧咬的牙缝中发出嘘嘘的声响,有一股风正从他的脚下朝头顶上吹。这孩子就像一根一旦感知到大气的细微变动就颤动的树枝尖,只要有一点风的动静,他身上马上就会出现反应。勇鱼能感受到现实的风和风声,常常得益于靖模仿风声的放大效果。

  ——就这么干!勇鱼也紧咬着牙,牙缝里挤出这么一句。不管怎么说,我都得保护靖免受伤害。要说我嘛,也说不清自己究竟是在引来攻击还是在等待救助。可是要说靖,要是他身上发生了什么事,那决不会是等待救助,因为他从没有发出过寻求救助的呼喊……

我勇鱼就是为了保护靖而活着的——想到这里,勇鱼走上门前的斜坡,进了避核工事。用近一个小时翻遍了避核工事里的资料,做好了准备工作。然后,由于心里惦记着靖的安全,生怕那帮朱红圆圈和叉叉的家伙利用自己外出的空隙跑来加害于靖,他喘着粗气,使劲踩着自行车的踏板往前赶,从车站附近的杂货店买来了一罐绿色涂料、一把大毛刷。材料倒是准备好了,下一步,还得搞体能训练。这段时间关在避核工事里,体能会下降,若是忽略了这一点贸然行事,结果脚踏空了抓着绳子吊在半空晃悠,岂不被那帮藏在湿地或是湿地那边什么地方盯着这边的家伙笑话?说不定,他们甚至会马上跑过来,举起沾满朱红油漆的扫帚,往吊在半空的勇鱼屁股上捅的。于是,为了检验自己的意志力和体力,他把绳子拴在螺旋楼梯最上层的支点上,把另一头拉进地下通道,赤着双脚站在挖开混凝土后的露出的那块正方形的泥土上。一切就绪后,勇鱼开始往上攀爬,他的身体不断在墙壁、地面上撞击着,发出沉闷的声响,听到这声音,他越来越上劲儿了。

爬到二楼和三楼间的拐角时,他像一匹筋疲力尽的海狮,猛然躺倒在地上,心满意足地喘着粗气休息起来。看来,自己的臂力还相当不错!他缓缓地闭上眼睛,顿时觉得眼皮下一圈圈血的旋涡在来回晃动——那是身体对突然剧烈运动的反应。就在这时,准备在外墙上描画的图案在眼前出现了。这还不算,一直站在他和墙壁之间看着的靖,这时也有了反应,吐着粗气哈哈地叫出声来,这又给勇鱼增添了几分成就感。这是因为,这声音意味着,孩子不仅没有被父亲所干的稀奇古怪的力气活吓到,反而觉得是在玩一场有趣的游戏。

勇鱼从餐厅里搬出一把小木椅,安放到里樱树下,让靖坐在那儿别动。然后,自己从阳台爬上屋顶,把拴在晾衣台上的绳子的另一头缠在腰间,来到了外壁边上。探头往下一看,靖还在椅子上规规矩矩地坐着,他身后里樱树密密麻麻的叶丛中,一群鸟在枝间旋风般地翻飞,好几只还裸露出了背脊。也许,靖是听叽叽喳喳的鸟叫声入迷了吧。当然,在勇鱼眼里,那些在比自己低得多的地方争先恐后跳来跳去的鸟,看上去有点傻头傻脑的。他抬起头,朝远处湿地那边的摄影棚建筑群方向漫不经心地看了一眼。假如那帮家伙藏在那一带,而且和勇鱼一样也有望远镜,那么,勇鱼就必须表现出顶得住他们经器械强化了的视线的压力。想到这儿,他果断地转过身,背对湿地那边的那些人和靖,把插着毛刷的涂料桶挽在一只手臂上,开始顺着避核工事的外墙往下挪。他手抓住绳子,脚踏在倒混凝土时留下的模板边缘痕迹上,要是不紧贴着笔直的墙面,身体的重心就会不稳。这会儿,他的身体在朱红色的叉上擦来擦去,远远望去就像叉叉上贴着一个人。尽管不舒服,他也只好让脸紧贴着朱红涂料干后凝固成的小疙瘩,不然,哪怕是稍微起一点风,他的身子就会被吹离墙面,上不着天下不着地悬在半空中晃悠。

　　勇鱼保持着这样的姿势,然后收腹、猫腰,在肚皮和墙壁之间腾出一块空隙来,再把涂料桶塞进去,拿起了桶里的毛刷。这时,他清楚地感觉到身子和墙壁之间毛刷上的涂料在一滴滴往下掉。他也顾不上这些了,伸直胳膊,先在墙壁上画了上下两条曲线,让曲线的两端重合,然后在两条曲线的中间画上一个圆圈,再把圆圈里面全部涂上涂料。至于这个图案整体看上去感觉是否协调,由于勇鱼这时身子紧贴着墙面,从他自己所处的角度是看不清的。所以,他只好把外围的线条描粗一点了事。干完这些后,他举起毛刷和涂料桶放到屋顶的边缘上,然后拉着绳子回到了屋顶。往下一看,端端正正坐在里樱树下的靖,看上去像条小虫虫。他正双手紧紧地捂着一只眼,抬头看着屋顶。"对了,眼睛!我要的就是眼睛!"勇鱼对着靖高叫了一声,看到自己的劳作成果得到了靖的认可,勇鱼非常得意。现在,勇鱼在他和孩子住的避核工事的、被那帮家伙涂上了朱红色的圆圈和叉叉的外墙上,又加上了一只绿色的大眼睛。不用说,就在勇鱼从屋顶探头看图案的整体效果的这段时间里,从那黑色的眼珠和眼角处会有一滴滴绿色的涂料往下流,粘在墙壁上。勇鱼禁不住怀疑,这是一只流泪的大眼睛。想到这儿,他觉得,靖现在的姿态,有点像一幅捂着作痛的泪眼抬头往上看的小人物画像。

◉╳○

尽管勇鱼自己也说不清他的图案究竟是在表达什么。但外界的反应却清楚地显现出来了。具体的表现就是橡皮子弹枪射过来的小石子。当天傍晚时分,一颗小石子打在了避核工事枪眼的厚玻璃上。虽说还没到让玻璃开裂的地步,但那响声太大了,足以让勇鱼作出判断,这决不是那种怀疑自己听觉可能有误之类的偶然事件。当时,碰巧他正像往常一样在煮意大利面,为了不让孩子陷于恐慌,他没有中断做意大利面流程中的焯水作业。他让靖站在自己双腿前,发挥出自己的忍耐力,看着深锅里沸腾的面条,然后迎着扑面的蒙蒙水蒸气把焯好的面条倒进滤水的笊篱里。刚才的声音,显然把站在水蒸气下方的靖吓着了。勇鱼往热锅里倒进一团黄油,让它融化,然后倒进面条,体味着锅里和旋转着的糖汁差不多的那种阻力,挥动胳膊猛力搅拌了一阵,希望这种气势能起到激励靖的作用。接着,他把炒好的面条盛进两个大盘子,端到客厅里的桌子上——这桌子,既是他和孩子的餐桌,也是他的书桌——这时,靖早就握着叉子在桌旁坐好等着了。他接过父亲递过来的奶酪粉罐,也学着勇鱼刚才的模样,使劲把奶酪粉抖落在面条上。

勇鱼肩挎望远镜,扭着身子穿过靖背后的狭窄通道,漫不经心地离开了客厅。刚到门口,他突然像速滑运动员起跑似的,迈开螃蟹腿噔噔噔几下就冲上螺旋楼梯到了三楼。一靠近枪眼处,勇鱼就发现了那帮家伙派出的第一个探子——一个小姑娘。说她是探子,倒不如干脆叫她囮子更合适。昏暗的褐色光线洒在里樱树上,给地上投下了一团黑乎乎的鸡蛋形的阴影,这小姑娘,就坐在离阴影一米左右的亮处,而且那椅子,就是勇鱼搬出去给靖坐过、后来忘了搬回来的那把。小姑娘稍稍扬着头,静静地坐在那儿,紧盯着避核工事的玄关。对了,那椅子,原本是放在里樱树下的。原来,小姑娘把椅子挪到里樱阴影外的亮处,是为了故意凸显自己的存在。勇鱼迅速环视了一下四周,想找出藏在里樱树或是探子周围的伏兵,也就是那个用橡皮子弹枪把石子射向避核工事枪眼的、那帮家伙的狙击手。可是,高低不平的山坡上,除了茂密的嫩草在舞动,再也没有任何动静。摄影城旧址那边也一样,只有对面右边远方低垂的夕阳还在吐着光焰,那些建筑物早已凝成黑乎乎的一团,更谈不上能分辨出有什么人藏在那儿的迹象了。

勇鱼缩回头,端起望远镜,对准了木椅上坐着的小姑娘。他顿时觉得视野明亮多了,像是回到了三十分钟之前晚霞下的暮色。透过望远镜的镜头看去,小姑娘就像是一个被逮捕后接受强迫拍照的犯人似的,脸上透出隐隐的敌意和恐惧。她满头深茶褐色的卷发捂在手指甲形的脸庞上,形成鲜明的反差。一条带饰珠的发带从额头正中横穿而过,以防卷发向上翻卷。这些,肉眼就能看得清清楚楚。可是在镜头里,她的容貌被特写放大了。镜头使小姑娘的嘴唇和眼睛具备了某种怪怪的张力。她脸的皮肤本来是根本没堆积皮下脂肪的,可在镜头里,她脸上的皮肤好像被鞣松后又重新折回去了似的,显得柔顺松缓得多。她前突的嘴唇,似乎正好起到了缝合松缓皮肤上翘而形成的裂口的作用。布满竖纹的厚厚的嘴唇,被脸上的皮肤缓缓上带,画出一道分明的轮廓线。这会儿,尽管嘴唇是轻轻闭着的,但仍然能看见那两颗结实的门牙。

再看她的眼睛。那眼睑好像用眉笔描过,两个眼角还画上了几根火焰样的睫毛,虽然能给人一种很凶的印象,但假睫毛没有给眼睛投下暗影。尽管小姑娘背对着远方的夕阳,但带着阴影的褐色光芒好像还是映到了她眼里。她两眼有点外斜视,紧盯着避核工事的门连眨都不眨一下。

勇鱼又像奋力起跑的速滑运动员似的,急匆匆地跑下螺旋楼梯,不过到玄关口时他立刻放慢了脚步,稳步朝里樱树走去。就在勇鱼开门的那一瞬间,小姑娘飞快地站起来,退到了后面。她并没有跑远,只是走到连一只鸟都没有的里樱树下那浓密的一片漆黑的暗处站着不动。勇鱼走到椅子旁,对着小姑娘掩在昏暗皮肤中的那对闪着亮光的外斜视眼睛扫了一眼。

"我怎么啦?"小姑娘想倒打一耙。只是,声音太小了,几乎听不见她在说啥,而且,声音里明显透着胆怯。

"我是来给孩子拿椅子的,就是你刚才一直坐着的这把。"

勇鱼怔了一下,端起椅子,向后退一步,回答说。小姑娘像是在给自己壮胆,又沙哑着嗓门,说了一句什么。声音是听到了,可意思没听明白。勇鱼没有理会,他把椅子扛在肩上,准备转身踏上斜坡朝开着的玄关门走去。就在这时,小姑娘又愤愤地大声对勇鱼叫了一句,而且话里还夹着电影风靡一时那阵子无人不知的某个女明星的名字。

"要不要去×××的化妆间搞一次?搞一次嘛!"

这下,勇鱼终于明白刚才她沙哑着嗓门说的那句话的大概意思了。

刚才勇鱼端起椅子时,小姑娘闪着那双吐着暗红火苗的外斜视眼睛低声说的那句话的意思,肯定是:"大叔,想不想采一次花?"——绝对没错!刚才她就是这样唐突地勾引自己的。听到小姑娘这次这句,勇鱼扛着椅子、前倾着身子,只觉得全身满是笑着到处乱跑的小鼹鼠,越来越重的夜色似乎要拖住他的脚步。刚进玄关,他就听到身后关上的门那儿传来了石子儿击打的声响。他没有理会,放下椅子,往上一跨,头搁在椅子靠背上,笑个不停。散发着奶酪粉味道的靖赶过来站在一旁,把手指头放在笑得一起一伏的勇鱼的肚皮上,和他一起分享笑的震颤。

那天深夜,朦胧中,勇鱼觉得一阵阵马蹄拍击地面的声响在自己身体四周环绕。在这个短短的梦境里,他看到一层薄薄的地表覆盖着自己大如山丘的尸体(可能是死后长大的),一大群马从上面狂奔而过。还在梦里时,他就一直在担心靖会受到惊吓,醒来一看,果然听到靖在痛苦地呻吟——原来是那帮家伙跑到屋顶上来了,正在那儿踏脚呢!本来,他心里早就做好了准备,等着他们什么时候冲进来,果然,现在他们已经以突然袭击的方式大肆侵入他的生活了——甚至还在屋顶上跺脚。

勇鱼一怒之下翻身从床上跳下来。不过他没敢开灯,只是站在自己的床和靖的床之间哆嗦。他本想找出一个方法,对那帮在混凝土楼顶上踏来踏去的家伙展开反击,可是他心里明白,对付这帮人,不会有什么方法能真正奏效。记得,刚搬进这避核工事那阵子,他也曾做过一个类似的梦。整个噩梦一直笼罩在核攻击的气氛中,当时,避核工事屋顶上聚满了逃避核攻击的人们,逼他打开避核工事地道的门。他突然惊醒了,急忙打开灯,想让明晃晃的灯光把自己刚从梦中醒来的脑袋里面照亮,想出什么驱退他们的方法,可是结果还是一无所获。就这么傻乎乎地犹豫徘徊了一阵之后,他终于醒悟了——

原来自己不过是在接着往下做梦而已。不过,就这短短的一个梦,却耗尽了他全身的精力,在他心里留下了无奈和焦躁的伤痕。

从那时起,勇鱼再也没干过在避核工事里跑来跑去找武器的傻事,他知道那样做毫无意义。再说,为了自己和靖免受伤害,他一直在四处奔命,早已精疲力竭了。更何况,这次的情形还和上次的噩梦不一样,靖不是也明摆着被屋顶的脚步声吓坏了、在真真切切地痛苦呻吟吗?看来,这次来者不善,决不是轻易可以对付的。他真想像靖一样也呻吟一阵。不过,他没这么做——他怕屋顶上那帮家伙知道自己醒了,所以才连灯都没敢开,只是双手搂着靖,想给他一点勇气。

突然,跺脚声消失了。看来,那帮家伙是踩着避核工事后面陡坡上一个个边坎跳下去走了。勇鱼终于松了一口气,他这才意识到,他们在屋顶上跺脚,不是为了加害于自己和靖,而是为了向自己传递某种信息。这会儿,他没工夫去追逐这帮人所传递的信息在自己心里造成的回响,因为在惊吓之下,靖的每一个细胞都在腐烂,已经成了一片破碎的肉块。他首先得为靖能重新站起来而奋斗。

勇鱼决定,对那些在头顶的混凝土地板上跺脚的家伙传给自己的信息内容,在天亮后自己关在地道里(当然,前提是靖已经恢复到能够放心让他一个人待着的水平)综合整理、理清头绪之前,先不去管它,他想把这事暂且先交给那些不计其数的"树魂""鲸鱼魂"去理会,按说,它们是无时不刻都在关注着自己和靖的隐居生活的。此刻,靖还是全身硬邦邦地躺在那儿,身子几乎弯曲成了 U 字形,还在发出哼哼的痛苦呻吟,谁听了都揪心。勇鱼爬上床,趴在靖的上方,一只手伸向录音机的按键,另一只手轻轻抚摸着靖的身子。如果这时磁带出了故障,向靖体内刚刚敞开的细微的亮窗送进了有违和感的杂音,靖就不可能继续待在勇鱼身边了,他要么升上恐怖的高空,要么像一条刚死的鱼,坠向无底的深渊。勇鱼的手掌,在覆盖着靖身体表面的皮肤上游走着、颤抖着,他觉得,手掌下的皮肤有一种干燥的碎鱼鳞片的触感——这是靖将离他而去的预兆。

录音机里发出了鸟叫声,一种介于听得见和听不见之间的低微的叫声。虽然声音不大,但确实是自然界里那种流畅的鸟叫声。勇鱼慢慢地调高音量,调到音质允许的极限。——一个叫声比自然界的鸟大十倍的、长着翅膀的怪物,开始在避核工事内盘旋。"是野鸡吗?"——他紧贴着靖的脸,压低嗓门胡乱问了一句,相信声音会通过自己脸颊的骨头和肌肉传进靖的听觉器官。他知道,如果不紧贴着孩子的脸,一旦自己声音过大,就会在被录音机放大的鸟叫声的屏幕上划开一条裂纹。勇鱼当然知道,说到鸟,孩子是不屑和自己沟通的。其实,他只是希望能用野鸟叫声这把锥子在孩子身上开辟出一条心灵感应的通道,以便自己钻进去,才这么挨个问的——"是山雀吗?""是练鹊吗?""是白颊鸟吗?""是红颊鸟吗?""是蒿雀吗?""是白头翁吗?""是大苇莺吗?""是小苇莺吗?""是大斑啄木鸟吗?"……

勇鱼一边问着,一边在脑海里描绘着靖的有意识和无意识的整体形象。在他看来,靖就像一个黑色的鸡蛋。蛋壳里面积满了类似皮蛋白那种浑浊、却又能流动的浆液,而靖的意识,就是这浆液中的蛋黄块。比如说,在吃热腾腾的面条等能令他神经放松充满自信的时候,他的意识就会胀大,直至靠近蛋壳的内壁。当受到惊吓或是对事物产生抵触感的时候,它就会收缩,而那部分昏暗浆液的量就会增大。这时候,靖的小小的意识就会成为沉浮于浆液间的一粒可怜巴巴的种子。一旦这种受惊吓的种子意识持续下去,靖就会死掉。想到这儿,勇鱼陷于了深深的恐惧,他思维能力的平衡眼看就要被打破了……

在充满野鸟叫声的避核工事里,勇鱼就这样整整五个小时一直趴在孩子身旁,不停地抚摸着他的皮肤。突然,勇鱼发现,靖的膀胱在膨胀,渐渐地,他有尿意了。这是恢复的征兆,虽说这只是内脏最深处的感觉,但这足以表明,孩子僵硬、麻痹的身体里发生了带有某种趋向性的变化。

由于孩子痛苦地挣扎过,尿布早已从两腿间滑开了。勇鱼从靖依然僵硬的身上取下尿布,抱起孩子走到便器旁让他坐下。一会儿,靖开始细细地撒尿了,而且,渐渐地,尿势越来越强。勇鱼伸手打开已经在发白的玻璃窗,顿时,一股空气,带着晨雾的触手旋转着涌进来,充满了厕所,把从尿液中升腾出的热气映衬得越发分明。

"是斑鸠。这是兰鹊。"靖沙哑着嗓门低声说,几乎分不清他是在说话还是在呼吸。他这是在告诉勇鱼,窗外的鸟叫声和录音机里的不是一回事。

撒完这泡长长的尿,靖的身体不再僵硬了。撒完尿,他又接着睡。抱他起身时,他把自己头的重量缓缓地压到了勇鱼的胸口上。借着早上从云层后射出的阳光,勇鱼看见,靖闭着的双眼里各沁出了一滴泪水,冒着新的热气。在牙医那儿打过麻药后,下唇会像嚼口香糖时那样被咬得肿起来的。靖这时就和打了麻药时的情形差不多。昨天夜里,他咬过下唇,嘴边还到处是发干的血迹。勇鱼扭头看了看便器旁暗处的镜子,发现自己的下唇也被咬裂了。顿时,他感到了一种隐隐的疼。原来,昨夜他在黑暗中尝了好久的,竟然是自己血的味道。不过,当他清楚地意识到这一点时,反而觉得,自己尝了五个小时的,其实也是孩子的血的味道。

勇鱼关上了厕所的窗户,关掉了录音机。这会儿,靖已经软绵绵地趴在他肩上了。他像搂着一个对折的包似的,走到床前,让孩子躺下。接着,自己转身回到厕所,也撒了一泡尿,然后回到床边,用毯子裹住头,开始睡觉。随着重新退回无意识的黑暗,勇鱼感觉到,他的魂魄离开了自己的身子,突然腾上半空,然后又像探头鬼似的,幽幽地走下地道去求救。他双脚一踏上铁梯下方这个季节只剩下最后一根霜柱的地面,就听到了"树魂""鲸鱼魂"发给自己的信息——这次你又过了一关,没事了。睡吧,整个上午你就一直睡吧,下午,还有新的战斗在等着你!

第四章　对阵与应战

　　下午,勇鱼赤手空拳奔向了战场——身边只带着自己的唯一援军靖。他搬出两把木椅,放到里樱树下,面朝湿地方向和靖并排坐着,严阵以待,只等那帮家伙出兵叫阵。昨天小姑娘说的话,显然与电影业相关。既然如此,勇鱼望远镜观察的直接对象,当然也就是湿地那边的摄影城了。从望远镜里看去,那块地,是象征性地用铁丝网和板墙围着的。在这块圈着的地里,远处,一边是个大仓库,和仓库并排建有一排怪模怪样的建筑群,建筑群的中间围着一个小广场。若是站在广场中间看,每栋建筑都像是各自成形的,可要是从仓库侧面看,那些建筑的侧面墙要么只是用木板嵌着的,要么干脆是用木棍撑着的,反正,一眼就知道,那是一排铁了心不让人住的所谓"反居住型房"。反居住房和仓库之间,隔着一溜很高的木板。利用这些反居住型房构成的街景拍电影时,如果需要用低机位拍出透视背景效果,那些房顶就会碍事。这一排木板,估计就是用来遮掩后面的房顶的。虽说在望远镜的镜头里,这些反居住型房只是一排薄薄的侧面,不过可以想象,当年它却是那些想表现明治晚期东京街景风貌的导演们那点可怜巴巴的想象力的产物。那家倒霉的电影公司,制作了一部反映日俄战争期间的一段插曲的片子,虽说谈不上场面宏大,但也像一朵凋谢前的花,毕竟还红了一阵子。大概他们是想接着再拍几部反映同样时代背景题材的影片吧,于是就对这点酸不溜秋的布景进行了加固整修,并且把它保存下来了。可是我想,从那以后,在这些建筑正对面的广场上,恐怕再也没出现过那种演员们在广场上表演、导演在那儿发号施令、手持反光板的大汉们跑来跑去的热闹场面。倒不如说,通过这些不仅没拆反而还被加固了的布景,后来的人们可以深切地感受到当年导演们的失落感。

靖像个养病的人似的,刻意护着自己已经开始愈合的下唇上的伤口,软绵绵地坐在椅子上。周围没有鸟叫声,好像也没有什么能引起他兴趣。没过多久,他就这么坐着,发出若有若无的鼾声睡着了。勇鱼想拿条毯子来给他盖上,回到了避核工事里。转身出门走到玄关前的斜坡时,他发现,摄影城遗址仓库的二楼那儿有一道光在晃动。难道说自己反被那边的人监视了?那会不会是望远镜镜头的反光?勇鱼把毯子搭在靖身上,为了让他睡得更舒服点,他又把毯子的另一头塞进孩子的背和椅子靠背间的间隙里。然后端起望远镜,挨个查看仓库屋顶下的四个窗户。靠左的两个窗是关着的,剩下的两个是开着的。可是,这开着的两个窗是不是原本就是垮的,他也记不清了。勇鱼闭上眼睛,想尽力复原出以前用望远镜观察时留在脑海里的仓库的整体形象。经过一番对淡薄的记忆的仔细搜寻,仓库所有窗户都是关着的形象出现了。于是,他又端起望远镜看了看那两个开着的窗户的里面,都没有发现有光在闪动,只是一片水底般地漆黑。当然,那间房里挂着黑色的幕布也说不定。这时,他耳边响起了诱惑过他的那个小姑娘的声音,这声音,清晰得简直就像是正从窗户里的黑暗中传过来似的。——"要不要去×××的化妆间搞一次?搞一次嘛!"

×××,当年日本电影业广告宣传费的一成都花到这个大明星身上了,而且她的化妆间!小姑娘说的这句,用电影业界的术语说,就是用于新片宣传时用的"金句",这句乍一听觉得靠不住,等到电影业真正衰退后又具有不容置疑的现实感的话,今天竟然有一个小姑娘在已经化作废墟的摄影城附近对自己说,这对勇鱼太有诱惑力了。勇鱼记得,当年,就是今天被咽喉癌折磨得直叫唤的那个元老级政治家,为了款待外国客人,曾经派他到某个签约的电影明星那儿去过。通过那次经历他明白了,那女明星的卧室里充斥着的,是一种将近乎少儿似的自我陶醉和权威主义的土豪情趣糅合在一起的气氛,和性诱惑感完全沾不上边。不过勇鱼不得不承认,小姑娘那句"要不要去×××的化妆间搞一次?搞一次嘛!"还真有"金句"的效果,它给自己编织出了一个美好的性梦。

这个"银幕的性象征"的梦,以一种漫画式夸张的方式,毫不掩饰地折射出勇鱼,不,应该说折射出任何一个经历过小姑娘那种搭讪的男人现实生活中所欠缺的东西。他们谁都会自然地产生这种联想——在这被人遗弃的残败不堪、积满灰尘的摄影城里,有他们梦中的舞台布景。在这个布景前,出现了一个闪着明亮的眼睛、噘着像是凸起的伤口似的嘴唇,用对你具有绝对杀伤力的那句猥亵的语言向你搭讪,然后,你心甘情愿地成了她的猎物。——在让对方松懈戒备,进而转入一种既忐忑又自由的心态方面,这种语言,比起小姑娘的另一种战术——当面直截了当地手淫给你看,效果还要好。至少,由于这种语言里不含让人避之不及的直截了当的下流成分,当事人自然就会任由自己的性欲膨胀而难以自控。此刻的勇鱼,难道不是以为自己跟着小姑娘去了那儿,一边做着美梦一边看着望远镜吗?……

出人意料的是,和勇鱼梦想等值的现实,突然真的在他望远镜镜头里出现了。由于在望远镜里单看整体画面是分不出物体的纵深差异的,比如说,有一近一远两棵树,你可以看近的那棵,也可以看远的那棵,这是由望眼镜后面的眼睛自由选择的。这时的勇鱼,还沉醉在梦想中,对镜头里所有的目标他只是模模糊糊地看个大概。突然,他的视野里出现了一个全新的对象。勇鱼凝了凝神再仔细盯着仓库的窗户一看,窗户里的暗处冒出了一个人偶似的姑娘,她全裸着身子,正在朝亮处走。由于她肩胛骨以上的部分被窗框遮住了(也许这意味着房里搭着一个台子,全裸的女人是在台子上站着的。),勇鱼也无法断定她就是头天的那个小姑娘,他只是对自己的猜测深信不疑而已。她身上没有脂肪,非常平滑,唯独乳房格外突出。而且,浓密的耻毛上方——这个其实也看得不清楚,也只是有把握的猜测——绑着一个阴茎的模型。突然,小姑娘转过身趴下,高高地耸起圆滚滚的屁股,从屁股缝里伸出拳头来,是把拇指夹在食指和中指间的那种拳头。那个阴茎模型和拳头上,都涂着朱红色——也就是避核工事外墙上那个圆圈和叉叉上涂得那种——的涂料。接着,她起身背对着窗外走下台,消失在窗内的黑暗处。不一会儿,又出现了一个年轻男人,他对着窗外的亮光,赤着上身,举起望远镜直接对准勇鱼。

说不定那帮家伙也有望远镜,甚至还会反过头来监视自己,这事勇鱼早就料到了。只是,万万没有料到,他们竟然会安排一整套表演,先由那姑娘表演全裸秀。这下,勇鱼有点无所适从了。他陷入了一种错觉,觉得自己不看望远镜时,对方好像也把望远镜放下了。就这样,勇鱼一直在一次次地把眼睛贴近镜头,然后又从镜头前挪开。即便是如此狼狈的时刻,他也没能独自平静地度过去——伴着微风中沙沙作响的树叶舞动声,头顶上传来了"树魂"的责问声:

"你在这儿干什么?像个探子!"

勇鱼应声扭头一看,就在离他和靖的椅子不远的地方,那天在游乐场遇到的那个年轻人,正隔着里樱树干站在那儿盯着自己。避核工事门口还有一个,斜坡下的路上,左右两边各一个,他们都静静地站在那儿,伺机而动。和那天做捕鱼笼时一样,远处那几个人虽说眼睛都没看着这边,但耳朵的神经却是紧绷着的,哪怕是勇鱼挪动身子的动静,他们的耳朵也决不会放过。

"你在这碉堡房里用望远镜从枪眼里往外偷看,这事我们早就知道。"年轻人以一种教训人的口气,不紧不慢地说。他的眼睛,像一条用锋利的刀刻出的缝,里面射出一股带黄色的愤怒的光。"用望远镜偷看过,这你自己也不否认吧?那,你说,都看见窗里有什么啦?"

勇鱼真懊恼,在这种时候,自己的脸竟然红了。勇鱼感觉到,那几个年轻人虽说脸上没事似的,可还是掩饰不住内心的得意,在跃跃欲试。唯独眼前这个,毫无表情地铁青着脸,把头侧向一旁,细长的眼睛眯成一条缝,看着别处。他的发型,就像是额头里埋进了两个握着的拳头,微微有点带卷的前发,撒在额头上,倒向一边。从侧面看过去,他的神情,乍一看,好像憋着火,随时都可能爆发。其实,倒不如说他的性格正好和粗暴相反,甚至可以说有点细腻。不过,当他的视线重新回到勇鱼身上,尤其是当他抖着轮廓清晰的嘴唇、对勇鱼凶狠地说出下面这句话时,勇鱼这才感觉到,一副凶相,已经冲破自己刚刚揣摩出的细腻的表层,活生生地显现出来了——

"给我把椅子扭过来。这次,可不是上次了,今天,咱俩不分出个高低来,我是不会放过你的。就这么老是扭着身子说话可不行。"

勇鱼马上一声不响地站了起来。他想通过这个小小的动作,让背后的那几个年轻人觉得,他甚至可能是一个训练有素的私家兵。他生怕撞到了靖的椅子上,掉转椅子朝向时格外小心。

"椅子脚下要是没石头梗着,你倒下时会不会自然点?"

勇鱼蹲下来,看了看椅子脚下。他觉得,头顶上里樱树叶发出的声响更大了,好像突然刮起了一阵风。

"你可别想扔石头砸了我们就跑。我的兄弟们在盯着你呢,立马就会追上的!"见勇鱼在捡石头,年轻人劈头盖脑地来了这么一句。这时,又响起了一阵树叶的沙沙声。"再说了,难道你还想扔下孩子跑不成?你的碉堡房在这儿,你还能跑到哪儿去?"

勇鱼在椅子后腿下垫上一块平石头。看样子,和这个年轻人一时半会儿是扯不清的。勇鱼死了心,干脆坐了下来,尽管他知道,要是就这么坐着被他们踢倒了,那会输得更惨。

"我可哪儿都没打算去,这儿是我的地——盘!"勇鱼应了一句。

他心里清楚,自己不仅跑不掉,而且就算想和他们对打,眼前这个年轻人和后面的那几个的力量加在一起的话,自己也不是他们的对手。向人呼救吧,根本就没人从这一带路过。反正自己可能马上就会挨揍,是死是活也无所谓了,正是因为有了这种破罐子破摔的心态,勇鱼才故意用"地方"这个模糊的字眼顶撞了一下。

"你可知道,我有个兄弟,只要有谁想跑,他就会追上去,不从后面把他扳倒是决不会罢休的。"年轻人威胁说。

"那我倒想见识见识。"勇鱼说。他察觉到,年轻人意识到自己废话说得太多了,有点丢人,脸一下子红了。看来,这家伙很敏感。

"要看,啥时候都行啊。不过,我的伙伴是怎么跑的,你看见过吧,你不是一天到晚在枪眼里盯着我们吗?"

"没错,我确实是在观察外面,可是,并不是在特意盯着你们。"勇鱼说,"上次在游乐园不算,我们在这一带碰面,今天是头一次吧?"

"你是说,刚才看摄影城仓库那边是碰巧?"年轻人冷笑着,接着说:"你是不是早就查清楚了我们藏在那儿?"

勇鱼得让他知道,对这种诱导性的话,自己是不会轻易上套的。

"你们中间不是有个女孩子吗?她问过我的,想不想去×××的化妆间和她睡觉。我只是想看看那仓库里是不是真有一个女明星的化妆间。我看倒是看了,可到现在我也不相信,你们会把藏身之处设在那儿。"

"为什么?"这会儿,年轻人已经转攻为守了。

"如果不是法律允许的留宿卖淫,那么,是不会把自己组织卖淫的藏身处公开告诉别人的,对不对?要是让女人在你们自己的住处卖淫,你们是肯定不会让她说什么'到哪儿哪儿去'之类的,对不对?要是说了,不管去没去,只要想告,人家事后都可以报警,如果这样,你们的藏身处马上就会被警方捣毁的。除非客人来一个杀一个,否则,你们就得接一次客换一个地方,想想看,这种傻事,谁会干?"

"咱们可谁也没逼着她去拉客。"年轻人红着脸,嘟着尖嘴唇,断然否认,"再说了,咱们也没开那种店啦!还有,我们也认准了,你是不会去报警的。就说前几天吧,警察到你这儿来调查取证时,你不是什么也没说吗?你这碉堡房里没通电话,你去站前买东西时,我们也吊过尾巴,发现你并没有进过岗亭,也没进过电话亭。我有个兄弟还问过这一带的巡警,住在那碉堡房里的是什么人,人家巡警说了,说你是个人畜无害的疯子,说是为了躲避核弹才住进来的。还有,昨夜到今天清晨,你也没去岗亭报案,为什么?说来听听。"

"你让我怎么告?哦,对警察说,有人深更半夜在我家屋顶上跺脚,谁信啦?再说了,要是人家警察问我这事给我带来了什么伤害,叫我怎么回答?说到底,我还是没必要去报警。"

勇鱼故意没提昨晚靖和自己遭受的痛苦,其实,直到现在,想起这事他还心有余悸。年轻人好像看出了这一点,脸上露出了孩子般得意的微笑。

"我再问一遍,那,你为什么要监视我们?你在外墙上画上那个眼睛,不就是想告诉我们你在监视着我们吗?你耍我们是不是?不明白你住在这儿在干什么,在想什么,却成天监视着我们,我们能不火吗?你究竟是干什么的?为什么要成天监视着我们?你说呀!"

勇鱼心里很清楚,这年轻人憋得难受,眼看就要爆发了,得设法给自己留下回旋的余地。于是他说:

"你不会以为我是搞房地产的调查员吧?"勇鱼话里带着几分嘲弄,接着说:"你是不是怀疑我和孩子隐居在这里是在搞测量,过不了多久就会带一帮建筑工来,开着推土机把这一片荒地搅个底朝天,连你们住的那个藏身处也整个掀掉?……"

见年轻人一脸惊讶地低头看着自己,已经不吱声了。勇鱼想,是时候了,该给自己刚才那一通胡说八道圆场了。

"咱可没打过那坏主意。再说,在这湿地上做房子,本来就是不可能的,建个跟过日子不沾边的摄影城倒还可以。要说摄影城,到沙漠里去做不好吗?这块小小的湿地算什么?"

"你究竟是在这儿干什么的?"年轻人好像铁了心要封住勇鱼的嘴,又问了一句。

"你说呢?"

一听这话,年轻人的嘴唇突得更厉害了。他又绷起了脸,像个禁欲主义的乌龟,摆出一副绝对不吃勇鱼这一套的架势。而且,还斜扭着脖子翻着白眼看着上方不知在想些什么。看来,这年轻人对事情进展得如此缓慢已经相当烦了,却又不知如何是好。就在这时,那个染着褐色头发的小姑娘突然从里樱树遮住的暗处走了出来,那片暗处,是勇鱼视线的死角。小姑娘像眼里没看见勇鱼似的,直接问年轻人:

"那家伙答应了吗?'boy'烧得厉害,还吐了,一个人在那儿闷声不响地哭呢。"年轻人一声不响地扭过头去,既没看着姑娘,也没看着勇鱼,他看着远处,好像在想着什么。勇鱼在琢磨着刚才小姑娘的话。现在,他多少轻松一点了,身体不用在这帮年轻人的武力威胁面前畏畏缩缩了。他仔细打量着小姑娘的右手掌,虽说洗过,但上面还看得见朱色涂料留下的痕迹。好像皮肤本身能感受到勇鱼投过来的视线似的,她的手掌很自然地退缩到了身后,看不见了。

"你到底在这儿干什么?我在问你呢!"年轻人再次亢奋起来,又问了一句。

"这和你们没什么关系吧?"勇鱼也准备好了,要把两人间的争论提高到一个新的水平。

看来,这年轻人在和别人争论时,对局面的控制相当敏锐。他马上改变了策略,显示出一种务实型退让的优点。他似乎已经知道换一种什么样的方式才能进一步套出他所要的东西了。

"你说的没错,就算你拿着望远镜偷看我们,只要不报警,不捅到报纸上去,我们也就是心里不爽而已。只要我们不把它当回事,我们之间还真的谈不上有什么关系。现在我们想和你扯上关系,是因为我们需要这种关系。说白了,正是因为我们之间没什么关系,我们才想和你拉上关系。当然啰,这得看你是不是我们想要的那种人了。要知道你是不是我们要找的人,就得知道你在这儿是干什么的。"

通过年轻人这番绕来绕去的逻辑,勇鱼来了兴致,他知道了,自己并不是处于被动的。而且,他的绕圈逻辑里,还真的让人感到了某种务实派眼里的必然性。于是,他也改变了主意,打算对他们说真话。

"我关在这房子里,除了照顾孩子,再就是思考一下树木和鲸鱼的问题。"

"你是搞研究的?"

"不是。我在想,要做树木和鲸鱼的代言人。至于你们信不信,那就难说了。"

"就凭这两句话,我们既不能信,也不能不信。"年轻人的回答很谨慎,"你说的树木和鲸鱼的代言人,是不是说,你觉得树木和鲸鱼最重要,除了它们,其他任何东西的权威都不必尊重?你的境界高到这一步了?"

"没错。"勇鱼说。

"太好了!你是我们希望的最佳人选。"年轻人突然乐观起来,"我上过捕鲸船的,对鲸鱼、对捕鲸的人,都知道一些。你要是鲸鱼的代言人,就不会站在警察一边。不管是怀孕的母鲸还是崽鲸,人是能捕多少捕多少,杀得血淋淋的。而且卖的价钱比鸡还便宜。你既然是鲸鱼的代言人,那就是以人为敌的,当然就和警察是对立的了。对吧?假设在海边的某条街上,爬上海岸的鲸鱼在和流氓干仗,警察肯定是帮流氓的。这时候,你会不得不和警察作对的,是吧?"

"那是当然。原来你还很了解鲸鱼呀!"勇鱼对眼前这个年轻人产生了新的兴趣。

"也就知道这么点。"年轻人说,"要说树,我知道的还要多些。要是你愿意帮我们的话,我把知道的全告诉你,就算报答吧,拜托了!我们来求你的,本身不是什么了不得的大事,可有些事,毕竟是不能求可能向警察告密的人帮忙办的。"

"是啊,只有那种没什么本事,又成天想大事的疯子,才不会告警察,也不会捅到报纸上去,"小姑娘像是看准了似的,盯了勇鱼一眼,插进了这么一句,"我们啊,就觉得你……"

"我可没觉得你是疯子。"年轻人抢过小姑娘的话头,对勇鱼说,"我们就觉得,你不是那种向警察告密的人,请你帮忙,放心。"

"我可没说过要帮你们哦。"勇鱼看看年轻人,又看看小姑娘,坚定地说,就像是在发表自己的宣言。这话马上招来了年轻人的强烈反弹:

"你当然会帮忙的。你不想有谁像人对鲸鱼崽那样对睡在那儿的小男孩下手吧?"他顿时翻了脸,开始赤裸裸地威胁勇鱼了。说着,他狠狠地瞪了勇鱼一样,露出一副蛮横无理的直白不过的敌意。看他的意思,他们这么做是出于无奈,而且还是勇鱼逼着他们这么做的。连一旁站着的小姑娘脸上也露出了敌意。

"听你的意思,虽说还不知道你们要我做什么,反正不管是什么事,哪怕不主动帮忙,但我最好服软,照你说的办,是这意思吧?"说到这儿,勇鱼产生了一种厌恶感,脸都涨红了。

年轻人和小姑娘的脸色变得真快。一听到这儿,小姑娘立即天真地露出了满意的微笑。而那个年轻人,连对勇鱼的厌恶神情也不反感。在接着往下说之前,他发现还得跨过一个障碍。不过,他还是说了:

"我们来求你,是为了这么一件事。我有个兄弟发烧病倒了,在发烧,我想让他,还有这个照顾他的这个丫头在你家待几天。"

听到这里,勇鱼心里马上对里樱的"树魂"说:这肯定圈套,故意编造的再简单不过的圈套。就算真的有人病了,那也只是想以这事为借口开个头。他相信,自己的直觉绝对没错。不然,他们为什么要绕这么大一个圈子?不就是一个病人吗,就算他真是个警察知道了会惹上麻烦的病人,仅仅向他提供一个睡觉的床也不至于会惹上麻烦啦?如果他们硬是要这么干,那么以后就会像这次一样,只要威胁一下就可以顺顺当当地把想办的事办成。不过,反过来想想,这次,除了屈从于他们的威胁,自己也别无选择。

勇鱼扭头看了看身边躺着的靖,他头靠在木椅靠背的中央,睡得正香。靖出生后不久就做了手术,在头盖骨的缺损部分贴上了一块圆形的塑料板,然后把周围缝合起来。因此,头上留下了一条不长头发的圆形秃线。还有,要是缝线的结合部碰到了什么硬东西,就会特别难受。于是,若是他睡觉时实在得碰硬东西,就让那地方和塑料板成直角。这样一来,他睡觉时就会端端正正地竖着脑袋。

"行,明白了。我接受你们的病人。"勇鱼说。

年轻人反而像是不得不接受一个自己持保留意见的什么决议似的,先是愣了一阵,后来才不再犹豫,咬咬牙大声说:

"那就拜托了。天黑后我们把病人送过来。"

说完,年轻人从勇鱼身边穿过去,像篮球队员似的蹦蹦跳跳地走下斜坡,在湿地上还不太茂密的青草丛中消失了。他是径直穿过湿地还是绕个圈子去摄影城,或是他们在别处还有另外的藏身之所,这些,勇鱼都不得而知。看来,他果然没有当间谍的兴致,这一点,他自己很清楚,而且,恐怕对方也明白了。勇鱼走上前,抱起裹在毯子里酣睡的靖——该回家了。已近黄昏,乌黑的鸟在阴沉得像牡蛎肚皮般的高空盘旋,抬头望去像一粒粒高高扬起的尘埃,连叫声都听不见。

刚才还站在避核工事门前的年轻人、刚才还聚集在山崖下通向高坡的环形小道两侧的年轻人,他们都消失了,都紧跟在他们的头儿身后回自己的藏身处去了。只剩下那个小姑娘还留在里樱树旁,扶在布满长过什么东西后留下的疤痕的黑树干上,一声不响地站在那儿。勇鱼懒得理她,径直朝避核工事走去。还没走几步,他就听到身后传来了什么又干又硬的东西在撞击的声音,好像是小姑娘跟上来了。回头一看,果然是小姑娘一脸认真地跟在自己后面。她一手提着一把勇鱼留在那儿的椅子,两只胳膊肘子紧贴在肚子边上,正在吃力地朝前走。她打着赤脚,也不知是不在乎呢还是破罐子破摔了。反正,她就这么两腿迈着八字步,单薄的身子后木椅相互撞击着,发出声响,跟在勇鱼后面上了门口的斜坡。到了玄关门口,勇鱼停下脚,扭身看着小姑娘,像是在等她。伴着夜色临近的脚步,外面的光

61

线越来越暗了。她低矮的鼻梁中,夹在两眼之间的那一段看上去好像陷下去了似的,这使得她展开的鼻翼,还有那好似纤维质强韧的果实的嘴唇,轮廓愈加分明。空气中那些带着琥珀光泽的颗粒,几乎全部聚集到了她温润的眼珠上。等到靠近勇鱼时,她这才抬头直愣愣地看着勇鱼。而勇鱼呢,他也和小姑娘对视着,看着她两只眼睛那浮着浓浓浆液的、线条深陷的眼角。

"给点水喝,行吗?"小姑娘嘴唇缓缓地张合着,说。

"水龙头、杯子,里边都有。"勇鱼回答。

她随手把自己搬来的椅子放在玄关那儿,走到装在房子外墙低处的水龙头旁,把水龙头开得大大的,把两个手掌缩窄成勺,一次次捧着颜色泛暗的水喝起来。接着,她又双腿并拢,一只脚掌压在另一只脚背上交互搓着洗起脚来。勇鱼在一旁看着,由于重心不稳,她双腿在使劲保持平衡,裸露在外的小腿到膝盖着的肌肉扭动着,给勇鱼留下了强有力的印象。另外,透过她垂向前方的深褐色皮衣和向一旁敞开的衣领,勇鱼还看见了她的乳房。那乳房究竟是因为成熟而前突,还是因为年少而细细地紧绷着,勇鱼难以作出判断。反正,只觉得它们像两个细长的筒子,并排在那儿。这乳房也给勇鱼留下了强有力的印象。小姑娘扭过头来,正好和勇鱼的目光相遇,她神情自然,一点都不紧张,踮着脚尖抢在勇鱼前面进了玄关。勇鱼刚把靖放在长椅上,小姑娘就赶过来在旁边的地上坐下,看着熟睡中的靖的脸出神。她这时的眼神里,分明含着一种怜爱的责备,好像是在说:你别只顾给他洗脚,他整个身子你洗了吗?

勇鱼想好了,把三楼的卧室腾出来,自己和靖在一楼睡。二楼本是书房,另外也放些杂物。这儿正好能起到隔音的作用,可以让自己听不到三楼传来的声音。勇鱼上了三楼,把靖的床、录音机、装磁带的箱子、字典,还有几本书都搬到了一楼,除了自己的那张床还在,房间已经是空荡荡的了。长度很短,宽度很长且稍带一点弯曲,就在这本来就不协调的房间的墙壁上,还零零散散地开着好几个黑乎乎的枪眼。透过枪眼向外望去,漆黑一团的湿地,填满了晚霞的底部,从摄影城到避核工事这段层面上,看不到任何东西在动,连一只狗也没有。

把该搬的东西都搬到玄关之后,他抱着毯子等床上用品走进了客厅。靖躺着的长椅旁,小姑娘还在盯着孩子看,身子都没挪动一下,甚至连勇鱼进来了她都不扭头看一下。勇鱼抱着毯子站在那儿默默地看着,昏暗中,她眼睛中白色的部分像平静的水面,微微的光线下,她上唇的边缘凸显出一条白线,再加上她宽宽的额头,这些,看上去都像一个孩子。但一想起昨天引诱自己时说的那些话,小姑娘在勇鱼心中的形象顿时残酷起来。这时,像是要印证勇鱼心中所想似的,小姑娘回过头,用黑暗中也能感受到的那种凶狠的目光看了勇鱼一眼。不仅是眼睛,她全身的每一块肌肉,都紧紧地凝成一团,非常坚硬,像一只跳跃的野生动物。

"你为什么不开灯?"勇鱼问。那声调,像是在躲避朝自己扑过来的猛兽。

"你为什么不开灯在那儿跑来跑去的?"小姑娘顶了一句。

勇鱼打开了客厅和螺旋楼梯间的灯。小姑娘又在灯光下看起靖的脸来。或许,这只是她不想直接面对勇鱼而采取的自我防卫姿态吧。小姑娘的正脸给人的印象是热情奔放的,现在,勇鱼对她又有了新的认识,她的侧脸像投影般清净,甚至可以说显得有些知性——尽管这有点像在梦中摸索、难以把握对方的真相。从正面看她时,她的鼻梁是凹陷下去的,可是现在从侧面看去,倒不如说那鼻梁是缓缓凹下去,在最凹陷的地方和额头间描出了一条平滑的线条。那双情感外漏的湿润的眼睛,正透出平静的光,直视着靖。

"是不是他们怕我改变主意,于是就让你盯着孩子,把他当人质?"勇鱼问。

"没这回事!我是觉得这孩子很漂亮才这么看着他的。"小姑娘回答说。

说到这儿,小姑娘把身子凑近孩子,想看得更仔细,不过马上被勇鱼制止了。因为这几年来,靖每次醒来时睁开眼睛看到的都是勇鱼的脸,从没见过有谁像这样靠近自己。这会儿,靖裹着毯子睡在长椅上扭动了一下身子,眼看就要醒了。果然,勇鱼的声音还没落,靖就睁开了眼睛。和醒来前在睡梦中对着身边那个小姑娘微笑过一样,醒过来后,他也无声地露出了笑脸。

"这孩子笑得真好看。"小姑娘像是被感动了,"这么漂亮,一点都不像傻子。傻子一般都是笑也好生气也好都是一脸苦相,眉头是皱着的……"

"你对傻子还知道的真不少啊。"勇鱼说。虽说一口一个傻子地叫有点那个,看来,但她毕竟仔细观察过傻子。

"我哥哥得的就是小头症。"小姑娘根本没想和勇鱼顶撞。

外面传来了清澈高亢的口哨声。就是在短短的几声高音之后抖几下低音的那种。这口哨声重复了好几次。在靖心目中,这不是口哨,而是一种鸟叫声。

"是红翡翠。"他嘀咕了一句。

小姑娘愣了一下,回头看着勇鱼。说:

"他说话了,声音真好听。"接着又瞪大眼睛问,"他说什么了?"

"哦,刚才那口哨,是在模仿鸟叫,他说的,就是那鸟的名字。"

"真的?那口哨是在学鸟叫?"说到这儿,小姑娘这才想起自己来这儿的职责,接着对勇鱼说:

"我的同伴把病人送过来了,让他睡哪儿?"

"把三楼让给你们。从螺旋楼梯上去就是。"

小姑娘又不舍地低头看了一眼靖的笑脸,然后就这么赤着脚匆匆向玄关方向走去,消失在门外的夜色里。

"对,是红翡翠。"勇鱼靠近长椅,给了靖一句鼓励。

想起来了,近一个星期里,尤其是到了晚上,靖常常在向勇鱼报告:"这是红翡翠。"当时勇鱼觉得,在这个季节是不会有这种鸟在夜里叫的,于是就没把它当回事。对了,一定是那帮家伙以口哨为暗号,在避核工事周围上蹿下跳。与其说是靖弄错了,把他们的暗号听成了鸟叫,倒不如说也许是靖发现了这个模拟红翡翠团伙的行迹,在向父亲报警。就像刚才那个小姑娘说的,是用他好听的声音在向勇鱼发出警报,并安慰勇鱼不要惊慌:"那是红翡翠……"

一会儿,小姑娘又一个人折回来了,她重新恢复了那挑衅式的腔调,问勇鱼:

"他比我们谁都讨厌别人看见自己。告诉我,他睡哪儿?去哪儿弄水喝?"

勇鱼把三楼和螺旋楼梯的结构、厨房厕所在什么地方、急救药箱里有些什么药都一一告诉了她。然后直接关上门,把抬头火辣辣地盯着自己的那张小姑娘的脸挡在了门外。

门外传来了一阵阵把什么东西往楼上搬的声响。那声响里,既有年轻人特有的毛糙,也听得出他们是在尽量地小心行事。另外,玄关处还传来了另一个人的说话声:

"要不要再去偷点垫子来?我在停车场又看见了一台进口车。"听那口气,就像是在说一件家常便饭的小事。

"行啦!这儿毯子够多的了。"回应他的是那个小姑娘,她的话,充满了权威感。

过一会儿,一切都平静下来了。勇鱼出去查看门拴好没时,顺便侧耳听了听,也没发现楼上有任何响动。从螺旋楼梯上去进厨房看了看,发现少了一个大水杯,急救药箱也不见了。冰箱里的东西,没人动过。直到他为自己和靖简单地做完晚饭回到客厅后,也没有听见楼上传来说话声或是人走动的声响。勇鱼这时意识到,这帮粗野凶残至极的家伙,绝对是在搞一种什么有纪律约束的具体训练。这段时间里,靖一直没有害怕。对搬到客厅的简易床,他也适应得很快,吃完饭没多久就睡着了。不用说,勇鱼是睡不着的,他一直在思考,希望能想出一个什么现实可行的战略,让自己和这帮人的关系发生逆转。

结果,这种梦想,也和上次关于死的梦想一样,在黑暗的作用下被放大了。起初,他只是躺在黑暗中向"树魂""鲸鱼魂"发问:以自己现在的体力,能不能抱着靖甩掉那些在外面盯着的家伙的追赶,跑到高坡上的街上的站前岗亭去报案?不过,只要想想他们是怎么追上现役刑警的就知道,那是不可能的——儿子被自己抱着在黑暗中猛跑,肯定会被吓坏的。如果我们两个被他们打倒在湿地上,那就会陷于以后难以恢复的心理恐惧。可是不知他想过没有,一旦完成了这件肉体上的大事业,他该怎么对警察说?他没受到任何具体的暴力威胁,只是因有人求他借个房间给病人和照看病人的人住一下,他就接受了,而且连房间也是他自己主动腾出来的。难道不是吗?面对警察,有说服力的只有一件事,那就是向他们举报——这次追赶自己的这帮家伙,就是前不久引诱你们中年同事的那个姑娘的同伙。即便如此,当他带着警察回到避核工事时,她肯定早就跑得无影无踪了。——所以,对今天发生的事,他终归没想出任何值得去告警察的有说服力的、正当的理由。对警察说那女孩套着阴茎模型跳舞,谁会信?而且,要是举报不成,等到拖着疲惫的身子回到避核工事时,这次,肯定会被早就藏在坡下暗处等着的那帮家伙猛揍一顿的。连那个小姑娘都会火冒三丈,说:"你嘴上说自己是鲸鱼和树木的代言人,还不是抱着世俗权威的大腿,想把我们卖了吗?"他们肯定会拿出在屋顶上跺脚的架势,没完没了地责问的——"你他妈的,真是鲸鱼和树木的代言人吗?你个骗子!"就算真能唬过他们,让他们对举报的事不加追究,可是,要做到这一步,该怎么对那帮家伙说才好?连对我自己,我都仅仅只是依据自己对"树魂""鲸鱼魂"发出呼唤的热情度才能保证自己是它们的代言人的。——就这样,勇鱼一直在可怜巴巴地和"树魂""鲸鱼魂"进行心灵的沟通。

还有一个比抱着靖逃跑还现实可行的方法。那就是这就爬上螺旋楼梯,用某种方法把那个小姑娘和病人拘禁起来,然后把这避核工事死死地封住——以防那帮家伙觉察到情况不妙冲进来——最后再去地道里找出应急用的照明筒,把它点燃,向外求救。可是,我们有向人呼救的权利吗?能从这避核工事大声向外叫唤吗?我已经和全世界所有的人断了来往,我可是一个让他们暴露在核战争的高热、暴风、核辐射的威胁下,而自己却和孩子躲进避核工事里关起来的人啦!就算是这些人对我施救了,可以后闯进避核工事的,就不是这帮家伙,而是全世界的人了。——他在向"树魂""鲸鱼魂"诉说着自己的烦恼,而且还想继续啰啰唆唆地说个没完。黑暗中,他的身心也在追着梦想的高亢而起伏。这时,一个尖锐的问题突然在他脑海里闪动了一下,从相反的方向给了他重重的一击,他猛然浑身一震,身体在黑暗中绷得僵硬,完全失去了继续向"树魂""鲸鱼魂"发出呼唤的气力。——万一,这会儿静若死水的三楼上待着的那个小姑娘和那个生病的年轻人,就是"树魂""鲸鱼魂"派来的信使呢?若果真是这样,那么岂不是意味着——勇鱼一边在渴求成为树木、鲸鱼的代言人,一边又在想着如何扼杀来自树木、鲸鱼的呼唤,而且还在对着"树魂""鲸鱼魂"不停地诉说?还有,这扼杀计划的每一个步骤,竟然都……想着想着,勇鱼昏昏糊糊地睡着了。他做了一个梦,梦见自己被人拖进了法庭,准备义正词严地控诉他罪状的两个证人,早在那儿等着他了——他们就是那个琥珀色眼睛里喷着火焰的小姑娘和那个整个头部都缠满了绷带、看不清脸的"病人"。

第五章 "鲸鱼树"

醒来之前,勇鱼还做了一个梦。梦中,他的四周全是成群的"树魂""鲸鱼魂"。他所处的环境,就像是一片原始森林——树多则树魂多,他所处的时代,就像是现代捕鲸业兴起之前——鲸鱼多则鲸鱼魂多。而且梦中的勇鱼还知道,怪梦自有它僵化的辩证法,依据这个辩证法,既然它们都是魂魄,那么,即便它们的数量再庞大,它们也是可以聚集在自己和靖此刻所睡的客厅的墙壁边上的。即便在勇鱼盖着毯子躺在长椅上快要苏醒时,他还在接受"树魂"和"鲸鱼魂"的讯问。而且,从构成梦的内部结构的意境上看,这种讯问是依照精神分析法展开的。说白了,勇鱼可以就这么躺在长椅上接受讯问。——我为什么要问自己为什么想伤害三楼那帮家伙呢?我自己不明明是被伤害的一方吗?——也不知道是因为他嘴上套着狗笼头,还是因为他自己都对自己说的话抱有怀疑,反正,向"树魂""鲸鱼魂"倾诉这些时,他的声音非常微弱……

口渴得厉害,他醒了。睡梦中就觉得口渴,醒来也一样。尽管梦的内容本身含有近乎超现实的成分,但梦中的道具和梦中人的关系,和现实没什么两样。这反而使得勇鱼醒来面对现实生活时觉得有点别扭。这些年做的梦,几乎都是这种模式。只是,像刚才做的那个梦那样,把别人导进自己的梦境,这已经是很久以前的事了。就这么躺在长椅上，借着枪眼里透出的淡淡的、快进正午的光，勇鱼突然发现，厨房的门是半开着的。他记得很清楚，这门自己是关好了的。仔细一看，原来，在这半开的门外，黑暗处还站着一个人。到这时，勇鱼的身体才真的醒过来了。他急忙翻身坐起来。早就在那儿等着的小姑娘沙哑着嗓门阴沉沉地对勇鱼说：

"病人肚子饿了，把你的东西分点给我们吃吧！"

小姑娘给勇鱼一种奇怪的感觉，她的举止让勇鱼颇感意外。她大大咧咧地闯进了别人的生活空间，却又非常谨小慎微，一直在一旁不声不响地等着勇鱼醒过来，像一只聪明伶俐的小狗，半推开门，静静地看着熟睡的主人。勇鱼扭头看了看仍在一旁熟睡的靖，把毯子裹在腰间，站起身来。

"冰箱里的东西，你随便用。"话刚出口，勇鱼就觉得仅仅用这句话打发人家，似乎有点不近人情。

小姑娘没有径直走向冰箱，而是像是被走进厨房的勇鱼追着往前跑似的，赶紧退到厨房的角落里，静静地看着勇鱼。她还没有上妆，但眼睛还是那么亮，嘴唇的棱角还是那么分明，只是皮肤比化妆时显得黑了些，和勇鱼以前一起睡过的哪个姑娘都不一样。勇鱼从冰箱里拿出面包、火腿和一点青菜，放在菜板上。到这时，小姑娘才朝这边走过来。勇鱼插上烤箱的插头，把余下的事交给她。这时，小姑娘的穿着吸引住了勇鱼的视线。她穿着灯芯绒裤，徒然凹陷下去的肚皮整个露在外面。看到这情景，他顿时觉得心情坏透了。既旁若无人、又胆小谨慎，二者之间不规则的交替，这就是小姑娘留给勇鱼的最终印象。

"Inago，inago！"像什么粉飘飘洒洒着掉落下来似的，楼上传来了令人沮丧的惨叫声。

"他在叫什么,是蝗虫①?"

"在叫我名字呢。是小时候别人给取的绰号,早就听烦了。"小姑娘沉着脸应了一句。勇鱼没再继续往下问,而是在心里给这几个音套上了相应的人名用汉字,决定以后就称这小姑娘为伊奈子得了。

小姑娘在做三明治,勇鱼拿来红茶和水壶,放到她手边。可是又担心她未必会用煤气灶具,只好自己把水壶放到灶具上。一旦干上了厨房里的活,他很自然地就进入了为自己和靖做饭时的那一套流程。和小姑娘两个人关在狭窄的厨房里各干各的,自然多少会产生一点色情味的亲密气氛。勇鱼想好了,一旦自己的那份做好后小姑娘提出分点给病人,自己是不会拒绝的。于是,他为自己和靖做吃的时也考虑到了这一层,特意也适合给病人吃的东西。他往深锅里倒了很多水,点燃煤气,从冰箱里拿出两大块冷冻好的鸡肉,放进锅里。伴着一拨拨像融化的雪水一样向外围缓缓扩散的浑浊,鸡肉开始融化,趁着这工夫,他把洗好的米和大蒜坨放进锅里——他是想熬一锅中式粥。这时,小姑娘已经把三明治盛进盘里了,她用勇鱼烧好的开水泡好红茶,扭头看了看勇鱼在忙活些什么,然后不声不响地把做好的食物放进托盘,端起盘子从螺旋楼梯下面的门出去了。

趁着深锅里的水还没烧开这段工夫,勇鱼为自己和靖泡好了红茶,在面包上抹上了黄油。然后把火调小,回到了客厅。靖已经醒了,正乖乖地躺在那儿。只是,因为和父亲搬到了楼下,他脸上和身体里都隐隐透出一丝紧张和亢奋。去过卫生间后,在锅里的粥煮好之前,他和靖随便吃了点东西。不一会儿,靖听出了避核工事墙外的暗号,他马上告诉勇鱼:

"红翡翠。"

---

① Inago,日语中"蝗虫"的发音。

也许他们是觉得这口哨声不足以引起三楼小姑娘的注意吧,接着又传来了小石子儿击打墙壁的声音。到这时,终于听到有人下楼去玄关外的动静了。一会儿,小姑娘回来了,她穿过厨房,来到客厅,像是认准了勇鱼知道他们头儿的名字似的,开口就说:

"Takaki 说他有事找你。说是有事请你骑自行车去跑一趟。"

勇鱼起身走到枪眼前,看了看外面。Takaki,这个勇鱼觉得写成汉字应该是乔木的年轻人,正靠在里樱树干上,垂头看着地下。看他这姿势,也说不清他到底是觉得勇鱼会拒绝呢还是什么都没想,反正,仅凭这姿势,勇鱼无法做出任何判断。

"这孩子,我来看着。"小姑娘已经在背后催了。

勇鱼顿时觉得全身被什么东西重重击穿了似的,他怔了一下,回头看着小姑娘。因为她刚才的这句话,无异于一群医生突然提出要把自己的腿切断一截拿走。而且,听小姑娘的口气,根本就没有商量的余地,由她来照看靖,这事好像已经是板上钉钉似的。这时,靖正聚精会神地看着身边地上放着的图鉴,书的第二页上用鲜艳的彩色描绘着银杏、栎树、榧子树、罗汉松、竹柏的树叶和枝条,以及各种树的整体形态。小姑娘站在斜后方,几乎怀着敬意地看着他。这小姑娘到底是个什么样的人?他给人的印象总是混沌不清的,相互矛盾的。她现在身上穿着的,是勇鱼冬天穿过的那件质地很厚的长袖衬衣,领口处松松垮垮的,连下巴都被衣领捂住了,还甩着长长的袖口。连招呼都不打,随便拿人家衣服穿,现在又大大咧咧地提出要照看靖这个事实上的人质,这些都自然地让人联想到她的厚脸皮,反过来,她现在看靖时的那种带有感叹神情的目光,也是明白无误的。她的目光里,有一种把勇鱼离开避核工事前那些仪式轻轻松松地砸得支离破碎的气势……

"这孩子我来看着,病人可需要药啊。"小姑娘抬头看了勇鱼一眼,又重复了一遍。

那双闪着热烈的光焰、而那光焰中又饱含着哭诉者乞求的眼睛,再一次让勇鱼浑身为之颤抖。可怜的小姑娘在尽自己的绵薄之力,她那乞求的眼神,又和勇鱼脑海中没有散去的"树魂""鲸鱼魂"的形象重叠在一起了。我才是受伤害的人呢,凭什么?——进行无言申辩的念头在勇鱼心里闪了一下,但最终还是在小姑娘的目光下退让了。

"靖乖乖地在家看这些树的画啊,靖在家好好看画!"勇鱼对孩子说。

"靖是在看画。"孩子显然正陶醉在图鉴里,说话时头都没抬。

勇鱼从玄关那儿搬出自行车,推着走下了门口的斜坡。一看到他,靠着树干的年轻人马上跑过来。他万万没有想到,这事竟然成功了,若是换了他,恐怕不能像小姑娘那样把自己的使命化作坚强的信念不达目的绝不罢休吧。年轻人没有看勇鱼,而是看了看自行车生锈的龙头,皱了皱眉头,上下翻动着他那薄薄的嘴唇,说:

"病人的伤口化脓了,想请你去买点抗生素来,最近好像没有医生的处方药店是不卖抗生素的。还有,病人怕自己会得破伤风,整夜睡不着。也买点安眠药来。安眠药也是,得给住址、姓名药店才会卖。"

"安眠药我可不敢保证。"勇鱼只回答了这么一句。

勇鱼把自行车尾部推进路边的草丛,让车掉过头来。就在他把车推上小路的时候,乔木从美军清仓贱卖时买的野战服的大口袋里掏出一个手帕裹着的小包来,紧闭着他的薄嘴唇,慎重其事地把小包递给勇鱼。看得出来,他这时心里非常得意。

"里面全是硬币,说不定药店会觉得奇怪的。"

"是你的朋友们凑的?"

"是把市外直拨的长途电话亭的存币盒整个拆了搞来的。"年轻人说。

勇鱼刚想骑上自行车,年轻人把手放在车座上跟了上来。开始,他只是两眼紧盯着前方的地面一言不发地朝前走,后来,看上去他想对勇鱼说点什么,但又想到这话题从没引起过别人的兴趣,他似乎想好了,一旦勇鱼的反应稍微有点冷淡他就立刻作罢,经过一番犹豫,最后他才试探着说:

"你说自己是树木和鲸鱼的代言人,就算是吧,反正,我也觉得你真的是。那,我就想问问你了,你听说过有一种叫'鲸鱼树'的树吗?以前我一直认为,每个地方都有当地不同的'鲸鱼树',不过,在我出生的那地方,大家对这事都是心照不宣的,所以,外地人都不知道这事。你说呢?反正,咱们那儿就管它叫'鲸鱼树'。同样的东西,别的地方也许有不同的叫法吧,反正,如果不说清楚那树是干什么用的,就谁也听不明白了……"

"还有'鲸鱼树'啊!"年轻人的这番话,让勇鱼感慨不已。他不由得马上想起了靖,他要是也在身边,肯定会接下去说:"是鲸鱼树!"

顿时,勇鱼意识到,在展现在自己眼前的空间之外,又呈现出了一个决然不同的空间。那是一个唯有面朝一望无际的草原的人、面朝浩瀚无边的大海的人才能有所领悟的宏大的空间。这个空间,自从自己在大城市定居以来,已经迷失许久了。现在,这个空间又梦幻般地出现在了自己眼前。他试图在自己心目中描绘出这个空间的形象——整个空间被一棵大树覆盖着,构成了一片大森林。这棵大树,就是鲸鱼树。它像稻子一样不断地分蘖,伸展出一丛丛粗壮的树干,树干上,密密麻麻的小树叶展开成庞大的树冠,大树不断地冒出新芽——最后,一个整体形象酷似大海上腾跃起舞的白长须鲸的参天大树出现了。而且,由树叶丛交织错落而成的头部,透出一双聪慧的黑色小眼睛,那眼睛,正在对着自己发出天真无邪的微笑。这样的鲸鱼树,确实久违了。

"车要倒啦!"年轻人突然叫了一声。

勇鱼一直是让自行车朝自己倾斜着的。他应声低头看了看正在一闪一闪地反射着微弱的阳光缓缓转动的辐条,茫然间没能及时采取应对措施,自行车倒在了他和年轻人之间,车轮还在咕噜噜地空转。就在年轻人扶起自行车的那一刻,勇鱼脑海中那个还没来得及对它还以微笑的鲸鱼、那个树叶丛中睁开四周折起皱纹的眼睛对着自己微笑的"鲸鱼树"的幻象,突然间消失了。好在年轻人对勇鱼刚才的木然非常理解,等到勇鱼接过自行车龙头又接着往前推时,他又接上刚才的话题,继续往下说"鲸鱼树"了:

"我的那些伙伴,都是结伴来东京打工的,至于自己是哪儿人、多大年纪,相互之间谁也不说。反正,我出生的地方有很多森林,而且,我们那儿是有'鲸鱼树'的。你出生的地方呢,没有吗?"

勇鱼猜测,这年轻人,向初结识的人打听"鲸鱼树"的事,恐怕已经不是第一次了。只可惜,他每次得到的回应都是否定的。为这事,他似乎已经积聚了很重的压抑感,仅凭这印象勇鱼就可以相信,刚才他说的这些,决不是因为昨天听到自己以树木和鲸鱼的代言人自居,于是就回去整整想了一夜才编造出来的。当然,他刚才一说到"鲸鱼树",勇鱼马上就希望真有其事,先有这种主观愿望才是最重要的前提。

"我出生的地方,也在森林的深处。只不过,'鲸鱼树'这种叫法还真没听说过,"勇鱼说话时用词非常谨慎,"可是,刚才你一说到'鲸鱼树',我眼前马上就浮现出那种长得像鲸鱼、根据风向的不同做鲸鱼的各种动作的大树的形象。真令人怀念。"

"怀念?"乔木急于想知道这个词的意思,"你看见的,究竟是一种什么样的树呢?我只听过'鲸鱼树'这个叫法,没去真的看过,因为那时候我还小……只有一年到头在那儿空想,老是惦记着那'鲸鱼树'。你知道的,儿童杂志上经常出一种智力游戏,是一张阴影画,然后问'这画里有几只动物?'当年我心里想的那张画,也和你说的一样,几十头鲸鱼挤在一起,构成了一棵'鲸鱼树'的图案,我还画过那张画呢!"

听到这儿,一个由成群的鲸鱼构成的大树的幻象又在勇鱼眼前清晰地出现了。他把自行车往自己身边拉了一下,问:

"你是说,你也没亲眼……?"

"可是,我们那儿真的有过'鲸鱼树'啊。村里人还在树下设过公堂呢!"年轻人急急忙忙地抢过话头,不让勇鱼继续反问下去,"要不然,为什么那些被人告上公堂的家伙,一到那个明月高照的夜晚就都跑得没影了呢?这说明,真的有过'鲸鱼树'。"

其实,勇鱼根本就没有插嘴打断他、怀疑"鲸鱼树"的存在的意思。现在,他们已经推着车走到通往高坡上的街道的陡坡下了。显然,年轻人是会在这儿掉头回去的。该分手了,勇鱼觉得有点遗憾。

"你刚才说的那些'鲸鱼树'的事,以后能不能接着讲?"勇鱼意犹未尽。

"以前我就想过,总有一天,有人会认真听我讲'鲸鱼树'的故事的。"乔木松开扶在自行车坐板上的手,说。

就因为这句话,勇鱼成了一只脖子上拴着绳子、在狭小的空间里跑来跑去、最终又回到牵绳子的主人身边、跳到他膝盖上的被耍的猴……他推着自行车慢慢往坡上爬,身体前倾着,如果不像狗一样脚爪刨得地面沙沙作响就无法前进。这时他才意识到,像这样推着自行车急匆匆地爬坡,今天还是第一次。现在,他都有点担心自己的心脏了,更何况,这完全是为了给别人帮忙,和自己和靖毫无关系。而且,自己的心还被一个完全不沾边的陌生人那几句云里雾里的怪话搅得乱七八糟,精神甚至混乱到了不能集中到还被别人控制着的靖身上的地步。"鲸鱼树"! 勇鱼心里还惦记着乔木刚才的话,等他缓过神来时,才发觉自己已经走在那段把山笔直劈开筑成的山路上了。劈开的山崖上,还露着许多活树的根。以前经过这里时,他总觉得只看根不看树就是对树的大不敬,于是就会抬头看看树梢。可今天不行了,他得低着头推车。这时,勇鱼是这样在心里对"树魂"辩解的:今天已经收到了信号,是"鲸鱼树"的信号,所以我只好上气不接下气地笔直往前跑了。爬上坡顶后,勇鱼连歇都没歇一会儿,直接跨上自行车向站前的药店奔去。

从勇鱼的先入观看,按理说安眠药应该是比抗生素更难搞到手的。可是,刚等他在本上填好住址和姓名,那个中年女药剂师连对大木勇鱼这个名字都没有表现出诧异的神情,马上取出一盒安眠药摆到了玻璃柜台上。而对抗生素,她却详细地询问了药的用途:

"是给孩子用的吧?"药剂师问勇鱼。勇鱼明白,在这个高坡街上的居民眼里,自己是完全透明的、一个谁都能一眼看出的外人。现在,他不得不直面别人视线的墙壁。药剂师分明是在说:如果是你自己服用,为什么不去看医生? 一个单身成年男人,能得什么病让你害羞呢?

这黑锅咱就先背下。勇鱼决定顺着药剂师误解的意思说下去。

"请问,用多大的量才不会产生副作用,不会损害内脏?"勇鱼避开药剂师的目光,问。

"就算告诉患者不能过量服用,但一般人都会按自己的土办法服用过量的。你把身体有残疾的孩子一个人扔在家里,跑一趟不容易,我把服法写在纸条上好了。可我不明白,你为什么会不好意思呢?"

误解就让她误解吧,反正,事情进展得还算顺利。勇鱼没吱声,只是默默地站在那儿等着。勇鱼心里明白,不仅是眼前这个以为自己得了什么丢人的病的药剂师,在任何人眼里,自己都是一个"没脸见人的男人"、一个"知道自己见不得人的男人"。就这样,他把该买的药全部搞到手后,又跨上自行车,去面对购物街上那些过往行人中的新面孔——我不是偶然经过站前这条街的过客,我有明确的身份,是住在山崖下那栋怪房子里的人,我得留心街上这些家伙——面对站前马路旁被汽车尾气熏得缩成一团的法国梧桐"树魂",勇鱼在心里默默地说。就是说,刚刚出现了一拨外人逼迫勇鱼和他们发生了联系,现在,他又得面对另一拨和他们性质完全相反的、过普通日子的市民。换句话说,本来,勇鱼和靖隐居在避核工事里,是和任何外人都没有实际联系的,突然间,他的生活状态发生了急转,一下子闯进了自己的两翼被迥然不同的两类人包围,并暴露在他们的视线之下的状态。他们肯定会相互倾轧,逼迫自己选边站。勇鱼试图给自己敲响警钟,可是,满脑子却塞满了"鲸鱼树"的幻影。想到这儿,他只觉得自己踩自行车的身体像是笼罩在一团蒸腾的水汽中,直往上飘。越往前踩,越觉得"鲸鱼树"在自己脑海里的形象真实可信,有一种以前从未体验过的实实在在的感觉。而且,脑海里这"鲸鱼树"的根还在不断向身体的躯干伸展、不断从全身吸取血液。他的整个意识,都处于涌动着暗暗的、泛黄的光束的楢树茂密的叶丛中。

就这样,勇鱼踏着自行车,在朝着"鲸鱼树"、朝着自己的意识和身体中那棵枝叶繁茂的"鲸鱼树"、朝着已经和自己融为一体的那棵"鲸鱼树"不断前行。他也不下车推,而是不时使一下刹,一口气从斜坡上冲下去。到了坡底的急弯处,他也不减速,就这么侧着车身冲过了弯道。没想到进入直路后,自行车顺着切线继续往前冲,前轮冲出了路肩,车头往上翘,他仍然坐在车座上,连人带车悬在半空,最后被摔到了车前方的地上。幸好,那儿是一片没人收获的枯白菜地。凭着人的运动本能,他缩成一团,像被卷进了浪头似的,接连在地上打了几个滚,心想,这下,要么是肌肉要么是骨头,总有一处会疼的。还没等他缓过神来,他的头部和肩膀就栽进了田埂边上的一个泥坑。如果再继续往前滚,腰身翻过田埂,他的肩或是颈部必定骨折无疑。就在这一瞬间,他启动了自己的智慧。他使出全身力气,顶住惯性的作用,在规定的前滚翻完成之前加进了一个任选的就地倒立,结果,整个身体竟然静止不动了,背部只是在田埂上撞了一下了而已……

如果马上站起来,肯定会像一只被敲了脑袋的狗,两眼直冒火星,晕乎乎地再次倒下去的。想到这儿,他没有站起来,而是就这么躺在泥坑里待了一阵。眼下,只剩下一个烦恼了,那就是鼻子在流血。那一定是刚才悬在半空、屁股没离开车座时让翘起来的车把撞的。摔到地上后,平日里透过望远镜看到的草木、地面什么的,其实没给他带来任何伤害。说来,这全得仰仗"树魂""鲸鱼魂"保佑他倒立成功。勇鱼躺在地上,像吐痰一样吐出那些没有流出鼻孔而是流进喉咙的鼻血,至于那些滴到嘴唇上的鼻血,他伸出胳膊,用休闲衫的袖口打理干净。鼻血止住了。在他仰面朝天看着的高处,避核工事外墙上那个圆圈和叉叉还有他的那个眼睛在抖动着看着他。哦,是眼睛啊——勇鱼对自己心酸地自嘲了一句,就像在品味自己的鼻血。

勇鱼若是能无可奈何地揶揄一下自己,抚慰一阵大栽跟头给内脏、骨头和肌肉带来的惊恐便就此作罢,那倒没什么。可问题是,他没这工夫——一帮家伙高声叫唤着,像蝗虫一样从四面八方——他已经辨不清方向了,只能说是四面八方——跳出来,朝他冲过来了。他们放肆地笑着,低头看着躺在地上的勇鱼,满脸幸灾乐祸。这帮年轻人的笑，根本就不是那种想把勇鱼也逗笑的笑，甚至也不是那种自顾自的开怀舒坦的笑。在勇鱼眼里，那简直就是一种猎犬发现猎物跳进了陷阱后准备扑向猎物尽情撕咬前的狂吠。蒙受着如此奇耻大辱，勇鱼狼狈地站了起来，跟跟跄跄地稳住了脚步。笑声更狂了，更放肆了。他们把勇鱼围得更紧了。

"哇，站起来了！在朝前走！"其中一个家伙在叫。

勇鱼身体一歪一扭地走着，就像站在眼看就要下沉的木板上，心里越是想着不要倒向一边，结果身体反而倾斜得越厉害，晃荡的幅度越大。在摇晃着走向避核工事的这段时间里，他在自己的意识里对刚才那帮年轻人笑里藏着的语言进行了重新登录，更名为：啊，还活着呢！这使得他的愤怒又加深了一层。而且，这帮年轻人还像一群祭祀活动时捉弄鬼的看客似的，紧紧地跟在他身后，看着勇鱼忍着腿疼一瘸一拐地回到避核工事门口。

勇鱼突然一把抓起靠在避核工事外墙边的那把平日里用来除草的锄头，转身对着那帮闹哄哄地跟在身后的年轻人挥舞起来。如果他们真想反击，他舞不了几下恐怕就得腾出一只手来用袖口擦鼻血了。一个孤独的瘸着腿的攻击者，肯定会被人打倒在地的。可是，无论勇鱼怎么挥舞锄头，这帮年轻人，就像是在玩事先编排好的游戏似的，每次都在差点被他的锄头够着的那一刻灵巧地闪开了。舞着舞着，勇鱼的愤怒不觉间消失了，心中只留下了一个张开的空白空洞。

他扔下锄头，又一次用袖口抹了抹鼻血。打开了玄关的门一看，伊奈子和一个小个子年轻人正直挺挺地站在门里，差点和他撞个满怀。而且，伊奈子还在那儿是哭非哭地放声大笑：

"哈哈，你这人，真够逗的。"

伊奈子身旁的年轻人那像抹满了做墨时用的油烟的、放着黑光的脸上也滴着汗珠，像打量一个稀罕的怪兽似的看着勇鱼。他微微

晃动着消瘦的下颚,说话时声音几乎听不见,不过明显地感觉到他也在笑:

"哈哈,真滑稽,你。我们教训那些讨厌的家伙时,也常常让他们干些滑稽事,可没见过像你那么滑稽地搞翻滚倒立的。哈哈!"

"乔木呢,他不在?"说话时,勇鱼觉得肩膀在隐隐作痛。

"刚才还在的,一直在枪眼里看着你呢!大概是你太滑稽了,不好意思见你吧?他从屋顶跳到后山去了。哈哈,你这人太滑稽了。"

伊奈子又笑了。生病的年轻人也嘴上挂着微笑,那双看怪兽的蛮横眼睛一动不动地盯着勇鱼。在一次次轻松的调侃下,勇鱼也不好意思再向他们发火了。他不明白,眼前这个又黑又瘦的年轻人,他油腻的皮肤上挂着的,究竟是因发烧流出的汗还是笑出的汗?直到这时候,他才想起了自己骑着自行车是干吗去了——看来,脑震荡还是给他造成了意识上的缺陷。勇鱼从夹克衫口袋里掏出从药店买回的东西,递给还在呵呵笑着的伊奈子,说:

"抗生素的服法,纸袋上写着,安眠药嘛,用量你是知道的。"

"谢谢!"伊奈子应了一句,像一个歇斯底里症发作的少女,还在勉强紧绷着脸笑。

她身边的年轻人也附和着,在呵呵地笑。勇鱼的眼睛已经对室内黑暗习惯了,这时他发现,这年轻人左臂托着右臂抱在胸前,右臂上还裹着用毯子撕成的碎条,发出一股酸臭味。牛仔裤松松垮垮地罩在腰间,裸露在外的干瘦的腰部和其他部位的皮肤上满是发青的鸡皮疙瘩。再看看他的脸,那张突着油脂颗粒的小脸上,暗淡的光下小疙瘩也清晰可见——这些,都显然是发热的症状。这正在发烧的年轻人,用手护着受伤的胳膊,睁着无神的双眼,正对着勇鱼有气无力地呵呵笑着。

"你们下楼来了,这是要走?"勇鱼问。

"你是想把一个烧得浑身发软的病人赶出去?"伊奈子噘起厚厚的嘴唇问。说着,她又瞪起了白眼。

"我这不是看到你们都下楼走到玄关这儿了嘛!"

"看到你摔了跟头,'boy'说想到跟前去看看,这才下来的。"伊奈子解释着,又笑了起来。

玄关门还是开着的。勇鱼回头朝自己摔倒的地方望去,刚才那帮嬉闹着在自己挥舞的锄头前闪来闪去的家伙,这会儿已经把自行车扶起来了,正在朝避核工事这边搬。其中有个家伙还把勇鱼在药店没用过的硬币袋子像顶水罐似的顶在头上。伊奈子从勇鱼身边穿过去,站在玄关门口发出了指令:"Too much!"

勇鱼也来不及想这句英语究竟是什么意思。他只是看见,刚才还靠在伊奈子身边的那个年轻人,尽管他把整个身体都靠在楼梯扶手上还是没能站稳,几乎是蹲着的,却还是伸出手准备帮忙。勇鱼一手捏着鼻子,另一只手伸过去准备扶他一把。没想到这年轻人顿时变了脸色,刚才还在呵呵地笑,现在却使劲把勇鱼的手拨开了。他黑乎乎的双眉间皱起深深的皱纹,烧得发浑的眼睛瞪得老大,嘴里不知在低声吼着什么,简直就像个狼崽子。这种目光,是勇鱼从没见过的。由于背后的门是关着的,玄关那儿一片漆黑,这反而使勇鱼更清楚地感受到了他抬头看着自己时目光中的敌意。这时,伊奈子转身从勇鱼身边穿过去,回到了年轻人身旁,挽起他的胳膊,扶着他一步步朝楼上走去。一边走一边回头对勇鱼说:

"他们以前一直是防着你的,可看到你栽跟头时那么滑稽,现在对你的态度已经变了。"

"莫不是开始对我有点尊敬了吧?"勇鱼自嘲了一句。

说着,勇鱼朝客厅走去,他想,靖这时候一定是等得不耐烦,又睡着了。要是靖是醒着在看树木图鉴的话,他是一定会以自己独特的方式参与这场把避核工事内外搅得一塌糊涂的喧闹的。也就是说,他会模仿着伊奈子或是那个年轻人的笑声,跑到玄关这儿来看热闹的。

没想到,靖还真是醒着的。而且,这次,靖是以一种到避核工事开始隐居生活以来不曾有过的方式醒着的。由于枪眼是唯一的采光渠道,这间屋子里大白天也不会太亮,此刻,靖正头靠在长椅上仰面望着半空出神。录音机里,磁带在泛着水果糖色的光,磁带在边框上摩擦着发出沙沙的声响。要是没有这种摩擦声,恐怕勇鱼栽跟头时他会感觉到异样吧?现在,他似乎是沉溺在一个只有沙沙声的无声世界里。可是勇鱼马上就明白了,其实,他的耳朵是感觉到了声音的——录音机伸出的一根线的另一端,通到了靖的耳朵里。现在,靖与其说是在通过耳机拒绝来自外界的声音,倒不如说更多的靠的是他那只捂在另一只耳朵上的手。

"靖!"勇鱼还是叫了一声。靖的眼睛盯着厨房门框,对勇鱼的叫声没有反应。

录音机背后有个空盒子,是用来存放小杂件和保险丝的,这事勇鱼早就知道。可是,由于这录音机从来只用来外放,让野鸟的叫声充满整个避核工事,对那盒子里装着些什么,勇鱼一向不太在意,他根本没想到,录音机外放的声音,竟然还可以用耳机听。以前,每到靖想听野鸟叫声时,勇鱼总是一边听着在整间屋子里回荡的野鸟叫声一边干着自己该干的事。所以,耳机的功能对避核工事里的生活几乎没什么实在意义。可是现在,那小姑娘闯进了他们的生活,一定是她觉得野鸟的叫声让三楼发烧的病人心烦,因此便大模大样地改变了避核工事原有的生活习惯。更令人吃惊的是,除了勇鱼,靖是从未与任何人有过交集的,可现在,他竟然老老实实地顺从了小姑娘,正对新的习惯乐此不疲。那只紧紧捂着耳朵的手,每个指头都使足了劲，甚至都有些发白了。而对最亲近的勇鱼，却不加理睬。

勇鱼心想，靖这时正聚精会神地听着野鸟的叫声，如果被人突然拔掉了耳塞，他那细小的脑髓肯定会陷于惊恐。再说，勇鱼也不知道磁带现在走到哪儿了，在这种时候拔掉靖的耳塞，也就意味着切断了将自己和靖联系在一起的唯一纽带。

无奈，勇鱼只好在靖的斜后方靠着墙就地坐下，继续伸着胳膊，用那只夹克衫的袖口紧紧捂着鼻孔，傻乎乎地张着大嘴喘气。刚才那一下摔得不轻，后遗症还在发作，再加上又没能从靖那里得到安慰，勇鱼心中涌起了一种孤独感，似乎自己被所有的人抛弃了，而且是被抛弃在一块流冰上，紧紧包围着他的肉体和意识的，是一片巨大的暴虐的海。此刻，他唯有向游弋在海中的"鲸鱼魂"发出自己的倾诉了。——那帮家伙没完没了地笑我，太不像话了。像那样一伙人没完没了地笑别人，我只是在童年的小伙伴们中见过。可他们都是十八九岁的人了呀！在他们眼里，我好像就是个是供他们取乐的自行车杂耍小丑。再说了，他们身上可有非常狠毒的一面啰。他们为什么笑得那么放肆，毫无同情心，毫不掩饰？

奇怪的是，通过这种倾诉，透过那帮毫无同情心毫不掩饰地大笑的年轻人的眼睛，勇鱼客观地看到了从自行车上栽下来的自己。认为自己摔倒是滑稽，这本身就意味着对自己失败的宽容。进一步想，他们把耳机塞进靖的耳朵，这对靖是一种全新的体验，至少不是一种难受的体验。自己和靖禁锢在这避核工事里，所欠缺的，正是和外人打交道——勇鱼把头搭在膝盖上，蹲在地上就这么想着想着，不觉间，好像鼻血也快干了。一会儿，靖摘掉了耳机，一手握着仍然发着蚂蚁般哼哼声响的耳塞，另一只手从耳朵上挪开，放到了肚皮上。勇鱼的胃里，马上就发出了与靖的空腹感共振的信号。看着勇鱼，靖发出了一个像花草开花般的、以一点为中心，缓缓向四周展开的微笑。

"靖,我早就回来啦!"勇鱼嘴角也泛着微笑,向靖打招呼,这孩子,已经远离小姑娘的影响,回到自己身边来了。

"喔,早回来啦!"靖回应着。

"从自行车上翻下来栽到了地里,啥事也没有,靖,太好啦!"

"太好啦!"

"过几天,我教靖学会怎么跌倒。"勇鱼说。他甚至从全身肌肉还在不时隐隐作疼的状态中找到了剧烈运动后的成就感,"靖,咱们吃鸡粥啊! 走,吃鸡粥去!"

"吃鸡粥啊!"靖重复着勇鱼的话,跟在勇鱼身后朝厨房走去。

这时勇鱼才想起,忘了把鸡肉从小火熬着粥的深锅里取出来。锅里有足够的水,粥是不会煳的,这一点,勇鱼心中有数。可是鸡肉就不同了,煮了半个小时后就得取出来,如果继续煮下去,鸡肉就会变成一团糙口的纤维团。勇鱼和靖进了雾气腾腾的厨房,深锅里,粥发出扑哧扑哧沸腾的声响,门敞开后,雾气的峰头缓缓地摇晃着向客厅涌去。雾气的底部,一块竖向切开的半只鸡,闪着浓米汤光泽的皮肤上隆起一排排小疙瘩,正稳稳地在盘子里躺着。

"那小姑娘帮我们把鸡捞出来了。"勇鱼高兴得食欲都上来了,"鸡有救啦!"

"鸡有救啦!"靖也跟着笑嘻嘻地说。

把鸡腿、鸡翅还有胸骨上的肉一点点地拨下来,放在粥上,加点盐,然后再稍煮一会儿。利用这段时间切好葱,放在调好麻油和酱油的小盘里——蘸味的调料盘就这样准备好了。勇鱼准备了好几个调料盘,有自己和靖的,也有楼上的年轻人的。下一步,就是把粥盛进一个大深碗里,摆在客厅餐桌的中间。到这时候,靖已经自己把小碗和勺子拿出来摆好,端坐在餐桌旁了。勇鱼给靖的碗里盛上粥,在上面盖上调料。对发烫的食物,靖从来是相当小心的,无论肚子怎么

85

饿,他都会压抑着自己的食欲静静地等着,直到食物凉透了,才会往勺里舀上一丁点,像猩猩似的伸出下唇在勺尖上舔一下尝尝味道。这种现实生活中的实用型智慧,是靖自主开发出来的。在靖坐在桌旁等着的这段时间里,勇鱼把调味盘、碗碟、勺子放进一个大盘里,另一只手提着深锅上了楼,准备给楼上的人送去。他双手被占着了,只好侧身用肩膀顶开了三楼房间的门。这时,眼前出现了完全出乎他意料的一幕。当然,他既没有吃惊地叫出声来,也没有和里面的人打招呼,而是把粥锅放在堆在地上的旧杂志上,把装着碗碟的大盘子搁在一旁,然后不声不响地下了楼……

他看见,那个年轻人浅黑的、毫无血色的脸上还沾着因发烧留下的油腻腻的污垢,裹在布里的右手紧贴在胸前,像是在护着一个什么重要的武器,此刻,他正苦闷地紧皱着眉头仰面躺在床上,对突然出现的勇鱼竟然毫无察觉。年轻人的下身脱得精光,伊奈子正蹲在一旁,头埋在他干瘦发黑的凹陷下去的腹部。她肌肉发达却又柔软的左手,搁在年轻人的屁股旁,右手轻轻地却又牢牢实实地握着年轻人的下体。她指间的缝隙里,露出年轻人发黑的肌肤,与之形成强烈反差的鲜红的龟头,在小姑娘的唇间时隐时现。她嘟着厚嘴唇、舌尖像遮掩幕似的轻车熟路地晃来晃去的动作,尤其令勇鱼印象深刻。正巧,这时年轻人开始射了,体液被舌头拦住顺着她圆努的嘴唇滴进了伊奈子的喉咙。她一只眼睛直愣愣地侧视着勇鱼,丝毫没有慌乱的神色。

勇鱼转身回到了客厅。靖还在用他的下唇测着粥的温度。随后,两人不时对视一眼,向对方传递着静下心来享受美食的快乐,在一阵亢奋中吃完了粥。

第六章　再说"鲸鱼树"

吃完粥,靖稍微睡了一会儿。醒过来后,他在房里急匆匆地胡乱走了一阵,或许,连他自己也不清楚自己是要去哪里,只是想活动一下筋骨而已吧。勇鱼在地道里做完了自己每天雷打不动的玄想功课后回到客厅,在一旁好奇地看着他。这时,伊奈子神情自若地下楼来了,她根本就没把几小时前被勇鱼撞见的一幕当回事。

"乔木说是还有事要告诉你,在车里等着呢。这孩子我来看着,病人吃了安眠药,已经睡着了。"伊奈子平静地对勇鱼说。

"红翡翠!"靖在房里快活地走着,突然叫了一声。

"他听到你们做暗号的口哨声了。靖耳朵可好使啦。"勇鱼解释道。

"我耳朵不行,没听见。"伊奈子怀着敬意,看着在房里走来走去的孩子,说。

伊奈子的表情清楚地告诉勇鱼,可以放心地把孩子托给她出去。说完,她走进客厅,在长椅上坐下,聚精会神地看着在房里不停走动的孩子来,就像她和靖之间已经产生了某种纽带、已经可以分担一部分父亲的角色似的。到了玄关门口,勇鱼看见,里樱树下,那帮年轻人正在闹腾着,故意把身体缩成一团,做着栽跟头的翻滚游戏。勇鱼刚走出避核工事,他们反而不自然地凝固在那儿不动了。看到这情景,勇鱼只好笑着低声说了一句:"哦,是你们啊。"

左前方的坡下,一辆深灰色的大众车正在掉头,然后提速顺着狭窄的小路朝这边开了过来。勇鱼看到了驾驶座上乔木的脸。他戴着太阳镜,又不是正对着这边,所以,看不清脸上的表情。一个年轻人为他打开了车门,他也没有正眼看着勇鱼。勇鱼上了车,即使那帮年轻人来到车前,乔木也没理睬他们,而是直接开着车走了。他看上去有点抑郁,但其实只是为了保持一本正经的神色而已。若不把嘴和脸紧绷着,他也会控制不住自己,呵呵地笑出声来的。所以说,这种人为的一本正经,只不过是他用来掩饰自己真实情绪的盾牌而已。只要看透了这一点,这年轻人给人的印象就大不一样了。他皮肤紧紧地罩在清瘦的骨架上,从侧面看去,他的神情不仅不忧郁,反倒充满了年轻人阳光的天真。毕竟,他和其他的那些年轻人也是同类。勇鱼下意识地把手伸向塞在仪表盘缝隙里的地图和大练习本,可是,正侧身对着勇鱼埋头开车的乔木却像举起语言的鞭子抽人似的突然吼了一句,把他拦住了:

"别碰,这车是偷来的,是人家的东西!"

可这年轻人不是明摆着把人家的车偷来了吗?——对着左前方丘陵上的那一排排树,勇鱼在心里向"树魂"控告了一句,把伸出的手缩了回来。

"远处那些树,看见了吧,那叫什么树啊?"说这话时,乔木好像自己刚才根本没粗着嗓门吼过勇鱼似的。

避核工事前面的斜坡下是一片凹地,现在,车就行驶在和凹地等高、稍微比湿地高一点的环山便道上。如果把湿地比作三角洲的话,那么,避核工事身后的高坡和左前方的丘陵就相当于三角洲的两岸。低矮的丘陵蜿蜒前伸着,像一堵墙塞满了整个视野。覆盖着山体平缓的斜坡的,是一片片纤弱的橡树和柞树林;起伏的山脊棱线上一排排高耸着的,是高大的红松和光秃秃的榉树。勇鱼看得出神的,就是这些山顶上的大树。

"你说的是山顶上的那些树吧?那是红松,还有榉树。"勇鱼回答说。

"我是说那些树叶掉光了的、枝条像扫帚样地在天上荡来荡去的大树。"

"哦,那是榉树。"

"原来叫榉树啊。这一带这种树可真多啊!"乔木接着说,"在我们那儿,这种树很少见的,就像对村里的每个人似的,村里每一棵这样的大家伙,我都说得出它们的特征来。在我们那儿,就管这种树叫树。小时候我想过,村里人这么叫,大概是因为这种树是树中之王、是一种很特别的树吧。"

"叫树啊!"听到这儿,勇鱼来了兴趣,"你们那儿要是因为这树特别,所以才称他为树的话,那还真有几分道理。图鉴上说,'榉'字的读音,原本就是'特别'的意思。"

和红松一起傲然挺立在丘陵脊梁上的榉树群,每一根树干间的间距看似随心所欲,而整体上又排列得整整齐齐。在淡淡的灰蓝色的阴空的映衬下,一列列挺立的褐色树干,带上了偏深紫的色调。细细观察那些硬朗地伸向昏暗天空的细枝条,似乎每一根都在告诉人们,只有榉树才是强壮树木中最强壮的树,唯有榉树才是真正意义上的树。那无数根枝条似乎在向人们,尤其是在向我发出某种暗号,要怎么解读才能明确得知这些暗号里内涵的信息呢?——勇鱼心里,在默默地问"树魂"发问。

"东京的树,我差不多都认识。我是把它们当做交通指示牌把这个城市的地图刻在脑子里的。想去什么地方时,顺着起点和终点的树之间的线路估摸着跑就是了。偷车得手后逃跑时,只要确定了目的地,剩下的就全靠脑袋里记着的树了。那些趴在桌子上做路标的家伙,想追上来抓着我,那是绝对不可能的。"

"可是,在城里,尤其是高楼一栋接一栋的地方,不是没有榉树什么的了吗?"

听到这话,乔木瞟了勇鱼一眼。那眼神分明是在告诉勇鱼:别以为你是树方面的行家,和所有的"树魂"都有心灵感应,在我面前,你其实算不了什么!当然,勇鱼也不示弱,想把他眼神里的压力顶回去,于是,他接着说:

"榉树这类大树,本来就是种在大户人家庄园里的。我们这一带,还有大户人家的宅院,或是还留着那样的大片大片的地皮,可是到了市中心,哪有这条件?"

"下次进城,你可以爬到高楼顶上往下看看,到时候你就知道我说的没错了。"乔木说话时充满了自信,"虽说有点像西部片里那些点缀在荒野里的仙人掌,但树还是有的。你要是死死地盯着它看,那些高楼群反而消失了,这时,脑袋里剩下的,就只有由那几棵树相互连接成的地形图了。其实,对面山上那些被风吹得摇摇摆摆的树,枝头就像被剃齐了似的,整个树的形状一点都不好看,对不?那些长在高楼之间的树,反而整体上呈浑圆的扇形,这才是我小时候记忆中的树的形状。"

"也许你说的没错吧。"勇鱼被彻底说服了,"你对树的观察可真细。"

"刚来东京那阵子我就在想,既然这么多人挤在一起住在这儿,这里肯定会有'鲸鱼树'的。只要爬到视野开阔的高处看看,肯定能找到'鲸鱼树'的。于是,每个星期天我都会到百货店的屋顶上去找大树,确定大致的方位后就走到那儿去看。坚持了很久以后我知道了,其实,东京的树还是很多的。"

"你是说,'鲸鱼树'指的就是榉树?"勇鱼看着映在阴沉天空下的那些偏红色的褐色榉树枝条,心中想象着它们构成鲸鱼模样的情景,问。

"我个人觉得,'树',一般指的就是榉树。不过,这恐怕也是生活在榉树身边的人觉得它年岁又长、长得又有气势所以才人为地定下来的吧。也就是说,'鲸鱼树'并不一定只能是榉树。我一直认为,在我们那儿,'鲸鱼树'就是榉树,可是不是真是这回事,就不好说了,因为我自己也没亲眼见过。一个孩子,为了看'鲸鱼树'独自一个人跑到森林深处去,我可没这能耐。和小伙伴们结伙去吧,可我们那儿的孩子中没人愿意去,大家都觉得那树很吓人,不敢去看。至于想让大人带我去,那是绝对不可能的。因为'鲸鱼树'不是一般的树,它具有某种——叫我怎么说呢?——某种功能?——某种意义?——反正,它原本就不……"

说到这儿,乔木打住了。他不是在卖关子,而是现在需要他集中注意力开车了。——他们的车已经走到了平坦路的尽头,前面有一条大河挡住了去路。下一步,得拐个弯顺着一段小型飞机可以起降的大河堤往前走,然后再从铁路公路两用桥、一条新建的高速公路的高架线交汇点下方像船肚子模样的构筑物下面穿过去,过了这段路后还有一个交叉路口,很多车正在那儿排队准备过桥,得从那些排队的车前面拦头横穿过去。"鲸鱼树",这令人捉摸不透的、不知生长在何处的"树魂"——勇鱼想,它是自己从未见过、但却最想一睹芳容的树木。在一片大森林的深处,有一块没有灌木没有杂草的、适合这种特别的树生长的开阔地,在这片开阔地的中央,挺立着一棵当地所有人拜为禁忌之物的大树。当地有一个少年,对"鲸鱼树"迷恋不已,他想象着,"鲸鱼树",就是当地人称为"树"的那棵巨大的榉树,因为榉树的本意就是与众不同的树。可惜的是,这个少年,还没看清它的真面目就离开了家乡,来到了大城市。这里,是一片荒野至极的大森林。在这片大森林里,哪里有大榉树,他就朝哪里直奔而去。为的就是通过探访别人心目中的"鲸鱼树",追寻自己老家的那棵"鲸鱼树"的风姿……

车顺利通过了拥挤的公路,然后又下了一个坡,在填埋湿地后建起的住宅群间缓缓穿行。走了一阵后,车钻进一个小巷子,拐进去后勇鱼发现,在小巷的尽头,还横拉着一截很粗的铁链。铁链断开的地方,是一段被枯草和新草捂得严严实实的陡坡。原来,车已经来到了一个长满了浑身积满了灰尘的常青树的小山坡前。到了山坡下,车并没有停下来,而是轰着油门扬起车头一口气冲了上去。车终于停下来了,勇鱼仔细一看,这车停在了小山的顶上,山头的两边,一边是过山车,一边是小火车的铁轨。站在游乐场里边看,这儿恐怕就像是由茂密的树林为主调的舞台布景中,在丘陵上增添的一个新的假景观。

"跑到这儿来,等会车怎么下去?"勇鱼问。

乔木一声不响地拉好手刹,把自己的座椅向后倒,深深地躺在上面,看着山下的游乐园和对面那片再次出现在视野中的长着红松和榉树的丘陵,好像不明白勇鱼的话是什么意思。歇了一会儿后,他说:

"这车就扔在这儿了。等地上的草长高了,车就会被遮住,不会轻易被人发现的。不过,总有一天,孩子会把它翻出来的。'boy'在这儿打过工,他说过,来这儿的孩子大致可以分成两类,有一类是消极型的,他们觉得在这儿看见的任何奇怪的东西,都是游乐场的人故意做出来的。即便哪天看见有汽车一头栽在山顶上,他们也会见怪不怪,这种孩子,什么也不可能发现。另一种类型的孩子,他们对什么都要探个究竟,为了搞清楚过山车哪儿最高,他们甚至拿着水平仪爬到轨道上去晕。以后发现这车的,肯定是这种类型的孩子。"

勇鱼从停在斜坡边缘的车里往下看了一眼。从现在所处的这个高度看,下面这个近乎脱离了现实却又沾上了几分生活味道的游乐场,像一个一眼就能看出出路的单纯迷宫。里面一个孩子也没有。不一会儿,伴着一阵直接刺向内脏的恶狠狠的声响,一列天蓝色的过山车顺着轨道滑了下来,然后又爬了上去,原以为会继续往下滑的,可它却悬在半空中不动了。这时,就像是被过山车的躁动声的余音拱顶起来的似的,一群群兰鹊、白头翁、麻雀、斑鸠突然应声从四周那些瘦弱的、无精打采的树丛中扑腾扑腾地拍打着翅膀飞向天空,在阴沉沉的天空低处闹腾着,留下一串串灰黑色的流动的斑点。

"这儿鸟可多呢。都是靠游乐场里撒给那些乱七八糟的动物的食物过日子的。最兴盛的要数老鼠和鸟类了。要是靖喜欢,下次可以带他来看看。"

勇鱼这才知道,伊奈子私下里向这位头领作了不少汇报,但愿她没乱说。

"要说靖对鸟感兴趣,其实也就是喜欢听它们的叫声而已。再说,飞着的鸟也是看不清楚的。这么多不同的野鸟混在一起叫,而且还夹着过山车的声音,要是仔细去听,倒不如说对他是一种痛苦。"

"他和别的孩子可不一样哦!"

"撇开是好是坏不说,反正,他确实和别的孩子不一样。"勇鱼尽量压抑着心中的自豪感,说。

接着,乔木又说起了"鲸鱼树":

"我们那儿有'鲸鱼树',虽说我没有亲眼看过,这反倒说明那是真的。因为人家不让我看。越是不让我看,我越是心里老惦记着。生病发烧时,我做过很长的梦,梦见黑乎乎的大树在风中沙沙地作响。在密密麻麻的枝叶之间,还一个接一个地出现了画面,就像放连续幻灯片。那些幻灯胶片,都是'鲸鱼树'把树下发生的事摄下来存储起来的。直到现在我还觉得,当时,我烧得晕晕乎乎的,好像进了森林深处,看见'鲸鱼树'正在放幻灯片。虽说当时的头脑不清醒,但那绝对不是我想象出来的情景,因为幻灯片中的画面,每一个都说的是'事实'。要说这是发烧的力量在起作用吧,听起来有点不合适,反正,有点像是烧得醉醺醺的脑袋活跃起来,突然间把以前一直粘在磁铁上的一颗一颗的小信息又凑成一团了。因为大人们不对外明说,孩子们脑袋里以前牢牢记着的只是一些零零散散地碎片,这下,这些零散的记忆连在一起,形成了一个合情合理的整体情节。我想啊,恐怕当时我是在做梦,是梦以放幻灯片的形式把这些整体情节显现出来告诉我的。怕是我的神经快要烧得不正常了,结果我们那儿孩子们脑袋里的东西全都集中到了我这里,于是就做了一个能代表他们所有人做的梦的梦。我做那个梦时烧得浑身抽筋,当时,医生,还有我的爹妈都急死了,甚至担心我会发疯,要不就会死过去。我说的这些,你不信吧?"

"信,当然信。"勇鱼说。

"我透过'鲸鱼树'的叶子在银幕上看见的情节是这样的,"乔木咽了一口唾沫,接着说,"我们那儿老实本分的大人,除了孩子,老人也好女人也好,甚至连快死的病人,那天深夜都聚集在'鲸鱼树'下,说是夜里,其实是一整夜,从太阳下山到第二天天亮,谁都不许下山,都得参加那儿的聚会。大家都垂着头,站在那儿默不作声。尽管那天夜里没月亮,但天上飘着的那些小灰粒还是能放点光的,不是漆黑一团,对不对?就算再暗,如果你仰着脸,鼻梁、眼睛啥的,上面多少还是会有点亮光的,对不?可那天晚上,我只看见一排排黑乎乎的脑袋,在那儿一动不动。记得那次生病之前,孩子们常聚在一起议论:大人们都离开村子出去了,村里只剩下我们这些孩子,怎么办?那天做了梦我才意识到,原来孩子们说的就是这天夜里的事。说来也怪,按理说,这事儿以前我应该是知道的。正是因为发生过这样的事,所以以前孩子们才会跑到山里的小溪里玩水、还用棕毛做些鸟罩,以为这样就可以逮住鸟。大家一边玩一边议论,村里一个大人都没有了,只剩下我们这些孩子,再就是山羊和狗了,这下可怎么办?那天夜里,我烧糊涂了,看着'鲸鱼树'的银幕吓得直发抖,等着看下一步会发生什么。后来一个外地的护士还笑过我,说我做梦时伸手想拦住什么,嘴里还在不住地叫:'又来了,又来了。'我想,当时我梦中说的那句话的意思,不是什么人来了一次又一次,而是眼看有什么吓人的事又要发生了。不一会儿,我怕看见的一幕终于发生了。沙沙作响的'鲸鱼树'黑乎乎的枝条间的银幕上出现了这样的画面——上面有'鲸鱼树'自己,还有树下围成一圈的黑压压的人群,一家人身上披着发白光的四方纸衣,被人带到了人群中。那白色的衣服,还有那家人的脸,都是模模糊糊的。这和我们心里想着什么事于是梦境里就出现了自己想象的场景差不多,虽然对那件事我们原本是不知道它的本来面目的。和我们没搞过女人却在梦里看见了光着身子的女人是同一个道理。不过,他们都穿着白色的纸衣服,而且是一家人,这两点是绝对没错的,看得清清楚楚。围在他们身边的黑压压的人群,别说女人,就连躺着的老人都向他们扔石头。扔了好一阵后,他们仰面倒下了,跌进了被人事先挖好的坑里。接着,'鲸鱼树'上的银幕又回到了黑乎乎的脑袋低着的画面。过一会儿,又有一家人被带过来了,又是一阵乱石猛砸,然后倒下……这种画面,一共重复了五次。在这期间,无论是那些扔石头的黑压压的人群,还是那些穿着白衣被攻击的人,大家都一声不响,整夜只听见'鲸鱼树'的沙沙声。——按说,那些倒下的人身上穿的四方形白衣和五次这个数字,在我们那儿的大人眼里,都是有着明确的特定意义的。为这事,病好以后我还问过家里人，他们不仅不说，反而把我当疯子狠揍我一顿了事。还有，后来我才知道，我生病期间，邻村来的那个医生，认定我得的是瘟疫，死定了，不仅不给我治病，还说就算我活过来了也会成呆子，反而活得更痛苦。还听人说，我当时烧得像个红虾，一会儿缩成一团，一会儿又一弹一抽的，在地铺上翻来滚去地折腾。大概过了两三天吧，等我烧退了从梦中醒过来时，发现自己浑身上下都是伤，甚至脖子上还有一道被绳子勒过的痕迹。"

说到这儿，乔木突然不吱声了。他薄薄的脸皮这会儿竟然红了，而且有点带肿。尤其是那双睁得大大的眼睛，眼球看着看着变成了红色，上面出现了一道道网状的血丝。看到这情景，勇鱼也觉得自己的喉咙被一团带血腥味的东西噎住了。他侧过头去，看了一下远处。已近傍晚了，夕阳给远处丘陵上风中摇曳的榉树树梢蒙上一层夹杂着红色的黑蒙蒙的霞雾。树梢上方，一架螺旋桨飞机划破阴沉沉的灰暗天空向东飞去。榉树树梢齐刷刷地扭动着，和飞机的轨迹正好形成了一条东西方向平直的水平线。看来，丘陵上刮得最厉害的，要么是东风，要么是西风。勇鱼缓过神来，对还在沉默不语的乔木说：

"行啦，走吧！"他觉得，关于"鲸鱼树"，乔木该说的都说了。还有，他对那场噩梦所作的理解也够简洁，一直积压在心头的那些话，他也一吐为快，简单扼要地说清楚了。

乔木脸上的红晕早已退去，只剩下那张干瘦的轮廓。他闪了一下眼睛，默默地点了点头。两人刚一下车，大众车就动了起来，先像一匹试图保持平衡的野兽摆了一下身子，朝已经看不清轨道的小火车场地滚去。至于是因为乔木松了手刹，还是因为两人在车上说话时车保持着微妙的平衡才成这样，勇鱼不得而知——对车，他完全是外行。

乔木对滚下山坡的车懒得理睬，他穿过常绿树下的暗处，一边

走,一边对勇鱼说:

"刚才那些话,我就想对你这种人说。你对'鲸鱼树'有兴趣,爱听,听完后也不自以为是地乱解释。"

这年轻人实实在在的话深深触动了勇鱼。他没有对乔木的话作出直接的回应,而是说:

"有时候我在想啊,在这种平静的傍晚,我身边的树木总是在帮着我,让我可以采取最佳的行动,或者说,让我的行为举止最得体吧。我觉得是'树魂'在暗地里护着我。"

走到土围墙最低处的鞍部时,乔木站住了。他没有直接往下跳进旋转木马台背后的空地,而是仔细看了看墙下的地面。看得出来,他这样小心,与其说他是怕自己摔倒,不如说是心里惦记着勇鱼今天上午刚刚经历了一场大规模的空翻后还在恢复的腰腿。

"每到这时,我就会想,我死的时候至少还可以享受一个乐趣。"勇鱼接着说。

他们跳下土墙进到了游乐场内,然后又顺着旋转木马台座横穿过游乐场,准备去设有公共汽车站的那个出口。这时,年轻人故意放慢了脚步,待勇鱼走上来和他肩并肩时,他直截了当地补了一句,直接触到了问题的核心:

"要我说,你怕是不忍心扔下靖去死吧。"

"你说的没错。所以说,我想的并不是死的具体步骤。这只是一种梦想,期待着到临死的时候会得到一种心理上的享受,死得舒坦些。若是看着你称之为树的榉树、春榆、秋榆这类大树的树干和细长的枝条时,这种想法更为强烈。因为看着这些树你就会觉得,生和死之间,其实没有什么意义上的差别,尤其是在冬天树都枯了的季节……从表面上看,整个冬天,树木停止了一切和生相关的活动,这种时候,我最喜欢了。"

"你是说,树也会冬眠?我知道,动物是有冬眠期的。我知道,人通过自我训练也是能冬眠的。"乔木说。从他在说到"人"这个字时的发音就可以听出,他显然是在调侃动物图鉴中占一席之地的那个"人"。说到这儿,两个人都笑了。至于他说的是什么样的训练、是怎么冬眠的。勇鱼也没继续往下追问。翻过关着的栅栏门跳到地上后,乔木冷不丁地突然问了一句:

"要不,去我们藏身的地方看看?"

"不用了,我得回到靖身边去。交给别人照看太久了不好。"勇鱼说。

"也行,那就过两天再去约你。"扔下这句话后,乔木突然扭身朝车来人往的交叉路口走去。一个人等公交车时,勇鱼甚至在想:莫非是自己刚才的那句话伤着这个年轻人啦?

从第二天起,勇鱼就盼着乔木来。可是一连四五天过去了,他也没给避核工事传来任何消息。乔木不在的这些日子里,他手下那帮年轻人也没了踪影,前些日子,他们要么是在避核工事里、要么是在外面的里樱树下转悠的。生病的那个关在三楼养病,能对勇鱼和靖的平静生活产生影响的外人,也就只剩下伊奈子一个了。因此,在这些日子里,勇鱼和靖的生活发生了明显变化的苗头。这种苗头,是伊奈子一点一点地集聚起来的。且不说当她用那双燃烧着的闪着光泽的眼睛看着你的时候,即便是在她笑得前仰后合的时候,勇鱼都觉得,那里面好像蕴含着某种力量。无疑,这一切都源自这个长着浅黑皮肤的小姑娘具备的感染力。最要紧的是,伊奈子这几天对靖越来越感兴趣了,她甚至还一步步地掌控住了靖的心。以前勇鱼一直认为,靖的意识,就像是一个密封的罐子,罐子的盖上开着一个孔,只有自己这根管子,才能从这个孔通向靖的意识。而当自己从靖身边离开的时候,管子的这一端就会转接上鸟叫声的磁带。靖所有的意识活动,都是在这两种状态下激发的。可是现在,封闭靖的意识的盖子上又新开了一个孔,罐子内部流动的东西,眼看就要活跃起来了……

勇鱼当初还以为这事绝对不可能发生在伊奈子身上的,可他后来发现,这小姑娘竟然有一种教育癖。一天下午,勇鱼正在地道里脚踏泥土玄想时,听见开着的舱盖上方传来了异样的声响。他马上意识到,楼上发生的事不对劲!——小姑娘正在干着的事,是靖最讨厌的。顿时,一种危机感涌上心头,压得他喘不过气来。用不了多久,靖肯定会那种说不清究竟是哀鸣还是怒吼的、微缩成人个子大小的鲸鱼的咆哮的。——小姑娘在干什么?她时而一点一点地扭动录音机的音量旋钮,时而又突然按下停止键,像这样翻来倒去地折腾。眼看靖的尖叫声就要迸发出来了,勇鱼捂着耳朵,赶紧爬上铁梯,想去问问伊奈子为什么如此歹毒。可是上去一看,背靠长椅坐在地上的伊奈子和孩子之间却像是在玩一场游戏似的。靖没有惊恐、没有愤怒,而是在兴趣盎然地开动着脑筋做着他人生中第一场有他人参与的游戏。磁带往前转——响起鸟叫声——磁带突然停住。

"是夜莺。"靖在作答。

过了一会儿,"靖,答对了,就是夜莺!"小姑娘说。

之所以要过一会儿,那是因为她得看看磁带附带的说明,那上面依次写着磁带中鸟叫声的顺序和它们各自的名字。

就这样,伊奈子不仅轻松打开了和靖的心灵深处交流的通道,而且还开始大大方方地面对勇鱼了。她对地道产生了兴趣,自己走下地道后立即迷上了地道的结构——这意味着,她已经抓住了通向勇鱼内心最核心部分的把手。那天,勇鱼允许她下了地道,而自己却留在楼上的揭盖旁。当时,伊奈子兴奋极了,红着脸不断地对上面的勇鱼问这问那,话里还含着几分自然的敬意。无奈之下,勇鱼只好探头看着下边一一作答,当他看到下边幽深的暗处那双灵动的眼睛时,顿时产生了一种愧疚感,觉得伊奈子好像成了跌入自己设下的陷阱的一只小动物似的。而且他还觉得,自己的身体里,欲望的火星正在噼噼啪啪地闪烁——虽说半截身子都陷入了深深的黑暗,但她松垮的棉麻质地衬衣领口下,不仅肩膀,甚至连消瘦的胸部上凸起的圆筒模样的乳房都清楚地显露在勇鱼的眼前。不过,伊奈子自己对这些倒是毫不在意,她显然是被地上那块露出泥土的四方水泥坑完全迷住了,激动地说:

"以前你说过,有了这地道,就算整个东京都被原子弹、氢弹毁灭了,你自己还能活下来,当时,我讨厌死了。现在看来,外面的人都在东跑西颠的时候,有了这地道,就可以把脚搁在泥土上静静地待着了。这和一个人活下去的想法正好相反。是这么回事吧?我也说不好,反正……"

一个星期以后,伊奈子带来了乔木的口信,说是想和勇鱼在那个游乐场旁边的游船码头见面。乔木自己不来接,据说是因为三楼的病人反对把外人带到他们的藏身之处去。勇鱼放心地把靖托付给了小姑娘,出门赶到了指定的约会地点。若是站在河堤内侧的游船码头越过河堤和河里的沙洲看河面的话,是无法准确判断出这条大河的流向的。乔木已经在那儿等着勇鱼了,他双手绕在背后无聊地坐在那儿,看上去就像一个没事找事跑到这因恰逢淡季、游人没了踪影的游船码头来打发时光的闲人。勇鱼朝他走了过去,一边走一边心不在焉地把目光投向河面和对岸。虽说现在看不清楚,但他知道,河对岸后边的深处是一大片工业区,其中的骨干企业是一家钢铁厂。一根根大烟囱轮廓模糊地高耸着,远远望去,就像一片原始森林。低处雾蒙蒙的,说不清是褐色还是灰色;那片区域的上方,像是原本明亮的天空中被生生切去了一块、然后又在原处堆起了一团什么黑乎乎的东西似的，被一层厚厚的污油大气严严实实地笼罩着。就在勇鱼木然地看着远处这一刻，乔木顺着干涸的沙坡朝勇鱼走了过来，拾起一截芦苇轻飘飘地抛向勇鱼。跟在他身旁的，就是同伙中身体最壮的那个年轻人。他上穿圆领衫，下着劳动布短裤，脚踏一双车胎底凉鞋，像是在过盛夏似的。年轻人站在那儿，尽量躲开勇鱼的目光，甚至没正面看勇鱼一眼。聚在一起后，几个人没有顺着沙坡下到游船码头，而是向左继续往上走，翻过河堤这边那条小河汊边上凸起的沙丘，然后再往下走了四五米。虽说只离开了原地这么点距离，感觉可大不一样了。游船码头的调频广播刚才还听得清清楚楚的，可现在觉得那声音只是在头顶上方隐隐划过，甚至还可以清晰地听到脚下一步一塌的沙地发出的声响。下到那片漏斗状的洼地的底部时，年轻人跨到水里，从干枯的芦苇丛中拖出一条铁质的小白船来。这儿的地形也真够奇妙的——河汊中有一条细长的沙洲，沙洲被干枯的芦苇遮盖得严严实实，而且这样的沙洲还不止一个，而是几个分分合合地聚在一起，构成了一片小巧的芦苇荡。年轻人站在水里稳着船，伴着脚下一声声清脆的声响，勇鱼和乔木跨了上去。这些，就算有人这会儿就站在河堤顶上，他也是绝对看不见的。

年轻人站在浑浊的水里，一声不响，只顾默默地低着头一步步向前挪着，使劲把船从岸边往河心推。勇鱼和握着桨的乔木面对面坐在船上，看着沙洲上的芦苇和年轻人在自己眼前渐渐退去。没等乔木把桨放进水里，小船就借着被推离河岸的惯性自己向下游流去。

对一般游客开放的游船码头是面朝河堤另一边的河面的。勇鱼他们的小船现在顺流而下的这段河道，穿行在河堤和对岸间布满枯黄芦苇的小岛之间，相比之下，这截河道比游客的游船使用的河面要窄得多，说它就像一个与主河道互不相干的水池更合适。——这地方，勇鱼以前带着靖来过，那天说是来钓鲫鱼的，其实心里根本就没打算钓上来而事实上也一条都没钓到。——不过,随着小船速度的渐渐加快,勇鱼这才意识到,原来,这条分叉出来的支流的流速和干流并没有什么两样,它充满生机地流淌着,甚至还卷起一股股细细的红土。从和乔木见面的那一刻起,两人一直一言不发。勇鱼隐隐地感觉到,这气氛本身就表明,自己已经加入到了这帮年轻人的行列中,成了他们神秘兮兮的演剧中的角色之一。现在,乔木已经举起桨在划水了,可他还是侧脸对着自己默默无语,看到这情景,勇鱼想,是时候了,该敲打敲打他,让他结束那套小儿科装神弄鬼的把戏了。于是他问:

"那个生病的小伙子不是反对让我去你们藏身的地方吗?你是怎么说服他的?"

"哦,你是说'boy'呀,我以为他活不过昨天,于是就没理他。"乔木轻描淡写地说。

一听这话,勇鱼立刻涨红了脸,尽管河面的风并不大,可他觉得,就在这一瞬间,自己脸上的皮肤都麻木了。原本是想敲打敲打他的,没料到,到头来却是自己吓了一跳,连说话都结结巴巴的了——

"你……你说……什么?你知道他昨天会死?这么说,原来你们是早就盘算好了把一具尸体搬到我和靖住的避核工事里去?"勇鱼在表示为时过晚的抗议。

"没错,"乔木平静地接受了勇鱼的抗议,"当初,我们一直在犯愁,不知道怎么处理'boy'的尸体。就算那家伙是死于破伤风,可他身上的外伤,哪个医生看了都会生疑的,不管他们是出于好奇心也好,出于职业意识也好。反正,我们无论如何不能让这事惊动警察。"

"你们是想把尸体整个推给我和靖背着,是吧?"乔木明明是在故意利用自己,现在还在这儿没事似的嚼舌头——想到这儿,勇鱼越发愤怒了，提高嗓门吼起来，"为什么？你们为什么要这样？为什么要把那尸体搬到我那儿去？你们这是在干什么？"

"你嚷嚷什么！是不是还想扑过来把我吃了？要知道，我们这会儿可是坐在船上哦。"说着，乔木扔下桨，双手摆好了应对勇鱼攻击的架势。

勇鱼狠狠地回瞪了乔木一眼，他看见，这家伙总是不正眼看人的那双眼睛角上在充血，铁青色的脸上露出一种发自心底的对自己的厌恶，而且还暗暗地藏着几分令人恶心的痞子劲儿。

"要说这个嘛，那是因为你被我们'自由航海团'选中了。"说这话时，乔木的身体仍然处于临战状态。

就在乔木放下桨的这会儿，小船顺着河里沙洲中的一条裂口跃上浪尖猛冲起来。风越刮越急了，一股带着微微发酸的硫黄味扑进了鼻孔。虽说是在河堤内侧，现在，这条水流也有相当的深度了。若要让小船回到刚才的航线，乔木得使出浑身的力气。所以，勇鱼也就只好不再说了。小船又重新返回了河道中间沙洲的阴暗处，那儿出现了一截备用的河堤，小船沿着河堤的缺口拐进了一条狭窄的水路，转而朝芦苇丛深处溯流而上。眼下，水路两侧枯黄的芦苇、茅草干枯的茎秆下方，成片的青草正茂密地繁衍。不难想象，等到新的茅草从中冒出头来一丛丛伸向高处时，这条水路就会成为小船自由来往的隐秘通道。

"我们看中了你，"乔木接着说，"那是因为经过长时间的观察，我们觉得你和其他人不一样。在你让我讲鲸鱼、树的故事之前，我也不知道你究竟哪儿和别人不一样，反正总觉得你这人有些特别，于是就盯上你了。当初我就觉得，要让你站在我们和这世上的其他人中间的话，你会离我们这边更近点。就这么着，我老早就想和你扯上关系。没过多久，正好遇到'boy'出了事，活不了几天了，我们得给他临死的身体找个地方,最后,我们选中了你的避核工事。不就这么回事吗?按理说,既然'boy'没死,我们从你那儿搬出来就是了,可是我现在不是还带你去看我们'自由航海团'藏身的地方吗?这下你该明白了吧?我们是想和你来往。你可要知道,这世上,除了你,我们是没想过要和谁扯上关系的哦!"

"这个嘛,我不否认……"勇鱼只是含含糊糊地应了一句。

再说,话说到这儿时,小船这时也到目的地了,他们得下船从一个干涸的排水口的拱顶下钻过去。过去一看,勇鱼这才发现,原来这儿是一个大型垃圾场,这排水口正处在垃圾场的中央。这儿的垃圾,可以说无所不包,眼前的景象,可以说简直就像是把这世上所有活人的生活状态一一碾压成团后整个抛弃到了这儿似的。而且,堆积如山的垃圾上还留下了好几年岁月流逝过的年轮——一层层叠压着的枯草就是证据。岁月风雨的洗刷下,垃圾场已经演变成了植物化的废墟。垃圾山中凿出了一条与人肩同宽的通道,勇鱼跟在乔木身后顺着通道小心翼翼地朝前走,生怕碰垮了垃圾墙。大概是为了挡住人的视线才故意做成这样的吧——走着走着,前面出现了一个拐角,拐过这个角就到了通道的尽头,那儿是一栋仓库模样的建筑,它的朝向,正对着刚才走过的通道。趁着乔木开门锁的工夫,勇鱼这才仰头望着太阳迟迟不肯下山的天空,长长地舒了一口气。——从钻出排水口的那一刻起,在这条通道的开凿者那孩子气的建设热情的感染下,他一直处于一种类似钻坑道时的紧张心态,就像一只常年生活在下水道里的老鼠,一刻也没有看过头顶上的天空。

第七章　"boy"的抵制

　　仓库门打开了,迎面闯进勇鱼眼帘的,是一台涂着黑黄相间线条的大挖掘机。按说,既然这东西停在这儿没用,车上那傻乎乎的大铲斗应该是躺在地上的。可现在,它却高举在驾驶台的头顶上。柴油发动机和驾驶台正好夹在撑起铲斗的两只粗胳膊之间。驾驶台后面,还有一个驾驶台,它比前面这个高出一大截,而且朝向还是反着的。整台机器中最宽的地方,当然是车身两侧的大碾轮了。一左一右两个大轮子,把这只生者黑黄色条纹,而且还长着两个大脑袋的大螃蟹的身子紧紧地夹在自己的腋下。

　　"这大家伙,用来吓唬闯进来的外人,效果一定相当不错吧?"

　　"除了用来吓唬人,它还是我们的坦克呢!"乔木回答说,"假设我们两个现在是闯进来的外人,那挖掘机就会冲过来,先把我们逼回刚才那条狭窄通道,然后用铲斗把垃圾山捅垮,接着,铲斗会在埋着我们的垃圾上猛捶几下,最后再用车轮在上面碾。当然,这东西我们原本并不是弄来作武器的,当初拆摄影城的房子,还有平整土地时,用的就是这台挖掘机。那时,我们几个在承接这项工程的土建公司干活,原本就是这种机器的驾驶员。原计划在这儿修个保龄球场的,可后来遭到了沿线居民的强烈抵制,只好放弃了。这样一来,我们的饭碗没了,这挖掘机也被撂在这儿日晒雨淋没人管。于是大伙就决定把它留下来自己用。首先,我们用它把仓库里拆下来的那些破烂统统推到这栋仓库和对面那栋房子中间的空地上,堆成和你刚才看到的那个垃圾场差不多的模样,遮住了这座仓库。看了这堆破烂,没人会生起往我们这儿走的念头的——我们要的,正是这种效果。等到这些都干完了,我们才把挖掘机开进仓库里。至于挖掘机最后走过的那一截路,我们是全靠双手把垃圾堆起来盖住痕迹的。大概是公司上了保险吧,反正,挖掘机少了一台,也没人大呼小叫地闹腾。"

说完,乔木顺着挖掘机的侧面向仓库深处走去,勇鱼也一步步跟在他身后朝前走。不一会儿,勇鱼发现,屋顶天窗射进来的晃眼的阳光下,静静地躺着一艘双桅帆船,而且,这船状态完好,只要拉动绳子帆就可以升上去。看到这情景,他顿时觉得一种悲壮感涌上心头,不由得"啊"地发出一声惊叹。乔木朝前走着,不时回头看看勇鱼。勇鱼用眼睛的余光再一次看了看自己眼前的这个年轻人,仿佛出现在眼前的景象不是事实,而是一种错觉,这错觉好似一圈圈深深的旋涡,自己正一步步卷入其中,难以自拔。勇鱼走上前去,和背对自己看着帆船的乔木一起落下了船帆。勇鱼默默地站在那儿,饶有兴致地看着静静躺在那儿的帆船,可是在他眼里,这帆船好像正乘风破浪朝自己扑过来似的。揪心的悲壮感还在,同时,就像按捺不住眼看就要喷涌而出的浑身充满升力的气泡似的,勇鱼禁不住还想笑出声来——这艘帆船,两根桅杆高耸着、船首的斜桅也像模像样地突向前方,连绿色的舷灯都似乎马上就可以点亮似的。可是,甲板却趴在地上,帆船的半截身子都嵌在仓库的地下。露在地上的舷墙走向确实勾出了帆船的轮廓,但它看上去毕竟和普通的房间隔壁没什么两样。但问题是,这确实又是一艘货真价实的帆船。

一眼就可以看出,仓库内部原来是一间普通的摄影棚。帆船主桅杆上方的屋顶上设有好几层框架,框架下贴着一条条滑轨,滑轨下吊着一盏盏照明用的灯。再往下看,就是这艘帆船了。这帆船明明半截身子都埋在地下,甲板都紧贴着地面了,可它看上去却仍然像是漂在海上似的——这是因为,在帆船四周竖满了拍电影时用的布景板。布景板上清晰地描画着水平线和天空,在它们的衬托下,在昏暗的仓库里也能看清布景板上海平线上方的晚霞映红的天空。而且,正对着帆船船头的画面还不一样,左边是万里无云的晴空,右边却是暴风雨来临前黑压压的云层。帆船尾部面对的那块布景板上描画着的,正好是从甲板上俯看到的大海的景象,甚至连帆船尾部留下的翻着白色浪花的航迹都清晰可见。顺着用水泥嵌在地上的船舷往仓库深处、也就是朝船橹方向走时,甚至会产生一种不是在走,而是在贴着海面朝船身后方的海平线滑行的感觉。

"这儿是拍摄特别画面的舞台吗?"走到船尾时,勇鱼双手扶着齐腰高的舷墙,看了看眼前的操舵盘和操舵室,又抬头看了看那两根高耸的桅杆,回头问乔木。

"周围的那些背景板是拍摄特殊画面时用的。大概在这儿拍过和海洋相关的电影吧。"乔木说着,脱下鞋子,跨过舷墙,爬上了帆船的甲板,接着说,"不过,这帆船可不是拍电影时用过的假家伙,你已经看出来了,对不?这些东西,全是在海上真正跑过的帆船上拆下来的,原来那条船有五十英尺长。我们进行升帆降帆,以及其他的基本训练用的就是这些东西,甚至还搞过不同风向条件下怎么用帆的模拟训练,说白了,就是用它们在仓库里模拟航海。这桅杆固定得很结实的,就算是爬到顶上去修滑轮网绳,它都纹丝不动。这摄影棚里留着的大道具不少,可是,要说真正能投入实际使用的,也就数这条帆船了。要说,电影制片业真是一个我们一般人难以想象的行当,它用的,竟然全是假货。"

"你是说,这帆船,这只剩甲板以上部分的帆船,是你们自己做的？"

"我刚才不是说了,这船真的在海上跑过吗？这种东西,不是外行做得出来的。这是我们从海里偷偷搬回来的。先在海边把它拆了,然后装上卡车运回来。"说到这儿,乔木脸上露出了几分孩子般的得意,"这条船,原本是一个夏天才来日本的外国人的,整个冬天船主都不在日本,船就这么拴在伊豆的一个码头里,而受雇负责管理这条船的恰巧是我们的人,算是雇佣船员吧,夏天外国人来玩时,他当下手,冬天就负责看管,毕竟,起台风时总得有个人看着吧。于是,我们'自由航海团'就把它搞来用作训练了。可是,就这么拴在海边可不行,用不了几天就会被人发现的。于是,我们就把它拖到陆地上来了。先驾着船找到海边的隐蔽处,然后再把甲板以上的部分全部拆下来拖走,最后在这仓库里再把它重新组装起来。桅杆、甲板什么的,拆起来倒不难,可是重新组装就麻烦了,前后花了半年工夫。主桅杆、前桅杆都得先锯断才行。好在这摄影棚顶部结实,轨道、滑轮、绳子什么的,想怎么用就怎么用。就算是这样,还是用了半年工夫才搞完,整整半年啦！"

"倒也是,这活是得半年才能干完。"这帮年轻人的干劲,让勇鱼心生了几分感动,他心里在想：这年头,竟然还有人玩得这么大,这么较真。

"你觉得我们是在闹着玩吧？"说着,乔木一脸认真地扭了一下舵盘,推开甲板室的门,让勇鱼看了看里面的床和罗盘。床上面的空间看上去显得格外狭窄,也许,是因为帆船在海上航行时这甲板室有好几十厘米都埋在水下的缘故吧。

"甲板以上的部分都被你们拆来了,那,下半截船身呢,还在海上漂着？"

"大概是吧。可是,机房的轮机被我们拆下来了,无线通讯器也被我们卸掉了,船室的高低床、海图桌都被我们搞到这儿来了。人家还会以为船是在这儿呢!反正,现在漂在海上的,也就是上面只剩下厨房、厕所、储藏间和压舱水罐的龙骨部分了。对了,这下边还有我们复原的船室,这样,我们就可以睡在地下室里,就在这儿搞训练了,和生活在船上一模一样,要不要下去看看?"

乔木说着,跨过舷墙,脱下鞋子,打开船侧面背景板后的铁门带着勇鱼往下走。可这儿没灯,楼梯上一片漆黑。勇鱼紧盯着乔木的肩膀一步步挪到了黑乎乎的深处。里边的空气和洞穴里没什么两样,湿漉漉的,就像有好多亿个青苔的精子在空中游荡。乔木又推开了一扇和一楼一样的铁门。没想到,这地下卧室并不是漆黑一团的长方形盒子,淡淡的光束,射在一张高低床上,和其他的床形成强烈的反差。灯泡上方套着黑罩子,通过一条长长的吊线连在房间的天花板上,令人不禁想起战争期间实行灯火管制的日子。看见有人进来了,一个小个子男人从高低床的下层坐起身来,灯光外圈的黑暗处,还有两个人影在挪动身子。灯光下,小个子的脸和他双手抱着的东西看得清清楚楚。勇鱼一眼就看出,那小个子正是"boy",他手里端着的是一支猎枪。掩在灯罩光圈外暗处的那两个,好像手里没拿着枪。两人中,那个肩宽得和身高不成比例的男孩引起了勇鱼的注意。——日后勇鱼发现,"自由航海团"里最有趣的,莫过于这个人称"缩哥"的男人了。尽管今天是第一次偶然相见,而且他这时也只是一声不吭地站在那儿,但他带给勇鱼的冲击力,绝对不亚于抱着猎枪的"boy"。

"想打我的埋伏是吧?你'boy'没进化,抗生素在你身上特别灵,恢复得快。"乔木调侃着,算是和同伙打了招呼,"不过还真没想到,你体力恢复得这么快,竟然可以自己回来。"

"是我弄回来的。不是还没商量好吗,怎么这就把人带来了?"

另一个站在暗处的男孩子说。这个叫多麻吉的年轻人,也被勇鱼牢牢记住了。"你给我在船长船上坐下!'boy'已经子弹上膛了!这会儿,我,还有缩哥,咱们谁也不帮,你得把话说清楚了,想就这么忽悠过去,'boy'是不会答应的!"

"无论'boy'干什么事,你多麻吉总要凑上一份,是吧?"乔木嘲弄了一句。

"枪,还有其他的武器,我都藏起来了,'boy'手上的不算。他身体弱,手上没家伙和你乔木做对手不公平。反正,你们俩就这么开始谈吧!"多麻吉没有直接回应乔木的挑衅。

乔木没理他,径直朝排在船舷的高低床尾端的那张只有一层的单人床走去,伸长胳膊拉开了床上方的另一盏灯。勇鱼也坐到了旁边那张高低床的下层。这时他才发现,原来两排床之间的狭长过道的水泥地上画着一个白色的几何图案。这图案,坐在床上是看不清整体结构的。后来才知道,这就是乔木说过的原来那艘五十英尺长的帆船的内部结构平面图。现在帆船的配置,和平面图上画的没什么不同——两排高低床的位置和图上一样,标着轮机室字样的圆圈的位置上正好安放着柴油机。唯有厕所没对上号,图上画的是虚线,实际上现在用的也是仓库里原有的厕所。除此之外,所有的生活设施,甚至厨房,都和原来那艘五十英尺长的帆船是吻合的。

"多麻吉,你挑唆'boy'和我作对,还给他枪,把其他的武器都偷偷藏起来,这些,咱也没什么好说的,"乔木伸长脖子越过高低床上的年轻人,对他身后的多麻吉说,"咱自由航海团的武器都归你小子管嘛。再说了,就算是我现在手上有枪,也没有向'boy'开枪的道理呀!"

"你是想说,谁要是有意见,那是个人的事,是不?反正,我们大伙也不是根据什么章程走到一起的。"见乔木并没有发火,多麻吉冷冷地顶了一句,"要是事先有个章程,那,是你乔木违反章程在先。随随便便就把外人带到我们自由航海团的隐身处来的,是你乔木吧?现在想来,我们真不该就这么聚到你身边,要是先定个章程就好了。有了章程,就不会把眼看要死的'boy'像扔包袱一样搬到外边去了。我一出去,'boy'就没了,问你怎么回事,你说是'boy'病得厉害,把他扔了,是吧?亏你想得出来!"

"可不是嘛,乔木,这事你确实做得不地道!"缩哥也在一旁凑上了一句。他说话怪腔怪调的,既像是大人在说话,但却又尖着嗓门,有点像是录音磁带快放时那种怪调,让人听不清。显然,这话是故意说给勇鱼听的。

"我总不能让'boy'就那么拖下去吧,对不?你们想过没有,到哪儿搞药去?我们真的是把'boy'扔了没管吗?他这不是好了吗?你们这帮家伙,就为了发这点牢骚,竟然把枪交给'boy',挖个坑等着我跳。想撒气想疯了是不?"乔木也不甘示弱,把缩哥的话顶了回去,"除了这个,你们还能干啥?就这点能耐?"

"看我把这疯子宰了!乔木,就是为了杀他,我们才在这儿等着的。"这会儿,"boy"才扯着嗓门开腔了,听得出来,他的烧还没有完全退。

"你看看,这怎么回事啊?昨天还怕自己死了,一个劲儿在那儿哭鼻子,这会儿却在这儿叫唤,说这种话,长本事了啊!"乔木说着,不紧不慢地扭过头来看了勇鱼一眼。

"boy"可不理这一套。这会儿,他那张原本就没长多少肉的薄脸没了血色,看上去更薄了。紧绷的脸皮上尽是抽搐的疙瘩。勇鱼明白,自己现在的处境十分危险,而且,本应充当自己保护人角色的乔木也自身难保,"boy"正是看准了这一点才如此嚣张的。

"这枪里上的是散弹,你走开点,乔木!趁这家伙还没哭着叫饶,我这就打死他!""boy"枪口对着勇鱼,大声叫着。

"我凭什么要哭?!该哭的是你吧。你这浑小子!"勇鱼不甘示弱,回应了一句。

乔木瞪着勇鱼,顿时愣住了。他僵直着苍白的脸,不时抽动一下脸上的肌肉。以前从来没正眼看过勇鱼的那双眼睛这时候涨得通红,眼泪都快流出来了。而且,那眼睛还越瞪越大,死死地盯着勇鱼,连眨都不眨一下。——现在,就在此时此刻,我这脑袋眼看就要被子弹打飞了,真有点舍不得。距离这么近,说是散弹,其实也是散不开的,那爆炸力可想而知——勇鱼在心里对"树魂""鲸鱼魂"说。想跑掉几乎是不可能的了,无助感像一只巨大的湿手掌紧紧地捂着勇鱼。相比之下,与其说"boy"的枪口,倒不如说是乔木那一瞬间凝固的眼神使勇鱼意识到:面对冲向自己的高速运动体,闪身避开是根本不可能的,只能像一个可怜的孩子,乖乖地待着不动,作好承受打击的准备。此刻的自己,正是这样的易碎品。不过,直到这一时刻,勇鱼还固执地认为——我不相信自己真的会死。

"你为什么要还嘴?本来他就端着枪,为什么还要刺激他?"乔木见子弹马上就要出膛了,急得像热锅上的蚂蚁,赶紧插上这么一句。

"要说为什么,这事能怨我吗?"勇鱼慢吞吞地回答说。连勇鱼自己都不明白,自己这时候为什么能如此镇定。他只觉得,自己的舌根上像是拖着块铅似的——其实,那是因为此刻他脑海里闪出了再简单不过的理由,现在,他要把这理由梳理清楚,而且还得告诉乔木,而不是"树魂""鲸鱼魂"——

"实话告诉你吧,让我求他饶命?办不到!求了又能怎么样,真能捡回一条命么?我之所以不愿这么做,那是因为突然间我觉得:就算我没了,靖照样能过下去。他好像已经找到撇开我独自活下去的依靠了。这全得感谢伊奈子。既然我对靖不是不可或缺的,那么,我就完全自由了。干脆这么说吧,这样我就可以高高兴兴地去死了。这事,记得上次和你说过吧?"

乔木听着,紧绷着像是缩了一圈的黑乎乎的脸瞪着勇鱼。他无奈、焦躁的眼神,反过来映衬出了勇鱼说的理由的客观正确性。不过,勇鱼这时候还不相信自己真的会死。

"那,为树木奔走呼号的代言人的角色怎么办?谁来为鲸鱼充当陆地上的代言人?代言人没了,树木和鲸鱼该会多难受!难道说,你以前说的那些,只不过是说着玩的?"乔木情绪亢奋地哀求道。看来,他比勇鱼更真切地感受到了死的临近,更害怕勇鱼真的会死去。

"以前我说自己是树木和鲸鱼的代言人,谁也不信,我也没指望有谁会信。就连这世上究竟是不是真的有'树魂''鲸鱼魂',我也从不相信有人会信,"勇鱼接着说,"现在看来,你好像是信了。假如'树魂''鲸鱼魂'真的选定了我做它们的代言人,那么我相信,在我被人杀死的那一刻,它们会马上确定下一个代言人的。这一点,我也是刚想到的。我觉得,这世上一定有不少人开始过和我一样的遁世生活了。换句话说,适合做树木和鲸鱼代言人候选人的,多的是。在避核工事里生活的这段日子里,我也只是幻想自己是树木和鲸鱼的代言人,即便这样,我若是因某个不明不白的缘由、在某个不明不白的地方被人杀了,那我就会觉得自己确实是某种具有客观意义的东西了。下一步就该轮到你们商量如何处置我的尸体了。如果不是我主观上的自以为是,而是客观上我果真是那种人的话,那我就相信,这世上肯定有我的同类。难道不是吗?其实,从你们在我避核工事墙上用油漆画上符号、开始接近我时,我就觉得我的人生中要添加进新的经历了。现在知道了,原来是这么回事。"

说到这儿,勇鱼停住了。他现在显然处在一种相互矛盾的状态中,一方面,他要绷紧神经面对"boy"的枪口,另一方面,他内心深处的自我意识却又在不断地膨胀、深化。此刻,他沉默着,就像在给自己宣判死期似的,隐隐地意识到,这次,是自己活着的肉体和意识最后的沉默了。勇鱼紧张得甚至有些麻木了,此刻,他的意识陷入了稀薄空气中的那种模糊状态,已经不知恐惧为何物。见勇鱼已经处于这种进退不得的木然状态,还是站在端着枪的"boy"后面的缩哥迅速作出了反应。他在暗处尖声怪气地开口了,就像是被拖进沉默的龟裂上激起了一道道紫色的闪光。

"什么?树木和鲸鱼的代言人?怎么回事,怎么回事?""缩哥"连连惊叫了几声,生怕这一刻"boy"勾动了扳机。

"我不是说过了嘛!你怎么就没当回事?"乔木有些不耐烦了。

"你不是说着玩的吗?说是有个疯子什么的。还说什么鲸鱼快要灭绝了,逃到了北冰洋,这个疯子说自己能把鲸鱼的叫声翻译过来,对吧?可他,不是没疯吗?"

"他哪儿是什么疯子!他要果真是疯子,'boy'会担心他把我们的隐身处泄露出去吗?会想到要杀了他吗?还用你们在这儿给'boy'撑腰吗?"乔木狠狠地回了一句。直到这时勇鱼才知道,原来,在他们眼里,自己是一个带着一个弱智孩子隐居在避核工事里的疯子——至少当初是这样的。

"没错,只要听听他刚才说的那些就知道,他不是疯子。可是,我还是有点不明白——"缩哥扭过头来看着勇鱼问,"树木咱就不说了,我问你,假如鲸鱼真的灭绝了,死得一头都不剩了,你这个鲸鱼代言人打算怎么办?是不是会站出来向人类展开报复?比如说去偷颗氢弹来用用什么的?不然的话,成天待在那避核工事里还有什么意思?还有,你现在是不是在参加什么护鲸活动,比如说给什么地方写封信什么的?"

"他是疯子！他哪儿会有那种计划？你这个疯子！""boy"在一旁大叫起来，"乔木，这疯子做间谍、打小报告，什么都干得出来的！这疯子是在装，想保自己的命。这小子想去警察那儿讨好卖乖，他是怕警察！"

"想了半天，就这几句啊？你叫什么叫！"乔木原本是弯着身子站在勇鱼斜对面的，这会儿，他挪到勇鱼的正前方，狠狠地对着吼起来，"你他妈的，自己才真的像个神经质的婆娘，吓成这样，你怕什么？！"

勇鱼清楚地意识到，现在，从"boy"搁在膝盖上的枪到自己的头、肩部、胸口之间的这条线，换句话说，"boy"的散弹射过来时覆盖的这块圆锥形的空间，全被乔木的身体挡住了。他再一次感到了危险的临近，只觉得脸上、手上毛细血管中的血在沸腾，不过，这和恐惧是另一回事。

"'boy'，别开枪，再等会儿！他还没回答我的问题呢。"是缩哥尖着嗓门在叫，"问你呢！鲸鱼灭绝那天，你是不是打算站出来向全人类报复？要不就是……"

"在哺乳类里，鲸鱼最大、最善良，"勇鱼像是在尽自己代言人的义务似的，解释说，"没错，人类的滥捕，已经把鲸鱼赶到了灭绝的边缘，不过我觉得，活到最后的，恐怕还是鲸鱼。尤其是核战争爆发时，比起那些总是暴露在大气中的哺乳动物来，只要他愿意，就可以潜到水下去。你说，鲸鱼是不是比其他哺乳类的生存概率要大些？所以我认为，等到鲸鱼灭绝那天，恐怕人类这种哺乳动物也该灭绝了。那，也就用不着我去报复了。"

"有道理，我也这么觉得。"缩哥来劲了，"而且，人类还会比鲸鱼先出现灭绝的征兆，肯定的。可是，既然是这样，那鲸鱼代言人究竟是干什么的呢？是不是牵头组织一个哺乳类动物协会，呼吁大家保护鲸鱼,免得到时候人类和鲸鱼双双灭亡?果真是这样的话,你就既可能是间谍,也可能会去告密,和警方联手对付我们。你已经在用望远镜监视我们了,难道不是吗?"

"就是嘛!这家伙有一副棱镜双筒望远镜。""boy"这下得意了,插进来叫道。

"一边待着去,谁问你了?"缩哥懒得理会"boy",接着说,"在问你呢!如果不是为整个哺乳类说话,那,你这个鲸鱼代言人究竟是干什么的?"

"到了地球上陆地上海洋里的所有哺乳动物都灭绝了,树木也都枯死了的那一天,总会有个新主人出现的。我在想,到那天我该做些什么。"面对眼前这位露出赤裸裸的好奇心的局外听众,勇鱼情绪激昂起来,"我打算向这位新主人报告,以前这地球上的万物之灵不是人类,而是树木和鲸鱼,当然,人类和树木、鲸鱼的存在之间也有着不可置疑的关系。不过我又觉得,这未来的新主人肯定比人类高明得多,这些话,恐怕说了也等于白说。反正,我一直在想,哪天我们人类死得一个都不剩了,我该向新主人传递什么样的信息。这新主人若不是从太阳系外来的,也就算不上是新主人了,有的搞科普的,说是哺乳类灭绝之后,地球会成为一个蟑螂横行的世界,我可不想告诉蟑螂,树木和鲸鱼是多么伟大。"

"假如,我是说假如啊,""缩哥"大声叫着,从暗处向外走了两三步,接着说,"就算是大部分哺乳动物,包括人在内都灭绝了,正像你说的,鲸鱼是哺乳类中最强大的,所以它们会存活下来。到那时候,迎接地球新主人的,也就是鲸鱼和你这个它们在陆地上的代言人了。到时候,连树木也会和新主人产生心灵感应,能说话了。能参加这样的欢迎仪式,那真是太棒了!"

"这等好事,我可没敢想。我这个代言人没什么特权的。"勇鱼说着,从自己的声音里感到了一种毫无掩饰的悲凉,而这种感觉,正是由缩哥的狂热反衬出来的。——"我可没做这么好的美梦。我想做的,只是想让自己的现实生活仅仅限定在充当树木和鲸鱼的代言人这个角色上。除此之外,我不做任何有益于人类的事。就拿我养着一个弱智孩子这事来说吧,做这事,对人类的现在也好将来也好,也说不上是什么贡献吧。反正,我就这么啥也不干,只是静静地待着,等待树木、鲸鱼、人类都灭绝的那一天的到来。我想,假如我活得不同于一般人,只是在等待,那么,在来到地球的新主人眼里,我肯定会与众不同,到时候,我肯定能把自己的信息传递给他的。正因如此,我才整天躲在避核工事里,只要自己不想死,我就能活多久就活多久,直到地球的新主人到来的那一天。既然一般人干的那些事我啥也不干,只是等待,那么,像树木那样活着就是再自然不过的了。于是,我每天就当自己化成了一棵树。因为,对一个仅仅为迎接新主人的到来而延命的人来说,只有这样活着才是最合适的……"

"听听,你们听听!这家伙比谁都想多活几天。这种人,啥事都干得出来的,当间谍、告密、当叛徒,这些他都干得出来的!"

"给我闭嘴,你这蠢猪!谁在问你啦?""缩哥"尖叫着,想把"boy"压下去,"你是说,作为一个活在这世上的人,你什么都不为自己想,也不要求得到什么,只是就这么等着?你看破了一切,放弃了做人的所有权利,每天就这么等着,这是为什么?是因为热爱树木和鲸鱼到了这个地步?是因为宗教?认为树木和鲸鱼是神?我看不像。听了你刚才这番话,要说神是你说的那个新主人我还信,说树木和鲸鱼是神,我不信。我说的没错吧?树木和鲸鱼怎么可能是神呢?"

"树木和鲸鱼当然不是神。说鲸鱼是哺乳类中最强大最好的动物,这是最合适的,它的层次不能比这个更高了。不过,相比之下,树木就有点接近神了。就算所有的哺乳类都灭绝了,树木还能存活下来,说不定,新主人也会和它和谐相处的。虽说我也见过因核辐射细胞发生变异的树叶,但在广岛、长崎,遭受原子弹轰炸不久后树木就恢复了生机。我甚至觉得,无论自然环境发生多大的变化,树木都可以存活到新主人统治地球的时代。"

"我也这么觉得。尤其是用照相机拍树木冬芽时,那爆发力,真了不得!"缩哥附和着。

"当然,树木不是神,它毕竟终归还是会死的。"

"可不是嘛!连'鲸鱼树'也不例外。"乔木插了一句。

"疯子,你们这些疯子!""boy"大叫起来。

"boy"的枪还搁在膝盖上,枪口仍然对着勇鱼。他焦躁地高声叫着,浑身上下透出对勇鱼的憎恶,随时都可能扣动扳机。缩哥晃晃悠悠地迈开他那比例和身子极不协调的双腿,慢悠悠地绕到和"boy"待着的那张床和勇鱼、乔木两人的床的位置呈等角三角形的那张上下铺的旁边,爬上上铺,把吊着的裸灯泡扯到头的正上方,然后又下来稳稳地坐在床上,好像根本就没把端着枪、亢奋至极的"boy"当回事。不过,他做这一连串动作,显然意在稳住端着枪的"boy"。现在,"boy"身后只剩下一声不吭的多麻吉了。

"'boy'呀,'缩哥'现在不帮你了,他回到自己铺位去啦!多麻吉怎么想的咱不知道,反正,少了一个帮你说话的啦!你就等着孤军奋战吧。"乔木在拿神情紧张的"boy"开涮。

"就是嘛!要我说啊,与其把这男人当做间谍杀了,还不如请他入伙,这样还好些。"缩哥说。

"我凭什么相信他?缩哥你怎么回事?也信他的。你们凭什么相信他不会把我们'自由航海团'的事捅出去?"——"boy"又和倒向敌方的缩哥较上了劲儿,"咱们不是说好了,只要吓唬吓唬他,说要绑架他的傻儿子,他就会服服帖帖,让他干什么就得老老实实地干什么吗?这话可是你乔木说的!可现在呢,这家伙说了,没了他,儿子照样能自个儿活下去,对不对?就是说,现在就算是绑架了他儿子,他也不会当回事了。他能不去告密吗?你们打算怎么办,想把他在这儿关到什么时候?"

"用得着关他吗?你他妈真傻,让他入伙就行啦!这人收进来没事的。"缩哥说,"他可是一个只等着世界末日的人,哪像你这没毛的嫩小子,动不动就哭爹喊娘的。"

"不行,绝对不行!不管他现在活得和别人怎么不一样,总有一天会回头的。这家伙本来就是一个社会上的人,坚持不下去的。乔木你不是总在说吗?不是被社会踢出去的,而是自己走出去的,这样的人,肯定哪天会自己主动回到社会上去的。这话是你说的吧?""boy"这时已经是在哀求了。

"乔木说的正好相反。他说了,要么是自己主动脱离社会的人,要么是自己拒绝进入社会的人,只有这两种人才行。你小子想错啦!"

"那你呢?你不是身体开始萎缩了才跑到我们这儿来的吗?你那身体萎缩,是自己愿意的吗?瘸子和疯子,是自己主动要求成瘸子疯子的吗?"

"我既不瘸也不疯。要不,我这就让你见识见识?"说这话时,缩哥还是尖着嗓门,不过声音明显变粗了,还有点沙哑。

一场赤裸裸的暴力剧在勇鱼眼前迅速上演了。好几次,勇鱼甚至不得不承认,自己回想整个过程的速度,远远跟不上眼前展开的动作画面切换。令人惊奇的还不仅仅是速度的快——那些动作、反应虽然是断断续续的,然而由于它们转换的速度太快,以至于好不容易才能把它们连贯起来。整个过程,勇鱼一直是从缩哥的右侧斜后方观察的。当缩哥腿后面的肌肉滑过床沿站到地上时,勇鱼发现,他的个子看上去实在太矮了,甚至令人怀疑他简直就是个侏儒。他的两条腿很短,简直像是在用膝盖走路。那抱在胸前的双手显得特别短,就像在胳膊肘那儿切掉了一截似的。相反的是,他的上半截甚至特长,肩特别宽,胸相当厚,屁股翘得老高,结实的双肩中央笔直地耸着一个大脑袋。奇怪,刚才还是晃晃悠悠地走着的,可现在,缩哥突然像换了一个人似的,他跨着轻快的步子,笔直绕过海图台的侧面,根本不把"boy"对着自己胸部的枪口放在眼里,走上前去就猛地给了"boy"一记重重的耳光,把他扇倒在地上。"boy"挣扎着爬起来,端起手里握着的猎枪指向了缩哥的鼻子。缩哥不躲闪不说,还像乌龟咬猎物似的一口咬住"boy"伸过来的枪管,然后,就这样像一只鼓着腮帮的鼯鼠似的嘴里紧紧地衔着枪管,伸出手里抓着什么东西的那只圆滚滚的胳膊,朝"boy"的后脑勺一顿猛捶——原来,他手里握着的,是放在"boy"床边的那只升帆用的滑轮。只见"boy"裂开的脑袋上顿时鲜血直冒,顺着缩哥手里的滑轮像抹掉的汗水一样四处飞溅。

"boy"发出一阵阵哀号,躲到了床后。几乎就在同一时刻,乔木大声叫道:"小哥,快住手,别把'boy'整死了!"

缩哥松开口,把叼在嘴里的猎枪放到床上,大概是枪口一直压迫着喉头的缘故吧,"呸"地大喊了一声,在躺在床上的枪上吐了一口,那声音,绝不比"boy"的尖叫声逊色。

即便到了这一步,缩哥把嘴里的东西吐干净了还在接着叫:"你小子,别跑!"——"boy"没朝楼梯口跑,他只是跑到墙角里背对这边蹲在地上,在那儿一个劲地哭。

"看见了吧?'boy'就这德性,旧伤没好又添新伤,没完没了。"乔木原本苍白的脸这时涨得通红,眼睛里也充着血。他扭身看着勇鱼,说。

"我就待在这儿,看他哭到啥时候。没法子,对他,只能这样。"缩哥已经平静下来了。他尖着嗓门说了这么一句,朝自己的床位走去。

大家都一声不吭地默默待着,地下室里只剩下"boy"的抽泣声。他柔柔缓缓地哭着,与其说是在发泄心中的愤懑,倒不如说是在呼唤与同伙和解。

又过了一阵,一直在一旁一言不发地旁观的多麻吉起身走到那一排高低床前捡起了"boy"扔下的枪,然后掏出一块棉布,在那儿擦起缩哥吐的脏兮兮的口水来。也不知是出于枪管家的责任心还是出于对枪执着的热爱,反正,他擦得格外小心。勇鱼借着灯光看着多麻吉的一举一动,只觉得他的脸型,还有他顺滑的黑皮肤,多少有几分像是可怜的"boy"的什么亲人。擦了一阵后,多麻吉冷不丁地嘀咕了一句:"其实,这枪的保险还没松开,要是'boy'察觉了逼着我教会了他,恐怕事情就不是现在这个模样了。"

第八章 "缩哥"

最后,还是多麻吉把"boy"扶回了他自己的床位。灭灯后,他独自躺在暗处,时而哼哼地呻吟几声,时而昏睡一阵,还不时压低自己的呻吟声,想听听大家在说些什么——就这么周而复始地交替着。而勇鱼他们,却只能傻坐在那儿等着时间一分分地过去——不是为了监视"boy",而是想等到天黑后趁着夜色把又添新伤的"boy"抬回避核工事。这四个人,若想利用这段时间出去吃顿饭回来,那是不可能的——"boy"最怕的就是大家扔下自己不管。他不时呻吟几下,就是为了拖住大家。勇鱼也不想和乔木他们分别行动,自己一个人先回到避核工事去。他知道,天渐渐暗下来了,自己要想一个人从来这里时经过的那条七弯八拐的水路摸回去,谈何容易!他想过了,要想从这个"自由航海团"里逃出去,只能驾着小船走这条水路。现在他之所以留下来,绝不仅仅是因为怕麻烦——刚才那场打斗沉静下来后,大家都沉浸在一种亢奋的情绪中,在这种气氛的感染下,勇鱼也和缩哥一样,陷入了一种沉默掩饰下的亢奋。他知道,在这种时候,一旦有谁打破沉默开口说话,其他人肯定会凑上去说个没完的。

多麻吉诡异得很,他一直在那儿一声不响地待着,也不知心里在想些什么。乔木就不同了,对别人没完没了的胡侃,他是持积极态度的。日后每次回想起这天谈话的内容时勇鱼总是觉得,乔木参与大家胡侃时说的那些话,无非是在表示附和,再不就是趁势捣乱,把对方的话打断。凭借自己回忆往事的想象力,勇鱼得出结论:那天傍晚大家谈论的,原本是一个阴郁、残酷的话题,可是,就连这种阴郁和残酷,也被乔木不失时机地插科打诨淡化了,从而显得合情合理。"boy"的暴跳如雷、疑惑不解、痛苦呻吟,还有多麻吉的沉默不语,当这些因素交织在一起时,正因为有了他那些阴阳怪气的随声附和,那天谈话的气氛才能保持相对的平衡,才得以不伤和气地继续下去。

这会儿,乔木仰面躺在自己的床上。另一张高低床上,下边坐着缩哥,上面躺着多麻吉。这两张床的对面是海图台,海图台前放着一个当椅子用的浮标。现在,勇鱼就坐在这浮标上。若是入了伙,按说他是应该有自己床位的。考虑到刚挨过揍的"boy"的情绪,勇鱼这才没坐在床上。对床上躺着的乔木,勇鱼这时已经怀有几分亲近感,一来两人在一起谈过"鲸鱼树",二来他在"boy"前护过自己。所以,即使乔木不时阴阳怪气地说自己两句,窃笑几声,他也没觉得反感。而对刚才还站在"boy"一边、对"boy"想开枪打死自己没表示反对另外那两个人——一声不吭的多麻吉自不用说,即使对这时正胡吹乱侃的缩哥,勇鱼也老是觉得,他的身体、他的意识都还裹在一层令人琢磨不透的膜里。反正,对他们两个,现在还不能掉以轻心。刚才勇鱼和缩哥说话时,他们两个都扭着头,而不是正眼看着对方。勇鱼甚至怀疑,含有某种信息的信号枪一响,他和缩哥将会擦肩而过,各自朝相反的方向奔向自己的目标。而待到他们头盖骨下面深处近似由脑细胞神经触发的静电火花的信号枪再次鸣响时,两人肯定又会戛然而止,扭过身来绷着铁青的脸,心怀憎恨和恐惧,死死地瞪着对方。正是出于这样的警觉,勇鱼才一直没敢对缩哥放松紧绷的神经。于是,地下室里就出现了这样的一幕——勇鱼和缩哥侧着身子和对方说话,乔木偶尔发出一声低沉的怪笑,而多麻吉则是在一旁侧耳细听、沉默不语。就是在这样一艘载着这样一群各打着自己小算盘的船员、漂泊在诡异的大海上的地下帆船的船员室里,勇鱼不仅对着"树魂""鲸鱼魂",而且还对着靖那只通向已经白浊化的昏暗小水洼的耳朵作了一番以前绝对不曾作过的冗长的"自白"。——在刚进避核工事开始隐居生活的那段日子里,勇鱼有时不得已必须外出,在外面跑累了就喝点酒。结果,酒精翻搅起的憎恶被他带回了避核工事。于是,他便开始没完没了地给以前的熟人、朋友写信,对他们的所作所为兴师问罪。在一个隐居在避核工事的人眼里,大凡世人,无一不是有罪可问的。所以,他给所有自己以前认识的人都写好了信。在"到了明天上午说不定自己就会后悔,觉得这信真不该发"的念头的驱使下,反过来也就是说,在"仍带几分清醒,还能意识到像这样给人发信简直就是醉汉的傻瓜行为,这样做将导致不可挽回的严重后果"的心态下,他反而催促自己赶在拂晓前一路小跑着赶紧去把信投进了邮筒。——这天傍晚也一样,其实勇鱼心里明白一个小时后自己将会后悔,恨自己此刻所为是人生中最失策的隔日醉,但他却把自己的"自白"作得更彻底、更毫无保留了。

其实,直接点燃勇鱼作"自白"欲望的是缩哥。因为在此之前他作了一通连篇累牍的讲演。尽管那些诱导元素都隐藏在深处,但他说的很多细节里都显露出激发勇鱼作冗长"自白"的引水。和乔木不同,缩哥的身体有着显著的个性特征,不过他们两个看上去年龄差异并不大。尽管外表看上去年轻,可实际上,缩哥的实际年龄比勇鱼还大,已经是四十岁的人了。年龄这一因素对全面了解缩哥是至关重要的。再说,就连缩哥本人也在竭力强调自己年龄的作用。

"话要从我三十五岁生日那天深夜说起,"开始谈自己经历时,缩哥首先强调当时自己已经走近了青春的尾声。如果他说的是真话,那就意味着,以下所说的他身体"萎缩"的过程,是他本人能亲身意识到的。满三十五岁那年,他还是一个专业摄影师,那天,他喝醉了。半夜醒来,他又接着喝了几口。喝着喝着,他突然觉得有一个毛糙糙的、暖暖的、类似弹子球的东西在顺着自己脊梁骨间的凹处滚来滚去,时而向上,时而朝下,闹得他心神不宁。他再也坐不住了。家里人都静静地睡着了,而他却不开灯,像狗一样伸着长长的舌头,一个人在那套三室一厅的房里转悠起来。过了一会儿,他又鬼使神差地脱光了衣服,裸着身子蹲到了体重秤盘上。人刚一接触到盘面,垂着的阴囊立刻成了皱巴巴的一团。找来手电筒仔细一看,体重秤上显示的数字竟然比自己以前的体重下降了两公斤!那,脊梁骨上滚动的弹子球又是怎么回事?于是,他又跑到厨房和餐厅间的细柱子旁,背紧贴在柱子上,把手放在头顶,像天牛啃树皮一样,发着吱吱的声响,用指甲在墙柱胶合板的木纹上刻下了一道印迹,想看看自己的身高是否也发生了变化。他折腾着,心里有一种不祥的预感——看来,自己的人生正在面临一场重大的转折。一想到自己的人生,他不由得用手掌按了按头顶上那块与众不同的凹坑。记得小时候,他经常拉着小伙伴的手,让他们摸摸自己头顶上那块容下五汤匙水都不成问题的凹坑,把他们吓坏了不说,还因此从他们那儿赢来了不少小玩意。以前他一直认为,自己头顶上那块与众不同的凹坑,是自己有着不同于凡人的贵人命的证据。这会儿,他越想越觉得可怕,越按越希望有什么东西能撑住自己那贵人命证据的头顶,可是,除了觉得在手掌的压迫下整个身子似乎都在往下陷,他一无所获。现在他清晰地意识到,自己的身体和灵魂里正在发生某种致命的变异,而且这种变异以后还会越来越高节奏地清晰表现出来。他用尺量了量从墙柱根到看上去像鼻涕虫爬过的痕迹的那条自己刻下的指甲印之间的长度。之所以这样做,也只不过是为了给自己不祥的预感找到相应的物证而已。果然,他发现,自己十九岁停止长高后办护照时填在表上的那个永恒不变的数字,现在已经彻底失去了效用——他的身高竟然突然间减少了五个厘米!他萎缩了!而且他还相信,自己以后还会不停地继续萎缩下去。

由体内尺寸感意识到的萎缩和用卷尺测量后得到的数据的一致性,实在是一件令人恐怖的事。一想到自己的身体将呈加速度地萎缩下去,最后缩成猴子一般大小,内脏被挤压得乱成一团,打两个喷嚏就会当场丢掉性命,他顿时像泄了气的皮球似的,觉得人生再也没有什么意义,一个人在黑暗中悄悄地抹起失落的泪来。不过,在这一抹眼泪的洗刷下,这些年自己身上那些剪不断理还乱的肉体和意识的乱麻结顿时解开了,虽说身体的萎缩不是什么好事,但它毕竟给自己带来了一种摆脱心结束缚的畅快感。他再一次深切地预感到,从此以后,自己生活的所有意义、一切目的都将和这日渐萎缩的身体密切相关。——眼泪,已经把刚才弹子球沿着脊梁骨时上时下时的焦躁感完全冲刷得烟消云散了。

尽管酒精饮料还在皮肤表面燃烧,可这时他已经不再觉得那酒精是烧在自己身上了。他回到自己兼作寝室用的暗房,一站到工作台前,他就觉得这桌子怎么看怎么别扭。他想了想,马上找出几本旧杂志垫在座椅腿下,把座椅高度提高了三公分——既然整个身子萎缩了五公分,那么,腿部的变化大概也就是这个数吧。坐上椅子一试,还真舒服,马上找回了坐在高度正合适的桌子前的那种放松感。不过,刚坐下不久,一种自怜的情绪就涌上了心头,为了抚慰自己,最后,他掏出了自己的阴茎。

"奇怪的是,这家伙不仅没缩小,反而变大了,这不还没勃起嘛!于是我就想,或许是因为整个身体缩小了,于是那些保持原来尺寸的部位,比如头啊、手掌啊什么的比例就显得大了吧?"缩哥还在接着说,听到这儿,乔木只是偷偷地笑笑,而多麻吉还是默不吱声。"不对,就算是比例变了,也不会有这么大呀!你们不信?我告诉你们,身体在不断缩小,走向灭亡,而阴茎却正好相反,就像是最后绽放的焰火,越到后来越光彩照人。这事啊,后来通过别人的反应还得到了证实呢!算了,你们不会信的。"

"这事,我也想过,觉得说不定还真有这个可能。那年在美国参加政治秘书暑期培训班时,还真碰到过这么个人,和你刚才说的情形很相似。"勇鱼想起了往事,明确地回答说。

"真的?是个男的还是女的?他缩成什么样了?""缩哥"来了兴趣,想问个究竟。

"他是个用英语写作的作家,加拿大裔的美国人。他的腿一年比一年短。正是通过这个作家我才深切体会到了一个身体正在萎缩的男人肉体上的魅力。"

在那个兼作作家的加拿大裔教师眼里,勇鱼远不止是他暑期培训班的学生,事实上,他是把勇鱼当作挚友的,每年圣诞节他都会给勇鱼寄来贺卡。卡上总是印着他本人当年新拍的肖像。从这个长着圆点般小眼睛的男人的全身照上看,那只一年比一年短的腿上穿着一只加厚底的增高鞋不说,他显然还对自己的双肩是不是保持着水平特别留意。这还不算,他身边还总是站着当年交往的女朋友。头两年卡上的那个女的,勇鱼也见过,那是一个俄罗斯裔的女人,据传是这位作家从他一个当教授的同事那儿挖过来的。后来,每年的卡上都会出现不同的女人,她们各有着不同的魅力,每个女人都紧靠着作家站着,眼神里无一不明白无误地流露出对他深深的依恋。

勇鱼发现,他脚上那只给萎缩的右腿增高的鞋,每年圣诞节都会加厚一公分,让人看了心疼。不过,他本人却好像不太在意,总是朝一旁扭着乌龟样的下巴,尽力克服增高鞋带来的不平衡感,昂首挺胸地站在那儿。身上那件多年不变的格子西服的大垫肩旁,总是靠着女人，有墨西哥的，有中国的，有日本的。最后收到的那张圣诞卡上，是一个温情脉脉地靠在作家的肩头上的金发垂肩的大个子女人。一个腿严重萎缩的中年男人竟然能把这样的女人打理得如此妥帖，真不明白他究竟是怎么调教的。

"哦，这事啊，我也一样！"缩哥申明说，"好久没和年龄相仿的人聊过了，说起来就是投机，你说呢？没错，我是在不停地缩，但我觉得这是很自然的事。甚至不觉得它是一种病态。人长到一定程度后剩下就应该是死了，可我却是往小里缩，按说这是反自然的，不过一旦习惯了，就会觉得萎缩本身是一种充满生命活力的自然体现，和生长旺盛期身高的增长是同一个道理，身体的萎缩，对大脑中的荷尔蒙、情欲冲动什么的也是会产生刺激作用的。"

"小哥你不愧是色情大师啊，想在这儿显摆是不？"乔木冷不丁刺了一句。"缩哥"懒得理他，接着说，

"当然啰，这也是一种悲剧——我和老婆那事变得不顺了。我老婆的身高，和我萎缩前差不多，也算得上是个大个子，而且后来还长胖了。我萎缩了，和这样的女人性交时，总觉得怪怪的，尤其是在我的意识中总觉得有点不自在。那种这女人的身子属于我的感觉，再也找不回来了。虽说在让她满足这点上比以前好多了，但毕竟性交时我脑袋里吹进了一股透心凉的风。或许是因为性交时我心里在想着到了自己身体萎缩得更厉害的那一天我们性交时的情景的缘故吧——把自己的大脑袋放在妻子腹部肚脐眼上，两只手抱着妻子的骨盆，像乌龟似的——有时候，眼前一出现这景象，阴茎就软下来了。于是，我就去找新的女人，结果又是一样。起初，那模样可真怪，现在想起来都觉得恶心。性交过程中，我总是对着对方不停地大叫，'救救我吧！'你看小说吗？记得有个法国作家曾经说过：'想打着做爱的幌子把自己的痛苦强加给对方，世上哪有这种好事？结果必然是

偷鸡不成蚀把米,自己的痛苦一点都没少。于是又从头再来,再加把劲想把自己的痛苦塞给人家。'身体萎缩之前,我对这句话怎么也不理解。因为以前我一直认为,性交归性交,自己的痛苦只能自己了断,用不着强加给别人,更别说是强加给女人了。可是,身体萎缩后,对那些哭喊着、抽搐着在高潮门口晃来晃去的女人,我越发死死地按住她们,心里在想,她们是被萎缩带给我的烦恼同化了才成这样的。没错,转移痛苦不像传染脓包那么容易,就像那作家说的,确实还得从头再来,还得再费点劲。好在每次当我想从头再来时,总能轻易把新的女人搞到手。因为我身体越是萎缩,阴茎就越发显得长、显得硬,每时每刻都在向外发散着乙醚般诱人的味道。我的肉体,尤其是在那些墙里嵌着镜子的情侣旅店里,效果特好!不管我怎么由着性子胡来,女人都觉得自己是在折腾一个有残疾的男人,心里过意不去。当然啰,我内心深处也还是意识到了自己是个萎缩男人的。说实在的,我觉得自己对女人已经不具备那种资格了。这两种心态相辅相成的结果就是,我成了女人眼里无比温柔,而且有着奇怪的肉体的男人,说白了,成了《巴黎圣母院》里的那个卡西莫多。女人们梦寐以求的,不就是这种男人吗?还有,我毕竟是个身体萎缩了的男人,长时间卖力玩命之后,一旦射精,就马上露出病恹恹的孩子那种神情,而这种神情,反过来又给女人注入了再次和我约会的动力……"

就这样,他不断地和各种女人保持着性关系。转眼之间,他进入中年了。就在他的潜意识里对自己还能在无意中发掘新的性体验已经不再抱多大幻想的时候,缩哥又有了新的发现。一天,和女人性交过后,当两人迷迷糊糊昏睡着时,他突然觉得自己背部到屁股那一片的感觉有点不对劲。睁开眼睛一看,那面嵌在墙里的镜子里映出的自己,就像一只贫齿目三趾树懒,两只又短又粗的胳膊紧紧地抱着身子,又长又大的阴茎黑不溜秋地挺立着。身后,女人双膝跪在那张简易双人床上,腰上捆着根不知哪儿弄来的假阴茎,正在他屁股上倒腾着。他是横躺着的,看来这女人显然是打他肛门的主意,但结果那假阴茎只是在他尾骨前后晃来晃去地敲击。从梦里一直延续到现在的这种感觉,使他的缩得更紧了,越来越软,像个孩子,格外讨人怜爱。他沉浸在幸福的愉悦里,浑身颤抖着。原来,这假阴茎是小姑娘为助兴从房间里那台自动售货机里取来的性玩具。现在,他静静地看着小姑娘那张亢奋得像猴的脸,整个身心都在期盼着背后那神一般的物件向自己靠近。而小姑娘呢,她一心只顾低头看着捆在自己腰间的那玩意,根本不知道他是醒着的。——这些,都是缩哥自己说的。他还说,他看过有关刚出生的婴儿手淫的医学报道,觉得一个刚从母亲胎里来到这个荒凉的世界的婴儿,沉醉于用这样的方式排遣寂寞,这是无可指责的。他此刻的心情,和医学报道中的婴儿没什么两样,而眼前的小姑娘,正好相当于那婴儿的母亲。他咿咿呀呀地愉悦地呻吟着,想在她面前撒撒娇。……他十分看重这次的感受,下次和小姑娘见面前,他是事先买好了那玩意带去的。不料,当他把性玩具拿出来时,小姑娘只是臭骂了他一句"变态!",从此再也没有碰他一个指头。

这样一来,为了在自己缩成孩子般大小之前先一步拥有自己的未来,缩哥只好把目光投向了名声最坏的低档花柳巷。每当他带着包着假阴茎的纸包坐上电车,想象着明知可能会被陌生女人侮辱却又厚着脸皮求对方对自己做那些下流的举动的情景时,就自我陶醉起来,心里咚咚直跳,觉得即便是在郊外车站擦身而过的那些土里土气的女高中生也个个清纯得色眯眯的,浑身散发着诱人的味道……

说到这儿时,缩哥莫名其妙地叹了一口气,也不知究竟是什么触痛了他的神经。

"你没强奸高中女生啦?比如说把假阴茎套在自己的家伙上。"乔木嘲弄了一句,"咱们小哥不是梦里都想过有个女高中生在紧身运动裤上套上假阴茎主动来鸡奸自己吗?"

"还是乔木你了解我啊!"缩哥尖着嗓门顶了一句。乔木顿时没了兴致,只好应道:

"你不是说过好几次了嘛!"

"我想啊,要是就那么活下去,岂止是得上肾虚缩成一团,恐怕早就成干尸了,真的。再说,说起来不好意思,这也正是我希望的。可是后来,我遇到了结婚之前心里想着的那个女人,我们十几年没见面了。这下,一切都变了。你读过陀思妥耶夫斯基的《白痴》吧?肯定看过是不是?那本小说,谁都会看的。不过,包括乔木在内,自由航海团的人,没一个人看过,哈哈!那篇小说的女主人公是个女的,叫纳斯塔西亚·菲里波夫娜,你们可千万别以为我想把重逢的女友比作她啊。"

"那是当然!"乔木模仿着缩哥的尖嗓门,调侃了一句。看来,这乔木是看过《白痴》的——勇鱼心里想。

"我只是觉得,我对这个女友的态度,和罗戈任,还有他那个朋友梅什金公爵的态度有点像。十年前,我对她的态度像梅什金公爵,这次重逢后,我就成她的罗戈任了。在女友眼里,我身上的这种梅什金和罗戈任双重性格,有点像是一张叠印的照片。也就是说,她终于一下子同时得到了以前没得到的两个真正的情人。难道不是吗?"

"是啊,得到了你缩哥嘛!"乔木说,"两个俄国人变成了一个,还是浓缩的,肯定把你当宝贝啰!"

"在她的心目中,我原本是一个明知两个人相爱却走不出那一步的男人,面对这样的男人,渐渐地,她也变得保守了。于是,后来我们的关系就发展不下去了。可是现在,她心目中的那个男人变成了——让我怎么说呢——变成了追求快乐的化身？反正,变成了一个能一连几个小时全身心投入性交的男人。她一举享有了精神的愉悦和肉体的慰藉。之所以说是慰藉,那是因为我给她带来了莫大的快感。她是一所私立大学的教师,一个人住在用父母留下的遗产买来的公寓里。于是,我总是买好做晚餐的菜提到那儿去和她幽会。在她做饭的时候或是我们两个面对面坐着吃饭的时候,我就成了十年前的梅什金公爵,说个没完,她时常喝点酒,然后带着醉意饶有兴致地听我胡侃。说着说着,我们觉得书桌旁的那张床窄了点,办起事来太不方便了。于是,收拾好碗筷后她就又打了一个地铺。直到现在,我都能想起当时她那张好像突然从一个小姑娘蜕变成中年女人的脸。看着她忙碌的身影,我在一旁不住地赞赏着,完全虚化了自我。你们说,这叫不叫爱的筹划①？一上她铺好的床,我立刻就化作罗戈任,攀向性的顶峰。我的阴茎三个小时里都硬度不减,她的高潮也是正弦曲线形的,那一刻,她的神情真是美妙极了。在我射精的那一瞬间,她那像手指头围成的圈那样的阴道,突然间无力地松开了,当时,我觉得自己脆弱的内脏像是被扯散了架似的……"

"你这个变态狂,真不要脸！""boy"在一旁低声骂了一句。

"待到她从高潮中舒缓过来了,我马上躺到她身旁。虽说我的身体、我的性能量全部耗尽了,但心里却无比充实,深切感到自己刚才是淋漓尽致地做了一次爱的筹划。这话的意思,你们该懂吧？我的手在女友身体上游弋着,静静地对她说,'你静静地躺在这儿,就像是死去的纳斯塔西亚·菲里波夫娜,我呢,虽说是一个人,却像是梅公爵和罗戈任两个同时躺在你身边和你共度良宵！'听了这话,她

---

① 日文原文为"投企",源自德国哲学家海德格尔 Entwurf 一词。

身子抽搐了一下,我想啊,她那是让我感动的……"

"人家那是恐惧!你这个变态的男人,是不是把她杀了,在这儿糊弄我们?""boy"插进来这么一句,缩哥也懒得理他,只顾自己接着往下说:

"一天,她趴在床上,规规矩矩地高耸着屁股对着我,我一边看着她那看上去就像是皮肤上张开的一条伤口的阴道,一边用拇指使劲朝露着茶色花蕾那地方捅去——那儿太刺激了、太可爱了。就在这时,她突然像鸟一样地尖叫起来,以前我从没听见她这么叫过的—'不要!不要!你别……!'接着,她猛地扭了一下腰,把我甩到了一边。你们猜,她后来怎么着啦?她竟然马上起身拨通了我老婆的电话!说话时两腿间还在往下滴着什么东西,在地毯上留下了一块块印迹。"

"是血!那是血!你这个变态,把人家腹膜给捅破啦!""boy"在一旁高声叫起来。

"在电话里她是这么说的——'他要杀了我,想杀死我,然后像梅什金公爵和罗戈任那样在我身旁躺着!'我老婆和她本来就是大学同学,连误解别人的方式都一样,所以一听就明白了。后来老婆和我闹了一阵,反正最后的结局是:她和我的女友联手,把我送进了精神病院。哦,对了,等我从精神病院逃出来后,马上和她们两个彻底断了来往……"

"你这家伙,你可是杀了老婆、杀了女友逃到我们这儿来的哦!"

"我谁都没杀。""缩哥"只回了"boy"这么一句,然后又接着说自己的:"要说我那女友为什么突然间这么排斥我,我想啊,是因为那天我身体的萎缩程度远远超出了她对人的身体的认识。从那天起,在她眼里,我已经不再是我,而是一个怪物。大概是眼看就要成怪物那阵子最能激发女人的性欲吧,最后的那几次,她疯狂极了,反倒吓得我不轻……"

到这会儿,缩哥不再往下说了。乔木尽管脸上挂着几分怜悯,不过说出的话还是带着嘲笑的意味:

"小哥好像最近没做爱的筹划了吧?你看上去似乎对女人失去兴趣了哦!"

"我缩得太厉害啦,什么样的女人都配不上了。"缩哥说这话时,声音里透着几分凄凉,"而且在我心里,觉得自己缩得比别人看上去还要快。现在,我眼睛看世界时达到的最自然的高度,正好和孩子、狗看到的高度差不多。拍照时拍下来的,尽是些孩子和狗眼里看到的东西。那些高出孩子、狗看到的高度的东西,比如说成年的女人,已经不在我的视角范围内了,更何况我还在继续缩……"

"他呀,明明是个摄影师,却把自己拍的照片掖着不给人看,连哥们都不让看。"乔木补充说。

"boy"像个体力已经被病魔消耗殆尽的病人似的,想要缓缓地坐起身来,他先扬起通红的脸,然后吃力地抬起上身。他的举动,引起了大家的注意。终于,缩哥尖着嗓门叫起来:

"喂,怎么回事,你这是醉啦?"

谁都能一眼看出,"boy"这是在发烧。显然,他嘴里吐出的不是刺鼻的酒气,而是病人特有的那种潮热的闷气。他总算直起身来,打算盘腿坐稳,可是身子不听使唤,上半身不住地摇晃着。一直默不吱声的多麻吉起身走到乔木身旁,也不知对他低声说了些什么。这些,勇鱼也懒得理会,他只是在一旁无所事事地看着"boy"头上那圈被已经发干的血染成葡萄酒色的绷带,再就是那张因发烧而红得发黑的脸,还有那一道道红得更黑的伤口。

"你为什么要把外人带到自由航海团里来?还是个有些年纪的外人!""boy"低得几乎听不见的声音里充满了敌意。

"什么叫有些年纪？照这么说,阿缩不是也有些年纪了吗？"乔木劝解道。

"缩哥没事,他不会离开我们跑出去的,只能待在我们这儿慢慢地缩下去。"

"被打成这样,'boy'竟然一点都不恨'缩哥'。"多麻吉像是在自言自语。

"为什么把外人带到自由航海团里来？""boy"又扯着嗓门问了一遍。那声音,听起来更像是一只小虫在哼哼。

"因为我们需要他。"乔木说,"我是想请他进我们'自由航海团'。他可以帮我们说话。我们'自由航海团'搞到今天,却没人说得清我们做这些是为了什么,不是吗？你们谁能说清楚？阿缩那张嘴倒是挺能说的,可是说的尽是些疯话,我没说错吧？我一直在找一个人,希望这个人能用语言把我们想干的事表达出来。现在终于找到了,就是他。说自己是树木和鲸鱼的代言人,这种事,一般人是不会信的,可他不是说得让我们信了吗？需要有一个人也帮我们干这种事。"

"语言什么的,要它干吗？不要！""boy"还是不接受。

"你们想过没有,要是哪天我们被警察抓住了怎么办？你不是差点被抓走了吗？"乔木一改刚才不紧不慢的嘲弄腔调,冷冷地说,"到了警察那儿,我们该怎么说？"

"啥也不说,不是有沉默权吗？"

"你说的没错。可是,我觉得我们还应该有自己比沉默更有分量的语言。"

"没错！"缩哥也插进来说,"记得当年黑人运动时,激进派被警察追捕,和警察发生了枪战。他们的领袖一直坚持到最后,不过还是牺牲了。——那年,我正好在美国摄影,是从报上看到的——临死时,他含着泪对那些准备投降的同伴说：'你们绝对不要写悔过书,绝对不要给家人写信,要一直保持沉默!你们最有号召力的理论就是你们自己那张沉默不语的脸!'"

"没错,我们什么也不说就行了!"

"可人家那是在搞革命,"乔木接着说,"人家的口号,喊了一百年了,即使不说别人也知道他们想说什么。可是我们呢?我们要是什么也不说,人家是不会理解我们的。更可怕的是,警方还可能会胡乱编出一套话来,说是我们自己说的,拿到报上去发表。到那时候,即使我们想把自己要说的话传到监狱外边去,可是却不知道该怎么说,那怎么行?"

"我们不会被抓住的,我是说,要是逃不掉,就去死!为了逃跑,我不是也砍过自己的胳膊吗?"

"是啊,是啊,'boy'你的确很勇敢,了不起!"乔木说,"这么说吧,就算我们不被抓住,语言也必要的。'boy'你看啊,你觉得我们大家都像阿缩一样知道自己是在干什么吗?明摆着不像。那你说,我们是些什么人?我们'自由航海团'究竟是干什么的?"

"boy"没吱声,他的上身晃得越来越厉害了。他使劲支撑着,尽量不让自己倒下,同时脑袋里还得想自己该说些什么。

"自己是什么人,这个我当然清楚。"他反驳说,"我们是干什么的,这个我也知道。就算说不出来,感觉得到不就行了吗?比起只会语言糊弄来,感觉到的还准确些。"

"不对,不管什么事,只有当你能用语言把它说出来时,才能说你是真正明白的。"

"要说,我随时都能说出来,可我就是不说。我可不想当着这个间谍的面说我们是干什么的。"

"你又来了是不?""缩哥"很吃惊,他万万没想到,"boy"竟然这么缺记性。

一听这话,"boy"摇晃着上半截身子,痛苦地阴沉着那张红得发黑的肿脸,向大家哭诉起来:

"我这可是为大家着想啊!凡是自己主动跑出去隐居的人,只要哪天改变了主意,随时都有可能回去的。和那些做了什么见不得人的事、害怕会出什么事而去隐居的人是不一样的……"

"boy"的身子本来就在摇晃,说到这儿时,只听见嘭的一声闷响,他一头倒在了地上。他没有发出痛苦的呻吟,也没有力气再爬到床上去,就这么一动不动地在地上躺着。起初,乔木他们还准备懒得理他,但后来发现,"boy"的神色有点不对劲,于是就把他抬到了床上。这一切,勇鱼在一旁全都看在眼里,眼前的情景,驱使他产生了一种"告白"的冲动。在勇鱼作"告白"的整个过程中,"boy"好像根本就没在听,当然,这并不是因为他根本就不愿听,而是因为他的体力已经耗尽、实在无力听下去了。他一会儿打着鼾昏睡过去,一会儿又睁开眼睛滴溜溜地看着大家。后来,昏睡过去的时间越来越长了,还烧得直流汗,越是这样,他越是像一匹口渴的马贪水那样恍恍惚惚地贪睡。趁着醒过来的那点工夫,他平静地对大家说:

"刚才,我做了一次死的预演,有一阵子,我真的死过去了。乔木,我还看到了地狱呢!那是一片很大的工地,正在修柏油马路。那儿有人、也有鬼,有的傻傻地站着不动,有的在幽幽地晃来晃去。有的鬼在挖坑,那坑是长方形的,大小正好和人的个子差不多,等到坑挖好了,鬼就把那儿的人都推进去,接着又盖上沥青把坑填平,最后用带电机的捶地机捶结实。那儿真热啊,我身边放着一个给工地送饭时用的那种大汤桶,里面装着融化了的煤焦油……"

说到这儿,"boy"又昏睡过去了。这次他睡了很久、很久。说实在的,正是这个烧得浑身是汗、昏睡不醒的"boy",成了勇鱼不断拉长自己"告白"的媒介。

第九章　大木勇鱼的"告白"

"住进避核工事,并不是我一时心血来潮作出的选择。根本不像'boy'说的,我可以随时改变主意,自由地回到社会上去。我是打算在避核工事里一直待到死的。"——这是勇鱼"告白"的开场白。

"是为了那孩子?"乔木问。

"不全是,但和孩子有关。孩子刚出生那阵子,当发现孩子的脑部有些异样时,我心里暗暗地想,难道是那件事的报应?大概婴儿一般都爱用这种手段吧,我发现,儿子好几次都试图自杀。当时我就想,这一定是对我干的那件事的惩罚,是我应得的报应。反正,在把一切都说出来之前,我只能独自在心里暗暗地自责……什么叫自杀未遂,你们想过吗?我有个朋友,是医生,他告诉我,其实自杀分为两种类型,每种类型都可以归纳为三个字——一种是'救救我'型,另一种是'活烦了'型。不管是有意的还是无意的,凡是留有回旋的余地、以未遂而告终的'自杀',无非是为了向别人求救——这个人是谁都行。这是自杀的第一种类型。另一种自杀呢,则是一种绝对不留回旋余地的自杀,它是为了向所有活在这世上的人——就更不管这个人是谁了——表示排斥,用这种行为来表达对世人的厌恶和侮辱。我儿子当时的具体表现是,拒绝进食、毫无自我防范意识地跌倒。对他的这些举动的解释只能是——他非常想死。假设孩子想自杀是出于对我们的排斥,是'活烦了'型的,那么,我当然应该成全他。你说,我还能怎么样？既然被孩子排斥了,那我也就只能死了这颗心。可问题是,万一孩子是在以自杀未遂的方式表达'救救我'的心情呢？如果孩子是为了向我发出的'救救我'的无声呼唤而一次次用原始的,进而是令人恐怖的剧烈方式实施自杀未遂呢？那我该怎么去救他？——我真的无能为力。后来我又觉得,孩子的举止,是对我的惩罚。于是,我越是觉得孩子的行为是对我自己的惩罚,我妻子就越怀疑我是在后悔——认为和她结婚是一种错误的选择。这又给她添了一层新的痛苦——因为我的后悔还牵扯到她父亲。于是,她开始寻找一条两全的出路,既能让我不再后悔,又能让孩子不再搞未遂自杀。这条路,正好也是我想寻找的。所以,那阵子我们俩配合得相当默契。就这样,我抛弃了与现实世界相关的所有工作,住进了避核工事。而租那房子,还有隐居生活所需的一切费用,都由她父亲承担。至于孩子住进避核工事后会不会不再发出'救救我,救救我！'的无声呼喊,其实我当时也没把握。说白了,我们也只是在赌一把。看来,这赌注下对了,我赢了。其实,从我打算住进避核工事那一刻起,我就预感到我们夫妻俩会赢。因为我是在没有悔悟之心的情况下住进避核工事的。那件事,是我犯下的一种罪孽,在以后的日子里,我将得天天背负着这个罪孽活下去,是这个理吧？如果真的有谁要惩罚我,那么,把我关进避核工事、让我活得生不如死不就是最好的惩罚吗？既然要我带着罪孽活下去,那,总得给我一点最小的恩赐吧？——我当时就是这么想的。虽说这个赌注下得多少有点心术不正,不过,就算是我赌赢了,也是占不到任何便宜的。就这样,我被人拖进了心术不正的赌局,而且我竟然还赢了。当然,真正赚了一笔的,却不是我,而是那个设下心术不正得赌局的人。"

"你这么绕来绕去的,我都听得有点糊涂了。"乔木说。

139

"可不是嘛!可是如果不把这个前提定下来,我后面要说的事就和我今天的生活扯不上关系。哦,对了,你说伊奈子会不会不让我失望,好好地照看好靖?她不会扔下靖不管,自己一个人跑出去玩吧?"

"你那孩子,伊奈子看得紧得很,放心吧!"多麻吉很有把握。

"看得紧?"勇鱼问。

"是啊,是看得紧啊。要堵住你的嘴,手上总得有个人质吧?不会让那孩子跑丢的。给伊奈子的任务,就是照看好人质嘛!"

"连那个小姑娘也是你们的同谋?真服了你们了。"勇鱼说,"那,要是哪天我被你们杀了,靖你们打算怎么处置?"

"由伊奈子养着他呀!""boy"皱着眉头,闭着眼睛说,还以为他睡着了,原来他一直在听,"就算是我杀了你,也不会做那种下三烂的事,把孩子怎么着的……"

说完,"boy"吃力地扭了一下身子,马上打着鼾睡着了。

"'boy'和伊奈子自己都还是个孩子,他们连怎么去杀人的想象力都没有。没事的!"乔木说。

"但愿如此。"勇鱼说。

勇鱼这会儿觉得,自己下面准备说的"告白"的那些话,好像被一条倒长着鳞的蛇梗在了喉咙里吐不出来了。对连怎么杀人的想象力都不具备的人作"告白",那太简单了。不过,听乔木的口气,按说他是知道杀人是怎么回事的。只要对着别人关于杀人的想象这面镜子照照,看看自己要作的"告白"的核心,勇鱼就觉得难以启齿。——那件事,已经在他沉默的背后封存了好久了,它一直是习惯于安安静静地退到背景后面躺着的,可一想到要把它说出来,勇鱼顿时就觉得自己要把它重演一遍似的,形象顿时鲜活起来……问题是,缩哥已经说得够多了,勇鱼也为自己"告白"做好了铺垫,要在半道上停下来是不可能的。再说,乔木,甚至多麻吉都还在等着勇鱼继续往下说呢。尤其是乔木,勇鱼觉得,他的意思好像是:既然已经选定你作为我们小团体的代言人,那就正好借此机会验证一下你的表达能力。

"这事是我和岳父共同经历的,和我们两个都有关系。"勇鱼只好接着说下去,"我不仅从他那儿要来了避核工事,还让他承担我和靖的生活费用,这似乎有点敲诈的味道。不过,用在我和靖身上的这些钱,相对从他手里流过的那些钱的总量来说,几乎可是说等于零——他是一个既有钱又有权的大腕政治家。不过有一点你们别忘了,那家伙现在被喉癌折磨得厉害,看样子也活不了几天了。我之所以不说出他的名字,也正是因为这个,人啦,总得有点同情心,是吧?这么说吧,日本在东南亚一带的资产,基本上都是由他在掌控。反正,他嘛,就是这么个大人物。"

"那家伙的小老婆,说不定我认识。""缩哥"见勇鱼说话有点不利索,好像是想鼓励他接着往下说,于是就加上了这么一句,"我刚开始萎缩那阵子,和那小娘们玩过。她是干摄影模特的,我当时就不明白,这家伙身子长得跟猴似的,怎么就当上模特了呢?记得她还说过,说是在给政治家当情人时,她得到了曼谷近郊的一处资产,要是好好搞,可以有一亿块钱的进账,她还问过那政治家怎么把这笔资产套现,不过后来还是两手空空地跑回来了。那政治家是个锅①,说是情人,其实就是个帮他物色男孩子的托儿。他对男孩子做的那些事太恶心了,结果把这姑娘给吓跑了。每当她后来说到可惜自己在曼谷的那份资产时,我总觉得滑稽。反正,要说,我对那个政治家还有几分好感……"

---

① 锅,日语中对男同性恋的俗称。

"小哥,你就别打岔了,好好听人家说嘛!"乔木拦住了"缩哥"。

"他说的那个政治家,说不定还真是我岳父呢!我们之间发生的那些事,就和他的性角色错位有关。当时,我们这些他身边的人都叫他怪,妖怪的怪。以后我就称它为'怪'吧。当年,这叫法已经跨出了小圈子的范围,甚至连外国的政治家、外交官什么的都给他取了个绰号,叫他 Mister·K①。反正,我就是这个'怪'的女婿,当年还当过他的私人秘书,既不会背叛他,也不会利用他的地位去满足自己过度的物质欲望,是他身边靠得住的人。当年,我和怪在一个刚发生了一场革命的国家的首都待过一阵子。至于那个城市的名字,我就不在这儿说了。总之,那种事,那些年,无论走到哪个东欧国家他都干得出来。在那之前他干过,说出来丢人的是,尽管干那种事和犯罪没多大差别,可是后来他还是毫不收敛,接着干。为什么偏偏要选东欧国家呢?说起来很简单——因为他手上握着诱饵,而且这东西在东欧国家特灵。我要说的这次是发生在印度,在这里,他手上的诱饵也发挥了作用。这东西灵验得有点出乎意料,搞得连怪自己都犯了傻。事情发生在阿格拉,有一种叫绳麻、也叫黄麻的植物你们听说过吧?正是为了从印度进口这种植物茎秆上剥下来的纤维,那次,'怪'率领一个商务代表团去了阿格拉。由于大名鼎鼎的泰姬陵就在阿格拉附近,于是,那天大家就去了泰姬陵,想一睹这个雄伟建筑的风采。'怪'这人有个习惯,凡是可做可不做的事,他是绝不做的。其实,生意上的事,我们在新德里就差不多和人谈妥了,故意把行程延长一天来到阿格拉,本来就是为了看泰姬陵。可是,'怪'却对观光行程毫无兴趣,他在阿格拉的宾馆定下了一间房,说是想睡个午觉。其实,什么睡午觉只是个幌子,他的真正目的是在宾馆用诱饵引猎物上钩。

---

① K,与日语中"怪"字发音的辅音部分相同。

你们猜那诱饵是什么？——只不过是那种相当廉价的半导体收音机。即便这样，开始时他还不轻易把诱饵抛出来。大家知道，印度卢比的价值，本来就和碎纸片没多大区别。而且，面对那些一拥而上的小乞丐，他每次只撒出一个卢比，奇怪的是，孩子们竟然还会因为接到了一个卢比高兴得直叫唤。而'怪'呢，他听着叫唤也不心烦——他要趁着孩子们惊叫的时候为自己挑选猎物。被他选中的，全是十一二岁男孩子。他还说过，只有在他们哭着叫着、情感表露无遗的时候选，才绝对不会选错。过了一会儿，引起叫唤的元凶对自己的'慈善义举'没了兴趣，退回到宾馆里去了。——其实这是在做戏！宾馆门口还有另一拨孩子在那儿守着，刚才那帮小乞丐别说进门、就是靠近门前地上铺着石块的走道都不行。就是说，宾馆的客人只要进了门就安全了。现在，轮到我这个当秘书的出场了。我的任务就是把'怪'刚才挑好的那个孩子带到他房里去。可这次在阿格拉的午睡，怎么说呢，大概是因为太缺乏对印度的了解吧，惹上了一场奇怪的大麻烦。等到'怪'在床上把那个男孩子随心所欲地折腾够了，就按老习惯把半导体收音机交给了他。可他忽略了一件事，忘了这儿是印度。——要是交给孩子的不是半导体，而是几十个卢比，那孩子就可以不声不响地揣在兜里拿回家去。那样的话，或许就不会出事了——就在'怪'完成了他的午睡，把如醉如痴的捧着半导体的孩子送到宾馆后门口时，出事了。哦，对了，当时那个男孩的脸色，和'boy'刚才的脸色很有几分相似。"勇鱼说到这儿时，"boy"正在短暂的昏睡和频繁的苏醒间来来回回地折腾着，还不时发出狗一样的哼哼声。他的体力已经耗尽，剩下的那点力气，也就只够哼哼了。——"孩子走出后门，刚来到大门口前火辣辣的阳光下，就苦着那张面无血色的黑黝黝的脸号啕大哭起来。我跑到阴暗的大堂一看，一个年纪大点的孩子，就像是刚美美地吃了一只麻雀的猫似的，满脸带着老道的杀气,轻巧地溜进大堂,稳稳地站到了长椅靠背后的暗处。这年长的孩子我记得,刚才'怪'用卢比把孩子们召到一起时,就是他舞着短棒把爬上大门口石板上的那帮孩子撵走的。我马上明白是怎么回事了——这时候一步也不能靠近宾馆前的石板、只能无助地蹲在人行道上哭得昏天黑地的那个'怪'的供品手里的半导体,一定是被眼前这个年长的少年抢走了。看着眼前这个暴晒在阿格拉的烈日下绝望地哭喊着、刚才还受尽了怪的折磨的孩子,我心里一阵酸楚。还有,那个抢来了半导体后凭特权躲进大堂、还沉浸在阴毒的兴奋中的年长的孩子,也给了我沉重的一击。就在这时,大堂里突然响起了鲍里斯·戈都诺夫的咏叹调。——原来是那个年轻人实在按捺不住兴奋,打开了收音机。听到这声音,一个原本像土王爷似的站在大堂深处的手扶电梯管理员立刻拔腿飞跑过来,三拳两脚把年轻人打翻在地,把收音机夺走了。接着,又从厨房里冒出一帮员工,急急忙忙地朝这边冲过来……至于后来发生了什么,我已经实在不忍心继续守在那儿看下去了,悄然退回到了自己的房间。按事先的约定,那天我们还得先去和其他游完泰姬陵的人会合,然后大家一起返回新德里。在宾馆前坐上车时,那儿已经聚满了全身脱得精光的孩子。车开了,他们也不肯散去,还紧紧地跟在车后一边跑一边扭着身子,谁都希望自己能引起'怪'的兴趣……我当时真想求他们别追了。这群赤裸着身子的孩子,一直跟在车后跑了好久——因为一路上会不时出现一群牛心安理得地躺在路中央,我们的车得小心翼翼地从它们中间穿过去。'怪'在车上打着盹,好像是在和寒战较劲——每次折磨完孩子他都这样,像是中了什么邪似的。出现这种情况,即使不是负罪感使然,至少也和他心情抑郁有关。至少我一直是这么认为的。总得给他留下一点开脱的余地吧!当我们的车走到阿格拉的外围时,前方出现了一个规模很大的巴扎,车得从人群中缓缓穿行过去。这时,那些先前一直跟在车后的孩子不仅靠近了车的两侧,甚至有的孩子还把脑袋紧紧贴到了司机的眼皮底下,连那些本来在巴扎边上舞着熊的孩子也抛下套着鲜红和暗绿相间的衣裳的熊不管了,冲到车前三下两下扯掉身上的衣服闪着明亮的大眼睛嗖的一下跳到了车前的保险杠上。而那些扮熊的孩子还不知究竟发生了什么事,只是站在原地发呆。看到眼前的一切,'怪'笑得前仰后合,浑身直颤——他的衣着,不知怎么回事,总透着一种女人的味道,让人看了不自在。患上喉癌前,他的嗓音原本就是带点女形①腔的。当时,他笑着吐几个字喘一下,断断续续地说:'要是还有点精力,那舞熊的孩子我是不会放过的。'汽车驶出巴扎后,孩子们意识到再往前走就不是他们的地盘了,纷纷从车上跳了下去。直到这时,汽车才加大油门,以一百公里的时速朝新德里驶去。我当时就对自己产生了一种厌恶感,预感到如果像这样继续下去,长期做'怪'的帮凶,终有一天会陷进不可自拔的深渊……"

"你在说些什么?""boy"又醒过来了,终于开口问了一句,"绕了半天,你这不是什么都没说嘛!"

"勇鱼他刚才不是说过了,他们在某个左翼国家犯了罪嘛!"乔木说。

"犯了罪就犯了罪,直截了当说出来不就得了吗?"

"大概是因为说起来不是那么简单吧。"乔木应了一句。这句话既是对"boy"的回应,也隐隐地流露出他有点不耐烦了、想催勇鱼快点进入正题的意思。

"关于犯罪的事,要直截了当地说也是可以的。"虽然意识到自己说话有点在跳,但勇鱼还是接着说,"就在去印度那年的年末,我

---

① 女形,歌舞伎中专扮女角的演员。日本歌舞伎中是没有男演员的。

和'怪'在巴尔干半岛的某个城市的宾馆害死了一个孩子,而且还抛了尸。我竟然比当初预想的陷得还要深,成了他杀人的帮凶……"

一听到这话,"boy"立刻从床上下来站到地上,扬起左胳膊对着勇鱼晃了晃,想先把勇鱼唬住,接着又一步步缓缓地靠近勇鱼,有气无力地说:

"骗人,你肯定在骗人!你这是被警察收买了。在我们面前说自己杀了人,而在警察面前又说自己也想当警官……"

"boy"说话时向前挪动的速度太慢了,以致谁也没想过要上前阻止他,更何况他说话的腔调还像可怜兮兮的,像个受了多大委屈的孩子。当勇鱼发现他左胳膊掩着的右手里握着一把刃口很长的螺丝刀时,已经来不及绕到床后去躲避了。"boy"知道自己的体力不济,于是,他双手握着螺丝刀,两腿使劲朝地上一蹬,借着反冲力对准勇鱼的脸猛扑过来。勇鱼铆足了劲,好歹总算抓住了他紧握着螺丝刀、还烧得发烫的手腕。于是,被死死捏住的手腕成了支点,"boy"眼看就要越过勇鱼的身体扑倒在地上。就在这一瞬间,由于身子前倾,脚下不稳,勇鱼向前栽了一个跟头,正好倒在了"boy"身上。捏着"boy"手腕的那只胳膊扭得太疼了,勇鱼稍稍松了一下。瞅着这工夫,"boy"挥起胳膊,直接把螺丝刀朝勇鱼的眼睛刺来。情急之下,勇鱼紧紧地抱住"boy"烧得发烫的上半截身子,把他死死地按在地上,这才把"boy"控制住了。"boy"在勇鱼身下像小动物似的不时哼两声、抬起脚朝勇鱼的睾丸处踢几下,用膝盖连连击打着勇鱼双腿的外侧,还扬起缠着一圈圈绷带的脑袋往勇鱼头上撞。而勇鱼呢,他所能做的,也就是用下颚和胸部紧紧地压住"boy"的上半身,一边让他那只握着螺丝刀的胳膊施展不开。

"可别再打啦,阿缩。要是再流血,'boy'会死的!"乔木在一旁高声叫着,不让缩哥动手。

"这家伙一定是疯了,不让他晕过去乖乖躺着,他反而会自己把自己的伤口撑破的,那样反而更会因失血过多而死。"话没说完,缩哥已经起身了。这些话,勇鱼也隐隐听见了,可他还是只管按着身下拼命挣扎的"boy"死死不放,直到自己的精力耗尽。这时勇鱼才觉得好像有人要把自己从"boy"身上拉开,那螺丝刀还在自己眼前晃了一下。

"行啦,"这是乔木的声音,"'boy'就交给我们了,你站起来吧!"

可是,勇鱼的体力已经消耗殆尽,他所能做的,也就是从"boy"身上朝一旁打个滚,结果还是和"boy"缠在一起。无法完全脱身把"boy"交给乔木去对付。就在和"boy"躺在地上扭打成一团时,缩哥走上前来,举起他那粗得怪模怪样的拳头在勇鱼身旁猛地朝下捶了两拳。勇鱼看得很清楚,最后还是多麻吉把瘫在地上的"boy"拉起来扶到床上去的。他一连串的动作里透着对"boy"的温柔与体贴,好像是刻意想让勇鱼为自己刚才对付"boy"袭击时的粗暴行为感到羞耻。

"这家伙是探子!多麻吉,这家伙会去警察那儿把我们卖了的。""boy"低声对多麻吉说。现在,他说话的腔调老实多了,还惨兮兮的。

"睡吧,今晚你就只管睡吧!"多麻吉低声安慰"boy"说。

"比起干见不得人的杀人勾当来,你说,还敢厚着脸皮把它说出来是不是更难?这家伙是为了混到我们里边来才编故事的,所以才说得那么轻松。那种撒谎说自己干了见不得人的杀人勾当的人,最不要脸了。多麻吉,咱可决不能收留他!"

"你说的,确实有几分道理。"多麻吉这话,显然是说给乔木他们听的,"今天你就别管这事了,只管睡觉。受了伤还挺着不睡,脑组织会受损的。你有过这种体会的,睡吧!"

"要是实在想收下这家伙,那就让他当着我们的面再去杀个人,好让他彻底没了退路。你们谁去?""boy"的这些话,好像是在一个凄惨的梦中说的。还没等多麻吉想好怎么回应,他就沉沉的睡过去了。

这次他睡得真沉。这会儿,勇鱼终于站起来了。他和乔木、缩哥抬起头来,让视线越过多麻吉的肩头,凝视了"boy"好久。仰面躺着的"boy"看上去更瘦了,脸上已经完全没了血色。他褪掉红晕的皮肤,简直和那个印度的小男孩没什么两样,满脸都是油腻腻的黑头。看到眼前的情景,勇鱼终于明白自己刚才作"告白"时不想在阿格拉的经历上纠缠下去的原因了。

"要不,拿绳子来把他捆在床上?等会儿醒过来了说不定还会偷袭人的。"缩哥说。

"你是说,要把一个睡成这样的孩子捆起来?"多麻吉沉着脸顶了一句。

"我也该回去了。"勇鱼说,"还不知道伊奈子有没有本事哄靖睡着呢!"

"用得着这么急赶回你那避核工事吗?今天夜里又不会发生核大战。要不,是不是又收到了树木、鲸鱼发来的什么信息?"缩哥说,"你既然把话都说开了,总得讲完吧。"

"是啊,我也想听听。"乔木直直地瞪了勇鱼一眼,说,"你总不会是特意说给'boy'听的吧?"

本来,先前的那些话说起来都有点不好意思,再往下说,心里又增添了一层抵触感。行,也顾不得这些了!勇鱼狠了狠心,开始了他新一轮的"告白"。刚才说话时,他还时时提防着"boy"岔进来捣乱,现在他已经昏昏沉沉地睡过去了,还有多麻吉守在床前,而这多麻吉又故意摆出一副对勇鱼不理不睬的架势。勇鱼甚至觉得,与其说是自己在主动"告白",倒不如说被逼着回答乔木和缩哥这两个审判官的审问。

"东欧国家城市里的宾馆,看上去要比印度平静得多,不像印度那样堂而皇之的放肆。不过却来得更阴、更毒。当然这都不是人家国家体制的错。主要是由于'怪'干起来比在印度时更龌龊。到了东欧国家,'怪'是不会亲自出马去寻找猎物的。而是由我到宾馆附近,比如说宾馆旁的街心公园之类的地方去找。在两个不同的民族之间,双方都会觉得对方的孩子更漂亮,有这种现象吧?尤其是到了东欧国家,我总觉得那儿的孩子个个都漂亮。"

"你说的是苏联、俄罗斯吧?涅瓦河畔的孩子可真令我魂牵梦绕啊!"缩哥又在炫耀,唯恐别人不知道自己是个陀思妥耶夫斯基通。

"你可别说,在列宁格勒我们还真干过那种事。'怪'率领商务代表团去过很多东欧国家,走到哪儿,那种丢人的事他就干到哪儿。最损的事,是在巴尔干半岛的某个东欧国家的首都干的。起初,我给'怪'钓来的是一个约莫十七八岁、正处在少年向青年过渡期,且长得不算难看的年轻人。'怪'喜欢年龄更小的,这个我当然知道。其实,先抓来一个这个年龄的猎物,只是整个战略的第一步。因为大凡这个年龄的年轻人,不管他是哪个国家的,他们都处于情感的剧烈动荡期,只要拿着收音机在他们面前晃两下就可以轻易得手。下一步,就可以通过他们把网撒向他们弟弟辈的孩子了。虽说这战略有点下作,但我和'怪'一直都在用,而且效果不错。那天也不例外,刚到那个城市,我当天就给'怪'钓来了一个。那家伙很瘦,看上去很好斗。我甚至犹豫过,让他和'怪'两个人待在房间里是不是不妥,可后来事实证明我的担心是多余的。'怪'毕竟是老手了,天刚黑,我就从自己房间的门缝里看见,那年轻人紧绷着脸,防范着身后,一路小跑地从过道里溜过去了。他一只手捂在身上那件加长的夹克衫里,手里好像拽着什么要紧的东西。没错,'怪'投下的诱饵——那台不值几个钱的收音机,他已经搞到手了。那宝贝疙瘩似的揣在他手里的收音机,就是他被玩弄后所得到的回报。过了一会儿,我房间里的电话铃响了——'怪'已经洗完澡,让我陪他去吃晚饭。正好那天餐厅里谁也不懂日语,于是'怪'就放心大胆地对我说开了。他那天的话,我到现在还记得清清楚楚。他是这么说的——'想起来真有意思,我竟然还和刚经历了一场革命的人一起睡了午觉!像我这种旧体制下的人,能跑到东欧国家来,在这儿找到了可爱的青少年,被他们激发起性欲,还不是因为他们代表着人类的未来?而且,我的欲望还得到了满足,这太奢侈了,不好意思。'我倒是觉得,这分明是'怪'愚弄了人类的未来。当然,我是不会对'怪'的那些话表示不同意见的。尽管我脑海里当时浮现的情景是——如果把经历了革命的人比作走出了森林的智人的话,那么,没有经历革命的人就是还待在树上的猿猴。现在的情形是:待在树上的猿猴用廉价的半导体收音机作诱饵,凌辱了已经走出森林的智人……当我们离开餐厅回到房间时,突然发现玻璃窗外站着一个男孩子。说真的,我以前从没见过那么漂亮的男孩,以后也没见到过。因为,发生那件事以后,只要遇到金发碧眼的小男孩,我总会仔细地多看几眼,生怕是那个孩子重新回到了人世。所以我才敢担保,说自己打那以后从没见过那么漂亮的男孩子……"

"你说什么?是站在窗子外面?!"乔木听得入了神,连说话都不太清晰了。

"没错。'怪'回到房间后又跑出来叫我去看了的。东欧国家的城市都这样,一到夜里,家家户户都早早灭了灯。我走进房里一看,在室内灯光的映照下,一个小男孩,就像是在黑乎乎的背景上漂着似的,全身紧贴在玻璃窗上站着。竖长的玻璃窗远远的高处,厚厚的云层被风刮开了一条裂缝,裂缝中泻出一道淡淡的月光,给云层的边缘镶上了一条深蓝和金色交织的轮边,那情景,我是不会忘记的。我和'怪'像捕捉一只飞进房里的麻雀似的轻手轻脚朝那孩子走过去,生怕从里面开窗产生的冲力会让站在外边窗沿上的孩子失去平衡跌落下去。要知道,我们的房间在十楼,他要是坠落下去了,那可是必死无疑的。哦,对了,那窗户是两扇对外开的。我们决定,先让孩子挪到一边去,然后再打开另一侧的那扇窗放他进来。就在我们不停地向他做手势时,孩子张开嘴,露出玫瑰色的牙龈和洁白的牙齿,漂亮的嘴唇朝我们努一下张一下,吐出一个单词来——他想让我们明白的那个单词原来是 radio!当怪明白是这么回事时,开心地笑了。当时他那张得意忘形的脸,至今我还记得清清楚楚。当然,我当时也没不想放过窗外那调皮捣蛋的小子。我小心翼翼地打开窗,伸出胳膊一把搂住了他的腰。那孩子,也就和日本小学三四年纪的孩子差不多大吧。把孩子抱进房里放到地上后,我探出身子,仔细查看了一下窗外,想知道这小子是怎么爬上来的。这会儿,'怪'已经把孩子领进卧室,在行李箱旁让他挑自己喜欢的半导体了。即使出于对雇主人身安全的考虑,我也有必要把窗外的情形查清楚。看了看四周后我这才发现,为了得到一台半导体收音机,这孩子简直就是在拿生命冒险。且不说强风随时都可能把他刮下去,就连他这次冒险走出的第一步都充满了危险——'怪'入住的房间在整栋建筑的最北端,孩子站的又是最靠边的那个窗户,这栋建筑北面的外墙旁设有逃生用的铁楼梯,而要从铁楼梯走到窗前,必须经过一段突出墙面的窗沿。即使是孩子,也只能面朝墙壁、侧着身子才能在上面移动。这还不算,在这段窗沿上方成人齐胸高的墙壁上,还有一截装饰用的眉檐,也就是说,换了大人,是不可能在窗沿上站住脚的。黑暗中,我觉得逃生楼梯往下几层楼的拐角台上好像有人，大概就是傍晚时来过的那个年轻人吧？当时，我也没把这事放在心上。反正，'怪'干完了事用不着再把孩子从窗户里送出去，直接带他去一楼大堂就行了，这年轻人若想像耍猴的似的在那儿守着等孩子出来，那也是白等。把窗外的情况弄清楚后，我没去'怪'和孩子待着的那间卧室露面，而是直接走出套间回到了自己房里。可还没过十分钟，'怪'不是打电话，而是光身子上披着一件雨衣、赤脚套在鞋里急匆匆地闯进了我的房间。他的神情虽说看上去和往常没什么异样，还是那张一本正经、不可一世的面孔，当我一眼就看出，他是惹上麻烦了。我立刻跟在'怪'的身后去了他的房间，到底是东欧国家宾馆的浴室，里面空荡荡的。进门一看，那孩子正裸着身子仰面躺在地上，嘴角旁涌出一条细细的血丝，一直拖到地砖上。我蹲在孩子身旁，抬头看了看'怪'，想知道究竟发生了什么事。当时他是这样解释的——'这孩子，也不知道是心脏有问题还是发了羊角风，反正，就成这样了。既然他都死在这儿了，那，残局还得由我们来收拾。'说这些时，他显得相当不耐烦，不正眼看着躺在地上的孩子不说，还仰着脑袋……"

"于是，你就按他的吩咐做了，是吗？"多麻吉毫不掩饰地露出憎恶的神情，问。

"是的。那些日子我一直认为，好歹自己也是个政治家的秘书，如果不把这丑闻捂住，内阁就会倒台，日本和这个国家的关系也会闹到无法收拾的地步。不过，最让我难以割舍的——当然啰，这想法只能说是下作中的下下作。我当时是这么想的：虽说我本来就是'怪'的女婿，还兼任着他的私人秘书，但和'怪'之间还是隔着一堵不可逾越的墙。为了自己的前途，我得找一个够硬的靠山。而要实现这一目的，首先就得跨越我和'怪'之间的这堵墙。眼前的事，只有我和'怪'在场，唯有现在，我们两个人的立场才是完全一致的。想到这些,我立刻兴奋起来。说干就干,我马上行动起来,先把孩子的衣服按原样全给他穿上,一边穿,一边仔细打量着孩子,心里在想,我眼前看到的东西,既是这世上最美好的,也是这世上最邪恶的。这孩子身上融入了这世上两个最极端的东西。接着,我又向'怪'说明了自己的抛尸计划——这孩子,无论他是听信了那个年轻人唆使还是看见年轻人手上的收音机后自己突发奇想,反正,是他自己沿着窗沿从逃生铁楼梯偷偷摸进了房间,这是事实。那个年轻人再怎么守口如瓶都是白搭,因为孩子爬铁楼梯时,肯定还有别的人亲眼看到过。风又大,窗沿又暗,从铁楼梯上探着身子准备攀上窗沿时不小心跌落下去了,发生这种事的概率是很高的……当然,按说还有比这更复杂的抛尸方法,可是我们毕竟是外国游客,最好不要尝试。听完解释,'怪'同意了我的方案。等他上床以后,我灭了灯,又黑灯瞎火地等了近一个小时。窗外,风刮得更猛了,采取行动的时机成熟了。我走进浴室,先给孩子翻了个身,让他趴在地上,然后抓住他的脚拖到窗旁,先把腿、然后再把整个身子一点点地挪到窗外,最后紧紧捏住他的两只手腕,提着他的身体悬在外墙边上。干这些的时候,我曾求'怪'过来按住我的腰部,可他懒得理会,只是从卧室朝外边套间里扔出了一个枕头,转身就砰的一声关上了卧室的门。无奈,我只好使尽平身力气尽量不让自己的身体因孩子的体重失去平衡。当时我浑身都湿透了,也不知那汗水是吓出的冷汗还是累出的热汗——我想过了,既要让孩子的身体从铁楼梯那儿落到地面,又不能让他撞上铁楼梯反弹回来,这全靠对力度的把握。得估摸着他的身体刚好会在快碰上铁楼梯栏杆开始往下掉时再松手。只有做到了这一步,才不至于让地上的人轻易怀疑这孩子是从我们房间被人扔下去的。——我提着孩子的手腕甩起来,让他的身体像钟摆似的左右摆动。突然,我感觉到,自己抓着孩子的两只手腕上有指头在不住地挠!这是孩子的手指头在动,原来他还没死!我没有停下,接着甩,然后松开了手……我听到了孩子的惨叫声,令人倒吸一口凉气的惨叫声。过了好久好久,远比预想的要久,楼下的地面上才传来了一声硬沙袋爆裂时的那种闷响。我没有马上离开,头还贴在窗框上,好像还听到了有人从铁楼梯上匆匆往下跑的脚步声——三天后,我和'怪'坐上了飞往雅典的航班。在飞机上,我们说好了要在午餐前喝一杯。我们两人的座位是分开的,当我走到他身旁问他想要点什么时,'怪'问了我一句:'你没听见叫声吗?'听他说话的口气,像是在品评什么名酒似的。据我的印象,这好像是'怪'唯一一次提到了那天发生的事。我当时只是干脆地回答了一句,'没有啊。'接着就离开他的座位,去空姐那儿点了我们要的香槟。哎,我竟然还要了香槟……"

说到这儿,勇鱼不吱声了。乔木、缩哥、还有多麻吉,大家都愣愣地待在那儿一声不响。过了一阵,在场的人都注意到熟睡中的"boy"呼吸似乎有些异样,活像一只喘着粗气的病狗。就在四个人无声地交换着眼神时,突然,"boy"像是要把自己的身子从床上撕下来似的吃力地坐了起来,睁着他那双明明什么也没看、却又鼓得老大,似乎马上就会撑爆的大眼睛(没有眼睑的人大都这样),直愣愣地瞪着前方,大声尖叫起来:

"哈哈,我成功啦!干得漂亮!"话音没落,只见他猛然向后一倒,又昏沉沉地睡了过去。这次,他的连呼吸也比先前平稳多了。大家走上前一看,"boy"以前那张痛苦的脸不在了,脸上写满了孩童般平静的笑意。

"怎么回事,这怎么回事?你可别吓我!"缩哥说,"还以为你是被我打死了呢!"

"'boy'这是在做梦,梦见自己死啦!"多麻吉说。

"哦,原来,'boy'是以为自己已经死在这儿了,可以放心地拉你入伙了,所以才这么惊叫的啊。"乔木说,"用得着这样吗?"

"是啊,没这个必要嘛!你不会去举报我们的。"缩哥说,也不管多麻吉是否情愿,他又自作主张加了一句:

"'boy'就让我和多麻吉看着,乔木,你就送他回避核工事去吧!把'boy'送到那儿去太困难了。哦,对了,回来时别忘了带上药和吃的。要是'boy'醒过来发现自己原来还活着,看见他心里会不舒服的。你说呢?……"

勇鱼跟在乔木身后动身了。这次,他们不是从地下室爬楼梯上一楼,而是再往下经过一段螺旋楼梯下到了一条通向寺院的暗渠。深一脚浅一脚地摸过暗渠后,他们又爬上了一截楼梯,爬到顶后,乔木掀开了头顶上的水泥盖。出来一看,原来已经到垮得七零八落的摄影棚了。这儿,就是前不久伊奈子对着勇鱼的调焦望远镜做人体表演的那栋建筑的一楼。出了摄影棚,外面是一块块绳子围着的试验田,里面种着小麦。站在试验田旁,已经能清楚地看见草木繁茂的湿地尽头的避核工事了。原来,勇鱼这次穿过的,是一条只有自由航海团内部成员才知道的隐秘逃跑通道。

第十章　相互教育

这帮年轻人,把勇鱼作为语言专家迎进自己的自由航海团后最先提出的要求,是让勇鱼给他们上英语课,以备将来远洋航海之需。用不着乔木介绍大家相识,通过那天的自行车前滚翻事件,大家早就成为无须客套的老相识了。首先,得有教材——眼下勇鱼手头的英语书也就两本,一本是隐居期间读的《白鲸》,另一本是陀思妥耶夫斯基作品的英译本。他从后者中选了佐西马长老布教的那一章,没有黑板,就写在一张大纸上。选这一章的目的,是为了让这帮年轻人对身为动物的鲸鱼产生敬畏之心。还有,为了防止他们加害于靖,他还将其中的一节作为教学的重点。这一节,在勇鱼的书上原本就是画着红线的——

　　Man, do not pride yourself on superiority to the animals, they are without sin, and you with your greatness, defile the earth by your appearance on it, and leave the traces of your foulness after you—alas, it is true of almost every one of us! Love children especially, for they too are sinless like the angels, they live to soften our hearts and, as it were, to guide us. Woe to him who offends a child! ……

人啊,不要在动物面前傲慢,它们是无辜的。而你们,凭着自己的伟大,出现在哪里便玷污哪里的大地,在身后留下污秽的印迹——真可悲啊,竟然我们每个人都如此,无一例外!你们尤其要爱孩子,他们太纯洁了,简直就是天使。他们活在世上,为的就是纯化我们的心灵,给我们教诲。那些伤害孩子的人,他们该受到诅咒!

——根据新潮社版《卡拉马佐夫兄弟》译出

译者:原卓也①

起初,勇鱼没有把握,不知道自己选的这段文字是否能引起这帮年轻人的兴趣。为此,他还就选什么样的文本征求过大家的意见,可他们对自己究竟喜欢什么样的作品,心中完全没谱。当勇鱼提出去请教一下读书万卷的缩哥时,他们毫不掩饰对缩哥的厌恶,一致表示强烈反对。——你说什么,去问缩哥?没错,他确实是我们中的一员。可是在我们眼里,他就像是亲戚中的疯子,我们比外人还要烦他,一直忍着呢!——听他们的口气,好像就是这意思。最后勇鱼决定,就选缩哥喜欢的陀思妥耶夫斯基的作品作教材,这多少有点故意和这帮年轻人作对的意思。从进入英文讲解并在讲解的基础上让他们练习会话的头一天起,勇鱼就觉得意外,没想到这第一章竟然这么受这帮年轻人的欢迎。原来这是因为,佐西马长老的说教,最开头的部分是这样的——

Young man be not forgetful of prayer. Every time you pray, if your prayer is sincere, there will be new feeling and new meaning in it, which will give you fresh courage, and you will understand

---

① 本译本中,对由英文译出的日语,译者均参考了英语原文。译者的考虑是,如果不这样做,会距离最原始的俄文文本越来越远。

that prayer is an education.

　　年轻人啊,别忘了祈祷。每次祈祷,只要心诚,你就会从中产生新的情感,发现新的意义。它会给你新的勇气,并让你懂得,祈祷本身就是教育。

——原卓也译

　　勇鱼原以为,对这样的文字,这帮年轻人肯定会认为它太说教了,尤其是对 prayer 一词,他们会直截了当地表示反感的。可是后来勇鱼发现,他们不仅对文本表现出了强烈的兴趣,而且对 prayer 还特别着迷,尤其是"boy"和多麻吉最为突出!上次离开自由航海团的地下仓库回到避核工事后,勇鱼再也没去过摄影棚,"boy"也没再次被抬进避核工事的三楼。事情闹到这一步,大概他也只好躺在仓库的高低床上展开和病魔的决斗了吧。伊奈子也离开了避核工事,她经常回来看看靖。不过,对"boy"的病情进展,她总是只字不提。恐怕是碍于脸面吧。要知道,上次"boy"设伏对勇鱼搞突然袭击,她伊奈子可是参与谋划了的。当然,既然已经成了自由航海团的一分子,那就必须和那个铁了心将自己拒之门外的"boy"讲和,哪怕是表面上做做样子也行。不然的话,成天和这帮年轻人待在一起心里也别扭。就是这个"boy",在上次奇袭事件发生一周后,竟然来到了避核工事。他脸上还是青一块紫一块的,不过体力倒是完全恢复了。这天,他是跟在多麻吉身后来的,也就是说,他这是在故意炫耀:在自由航海团里,他是隶属于多麻吉警备队的。当时,勇鱼正和靖在重新恢复主权的顶楼听钢琴演奏的音乐磁带,无意间抬头一看,多麻吉和"boy"就在自己眼前直挺挺地站着。他们是来寻求和解的。先开口的是"boy":

　　"是乔木让我来的。他说了,让我来认个错。"

接着,多麻吉开始解释了。他今天像换了个人似的,说起话来一套一套的:

"你那天能活着回来,既不是因为'缩哥'中途叛变,更不是因为'boy'的战术本身有问题,而是因为他看见了幻象。被'缩哥'打晕后,他看见了幻象,于是就不想杀你了,也不再反对你了。刚才他说是乔木让他来和你和解的,其实不是这么回事。"

"幻象?"

"是啊。'boy'醒过来准备杀你的时候,也不知是还在做梦还是还没清醒过来,反正,他发现有两只胳膊在拦着自己,而且还听见一个声音在说:'这个男人不能处死刑,得处死缓!'于是,那天他就一直睡到天亮,结果放走了你。总之,'boy'不是害怕了才不再攻击你的。"

"你们是不是把做梦错当成幻象了?"勇鱼问。

"人在睡觉,只是看见了两只胳膊就能在千分之一秒内明白了其中的意思,你说,对这种事,说它是幻象是不是更合适?我也是经常看见这种幻象的,比如说,骑摩托车超水平地提速时,和人打群架时,我都见过。拐弯时准确地把握拐点,打架时只瞅准那个最该打的下手,要做出这样的准确判断,不理解幻象的意思是做不到的。"

"那,'boy',你从幻象里看出什么啦?"

"我刚才不是说了嘛!那幻象的意思就是'放过他'。"这次还是多麻吉在替"boy"作答,"就是放过他,和他和解!"

"我说的那些事,应该是不能饶恕的,"勇鱼说,"你们还要饶恕我,和我和解呀?"

"那天说的,如果是真的,那确实是不能饶了你,谁也不会和你和解。杀害孩子的人,最卑鄙了!"多麻吉回答得干脆利落,"不过,你也救过我们的同伙呀!大概是这件事在'boy'的幻象里出现了,于是他就读懂了它的意思是'放过他,和他和解'吧?"

说到这儿,多麻吉不吱声了。听他说话的口气,好像勇鱼和"boy"之间的和谈到此可以宣告结束了。

而看见了幻象的当事人"boy"早在多麻吉向勇鱼作解释时就和靖一样,被磁带里的音乐吸引住了。他们在听兰多芙丝卡①演奏的斯卡拉蒂②的奏鸣曲。在"boy"眼里,好像幻象也好、和解也好,这些都和他毫不相干似的。"boy"本来皮肤就黑,瘦削的脸上遍布的伤痕,像东一块西一块颜色更深的疤。这张脸,今天比上次平和多了。到这时,勇鱼也沉醉在音乐中了。在音乐的引领下激发出的想象力,使他一步步地离那浓稠的且又是清晰的幻象越来越近。即使说不上是确切把握了幻象的真正内涵,但毕竟他已经认可了它的存在。

如果说,促使饱受幻象、发烧的折磨的"boy"放弃突袭自己的念头的那个东西是幻象的话,那么反过来说,向一个烧得神志不清的少年发出"杀了他,为了自由航海团的生存杀了他"这一指令的那个东西又何尝不是幻象?

勇鱼还在这样正面地胡思乱想着,可没料到眼前的一幕马上重新点燃了他对"boy"的仇恨——这会儿,"boy"已经按下了停止键,正在让磁带倒转!在靖的听觉世界里,唯有这种事是绝对不容许发生的!可是,和勇鱼此刻的反应相反,靖并没有因此发出痛苦的惊叫。这次他之所以能这么平静,恐怕是因为"boy"在倒磁带的同时嘴里一直在吹口哨的缘故吧?磁带一开始重放,"boy"的口哨声就立刻停下来了。他入神地听着,说:

---

① 兰多芙丝卡(Landowska,1879—1959),波兰裔法国大键琴、钢琴演奏家。
② 斯卡拉蒂(Scarlatti,1685—1757),意大利那不勒斯王国作曲家。

"这曲子我以前就喜欢。要是能给它配上歌词,肯定会一炮走红的。哦,对了,这曲子,叫什么来着?"

"斯卡拉蒂的奏鸣曲。"勇鱼告诉他说。

"斯卡拉蒂奏鸣曲?""boy"重复了一遍。

"是——半高音小调。"靖补充说,仿佛是在告诉"boy"刚才磁带里是什么鸟在叫。

"靖这白痴,真行!""boy"深有感触。

"boy"说这话时,"靖"这个字说得很重,而"白痴"这个词却非常紧凑,把勇鱼头脑中所有对"白痴"一词的不快联想都堵住了。他刚才说话的重音和顿挫至少让勇鱼从内心里真正实现了和他的和解,而这中间调解人,竟然是靖。

接着说包括"boy"在内的自由航海团的英语学习小组吧。这帮年轻人是怎么表现出对 prayer 一词的兴趣的呢?给勇鱼留下深刻印象的是,教这一段时,他根本不需要按老套的搞法先翻译过来再解释。这些年轻人,是这样相互切磋的——

"只要 prayer sincere,那儿就会产生 new feeling,还有……"这种思考方式,曾经学过应试型英语的勇鱼觉得特别新奇,令他大吃一惊。——他们根本就不需要把英语原文的单词、句子结构逐一转换成日语而是直接去理解原文的。

勇鱼也想过,难道说他们是把英语深深地渗透进了自己的日语?——显然不是这么回事。他们只不过是要求勇鱼不要把英语单词一个一个地换成日语单词,而是直接解释每个英语单词的内在含义,而且还乐此不疲。解释越长他们兴致越高,越听越来劲。这种现象,对于这帮血管里似乎硝化甘油含量过高、多年来一直是动不动就爆炸的年轻人来说,简直就是个奇迹。后来才知道,他们之所以对勇鱼一对一似的换词讲解方式不感兴趣,原来是因为他们都是集体就业①来到东京的,后来才分开各自谋生活。对用来转换英语单词的日语普通话中的那个单词,他们本来就没什么感觉。既然这样,他们当然就只能以一种本身固有的肉体的、精神的行为方式去理解、去消化某个英语单词的含义了。

  如果仅仅把 prayer 说成是祈祷,他们就会面无表情地等着下一句。如果再把 prayer 说成是"求神拜佛",他们就会越来越烦,迫不及待地催你接着往下说。而且,这并不是出于他们生理上对神对佛的厌恶,不管是正面意义也好负面意义也好,反正对谁祈祷都不是他们关心的内容。他们只想知道 pray 对自己自身的心态和肉体究竟意味着什么。这些没受过高等教育的年轻人都具备某种令人不可思议的语言本能,在他们看来,对谁祈祷始终次要的,pray 这一行为的强度、激烈程度才是问题的核心。于是,在思考如何对 pray 一词作出令他们满意的解释时,勇鱼自己自然也不得不思考所谓 pray 究竟是一种什么样的行为。由此,他品尝到了教育者和受教育者双方都能从中受益的教育过程的滋味。他回顾着自己最近亲身经历的事件,试图从中搜索出自己作为 prayer 存在过的实例。——有了!为了体会靖突然摔倒时的疼痛感受,一天,自己也曾模仿靖的行为故意突然跌倒过,结果那次折断了一颗牙齿。他把那天自己的感受讲得非常详细,试图让这帮年轻人明白自己当时是怎么做一个 prayer 的。

  刚说到"摔倒"一词时,下面爆出了一阵哄笑,不过他们马上就戛然而止,又接着往下认真听了。那阵子,他还和妻子住在一起,为了不引起她不必要的惊恐,以为自己的丈夫也受到了儿子的传染开始突然跌倒了,勇鱼没把自己折断牙齿的事,也没把自己的疼痛感受

---

① 集体就业,日本人称之为"集团就职"。指的是一种日本经济起飞年代特有的社会现象:某个村的年轻人一起离开家乡,先抱团进东京的某个公司工作,待条件成熟后再各奔东西。

告诉妻子,一整夜都是自己独自忍受着。为了不让妻子察觉,在黑暗的深渊里,他疼得弯着双臂、双腿,身子曲成一团,像一个死人,不,应该说更像一只死猴。反正睁开眼睛也什么都看不见,于是,他闭着双眼,默默地想:我已经是一具死尸,一切肉体上的痛苦对我这个死去的魂魄而言,都是幻觉,不是我在疼,而是鬼在受着痛苦的折磨。尽管他当时疼得直抽搐,疼得双手直抖、双腿直弹,他还是竭力想把自己的意识从伤痛的肉体中剥离出去,试图把能够取下来的意识的磁带从疼得吱吱作响的肉体上扯下去。——尽管他心里十分清楚,要从一个浑身汗透、感觉冷得像别人的身体然而却又属于自己的肉体上把意识的磁带扯下来,这绝对不是一件一挥而就的易事……

忍着忍着,疼痛的范围似乎收窄了,集中了,而疼痛感却越来越剧烈了。安坐在疼痛核心部位的上颚前部像是在燃烧。趁这机会,他向还从客观上勉强保持着肉体的自由的意识发出了指令——把这个仰面朝天翻倒在地上的蟑螂样的东西猛整一顿!记得早在自己还是一个孩子时,后来自杀身亡的父亲就教导过自己:既然人是神创造的,那他的一切都应该是与生俱来相互协调的,一旦受到的痛苦超越了他忍受的极限,人要么会晕过去,要么会死去,再不就是成疯子。所以,对痛苦根本用不着瞎操心。此刻用于对自己发出的指令,正是遵循着亡父的教诲。要想轻松逃离袭向自己的痛苦,要么就快点晕过去,要么就去死,要么就发疯,这才是最堂堂正正的人……

"我想好了,只要把手捅进嘴里乱搅一通,自己就能晕过去。不过在此之前,我先把嘴里剩下的半截牙齿抠了出来,奇怪的是,我竟然马上从疼痛中解放出来了。"勇鱼说,"在和疼痛较劲的过程中,我是 pray 过的,对吧?按这段文字的说法,那就是,我之所以不再疼了,全靠 pray。通过这件事,我也体验了一次自我 education,明白了吧?"

"要是什么事都这么顺的话,那,pray 可真好。"一个年纪大点、看上去有点懂事的年轻人平静地说。不知怎么回事,他说话时,脸涨得通红。

"不过,你也不是只在疼的时候才 pray 吧?"多麻吉说,他这人说话不是直来直去,而是带着人绕弯子,"伊奈子说过,上次'boy'在避核工事快不行了的时候,你好像在螺旋楼梯上祈祷过,哦,对了,当时'boy'躺在床上,你到楼上撞见他们了。要说那就是祈祷,我就有点说不过去了。不过,如果你刚才说的那事就是 pray 的话,那,你那天在楼梯上做的,还真得算是 pray。"

勇鱼想起来了。那天在三楼撞见伊奈子为"boy"做那事后,自己马上不声不响地退了出来。当时自己走下楼梯的模样,在别人眼里看来,或许还真像是在 pray。别看伊奈子装得没事似的,其实她观察人非常仔细,后来还把这事告诉了多麻吉。那天勇鱼顺着昏暗的螺旋楼梯一步步往下挪时,还真的对避核工事周围的"树魂"和远方的"鲸鱼魂"从心里发出过呼唤。他当时是这样说的——"树魂"啊!在你们植物类眼里,"鲸鱼魂"啊,在你们这些生活在海里的大型哺乳类动物眼里,像他们那样急不可耐地、草率地排遣性欲,你们一定觉得既愚钝又丑陋吧?可是,你们不觉得那个少年和那个小姑娘是那样地投入,表现得不同寻常吗?那些从少年殷红的龟头流出来、顺着小姑娘的下巴滴到她喉咙处的精液,是不是有点像牛眼里含着的泪水,能让人心头平静?你们一定要救救那个少年,别让他染上破伤风,让他的烧退下来,让他们能正常地性交,让她这个小小的急救措施得到报偿。地上的植物们啊,海里安然不惊的生灵们啊,那个在吸吮着发烧少年下腹部流出的精液的小姑娘,她身上虽然带有几分地上的动物的野性,不是也充分表现出了她温存的一面吗?……

"你是说,'boy'明明知道有人为他 pray 过,可还是要设伏杀了他?"勇鱼说。

"有的人是不高兴别人为自己 pray 的。""boy"顶了一句。

"唉,'boy'你什么意思?"多麻吉问。

"不是说,pray 是聚精会神地干什么事吗?所以,我不喜欢别人为自己 pray。""boy"回答得很干脆。

"可不是嘛,我也这么觉得。"刚才红过脸的年轻人补了一句,说着说着脸又红了。

"还是多麻吉比'红脸'想得深些。"勇鱼这才知道,原来这年轻人的绰号就叫"红脸"。

"一说到多麻吉你腰板就硬起来了,是不,'boy'?"听红脸说话的口气,他心里其实根本就没把多麻吉当回事。但说这话时他的脸还是红着的。

接着,多麻吉借着"boy"为他搭好的台进一步往下说了自己的看法。很明显,除了"boy",还有好几个人,尤其是那些比他年纪小的年轻人,都对多麻吉怀有几分敬意。可以说,这多麻吉就相当于一个分舵的头。他认为,所谓 pray,就是静心。无论对象是谁,只要整个身心静下来了,不管对方是否收到了你发出的信息,整个宁静的身心中、整个肉身和意识中就会萌生出 new feeling 和 new meaning。

"这种体验,我们大家都有过。只有当你真正静下来 pray 时,幻象才会产生,幻象就是 new feeling 和 new meaning。"

"你和'boy'的身体里会出现幻象,这个我有体会。"勇鱼说。

"重要的是 new meaning,"多麻吉刚说到这儿,"boy"就点头表示赞成。"我说的没错吧?我们又不是没感觉的傻蛋。可只有 new feeling 还不够,只有通过 pray,才能用 new meaning 充实自己的内心。"

"哟,没想到你多麻吉还知道什么叫充实自己的内心。"红脸说。

165

"要不是想充实内心,那我们还组建自由航海团干吗?"多麻吉这是在回应红脸的挑衅。"不错,你红脸上过大学,还是潜水社团的干将,在你眼里,是不是咱们就和拿塑料袋吸强力胶的傻蛋没什么分别?咱可不是那种人,那是人渣!咱不用吸稀释剂心照样能静下来搞内省,把自己的心看得清清楚楚。先从 new feeling 进去,认清它是什么,等到出来时,就有 new meaning 了。为什么非得走到 new meaning 这一步?不到这一步怎么向自己的伙伴传递?要是只停留在 new feeling 这一步,那就只能一个人自己品味了。对这种人,你让我们信他好还是不信他好?那样的话,不就等于是让他干事时搞假吗?(说到这儿,多麻吉故意瞪了红脸一眼。与其说他上面的那些话是在怀疑红脸是假货,倒不如他是在找乐子,拿红脸寻开心。红脸听到这话时,脸又红了。不过他没吱声。谁都明白,他这是不愿为这点事和多麻吉计较。他不是多麻吉手下的马仔,两人的地位是平等的,和他计较反而有失风度。)所以说啊,new meaning 是必需的。只要把它抓牢了,内心就会充实起来。这才会产生 fresh courage。fresh courage 这东西,是不可能从外面灌进脑子里的。这下明白了吧?我说要让内心充实就是这意思。照这么说的话,我和写这段文字的人一样,也觉得 prayer 就是 education。我这个人啦,除了这个,别的什么 education 都是一概不接受的。"

"我也喜欢这种 education,接受起来舒服!""boy"说。

"太好了,你们喜欢这一段。"

"对了,你想不想知道我们是怎么静心的?"多麻吉看了勇鱼一眼,问,"我是说,你想不想看看我们的 prayer?"

"当然想啊。要是能从外面看到的话。"

"那好,我们也正好还你一个 education。"多麻吉也不征求一下同伴们的意见,就这么自作主张定下来了,"既然你给我们选了这么好的文章,那我们也得还你一个人情,也给你一个 education。大家说,是这个理吧?"

说完,除了"红脸"和另外两三个人留在家里外,多麻吉、"boy",还有其他几个年轻人带着勇鱼走出了避核工事,分别乘两台偷来的车出发了。

多麻吉让勇鱼坐在副驾驶座上,自己驾着车往前奔。看他那架势,只要随便找个地方告诉勇鱼自己是怎么静心的就行,去哪儿都无所谓似的。一路上,他不时不知天高海阔地吹着牛皮,说是只要勇鱼愿意,他就可以让车横冲直撞,和刚才超过去的那台大卡车斗斗法,让勇鱼看看他们的 prayer。还说什么挑逗一下那个跑长途的卡车司机,把他逼到护栏上去不是什么难事,只要乐意,还可以顺便要了他的性命……

"就说那种出于无奈而采用偶然加偶然方式的作案杀人吧,"多麻吉故意说得玄乎乎的,一方面是为了把车上的那几个年轻人搅到云里雾里,一方面是为了不让勇鱼小瞧他的本事,"你真的认真设计过,甚至搞过训练吗?"

乔木不在场,于是这小头领就松开了神经,连说话都放肆起来,老想着在别人面前显摆。勇鱼不愿意看到自己和这帮年轻人之间建立起来的不带虚伪的气氛就这么毁了。他狠了狠心,认真接受了多麻吉的挑衅,决定实话实说。更重要的是,也可以借此机会让他受点 education。

"小时候,我们的国家是军人的一统天下。连当时的小学都叫国民学校,每个学生都得参加军训,举着木刀冲到稻草人面前练刺杀。面对这种训练,怎么说孩子们都会用他们自己的眼光对杀人这事进行深刻反思的。不过,这和在村外来的教官指导下搞的那种杀人训练本身并没有直接的关系。因为谁心里都明白,照那个搞法是不可能把人真正杀死的。于是，大家都不把训练当回事，有的孩子甚至还因为态度不认真挨过教官的拳打脚踢。其实，就连那些教官自己也对训练持怀疑态度，觉得像这样让孩子举着棍棒在操场上乱跑一气，这种搞法不会取得任何成效。相比之下，那些村里土生土长的孩子反而比教官清楚什么叫真正的杀人。大白天的，嘴里呀呀地叫着举着棍棒往前跑，这哪叫什么杀人？当年在我们村里，一旦真的要杀人，村里的头儿通知大家带上凶器先集合到一处，把该杀的人团团围起来，然后再行事。尽管当时我们都还小，但这事个个孩子都知道。乔木那天给我讲的'鲸鱼树'的故事，说的也是这事。也许你会觉得我说的这些不靠谱，事实上，这种事直到今天还在发生，最近我就在报上看到了一条类似的新闻。说是有一架客机，在从地方飞往东京的途中突然冒出来一个疯子要杀机长。结果呢？机上的所有乘客立即行动起来，把那个疯子制服了。他们一个一个地冲过来，把疯子压在身下，直到那疯子不动弹了，大家才松了一口气。仔细一看，原来那疯子的刀刺进了自己的胸口，他已经咽气了。在这条报道里，'所有乘客都'是一个很重要的字眼，以前深山沟的村民也都是这样杀人的。因为如果不杀了他，整个村子就会坠落起火爆炸。你说，对那个在飞机上发飙、把整个飞行村推向了毁灭的疯子，除了把他杀了，还能有什么办法？不过，在乡下，出于个人动机杀人时，方法就不同了。一般是深更半夜摸进对方屋里，一声不吭地突然下手，要么把对方打死，要么把对方杀死，完事了再跑到深山老林里藏起来。即便有人搜山也不怕，林子又深，搜山队顺着山谷往上爬时，守在高处还看得一清二楚。只要铁了心不下山，还可以在深山里活下去。对山里人而言，只要进了山，是没有什么可以难倒他们的，甚至连带着武器的人马、连军队来了都不怕，可以和他们周旋、战斗。我听说过这么一件事，说是一个山里的年轻人被抓去当兵，他不想干，于是就逃进了山里。后来,他跑到军营里把前来搜捕他的宪兵队长杀了,又逃进了山里。这家伙生存能力很强,要是他有远见,知道战争结束后军队会解散,一定能一直在山林里活下去。可惜,就这么个孤胆英雄,后来觉得这么活着没意思,在山上自缢身亡了,吊死在一棵我们叫做天府梨的大树上。那树是一种落叶乔木,花柄特别大,还带点甜甜的味道。从那以后,那树就改了名,人们叫它自缢树。以至于山里的孩子连这种树的花柄可以吃都忘了。这逃兵在山里藏着的那阵子,来搜山的宪兵队怎么也寻不到他的踪迹。可一旦在高山上吊死了,人们一下子就发现了他,把他的尸体抬下了山。依我看啦,这逃兵说不定不是自己上吊死的,而是村里的头进山找到了他,然后把他带到那棵树下逼他上吊的。——得找一棵村里人谁都知道的树,这树要结实,足够吊死那大个子男人,不过还得是一棵派不上啥用场的树,以后就叫它自缢树大家也没什么好说的……说来说去,还是那棵天府梨最合适——村里的大人们在决定逼他上吊时,说不定还真的这么商量过。反正最后的结果是:村里的孩子们再也不去掰那树的花柄吃了,鸟儿们可高兴啦!"

"鸟儿高兴?"多麻吉瞅着空子插进来说,"听你刚才说话的口气,那哪儿像是说给我们听的?明明是说给靖听的嘛!你说一句鸟儿高兴啦,他就接一句鸟儿高兴啦。可现在靖已经独立了,用不着你管了,你为什么老是用和孩子一起时那个腔说话?"

"靖独立啦?"

"是啊,他现在不是和伊奈子在避核工事里待得好好的吗?""boy"在一旁提醒说。

"你的意思,该不是说靖不要我了,选了别人了吧?"

"那倒不是。""boy"赶忙作出了妥协。这反而让勇鱼意识到了自己刚才话里含着的酸楚。

"靖已经不再是一刻也离不开我了,即使我不在,他也可以和伊奈子在家好好待着,这个我承认。"勇鱼也退了一步,接着说,"这只是开了一个头,也许总有一天他会离开我选择和别人在一起的。到那时候,我可就真的自由啦!"

"所以说,得先练习练习以后怎么享受那个自由啊!""boy"说。

"你们这是已经开始对我进行 education 啦?"勇鱼说。

"没错。而且还是让你参加我们的实战演练。对了,你能跑吗?要是不能一口气跑上一段的话,那,事情可就不好办了。弄得不好,这演练会变成进班房失去自由的实战演练的。哎,'boy',你去告诉后面的车,我们搞大地震抗灾演练!"

说这话时,多麻吉驾驶的车正缓缓行驶在上高速公路的匝道坡的路口。话音没落,他就突然把车停了下来。"boy"马上冲下车,也不管会不会被后面来的车撞着,稳稳当当地在路中央站着不动了。多麻吉猛轰了一下油门,车又向前急驶而去。"boy"像一只大袋鼠似的,双手捂着肚皮站在那儿等着后面那台同伴的车,尽管被多麻吉如此冷酷地对待,但他脸上却没流露出丝毫的不满。勇鱼看了可怜巴巴地站在路中央的"boy"一眼,转眼间他的身影就被滚滚而来的车流淹没了。直到这时,勇鱼才想起多麻吉刚才的那句话有点费解,于是问道:

"你刚才说的大地震抗灾演练,怎么回事?"

也不知是觉得勇鱼这话问得太晚了还是由于马上就要开始的游戏令他们兴奋,车上的年轻人一齐笑了。

"是啊。关东大地震那年,我们的那些疯疯癫癫的父辈、祖辈们不是拿朝鲜人献过祭吗?那是因为朝鲜人当时最好欺负。下次要是发生了大地震,讨人嫌最好欺负的就该是我们这些人了。今天的疯大叔疯大爷们,到时候肯定会拿我们的头献祭的。能提前去远航当然好,要是还没出海呢?那我们就得自己想办法救自己了。警察也好自卫队也好,他们是不会帮我们这些弱者说话的,可是,跑,我们总该会吧?所以,只要能让他们失去机动能力,我们就可以一路跑着逃到海边去了,这样才可以得救。既然这样,那首先就得想办法整灭了他们的车。那些守护者的车,是机械的雇佣兵,也得一起灭了。只让那些全靠双腿跑的人能够逃到海边活命。要是能这样,那才叫公平。发生大地震时,机动队①员总不至于跑着在后面追杀我们吧?到那时候,那些家伙早就自顾自跑到海边逃命啦!"

多麻吉说到这儿时,车上又扬起一阵哄笑。难道说,多麻吉这番自救宣言真的是出于他们的被害意识?不像。要不,那仅仅是几句俏皮的反话?想了好久,勇鱼还是拿不准。

"那,具体说,是演练什么呢?"勇鱼觉得多麻吉的话不靠谱,试着问了一句。

"你倒不如问我这本质上是一种什么性质的演练。"多麻吉开着车,以百公里时速在高速上狂奔着,故意压低嗓门说,"具体说,很简单,就是让车停下来,全给我停下来!学生中不是有一种说法,叫'建解放区'吗?我们就干这个。让整条路都成解放区。那样的话,谁都得凭自己的两条腿走到海边去,至少在地震刚过的那阵子要这样,这才可以保证大家都是平等的,不存在什么特权阶层。再怎么说,也得把所有的高速公路搞瘫痪了。"

"发生了关东大地震那样的强震,高速公路还不垮吗?"勇鱼问。可多麻吉和那帮年轻人懒得理睬,谁也没有回答。

"你想没想过,发生大地震时,那些特权阶层要想独霸这地方是一件多么容易的事!有了这路,他们就可以抢在我们前面先到海边

---

① 机动队,日本警察的一个部门,类似我国的特警。

等着,把我们这些跑得慢的后到的全杀掉。"这时,他们的车刚钻进亮着钠灯的地下通道,由于好几条支线都在这儿会合,车速慢了下来。"所以,我们得抢在他们前边到海边去。要是能把这条地道搞得谁都过不去,不就什么事都公平了吗?"

说着,多麻吉一只手搁在方向盘上,另一只手在膝盖那儿不知掏着什么,然后把一个太阳镜模样的东西塞进了口袋。后排座椅上的那几个年轻人也忙不迭地挪动着身子,一个个凑到了车门旁。这时,"boy"后来乘上的那台车也挤上前来了。快到地道出口了,黄色的光就像聚成一团朝这边涌过来的雾。两台车同时渐渐放慢了速度。和行驶在这条双车道上的前方车之间的车距越来越大了,而后边的车已经在鸣笛催促了。

"把那边的门锁上,挨个往下跳!"多麻吉大声叫着,停下车,拉好手刹,猛地拽着勇鱼的胳膊把他拖下了车。跑了两三步后勇鱼回头一看,"boy"的车轻轻撞上了自己刚才坐的那台车,两台车呈倒V字形稳稳地挤在那儿不动弹了。勇鱼被多麻吉拖着,和那帮年轻人一块儿朝地道出口跑去。他喘着粗气,在这会儿已经空荡荡的高速公路上狂奔。

身后是势如洪水的鸣笛声。而勇鱼他们的奔跑,却像是在获得解放的自由特区做的一场开心的游戏。那帮年轻人,对着反向车道上驶过的车流,蹦蹦跳跳地跑着,还不是放肆地戏弄他们几下。虽说勇鱼也真切感受到了他们的亢奋,但他只能全力以赴地向前跑,以免被他们抛下。尽管还只跑了五分钟左右,勇鱼已经有点坚持不住了,眼看就要倒下了。不行!这样下去,就我一个人会被高速道路公团[①]当官

[①] 高速道路公团,正式全称为"日本道路公团",系日本半官半民的特殊法人,负责高速公路、收费公路及相关设施(停车场、服务中心等)的建设、管理。设立于一九五六年。有点类似于我们说的高速公路管理局。

的,或者干脆就被警察抓去的。这到底得在高速公路上跑多久啊?勇鱼喘着粗气,心里想,他几乎都想放弃了。就在这时,他看见这帮年轻人已经跟在"boy"身后翻过了路旁的护栏,正在顺着植有草坪的斜坡往上爬。斜坡的上方,就是横跨在高速公路头顶上的天桥的桥基。现在,轮到这帮刚摆脱危机——其实,也就是勇鱼一个人感受到了危机——的年轻人跑到天桥上排成一行幸灾乐祸地等着观赏高速公路上发生的这场闹剧的续集了。

"原来,对汽车这东西,你们并不喜欢啊。围堰合拢(他们特别喜欢这几个字,一听到勇鱼这么说,他们又是跳又是叫'合围堰啦,围堰合上啦!里边的鱼跑不了啦!')后你们在高速公路上随便乱跑,这也就罢了。可你们还对反向车道上的车又是吼又是调戏,这我就不明白了。你们是不是很恨汽车?"

"恨倒说不上,反正就是不把它当回事。开车,没意思!""boy"回答说,"我们又不是游艇,干吗要喜欢汽车?那破机器,过时啦!"

从每个赞同"boy"说法的年轻人的皮膜下,勇鱼看到了他们对汽车这种机器的近乎冷漠、丑化的轻蔑。这给勇鱼造成了强烈的震撼。他万万没想到,对汽车这么个东西,这帮年轻人竟然抱有如此深的鄙夷。因为在他自己年轻时抱有敬畏或鄙视情感的对象中是不曾有过人以外的东西的。

"其实,我们想让整个东京的汽车在大地震时趴窝,还有一个目的,那就是要让那些觉得开车蛮爽的家伙明白一个再简单不过的道理,汽车这东西,也就是个破机器。"多麻吉补充说,"当然啰,说到底,我们主要还是为了发生大地震时能顺利地逃到海边去。这就得首先把那些汽车整灭了。这可是一场小规模的战争啰,警官也好、自卫队也好,他们不仅不会站在为了公平而整汽车的人一边,而且还是那些为汽车说话的人的看门狗,说白了,就是汽车的雇佣兵。就说交通事故吧,你见过把碾死了人的汽车砸成饼的警官吗?他们反而会把枪口对准那些攻击汽车的人的。对那些车开得活蹦乱跳、心像被冰水洗过的清清白白的人,警察马上会来抓的。要不,让交警别做汽车的用人,偷一天懒试试!肯定会有好多车、好多车奴被撞得稀巴烂,马路上会清净得多。当然啰,这还不够。我说,你是不是站在警官、自卫队员什么的一边,也反对把那些成天乱叫唤的车减少点?"

"对汽车嘛,我以前没多想过,听你这么一说,还觉得真有点道理。我以后得仔细想想。"听了勇鱼这话,那帮年轻人禁不住扑哧一声笑了。"不过要说日本这块地养活人的上限,据说直到幕末①都是有一个确定值的,说是人口数一旦越过这个上限就会爆发大饥荒,把人口数降下来。"

"大饥荒?""boy"说,"要是汽车也能撞上一次人类科技没法控制的大饥荒,该多好!比如说有一颗带磁性的行星撞上地球什么的……"

"来一次石油大饥荒就够啦!而且最好快点来。"多麻吉说话很在行,"不过,这也不见得真是好事。那样的话,汽车就更会被特权阶层独霸,就会更和我们过不去了。要我说啊,得先让人改掉拥有私家车的坏毛病,你说呢?我们把汽车偷来,用了就丢掉,其实就是为了宣传这个。所有的车都成了所有人的共同财产,有什么事就开一辆走,到了目的地就扔在那儿,那该多好!实行得好的话,路上的车会减少一半的。还有,扔在路边让想用的人开走就是,这就用不着修停车场了,多省事!"

---

① 幕末,幕府末期的简称。"幕府"其实是一个泛称,指的是从镰仓时代(始于一一九二年)到江户时代(终于一八六七年)这段历史时期。因为在这段历史时期中均由征夷大将军主政。其摄政之处就叫"幕府"。可见,幕府这一说法源自中文。因此,所谓幕府末期,其实就是江户时代末期,即明治维新前。

施救车拖着一辆车钻出了地下通道。那些此前无法动弹的小车马上动起来,有的和施救车并行,有的超过它跑到了前面。那台拉了手刹、锁好了门的车被拖到了路旁——原本双车道的地道,仅有一条车道恢复了通行。

"你们看看那些车奴的臭脸,个个气鼓鼓的。不就停了一会儿没走吗?简直就像是活在这世上的所有权利都被剥夺了似的。这些家伙,不会以为从猿猴下到草原那一刻起就是开着木车石车过日子的吧?看把他们气的!"

说完,多麻吉朝天桥下的车流挥舞着双臂,嘴里还怪声怪气地尖叫着,还像是在对车群发出恐吓,其实他是在享受愉悦的快感。过一会儿,他对眼前的游戏失去了兴趣,转身离开了天桥。勇鱼跟在多麻吉和这帮年轻人身后走着,心里在想:桥下驶过的那些司机一脸怒气,而眼前这帮年轻人却满脸泛着光,个个生机勃勃——这是一张张用凝聚了自己全身心的力量的 prayer 这一具体行动对自己成功完成了一次 education 的脸。看到眼前的情景,勇鱼不禁想起了自己为他们选定的另一段文章,其中也含有 pray 一词——

> How touching it must be to a soul standing in dread before the Lord to feel at that instant that, for him too, there is one to pray, that there is a fellow creature left on earth to love him too!

> 对于一个颤抖着站在主面前的灵魂,当他意识到就在这一瞬间,这世上有一个人在为自己祈祷、有一个人在爱着自己时,他会产生多大的震撼!

原卓也译

这些年来,一直是"树魂""鲸鱼魂"在默默地冀盼着和靖过着隐居生活的自己那个 soul standing in dread 能得到这帮年轻人的祈福与爱,处于孤独时也好,夹杂在人群中时也好,都是"树魂"和"鲸鱼魂"在无时无刻地护佑着自己。面对这样的"树魂""鲸鱼魂",自己心存愧疚、百感交集——想到这些,勇鱼禁不住低声吟咏起来:

How touching it must be……

第十一章　以犯罪代训练

对来避核工事上英语课表现最积极的,是以"boy"为首的那帮年轻船员。至于乔木等自由航海团的核心人物,他们还有自己的事要做。那些来避核工事听课的年轻人,他们似乎真的想和靖交好。他们总是直接往避核工事里闯,也不管碍不碍勇鱼的事。进来时如果正好撞上靖在睡觉,他们就老老实实在一旁等着,直到靖自然醒。这种做法,和以前勇鱼和靖两个人生活时的习惯完全一致。虽说勇鱼觉得自己是两个人生活的主宰,但他不得不承认,其实,真正的生活模式全是由靖定下来的。以前,勇鱼常把靖交给无休无止地绕圈的鸟叫声磁带自己偷偷溜出去,回来时一旦发现靖睡着了,他就会耐心地等着,直到靖自己醒过来。再说了,除了静静地等着他苏醒,看他睁开眼睛、发现自己就守在他身旁时那睡得发红的脸上绽开的甜甜的微笑,勇鱼也无事可做。到这时,勇鱼就会把自己离开避核工事、潜入被别人占据的荒芜的城市后遇到的事一一说给靖听。他是想通过这种复述把自己亲眼看见、亲身经历的那些粗野的体验升华为一种与在避核工事里和"树魂""鲸鱼魂"的沟通相类似的东西——之所以要一直等到靖自然醒来再微微细说,为的就是这个。当然,他所说的内容只能是那些以后能成为他们两人新的共同经历的事情,因此自然也就不可能完全覆盖他在外部世界的所有行为。

无论勇鱼说到什么事,靖总是笑着,重复着他自己能发出音来的那几个词组,以此作为对勇鱼的回应。

"靖对谁都一样。""boy"这么说过。

不错,对来避核工事的每个年轻人,靖只会表达真实的情感。不过有一点别忘了,反过来,那些年轻人对靖不也是和勇鱼一样满怀期待地等着他醒过来吗?当靖像一个老成的体力劳动者喘着粗气睁开眼睛时,大家总会会心地相视一笑。还有,对靖异常敏感的听觉,年轻人们总是露出诧异的神情。这反过来又是对靖的一种鼓励。对靖的安全,勇鱼总会陷于一种被迫害妄想症式的忧虑。这帮年轻人也一样,他们总是担心靖哪天或许会被野狗叼了去——要是在靖这么睡着的时候野狗扑上来了,那将会是一种什么样的结局?到那时,靖所能做的恐怕也就是在噩梦中挣扎着摇晃着脑袋,而等他真的清醒过来时,或许已经只能任由野狗摆布了。

"到那时候,恐怕还没等靖明白自己面对着什么危险就像狸一样被吓死了。"说这话时,"boy"一脸恐惧。

论年纪,即使是在这群年轻人当中,"boy"也算是小的。不过,他对自己的人生却显得很达观。在他眼里,实现大航海的梦想是自己人生的目标,是自己的生存意义所在。即便没等到这个目标实现自己就死了,也无怨无悔,听其自然。但对靖就不一样了,他似乎觉得,如果靖就这么不明不白地死了,那么,这世上仅存的美好的东西——其实就是那艘怪模怪样的游艇,也会失去光彩。

这帮年轻人从停车场里的一台卡车上偷来了一台微型电视机,并把它拿到避核工事送给了靖。这是靖第一次看电视,他当然不会对某个频道的节目抱有特别的兴趣,于是就这么开着,让电视机自说自话。就在大家观察收视效果时,电视中一个自称"未来学者"的人说了这样一句话:"对智商低的人,将来社会应以某种非强制性的方式予以淘汰。"听到这话,除了靖,在场所有的人都被吸引住了。

"说到这个,我早就想象过那将会是一种什么情景,"勇鱼像是在捧着英语文章作讲解似的,接着说,"我看啊,等靖长到我这个年龄的时候,或许有一天,政府的某个委员,要不就是专家统治集团中的某个成员会跑来处理这事的。他们来的目的,就是逼靖接受刚才那个'未来学者'所说的非强制性淘汰。"

"那家伙,不是杀了靖就是把他送进强制收容所。我们这些人也一样,不是被他们杀了,就是去强制收容所蹲着。""boy"接过去说。

"那些'未来学者'不会把你们和靖混为一谈的。毕竟……"那帮年轻人根本懒得听勇鱼继续往下说,他们轮番跑到电视机前,对着显像管里"未来学者"那张扁平脸你一脚我一脚猛踢了几下,把电视机毁了。

对靖面临的荒诞、险恶的未来,勇鱼只能怀着仇恨和恐惧听之任之。而这帮年轻人就不同了,他们马上采取了行动,即针对人为确定的自己的未来命运展开了报复行动。大家都知道,那位"未来学者"之所以能在电视上露面,是由于当时市中心的某个饭店正在举行一场暑期未来学会。——就在大家看到那个电视画面的第二天,晚报上就刊载了某个与会学者遭到一群小流氓殴打的消息。勇鱼看了报道才知道,这帮年轻人先偷偷摸摸进了举办学会的那家饭店,"boy"身穿一件从真正的 boy 那儿抢来的制服,把在电视上露过脸的那个"未来学者"叫进厕所劈头盖脸就是一顿猛揍,把他打翻在地后,三个人一拥而上,掰开他的下颚和鼻孔,用非强制手段往他嘴里鼻孔里塞进了大量的粪便。至于他是否把那些粪便咽下去了,报道中没有提及。

除了这种明显带有报复意图的攻击,这帮年轻人还策划了纯粹以训练为目的的袭击。他们打算袭击谁呢？这次行动选定的袭击对象，是肉制品公司每周二向连锁店送货的卡车。这卡车上装载的，是被剥去了皮、取出了内脏，然后被分成两半的猪肉和牛肉。除了这种半匹肉，车上还备有砍骨头的斧子、大菜刀。且不说配备的武器凶悍，这些武器的持有者也不可小视——除了司机，那车上肯定还有两个抵抗力极强的干体力活的大汉子。为了袭击这台带武装的卡车，三个年轻人也准备好了足以与之抗衡的刀具，上次在湿地从刑警那儿抢来的手枪也准备带去。不过那是万一被警察包围时应战用的，不打算用它去袭击卡车。因为如果双方在火力配备上悬殊过大，就不会发生类似两艘帆船之间展开的那种战斗，这样反而达不到训练的目的。另外，他们还在这次袭击中安排进了抢救伤员的项目——如果我方人员受了重伤，那当然是救人要紧。即使没人负伤，也要模拟实战中出现伤员的情形搞抢救训练，抢一块和年轻人个头、体重相当的牛肉退出战场……

具体实施这一陆上海盗行动训练方案的那一天到了。一个星期二的早上，雾还没散尽，伊奈子就拿着一大块报纸包着的肉来到了避核工事。纸包的四个角已被血水浸透，而且还破了，角上露出伤口样的红肉，就连伊奈子身上穿的衬衣肚皮那块儿都沾着肉汁的血迹。这小姑娘全然不顾这些，一进门就对着刚醒来的靖大声叫道：

"靖，咱们今天做汉堡包吃！"

"做汉堡包吃。"靖也学着伊奈子明快的腔调大声应着。

"拿这么好的一块肉做汉堡包？"勇鱼调侃了一句，但伊奈子并没有往心里去，

"小孩子都喜欢吃汉堡包的。"

"你们袭击了肉制品公司的卡车，也就罢了，没伤着甚至杀了司机他们吧？"

"多麻吉想掏登山刀,被'boy'拦住了。说是卡车上的武器没想象的那么多,只有一把剔骨头的尖刀,那样做不公平。"

"想用武器的,怕是'boy'吧?"

"不是,是多麻吉。他不是分管武器的嘛!那家伙要是上了火撒起野来,'boy'可不是对手。逃跑时来不及把车上的人捆起来,只好把他们打晕过去了。当时多麻吉想用肉店里那种带锉齿的磨刀棒揍人,'boy'也拦住了他,让他用别的东西。"说到这儿,伊奈子呵呵地笑了。那笑声里有一种恶意嘲弄的味道,其实她是掩饰不住内心的喜悦,"你猜猜,他们是用什么打人的?哈哈,用的是牛尾巴,就是那种剥了皮、看上去像根红棍棍的牛尾巴!那尾巴带回来啦,他们正在用它做朝鲜汤呢,你知道的,就是料理店菜单上那个 tegutan①,哈哈,他们得先把那半截牛身子砍成几大块,可热闹啦!肉太多了,一个星期都吃不完,乔木打算拿出去卖掉一些。"

"出去卖肉?这不是送上门去让警察抓嘛!"勇鱼大吃一惊,"乔木他怎么干这种傻事?"

"他才不会干傻事呢!群马县在修公路,那儿有个工棚,乔木知道那地方。说是要把肉拿到那儿去贱卖了,用卖肉的钱换些炸药回来。"

"这骗三岁孩子的买卖,在这警察国家行得通吗?"勇鱼越听越糊涂了,于是问。

"没事,以前的炸药都是这么弄回来的。我猜呀,肯定管炸药的是个孩子,好骗。"说到这儿,伊奈子冷冷地笑了,"哦,对了,用牛肉做汉堡包,该先干什么呀?"

---

① tegutan,朝鲜汤一词的韩语发音。tegu 写成汉字是大邱,tan 写成汉字是汤。故此菜又称大邱汤。据说此菜为韩国大邱市的名品美味。大致做法是:先用牛肉、牛骨熬好汤汁,然后加进青菜、豆瓣酱等辅料,最后放入辣椒调味。

181

"别做汉堡包了,还是用烤箱烤着吃吧!"勇鱼又说了一遍。

"靖就想吃汉堡包!"伊奈子不让步。

其实,伊奈子这么做正好和靖的性格相吻合。这孩子,一旦对他作出了什么承诺,就不能随随便便地更改,否则,他会非常痛苦。可不,一听伊奈子这话,靖立刻就在一旁帮上了腔,他清楚表明了自己对伊奈子的信赖,想借此排除勇鱼的负面干扰:

"吃汉堡包——"

第二天的晨报上就刊载了肉制品公司运货车遇袭的详细报道——案发现场在东京湾附近。碰巧那天有个观察北飞候鸟生态的摄影师正好在那儿扎营,于是他就用远摄镜头记录下了案发现场的实况,然后把照片交给了报社。照片的画面很暗,两个用尼龙连裤袜蒙着脸的男子正抬着一大块牛肉在往前走。那块肉看上去远比一个小伙子的体重重,怎么说也有一百五十公斤。压得两个人腰都直不起来,腿也站不稳,几乎是在一步步蹭着地面艰难地朝前挪。他们身后还跟着一个小个子男人,正耷拉着脑袋吃力地朝前赶。他胸前揣着一根棍棒样的东西,棍棒的前端很细,像一根低垂着晃来晃去的柳条。内行一眼就可以看出,那棍棒其实就是一根牛尾巴。

据报道称,那几个被打得不省人事的肉制品公司职工后来说,他们自己也不知道对方究竟是用什么凶器把自己打晕过去的。看来,他们不是不知道、只是说不出口而已——自己常年和大块的半匹肉打交道,竟然会被人用牛尾巴打晕过去,这话要是传出去了,以后怎么在这行当里混?当然,实施袭击的团伙也犯了一个丢人的低级错误——市民把他们搬肉时不慎丢失的手枪交给了警方。这些事,伊奈子只字未提。大概是那分管武器的负责人觉得丢人现眼,于是向大家发出了不得外传的禁令吧?按理说,若不是为了向警方挑衅,故意扔掉枪向他们挑明上次在湿地发生的袭警案和这次的运肉卡车袭击案之间的关联,那把手枪是绝对不能弄丢的!这事要是传出去了,岂不让人笑话?

六月初的一个上午,外面鸟群的叫声有些异样,隔着避核工事厚厚的外墙都听着刺耳。

"是白头翁。"靖说。他不愿听这么刺耳的叫声,这不难理解。不过,说这话时他是捂着耳朵的,这就不能置之不理了。为了让靖明白自己焦躁的根源所在,让他战胜恐惧,勇鱼带着靖走出避核工事,下坡来到了枝叶繁茂的里樱树下。抬头望去,那些半透着阳光的树叶和被挡在暗处的树叶间形成了鲜明的浓淡反差,格外醒目。快成熟的暗紫色的果实和还透着琥珀色光亮的果实零零散散地交错着挂在树上,简直难以相信它们竟然出自同一株植物。一群白头翁在果实间放肆地上下翻飞着,即便看见勇鱼他们就站在树下,这些鸟不仅不四散逃离,反而还摆出一副不把熟透的果实吃光决不罢休的架势,结成群在树枝间狂奔,肆无忌惮地朝勇鱼他们发出喳喳的叫声。只要在树下稍微挪动一下身子,它们就突然一哄而起,在树枝间掀起一阵骚动,一个个扑打着尾部凌乱的翅膀突着鼓鼓囊囊的胗,挪到另一根树枝上稳稳地趴着不走。看着树上的这番景象,勇鱼觉得自己眼前出现的,简直就是一种邪恶,看到这情景,靖的身体也僵直了。勇鱼怀疑,里樱向这些鸟提供了熟透的樱桃,同时也是它向鸟群发出了作恶的指令。靖的焦躁和紧张,与其说是源于白头翁的叫唤声和羽翼的扑打声,倒不如说是因为他也收到了树木的指令中包含的信息。因为无论怎么说,靖喜欢听的声音原本就是鸟发出来的。

"没事的,靖。白头翁不会那么凶狠的。"勇鱼说。他的话,既是对靖和自己的安抚,也是对里樱"树魂"的倾诉,"对白头翁发出指令的是这里的里樱树,不过可别忘了,我是树木的代言人,是负责和树界沟通信息的,里樱不会偏偏为难我们的。不会有错的,靖。"

"不会有错的。"靖压低嗓门缓缓地附和了一声。

话虽这么说,靖还是不愿站在白头翁上下翻飞的树下。勇鱼这时不禁产生了一种奇怪的联想,这想法,是住进避核工事后从来没有过的——难道说,靖是在惦记着自己和父亲以外的另一个什么人?担心他会受到里樱和白头翁的恶意伤害?这另一个人,除了伊奈子还能是谁?……和靖回到避核工事后,勇鱼从磁带盒里找出一盘足以与外面还在喧嚣的白头翁相抗衡的磁带,开始听巴赫的风琴曲。一会儿,录音机里传出的音乐声马上就塞满了房间的每一个角落。就在这时,也不知是被里樱暗示下的白头翁的喧嚣声还是直接被托卡他①和遁走曲②所吸引,伊奈子独自来到了避核工事。她静静地走到正埋头听着音乐的勇鱼和靖中间坐下,噘着嘴一声不吭。勇鱼发现,今天她稚嫩的脸上毫无血色,而且从侧面看去,那双闪亮的眼睛里,琥珀色的光焰比平日更强了。她肉质熟透、内侧丰满得有点外翻的厚嘴唇上带着伤,上面还留着几粒血迹。就凭这一点勇鱼就明白——伊奈子一定是出事了!

"你脸色好可怕!"勇鱼只这么说了一句。

伊奈子怒色冲冲地看了勇鱼一眼,好像要和这世上所有人拼命。不过,从她那罩在琥珀色雾膜下的眼珠射出的强烈的光,并没有直接刺向勇鱼的脸,而是落在了他双耳的上方。从她已经摆脱短暂过去的阴影的强烈目光里,勇鱼似乎还读出了一丁点幸福的印迹。这时,伊奈子突然浑身颤抖着,好像每根毛细血管里的血都在沸腾似的,大

---

① 托卡他,toccata,一种风琴或钢琴的即兴前奏曲。
② 遁走曲,fuga,一译"赋格曲",一种多声音乐形式,其特征是,先提示一个主题,随后出现一个与该主题旋律类似的应答音尾随其后,以后者奋力追逐前者的形态反复多次。

声叫起来：

"被强奸了！"

勇鱼愣住了，一时说不出话来。伊奈子把录音机的耳塞塞进靖的耳朵，插好插头，抹去房间里的音乐声，然后开始讲述她"被强奸"的整个过程。事情还得从自由航海团作出的一个决定说起。——摄影棚附近有个自卫队的训练场。大家决定从在那儿搞训练的士官中物色一个人，让他成为自由航海团的一分子，负责指导自由航海团的实战训练。

"乔木当时是这样说的，他说：'五年前高中毕业时我就和一个同届的同学约好了，我们出钱送他去防卫大学学怎么使用武器、怎么制定作战计划，到时候回来教我们。'可后来乔木和他联系时，那家伙却支支吾吾，说是他走上了向上爬的官道。乔木还说了：'既然自卫队欠我们一个人，那我们就有权利自己去从自卫队里挑出一个人来顶替他履行承诺。'我当时也觉得这话有理。"

于是，乔木就命令由伊奈子去向自卫队讨回这份"人"情。

"这几天他们在搞集训，也没什么好去。我想，星期六、星期天他们中间肯定有人会去新宿的，于是就跑到车站去守着，要不就在车站去训练场的路上转悠，结果还是没碰着。大概是因为集训场就挨着市中心的缘故吧，也许上面下了命令，要求他们严守纪律，不得外出。当然啰，搭过讪的士兵还是有的，不过那尽是些蠢货，看上去就不靠谱。那种人，要是把他带到自由航海团里去问他枪怎么使，他肯定会第二天就在军营里满世界吹的。在一旁盯着的多麻吉也认为，别的不说，只要看看他们那张脸就知道，跟这种人学使枪，说出去都丢人。没办法，我们只好直接到他们练乐器的地方去找。你知道，自卫队的训练场一般都是用铁丝网围着的。不过，紧挨在它后面的就是啤酒公司的操场和职工宿舍。我从员工宿舍的门进去，再穿过操场朝前走,你可别说,我还真的找到了一个好地方,从那儿俯瞰那些当兵的练习正合适。那啤酒公司的操场整地时是垫高了的,穿过操场再顺着斜坡往下有一条小溪样的水沟,跨过那水沟就是铁丝网。从那儿开始就是自卫队的地盘了。我当时想,要是撞上啤酒公司的运动队来搞训练就糟了,于是,我就跑到斜坡下面去守着。那儿的草长得可密啦!那是一种茎秆很粗、还有点泛红的草,茎秆上长满了细细的叶子,秆子的顶上长着一团绿绿的东西,剥开一看,里面裹着的,全是和茎秆上的细叶一样的嫩芽。那一片全是这样的草,要是在地上坐着,那草丛可以遮住我的胸部。"

听到这儿,勇鱼禁不住在心里对"树魂""鲸鱼魂"解释说:这小姑娘说的,一定是麒麟草,这种草,别看它在这个季节还很柔软、很温顺,过不了多久,它就会疯长起来,汇在一起简直就像一丛丛繁茂的灌木,而且还会生出好多硬邦邦的刺来,尤其是开花时,这草的长势更猛。到那时候,想坐着待在草丛中就不可能了,有的人甚至还会因这种草的花粉诱发哮喘。此外,在麒麟草进入花期之前,它们身边还会长出成片的虎杖来,这种草的茎秆是红色的,上面长着硬邦邦的绿叶。这麒麟草和虎杖,是这片湿地的主角,它们的长势,可不是那些树木可比的。

"我看见了一个当兵的,他吹着低音号,和着音拍一步步朝我这边走来。那家伙长得可真够帅的,我甚至觉得,能加入军乐队,就是因为他长着和低音号相称的大个头。军号的音本来就很低,再加上他是踏着音拍一步步重重地踏着地面走过来的,那模样,简直就像一头犀牛。我在草丛中静静地看着,他离我越来越近了,个子也显得越发大了。他就这么一直朝前走着,跨过操场边缘来到了铁丝网前。一停下来,他就像脱衬衣似的解下身上的军号开始撒尿,而且还是正对着我撒。那泡尿可真够长的,就在我以为他该撒完了时,没料到他停了一下,打了几个寒战,接着又撒出一点来。看到这儿,我实在忍不住,扑哧一声笑了。听见笑声,他猛地一抬头,这才发现我就藏在他眼皮底下。他直愣愣地看着我,还保持着刚才撒尿的姿势,这时我发现,他的阴茎从刚才只看见尿柱冲出来的两掌间一撑一撑地冒出来了。到这时,他圆脸上的圆眼睛还在直愣愣地盯着我不放,于是我又笑了。这下可把他惹恼了,也顾不上把阴茎塞进裤子里,就这么像一只裸着身子的狗钻过铁丝网笔直朝我冲了过来。他像发了疯似的,满脸涨得通红,和突在裤子外面的阴茎的颜色一个样,就这么扑过来把我强奸了。"

"当时你只有两种选择,要么反抗要么逃跑,对吧?"

"你怎么这么说?"伊奈子反问道。

"我明白了。"

"我琢磨着那当兵的当时也是这么想的,以为我会跑,会反抗,所以冲过来就侧着手掌朝我颈动脉猛砍了一下,见我好像晕过去了,接着就扯掉了我的内裤,让我光着屁股在地上磨着,把我拖到了斜坡底下。我挣扎着,用脚跟使劲蹬着地好不容易才没再往下滑。大概是以为我还想跑吧,他又吼起来:'再反抗,看我拿家伙捶死你,你这臭娘们!',就这样,我被他强奸了。我裸着下身,双腿紧紧地蹬着地,这才没再往坡下滑。就在他完事后站起身时我发现,他裤裆那儿被染红了——是那家伙太粗暴,把我弄伤了。他把阴茎塞进裤子里,突然'哎、哎'地叹起气来,垂头看着我说:'快把裤子穿上,当心被人看见了!'说着,他自己也往掌心吐了一口口水,在裤裆上猛擦起来,想抹掉上面的污迹,一边擦,一边又接着叹气……"

"那当兵的在裤裆上擦了一阵后,还一直垂着两只胳膊在那儿'哎、哎'地叹了好久,一边叹气一边对我吼着:'你是不是想去报警?行啊,反正这事我也干了!不过你得等五个小时后再去,让我把东西收拾好。五个小时后你在那个更衣室那儿等着，我们谈谈这事该怎么办。到时候我会溜进来把运动场的侧门打开的。以前和人约会时我都是这么干的。'——就这样，他自作主张把什么都定下来了，也不问问我是怎么想的。说完，他从裤子屁股兜里扯出一个记事本来扔在我膝盖上，转身就下了斜坡，趴下身子钻过铁丝网，叹着气头也不回地走了。一路上，他每低头看一下自己的裤裆，挂在肩上的低音号就往身旁耸出一截……"

"那家伙那么绝望，老是哎哎地叹气，是不是因为他让你受了伤、流了血？"

"你是说，他认为自己强奸了一个处女？难道说强奸还有区别吗？"伊奈子反问了一句，又接着说："那天晚上七点钟，我按约好的时间通过开着的侧门走进了啤酒公司的运动场，借着明亮的满月光朝更衣室那边一看，那当兵的已经背靠板壁站在那儿等着了。见我是一个人来的，他好像心里轻松多了。其实，我怕他借这机会杀了我，为防止万一，我是带着多麻吉和'boy'一起去的，他们就在运动场栅栏外盯着呢！我一边朝等着的我的那个当兵的走过去，心里一边在想，今天这事也真够怪的。对那个认为因为强奸了我而毁了自己人生、在那儿不停地哎哎叹气的当兵的，我不仅不为他担心，反而觉得很得意。想到这儿，我同时又觉得，连我自己都不敢相信，原来我这人竟然对人这么善良。"

操场和自卫队营地周围疯长的那些猪草、虎杖，还有被强奸时在伊奈子屁股上留下青色印迹的那些麒麟草吸尽了满月淡淡的光，使它们无法反射回夜色下的旷野。红土操场就像幽幽地地漂浮在漆黑一团的开阔洼地上似的。在伊奈子眼里，夜色中的营房就像是一块鱼糕，每栋营房的屋顶上好像都躺着一个身高和营房差不多的自卫队员。她一边想着，一边朝在更衣室等着的士兵走去。这会儿越看越清楚了,趴在屋顶上的大个子自卫队员,都穿着夏季的军装,戴着野战帽。这时,伊奈子听见自己耳朵深处响起了一种超短波的叫声:"对他温柔点,一定要温柔点,能多温柔就多温柔!"她轻轻地晃了下脑袋,像是要甩掉耳鸣的困扰。现在,离那背靠更衣室板壁站着的士兵已经很近了,都能清楚看见他的表情了。

"离他只有一米距离了,我想停下来,可是,就在这时,他却转眼间没了踪影——一定是用背推开门退到板壁更衣室里边去了。我又向前走了两步,刚准备在门口停下来,突然黑暗中伸出两只胳膊来把我拽进了更衣室。那当兵的双手紧紧地搂着我,根本就没法动弹。除了觉得头顶上有一股洗发水的香味、黑暗中传来一阵重重的哎哎的叹息声外,我整个人都懵了。那喘气的呼吸可粗啦,人家到底是低音号手嘛!那当兵的一直一声没吭,直到把我拽到了黑暗处才大声叫起来:'反正我是要自杀的!'我也觉得,他是想再强奸我一次后,要么去上吊,要么用自卫队的枪对准自己的脑袋开枪自杀。我说了,强奸的事我不追究,记事本也还给他,可他根本听不进去。因为他抵在我肚子上的阴茎在告诉我,到这时,想让他打消强奸我的念头是无论如何也是不可能的了。"

——当兵的把伊奈子拖到暗处,一把把她推倒在折叠好的帐篷上。伊奈子闻到了一股带着灰尘气的汗味和一股皮革护理油的味道,而且,在这些味道的沉淀上面好像还漂着一股新添上的精液的臭味。看来,在白天等着自己的这段时间里,这当兵一定是在回味起强奸自己的情景时自慰过——还没等伊奈子想明白究竟是怎么一回事,新一轮的强奸——这次是悠长的切切实实的强奸——又开始了,伊奈子只顾强忍着下身和脊梁骨的疼痛,渐渐陷于了绝望,至于怎么说才能让当兵的打消自杀的念头,并且让他成为自己的同伙,她脑海里一片空白,一个字都想不起来。就在这时,她听到更衣室外响起了轻轻的脚步声。

于是,伊奈子开始故意娇滴滴地叫起来:"舒服,舒服,真舒服!"——板壁外的声响顿时消失了。伊奈子还在"舒服、舒服"地叫着。她清楚地感觉到,自己的假话似乎对那当兵的腰部的运动形成了一种激励。他还意识到,正是在这张"舒服、舒服"的叫声的呼唤下,自己正施展出平生最温存、最猛烈双臂动作紧紧抱住了那当兵的屁股。她觉得,鱼糕模样兵营的屋顶上的那些大个头的当兵的脸,此刻正齐刷刷地在月光下闪烁。其中长着圆脸上圆眼睛那个,正是眼前在强奸自己的这个当兵的。她闭着双眼,沉溺在幻觉中。朦胧中,她觉得自己身边的黑暗中似乎都在回荡着"你真温柔、真温柔!"的赞美声。终于,伊奈子感觉到当兵的射精了,和感觉到自己射精时没什么两样。她伸出手,在当兵的肩胛骨处轻轻地抚摸着,那儿的皮肤已经紧绷得有些僵硬了。伊奈子心里明白,自己这会儿什么也不用说,因为以后还有的是机会,到时候和这当兵的静下来慢慢说也不迟⋯⋯

——"就这样,我们性交一阵,停下来谈一阵,接着又性交一阵,一直待到天亮。那当兵的已经成我的朋友了,他答应了,说是以后会为我们'自由航海团'办事的。"

那天傍晚,避核工事外响起了摩托车的鸣笛声。勇鱼和靖透过枪眼往下一看,一台后座上载着伊奈子的摩托车正朝着里樱树干直冲过来,驾车的大个子男人也不减速,轰着油门在原地转了一个圈,然后翘起车头,跃上树旁的小路飞驰而去。后座上的伊奈子像一串风中摇荡的沉坠花房似的重重地抖了几下身子,紧紧地贴在车手的背上,就这么头也不回地走了。

第十二章　实战演习

　　那当兵的成了伊奈子的男友,下一步,就是由他来对"自由航海团"的成员展开训练了。就在"自由航海团"着手寻找训练场地时,勇鱼接到了分居的妻子的电报,说是要他回个电话。难道说,是"怪"死啦?——勇鱼想。于是,他开始留意收音机里的新闻,可是,无论哪个电台都没有播送"怪"去世的消息。按说,如果妻子直日是想在电话里说别的什么事,那就用不着理会她了。不过,正好,为"自由航海团"训练场地的事早就打算和她商量商量了。于是,勇鱼去了站前广场,准备用那儿的公用电话亭和妻子通话。

　　"上次你被打得厉害,后来还好吧?"这就是妻子的开场白。

　　"还好,可那天不是你让他打的吗?那个秘书,也真够尽职尽责的。"

　　"他那是急着想让我们承认他是'怪'最好的秘书,恐怕是想着要和你竞争吧!还……"

　　"和我这个住在避核工事里的疯子有什么好竞争的?他该一门心思早点让'怪'指定自己为选区的继承人才是,这才是最要紧的。"

　　"问题是,选区的选民选择我做他的继承人啦!"直日恰到好处地进入了正题,"要推选出一个父亲那样的一辈子难得回一次选区的政治家来,不就看选区内那些大佬二佬们怎么定吗?究竟选谁上,那就得看他怎么样打着父亲的招牌表现了。反正说白了,选谁当继承人,真正的决定权在他们手里。当然啰,这旧体制也有它的好处。"

"你被选为'怪'的接班人,我是不会反对的。有选区的选民做后盾,你会轻松在选举中获胜的。只是,那秘书,那么卖力,白忙乎了。"

"本想揍你一顿,在'怪'面前好好表现表现的,没想到,白干了。"

"我更惨,那顿揍算是白挨了!"

"话都说到这份上了,我为什么让你打电话,这意思该明白了吧?"直日一本正经地说。

"明白,不就是让我和靖不要拆你的台,让你当上'怪'的下一代候选人,让我把'怪'的那些丑闻好好捂着,为你竞选助阵嘛!"

"只要我参选,就算'怪'死了,你用胁迫手段搞钱,照样还是有人给的。劝你还是别犯傻,你说呢?"

"知道啦!放心吧,我不会蹦出来搅局,影响你参选的。"

"选区的那些选举智囊团正在设法让地方报纸刊登我的'美谈'呢!说什么我把弱智的孩子扔给丈夫抚养,甚至还和丈夫分居,为的就是顶替活不了几天父亲当上候选人。只要你和像以前一样和我配合就行,唱这种戏,对你来说不是什么难事吧!"

"行,我答应你!再说了,不这么做我以后怎么活?这样行了吧?不过,我也有件事想请你帮帮忙。"勇鱼开口了。

"没问题,我们这不是在做交易嘛!"

"那些和'怪'明里暗里有交情的不动产商,不是在到处圈地盖别墅吗?记得我给他当秘书那阵子,他们总是先盖个工棚,平平地做个样子,然后再办申报手续,等相关部门审批,这样的地方手头总有两三处搁着。要是现在手头有能搞游艇封闭集训的地皮,我是说,如果在海边有这样的地皮闲着,能不能让我用两三个星期?是这样的,我最近交了几个朋友,他们想找地方搞搞封闭式训练。"

"南伊豆国立公园附近有一块盖别墅的地,已经平整好了。你是行家,知道的——因为上面对绿地的保护有严格的要求,现在工程停下来了。那地方是野桃树、交趾木原生林保护区。既然要在那儿建别墅,总得砍点树吧?问题是能砍多少。不动产商正在为这事和官方交涉,希望相关管理部门能把上限放宽点。那儿工棚和事务所已经盖好了,都闲着呢!住人的地方还是有的,只是没有操场,不过,有块平整好的地,用来跑跑步什么的还是没问题的。"

"这地方再好不过啦!"勇鱼说,"有那片野桃树和交趾木林挡着,正好!"

"这都怨'怪'态度不够强硬,没要求官厅把这事作为指定天然纪念物的审批特例。哪怕在医院给相关部门打个电话也行啊,反正那块地迟早都得开发的。现在可好,他的病情恶化了,这条路也给堵死了。"

"'怪'做事这么低调,这我倒是头一次听说。怕是受了我的影响吧?真没想到,他竟然会把那几棵野桃树、交趾木什么的当回事……"

"这和你那次演讲没关系,"直日说,"大概是他的灵魂被癌细胞净化了吧。这些日子我一直待在癌症治疗中心,据我看,且不说那些满脑子充满了对死的恐惧和无奈的年轻人,对那些对人生不再抱什么念想的老人来说,癌好像真的能起到净化灵魂的作用。……好了,不说这些了。反正我明天就让人把那块地皮的详细平面图、事务所的钥匙什么的送过去。对了,靖最近还好吧?"

"靖最近好像对新认识的那些家伙把心敞开了,看这架势,说不定哪天能自立,不再需要我的。"

"真是这样的话,你会不会把靖交给他们,或是干脆让他们住到家里来,然后自己回归社会?"

"可问题是,我是不可能抛下靖自立的,以后还得像现在这样过下去。"

"这对我的竞选倒是再好不过了。"妻子恢复了平静,冷冷地说。

直日如约派人带来了口信,答应南伊豆那块别墅地皮的事务所和临时工棚六月中旬到七月中旬期间任何时候都可以让勇鱼随意使用。听到这个消息,乔木心急火燎地制定好了训练计划,说是等下周星期六那个自卫队员一有空就让他和训练队一起出发去伊豆。那天,伊奈子坐在自卫队员的摩托上来到了避核工事。和上次一样,这次她恐怕也是为了向人炫耀自己有了男朋友吧。为了让靖和伊奈子道别,勇鱼带着他走出了屋子,可那个身穿皮夹克的自卫队员只是支起站架把摩托车停在里樱树旁,双手抱在胸前张开双腿站在那儿,连看都没看勇鱼一眼。不一会,这个长着炮弹模样又圆又黑脑袋的大个子男人,又重新戴上比脑袋还要圆还要黑的头盔,启动摩托车催促起来,这还不说,他的双腿还很不安分,不停地在车旁晃来晃去地踏着,看上去活脱脱就像一匹拉开架势准备奔跑的悍马。至于伊奈子反反复复对靖说了些什么,勇鱼也没听清,靖还是像往常一样一句句应着。在自卫队员不断的催促下,伊奈子没和勇鱼说上话,只用她闪亮的琥珀色的眼睛匆匆扫了勇鱼一眼就急急忙忙下了斜坡,朝里樱树跑去。然后跨上摩托车,像是这世上最柔软的物件似的抱住自卫队员的粗腰,伴着摩托车的轰鸣走了。靖木然地站在那儿,看他的神情,好像有点依依不舍,有一种被人抛下后孤零零的失落感,勇鱼也有几分同样的感受……

经过实地考察后乔木认定,南伊豆准备建的别墅的这片工地是

"自由航海团"理想的藏身之处。于是,一个星期后,他让"缩哥"和"红脸"带着另外一个年轻人开着两台车回来取用于实战的弹药。"缩哥"开的,是一台职业摄影师外拍时运摄影器材的小厢车,车身还涂成了迷彩色,用这车运弹药再合适不过了;"红脸"开的那台车,显然是为把勇鱼和靖拉到藏身处而准备的。看来,他们这样做是考虑到了伊奈子离开避核工事时勇鱼和靖的心情。趁着"红脸"和另一个年轻人把从摄影棚仓库里搬来存放在勇鱼的地下玄想室的弹药装上厢车的工夫,"缩哥"向勇鱼详尽描述了这些天"自由航海团"实战训练的情况——训练场附近海边有数不清的小码头,主人回东京城里后,他们的帆船就拴在那儿没人管。于是,他们就大模大样地把帆船"借"来,夜里在海上搞水上训练。而白天就按自卫队训练新兵的标准进行体能训练……

"那家伙,可真厉害,完全是动真格的!"说这话时,尽管"缩哥"把声音压低了许多,当他那独特的尖嗓门一点没变,"好久都没这么干过了,我有一种重新捡回了职业意识的感觉,我得不停地拍照,把训练的场景都记录下来。今天我得把新的摄影器材也装上车,可不是为了掩人耳目啊,上次带去的那点东西,真的不够用了。要说摄影对象,还是当兵的最上镜。"

"当兵的?那当兵的不是得回军乐队营地去参加训练,到大后天也就是下周一才能抽出身来吗?"

"没那回事,那当兵的一直和伊奈子在一起。要说,这次我们'自由航海团'还干了件好事,至少拯救了一个日本自卫队的队员,让他获得了自由,对吧?""缩哥"说。

勇鱼和靖在"红脸"驾驶的那台车的后排座上坐下,跟他们一起出发了。勇鱼身旁还搁着毯子和塑料袋——这东西是为对付靖晕车呕吐而准备的。没料到靖坐上车后就像住进了自己家里似的,喉咙深处轻轻地哼哼着,模仿着汽车引擎发出的声响,与其说他是一个坐在车里的人,倒不如说他自己原本就是这汽车上的一个部件。"红脸"的这台车跑在前面,"缩哥"和另一个年轻人开的那台车紧紧地在后面跟着。没过多久,勇鱼就明白这么做其实是有道理的——没错,"自由航海团"的人个个都不把汽车当回事,"红脸"自然也是其中之一。不过,要论驾驶技术,他简直就像生来和汽车有缘似的,驾驶技术娴熟至极,动作灵巧优美、自由奔放。这会儿是下午三点,上东名高速之前的这段路全在城区里,拥挤不堪不说,还得弯弯扭扭地拐来拐去。真不明白这家伙是怎么把这些小岔道记得烂熟于心的。这还不算,这车还从来没和堵沾过边,就像是在充分享受交通法规中规定的限速上限的乐趣似的,车速既没越过上限,又没比限速值低过五公里。一路上,"红脸"注意力非常集中,一言不发。看着看着,勇鱼对眼前的这个年轻人产生了新的兴趣。待到车驶上高速,速度稳下来后,勇鱼实在按捺不住开口了:

"和多麻吉一样,你车开得真棒!自然流畅,可以说到了人车合一的地步,一点都不觉得你是坐在车上。"

"乔木交代过的,千万别惹上警察,引起他们的怀疑就麻烦了。再说,这车和后面那台厢车都是从车行租来的,一般说来,车行的车,车况都不太好,我这是在憋着性子对付着开呢!"年轻人紧盯着前方、红着耳根说,"就说开车吧,当你的注意力集中时,这有点像prayer,对吧?我总觉得,开着开着,说不定什么时候就会冒出新的feeling、新的meaning的,也许这新感觉不是什么了不得的东西,反正只要你集中注意力开车就一定会有。"

"你开车时注意力够集中的,我坐在车上,最清楚了,也许这和性格有关吧……"

"哪儿的话!正好相反,我总认为自己开车太野,总有一种自杀式飙车的冲动。""红脸"接着说,"反正我爹妈都自杀死了,我自杀也无所谓。说这话时,多麻吉总是说我不对,说是谁都没有说叫人听了心烦的话的权利……"

"权利还是有的吧。"

"不同的是,我父母不是开车自杀的。他们俩,一个是上吊死的,一个是用煤气自杀的。"

"我倒没觉得你像要拖着我们飙车自杀。"勇鱼说。

"自杀前,我爸是个厨师,自己开了家小餐馆,我妈在一所高中上班。"

"管学生餐的?"

"不对,是数学老师。"年轻人马上红着脸纠正说,好像是在暗示勇鱼别想当然,"是不是觉得他们俩的结合有点怪?其实,我父亲以前也当过理科教师,自打开餐馆后性情就慢慢变了,记得他最后推出的创意食品是一款绿颜色的咖喱饭。"

"绿色咖——?"还没等勇鱼说完,靖就忙不迭地停止了模仿发动机声音的哼哼,应了一句:"咖喱!"

"说白了,其实就是在普通的咖喱饭里加进了一点小球藻。父亲一直在研究太空旅行,他一直坚持一种被 NASA 否定的观点,认为宇航员进入太空后得吃某种地球上的人没吃过的东西,只能进食某种特制的药丸。他认为,首先得把宇航员从对食品的颜色、形态的先入观里解放出来,不让他们仅仅由营养以外的其他因素决定对食品的好恶。我们,我们人类终有一天会舍弃地球的,从现在开始就得进行这方面的训练。小球藻咖喱饭就是在这种思想指导下推出的。可是这东西根本就卖不动,结果,坚持了一阵后,他上吊自杀了。有人说他是疯了,其实不过是有点重度抑郁症而已。我妈有自己的职业,原本是用不着再婚的,可是父亲去世后,她却在化妆上越来越下功夫,经常把不三不四的男人往家里带。可她毕竟是数学老师,思想比较老套,就算是对开始交往时觉得不错的男人,过不了多久她就腻了,嫌人家这也不是那也不好,最后搞得自己头疼得要命,高档眼镜后的眉尖处一粒粒汗珠往下滴。都成这样了却又不放男人回去,甚至还为这事挨过男人的打,最后还是自杀了。……至于我父亲嘛,你可千万别以为他是因为绿咖喱卖不动导致店子开不下去才自杀的哦!他是某一天突然生起上吊念头的。我妈也不是因为期盼再婚结果没能如愿自杀的。其实,和男人乱来一阵后,有段时间,她像扔掉了包袱似的显得格外平静。有一天,在改完升学补习班的作业后她突然吸煤气自杀了……于是我想,即使哪天我自己自杀了,也是不会有人往心里去的,多大个事啊?可多麻吉听了这话就烦。你是不是也觉得我说这话有点矫情?"

"怎么会呢?"勇鱼说,"我看啦,多麻吉也正是不觉得你是在矫情所以才烦的。"

"反正,最好还是把事闷在心里,啥都不说。咱'自由航海团'不是有了你这个语言专家吗?我也只是想把自己的心思说给你这个专家听听,没别的意思。"这次,该轮到勇鱼脸红了。

有了年轻人高超驾驶技术的保障,靖脸颊透着红晕,在勇鱼身旁睡得正香。

"最近报上老在说要发生大地震什么的,对吧?为这事,乔木对咱们'自由航海团'的人说啦,说是像我们这种没用的、和社会唱反调的人,到时候都会被人一个个赶紧杀掉的,因为我们这种对社会没丁点益处的人最招人恨。所以呀,我们得先想办法自保。不等大地震发生就上船去搞我们自个儿的自由航海就成。可能的话,干脆连国籍也不要了,免得好不容易在大地震中活下来了,到头来还得被征召去搞灾后重建,最后还是被人趁乱整死。按说,对我们这些知道自己处于弱势、有点被害妄想症的人来说,有这种想法是正常的吧?可多麻吉却不是这么想的,他不仅不怕地震,反而希望发生地震。他认为,只要发生了地震,这世上的自然环境,还有社会秩序都会翻个个,到处是一片火海,鼠疫猖獗。到那时候,能活下来的也就是我们'自由航海团'这些人了。就说军事训练吧,乔木的目的是自卫,担心地震时有人抢'自由航海团'的船。多麻吉可不一样,他想的是在没地震的前提下把自己武装起来,向东京发动进攻,由我们自己去制造出混乱局面来。他认为要搞就搞这样攻击型军训。对这个,我是不赞成的。至于反对的理由嘛,多麻吉也笑过我的,其实也没什么像样的理由。就拿摩托艇的引擎来说吧,这东西,我们修理修理还行,但没能耐做新的,只能把引擎用到它的寿命极限,使用年限一到就得扔掉,对吧?帆船也一样,使用年限一到就没用了,因为我们什么也不会做新的。所以说啊,就算是我们'自由航海团'在大地震中活下来了,也只会越往后越差,最后慢慢地垮掉。多麻吉说什么就算太平洋两岸都在地震中化成了废墟,我们'自由航海团'也能在地球上存活下来。可那又有什么用?真到了那一步,人类文明不就到了尽头吗?我们这些人脑袋里都是空的,什么也没有啊!我反倒是觉得,到那时候,人类会随着性子一个个自杀的。果真会那样的话,我们'自由航海团'的今天倒像是人类未来命运的一种信号。——每天晚上睡觉前我心里想着的尽是这些事。"

"你说的信号,它是怎么和整个人类的未来扯上关系的?"

"'自由航海团'的人,包括'boy'在内,大家谁都没想过将来自己成大人了、变老了后该怎么过日子。都觉得反正还没等自己成大人、成老人这整个世界就会灭亡的。既然在我们眼里无所谓将来,那就压根用不着为将来做准备了。大伙儿都是集体就业来这儿的,可没等找到像样的工作就甩手不干了。就连胸怀只有我们才能拯救地球的大志的多麻吉也觉得,即便发动了武装暴动,闹到最后我们自己终归也还得死。即便这样,或者说正因为这样吧,他反而更想早点发动暴动,就算是没到社会乱成一团那一步我们失败了也值。就算是在枪战中被捕了,我们是未成年人,反正也不会被判死刑。哪怕被判了二十年刑,没等刑期满这世界就会灭亡的,总之,大家都很自信,反正自己不会受到严惩。我也是这么想的,这样活得自在。不过我有时也觉得,咱们'自由航海团'有点像个小学一年级的特别班,这班上的每一个儿童,都是等不到毕业就会死的孩子,你看,这个班是不是可以说就是整个学校行将灭亡的信号?"

这时,"缩哥"驾驶的小厢车从超车道冲上来了,两台车并行时,另一台车上的年轻人对"红脸"无奈地摇了摇头,这边,原本动不动就脸红的"红脸"却显得特别冷静,他回了一个手势,减缓车速,把后面的厢车带到临时停车道上。

"那台车发动机好像有点不正常,恐怕是引擎温度过高。和车行的人联系吧,反而惹麻烦,还是我们自己试试吧!"年轻人解释说。

"照这么下去,等你长成了大人,那可不是一般的角色!"勇鱼说,"你为什么要加入'自由航海团'呢?难道说就因为父母都自杀了?"

"也说不上是为什么,反正就这么随随便便地进来了。其实,我们大家都这样,说不清为什么。"

说着,"红脸"回头看了看后面那台车引擎盖下冒出的热气,从驾驶席座下抽出一面小红旗下了车,对后方的来车放好故障排除的标识后,他开始动作娴熟、有条不紊地修起车来。这年轻人一旦认真地干起活来,身上"红脸"的印迹就消失得无影无踪了,"缩哥"他们也好,勇鱼也好,根本就插不上手,只能站在一旁干看。尤其是"缩哥",还沉浸在方才开车时的抑郁心境里,根本没心思和勇鱼说话。

天渐渐暗下来了,探头看着引擎盖下的这些年轻人,脸上罩上了黑沉沉的阴影,甚至显得有几分严肃。直到太阳落山,这两台车才重新上路。

车驶进了伊豆半岛浓密树林深处幽暗的道路,靖还在沉睡。勇鱼把他沉沉的头搁在自己大腿上,心中涌起一阵亢奋,觉得今天自己付出的所有辛劳都得到了回报。每当车前灯时浅时深地扫过浓密的树丛,他都能深切感受到与从围绕在避核工事附近那些树上所感受到的迥然不同的"树魂"的存在。这里感受到的,是那种从薛苔般覆盖在陡然斜向大海的山腹上的常绿灌木叶丛中升腾起的"树魂"。刚驶出拦在最后一截付费公路上类似小河里捕鱼时设的闸口的出口,两台车就沿着蜿蜒的坡路连连扭着身子一直下行。夜色中,裹在车旁的无数"树魂",身上散发着淡淡的潮汐味,就像是大海的精灵。左边斜下方的深处,便是夜幕下漆黑一团的大海。再往前看,海对面星星点点的灯火,该是渔村、要不就是东一处西一处的小温泉池了。右前方边上竖着的那面漆黑的高墙,是伸向大海的陡峭悬崖。勇鱼他们的车朝悬崖方向驶去,渐渐地,悬崖挡住了对岸的灯火,最后,视野里完全没有了它们的踪迹,甚至连大海也随之消失了似的。

这会儿,"红脸"的车速已经慢下来了。他紧盯着狭窄的路面,还不时匆匆扫一眼两旁茂密的灌木丛。没多久,前方出现了一团手电筒的光,"红脸"轻轻地鸣了一下笛,手电筒的光便应声从灌木丛深处朝路面移动。车停了,顺着前大灯射出的光束望去,一个人影匆匆跳下路旁的陡坡,眯着双眼迎着车灯站到了路中央——是"boy"!

"这车走在前面?""boy"上前打开副驾驶边上的车门,问。

"是啊,厢车在后面跟着的,该不会没上岔道笔直往前跑了吧?"

"我也觉得很有可能。行啊,好歹拦着你了。"

"你在这儿等着,是为了指路的?站多久了?"勇鱼问。

"我没表,也不知道等多久了。反正,记得是七点钟动身的。"

"在这儿守了五个小时?"勇鱼有点心疼,接着又问,"这黑灯瞎火的,你一个人在这儿想了些什么呢? 五个小时啊!"

"黑乎乎的啥都看不见,我能想什么?"没料到"boy"竟会这么回答,听起来像是对勇鱼的话懒得理会似的。

刚才,车一直是沿着海边的公路迂回过来的,从这儿开始,得先从海角低处向上爬坡,然后顺着山梁前行,驶向突向大海的海角最前端——电铁车站就在那儿的最高处。那条轨道线是通向伊豆山脉的,一路都是上坡,路两旁全是已经交付使用的别墅群。为防止车走错道,一路上,树林深处的每个拐角都有"自由航海团"派出的探子守在那儿指路,不一会儿,车里就被灌木丛中冒出的那些探子塞得满满当当了,无奈,勇鱼只好把熟睡的靖抱在膝盖上,和裹着因在灌木丛中待久了而发冷冰凉的壳的那些年轻人相反,靖浑身热烘烘的,像是在燃烧……

"哎,忘了,又忘了,这不就等于什么也没干吗?!"副驾驶座上,在同伴众目睽睽之下打着瞌睡的"boy"突然惊叫起来。大家窃笑着,叫醒了刚为自己的噩梦做完广告的"boy",尽兴地逗了他一阵。"boy"迷糊着惺忪的睡眼,愣愣地看着大家,一言不发。车上的年轻人你一言我一语替"boy"向勇鱼讲述了方才这个做过不知多少次的噩梦的情节——刚入睡时,"boy"往往会觉得自己一无所成,还像个稚嫩的没本事的孩子,进入深睡后,他会以为自己能耐了,终于干成了一件像样的大事。真正的噩梦是从这儿开始的,可惜,一旦进入噩梦的正题,他就会慢慢地把自己干成的那件事忘掉。就像古时的滴沙钟一样,记忆的线索会缓缓坠向遗忘的深渊。每到这时候,"boy"就会发出叹息:"哎,忘了,又忘了,这不就等于什么也没干吗?!"……

"那后来呢? 我是说,要是你没被他们叫醒的话——"勇鱼直接问"boy"。

"哪有什么后来？梦做到这儿就完啦！剩下的,就是什么都忘得一干二净,酣睡得像头死猪。""boy"的回答倒是爽快。

终于,勇鱼他们的车走到了林道的尽头。正前方,一根长着白皙的皮,浑身布满大大小小灰白色裂纹的巨大树干挡住了他们的去路,车冲到大树跟前,紧贴着树干停下了。抬头一看,满眼尽是紧紧聚成一团的小树叶,颇有气势。是野桃树！勇鱼认出来了,不由得心头一震。他真切地感到,凝聚着所有野桃树精华的真正的"树魂"正穿过灭掉前车灯后形成的黑幕朝自己走来。"我知道了！"——勇鱼内心深处发出了呼喊。此刻,他已经微调好自己的灵魂天线,随时准备接收"树魂"发出的信息。无论这儿发生什么事,我和孩子会受到你的庇护的！——勇鱼默念着,跟在那些默默下车的年轻人身后走出了车门。刚才车厢内还有点昏暗的灯光,现在,外面是一片黑暗。探着脚下一踩就塌的熔岩碎砾,勇鱼抱着毯子里裹着的靖犹豫了,愣愣地站在原地没动。夜色笼罩下的空气中充满了盐的微小颗粒,湿漉漉地、沉沉地扑打着他原本就冰冷的肌肤。

就在这时,正前方的黑暗中有人朝他大步走来,像压过来一堵黑乎乎的墙。

"来啦？我用手电照着路,你在后面跟着,下坡后往左边走,你的宿舍就在那儿。"

"你这个年龄的人当然没听说过啦,这会儿,我想起了当年听到空袭警报东躲西藏的情景。这气氛,还真像那么回事。"

"咱这不是实战演习嘛！"乔木答道。

勇鱼刚抬起腿准备朝前走,乔木就把脚下的路照亮了。就在他们像拖着脚镣的囚犯似的抬腿跨向电筒照亮的光环时,从刚到的厢车上跳下一个年轻人,也不顾脚下的路看不看得清,风风火火地朝这边跑了过来：

"'缩哥'他这是怎么啦？我们几个望风的都上了车，到海角山顶的时候，这家伙却突然跳车跑到树林里去了。大家起初以为是闹着玩的，于是就下车去追，没料到他对我们动真格的，又是打又是踹，死活不回来。费了好大劲，最后好歹还是把他抓回来了。这究竟怎么回事？难道真是在闹着玩？"

对这个年轻人的疑惑，乔木只是默默地听着。勇鱼听到了他呼吸的声音。迟到的厢车上好像还有人在闷声不响地斗殴，过一会儿，一切归于了平静。

"那可不是在闹着玩！"乔木对赶来汇报的年轻人说，显然，他有点不耐烦，"反正，你们好好地看着他，别让他跑了。我先去找地方让靖睡下，马上就回来……"

说完，也不对心存疑惑的勇鱼说点什么，抬腿就朝电筒照亮的光环踏去。看样子，他似乎不想让勇鱼和"缩哥"挑起的这起突发事件有什么瓜葛。无奈，勇鱼也只好跟在乔木身后，顺着一下脚就崩塌的熔岩碎砾坡往下走了十米左右，来到了坡下。借着手电筒的光一看，再往下是一段在熔岩上凿出的石级。不过，乔木没有带着勇鱼笔直往下，而是把他领进了石级左边的岔道。上岔道后，没走多远勇鱼就发现，路右侧有一小截木梯通向一个用砍平的原木铺成的简易阳台。而阳台后的那间房子，是一栋用白木板横起来钉成的山间小屋。走到这儿，乔木站住了。他用手电筒的光指着房子的门，对勇鱼说：

"前两天，那当兵的和伊奈子还在这儿住过。在这儿，除了这栋，再没有独立的单间了。我们在搞灯火管制，你进去后，要先把门关好，然后再开灯，开关就在门右边，位置比一般的要稍微高点。——对了，刚才我不是说过'缩哥'他不是闹着玩吗？其实啊，在那之前，那些守在海角山崖顶等你们车的探子就给我传来了消息，说是还有一台车在跟在你们后面,后来不往前走了,一直在通往海角山崖顶的那条路的坡口待着不动。不过,那台车后来还是朝东京方向折回去了……反正,眼下这事还和你没什么关系。"

"那是。"勇鱼应道。

"好啦,不说这些了,你先让靖睡下吧!"说完,乔木踩着熔岩石砾发出咯吱咯吱的声响急匆匆地走了。

到这时,勇鱼才真正感觉到自己实在是太累了。他连那几步楼梯都懒得上,在原地站了一阵。"缩哥"他这究竟是想干什么?还有那台在后面跟踪的车,究竟怎么回事?——黑暗中,勇鱼向身居这片海角,并紧紧围在自己身旁的"树魂"发出了自己的疑问。

"是夜莺!"靖醒了。他不会慌不忙地打起精神,喃喃地说。

"哦,真的?"说这话时,勇鱼的声音有点抖,不太干脆,"我怎么没听出来这是夜莺在叫?靖,这下,你可以好好睡啦!"

"靖好好睡!"毯子里裹着的热乎乎的小东西说。

直到这时,勇鱼才凝神听了听虽说有点潮湿、但非常清新的空气中传来的夜莺的鸣叫声和山底下传来的潮汐声。"缩哥"他究竟想干什么?乔木他们会怎么处理这事?——勇鱼又一次向"树魂"、向潮汐远方的"鲸鱼魂"倾诉了自己的心声。可心中涌起一阵几分烦躁和几分厌恶的预感,这使他无法静下神来面对"树魂"和"鲸鱼魂"。再说,和怀里抱着的孩子一样,好久没像今天这样坐这么久的汽车了,他自己也疲惫不堪了。

——隐隐觉得有人一窝蜂地朝自己扑过来,勇鱼惊醒了。四肢还在发麻,无法随意动弹。他无力地抬起了眼皮——一束手电光扫过自己的脸,黑乎乎的房里竖着好几个人影,还有人似乎在墙上一次次胡乱摸索着,在找到灯开关。意识还没完全清醒,可自卫本能已经启动了——原来,自己一只胳膊早就伸向了靖,并一直保持着这种姿势没变。直到这时,意识才开始真正发挥它的功效,让这会儿自己躺在哪里、闯进房里的都是些什么人这些信息浮上了表层。终于,有人发现原来灯的开关是直接接在布罩着的灯泡上方的,他扭了一下开光,灯亮了。只是,站在那儿的那群人,他们的上半身仍旧掩在黑暗里。

"吵醒你了,不好意思。没办法,只有这个单间能用来监禁'缩哥'。"打招呼的是乔木。

"手铐要打开不?"一个年轻人问。

"我反对!"听声音就知道,说这话的是多麻吉,"要是'缩哥'绑架了靖,用他作人质要求我们释放他,那就麻烦了。"

"我可没那么傻!到时候你肯定又会说,'靖的死活咱顾不上了,就这么把他关着,不放!'你他妈这德性,谁不知道?""缩哥"好不掩饰对多麻吉的反感,说话的声音昏昏糊糊,像是嘴里含着购物袋什么似的。

"把他的手铐在前边,让他能仰着睡!"乔木说。

"像这样一点点地没完没了地让着他,到头来我们会什么都捞不着的,就像'boy'做梦时说的,这不和什么都没干一样吗?"

"这话没错,我也赞成。""缩哥"虽然嘴上这么说,但还是顺从地伸出胳膊,让大伙把自己的双手铐到了胸前。

"行了,把他放倒!"乔木说。

"用不着,我自己来。有地球引力,我自己能倒下。""缩哥"话音没落,不知被哪个站在身旁的年轻人扫了一腿,他头在房间的板壁上磨蹭了几下,缓缓地在墙角旁倒下了。

"谁让你这么干的?多麻吉!"乔木吼了一句,嗓音里伴着疲劳和不快。不过,多麻吉却好像根本没把他的话当回事,依然一脸心安理得。"我会从外面把门锁上的,你和靖还要接着睡,是吧?门外有人看着,要出去叫一声就是。眼下,'缩哥'的事你先别管,让我们来看着办。"

"你就放心吧!就算要放我出去,我还不答应呢!""缩哥"说。

乔木他们出门走时,勇鱼看见嫩绿的灌木丛中飘动着淡淡的雾,看样子,天就要亮了。反正关在漆黑一团的屋子也没啥事可干,于是,勇鱼又钻进了被子。

"多麻吉这小子,其实手很贱的,动不动就打人。妈的,我嘴里都被他打烂了。"黑暗中传来"缩哥"的声音。

"先不说这个,我想知道,这到底怎么回事?你被什么事搅和进去了?"

"什么?我被搅和进去了?""缩哥"重复了一遍。勇鱼听了一怔——他说话的口气里,明显含着得意的成就感,"正好相反,是我把'自由航海团'搅和进去啦!被我这么一推,他们就得接着朝前走啦。往后,我只要站在禁止掉头的弯道口上放他们通过就是了。只有这样,'自由航海团'才能成为真正意义的结社。"

"你究竟想干什么?"勇鱼越听越糊涂。

"眼下,该干的我都干了。以后,就看他们怎么越过这道坎了。现在,大家陷入了惊恐状态,各人在打各人的小算盘。多麻吉这种容易受情绪左右的人,是在通过暴力发泄焦躁。反正,大家都在走着瞧。昨天,那帮家伙审了我一个通宵,那架势,可不是一般的狠毒。这会儿,说不定他们正红着双眼,在后悔做完不该那么干,可真正的谋反者,却优哉游哉地躺在这儿睡觉养神呢!"

话虽这么说,可当他想伸展一下身体时,"缩哥"还是疼得"嘶嘶"地直叫唤。勇鱼只好接着和他聊,借此表示安慰:

"你说该干的都干了,都干了些什么事啊?"

"我干的事都是啊!不是说过我给他们拍了军训的照片吗?要

说接受过的专业训练,我也就是当过摄影师,干不了别的。那帮家伙能坐着船从海里划到岸边,然后攀上悬崖、钻过灌木丛向填埋工程的工地发动冲锋,我可没那本事。还好,我手上有相机,还能派上用场……"

"你是说,其实他们不想让你拍照?既然这样,拍的时候乔木他们当场拦着你不就得啦?"

"不是。能把军训的场景用照片记录下来,他们高兴还来不及呢!越是要拍,他们越是做得像那么回事。——可他们万万没想到,我会把军训的那组底片拿去卖给画报周刊做图片。"

"真的拿去卖啦?"勇鱼一脸茫然,追问了一句。

"没错,真的卖了。我以前本来就是画报周刊的摄影师嘛!当然,卖底片时我提出了先决条件的。那就是,照片的拍摄场地是在哪儿、照片上的那些人属于一个什么样的团体,这些都得保密。可编辑部的人说,至少得确认一下,保证这些照片不是摆拍的吧?于是我就答应让他们派车跟在我们后面,但只能跟到岔道口。"

"你是说,快回到这儿时你突然觉得不对劲,心里想,糟了,这下一切都暴露了!想到这儿,你就害怕起来,于是就决定逃到掉尾巴的那台车上去,跟他们一起回东京。我没说错吧?"

"怎么会?我压根儿就没打算要逃到岔路口那儿去。想想看,我一个身体萎缩的人,要在漆黑一团的夜里钻过那么大一片灌木丛,我做得到吗?"

"可他们都说了,你想跑,而且被逮住了还拼命反抗哦!"

"这话没错。要是不这么干,什么也没法启动啊!我就是这样把'自由航海团'搅和进去的。又是逃跑,又是被抓住,还反抗,这样一来,他们总得审问我了吧?再说,抓住我的时候他们已经动过手了。到这一步,暴力的引水已经被我灌好了。审讯时,我也是一直在挑衅,让他们对我施加暴力。用这种方式,我已经放他们通过不能回头的弯道拐角了。"

"可是……"

"你是想说,可是,有这个必要吗?对不?那我先反过来问问你,你觉得就这么训练一下,'自由航海团'就会自然而然地产生飞跃,成为不同于小流氓团伙的独立组织吗?"

"这个可没想过,因为原本我就没觉得非得有这种飞跃。也许他们不会变,会就这么一直活到老,可这也没什么不好啊!你干吗非得逼他们去飞跃呢?"

"那是为了实现我'缩哥'的预言!"说这话时,"缩哥"显得格外得意,"至于说我的预言嘛,我就这样一天天地缩下去,到收缩压导致内脏不能正常活动时,总有一天会死的,到那时,我不就能把自己从生到死这一路上经历的,本应是自然的但却是混乱的、倒着往回走的成长路告诉全人类了吗?我一天天苦熬着当'缩哥',这本身就是一种预言,我也只能兑现这个预言。可是要等到我一天天不停地缩下去,直到缩死,然后通过我的死去兑现这个预言,这还得等多久啊!这些日子我突然觉得,这个进程必须加快,而且得赶在'自由航海团'散伙前实现我的目的——因为只有'自由航海团'的这帮年轻人才能帮我把已经实现的预言散布出去。于是我想出了一个办法,让他们对我产生怨恨,然后把我打死——这样一来,我'缩哥'的预言不就能兑现了吗?"

"把你打死?这种事,'自由航海团'的人怕是不会干吧?就算多麻吉再怎么粗野,我想他也不会那么干的。"勇鱼说。

"你说的是以前的'自由航海团'——!从昨天起,它已经变啦!等着瞧吧,等天大亮了,他们还会来审讯我的,尤其是那帮年轻人,他们会把我打死的,不会让我活着的。这样一来,我'缩哥'的预言也兑现了,'自由航海团'也演化成了一个不会轻易消亡的真正意义上的组织,除非官方出面围剿。到那时,沾上了我的血的这些年轻人的行动本身就会成为扩散我'缩哥'预言的活动。"

勇鱼费尽口舌和他争辩了好久,但最后,一切努力都失败了。就在这时,身旁传来了微弱的、充满叹息的哭声。这哭声,像是对自己精疲力竭后的无可奈何的预报。

"靖在哭呢!""缩哥"说,他的亢奋已经消退,剩下的,只是消沉和压抑,"看看怎么回事。"

"靖别哭啊,靖,靖——"

"是难受才哭的吧?恐怕是累坏了,想多睡会儿,可我们却在这儿闲得无聊说些废话,这才难受得哭的吧?"

往常,靖一般是哭一两声就完事的,他今天这是怎么啦?勇鱼伸手摸了摸靖热得发烫的额头,心里却在想:刚才说的那些,难道是闲得无聊的废话吗?他觉得,"自由航海团"的那些年轻人,已经被"缩哥"狠狠地耍了一把,而且他还有一种预感,往后,还会被"缩哥"耍得更厉害。不过眼下他也无能为力,唯一能做的,就是躺下再迷糊一会儿。

第十三章　审讯"缩哥"

房子外边远远传来了训练的叫喊声。室内的温度越来越高了,别说毯子,什么都不盖身上也黏糊糊的。而且,除了温度,房里还有另一个实实在在的热源,这就更催人流汗了。勇鱼伸出手,想把这个热源推远点,没料到却反被他的小手掌推了回来。靖一定是病了!——这念头像一道闪电,刺得勇鱼"啪"的一下睁开了双眼。只有当自己的肉体病得极度痛苦时,靖才会拒绝勇鱼的呼唤和爱抚。

"靖,是不是热,是不是哪儿疼?靖,靖,是病了吧?"勇鱼低声呼唤着,声音里充满了怜爱。

靖没吱声。看来,他早就醒了,而且一直在不声不响地独自面对着孤独的体内的异常。"缩哥"也一样,显然他也比勇鱼醒得早,一直在冷静地等待着和勇鱼说话的时机。直到这时,他才带着一种嘴里含着乒乓球似的障碍感,吐词含糊不清地开口了:

"干吗不开灯?外面都大白天了,灯火管制已经没意义啦!"

勇鱼拨亮了灯,回到四周被布罩着的灯泡吐出的明晃晃的圆锥体下。靖闭着双眼的头部正好在圆锥体底部的中央。他满脸红得像辣椒,柔软的头发上尽是汗,沿着头盖骨的边缘线紧紧地粘在皮肤上。"缩哥"慢慢走到靖的身边,和正在发烧的靖一样,使勇鱼感受到了看到怪物时的那种强烈视觉冲击力——他整个头肿得变了形,像是直接从上身冒出来的似的。

"这明摆着是病啦！有一股发烧的热烘烘的气味。不过先得给他把泡尿。""缩哥"挣开沾满眼屎的肿胀双眼瞅着勇鱼，说。

勇鱼轻手轻脚地抱起靖，带他去撒尿。尽管靖从昨晚起就从没排泄过，可这次尿的量还是少得可怜。无疑，这是身体脱水的症状。

"'自由航海团'里有块当医生的料。是'boy'生病时我们觉得需要有一个这样的人拉他入伙的，得让他给看看。"

"要我说，你自己也该去治治才是。"勇鱼说。

"我的身体就用不着恢复啦！""缩哥"已经下了决心，说话没有商量的余地。

"咱们去去就回来。"勇鱼心里默默念叨着，想让孩子产生心灵感应，可靖只是有气无力地咳嗽了一声，微微张了一下紧闭的双眼，接着又闭上了。看来，他现在对谁都不感兴趣。

"开门，我找乔木有事！"勇鱼心急火燎地叫着，像是遭到袭击时向人呼救。门开了，强烈的光线晃得他眼前一片漆黑。他跌跌撞撞地还没朝前走几步，就险些摔倒在狭窄的阳台上，好在身旁被什么硬东西撑住了这才没有倒下。站稳一看，原来是多麻吉后仰着身子端着来复枪一条腿跨在楼梯上站着，是他用枪管抵住了自己的腰。

"该不是怕我开枪把眼睛闭上的吧？"多麻吉死皮赖脸地嘲笑勇鱼说。

勇鱼没理会他，不声不响地走下了楼梯。他抬头看了看正前方灌木丛远处的熔岩斜坡，找出昨夜看到的野桃树，再一次确定了自己所在的方位。与此同时，他还在心里默默向"树魂"祈祷着，请求他让孩子的烧降下来。多麻吉肩扛来复枪走在前面，勇鱼紧跟在他身后，回到昨夜深一脚浅一脚走过的小路，顺着木板挡着的动不动就坍塌的熔岩砾石级往下，来到了一大片已经平整好的开阔地。这地方很大，足够一台大卡车轻松地掉头。开阔地西边有一条形似山谷的通道，通道两侧，展开双臂都合不拢的硕大的火山熔岩比比皆是，酷似两道高墙，十分显眼。每一块暗褐色的熔岩表面都蒸腾着浓浓的水雾。

"刚下过一阵雨，石头一晒热，积在上面的雨水一蒸发，就成这样了。"多麻吉解释说。

勇鱼昨晚过夜的山庄就在开阔地北面的高坡上。从这儿远远望去，那房子就像一个吊在山上的鸟笼。山庄正下方那栋酷似仓库的两层楼房，是这片工地的办公楼。乍一看，山庄好像是这栋房子的三楼，但事实上，它却是一栋依山而建的独立建筑。它的南面，是一片顺着斜坡缓缓伸向大海的原生灌木林；它的正东面，还有一栋模样像工棚的组装房。

"乔木，他说找你有事！"走在前面的多麻吉大步横穿过开阔地，鞋也不脱，直接闯进组装房敞开着的大门高声叫道。勇鱼一路小跑着紧跟在他身后进了门。这时他才发现，原来近门处是一块裸着泥土的土间。土间右侧深处还有一间铺着榻榻米、比土间高出一大截的小房，房里，乔木正坐在书桌前看着什么。勇鱼走上前，也对乔木打了一声招呼。就在乔木抬头看着勇鱼的那一刹那勇鱼发现，乔木身旁的板壁裂开了一条很大的口子，外面是完全暴露在阳光下的伙房。伊奈子上身只穿着件跑步衫正在那儿忙乎着。见勇鱼来了，她连忙隔着板壁问：

"靖呢，怎么没把他带来，还在睡吗？"

"不是。他病了，我也不知道究竟怎么回事，反正在发烧是真的。"勇鱼回答说。

"那我去把医生叫来。有一拨人在那边训练，他正在那儿陪着呢！"

"你就别去啦,接着做饭吧!"一听乔木这话,或许是训练累了正躺在他身旁休息的那个年轻人立刻站起身来。"行,那你就跑一趟,去把医生叫来。"乔木说。

"这医生是我们'自由航海团'的船医,人家在正宗的医学部待过,瞧病可准啦!"伊奈子这么说,显然是为了打消勇鱼的顾虑,"反正等着也是等着,要不,先来点杂炊①?"

"还是等会儿和靖一起吃吧!"

"靖的那份,等会儿给'缩哥'送饭时我会带去的,还是让我去陪着他吃吧!"

"正好我这儿有点东西也想给你看看。"乔木接着说,"我们检查了'缩哥'的随身物品,发现里面有那家伙以前作品的剪辑。刚才我一直在看,你看看吧,等会儿也说说你的想法。"

"还有这事?我怎么不知道?给我看看!"说着,多麻吉抢在勇鱼前面伸出他的猿臂夺走了乔木手里的大文件袋。

"你小心点,这是人家的作品!"乔木说。

勇鱼从伊奈子手里接过盛满和乱煮糊糊没什么两样的杂炊的粗瓷碗,低头看着碗里喷喷外冒的热气,又闻了闻碗里猪内脏和胡萝卜的气味,甚至还伸出一只手掰开了搁在碗沿上的一次性筷子。可他觉得,自己的胃像是紧紧缩成了一团不愿张开似的,毫无食欲。

"我特别想听听你对这一组照片的看法。"乔木说着,把几张照片排列在榻榻米上,听到这话,勇鱼赶忙在板壁旁的地下放下了手里的大瓷碗。这些照片是多麻吉抢过去草草扫了一眼后还给乔木的。其中有一张好像是在公共浴池的大洗脸间拍的,面盆的位置显得格外低,旁边拥着一群穿着睡衣的孩子,与其说他们是在洗脸,不如说

---

① 杂炊,一种用切碎的蔬菜、肉末等和米熬成的,用酱油或豆瓣酱调味的稀粥。

他们是赖在洗脸盆前不走,或者干脆说他们是霸着洗脸盆不放。照片聚焦在前景里的那个年龄比其他孩子稍微大点的孩子身上,他把下颚搁在洗脸盆边上,张开扁平得像两条桨的膝盖使劲朝上顶着身子,两根又瘦又长的细胳膊吊在洗脸盆下方,软塌塌的。和正常人相反,他完全是以骨头与骨头的碰撞为支点在吃力地把身体向上顶,肌肉根本没起作用,一点都使不上劲。还有一组照片是以同一个少年为主题的,一共有三张,第一张上,他还是个靠自己力量拄着拐杖站着的幼儿;第二张上,他脸上没了稚气,已经是一个少年了,正自己坐着轮椅上学,车轮白色的辐条是虚化的,形成了一条溅起的水花般的弧线;而在最后那张照片上,他的脸已经显出几分老成,他身上裹着床单在床上静静地躺着,就像以前从没走过路似的。

"'缩哥'获得新闻摄影作品奖的,就是这组照片。"乔木指着照片说,"看样子是在专门收养肌肉萎缩症的孩子的机构里拍的,标题也是'萎缩的孩子们'。看到这组照片时我开始怀疑,'缩哥'不仅身体没有真的萎缩,他甚至不像是个得了妄想症、成天以为自己身体在萎缩的疯子。"

"原来他是事先计划好的?打着肌肉萎缩症的幌子混到我们里边,拍下我们的照片原来为的就是再得一次新闻摄影奖。他奶奶的!"多麻吉大大咧咧地骂起来。

"要不要再来一碗?"伊奈子从伙房探出头来,问。

"你做的杂炊,勇鱼不会吃的。刚才那一碗,还放在那儿没动呢!"多麻吉说话的口气还是那么冲。

"要是你都咽不下去,那靖就更不用说了。"伊奈子显得很无奈,可怜兮兮地说。

这下,勇鱼得找个借口辩解了:

"哪儿的话!太烫了,我只是想等放凉点再吃。"

说完,勇鱼站在板壁边开始吃起杂炊来。就在这时,屋外有个年轻人正顶着烈日、从火山岩堆升腾起的水蒸气雾中朝这边跑过来。这年轻人看上去约莫二十多岁,可装扮还是一副童子军的模样,他身上穿着的,要么就是美军的野战军装,要么就是仿美军军装做的迷彩服。他头戴野战帽,肩挎急救箱,这急救箱好像也是美国兵用过的旧货。

"乔木,找我有事?"一冲进土间,年轻人就均匀有力地喘着粗气问,听喘气声就知道,这家伙身体不错,"别急,让我先浇浇头再说!"说着,年轻人就心急火燎地冲进了伙房。

伊奈子紧跟在他身后说明了事情的原委:

"这儿有个孩子,叫靖。这孩子,特讨我们'自由航海团'的人喜欢,他不怎么说话,但耳朵可厉害啦,太神了……"

医生顺手拿来一条毛巾搭在头上,这毛巾是湿透的,与其说是用它擦头发,倒不如说是用它朝头上浇水。他就这么头上捂着毛巾回到了房里。

"听说孩子在发烧?还有别的症状吗?比如说咳嗽、呕吐什么的。"医生问勇鱼。他说话的口气,倒真像个专家。

"眼下只是在发烧。"勇鱼回答时有点心虚,自己毕竟是外行,或许观察时遗漏了什么盲点。

"你怎么不问问靖以前得过什么病?"伊奈子插了一句,又扭过身看着勇鱼说,"他不是从出生到现在一直很不幸吗?"

"不用。就算现在提供再多的信息也没用,反正眼下我也没本事把它们用到具体的治疗中去,"医生很理解勇鱼此刻的心情,马上接过话头,打消了他的疑惑,"也只能先看看孩子再说。"

"不管靖吃不吃,我还是把杂炊带去。对了,凉水和温水也得带上。你看还要带什么?"

"不是还有汤罐头吗？"医生说，"我们是在搞食物统一管理，可这不就是个训练科目吗？"

"就算只是个训练科目，原则也得遵守啊！再说了，我们现在搞的，不正是训练吗？"多麻吉阻拦说，"使用特别限定物资时，要全体讨论通过才行，这不是咱们自己定下的规矩吗？"

"罐头怎么用，伊奈子可以做主。"乔木说。

"像这样一点一点的破例，最后一点原则都守不住的。这道理，'缩哥'最明白了，可惜啊，如今他已经是我们的敌人了。"

"多麻吉，去把你那敌人带来，记住，你那手，可别动不动就犯贱！等医生给靖看完病，你也过来在这儿待着，伊奈子做好了汤，还得在靖身边守着不是？"

"这样吧，勇鱼你先把凉水和温水提去。"说着，伊奈子按照乔木的指示立刻忙乎起来。

勇鱼一手提着一桶水，跟在背着急救箱的医生身后离开了工棚。多麻吉和另一个年轻人早就穿过开阔地，脚下扬起灰蒙蒙的沙尘登上了木板围着的石梯。勇鱼远远地跟在他们身后头顶着还没完全散尽的扬尘顺着石梯缓缓往上爬时，发现火山熔岩壁西边远处有一棵大榉树。它背对着阳光下闪烁的、酷似一面大镜子的大海，枝叶紧紧抱成一团，严严实实地遮住晴空，在地上投下一大块由无数个小斑点组成的黑压压的阴影。这榉树远看像是一棵大树，其实是由一棵老树和一棵幼树构成的整体——老树的身边矗立着一棵幼树，虽说它的树干没老树粗，但高度上毫不逊色、柔嫩的枝条甚至比老树伸得更远。这时，浑身是汗的勇鱼内心深处响起了榉树"树魂"冷冰冰的声音——"快看！快看！"原来，是早上还守在门口的那个年轻人、多麻吉还有另一个年轻人正架着"缩哥"的两只胳膊把他拖出了山庄，正迎面朝这边走来。医生上前拦住他们的去路，愤愤地说：

"太过分了，多麻吉！人家整个脑袋肿得像气球了，都不处理一下！"

阳光下看去，"缩哥"那遍是伤痕、处处留着干血壳的脑袋，令人惨不忍睹。没等多麻吉回答，"缩哥"从被眼屎颗颗紧紧捂住的眼帘吃力地撑开一条透着亮光的缝，对医生大声嚷嚷起来：

"别惦记着给我疗伤啦，反正总是个死！倒不如我被处死后好好替我收尸，最好给我做个解剖！"

"缩哥"这番劈头盖脸的话，让医生十分难堪。"缩哥"说完，转过身去，像带着自己的随从似的，悠闲自得地走了。

勇鱼和医生默默地继续朝前走，进了山庄。医生不知什么时候捡来一块拳头大小的火山熔岩，用它抵住门，以便房里有足够的光线。接着，他又走到面朝斜坡的板壁前，打开了两扇齐胸高处的窗户。靖像一个被人遗弃的孤儿，紧闭着双眼躺在那儿一动不动。勇鱼把手里的两只桶放到他身旁，低声唤道：

"靖，靖！"可是，靖那张皮肤下滚动着发烧热浪的脸仍然没动，只是眼睑微微抖动了一下，露出了一条似有似无的细缝。

"靖，喝点水吧！"医生看着靖的脸，说。

还是水这个字发挥了奇效。孩子吃力地睁开眼，向前突了突厚厚的嘴唇。勇鱼从外侧凝着水底的冷水桶底部捞出镔铁杯，舀出一杯凉水，扶起靖，把水凑到他嘴边。靖立刻凸起嘴唇，胸口起伏着发出咕咕的声响把杯里的水一饮而尽。勇鱼抱着软塌塌的孩子，顿时觉得流进靖身体的冰凉的水同时也在清洗着自己的体腔。勇鱼又满满地舀了一杯水贴近靖的湿嘴唇，可他不想再喝了，把头扭到勇鱼肩上，像是在避开水杯。

"这孩子自控能力不错。"医生说。

医生脱光了靖的衣服。由于长时间大量出汗，靖的身体里散发出一股以前勇鱼不曾闻到过的近似小动物的气味。

"啊,肚脐边上有疹子!"医生说,"你昨晚被虫咬过吗?"

"没觉得有虫咬啊。"勇鱼说着,仔细看了看靖的身体。孩子微弱地呼吸着,他裸着的身子,和自己的身体很像。果然,在靖的腹部,勇鱼发现了一粒突起的小疹子,而且形状还十分清晰。

"靖出过水痘吗?"

"水痘是什么东西呀!这个,我不清楚……"

"也就是说,靖是没出过水痘。像你这样细心的父亲,要说不记得孩子出没出过水痘,那是不可能的。"医生说,"我看不像是痱子。明天这疹子会长满全身的,发际,甚至口里都会一颗颗冒出来的。"

"这,很危险吗?"

"一般说来没什么危险。也有个别的孩子会发展成水痘脑炎,不过别担心,那只是极其罕见的个例。"

医生发现了能靠自己的能力处置的病例,暗暗地有点得意。受到他情绪的感染,勇鱼心里也平静了许多。

"发现新出的疹子就涂点止痒的软膏。我这就给他擦擦身子,洗洗手,指甲也得剪掉。"

说完,医生有条不紊地忙碌起来。很明显,他受过相当严格的临床训练。勇鱼本想在一旁帮帮他的,可见他动作如此娴熟,最后也只好待在一旁干看了。在一旁愣愣地看着一个完全不相识的外人在这样打理着靖的身体,勇鱼不禁产生了一种错觉,好像自己已经死了,是自己死后的意识化成了一种以太状的物质在飘来荡去地看着医生的一举一动。这种体验,和"boy"所说的幻觉很有几分相似。

"打针、吃药什么的,怎么办呢?"勇鱼问医生。

"针对水痘和针剂、内服药什么的,目前好像还没有。从病理上说,一般都是听其自然,不采取任何措施。让疹子快点出透,然后等着它自然消退就行了。"

"可是,疹子出得厉害时,孩子会不会很痛苦?"

"那当然!"医生的回答干脆得出乎意料。

"在发烧还擦身子,这不好吧!"原来是伊奈子提着盛好汤的饭盒赶过来了,她一进门,就一脸疑惑地问。接着她又看着靖问:"靖,你怎么啦?靖,你说话呀!"

靖的眼睛一直是闭着的,听到伊奈子的声音,他吃力地微微睁开眼,试图对伊奈子作出反应。看到眼前的这一幕,勇鱼又重新回到了死后意识的以太的心境。

"是发水痘,看,已经出疹子了。"医生说。

"看,这疹子多漂亮,靖!"伊奈子双膝跪下,向前探着身子,低声说。显然,伊奈子这会儿心里轻松多了。

医生刚往后退了一步,伊奈子就赶紧又朝前探出身子,趴到了孩子上方。这下,她短裙下的屁股就完全暴露在勇鱼眼皮子底下了。尽管两条大腿是重叠在一起的,但已经洗褪色、越来越薄的内裤根本遮不住她的身体,透过内裤,勇鱼看见了她褐色的肛门、肤色昏暗的外阴,紧缩成一团的内裤甚至把蓬松的阴毛都挤到了裤裆外。就这样僵持了一阵后,医生终于开口了,他说话不紧不慢的,像是在念剧本的台词:

"我说,伊奈子啊,你大腿根全露在外面呢,人家大叔都勃起啦!"

勇鱼狼狈极了。不过,伊奈子并没打算就此改变自己下半身的姿态。她的胸部还保持着凑近靖上身的姿态,只是往后回了一下头,傻傻地、不慌不忙地,却又是一本正经地说:

"现在,就算私处被人看见了我也不会在乎的!反正那事也和人干过了,也就那么回事。对人来说,这性器官是干吗用的,咱也知道啦！不过,我这会儿在担心靖的病情,我可不想有人在背后偷看,不想被人耍着玩。"

"不好意思,是我不好,说话不是时候。"医生自讨了个没趣,灰溜溜地说。

听了医生这番话,勇鱼更是觉得,伊奈子刚才的话里深深隐含着这样的余味——当一个人毫无防范的时候,对别人突如其来的侵犯,他是完全无能为力的。除了死心就范,别无选择。

"我们还得去参加'缩哥'的陪审,该走啦！注意别让靖挠生出的疹子,会越出越多的。"好一阵,医生羞愧得没说一句话。这会儿,他已经缓过神来了,平静地交代伊奈子说。

"靖就交给你啦,拜托！"说着,勇鱼也挺直了身子,准备动身了。说这话时,他心里也怀着对伊奈子深深的歉意。

勇鱼和医生离开了山庄。走下刚才经过的那段木板围着的熔岩石梯时,眺望着那两棵背对大海挺立的榉树,勇鱼在心里默默向"树魂"报告了孩子的病情——"谢谢了,儿子没什么大病,只是在出水痘。"回山庄前,还能听见从那片开阔地传来的喧闹声,可现在,那些年轻人全没了踪影——此刻,他们都端坐在大门敞开的工棚里,等着一场大戏拉开帷幕。这些"自由航海团"的船员都在扭头看着门外,盼着团里的语言专家和船医来参加对"缩哥"的审讯。

"缩哥"在榻榻米房中央的地上盘腿坐着,戴着手铐的双手搁在膝盖上,反撅着扬起头,肿胀的眼睑中间裂开一条缝,想环视一下屋里的每一张脸——一副气宇轩昂的神态。相比之下,低垂着脑袋坐在榻榻米房深处的乔木那张晒得有点发黑的脸却无精打采,看上去他倒反而像是被告。好在隔着"缩哥"、面对乔木坐在最靠近榻榻米房门口角落的多麻吉和"红脸",他们俩倒是明白无误地摆出了一副控告人的架势。至于多麻吉扛过的那支来复枪嘛,如果把"缩哥"所在的地方比作审讯台的话,那支枪这会儿就在台下担任警备的"boy"的膝盖间竖着。剩下的那十几个年轻人,他们每个人屁股下垫着块布垫,正坐在榻榻米房对面铺了木板的地上。

"你坐到我这儿来帮忙做个备忘录吧!'缩哥'说了,没人做记录他是什么都不会说的。"正当勇鱼准备和医生一起绕到最后面的角落里坐下时,乔木对勇鱼打了声招呼。

"要是让我再揍他几下,我保准他不会说要笔录什么的了。"说着,多麻吉搓了几下手,他已经有点按捺不住了。

"不是备忘录,得把我们说的话一字不漏地记下来。""缩哥"根本不理睬多麻吉,接着说,"拜托了,要是你不帮我做记录,这帮家伙就不会知道自己想干什么,也不会明白自己究竟干了些什么。拜托了,真的求你了! 上次'boy'发烧要杀你时,我可是帮过你的,要知道,他多麻吉当时可是在一旁煽'boy'的哦。"

"缩哥"还想接着往下说。盘腿坐在地上的多麻吉突然探出身子,像舞棒似的挥出左臂,朝着"缩哥"的喉咙处猛击了一拳,发出一声闷响。"缩哥"举起铐着的两只胳膊,用手腕连连擦了几下下颚,想尽快让呼吸恢复正常。伴着哈哈的喘气声,他猛吸了一口气,接着又说:

"勇鱼啊,拜托啦!"

勇鱼觉得,且不说"缩哥"和多麻吉,台上所有人都好像是在做戏。如果自己再不坐到台上去做记录,这场戏还会继续演下去,而且将会比眼前看到的更残酷、更倒胃口。想到这儿,勇鱼只好走上台,在乔木身边坐下。他面前,圆珠笔和纸早就摆好了。

"那么,咱们现在就开始吧!"这句话,乔木好像早就想说了。

只是,和大义凛然的"缩哥"正好相反,他的声音里带着一种有气无力的抑郁。显然,这也是在表演,意在表明他对眼前这番闹腾早就看腻了。他声音的突降法功效立刻应验了,整个屋里马上响起了一阵哄笑,也给了"缩哥"一记响亮的耳光,大败了他的兴致。勇鱼环视了一下四周,发现那个当逃兵的自卫队员也在工棚里,他可以和其他年轻人保持一段距离,一个人伸着长腿坐在后面的角落里,独占着一大块地盘。尽管他是摆出一副观察员的架势斜伸着长腿随意坐着的,但和他直挺挺绷着的上身一比,"自由航海团"的那帮年轻人就显得不像那么回事了,简直就是一摊摊一般缺乏训练的烂泥。

"现在,我们开始对'缩哥'拍下'自由航海团'训练的照片、然后又偷偷卖给画报周刊的事儿,对他的背叛行为展开审讯——""红脸"生怕自己被人笑话,说这话时自己却先脸红了。可他料想的事并没有发生,下面很平静。

"对了,首先得让乔木总结'缩哥'的犯罪事实吧!"可当他接着说到这儿时,"那该由我来说吧?"多麻吉马上跳出来打断了他的话,"我是检察官啊,这是法庭的规矩,你知道不?"

"要我说啊,你们该先问问我认不认罪才是。""缩哥"刚一插嘴,房里又响起了一阵笑声,"侦探小说里,人家一般是这么说的——'缩哥',你是承认自己有罪呢,还是申辩自己无罪?"

"那好,那我就问你,"这次,乔木说话了,他的口气很沉稳,完全是一副公事公办的腔调,"'缩哥',你是承认自己有罪呢还是申辩自己无罪?"

"我承认自己有罪!"

乔木话音刚落,"缩哥"就尖着嗓门叫起来。屋里又卷起了一阵笑声的旋风。看着眼前这场闹剧,连那个原自卫队员也带着几分旁观者的优越感笑得像个孩子。他那双不是因为累,而是因脸的骨架下陷而形成的像是带着黑眼圈的眼睛,显得额头和颧骨越发突出。一条肌肉线从脸颊一直伸向下巴,沿着脸的外围裹了一圈,越发强化了整个头部的圆溜感,脸上那双自鸣得意的眼睛分明是在说:你们这些疯疯癫癫的小不点混混,我就在这儿等着,看你们这场滑稽闹剧演成什么模样!

"那自卫队员,好像这审讯不关他什么事似的。"勇鱼看着沉着那张晒得像油纸的脸、正等着屋里的笑声消停的乔木,低声说。

"那家伙呀,他以为自己是我们从外边请来的军事顾问,是教我们怎么匍匐前进、怎么使用卡宾枪和自动步枪的教练。"乔木提起彩色铅笔,敲了敲里面装着作为法庭证据资料搜集来的"缩哥"的作品集的牛皮纸文件袋,小声回答说,"他绝对不会认为自己和'自由航海团'的成员是平等的,虽说没什么根据,但我总觉得这家伙身上有一种精英意识,好像自己是受自卫队的委派来给我们当教练的似的。"

"可是,他就这么跑出来了没回去,对吧?我看也未必请了假,说白了,这不就是自卫队的逃兵吗?"

"这年头,这种事自卫队里多的是,没什么大不了的。玩得高兴,他就在这儿待着,等到觉得没什么意思了,我想啊,看他那意思,只要到时候去向上头认个错,不就可以回自卫队了吗?"

"可是,他不至于会以为我们持有那些枪——就是那些他教大伙用过的枪——是合法的吧?"

"哦,你说这个啊。告诉你吧,实弹我还一发都没让他看过呢!"乔木看了勇鱼一眼,接着说,"我对他说啦,我们用的,都是些越战中报废的枪,这种东西,在阿美横街随便都能搞到,我们买来修理了一下,用来玩训练游戏。我说的这些,他不会怀疑的。"

"我都承认有罪了,""缩哥"板着脸,一本正经地催促起来,"总得让我申辩一下,说说为什么了吧!"

"你他妈都承认自己有罪了,还有什么好说的!"多麻吉说着,扭头四下看了看,说,"大伙儿说,是不是啊?"

"就是。咱用不着听这家伙说啦!""boy"说着,用来复枪托使劲在地上捅了几下,"让这家伙闭嘴,让他闭嘴!"

"是嘛?多麻吉,你小子是检察官,对吧?那好,那你就来说说我为什么有罪,拿出证据来!""缩哥"发起了挑战。

"你他妈的,"多麻吉满怀仇恨,打算接着往下说,可这时他好像担心掉进"缩哥"设下的陷阱,说话有些不干脆了,"你违反了'自由航海团'的章程,为了自己那点狗屁利益,为了自己的名声,拍下'自由航海团'活动的照片,把它卖给了他妈的什么画报周刊,就凭这个,你就有罪!"

"就这些?"

"有这些还不够吗?要不,你是不是还偷偷摸摸地干了别的什么见不得人的事?"多麻吉说。

这话对台下的听众和陪审员多少起了点煽动作用。不过,"缩哥"根本没把房里的哄笑声、嘲骂声当回事,对多麻吉展开了反击:

"这就是认定我有罪的理由?""缩哥"尖着嗓门叫起来。

"对,而且你自己也承认有罪了。"多麻吉不知道对方下一步会从什么方向发动反击,于是决定先守稳自己的阵脚再说。

"那好,拿出你检察官自己手里掌握的证据来!难道说,我自己的供词就是证据?那,我要是胡说呢?你刚才不是说了吗,是我自己承认有罪的。为了让自己被判成有罪,我会想怎么说就怎么说的。"

"我们又是打又是踢,这才逼着你说实话的。"

"你怎么知道我说的是实话呢?就因为是你们拷打出来的?检察官自己参与严刑拷打,逼着人招供,然后又把供词交给法庭作为证据,有这样的法院吗?我可没听说过。"

"住手!"见多麻吉又摆出了一副要动手打人的架势,乔木立刻提出了严厉警告。

"再说了,你刚才说的'自由航海团'的章程,有那么个东西吗?就算真的有,里面有不能向外人泄露'自由航海团'的照片这样的条款吗?啥时候定的?我怎么没听说过?"说到这儿,与其说是继续追问多麻吉本人,倒不如说"缩哥"是开始了对在场所有年轻人的宣讲,"不过,这些都不是什么了不起的大事。在多麻吉控告我有罪这件事上,我最不能接受的是,多麻吉这么干,是把这个法庭搞成了过家家。不是吗?仅凭多麻吉说的这点事给我定罪的话,'自由航海团'能对我作出的判决,无非就是没收画报周刊给我的那丁点稿费,然后把我从'自由航海团'撵出去,不是吗?且不说他还打过我踢过我,这些事咱就不追究了。把我撵出去了,我又能把你们怎么样?就算我跑到伊豆警察局把你们给告了,你们也可以驾着游艇跑到海上去,把枪什么的扔进海里再回来,到时候警察也拿你们没辙,没证据不是?警方作出的结论充其量就是,有一帮小子闲着没事,在那儿玩打仗游戏,结果被一个采访的摄影师拍了下来,于是那帮小子就把那摄影师揍了一顿。就这么回事吧?就算警察想逮捕你们,去查你们的前科,能挖出来的,也就是偷车那点破事。反正,你们啊,叫我怎么说呢,从思想背景方面看也好、反社会政治团体方面看也好,你们和极左势力、极右势力都压根儿沾不上边。我是说,客观地说,'自由航海团'眼下也就这么个档次。就算是比这个档次高一点,以这次开庭为转折点,以后总有一天也会散摊的。难道说,你们想就这么看着它垮下去吗?"

"缩哥"初战告捷。多麻吉气得满脸铁青,他扭头看了看"红脸",可"红脸"立刻低下头,避开了他的目光。刚才群情激昂的气氛已经荡然无存,房里的空气凝固了。"缩哥"意识到自己赢了,可还是对刚才的审讯是否被如实地记录下来了不放心,朝勇鱼胳膊那边

扫了几眼。然后,"缩哥"又振振有词地对在场的年轻人进行了一番演讲,这次,和昨晚单独和勇鱼谈时不一样,他稍微玩了点深沉:

"就像你们叫的,我是'缩哥',假如我就这么忍下去,无论是继续待在'自由航海团'也好,被撵出去也好,反正会一天天缩下去的。总有那么一天,我的骨头和内脏肯定会承受不住压力,咔嚓咔嚓地垮掉,那天就是我的死期。借核爆炸的术语说,我的身体里面天天都在发生核聚变,到时候可以在内部爆炸。到了那一天,我就会成为一个核时代的预言家,就可以率先向全世界发出预警,告诉全人类——我们人类已经开始了全方位的历史逆行,而且,在我们每个人的身体里,与进化、与成长方向相反的基因已经扎下了根。因为我把自己一天天萎缩变小的整个过程都一一拍下来了,我可以用这些照片向全世界的新闻媒体发出自己的呼喊,并借此完成我生为人类的使命!对我来说,其实我并不是非赖在'自由航海团'里不可。还有一点我得告诉大家,我为什么在这个法庭上主动承认自己有罪呢?其实啊,我是想借这个机会在'自由航海团'播下自己萎缩的身体要表达的预言的种子,让你们每个人都成为对外传播我的预言的信使,让已经萎缩得不负重压的身体成为'自由航海团'核爆发内爆的起爆剂。既然有罪,你们就会处死我,到那时候,你们每一个人都会成为被我推上既定飞行轨道的火箭!"

说到这儿,"缩哥"沉默了,他想看看自己演讲的效果。可是,除了莫名其妙的沉默,屋里没有产生任何反应。大概是觉得大家没理解自己刚才那番话的意思吧,"缩哥"转了转肿胀的眼睑缝里的眼球,伸出鲑鱼色的舌头,连连舔了几下也是肿着的,而且还凝结着黑色血颗粒的嘴唇。这种充满奇妙差异的沉默,在"缩哥"和那帮年轻人之间僵持了好久。终于,乔木说话了,他可从来都是清醒的:

"阿缩刚才说了自己有罪、会被处死什么的,是有罪还是无罪咱们暂且不说,说自己会被处死,我看不至于吧。阿缩你自己刚才不是也说了吗?就算是真的有罪,我们也拿你阿缩没辙,无非就是揍你一顿,然后让你走人。你还说了,就算你跑去报了警,我们也沾不上什么嫌疑,这话没错。那我就不明白了,既然这样,你凭什么说我们'自由航海团'会核爆炸、会像火箭那样冲出去?我倒想请教请教。"

屋里的空气又松缓开了。虽说有些话还不明白是怎么回事,但"缩哥"撒下的那张捆绑人的雄辩网一旦松开,用不了多久,那帮年轻人会重新开始嘲弄"缩哥"的。当然,"缩哥"也不会放过能阻止这种势头的任何机会,即使这样做有点风险也在所不惜:

"实话告诉你们吧,上次'自由航海团'来这儿时,一点弹药都没带,对吧?没想到吧?那天,我从武器库拿了炸药藏在摄影包里带过来啦!开车回东京的路上,利用在热海吃饭的工夫,我把它藏在热海车站的行李储存柜里啦!不用我再往下说了吧?一旦我在'自由航海团'挨了揍,被撵出去了,我立马就去用那些炸药炸热海的银行。我还可以假装抢银行没得手,引爆炸药自杀。想想看,看到这条新闻后收了我照片的那些编辑该多高兴!那一组伊豆军训的照片会马上出现在杂志上被大大渲染的。事情发展到这一步,就会惊动日本警方,他们会充分发挥科学的、政治的想象力,把你们所有人说成是反社会的武装团体的。咱是谁呀?是不堪痛苦、最后产生核聚变的'缩哥'!引爆炸药自杀又没痛苦,咱还怕什么?!"

"缩哥"不仅逆袭成功,还把在场的年轻人全部俘虏了。连刚才还神气活现地傻乎乎看着台上的那个原自卫队员也贼溜溜地转着眼珠,想听清身边的年轻人究竟在嘀嘀咕咕地说着些什么。

"这样一来,就可以说服法庭判我有罪,逼着法庭处死我了。""缩哥"意识到台下在蠢蠢欲动,他还要乘胜追击,"所以,我呢……"

"我明白了,阿缩,"乔木打断他的话,说,"我们这是在审判,不能让被告一个人说个没完,能不能也让我申辩两句?不然就没意思了。如果说多麻吉、'红脸'他们是检察官的话,那么,我就该算是辩护律师了……"

"谁都别为我辩护,我不要辩护!"正在亢奋兴头上的"缩哥",一口拒绝了乔木的提议。

"既然这样,就当我是另一个检察官在反驳,这下行了吧?要是连这个都不接受的话,那你就不像是个被告了,阿缩,"乔木一直是垂着头的,说到这儿,他抬头扫了"缩哥"一眼,问:"你是一个生理上身体萎缩的真正意义上的'缩哥',还是一个仅仅认定自己的身体在萎缩的心理上的'缩哥'?"

"啊,你说这个啊,""缩哥"在故意装疯卖傻,"对你这个问题,只能有一个回答咪!假如我是生理上的'缩哥',我会说,对呀,没错。对不?就算我只是个在心理上这么看自己的疯子,我肯定也会回答说,不,我没疯,我是个生理上的'缩哥'啊!难道不是吗?"

多麻吉重重地吐了一口气,也不知是在愤怒还是在嘲笑。"红脸"那双甚至在充血的眼睛也赶忙避开了乔木的视线。那帮年轻人放肆地笑着。唯独乔木,对"缩哥"也好,对多麻吉、"红脸"也好,一直都保持着低姿态,他不紧不慢地接着又问:

"那好,阿缩,告诉我,在你变成生理上的'缩哥',或者说,在你开始从心理上意识到自己在萎缩之前,你是具体受到过什么启发吧?以前你好像从没对我提过这事吧?"

"受到启发变成'缩哥'?啥意思?按你这么说,是不是只要我把那个启发依次传递给你们,大家就都会变成'缩哥',我们'自由航海团'就适合钻潜水艇啦?"

听到这儿,连"boy"也跟着多麻吉大声"哼"了一下,"红脸"满脸涨得通红,眼睛里都含着泪水了。而那帮年轻人却不一样,或许是意识到乔木在"缩哥"面前丢了面子的缘故吧,大家都鸦雀无声了。

"我变成'缩哥',那是因为我身体的深处埋下了不断萎缩的基因,正是因为这个我才觉得,自己成'缩哥'这件事本身就是对人类未来的预言——"

乔木从一直用彩色铅笔敲着的文件袋里取出那组肌肉萎缩症儿童的照片,一把扔在"缩哥"面前。"缩哥"精心打造的优越感顿时凝固了,目光垂到了照片上。

"阿缩啊,你把'获奖感言'也剪下来了,是吧?'红脸',你念给大家听听!"

——"我印象最深刻的是,在这里的孩子身上,时光好像是在倒着往回流,""红脸"的声音很小,有点颤抖,"和正常孩子的生长发育正好相反,每度过痛苦的一天,这里的孩子们身上的肌肉似乎就会萎缩一分。三年前,照片上的那个孩子还能自己从家里走到这里接受治疗,而今年却住进了这个医疗机构,只能坐在轮椅上接受教育。到明年,他恐怕连自己爬上床都做不到了。可怕的是,孩子们身上发生的这种时光倒流现象,现代医学却无法阻止。电视漫画里有人在呼喊,'时间啊,你给我停下!'可孩子们心中的呼喊难道就只停留于呼喊吗?要知道,现在,有多少孩子心里正在发出这样的呼喊?!……"

"行啦!'红脸'。"乔木打断了"红脸","好一个时间啊,停下来,'缩哥',你不觉得这句话正像从你那尖嗓门里叫出来的吗?在颁奖仪式上,你是不是也像这样尖着嗓门发出发自内心的痛苦呼喊的?——时间啊,你给我停下!"

乔木说这话时,突然脸色大变,充满了敌意。"boy",还有屋里的那些年轻人一齐倒向了乔木一边。刚才读获奖感言的"红脸"、多麻吉都在满怀斗志地等着乔木接着往下说。"缩哥"彻底崩溃了,茫然不知所措。

"现在回到刚才的问题,我刚才话没说透,让你笑话了。其实,我还有一句话没问。"说着,乔木环视了在场的年轻人一样,故意提高了嗓门,"其实,你既不是生理上的'缩哥',也不是心理上的'缩哥',你只是个假扮成'缩哥'混进'自由航海团'的媒体摄影师,我没说错吧?你好不容易拍了照片卖给了画报周刊,可是,如果我们'自由航海团'不搞出点动静来,你的那些照片就毫无新闻价值,于是,为了把我们煽动起来,你刚才就搞了一场蛊惑人心的大演讲。是不是这么回事?!"

"怎么回事?'缩哥',你回答!"多麻吉扯着稚气的粗嗓门叫起来,"boy"也在那儿跟着叫。这种与叫骂没什么两样的质问立刻传染给了全场,"怎么回事?'缩哥',你说,说啊!"屋里所有的年轻人异口同声地高叫起来。连那个原自卫队员也傻乎乎地张着大嘴,露出口腔深处的喉头,在那儿听着屋里爆发的怒吼,甚至那个医生也在大声叫着什么。

"怎么回事?'缩哥',老实交代!"

第十四章　"鲸鱼树"下

"缩哥"耷拉着脑袋,看着地上的照片一言不发。尽管他整个肿胀的脑袋都像在喷着火星,但整个人却像是一只从阴沟里爬出的老鼠,想找退路却又动弹不得、只能软塌塌地趴在广场中央任人敲打。这会儿,那帮年轻人激昂的叫喊已经变成了畅快的欢呼。"缩哥"垂着头一声不吭,而那帮年轻人却像是在争相朝他砸着嘲骂的球。乔木又开始用红铅笔在文件袋上画他的几何图形了。不过,他薄皮肤的脸颊到眼角附近,还是涨得通红。

"把照片卖给画报周刊赚了多少钱？**你说！**"……"和裸体照是一个价吗？**说！**"

"他们声音这么大,会不会被人听见?"勇鱼低声问乔木。

"我派出了岗哨的。只要往那儿一站,除了海边灌木丛里的动静,凡是这声音传得到的地方,都看得一清二楚。"乔木回答说。

"缩哥"把散落在榻榻米上照片一张张聚拢、理齐。从他那双被铐着的手娴熟的动作就可以看出,他确实是个行家。不一会儿,他忍着膝关节剧烈的疼痛缓缓站了起来。显然,他的防线已经崩溃了,不过,他还是强打起精神,可怜巴巴却又振振有词地说:

"这组照片确实是我拍的,也确实得过奖——不过,拍的是些什么我早就忘记了,正因为全忘了,所以刚才看到照片时,连我自己都吃了一惊。刚才我一直在想,当我自己身体开始萎缩的时候是不是已经把照片的事给忘了。想了好久,结果连我自己都不敢相信——那时我确实是已经把照片的事忘得干干净净了……"

多麻吉纵身跳起来,拔出别在腰间的登山刀,用刀柄在"缩哥"脑勺上猛捶了一下。"缩哥"双膝一软蹲到了榻榻米上,不过他的头脑仍然清醒,硬撑着没让上身倒下。他被铐住的两只手完全没了力气,连指尖都是软塌塌的。不过,"缩哥"像干瘪的草叶遇到了晨露似的,马上振作精神,两条腿分别使劲撑起身子缓缓地站了起来,根本不把身边还在喘着粗气的多麻吉放在眼里,满怀悲愤铿锵有力地说:

"我说的是实话,那些照片,我真的是忘了。刚才看到时,我比谁都诧异。大概是自己成了'缩哥'太痛苦的缘故,于是就把这世上还有和自己一样身体在萎缩的孩子给忘了吧。反正,我也不知道是怎么回事,明明是深信自己身后还会一个接一个出现'缩哥'的,却把那些孩子给忘了。……怎么回事?怎么就是忘了呢?……我这人也真是的。"

说着,"缩哥"长叹了一口气,从他闭着的甚至带点深紫色的肿胀眼睑缝里流出了几滴白色的泪水。然后提高嗓门,哭着对房里鸦雀无声的那些年轻人说:

"可是,怎么说我'缩哥'也是有罪的,你们就处死我吧!"

形势又发生了逆转。这时,坐在默不吱声的那帮年轻人后边的原自卫队员发问了。虽然说不上在被"缩哥"的哀求牵着鼻子走,但他毕竟脑袋不太好使,好像已经有点被打动了。

"你拍下的那些孩子的萎缩病,是传染性的吧?你是不是去拍照时受感染了?"

"那哪是什么传染病!"医生实在受不了了,大声叫起来,"你在说些什么？连这点事都搞不明白，还歧视别人！"

"哎，你说什么？歧视？"原自卫队员越听越糊涂，反问了一句。医生没搭理他。

虽说这些年轻人原本就对这个原自卫队员没什么好感，不过这时他们并没有起哄嘲笑他。这是因为，此刻台上茫然不知所措的"缩哥"吸引了他们的目光，他们对"缩哥"刚才的那番话还是将信将疑，不知该说什么好。还是"红脸"打破了场上怪异的僵持，下决心要重新展开对"缩哥"的控告。

"'缩哥'从一开始就主动承认自己有罪，这会儿又让我们处死他。我看啦，他是早就想自杀吧？"看"红脸"说话时义正词严的架势，好像是想让大家明白自己为什么会被安排和多麻吉一起坐在这检察官席位上似的，"'缩哥'他这是想把咱们当自杀的工具使，这家伙原本就是个性变态，而且还是个性角色倒错的主！他是梦想用被我们这些年轻人处死的方式达到自己自杀的目的。这样一来，不管这个人将来会不会因杀人嫌疑被警察抓去，反正谁处死了他谁就和他'缩哥'永远脱不了干系了……"

说到这儿，"红脸"停住了。他满脸通红，从眼睛到耳根就像充了血似的。他一连咳嗽了好几声，似乎要咳出带血的红痰。然后，又接着开始了他真真切切的控告：

"我刚才说了，'缩哥'是个做梦都想着让年轻男人杀掉他、帮他实现自杀目的的性角色倒错的主。有一次，他求我帮他挖挖灶①，于是我答应了，还没弄几下，他就哭着连连给我道歉说，'对不起，对不起！'说着说着就射了。'缩哥'，有这事吧？说白了，你那天说的和

---

① 灶，日语中对"屁股、肛门"的隐晦说法，若按字面直译，男同性恋间的性行为便是"挖灶"，此说法起源于江户时代。

你今天翻来倒去说的'我有罪,求你们处死我'不就是一回事嘛!"

红着不能再红的脸,"红脸"终于作完了他的陈述。台下的年轻人还是默不吱声,不过,这次的沉默里好像涌动着某种异样的亢奋。好像"红脸"刚才的那番话就是自己作出的证词似的,多麻吉有点斜的三角眼里射出凶巴巴的光,一脸得意地瞪了"缩哥"一眼,然后又看了看乔木,看了看勇鱼,最后在台下的年轻人中扫了一遍。

"看,怎么样?"他显得格外兴奋,提高嗓门叫起来,"你们当中还有人也被'缩哥'逼着挖过灶吧?这样吧,被'缩哥'逼着发生过变态关系的,给我站出来!像'红脸'那样拿出勇气,把手举起来!怎么样?!"

"缩哥"短脖子上肿得溜圆的脑袋直接耷拉在肩上。这会儿,他正拼命睁大眼睛在屋里搜索着。就像回应"缩哥"可怜兮兮的眼神似的,"boy"和另外两个年轻人举起了手。

"怎么回事?怎么连'boy'你也……还有你们两个也……?真丢人!"听多麻吉的口气,好像他不知多高兴似的,"那好,'boy',还有你们两个,都上来,你们有权利直接审讯'缩哥'!"

"boy"没看别处,垂着眼皮看着手里握着的来复枪,第一个站起来走到了多麻吉身旁。多麻吉两眼死死地盯着两个年轻人,静静地等着他们。那两个年轻人相互回避着对方的目光,暗暗地配合着对方的举动,一齐走到了台前。多麻吉故意猛地扭动了一下身子,想把屋里那帮年轻人的注意力都吸引到"缩哥"和自己身上,接着又说:

"'缩哥'啊,小哥,你听着!看来,你是带着两个目的混进我们'自由航海团'的,一个是拍了我们的照片卖给画报周刊,一个是找年轻男人挖灶。现在你的目的都实现了。这些都是你事先计划好的吧?先拍下肌肉萎缩的孩子的照片,然后自己假扮成一个身体萎缩的人混进来,这明摆着是计划好的。那,挖灶怎么回事?该不会也是事先计划好的吧？——先拍下别人挖灶的照片,然后自己也想试一把,让自己当一回灶。是这样计划的吧？"

"缩哥"低垂着他那张肿胀的遍是淤血块的而且还在冒汗的脸,一直在认真地听着。台下的年轻人已经在叽叽喳喳地骚动。多麻吉觉得自己的嘲骂产生了效果,于是,他停了下来,像是要彻底引爆屋里积聚已久的亢奋。就在这时,"缩哥"开口了：

"你刚才用了挖灶这样的字眼,是为了表示轻蔑吧？这就奇怪了,你不是要否定世界上的一切权威的吗？这会儿怎么又跟在公序良俗屁股后边,舞着大棒否定同性恋？这不奇怪吗？要不,是同性恋让你感到恐惧？"

多麻吉条件反射似的给了"缩哥"一记响亮的耳光。"缩哥"跟跄了几下,但他没有倒下去,而是重新直挺挺地绷直了身子。显然,他对多麻吉毫无畏惧。趁着这工夫,"红脸"再次发动了自己的攻击：

"听'缩哥'你刚才那话的意思,是想说同性恋是少数派对社会的抗争,你自己搞的那些事,也是为了表明自己对世上的权威、强势是持否定态度的,是吧？果真是这样吗？而事实上呢？""红脸"一本正经地问,"就拿和我的事来说吧,你不是放下身段,让我怎么说呢,惨兮兮地一次次哀求过我吗？不是想让人同情你这个'缩哥'吗？"说到这儿,"红脸"的脸又红了,那是一种出于厌恶的红,"至少,你从没对我说过'好,让我们一起来否定这世界的权威、社会的强势！'这句话吧？射精的时候,你说的是'对不起,对不起',而且还是哭着说的,不是吗？我还以为是自己把你弄疼了,于是就想打住,结果你却射了,搞得精液都跑到我眼睛里去了。难道说,你说的'对不起,对不起'就是对现实中强权的否定吗？"

多麻吉也插进来乘胜追击：

"'缩哥',我说阿缩啊,"多麻吉明显是在嘲弄,"对另外的三个人,你该不会是先大讲一顿变态的权利在求他们给你挖灶的吧?"

"可是,""缩哥"还是不屈不挠,"我强迫过你们吗?刚才你不是说了,我是哀求吗?那么说,不是起了作用,帮你们解除了心理上的障碍吗?'boy',我问你,你不是想知道我的身体会缩到什么地步、哪天会死掉吗?'到了那天,一定要让我跟你一块儿睡。'这话,是你自己说的吧?"

说这话时,"缩哥"眼睛睁开一条缝不说,还朝"boy"那儿扭了扭身子。这下,"boy"可不能置之不理了。就像是受到了"缩哥"视线的吸引似的,他紧逼到"缩哥"身边,咬牙切齿地哼了一句,"你这个不要脸的!"接着就是一拳。"缩哥"脸向后一仰,头部重重地撞到身后的板壁上,慢慢地蹲下了。嘴唇上流出好多血来,鲜红的血不是顺着胸口而是直接滴到了地上。即便这样,他还是想自己挣扎着站起来。"boy"又抬起了腿,眼看就要朝他的额头踢过去。这时,连多麻吉也觉得这样做太过分,拦住了这个因羞耻和愤怒胀红了眼的少年。他装出一副和善的模样,说:

"住手,'boy'!待会儿我会让你慢慢揍的,而且还是作为一种审讯手段去揍,要揍得立马见效!还有你们两个,到时候也帮着揍!'缩哥'啊,我的阿缩,你就一五一十招了吧,老老实实服罪,好好反省吧!这个不难,该怎么说,等会儿我们一边揍一边教你就是。要不你就主动向我们求饶,还是哭着说几声'对不起,对不起'也行!"

"缩哥"两条腿好像不是同样得劲,起身时膝盖晃晃悠悠的。即便这样,他还是拨开多麻吉伸过来的手自己站了起来。见对方完全不把自己的话、自己伸出的手当回事,多麻吉皱着鼻翼两旁的小黑斑哼哼地冷笑了几下,对"boy"和另外两个年轻人说:

"我让他反省,要是他阿缩不回答,你们就揍他,别把他打晕过去就行。"说完,他就扬起自己深褐色的脏兮兮的手掌朝"缩哥"的两眼扇去。——"只要你不说我们就扇,至少扇你一百下。你们每个人扇他三十三下,最后那一巴掌让'红脸'扇!……'缩哥',阿缩啊,你还是乖乖反省吧,就这么说:我混进'自由航海团'有两个目的,一是把照片卖给画报周刊赚钱,一是让年轻男人给我挖灶。我就这么个东西。"

"我已经承认自己有罪了,但不是你这个贱货想象的那种罪,你他妈真卑鄙,该反省的是你!"

"缩哥"话音刚落,多麻吉抢在那几个接受了揍人任务的年轻人出手之前朝"缩哥"的鼻子扇了一巴掌。——"快说,我混进'自由航海团'有两个目的,一是把照片卖给画报周刊赚钱,一是让年轻男人给我挖灶。我就这么个东西。"

为了表示对多麻吉重复了好几遍的这几句话的蔑视,"缩哥"故意倔强地扬起了头。这会儿,他的眼睛已经完全睁不开了,脸颊上尽是鼻子里流出的血。只听啪叽一声响,"boy"又在这张脸上扇了一耳光。这啪叽的声音,恐怕不是来自"boy"的手掌,而是来自"缩哥"脸上肿胀的皮肤吧。

"'缩哥',阿缩啊,你就反省吧,跟着我说!——我混进'自由航海团'有两个目的,一是把照片卖给画报周刊赚钱,一是让年轻男人给我挖灶。我就这么个东西。"

又有一个年轻人给了"缩哥"一下。这个眼睛已经看不见的男人,只能在胸前上下晃动着他被铐住的双手,以保持身体平衡、不让自己倒下。为了不让人听见自己痛苦的呻吟,他一直紧咬着嘴唇上黑色的痂壳和新裂开的伤口不放。

"'缩哥',阿缩啊,你就反省吧,快跟我说!——我混进'自由航海团'有两个目的,一是把照片卖给画报周刊赚钱,一是让年轻男人给我挖灶。我就这么个东西。"

勇鱼觉得自己空腔里有一股冷油脂发出的臭味。他想起来了,这是吃过的那该死的杂炊在作怪。和这种油脂的臭味交织在一起的,还有一种腻烦的气氛和疲惫、还有一种莫名的厌恶——这绝不是他一个人的感觉。还在继续审问的多麻吉、站在他身边轮番朝前跨一步去殴打"缩哥"的"boy"和那两个年轻人、屋里坐着的所有的年轻人,他们都肯定有这种感觉。勇鱼瞥了身旁的乔木一眼,文件袋上早已被他用红铅笔涂满了各种各样的图形,这会儿,他还在上面加着什么,使得那图形看上去越来越复杂了。他那张渗着稍稍有点脏的汗水的脸上,也清楚地挂着厌恶。勇鱼心里很清楚,若是乔木抓住眼下屋里气氛凝固的这一最佳时机站出来说一句,"差不多行了吧,我都有点烦了!"那么,这场对"缩哥"的审讯就会完全失去意义。而事实上,也正是在勇鱼看着乔木的这一刻,他瞟了勇鱼一眼后果真开口说话了。只是,他脸上没有露出哪怕是一丁点厌恶的神情,而是以一种公事公办的腔调摊出了自己的提议:

"'缩哥'以前一直说他的身体在一天天萎缩,这是不是客观事实,我们总得验证一下吧?既然是开庭,那么,就应该让他用自己的身体为自己辩护,这才公正。要不要让大家看看他萎缩的身体?"

"好主意!"多麻吉迅速作出了反应,"这家伙自己说过的,整个身子一萎缩,手掌、脚这些身体的末端就会特别壮实。要不,他招惹过无数女人的那个末端的肥阴茎也让大家看看?又求人给自己挖灶,又能搞女人,这事得证实一下,不然不公平,首先对'缩哥'自己就不公平!"

场上的气氛顿时又活跃起来。忍受了这么久的殴打,"缩哥"的身心已经疲惫至极。就像植物茎秆行将干枯时那样,这时的"缩哥",意识的末梢已经卷曲,只顾竭力稳住脚跟尽量不让自己倒下——即便这样,当听到多麻吉刚才那番话时,连他也显露出了几分生机。当"boy"动手扯"缩哥"的衣服时,他甚至表现出了几分配合的意思。由于两只手腕上戴着手铐,脱衣的过程并不顺利。看见boy那副笨手笨脚的模样,多麻吉急了,对"boy"说:

"你就不会用刀把那衬衣给划了?"

说完,多麻吉走上前,掏出登山刀,摆出一副给烫伤患者施救的医生的架势,把紧紧黏在"缩哥"皮肤上的那件带着汗水和血水的衬衣一片片撕了下来。乔木依旧低垂着头,不时看一下文件袋上自己画出的图形。当初,文件袋上出现的只是一大堆杂乱的几何图案,现在,这些图案整体看上去已经有点像一棵由波浪线描出的布满好多小瘤子的树干支撑着繁枝茂叶的大树了。难道说,他一直在描画的,是"鲸鱼树"?

"这场审判大戏,真正的导演其实是你乔木,"勇鱼低声说,"别看主角是多麻吉。"

乔木表情木然地瞥了勇鱼一眼,那眼神,和鸟没什么两样。接着,他又重新垂下头,把目光投向文件袋,连嘴唇几乎都没动,冷不丁冒出了这么一句:

"这导演明摆着是'缩哥'嘛!我嘛,只不过是被卷进去了而已,说实话,这种麻烦事,我想躲还来不及呢!你看,你看!(乔木这话是沉着脸说的,这时,他的目光落在散落在地上那些'缩哥'的衬衣、裤子、内裤上,而对站在那儿的全身脱得精光的'缩哥',他绝不想抬头看一眼。)而且,主角也还是他'缩哥',等着瞧吧,这家伙会越演越像主角的。"

"缩哥"前屈着身子站在那儿。那些年轻人快活的喧嚣,先是朝他裸着的身子集聚,然后又渐渐地归于沉默——像是猛烈转动的镜头最后锁定了"缩哥"的身体这个焦点。"缩哥"缩着背、垂着肩、突着肚皮,手铐搁在肚皮上。他的肌肉,像是要钻进青一块紫一块的皮肤里藏起来似的。而且,"缩哥"的肩宽和身体的骨架不成比例,向外伸出了许多,使得整个身体看上去像是个外边包着肉的灯笼。腰身两侧的肌肉,像是从后边捂着腰的两只大手掌。肌肉长成这样,当然令人看了不舒服,因为他强健的肌肉像是在冬眠——它和身体的新陈代谢根本无关,仅仅是为了设法保全自己而磨钝了生长而已。他的腹部,形状像半个肉丸子,中间突得老高。在他被肌肉绑住的全身中,唯独腹部这一块是毫无拘束地膨胀开的。

看着看着,勇鱼仿佛听到了自己几乎是下意识地在向围绕在法庭周围的"树魂"汇报的心声——他身体的骨骼确实是在肌肉的捆绑下萎缩了,而且那些肌肉自身也在开始走向死亡。唯有可怜的内脏倒像是耐不住压力想从身体里挤出来似的——在他的意识对自己眼睛看到的东西产生抵触之前,他的下意识遵循"树魂"的启示,已经相信"缩哥"自己的话了——这人是名副其实的"缩哥"不假,他确实在萎缩,而且已经萎缩到了极限……

台上,多麻吉这时在故意问"boy":

"'缩哥'的阴茎怎么样?是不是真的因为身体萎缩反而变大了,竖起来了吗?"

"boy"正处于一种暴戾的亢奋状态,他扯着嗓门笑着,故意慢吞吞地说:

"是啊,没——错!可是这会儿,这家伙的阴茎——是缩着的,他身子明明是萎缩的呀,可这又怎么回事?不明白。"

"原来是这样。'缩哥',阿缩啊,你竖起来呀,心里想着被人挖灶的情景,让它竖起来呀!"

说着,多麻吉抬起腿,想把在火山熔岩磨破的脏兮兮的鞋尖捅进"缩哥"的阴部。"缩哥"腰部颤抖着倔强地抬了抬头,好像是在威吓多麻吉,只是,这时他肿胀的眼睑和嘴唇都是紧闭着的。

"用这个试试,多麻吉!""boy"说这话时强忍着笑,这反而让他更显得歇斯底里。说着,他从腰间皮带下拔出一根前端削圆的灌木棍来,递给多麻吉。这大概是他自己精心制作的防身武器吧,握柄处还雕刻着鱼的图案。

"'boy',这是你为这次审判做的纪念品?以前你不是经常在梦里哭着说'这不和什么都没干一样吗'。以后不会有这种事了。"多麻吉接过木棍,调侃着,想借此犒劳自己手下这个跟班的小兄弟。

"boy"显然明白了他这话的意思,笑了。场上其他的年轻人也都跟着笑了。多麻吉举起木棍,用削圆的握柄在"缩哥"浓毛裹着的阴部探了几下,由于"缩哥"不停地扭动腰身躲避,就算是木棒碰着了"缩哥"的阴茎,那也只是一瞬间的事。在场的那些年轻人一眼就明白,多麻吉这么做,只是为了把"缩哥"的注意力吸引到正面。因为他们看见,多麻吉一边摆弄着木棒一边在朝"缩哥"背后绕。绕到正背后后,多麻吉弯下身子,抬起膝盖轻轻地顶了一下"缩哥"的屁股。"缩哥"没料到多麻吉会来这么一招,他趔趄着朝前挪了几步,好歹总算站稳了脚跟。趁着这工夫,多麻吉双手握着木棒,突然直起腰,借着身体朝上的力,猛地朝"缩哥"的屁股缝捅去。"缩哥"啊地发出一声惨叫,一头朝地上倒去。看到眼前的一幕,在场的那些年轻人像避开飞来的什么污秽物似的,齐刷刷地朝一旁侧了侧身子。"缩哥"全裸的身子扭动了几下,仰面倒在了地上。他大声呻吟着,用肩膀的内侧和侧腿支撑着身体,不停地抖动着像虾一样稍稍拱起的腰部。当他呻吟着以腰部为轴心转动身子时,被折断的半截木棒还插在屁股里。之所以要抬起屁股转动,是因为木棒的另一端不时碰到地上,刺得他钻心地疼。在场的每个人都看得清清楚楚,血在顺着木棍尖一滴滴地往下掉。而且大家还看见,在仰面反翘着的"缩哥"紧绷的下腹部里面,有一个凸起的骨头样的东西在动。"缩哥"用脚跟蹬着地叫唤一声,那东西就在他肚脐旁的皮肤下抖动一下,渐渐地,那东西的形状也越来越清晰了——那是刺进"缩哥"身体的那半截木棍要刺破皮肤、从紧紧裹着自己的肌肉的压力下冲出来获得自由……

医生从那帮年轻人中冲了出来,想按住正在抽搐的"缩哥"。他蹲下身子,膝盖正对着露在肛门外的木棍尖端,不,应该说膝盖接着间歇性喷出的血,独自在那儿孤军奋战。而那些年轻人,却坐在那儿一动没动。看到这情景,勇鱼也就只好站出来帮医生一把了。不过,勇鱼也没有勇气直接面对"缩哥"正在出血的下半身。他能做的,也就是帮医生控制住"缩哥"剧烈摆动的肩膀。被扭来转去的"缩哥"的弹簧甩开几次后,医生狠下心突然发力,机敏地搂住了他的腰。而勇鱼也伸出膝盖顶住"缩哥"的头部后,用手腕抵住了他抖动的肩膀。"缩哥"痛苦地呻吟着,惊慌地抬了一下头,随即又侧着脸一头撞到地上。

医生慢慢地挪动身子,压住了"缩哥"的腰。又怕侧躺着的"缩哥"突然倒向一边,让插在身体里的木棍碰到地面,他左腕用力撑着,右手勇敢地朝紧紧夹在"缩哥"屁股间的那截沾满鲜血的黑乎乎的湿木棍伸去。就在他手掌接触到露在肛门外的那截十公分长的棍头时,"缩哥"突然又高叫起来,腰猛地颤动了几下,把医生的手掌甩开了。医生无奈地扬起沾满血的手掌,回头看了勇鱼一眼,脸色就像是一只受了惊吓的海豹崽……

"不行啦,不行,我实在没办法,"医生一连重复了几遍,"都成这样了,我真的无能为力了!"

"可你刚才按着他时,血不是止住了吗?"勇鱼鼓励医生说。

"可他身体里现在究竟是什么状况,我不知道啊!太可怕了!……唯一的办法是叫救护车来,而且还得带上专科医生,把他送到大医院去。"

听到这话,刚才还一直在野兽般嚎叫的"缩哥"作出了明确的反应。他抬起低垂着的头,连连晃动了几下,想回头对医生说什么。可是,当他发出了几声哼哼,准备摇头时,脑袋就离开勇鱼的膝盖耷拉到了地上。不过,即便如此,他还是把自己有罪、希望处死自己、不愿离开"自由航海团"寻求活下去的可能的意志,明白无误地传达给了在场的每一个人。大家一齐把目光转向了乔木——唯有他,一直坐在审判席上,哪怕"缩哥"倒在地上后身子也没挪动过一下。他铁青的薄脸皮上倒是在大粒大粒地冒着汗,不过,当他回视大家时,脸上却毫无表情——从他那捂在阴暗的眼窝下的眼睛里的小黑点里,看不出任何意思。

"乔木啊,不行,真的不行啦!这么下去,他会死的!我实在是没辙了。"医生哭着,大声叫道。

"要不,把他抬上车,拉到热海的医院去扔了算了!"一个年轻人在叫。

"不行!我们那车,晃来晃去的,还没走一百米人就死啦!"医生烦躁地大声顶了一句,"再说,'缩哥'不是不愿到外面医院去治吗?——这怎么行?!"

听医生的口气,他已经打算彻底放弃了。直到这时,乔木才终于有了反应。他先是凝视了医生一阵——脸上还是像冻住了似的,毫无表情。接着,他突然起身大步走下审判台,来到"缩哥"身旁,低头仔细地看了好久,最后,他又挺直身子,径直朝门外走去,一边走,一边说:

"你们谁过来把勇鱼换下来!你跟我来!"发出指令时,他摆出了一副不可冒犯的权威架势。

两个年轻人走上前,从浑身哆嗦着撑着"缩哥"两腋的勇鱼手里接过"缩哥"的身子,勇鱼双手交替着在地上推了几下,挪开了身子——他自由了。膝盖上很脏,有血,还沾着吐泻物,可勇鱼也没工夫把它们清理干净了,他得赶紧出去追上乔木。他已经穿过开阔地,朝西边背朝火山岩石堆和大海的桦树那边去了。终于追上乔木了,他也不搭理勇鱼,还是只顾自己嘟着嘴、瞪着光球样的眼睛盯着地面大步流星地朝前走。两人就这样一直肩并肩默默走着,来到吐着热浪的石堆底下时,乔木突然来了个向后转,直到这时,他才使劲瞥了勇鱼一眼,然后又三步并作两步,一言不发地匆匆回到了工棚。一进屋,他就喘着粗气大声宣布:

"就像'缩哥'自己说的,他有罪,应该处死!有反对的吗?"

屋里一片沉默,没有一个年轻人表态。

"那好!"乔木接着说,"'缩哥'有罪,应该处以极刑。……现在他负了重伤,那是事故造成的,谁都没有直接责任。我是说,到刚才为止,不关大家的事,每个人都是自由的,你们只是撞见了一场事故而已。不过,从现在开始,凡是参加了行刑的,谁都脱不了干系,个个都得对'缩哥'的死负责。所以,我得先把人数点清楚——不愿参加处死'缩哥'的,请便!你现在就可以离开。我决定的行刑方案是:让'缩哥'躺在开阔地那片石堆前面,大家每人朝他扔一块石头。(这时勇鱼想,这不就是我小时候梦里见过的处置那些得了瘟疫的人的办法吗?再说,勇鱼小时候就模模糊糊地知道,那时山村里处死族人时,用的也是这种办法。现在勇鱼清楚了,对'鲸鱼树'的存在,乔木是深信不疑的。)那些不想干的,就不用捡石头了,现在就给我空着手出去!——现在,谁都可以回头,还来得及。但是,处死'缩哥'后,谁要是还想离开'自由航海团',谁就是叛徒!这是被处死的'缩哥'对'自由航海团'抱的信念,没什么好说的——他就是为了让我们每个船员紧紧抱成团才死的。明白啦？好，现在大家就去捡些合手的石头来，要按我们的人数捡，然后堆在开阔地正中间。去把外面望风的也叫回来！你就跑一趟，去把伊奈子叫过来吧！"

就在这时，勇鱼清楚感受到，比那帮年轻人的耳朵高出许多的那张茫然铁青的脸上有一道光朝自己射来——是那个原自卫队员正在百思不得其解地看着自己。他认为，只有自己才是把这儿发生的一切告诉伊奈子的最佳人选。就凭原自卫队员那惊恐的表情和与其他年轻人决然不同的态度就知道，他能否把信息确切无误地传递给伊奈子还真是个问题。勇鱼没有理会原自卫队员的眼神，而是快步出门向开阔地跑去，到了木板嵌着的石级那儿，他也是两坎一跨，急匆匆地朝前赶。

"靖好不容易才刚要睡着呢！"看着心急火燎地赶回来、踩得阳台上的木板噔噔作响的勇鱼，躺在靖身旁的伊奈子抬起头，责备了一句，"脸上都有疹子了，像是很烦躁。"

"脸上出疹子啦？"勇鱼有点像是在说梦话。直到这时他才突然想到，这大半天，自己的意识中压根儿没孩子在出疹子这回事了。

"'缩哥'的审判会，开完了？"

"会倒是开完了。中途出了事故……现在麻烦啦！"

"你是说，阿缩自杀啦？"伊奈子马上接过话头说，"身体一天天萎缩，很痛苦，阿缩他一直在找机会自杀。"

"问题是现在还没死，像是伤着腹膜和内脏了。医生也说他没辙了，'缩哥'自己又不让送到医院去。这样下去肯定会疼死的，于是乔木就提议按'缩哥'自己的意愿，把他处死，大家都没反对。"

"我说吧，小哥还是想自杀，乔木这是想帮他。"

原来伊奈子心里竟然这么有数，这让勇鱼大吃一惊。不过勇鱼发现，在小心翼翼地起身离开靖站起来时，伊奈子平日里那双褐色彩虹般的眼睛里,透着一种失神的惊恐。她眼睛睁得大大的,眨都不眨,里面还涌动着泪水。

"乔木说了,把那些望风的,还有你,都叫过去,说是要么去参加行刑,要么去表示自己后悔了,这就离开'自由航海团'。你留在这儿守着靖就行了吧?"

"我去!得去看看当兵的怎么回事。"靖睡着了,看样子她自己也困了。伊奈子无精打采地说了这么一句,然后又有点不情愿似的伸出手朝脸旁抹了抹眼泪。泪水顺着油光的小鼻子流到了唇边,她又伸出闪亮的舌头舔了一下。泪水的咸味使她的脸色更阴郁,于是眼里又淌出了新的泪水……

"那好,也只能这样了。"勇鱼只是淡淡地应了一句。

起风了。顺着山坡刮上来的海风又潮又沉,而且还很猛。伊奈子身上的衣服被风吹得胀鼓鼓的,剧烈抖动着,东一下西一下不断敲击着她的皮肤。这使得深一脚浅一脚跌跌撞撞朝前赶的伊奈子看上去更令人担心。勇鱼跟在后面看着她的步履,甚至觉得有点发晕。于是他垂头看着脚下的路,让耳朵里充斥着衣服敲打伊奈子身体的声响,一路小跑着下了石级。

开阔地上,行刑的阵势已经摆好了。太阳稍稍有点西斜,原本黑不溜秋的石堆这会儿已经软塌塌地蒙上了一层淡淡的红色雾膜。石堆旁的地上已经铺好了一床被子,"缩哥"就躺在这床被子上。他的姿态,和先前医生和勇鱼拼命按住时没什么异样,只是,他现在是一个人孤零零地躺在那儿,身边再也没有别人了。石堆边上已经形成了一个以他为圆心、半径约为三米的圆。那些年轻人,个个手握石块,已经列队站在圆周线上待命了。乔木和医生站在圆圈的外围,他们扬着头,脸上也泛着和石堆表面一样的淡红光,正看着伊奈子和勇鱼走下石级朝刑场这边赶来。可是,走下石级来到开阔地后,伊奈子看都没看乔木他们一眼，直接穿过那些年轻人组成的圆盘阵和石堆间的空地朝"缩哥"跑去。"缩哥"正全裸着身子、侧着脸躺在被子上，他的下半身自不用说，连肚子到肩头这一片都沾满了柏油样的黑乎乎的血。伊奈子也不害怕，径直走到"缩哥"的头旁蹲下，低头看了他好久。也不知这时"缩哥"还有没有知觉，反正，他已经不再呻吟了。他一只眼掩在被子里，另一只眼透过肿胀的眼睑间的缝隙，在盯着被子的边缘。那张肿胀得发黑的脸，与其说是在表达着痛苦，倒不如说看上去就像一团挂着嘲笑的扭曲的萌芽。看着看着，伊奈子发现"缩哥"的嘴唇噗噗吐着泡沫微微动了一下。

"阿缩，阿缩！"伊奈子还不死心，轻声呼唤了他一下，可是，毫无反应。接着，伊奈子又扯着嗓门喊起来："阿缩，阿缩，你这就要去死啊？"即便这样，"缩哥"也只是嘴唇吐着泡稍稍动了一下。

伊奈子扭过身来，明亮的眼睛里含着浑浊的泪，大声斥责道：

"医生，你给他注射了什么？"。医生没吱声，只是默默低下了头。

伊奈子也顾不上"缩哥"和医生了，她站起来，笔直朝沉着亢奋的脸、手握石头、直挺挺地站在那圈正在待命的年轻人中的原自卫队员走去。

"你怎么也参加行刑？"伊奈子这句话，一下把原自卫队员怔住了，他一脸羞愧地扔掉手里的石头，笨拙地向后退了几步，离开了圆盘阵。

乔木看了紧挨着医生站着的勇鱼一眼，那眼神，分明是在逼勇鱼表态。勇鱼坚定地摇了摇头，明确表示拒绝。勇鱼的表态，成了行刑开始的信号——乔木走过去，捡起原自卫队员扔下的那块石头，在原地扭了几下身子，然后向后一仰，借着爆发力突然朝前扔去。石头砸在了"缩哥"侧腰上，随着"嘭"的一声钝响，"缩哥"的头部和腿部抽搐了一下,整个身子顿时缩成了一个以侧腰为顶点的"<"形。接着,其他的年轻人一齐投出了手里的石块。"缩哥"的身体连连软绵绵地缓缓抖动着,就像是重拳连连捶击下的沙袋。一会儿,他不动弹了,整个身体缩成了一团。——全场鸦雀无声,所有的年轻人都沉默在一种异样的兴奋里。趁着这工夫,乔木弯腰从地上提起枪托为肉色、上面标着自卫队番号的自动步枪,从裤子口袋里掏出弹夹,一并递给原自卫队员,大声吼道:

"给我装上弹夹!"

原自卫队员在犹豫。站在一旁的伊奈子扬起头看了他一眼,那双含着泪的亮眼睛显然是在对他发出制止的呼喊。可是,原自卫队员怯生生避开了伊奈子的目光,还是把子弹塞进了自动步枪。多麻吉替乔木接过枪,把保险开关拨到了半自动的位置后递给了乔木。乔木接过枪,走到"缩哥"近前,用身体挡住场上所有人的视线,对准"缩哥"——也不知是头部还是胸部——开了一枪。枪声冲破圆盘阵,撞上石堆后又瞬间转化为一股热浪弹了回来。乔木浑身颤抖着把自动步枪搁在石堆旁,对那帮依旧默不吱声的年轻人发出了命令:

"留下四个人,和我一起把他埋了!其他人去作撤退的准备!"

伴着亢奋的沉默,年轻人都各自忙碌起来。唯有勇鱼,他离开了人群,在那儿抬头静静地遥望着正酝酿着一场暴风雨的西方的天际——染成红色或橙色斑斑点点的卷层云后面,隐隐地躲着微微发白的太阳,在这样的背景下,那棵大榉树成了一团挺立的剪影。剪影的上方,被刚才的枪声惊飞的白头翁在成群地盘旋。里面热血在吱吱作响的耳朵是感受不到白头翁的叫声的,但它们意识到危险而发出的"呱呱"的惨叫,或是为恐吓那些将给自己带来新的危险的敌人而发出的凶猛的长鸣,都直接传到了勇鱼脑海的深处,在那儿嗡嗡作响。在勇鱼的头脑里,就像有一只瞬间聚焦的相机的眼睛,把白头翁群飞翔的每一个细节都把握得清清楚楚——在眼球内部,时间先短暂地凝固一会儿,不接收新的映像,等到先前的映像完全消逝后,它又重新恢复功能,把白头翁群飞翔的瞬间再一次刻进脑海。"有人在'鲸鱼树'下行刑了!"——像做祷告似的,勇鱼对着榉树"树魂"高喊了一声。尽管远方马上传来了"树魂"的回响,但勇鱼头脑里还在环绕着白头翁群的叫声,他不可能明白"树魂"回响的含义。不过他觉得,只要向回响完全敞开自己的身体和灵魂,这回响或许会以一种可以解读的经历在自己意识的屏幕上再度重现吧。

"你还不知道啊?"不知什么时候,乔木带着满身的汗臭回到了勇鱼身边。说话时,乔木的眼睛也盯着那群在榉树顶上黑压压地盘旋的白头翁。勇鱼没理会他,既像是眼睛暂时失去了调节功能,已经坏掉了,又像是眼睛从没像现在这样既能把握白头翁群的整体又能看清它们每一只的细节似的——这时他的目光也聚焦在那群白头翁身上。

"我是接到报告才在埋葬的半途折回来的。"也不管合适不合适,乔木大大咧咧地接着说,"那个当兵的,他带着那支子弹上了膛的自动步枪、扔下伊奈子跑啦!这下,我们更得赶紧撤退了。哎,要是能抢在他搞出什么名堂之前就把他抓住,那就再好不过了。"

勇鱼模仿刚才"树魂"的回响微微动了几下嘴唇,这时他突然意识到,自己这是在重复着刚才"缩哥"吐泡沫时嘴唇的动作,而且他还意识到,"缩哥"刚才微微抖动着嘴唇说的是——Prayer is an……education……

第十五章　逃亡者　追捕者　守望者

对原自卫队员实施抓捕的小分队组成了。三个追捕小组——去热海的、绕道下田去沼津的、翻过天城山口北上的——都出发了。按计划，每个组都尽量走高速，只有在遇到设卡的检查站时才绕开。这是因为，既然原自卫队员是驾着大排摩托车逃跑的，他肯定会选择走跑起来顺畅的收费公路。其实，他完全可以躲进沿路的警署去寻求保护。所以，这个追捕计划本身就有问题。再说了，想追上一辆半小时前就出发的大排摩托，这也不太现实。因此，追捕组同时还接到了另一条指令：如果没在检查站遇到麻烦，车顺利走出了伊豆半岛，即便没抓到原自卫队员，也不用返回伊豆，直接逃回东京就行。负责热海方向追捕的头领是多麻吉，出发时，他原本是想偷偷把和原自卫队员带走的那支一样的另一支自动步枪揣走的，结果被拦住了。不过，最后还是没能说服他把插在腰间的那颗手榴弹也交出来。多麻吉精通武器，想让他打消对还有十九发子弹的自动步枪的防范之心，也没那么容易。至于其余的武器，都用布裹着装上租来的车运到伊东车站的行李寄存柜里藏起来了。一旦圆满解决了原自卫队员的问题，随时都可以让搬运组把这些武器运回东京，存放在摄影棚旧址地下的武器库里。

有两个年轻人留下了。他们一直在跑来跑去地忙着，为的是抹掉有人在这儿过过集体生活的痕迹。因为担心机动队随时有可能冲进来，他们的劳作完全是建立在自我牺牲的前提下的。他们没有把那些垃圾就地焚毁，而是钻过灌木丛，来到海角悬崖边上，待到涨潮时把它们扔进了海里。日落一小时后，连这两个年轻人也消失了。一直在坐镇指挥的乔木和他们一起坐车离开时，勇鱼还站在长着几万片硬叶、结着几百个果实的山桃树下为他们送过行。当时勇鱼隐隐觉得，乔木自不用说，那个搬过"缩哥"尸体的年轻人身上，除了自己的汗味，还沾着一股死人身上的血和浆液的臭味。不一会儿，车就像缓缓沉到了夜幕的水底似的，从勇鱼视线中消失了。起风了，山桃树一丛一丛的叶子在风中沙沙作响。即使走到灌木丛旁，沙沙声也不绝于耳。勇鱼彻底敞开自己的心，想听听顺着风传来的海浪声中有没有"鲸鱼魂"发出的声音，可惜，能从风声的最深处感受到的，只有山一般重重的沉默——那种张扬大海存在感的沉默。无奈，勇鱼只好垂着头回到了因出水痘而躺在床上无法动弹的孩子，还有那个被逃掉的男人抛下不管的小姑娘身边。现在更需要实行灯火管制了，房门一直是紧闭着的。房里的温度很高，尘埃的微粒子中还弥漫着一股孩子发烧的闷味。勇鱼蹲在床前俯身看了看靖，孩子的那张脸，因全身出满了水痘的缘故，肿得紧绷绷的，就像在原来的脸上捶上了一层暗红色的镔铁。为了不让他挠疹子，靖搁在胸口的两只手掌上还缠着布条，就像是一名手上缠着绷带的少儿拳击手。伊奈子靠着窗，隔着被子憋屈地躺在床边那点多出的缝隙里守着孩子，勇鱼进屋后也懒得抬头看一眼。待到勇鱼在孩子另一侧的榻榻米上躺下后，伊奈子这才开口问：

"当兵的偷走了自动步枪，还有汽油，乔木是不是很恼火？"听她的口气，好像觉得有点委屈。

"乔木没说什么呀！"勇鱼说的是事实，"难道说，是你让他去偷的？"

"乔木让他把弹夹拔出来时,我就在他身边。我看出来了,他当时急着想跑掉,可又不知道怎么办好。于是我就问了一句摩托里汽油灌满了没,一听这话他傻了,狠狠地瞪了我一眼。于是我就告诉他,汽油就存在放自动步枪那儿,还枪的时候顺便把汽油搞出来就行了。还枪时我们是一起去的,直到他灌汽油前,我一直是在一旁站着挡着他的。当时我突然想起来了,要是靖把手上的布条套在脖子上了就糟了,于是我就对他说了声,'你等着,我去去就来。'可是等我下坡折回去时,那当兵的已经不在了。这下,可把我吓坏了。"

伊奈子说话时的口气,还有说完时那声叹息,深深刺痛了勇鱼。他也真想趁着靖在痛苦地呼吸,长长地叹一口气。

"知道我为什么害怕吗?因为我知道,没有我在身边,他是什么也干不成的。"见勇鱼没吱声,伊奈子又补了一句。说完,就像是所有的惊吓都抱成一团突然涌上来了似的,她屏住呼吸,浑身缩成了僵硬的一团。

"不过,"尽管勇鱼心里很难受,但事到如今也想不出什么办法补救了,他只好安慰伊奈子说,"他一个人逃出去了,这会儿该知道有你在身边有多重要了吧,现在恐怕肠子都悔青了。"

"他只是在想自己的摩托能不能在回东京前不被'自由航海团'追上。也不知道他能不能顺利回到东京,他一个人,要是走高速时上错匝道就糟了。他该不会每次听到排气管的声音就吓一跳,以为是后面有人在朝自己开枪,结果出事故吧?……要是带着我,身后就不用担心了……"

伊奈子说不下去了,抽泣起来。她抽泣的声音很细,勇鱼甚至觉得,它和正在出水痘的靖的哭声有几分相似。

"那当兵的不是还可以跑到伊东或是热海的警署里去嘛!"勇鱼狠了狠心,说。

"他会一口气跑到东京的。"伊奈子只相信自己的判断,"因为他想回到自卫队去,那儿才是最安全的。只要能把自卫队丢的枪带回去,他不会因为开小差这事受到处罚的。他始终相信,在自卫队和警察之间,什么事都好说。再说,遇到我之前,在他心里,自卫队就是他的整个世界,他肯定是想回去的。"

勇鱼无话可说了。除了静静地听着靖和伊奈子这两个平白无故受着煎熬的弱者的呼吸声,他无计可施。这时,靖突然从胸口上抬起两只白色的蓬松大手想往眼睛里塞,这可把勇鱼吓坏了。不过,孩子显然控制住了自己,又把两只手放回了原处。靖稍稍睁了一下眼睛,接着又睡着了。又是发烧,又是浑身长满了疹子,这显然让他很不适应,脸颊到嘴唇这块硬绷绷地胀得老高,像是嘴里含着什么苦东西似的。勇鱼束手无策,只能在一旁干看着伊奈子的一举一动,她正用纱布轻轻沾着靖身上的汗水,想借此分散一下孩子的注意力,免得他伸手在发痒处乱抓……

时间在一分分流逝。突然,就像是从地底下冒出来的似的,外面传来了汽车驶进开阔地的声响。原本躺着的勇鱼和伊奈子就像重重地挨了人家一巴掌,嗖地弹了起来。但是,他们也无法采取任何具体的下一步行动。汽车在鸣笛,这显然是在传递信号,接着就听见了乔木扯着嗓门打招呼的声音。

"是他们回来了!乔木刚才故意那么大声,是怕我们以为他是机动队的,对他下手。"伊奈子兴奋地说。

说话间,乔木已经咚咚地踏着大步朝阳台这边赶过来了。勇鱼起身打开门,考虑到在搞灯火管制,顺手又把门拉上,在阳台上等着他。踩着手电的亮圈上阳台后,乔木举起手电对着勇鱼的脸照了一下,似乎是想先确认一下站在漆黑一团的阳台上的人是谁再说。经过这瞬间的沉默后,他按捺不住兴奋,压低嗓门对勇鱼说:

"后起直追的乌龟要逮住兔子啦!就在伊东附近那片围捕海豚的海湾那儿……"

乔木是考虑到伊奈子是原自卫队员的女友这层因素才故意这么说的,再说了,如果实话直说,对这个被人抛弃的小姑娘也过于残忍。勇鱼当即扭身对着关着的门说:

"听到没?那当兵的没逃进警署,被逼到码头里去了,说是眼看就要被我们抓住啦!"

"没错!"乔木又补了一句,他也用不着再瞒着伊奈子了。接着,乔木又对勇鱼说,"那当兵的大致藏在哪儿,已经大致清楚了,多麻吉他们正在那儿守着呢!你要不要去看看我们怎么抓他?靖有伊奈子守着,没事的。"

"没事的,勇鱼,去看看吧!我正好想让你去盯着,别让多麻吉对当兵的胡来!"

屋里传来了伊奈子的声音,她说得非常干脆。

停在黑暗的开阔地上的那台新大众还没熄火,是乔木在半路上偷来的。也许他是觉得,既然摊上了原自卫队员的这起案子,偷台车在警察眼里也算不上什么大事吧。

"那当兵的可能是中了邪,陷入了被害妄想,以为陆路全被我们堵死了——"说这话时,车正沿着搞工程的大卡车压出的深沟前行。尽管大众车的底盘都快擦着路面了,可乔木仍然没有减速,"其实啊,我们差不多都认了。本来,我们组建追捕组,百分之九十的目的只是为了自己逃跑。没想到,还真的把那家伙藏身的地方找到了。我们每个组约好了的,只要在路上遇到对面有摩托车,就问问对方看见那当兵的摩托车没。——那种胜利七五〇[①]的大排摩托,在日本

[①] 胜利七五〇(Triumph 750),排量为七百五十的运动型摩托车,英国品牌。

的公路上很稀罕,只要是正宗的摩友,谁都会瞧一眼的——可是,一路上谁都说没碰到过那台大摩托车。没想到,我们的车走到热海站前时,却碰到了运枪去伊东的那拨人,他们交给我一张传话的字条,上面说,在东名高速上摩托爱好者聚集的餐馆里,多麻吉逮住了一个偷当兵的那台摩托车的小子。那小子说,他是坐顺风车到这儿来的,下车后在一个三岔路口休息了一会儿。那儿的三条路中,有一条下坡路是通往海角下面的码头的。当时,他看见那当兵的在用树枝、草什么的藏摩托车,藏好后就飞快朝码头边的村里跑去了。看样子,他是想去租船的店子里偷条摩托艇来从海上逃到东京去,那家伙不会驾帆船,咱知道的。一般说,不营业时摩托艇的发动机都是卸下来锁在库房里的。这么说来,他肯定会先藏在哪儿,等捕海豚的渔民返航回到码头后再去偷发动机。于是,多麻吉就部署好了,等他从海边的树丛中钻出来靠近库房时就抓住他,这会儿,多麻吉他们正在那儿守着呢!干这些事,是他的强项嘛!"

"多麻吉抓住那个偷摩托的家伙,也真够厉害的。"勇鱼说。

"这家伙啊,只要到高速公路旁摩友聚会的地方去问问,谁都认识他。一回到摩托车的圈子,他就是条水里的鱼,我就是在摩友聚会时遇到他的。多麻吉和他的那帮哥儿们白天在汽车修理厂打工,夜里就聚在一起玩摩托,尽玩险的。其实玩法很简单,就是太危险。怎么玩的呢?就是深更半夜跑到多摩川河堤上,两台摩托对着冲,谁先让开就算谁输,就这么个游戏。就因为太简单了,有些人早就玩腻了。即便这样,他们还是一玩一个通宵。玩着玩着,最后玩出人命来了。以前没死过人的,充其量就是重伤。他们对付伤者的办法是,谁要是受了伤,就把谁扔到医院旁边了事,反正受伤的那个绝对不会说出去的,搞得警察也搞不清楚整个游戏过程究竟是怎么回事。本来,参加游戏的两个年轻人都在想,只要坚持到最后一刻就行,可是后来谁也停不下来，那就只能是两个人憋在心里的那种，叫我怎么说呢，把憋在心里的那种'哇'的惊叫声发泄出来，朝对面冲过来的摩托撞过去了。……把摩托车和死者扔到路边后，下一组的游戏又开始了……最后，还是我让他们别再这么干的。我是这么想的，即便不能让他们完全放弃这种暴力的宣泄方式，但总比通过玩这种腻味的游戏最后把自己整死了事要好，这太没意思了。后来我终于把他们说服了。于是，我们'自由航海团'头一次一口气进了五个新船员，因为多麻吉是那个多摩川游戏班子的核心人物嘛！"

"怪不得另外那几个和他不一样，看上去个个都蛮老实的，甚至还有点害羞。"

"那是因为，他们憋在心里的那种'哇'的惊叫声，不到摩托相撞那一刻是不会发出来的。"乔木说，"你可别小看了他们，看到他们砸石头那架势了吧，几乎连我用自动步枪去补一枪都用不着……"

说话间，大众车已经驶出海角底部，驶上了柏油路，正朝伊东方向奔去。除了偶尔有一台装鱼的大卡车从身边超过去，对面的来车一台都没有，就像这条路是单行线似的。虽说是深夜，但这怎么说也有点不正常。

"刚才我好像听到了枪声。"乔木突然说。

勇鱼打开了车窗。浓浓盐味的硬风中又传来了四五声连发的枪声。

"是那当兵的！是自动步枪的声音。"乔木细细琢磨了一阵，说。不过，他没有任何犹豫，还在开着车朝前赶。

一会儿，他们的车来到了一块视野开阔的突角。远远望去，海岸线的灯光不时和远方街道的大片灯火连成了一个整体。公路正下方的深处，是从他们翻过的悬崖下抠出一块后塞进的小港湾。停靠在海边的渔船上投光器的亮光，照亮了港湾最深处那个面朝大海的小村落,海边还有一艘渔船在燃烧。像两只伸出的胳膊似的、从港湾突向海面的围堤里面,闪着亮光的细浪,就像无数个熟透了的石榴。远方灯火密集处伸出的那条紧靠着海的公路,经过港湾后得爬过一段陡坡后才能和勇鱼他们的车现在走的这条路汇合。这会儿,那段陡坡上有一长串亮着前灯的车正在缓缓朝前挪——很明显,那些车的司机,有的在一边看热闹一边走,有的是干脆停下来在看热闹。在这海岸公路上的汽车长蛇阵的尾端,警车闪着前灯在一台一台地超车向前赶,蹦蹦跳跳地向港湾靠近。警车的警笛声,已经在村落里展开救助行动的消防车的鸣笛声,还有听不明意思的叫骂声,一起向这边涌来。乔木关上车窗,车还在缓缓朝前挪。这时他们发现,被堵死的汽车长蛇阵中有台摩托车正朝这边冲来。发现乔木他们这台车后,摩托车停靠在了山边的路肩上,车手灭了前灯,阴沉着脸朝这边瞅了一眼——是多麻吉!那张阴沉着的脸,正像乔木刚才说的,透着释放了暴力后的赤裸裸的残忍。乔木把车开过去挡住摩托,抬头看着还跨坐在摩托上的多麻吉,带着几分责备的口气大声问:

"那枪声怎么回事?"

"那自动步枪确实是当兵的枪。大概是渔民喝醉了朝海里乱放的吧。不过在那之前,那当兵的被渔民追得没处逃了,自己给了自己一枪,死了。"

"当兵的怎么会被渔民包围呢?"

"海边上搁着一条涂得很漂亮的船,我呢,费了老大的劲从树丛里钻出来,走下山坡,站在那船的正上方的山崖上把手榴弹扔了过去。于是,那船就着火烧了起来。全村的渔民都出动了,到处找那扔炸弹的人。后来我们还下去看过热闹呢!反正看热闹的多的是,那些开夜车来海边玩的游客一拨一拨地凑过来看,夹在他们中间,不会有事的。我想啊,那当兵被发现时肩上还扛着自动步枪,要说手榴弹不是他扔的,那帮渔民能信吗?"

多麻吉一脸得意地说。接着,他又转身看着勇鱼,说:

"听说,一到某个特定的季节,这地方的人就会把成百上千的海豚驱赶到港湾里来打死。你说,把他们的船给炸了,是不是给'鲸鱼魂'上供?海豚不是鲸鱼的同类吗?"

警察开始疏导交通了,长蛇阵的车流开始涌动起来。一台台车扯着风轰着油门从大众车旁呼啸而过。阴森森的黑暗中,车里那些年轻人、小姑娘的脸上,也挂着和多麻吉一样的残酷,疾驰而去。

"乔木,照这架势,你那车想掉头,还得一个小时。还是我去把对面的车拦下来吧!再说,正好我还得回去重新组织运枪的班子。"说完,多麻吉驾着摩托朝路边几乎垂直的斜坡撞去,前轮高高地翘在空中翻了一个身,掉过头走了。

"说白了,那家伙让我去叫你,就是想把我支走,然后自己一个人独立指挥作战。这不,他还真的成功了。看来,这家伙已经把自己审判'缩哥'时的丑态全忘了,完全恢复了自信。"看来,乔木既对多麻吉有点厌烦,又对自己身为能迁就他的头领相当得意,"这家伙也真够单纯的,'缩哥'卖照片的事还没了结呢!"

乔木嘴里虽然这么说,当他毕竟还是掩饰不住心中的畅快。就这样,乔木带着满腹抑郁的勇鱼加入了连夜南下奔向海水浴场的年轻人的行列。他们翻过了好几个山口,到处寻找专为开夜车的司机服务的通宵营业的小店,为的就是买到牛奶和食物。最后,他们下山找到了一条相当热闹的温泉街。在这儿,他们甚至还买到了手电筒和半导体收音机。乔木早就算计好了,这里发生了爆炸枪击案,警方一定会对过往的车辆严加盘查,但针对的对象只会是那些从伊豆开往东京方向的车。至于对驶向半岛临海一端的车,他们是不会查的。乔木仔细推敲了收音机中播出的深夜新闻快报,尽管在武器来源方面还存在明显的疑点，但就目前警方对外宣布案情时的口气看，显然他们作出的结论是：发生在围捕海豚的这个村落的这起案子是原自卫队员的单人作案，基本上可以就此结案了。一回到以前的军训场地乔木就告诉勇鱼，为了保证武器运送中不出问题，他得赶快去和多麻吉他们会合，因为那家伙现在正在兴头上，有点得意忘形。这就意味着，他把向伊奈子转告原自卫队员已经死亡这个消息的任务，塞给了"自由航海团"的语言专家勇鱼。

在那片开阔地边上，勇鱼一个人走出了大众。他抬头看了看天空——黑压压的树丛背后，昏暗的天空连成一片。在它的底端，隐隐透出了一道白色的亮边，那里面孕育着将会成长为蔷薇色云彩的萌芽——这是迎来海上黎明的先兆。不过，这只是在勇鱼脑海里一闪而过的念头，对这即将演变成带着蔷薇色浓淡的白色光芒的东方的天空，他马上失去了兴趣，无心再看下去了。相比之下，他更想仔细看的，倒不如说是天空中的黑暗部分，还有比天空更黑的地上环绕在他身边的乔木林，再就是那些苔藓般执着地捂在乔木底部的灌木丛——因为他的眼睛已经看惯了黑暗。现在得到伊奈子那儿去，她正守着靖呢！勇鱼想，可是，要是她睡着了怎么办？总不能为了告诉她原自卫队员自杀的消息把她叫醒吧，勇鱼犹豫了。那，如果她没睡，一直在等着自己回来呢？那样的话，她一定早就想好了该向我打听些什么，我该怎么回答？想到这儿，勇鱼也觉得心里沉甸甸的。

勇鱼越想越觉得心头沉重，结果，他只是在门口呆呆地站了好久。他的心里，默默地向这世界上所有的"树魂""鲸鱼魂"发出了"救救我吧！""我该怎么办？"的呼喊。此刻他突然觉得，像流星一样被杀死的"缩哥"和原自卫队员的魂灵在自己灵魂通往"树魂""鲸鱼魂"的通道上一掠而过，黑沉沉的头顶上降下一张网来把自己罩住了，他顿时惊吓得像个孩子。现在，勇鱼也顾不上自己会不会让醒着的伊奈子失望了——他必须寻求退路自保。就这样,他慌忙躲进了工棚。在他看来,只要进了工棚,魂灵就不会来缠扰他,因为以前待在里面的时候"缩哥"和原自卫队员都还是活着的,这儿应该和魂灵没有任何瓜葛。进屋后,黑灯瞎火中,勇鱼摸进房里深处的榻榻米,立刻拉过叠好的被子先蒙头躺下,然后才把手电筒、收音机和装着食品的袋子推到床铺外,最后才蹬掉了脚上的鞋。

耳朵深处,血好像在嗡嗡作响。勇鱼掩在被子里,抱头缩成一团,哼了几声,然后又连连抖动着身体。他突然意识到,有一种和体温差不多的暖暖的水滴在从头的侧面往耳根那儿滴。是眼泪?不对,这水滴是从眼睛外边朝眼睛方向流的,对了,是血!难道说,是"缩哥"的血?想到这儿,他不禁浑身一紧。不可能!"缩哥"被处死的时候,象征性地铺在他身下的那床沾着他的血的被子,已经被当作搬运他尸体的篓子和他的尸体一起埋掉了。他缩着身子,从被子里伸出胳膊,抓来了电筒。这时他才意识到,自己抱着头的那只右手指尖疼得厉害,刚才哼了那几声,也许就是因为这儿在疼。在被子里透过鼻子尖照过去一看,从指头尖往下有一个张开的伤口,这伤口不深,从里面渗出的血点慢慢汇成了一大粒,在缓缓地流向掌心——这一定是刚才在灌木上划的,是"树魂"对自己的警告,要不就是惩罚——想着,勇鱼胡乱在伤口上舔了几下。血的味道使空荡荡的胃收缩了一下,有点想吐,嘴唇边冒出了泡泡一样的唾液。也顾不得那些了,勇鱼从胸口处拉过衬衣,来回抹了几下。啊,啊,我受伤啦,也不知是在哪儿伤的,反正是被灌木划伤的,都流血啦,真疼啊!——勇鱼向黑压压地填满天空的"树魂""鲸鱼魂"倾诉道。

只看了伤口一眼,勇鱼就把手放到了肚皮上,马上闭上了眼睛。不过,在他眼里,折断的灌木刺留在自己身上的伤痕,它的形状,还有颜色,都还在那儿晃来晃去,清晰可见。或许,自己受的伤,原本就该是这个模样吧。他想起来了,从少儿时代直到今天,其实自己每次受伤都是命中注定的,每次的伤痕的颜色和形状都具有不可替代的唯一性。想着想着,到头来的结果是,就像是顺着院子里的石板向前走似的,沿着这些伤痕的轨迹,他俯瞰了一遍自己迄今为止的人生。位于这失败的人生最末端的,就是手上带着新伤、连正出着水痘的弱智孩子都不能好好照料、只能无奈地躺在眼前这工棚的床铺上等着睡着的自己——被强迫参与了施虐杀人,然后又被人孤零零地抛在犯罪现场的自己。我现在陷入了人生窘境,而且身上还带着新伤,都进入中年了。这么多年来,那一次次的伤痕究竟对自己的未来——即自己人生到达的终点——意味着什么?这些,我想过吗?没有,从来没有。每次受伤,我只是产生了一种感受不同于以往的新的紧张而已……勇鱼回顾着那些过去的日子,向"树魂""鲸鱼魂"倾诉着自己的感伤。就这样,他一直在回想着自己每次受伤的经历,想了好久好久——既像是在做梦,做着向"树魂""鲸鱼魂"倾诉自己受伤历史的梦;又像是在期待,期待着消除紧张,消除那种对一点点地失血导致血管压力稍稍减小的紧张。——最后,他迷迷糊糊地睡着了。

……

"拿一百卢来,我去替你向印度到巴尔干半岛这一路上的孩子赎罪!"——说这话的是一个印度人。他干枯的脸上耷着高高的睫毛,锯齿般错落的牙缝里冲出一股刺鼻的槟榔味。这家伙显然得过麻风病,那只直通通地伸过来准备接钱的手,上面已经没了指头,看上去就像一根棍子。"给他!这家伙能给我们赎的罪会超出我们的想象,干脆给他一万卢比!"对勇鱼下命令的,是"怪"。他当时戴着头罩、闭着双眼躺在担架上,在印度炙热的阳光下,活像一个死人。当他大张着那张没一颗牙的嘴说话时,透过粉红色的牙龈还可以看见里面那个喉头癌的肉块。"凭什么要给他一万卢比?再说了,让别人给自己赎罪,有这道理吗?"勇鱼不服,顶撞了一句。可那个患了喉头癌的木乃伊却完全没把勇鱼的话当回事——尽管为了他挤出黏在喉咙里的痰连连干咳了几声,深陷的眼窝里的泪水还化作了一股水蒸气在慢慢往上冒(印度的阳光真有这么厉害)——他马上狠狠地训斥了勇鱼一顿:"不行,又拖了一阵了,得给他一万五千卢比!罪孽这东西,是只能由别人去赎的。就说死刑犯吧,他自己人都死了,怎么能替自己赎罪?他犯下的罪,只能由活下来的人去赎!"这时,那印度人坐到了红色的地上,嘴里还在一遍又一遍地念叨着:"一百卢比,我帮你赎罪。一百卢比……"他膝盖间夹着一个石油桶,油桶腰上还开了一个孔——这是他把手伸进油桶加油的通道,只有这样,里面的火才不会熄灭。睡梦中,勇鱼开始警觉了——这个梦,他不知做过多少次了,可这次不同,很多以前梦中模糊不清的细节,这次都看得清清楚楚。记得以前每次从这个梦中惊醒时,他都会禁不住看看自己那只笨拙的手,不知道它刚才究竟是伸向了油桶中燃烧的火焰,还是伸手把钱交给了那个替人赎罪的印度人……

勇鱼硬绷绷地闭着双眼,想调整一下睡姿。可是,就像是要从梦里溢出去似的,一阵管弦乐的音乐声闯进了他渐渐清醒的耳朵。对,那是印度的音乐,伴着音乐声,鼻子里还略过一种阿格拉集市的石板路上扬起两米高的干燥的尘土的味道。——音乐主持人开始说话了。原来,刚才迷迷糊糊听到的声音是收音机里传出来的,是电台在播放音乐节目。勇鱼啪的一下睁开了眼睛,抬起头看了看周围。正午明晃晃的阳光从那扇半开着的连着后面伙房的板门射进房里,把床边照得通亮,放在那儿的食品袋、收音机都不见了,甚至连手电筒也没了踪影。要是伊奈子这会儿在听收音机,那条报道原自卫队员死讯的消息对她该会是多么残酷!不,也许她早就听到了……

勇鱼站起来走到木板门边,顶着晃眼的日光使劲睁开眼看了看

263

伙房。伊奈子正蹲在洗衣机旁听着收音机，那台半导体，就放在她身旁的地上。小姑娘上身穿着一件贴身穿的圆领短袖T恤衫，下身穿着一条腰部打了几道皱的松垮垮的黄短裤，戴着一顶浅檐草帽，正在那儿晃着脑袋用手指在地上不停地抠着什么——晃脑袋是为了抖掉不断涌出的泪水，而泪水落地后，又和地上的尘土裹在一起，转眼间就变成了一颗颗苍蝇般的黑点，于是她就伸手去抠。看到这情景，勇鱼也摇了摇头，两眼一抹黑，不声不响地退到了房里的暗处。就在这时，伊奈子站起来了，她已经发现了站在门口的勇鱼。

"那当兵的事，不好开口说，这才躲着我的吧？我已经在收音机里听到啦！"伊奈子说，"这不是什么坏事啊，毕竟没被他们逮着，总比死在多麻吉手上好吧！"

说话时，伊奈子眼里含着的泪水，发着暗暗的银光，就像是集在一起的水银。而含着泪水的眼眶，就像是刚睁着眼游过泳似的，泛着隐隐的红色，令人心疼。她流着泪说话的声音，嘶哑得像一个虚弱的病人。

"你买来的意大利面，已经煮好了，我再热一下，趁着这工夫去洗洗身子吧，靖不喜欢闻到汗味的。"伊奈子接着说。

勇鱼这才意识到，和"自由航海团"的其他人一样，原来伊奈子身上也散发着汗味。这会儿，一股带着人的皮肤的清新味道，正悠悠地扑向勇鱼的鼻孔。勇鱼转身回到了暴露在阳光下的伙房，洗衣机对面摆放着一排大镔铁桶，工棚伸出的屋檐下有一个连着煤气罐的灶台，上面放着一个很大的中式的双耳生铁锅和一个深钢精锅，旁边还有一个大肚子水壶。这些东西，尽管放在室外，却擦得干干净净。也就是说，伊奈子一大早起床后一直没闲着，她先是从收音机里知道了原自卫队员的死讯，然后又干了这么些活，后来还洗了身子，直到最后才在这儿流着泪抠着地。

"这些放在太阳下的桶里的水,是先前打来放着的,已经不那么凉了。"说着,伊奈子从架在两块火山熔岩间的竹竿上取下一条毛巾来,递给勇鱼。

反射着阳光的镔铁桶旁,有一块熔岩,石头上放着一块用过的肥皂。看样子,伊奈子早上就是在这毫无遮掩的地方洗身子的。既然这样,同样是洗身子,勇鱼也当然不会觉得不好意思。这会儿,伊奈子已经在一旁睁大眼睛等着了。勇鱼赤着脚站到发烫的熔岩上,老老实实地脱光了衣服,伊奈子顺手接过来,一件件扔进了洗衣机。接着,勇鱼提起镔铁的长勺,从桶里舀出温水,一勺一勺往头上浇。虽说是阳光下晒过的水,当对因流汗张开的皮肤,也是不小的冲击。勇鱼像狗一样一边抖着身子一边把肥皂往身上涂。他越涂越上劲儿,忘了顾及伊奈子的目光,在肛门和性器上认认真真地涂了个遍。伊奈子一直在洗衣机旁仔细看着,冷不丁来了这么一句:

"我在电视上看过的,你的身体,有点像那个在菲律宾小岛上的藏了好多年的日本兵。"

开始过隐居生活后,勇鱼身上的脂肪越来越少了,与此相应的是,身上渐渐显出了硬朗的肌肉轮廓,成了底层体力劳动者那种看上去寒碜但却很强壮的身体。至于自己的身体在别人眼里是什么形象,勇鱼可是从来没想过的——现在,身上所有的衣服都被伊奈子扔进洗衣机里了,勇鱼只好把毛巾缠在腰间,坐在晒热的火山岩上,借阳光暖暖被水浇凉的身子。他垂下肩双手抱着膝盖一看,泡胀发白的手指根上还有好多黑乎乎的污垢。甚至在吃那碗浇了肉汁罐头的意大利面时,勇鱼还保持着这种古怪的姿势,像个难民。而伊奈子,则像个悉心照料难民的护士,勇鱼刚吃完,她就递过来了另一碗肉末汤。到这时,尽管他身体里还是冷飕飕的,但全身的皮肤,尤其是头部的皮肤已经热得火辣辣的了。勇鱼一只手捂在头上,另一只手端起大碗,低下头,一口气把肉末汤喝得干干净净。

"要不要再来一碗?"见勇鱼这么快就喝完了,伊奈子问。勇鱼已经吃饱了,他摇了摇热辣辣的头,有点不好意思。

"看你吃东西像饿狼似的,我还以为你还要呢!是不是因为一直和靖两个人过日子,于是就成这样了?不过靖吃东西可是很慢的!"伊奈子说,"我这就把牛奶和肉汁给靖送去,你帮个忙。他口里都出疹子了,吃意大利面会疼的。"

"要不,把意大利面切碎掺到肉汁汤里?靖最喜欢吃意大利面了。"

"我就是这么做的。"伊奈子说。

伊奈子提着装着煮开的牛奶的大水壶和碗先走了。勇鱼又往头上浇了一遍水,然后在腰间缠上毛巾,赤着脚穿上鞋,提着装着肉末汤的深钢精锅出了门。

靖已经醒了,正直挺挺地在被子里躺着,抬头看着明晃晃的屋顶。他身上长满了疹子,眼睛的睫毛边、小巧的耳朵里都是;身上穿着的睡衣,其实是伊奈子的内衣,暴露在衣服外的软绵绵的四肢上,也布满了疹子。这么多的疹子,竟然一颗都没被他抓破,每一颗都发得很透。勇鱼握了握靖缠着布条的手指,那是年幼的孩子强忍着瘙痒的最好体现。可是,当靖抬眼认出勇鱼时,他烧得昏昏糊糊的眼睛里掠过一丝不快的神情,微微颤抖着缩回了自己的手。

"靖,靖,你真行,靖真行!"勇鱼压低嗓门叫了他两声,可靖根本没搭理他的意思。

"靖身上已经没地方发新疹子了吧?"伊奈子说,"你看,出了的疹子好像也没精神了,靖,水痘的高潮已经过啦!打起精神来,咱们喝汤,想不想喝夹着碎意大利面的汤?"

靖稍稍动了一下他又干又肿、四周生满了疹子的嘴唇。孩子的

动作是什么意思——是表示拒绝表示接受,勇鱼看不明白。可是,伊奈子却一眼就明白了,马上轻言细语地说:

"是吗?那好,咱们就不喝汤,只喝点牛奶!"

说完,伊奈子把手伸向靖脖子后面发际旁,小心翼翼地插进像列队的伏兵似的挤在一起的那些疹子间的空隙,轻轻扶起靖的头,用汤匙舀出一勺牛奶,送到了靖的嘴边。

"啊,靖,你喝牛奶啦!真行,医生说过,内脏里也会生出疹子的,你长了疹子的内脏也喝牛奶啦,真厉害!"说着,伊奈子又小心地避开嘴唇上的疹子,给靖喂了一勺牛奶。

孩子喝完四勺牛奶后,伊奈子轻轻地放下了靖的头。孩子稍微抖了一下身子,从肚皮上晃晃悠悠地放下缠着布条的手,不一会儿就发出了轻轻的鼾声。这会儿,伊奈子的眼睛虽然还是红的,但里面已经没眼泪了。她抬头看着勇鱼,小巧的鼻翼上闪着汗珠的光,说:

"就是在快睡着了,脑子不清醒时,靖也不抓疹子,梦里也不抓。等水痘好了,靖还会和以前一样,浑身清清爽爽的。"

"你可真帮我大忙啦!要是没你在,遇到靖出水痘,我会让他乱抓的。"勇鱼说,"真没想到,你这么会照顾人。"

"'自由航海团'出海时,我的分工本来就是伙夫兼护士嘛!"伊奈子说,"趁靖睡着了,咱们裸着身子晒晒这海边的太阳吧!收音机里说,渔民追那当兵的时候,来了很多汽车族和摩托族,他们都是连夜赶到海边来游泳的。咱们是'自由航海团',却让那帮家伙独占这片海,那可不行!"

说着,伊奈子从房间的角落里拿来两块裹成一团的坐垫,从窗户里朝正下方的开阔地扔了出去。借着扔坐垫的那股狠劲儿,她又三下两下脱掉T恤,身上只剩下那条黄色的短裤,然后又随手在那顶帽檐剪得像锯齿的草帽上搭上一条洗褪色了的毛巾,一路小跑着出去了。

除了骨骼和肌肉、再加上极少的脂肪,她的身体给人一种皮肤和内脏间什么都没有的感觉。看着伊奈子的身体,勇鱼的目光在她那挺立在胸前、显得特别长的细筒状的乳房上停留了一会儿。她的乳房,颜色明显比身体淡淡的黄褐色的肌肤要浅,而且质感显得格外柔软。

刚越过子午线的太阳在火山岩石堆下投下了一块阴影。伊奈子拾起那两块坐垫,把它们塞到阴影圈里铺好,然后在其中一块坐垫上躺下,好歹总算没让自己的脖子暴露在阳光下。勇鱼去工棚找到刚才浇过头的那只水桶,往里面塞进一个长柄的勺,提着桶回到开阔地后把它放到两块坐垫中间,先往头上浇了一勺水,随后也躺下了。这时,伊奈子塞在石块凹陷处的收音机正在播送音乐欣赏节目。没过多久,收音机里传出了报时的声响。住进避核工事后,勇鱼已经没必要按部就班地具体区分时间了,对报时,他脑袋里只剩下一点麻木的感觉。因此,刚才收音机里报的到底是几点,他也没听清。不过,电台在报时后播放的整点新闻,却让原本昏昏欲睡的勇鱼顿时惊醒了。伊奈子也一样,这会儿,她就像一个游仰泳的人突然呛了一口水似的,吃力地扬起脑袋在那儿静静地听着。

——"昨天深夜发生的自卫队员用自动步枪自杀的案件,在社会上引起了强烈反响。甚至在国会也有议员就此事提出了紧急质询。"新闻播音员说,"据调查,那个自杀的自卫队员,是一个抛下自己所有的私人物品毫无征兆地离队未归的士兵。他不是一个抱有自己独特政治见解的异己分子,而是一个具有很强的国防意识的年轻人。自杀时使用的六四式七点六二毫米口径步枪,是自卫队失窃的正规武器。而该自卫队员自杀前投出的那颗手榴弹,或许是从驻冲绳美军基地偷窃出来的。目前,警方正在就本案和左翼暴力激进派之间的关联展开调查,不久就会真相大白。过去一年间,由激进派暴力学生引发的使用枪支或爆炸物的案件,有以下几起……"

"听到这个,乔木肯定会觉得自己很冤的。"电台的广播重新回到音乐欣赏节目后,伊奈子就像是在阳光下暴晒了好久似的,叹了一口气,说,"乔木组建'自由航海团',原本就是为了不和政治扯上关系,这下可好了。喜欢政治的人,要么就是现在掌着权的,要么就是将来有一天要掌权的,对吧?不管是哪种人,他们都觉得自己有道理,都很强大。可是我们这伙人呢,正是觉得自己既没道理又不强大,不愿意和他们搅合在一起最后被杀掉,所以才想着要逃到海上去的。没错,我们个个都有过搞暴力的经历,可是谁都明白,这种暴力只是最终会被那些又强大又有道理的人整死的暴力。所以大家这才想早点逃到海上去。被别人把自己的暴力引出来,挣扎了一阵后被别人整死,这事谁干啦?'boy'想保护那个半截子帆船的根据地,却让你这个外人进去看了,就为这个,他就想杀了你,这是为什么?还不是因为他成天都在担心,生怕我们的船被那些又强又有理的人抢了去?有了那艘半截子船,就不怕以后搞不到整条船,你说是不?等到哪天搞到了一条什么都不缺的帆船,'自由航海团'马上就会出海的。乔木已经计划好了,到时候,船上所有的人都会放弃日本国籍。他查过了,说是这是宪法给我们大家的权利。"

"他说的是宪法第二十二条。"

"那样的话,我们将来就是'自由航海团'国的人了,到那时候,谁也不能把我们怎么样,和那些又强大又有理的人不相干,我们自己安安心心过自己的日子,边航海边过日子。"

"那,会不会反过来又受到世界上其他又强大又有理的家伙的侵略呢?"

"这个嘛,多麻吉不是已经想好了,准备了很多武器吗?再说,刚才我说过了,我们多少都积累了一点搞暴力的经验。当然啰,最后的结果,肯定是我们被别人灭掉。乔木说了,他已经计划好了,起航前在船上装上足够的炸药,到时候我们把整条船炸掉集体自杀就是。到时候我们用船上的无线电台一广播,告诉沿岸的人我们是被逼得走投无路才引爆自杀的,说不定啊,他们会为我们补给粮食和水,会阻止警察和海上自卫队对付我们。到那时候,我们会获得陆上的人们的同情的。"

"那还真说不定。"勇鱼附和了一句。

"不过,你可千万别以为我们通过广播提出了自己的诉求后会和别的什么又强大又有理的人联合起来,和谁我们都不想扯上关系的。当然啰,要是在公海上遇到了和我们抱同样想法的帆船,和他们交往交往也行……有人说啦,说什么有政治抱负的人一旦发起疯来干了点什么,齿轮就会朝前转一点,这么说来,发疯本身还是有意义的。乔木最烦这种说法。他说过,虽说'自由航海团'也有点疯,可我们发疯不是为了替别人推动齿轮朝前转。我们就是个和别人不沾边的瘤子。就是想让自己成为一个这样的瘤子乔木才组建'自由航海团'的。"

"瘤子?只是,一个瘤子样的东西,要得到别人的认可活下去,这太难啦!"勇鱼说,"'自由航海团'最后能出海也好,不能出海也好,都难。"

"要是阿缩真是'缩哥',就可以让他去宣传,告诉世人我们真的是个瘤子。到头来还是没搞清楚他究竟怎么回事,是不是真的是个'缩哥'。"

此刻,自己和伊奈子正躺在吸进了"缩哥"鲜血的地上——想到这儿,勇鱼不禁心潮起伏,浑身抖了一下。他感觉到耳朵下好像有什么东西在沙沙作响,于是顺手胡乱从地上抓起一点来按在掌心,对着蓝天下晃眼的光,勇鱼先眯着眼睛仔细琢磨了一阵。——原来是一片刚飘落的、还没干透的山桃树叶。随后,他又把树叶夹在拇指和食指间对着天空看了看叶子的背面。黄色的腺点清晰可见,叶脉柔软地描出一条宽厚的线条,一直延伸到深绿色叶身的底部,侧脉越是靠近前端线条感越是明晰,那是因为它们充满了隆起的肉质感,而这种隆起又恰好为叶身缓解了一点阳光的直射。对于树叶,尽管勇鱼以前就细致地观察过无数次了,不过这次他又有了新的发现。在他看来,一定是从树叶的形状给早期的人类提供了最原始的造船思路。既然这样,那么,无论从对船的大致形态的想象还是造船所用的材料上看,人类当初肯定通过树木认识了鲸鱼——勇鱼在心里默默对"树魂""鲸鱼魂"说。

"要是乔木把'自由航海团'未来的计划全部说给当兵的听了,我估计他也会当天就逃掉的。"伊奈子一边转过身子趴下,一边说,这会儿,她已经想晒晒背了。

勇鱼扭头瞅了她一眼,他再一次看到了伊奈子那闪着汗水发出的机油般亮光的乳房。乳房和胸相连处收得又细又紧,颜色也不同,是那种带有淫秽感的淡淡的桃色,不过,这正好又是她稚嫩身体的写照。

"要我说啊,这次,那当兵的在这时候逃跑,反而让人想起来心里舒服点。再说了,虽说他最后还是死了,但总比落到'自由航海团'手上强啊。所以我觉得,直到最后,他都保持了自己的气节。"

说到这儿,伊奈子闪着明亮的红眼睛看了一下四周,发出了令勇鱼为之一振的微笑。——从原自卫队员逃跑那一刻起,这是她第一次在勇鱼面前露出笑脸,即便是在给靖鼓劲的时候,她都从没像现在这样笑过。

第十六章　性的微光（一）

夜深了。出水痘后,靖从没哼过一声。可这时,他好像意识到自己迎来了最痛苦的时刻似的,细着嗓门呜呜地哭了起来。黑暗中,他还朝上抬起两只白手掌,使劲扭动着身子,似乎想抓住什么。这情景,勇鱼是透过从开着的遮雨窗挤进房里的夜幕下的星光看到的。不一会儿,伊奈子撑起和日光浴时一样裸着的上身,抓住了孩子的双手,过了一阵又索性把孩子的手搁到了自己的乳房上。第二天早上,孩子身上的疹子全都变成了一颗颗地榆花样暗红色的小点,靖终于从水痘疹子的折磨中解放出来了。一睁眼,他就轻快地说：

"是蓝矶鸫！"

"啊,靖,你真精神！"伊奈子嗓音里充满了惊喜。勇鱼在一旁听着,也无比欣慰。

伊奈子把靖从床上扶起来,带他去了厕所。勇鱼站在窗边,遥望着远方的大海。天早就大亮了,可海天还连成蒙蒙的一片,笼罩在干燥的紫霭里,只稍稍透出一点白光。成片的灌木吐着翠绿从海边延绵而上,攀上了海岬的山崖,可水汽也紧跟在它们身后扑上了山顶。看着看着,勇鱼似乎觉得,在灌木丛的暗处,在每一块裸露的岩石上,到处都晃动着红色羽毛的雄性蓝矶鸫和看上去像野鸡雏鸟的雌性蓝矶鸫的身影,它们都在那儿使劲摇摆着自己的尾羽。就在这时,勇鱼身后传来了靖开心的笑声。回头一看,伊奈子已经脱光了靖身上的衣服,把他放到了那团直射进屋里的阳光下,手指头正在靖身上无数颗收缩成黑点的疹子间游走着,就像在迷宫中转悠——她是在给靖挠痒。

"该可以把靖带回东京了吧?"

"一穿衣服,长过水痘的地方说不定会被磨破的,就在这儿再待两天吧!"伊奈子回答说,"再说,我还觉得,反正回东京去了,也绝不会有什么好事等着。"

伊奈子声音低沉地说。她双膝跪在地上,只挺着腰,眼睛里闪着像是在向什么强大的对手提出挑战。说完,伊奈子三下两下穿上衬衣,扣好贝壳纽扣,急匆匆朝门外跑去——她得去给靖做吃的。勇鱼看了看还在晒日光浴的靖,孩子不仅没在笑,而且闭着眼睛,显得格外虚弱。即便这样,他还是像要让自己的父亲得到精神的救赎似的,嘴里在喃喃念叨着:

"是白眉!"

隔不了一会,靖又会充满自信地说出一种鸟的名字。听着听着,勇鱼不觉间已经听赎出了好几种鸟的鸣叫声,那些不同的鸟群,似乎都是在听觉功能恢复的靖的召唤下才来到这栋原本静寂的建筑物周围似的。和上次一样,伊奈子这次汗流浃背地搬进来的还是浇了罐头汁的意大利面。靖埋头苦干稳扎稳打地吃下了好多,勇鱼这还是第一次见到他竟然这么能吃。吃完面,靖又接着喝了大量的水,等伊奈子给他擦干身上的汗后,他又躺到伊奈子趁着他吃面的工夫铺在阳光下的被子上,心满意足地长舒了一口气,脸上挂着微笑,先看看伊奈子,然后又扭头看看勇鱼,向他们一一报告自己新听到的野鸟叫声:

"是青鸽——是仙台虫……!"

273

不一会儿,靖渐渐沉入了完全不同于昨夜的安睡。

"靖知道的鸟可真多!"伊奈子深有感触。

尽管勇鱼自己也饿了,不过,当他细细品味伊奈子说话时那近乎敬畏的柔弱无力的低嗓门时发现,除了亢奋后的疲惫和饥饿感,伊奈子的话音里似乎还隐含着某种更深层次的东西。两人把熟睡的靖留在房里,自己出门走下斜坡来到露天伙房做好了吃的,就坐在火山熔岩上胡乱填饱了肚子。接着,和昨天一样,他们又就地躺到了阳光下——不同的是,由于今天的阳光更加炙人,躺下前他们一声不响地朝对方头上浇了几勺水,生怕惊醒了熟睡中的靖——对伊奈子泛着浅黑色的光的久经锻炼的皮肤,阳光是渐渐发挥作用的,而勇鱼则不同,他一直关在避核工事里,没多久,他的皮肤就晒成了发胀的淡红色。那些昨天被晒伤的部位,一旦暴露在阳光下,甚至还隐隐作痛,当然,这毕竟是一种畅快的疼。

躺在地上,虽说听不见大海涌动的潮汐声了,但却可以真真切切地感受到空气中的盐分,拂过身子的微风还带着几分干涩。快三点了,阳光对皮肤的刺激太大,反复往身上浇水已经无济于事。别说勇鱼,就连伊奈子也扛不住了。最要命的是,头部晒得发干,简直就像熟透了的山桃。无奈,两人只好躲进工棚让身子享受一下清凉。刚在昏暗处坐下,两人马上从自己的汗臭里嗅出了进入阴暗处这事本身产生的新的意味。最后,还是伊奈子打破沉默的空气,果断劈开了这种源于幽暗的情感葎草的纠葛,说:

"要不,咱们做吧!"

"行,做就做!"勇鱼带着几分感恩的心,怯生生地回答说。

"等会儿,我去把当兵的留在这儿的袋子拿来。"说着,伊奈子瞪着大眼睛看了勇鱼一眼,披上浴巾,朝阳光下跑去。

"要不,咱们做吧!"勇鱼独自待在那儿,回味着伊奈子刚才的话,嘴角浮起了一丝淡淡的笑,不过不是那种得意放荡的笑。突然,一种担心涌上心头,他马上止住了笑,提起内裤腰上的橡筋带,看了看自己的阴茎。他本是性交的老手,但毕竟好久没和人做过爱了。"你行吗?"勇鱼对正缓缓充血的龟头说。他早就听说了,原自卫队员的性能量大得可怕,勇鱼觉得,现在,他的幽灵似乎正在嘲弄着自己过于平庸的阴茎。

"你看着自己下身干吗?"一路小跑着赶回工棚的伊奈子喘着粗气问,"靖正睡得香呢,自打出水痘那天起,就没睡过一个安稳觉。"

勇鱼还捏着自己的内裤橡筋带,愣愣地坐在那儿不知如何是好。抬头一看,伊奈子已经脱掉内裤,裸露出浅黑的下腹部站在他面前了,连肚子上的腹肌都清晰可见。勇鱼简直不敢相信自己的眼睛,她肚子下那一小片扭曲交错成一团的浓密的长阴毛竟然那么漂亮。

"我好久都没做了,第一次说不定会失败哟,不过,往后会越来越顺的。"

明知道这话肯定会令伊奈子莫名其妙却还要说——想到这儿,勇鱼不禁对自己刚才的辩解感到羞愧。更丢人的是,当伊奈子展开双膝、把隆起的大腿肌间闪着亮光的阴唇完全暴露在勇鱼面前时,他竟然怀疑伊奈子是染上了性病,觉得她能给自己戴上套子、也就是她自己所说的袋子真是万幸。怀着这种羞愧之心,勇鱼把头伸进伊奈子双膝间,双唇触了触那闪着光的体液。伊奈子"啊"了一声,几乎就在同时,她整个私处对着勇鱼的嘴唇紧绷绷地挺了起来。眼看就要射了,勇鱼急忙插了进去。伊奈子马上伸出两腿,使劲缠住了他的腰——似乎在她看来,性交原本就应该是这样一种惨烈的运动似的。这使得勇鱼完全失去了调节轻重缓急力度的余地,不一会儿,他就伴着一声愉悦的喘息射了。这时,伊奈子的双腿反而在勇鱼腰上缠得更紧了,一耸一耸地朝上顶着,嘴里还连连发出"啊、啊!"的叫声。

"哎,还是失败了。"勇鱼对伊奈子说,她好像还不知道勇鱼已经射了。

可伊奈子却回答说:"这就完啦? 不过,我都来了好几次了。"

"什么,来啦?"勇鱼重复了一遍伊奈子的话,他这才意识到,伊奈子对性交的认识是错的。"原来是这么回事。"他心里想。

勇鱼扭动了几下屁股,想告诉伊奈子自己要摆脱那双有力的腿的束缚。伊奈子心领神会,马上从勇鱼腰上挪开了双腿。她整个身体的皮肤中最白的那两个脚掌,给勇鱼一种幻觉,好像昏暗中看到的两根形态相似的线条。勇鱼跌跌撞撞地从伊奈子高高的腰上蹲下身子,想取下套子,可是,那东西根本就没附在缩成一团的阴茎上。

"能不能再把腿张一下?"勇鱼难为情地说。伊奈子再一次像体操运动员一样灵巧地张开了双腿,勇鱼这才从双腿的深处扯出了安全套。

伊奈子低头看着勇鱼的举动,不禁偷偷地笑了。勇鱼也只好看着她,一脸苦笑。当他大汗淋漓地再一次在伊奈子身边躺下时,勇鱼深切地感受到了和伊奈子产生关系后所带来的最美妙的东西——两人间形成了一种既随意又牢靠的亲近感。

"你理解的'来了',是不是意义太宽泛了点?"勇鱼打破了沉默,"性交时你叫的那个'啊'就是来了,在那么短的时间内次数也太多了点吧?"

听到这话,翘着下巴躺在勇鱼怀里的伊奈子的大眼睛里蒙上了一层雾,这意味着,她心里是在对自己当时身体的感受和勇鱼刚才的话进行比照。

"据我观察,对女人而言,'来了'应该是结束,准确地说,是行将结束时,全身心专注的一种感受。"

"是吗?"伊奈子扭着头,眼睛一眨不眨地说。

一种包含着叹息声的空气柔柔地触到了勇鱼布满胡楂的喉咙。

"所以我才说,你那还不是真正的'来了'。"

"我自慰时可以来的。"伊奈子一脸认真地说,"冷得睡不着时,我就自慰,来了后就累得睡着了。虽说那和做爱不是一回事,但做到最后时的那种感觉,我觉得是'来了'。"

"你说的没错啊,做到最后时的感觉才是啊!"

"可是和真的和男人做时就不一样了,我好兴奋,会忍不住啊啊地叫的。"

"只有当这种'啊'的感觉渐渐地集中,不断地积聚后,最终才会发展到性交中真正的'来了'……"

"原来是这么回事。"伊奈子愣了一下,接着说,"你这人真好,按说,我是不是真的来了,和你的'来'是没什么关系的。"

"不,性交可不是这回事。"伊奈子的话让勇鱼大吃一惊,"这样看性交,正好说明你没有真正地'来'。和当兵的在一起时,你也是觉得来不来是自己一个人的事,和当兵的无关,所以才和他一次又一次地接着做的吧?"

伊奈子没吱声。勇鱼低头看了看躺在自己胸口的伊奈子,发现她闪亮的眼睛里充满了火焰般的泪水。

"我真不是人!"伊奈子哽咽着说,"当兵的那么卖力地做,我却对他撒谎说自己'来了',想到这事我就觉得自己真不是个东西……"

好一阵子,伊奈子一直在抽泣着,眼泪一滴一滴地往下掉。勇鱼不忍心看下去,只好侧过脸,避开了她的眼睛。等到觉得她的心情似乎有了变化再回头看着她时,勇鱼发现,伊奈子被眼泪清洗过得清澈透亮的目光,正饱含着欲望直愣愣地看着自己。

"那,是不是只要经过练习,我也能找到真的'来了'的感觉?"

277

"那当然。"

"那好,我们这就开始练,再来一次嘛!我用嘴让它挺起来……"

勇鱼慌了,赶忙往后缩了一下下腹,说:

"我先去洗洗再——"

可是,勇鱼话音没落,伊奈子已经卷曲着上身,把头紧贴到勇鱼两腿间的肚皮上了。

"没事的,我已经把它弄湿了,再说,刚才不是还套着袋子嘛!"伊奈子宽厚地说。

于是,勇鱼又耸动着自己湿漉漉、黏糊糊的身子——身上有汗水,也有不是自己汗水的东西——奋战了近一个小时。可这次,勇鱼心里又萌生了新的不安——照这样下去,也不知到什么时候才能射精?他闭着双眼不停地奋斗着,当意识到自己的担心将会真的成为现实时,他睁开了眼睛。一看,伊奈子这时也正面色苍白地紧绷着脸,看上去就像一个在进行剧烈运动的体操运动员。

"算了,等会儿再说吧!"勇鱼说。

"你还没来呢,还那么硬。"伊奈子扭了扭屁股,说,"当兵的说了,男人一旦开始做了,就要做到它来,不然,就对大脑不好。"

"那好,就当是健脑吧,我自己来。"勇鱼说。

他心里明白,无论从哪个角度看,在这种时候指出已经死去的当兵的给伊奈子灌输的那些性知识方面的错误,怎么说都是不合适的。勇鱼小心翼翼地从胀得隐隐作痛的直挺挺的阴茎上剥下安全套,就在伊奈子的注视下慌忙火急地自慰起来。结果,他却一直没能越过爬向射精高坡前的那道坎。过了许久,他终于亢奋起来,屏住呼吸,加快了手指运动的频率。眼看高潮就要来了,重新跨进性福门槛的勇鱼喃喃地对伊奈子说了一句:"快亲亲他!"那声音听上去十分滑稽可笑,好像说的是"该紧紧哒"似的。不过,伊奈子并没有笑,而是热情地凑过来,绝不让它萎缩。一想到遇到了自己这辈子见过的最纯真的女孩,勇鱼就禁不住射了,完事后还沉浸在幸福感里。射出的体液溅到了伊奈子的乳房上,她毫不介意,还是她自己不声不响地用拇指擦掉的。两人保持着这样的姿势静静地躺了一阵,就在酣酣地沉睡过去之前,勇鱼朦胧中听见伊奈子百感交集地说了一句:

"每次看见体液我都在想,人这东西,可真奇妙。"

这天,勇鱼和伊奈子几乎是同时醒过来的。而且,熟睡中,两人都伸手捂着对方的性器官,一刻也没有挪开。不过,他们这时并没有又急匆匆地回头做爱,而是回到了靖的身边。勇鱼觉得,自己和伊奈子之间,性的冲动已经安定下来,形成了某种情感上的交融。

虽说水痘的高峰已过,但靖的病情还远没恢复到能带着他坐火车的程度,还得让他在这块别墅工地待上三四天才行。在这几天里,除了出去逛逛,看看这儿的树,晒着日光浴玄想,勇鱼能做的,也就是和伊奈子性交了。他采来熟透的山桃,打来新鲜的凉水,找个阴凉的地方放下,然后把山桃放在桶底冰镇一阵后再吃。每次吃山桃时,伊奈子总是饶有兴致地在一旁看着勇鱼轻车熟路、有条不紊地做着这一切。

勇鱼一边对"树魂""鲸鱼魂"诉说一边玄想的主题有两个,其中之一,是关于死的——眼下,伊奈子正在学会找到高潮的感觉,他害怕自己和伊奈子之间性的交融被打断,无法进一步深化,因而一厢情愿地对死充满了恐惧。在这种恐惧感的驱使下,他频频地晒太阳,无节制地和伊奈子性交,以致成天都晕晕乎乎的。正是在这晕晕乎乎的茫然中,一想到死,他脑海里马上浮现出了所谓"暴力型的爱"——这是他很久以前在古语课上学到的一个词。以前勇鱼也对乔木说过:成天关在避核工事里,自己是找不到什么新的欢乐的,剩下的,也就是欣然接受死亡的到来了。可是现在,他却对自己的生命或许被"暴力型的爱"吞噬充满了恐惧,觉得自己无能。这种不祥的预感,是发生在"缩哥"和原自卫队员身上的暴力型的死所诱发的。而且,这种预感表现为一种恐惧——眼下,伊奈子还没有完全学会如何尽情享受性的欢悦,而自己又恰好又是这一学习过程中的教化师,万一自己在这种时候死了,会让一切都毁于一旦。要是能早点引领这小姑娘感受到真正的"来了",那该多好!——勇鱼对"树魂""鲸鱼魂"倾诉着,心中充满了对自己的无能的懊恼,甚至把生病的靖都抛到了脑后。

勇鱼玄想的另一个主题是,伊奈子纯真无邪的生性,让他联想到了"自由航海团"的未来前景。既然这小姑娘已经认定参加"自由航海团"才是自己在这个现实世界活下去的唯一出路,那么,我就得更具体、更现实地设想一下"自由航海团"的未来,不然我就对她纯真的性无以回报——对"树魂""鲸鱼魂"袒露自己的心境时,勇鱼多少有点心虚,因为他知道,尽管自己没日没夜地一次次反复和伊奈子进行无休无止的性交,尽管每次性交时自己都是活着的,却还一次都没能带她进入过高潮。

住进避核工事后,勇鱼也没少玄想,可这次,他脑海里竟然冒出了一个以前从未有过的切实可行的妙计——去为"自由航海团"弄一条经得起大风大浪、能真正远航的船来。他可以向直日提出对"怪"的遗产进行分割,把自己和靖的那部分变卖成一条船。这种设想,虽说"怪"还在人世,也完全可以成为现实!就算直日或者濒临死亡的"怪"问及为什么突然想到要一条船也不难回答,就说,为了对世界各大海洋中濒临灭绝的最大的哺乳动物实施保护措施,需要到远海去航行,这不就行啦!再说了,这对直日的竞选拉票也有利。她肯定会觉得,与其让勇鱼和靖就这么成天关在避核工事里,倒不如让他们去远海参加护鲸活动,这事要是上了新闻,岂不对自己的当选更为有利?照这么说来,对这个遗产分割提议,直日也会积极支持的。真到了海上,勇鱼还可以和"鲸鱼魂"近距离交流,靖也可以在他现有的听觉系统数据里再加进新学的海鸟叫声……

尽管全身的皮肤上还裹着一层深褐色的小点,但靖的运动能力已经完全恢复到了生病前的水平。这天,为了彻底销毁留在工棚的生活痕迹,勇鱼和伊奈子把这些天积下的垃圾全部焚毁了。干完这些时,天都快黑了,他们带着靖顺着野兽踏出的小路,穿过树丛向西,终于来到了海边。勇鱼一路上都在教靖认山桃树——护佑孩子度过这次难关的,肯定是这些山桃"树魂",得带孩子对它们表示感谢才是。山桃树矮处的枝条上看不到一个果实,那些熟透的暗红色山桃、那些还没熟的色彩鲜红的山桃,全都结在高处的枝条上,抬头望去就像一粒粒点缀在树上的彩色斑点。勇鱼爬到树上,小心翼翼地折下带着果实的小枝条交给靖,可是,由于视力不行,靖对握在手里的小枝条没什么反应——他感兴趣的,是周围此起彼伏的鸟叫声。那些成片的交趾树就更不用说了,连让靖看到它们都不容易。不一会儿,天上布满了厚重的灰蓝色阴云,海面也暗下来了。当勇鱼他们来到背对海天一色的雾蒙、挺立在山崖上的大榉树旁时,天突然完全黑了。前几天还在这一带成群飞舞的白头翁,现在已经销声匿迹。静静地耸立在身旁的那两棵大榉树,默默地强调着自己树干的质感和色调的反差。浓密的树叶黑压压地抱成一团,一声不响,甚至听不见微风下的沙沙声。只有当站在两棵树之间稍稍拉开的空地时,才能感受到海浪在山崖下一阵阵猛烈拍打的声响。

勇鱼和伊奈子把靖夹在中间,一人牵着他的一只手,围着新老两棵榉树转了一圈。走着走着,眼前的一幕把他们惊呆了,两人谁也没吱声,慌忙带着靖转身朝工棚方向走去。夜色越来越浓了,再加上靖又走得慢，一路上，只觉得一种令人毛骨悚然的恐怖紧紧地跟在背后，就像是怎么也摆脱不掉那两棵大榉树的影子。

"为什么——埋在——那种容易被人发现的地方？外边还露着一只手掌，上面爬满了苍蝇，像镀上了一层金似的——"

走在深一脚浅一脚的夜路上，山上又刮起了扑向大海的风，吹得伊奈子浑身都是鸡皮疙瘩，在她心里，还有一种恐怖的旋风在一阵阵翻滚。勇鱼真想给她壮壮胆，但却不知说什么好——因为给了他重重一击后一直盘踞在他脑海深处挥之不去的，只有三个字，那就是"鲸鱼树"。乔木认准了这棵大榉树就是"鲸鱼树"，于是就把"缩哥"埋在这树下了，绝对没错！至于为什么这么想，勇鱼自己也说不清，不过有一点是清楚的，那天下午，他自己也伫立在那片空地上出神地看了那些大榉树好久。可是，说这些，伊奈子会明白吗？能让她平静下来吗？如果她的心灵深处原本就没有"鲸鱼魂"的位置，我该怎么说才好？

回东京的路上，站在山顶的那条街远远望去，勇鱼和伊奈子又几乎同时发现，被繁茂的葛藤、白粉藤捂得严严实实的那条通往湿地的山路对面有些异样。

"啊，'自由航海团'着火了！"伊奈子突然大声叫起来，惊得连已经累得有气无力的靖都猛然一抖。

摄影棚旧址整个罩在粗大的烟柱下，在看惯了海角的天空的勇鱼他们眼里，这烟柱仿佛在使劲把它上方低垂得令人感到压抑的阴云往上顶似的。烟柱的基底部通红透亮，那儿，一团团油光光的暗红色的泡正憋足了劲往上涌，把先前冒出的泡挤向两旁。正午早就过了，柔弱的阳光下，湿地上茂密的草已经显得有点灰暗，而在这片灰蒙蒙的湿地上方，还趴着一层淡淡的烟雾。看样子，整个摄影棚旧址中只有最靠近湿地这边的仓库被彻底烧毁了——有人先用推土机把拆下的仓库建材胡乱推到一边,然后挑出粗大的柱子和横梁卖给二手木材商,至于剩下的,干脆一把火烧掉了事。火堆的两旁左右对称地各停着一台推土机,就像是监管着工程进度的现场负责人似的。如果风向合适,还能隐隐看见看清仓库那面仍然健在的墙。

"他们在那儿拆房子,是不是'自由航海团'的船员都被抓起来了?"

"我看不像,真是那样的话,他们是不会把犯罪现场就这样胡乱烧掉的。"勇鱼说。

可是,勇鱼和伊奈子深深的焦虑还是传给了两只手被他们牵着的靖。勇鱼低头看了靖一眼,孩子的神情,让他不禁想起了以前在新闻照片上看到过的那个被警察架着胳膊从居留地带往犹太人集中营的少年。在避核工事门口,他们又被眼前的景象着实吓了一大跳,掏出钥匙扭开锁后,门根本推不开,里面竟然挂着防盗链。——直到看到开门走出来的不是守在屋里的警官,而是乔木、多麻吉和"红脸",勇鱼他们这才舒了一口气。进玄关后,因为一路过于疲劳,再加上此刻心中的疑惑,他们只是默默地看着屋里的三个人,谁也没和他们打招呼。尽管没往楼上走几步,可身子靠在螺旋楼梯栏杆上的多麻吉的脑袋,看上去却显得格外高;门上的防盗链是"红脸"取下来的,这会儿他正赤着脚站在混凝土地上;乔木正对勇鱼他们站在那儿,可那张瘦削的脸却是侧着的——他们三个,与其说是在把勇鱼他们迎进门,倒不如说像是几个干了什么见不得人的事的家伙组成了一道人墙路障,想把勇鱼他们拒之门外。

"我们是打破阳台的窗户进来的,玻璃已经换上了。"乔木说,不过脸还是没扭过来,"你也看见了,'自由航海团'的藏身处已经要拆了,我们得转移……尤其是那些枪械,得赶快搬走。"

听起来,这是乔木在为自己擅自闯进避核工事作辩解,其实,他们今天这样扭扭捏捏的,显然是因为在伊奈子面前觉得不在。自打多麻吉带着人对原自卫队员实施抓捕、逼他自杀那天起,今天是他们第一次直接面对伊奈子。且不说勇鱼,伊奈子也敏锐地感觉到了这时屋里的气氛。最后,还是伊奈子性情豁达,自己先开口打破了眼前别扭的僵持局面。

"我得让靖去睡觉了,你们挡在那儿废话,有完没完?"伊奈子凶巴巴地说着,一只手抱起靖,脱掉他脚上的鞋,从"红脸"和乔木身边挤过去进了客厅。

"伊奈子真厉害!"为了掩饰自己的心虚,多麻吉站在螺旋楼梯上嘲弄了伊奈子一句。

"红脸"抬头看了多麻吉一眼,虽说他站在玄关口上,可那儿的昏暗也掩不住他满脸的通红。因为心里惦记着另一件事,他和乔木都没有跟着多麻吉起哄。其实,勇鱼也明白他们想说什么。直到伊奈子占据客厅、把饼干和水递给靖,让他安顿下来后,乔木才开口了:

"'自由航海团'的枪械全搬出来了,人也撤得差不多了,问题是,'boy'还一个人待在仓库里的帆船边上没走。那家伙实在是舍不得抛下那条船。"

"当然舍不得啦! 可是,你们总不能把他一个人扔在那儿不管吧,'boy'还是个孩子!"伊奈子板着脸说。

"没错,'boy'确实是迷着那条船,可他毕竟没疯吧? 我们能怎么办? 还不是只能由他去!"乔木怯生生地应了一句,"在我们'自由航海团'里,是谁都不能对别人下命令的。人家一定要那么干,我能说'绝对不行'吗?"

"话是那么说,可那帮家伙眼下不是把'boy'藏身的地方拆了,而且还在烧吗?"

"藏身的仓库还没烧。""红脸"说,"现在烧的,还是仓库隔壁靠这边的那栋房子。我们拿望远镜盯着呢,绝对没错的!他们是拆一栋烧一栋,反正,今天是不会烧到'boy'藏着的那栋的。"

"那明天呢?他们还得接着干,对不?"伊奈子不依不饶,"躲在地下室里,眼巴巴地看着头顶上的房子被拆掉,还要点把火给烧了,到那时候,'boy'会疯掉的!你们为什么不带他出来?今天晚上划船过去劝劝他,把他带回来不就没事了吗?"

"'boy'是铁了心要在那儿守着的。"多麻吉说,"我们把枪械搬走后,他一个人留在里面,用铁丝把仓库的门窗都捆死啦!我们以为他一个人在里面会害怕,过不了多久就会出来的,还在外面等了他好久呢!按理说,想出来啥时候都能出来的,可他却从前天晚上起一直守在里面没动。"

听了多麻吉的话,伊奈子愣住了。"你是说,'boy'听着墙外拆房子的声响,已经在里面待了整整两天啦?"她倒吸了一口气,接着说,"他恐怕连外面烧房子的声音都听得见——那,他吃什么?"

"我们把地下室冰箱里的东西都留下了,怕是在靠那些东西对付吧。"乔木说。

"等拆房子的那帮家伙走了,我得过去一趟,扭开门上的铁丝进去劝他出来,但愿他还没被那把火烧疯。还有,拆仓库时,要是发现地下还埋着自来水管,那帮家伙肯定会先关上总阀再开推土机去推的。那样的话,一个人关在黑乎乎的仓库里,连口水都喝不上怎么行?他本来就怕寂寞,一个人——"

"可事到如今,已经不是你想去就去得了的啦!""红脸"心里明白眼下的不利处境,他说这话,是在设身处地地为伊奈子着想,"上次我们搬东西时太大意了,引起了那帮拆仓库的家伙的怀疑,以为我们偷走了他们的什么东西。于是,他们昨天拖来了一栋组装房,雇人住在那儿守着。要是我们去给'boy'发暗号,会被那家伙发现的。就算我们跑掉了,可'boy'怎么办,他还在蹲在那儿呢!"

"没法子,也只好等'boy'自个儿出来了。"乔木接过话头说,"我想啊,那家伙留下时,肯定以为我们终归会回去陪着他的,可结果呢,我们没回去,他肯定恨死我们了,觉得我们这是抛下他不管,于是就赌气故意待在那黑灯瞎火的地方不出来。你伊奈子去劝也是白劝。他这是在对我们所有人发火呢,不会跟你出来的!"

"我倒觉得,他是认为你们不应该把那帆船的上半截不当回事,就这么扔下不管了。"伊奈子说,"可'boy'他下一步究竟想干什么呢?他在那儿等着,总打算干点什么吧?"

"我们离开时'boy'对我说过,要我去检查一下挖掘机的引擎,"一直在一旁一声不响的多麻吉竟然突然冒出来这么一句,"就是我们放在仓库里的那台。我们不是有过计划吗?要是什么人想从河边冲过来毁掉我们的帆船,我们就用它把那儿的垃圾山全部推倒,压死他们。看样子,'boy'是真想把这个计划付诸实施了。他怕是盼着在紧要关头开着推土机掉头冲过去所以才在那黑咕隆咚的地方熬着的吧?"

"多麻吉!"听多麻吉说到这儿,乔木火了,"这话你怎么不早说!为什么从前天晚上捂到现在?"

多麻吉顿时乱了阵脚。不过,他马上把被动的压力转换成了反击的动力,耍起赖来:

"我觉得,'boy'也有干自己想干的事儿的权利。"多麻吉板着脸说,"你不是说了,'自由航海团'里没有政治团体那一套严明的纪律吗?"

"依我看啦,原本就是多麻吉指示'boy'守在那里的,至少是他暗示的。"伊奈子气呼呼地说,"但愿他没连枪都偷偷交给了'boy'。"

"帆船上的望远镜确实是留给他了。但我还不至于那么傻,我们本来就那几条枪,把枪交给'boy'那种小屁孩,我怎么会?"多麻吉冷冷地笑了。

"多麻吉他,把枪、手榴弹什么的交给'boy',这种事我也觉得,不太可能。""红脸"说话很不利索,显然,对这事,他还是有点放心不下,"枪和手榴弹是经常要点数的,按说不可能被'boy'提前偷走。等会儿我再去查一下。可掷弹筒就不好说了,摸出一两根来藏在帆船的甲板室里,一点都不费事。现在我最担心的是这个,你们说呢?"

"你让我说什么?要是那样,可就糟啦!"乔木说着,嘴角闪过一丝尖刻的笑,他这是在自嘲,笑自己过于大意。

"你们还在这儿婆婆妈妈地胡扯些什么?乔木,'boy'在那儿都关了两天了,这会儿说不定都快疯啦!"

"就算'boy'现在待在这儿又能怎么样?心里老惦记着那台推土机,生怕它被人毁了,还不是会发疯!既然反正是个疯,不如就让他守在推土机边上心里还舒坦些。"多麻吉说,"乔木,这不是上次撤离时咱们定好的吗?方针可不能说变就变哦。等明天早上那帮家伙又来开工拆仓库时,我们抢在'boy'被抓住把什么都吐出来之前去把人抢回来不就得啦!"

"有道理。"说这话时,乔木暗暗地把自嘲的笑咽下去了许多,"伊奈子,'boy'守在那儿是经过我们同意的,再说了,除了照多麻吉说的那样去做,我们也没别的办法了,难道不是吗?"

乔木越说越来劲,把靠在伊奈子腿边站着喝水的靖吓了一跳。他往伊奈子身上靠得更紧了,还睁大眉间长着一颗颗小黑点的眼睛,抬头看着伊奈子发愣。

"行啊,也只能这样了。"伊奈子说着,用她柔化过焦点的眼睛明确无误地和靖对视了一眼。"反正,'自由航海团'作决定时我又不在场,你们爱怎么着就怎么着吧！——靖,咱们做晚饭去,去厨房做晚饭啰！"

"做晚饭啰！"靖高兴地应了一声。

勇鱼一直像一个局外人在一旁静静地听着。到这时,乔木才扭头看着他,以一种不知是询问还是挑衅的口气问:

"你也去大船室枪眼那儿侦查一下吧,从三楼用望远镜偷看别人,你最有经验,不是吗？"

他们上了螺旋楼梯。到三楼后勇鱼才明白,原来,他们已经把这儿当成了原先摄影棚旧址的那个地下室,这儿简直就是他们"自由航海团"的新总部。乔木刚才称三楼为"大船室",原来是因为这个。——他和靖的床中间,整整齐齐地摆放着原先放在帆船大船室里的那些东西,有收发报用的无线电设备,还有便携式的大麦克,面朝湿地的那面墙上,他们还在两个枪眼之间贴上了勇鱼的手迹,即那张以前为他们抄写的陀思妥耶夫斯基英文版第一段的译文。

"看这架势,我和靖得把这间房腾出来让给你们才行。这样吧,你们只帮我把这两张床搬到二楼浴室门外放着就行了。"勇鱼说。

说完,勇鱼拿起乔木他们早就在枪眼旁地上放着的调焦望远镜,朝摄影棚旧址那边看了看。弥漫在新翻整的地面上的紫色和红色的烟霭填满了镜面,令人不禁产生了一种晕船的错觉。好在勇鱼毕竟是使望远镜的高手,他连连晃了几下脑袋,马上把大规模焚烧的场景收进了视野。镜面上,一大片矮矮的火苗正直挺挺地往上蹿跃。看来,他们是预先挖好了一条很宽的壕沟,把该烧的东西扔到沟里后才点燃的。尽管看上去很小,但还是清楚地看到,熊熊的火光前有透红的人影在横穿而过。把他定格在火光外一看,原来是一个整个头部都缠着布、只露出一条眼缝、身穿短裤的男人。他挺着胸腹、黑得像煤灰的身体，搅动着望远镜里看到的那个无声的世界，涌动的上升气流裹着他的身影把镜面填得满满当当，整个画面，就像是一片朱色的水面上微微颤荡着那男人的倒影。勇鱼一直盯着的这个男人刚消失，画面里马上又出现了两个类似的身影，且不说头上也一样缠着布，就连身上的胀鼓鼓的肌肉都差不多。他们也在火焰前穿行，可奇怪的是，这两个人却突然间莫名其妙地没了踪影。或许是因为已近黄昏时分，在望远镜里已经无法分辨出天空和烟霭的边际线的缘故吧，那两个男人究竟是掩埋在烟雾里了还是往下走进了挖掘机削出的深坑，不得而知⋯⋯

"那帮家伙可真壮实！我看啦，就算是和其中的一个交手，'boy'都会被整得够呛。"勇鱼不禁为"boy"捏一把汗。

到底不愧为头领，尽管"boy"在和自己作对，乔木还是在帮他说话：

"那帮家伙的肌肉大概是同一个类型吧。白天猛干重体力活，晚上去健身房，不就是这么练出来的吗？力气倒是大，但却笨得要死。只要'boy'真心想跑，那还不容易！当然啰，从望远镜里看，眼下只能说到这一步。"

"是啊。"勇鱼附和了一声。

这会儿，多麻吉和"红脸"已经把勇鱼和靖的床搬到了门外。下一步，他们肯定准备把其他多余的东西搬出去，让这间房像个有模有样的"自由航海团"的大船室。趁着他们还没下楼，勇鱼慎重地对乔木宣布：

"如今，我也不折不扣是'自由航海团'的人了，等哪天搞到了船真正出了远海，我也得参加。所以，无论是战略上的还是战术上的事，你们就用不着瞒着我了。不过，我和靖、伊奈子三个人在二楼躺着的时候，你们不要去看。这样，我们大家就可以彼此相安无事、平平静静地过日子了。"

那天夜里,大家一起吃过晚饭后,多麻吉和"红脸"到湿地搞侦查去了。勇鱼第一次就"自由航海团"将来的活动规划和乔木具体交换了看法。

"我们的船一旦到了公海,就得靠港添加补给,对吧?"勇鱼说,"考虑到这一层因素,要是连用的船都是偷来的,恐怕坚持不了多久。你说呢?"

"是啊,多麻吉的确想过去劫条船来,可大家并不赞成。"乔木说,"偷船的事,是伊奈子告诉你的吧?"

"不,是我自己觉得你们可能会这么干。总之,现在都是二十世纪后期了,在今天的地球上混,怎么说也得想个办法,通过合法途径去搞条船来。"

说到这儿,勇鱼心里在想,要是能把"缩哥"的死蒙混过去、不被警方盯上多好。不过,话到嘴边他还是咽下去了。乔木可不一样,他连死者的名字都能脱口而出:

"你说的有道理。不过,'自由航海团'还没到说明天出海就能出海的程度。"乔木说,"眼下,'自由航海团'还没达到真正能远航的水平,还得加强训练。在这一点上,阿缩批评得没错。"

"不对,'缩哥'的意思,是希望我们明天就出海吧?他不是还说了吗,只有出了海,'自由航海团'才能成为真正意义上的'自由航海团',否则啥都不是。"

"可现实是,我们没法做到明天就出海啊!"乔木好像有点生气,"不能说什么都按阿缩表演设定的那样去干啦!咱们还活着,要把死人描画的蓝图变成现实,总得花时间吧!"

"我老丈人得了癌,也活不了几天了,"勇鱼亮出了自己的方案,"且不说我,靖是可以多少继承一点他的遗产的。我在想啊,要是求他把那部分提前交出来,就能为'自由航海团'搞一艘帆船。再说,我还可以向老婆提出用避核工事去换船嘛!"

"不管怎么说,你愿意把这避核工事转手让人,我得表示感谢。"乔木说着,脸上露出诧异的神色。

多麻吉被乔木派去联系其他年轻船员了。完成侦查任务后,"红脸"一个人回到了避核工事。他和乔木轮班,一个监视湿地那边的动静,另一个在顶楼睡觉。把靖哄睡着后,伊奈子马上走进夹在储物间和浴室之间的房间,紧贴着躺在床上的勇鱼躺下,裸着下身不断朝勇鱼下身那儿蹭,心急火燎地催勇鱼和她性交。尽管她还是像体操运动员那样不停地扭着腰,但似乎对楼上的乔木他们有些顾忌。结果,这次练习高潮的性交反而比伊習那次退步了不少。勇鱼觉得,伊奈子好像并不是出于害羞、怕别人听见了自己性交的响动,而是出于一种愧疚,觉得自己到这时候还迷恋着追求高潮享受,是对"自由航海团"所有成员,尤其是仍然在地下室坚守的"boy"的一种背叛。

勇鱼被靖的动静惊醒了。靖还没醒过来,不过也快了,他在扭动着身子。这孩子,一定是什么异样的声响进入了他的梦境,也许梦本身并没有多复杂的情节,但却有些怪异,于是他就想从那梦里挣脱出来。不过,勇鱼没有自己叫醒孩子,而是打定主意等伊奈子醒过来再说。这会儿,伊奈子还静静地躺在那儿,浓浓的黑暗中,那张脸就像一具木雕的娃娃。头顶上传来了人走动的声响,勇鱼是裹着毯子在伊奈子床边的那张床上躺着的,他立刻起身摸索着穿上了衬衣,可内裤却怎么也找不着,于是,他只好直接套上了长裤。闲了多年的阴茎这几天用得厉害,龟头尖端磨蹭在粗纹的布料上,隐隐作痛。他一步一步地忍着,走出房门上了螺旋楼梯。

三楼的那间房里充满了枪眼泻进的晨光,乔木在端着望远镜朝外看,"红脸"也站在另一个枪眼前注视着外面的动静。乔木扭身看了看勇鱼,那架势还真像个地道的海员。他眼圈的皮肤紧绷着,看上去就像一块泛青的塑料片。乔木朝一旁撇了撇他硬邦邦的薄嘴唇,像主持电视实况转播的播音员似的开始了他的客观报道:

"雾蒙蒙的,什么也看不见,准备开工的民工和仓库里的'boy'好像在推推搡搡,只听见有人在叫喊,但不知道他们在说什么,雾太浓了。昨天大火一直烧到深夜,可能是烟没有散尽,这会儿凝成了雾吧。"

勇鱼也从枪眼里看到了这低垂在湿地上方、无休无止地徘徊飘荡的雾、这让摄影棚旧址里那栋还没被拆毁的仓库的屋顶似乎高悬在云层顶上的夏日的晨雾。勇鱼盯着飘荡的雾,凝神听了听。果然,他马上听到了"咕咚"一声剧烈的爆响,这声响,震得连避核工事的外墙好像都发出了低沉的共鸣,对,这声响,酷似长在耳孔里的牙齿正咬着什么的声音。其实,在听到这声爆响之前,勇鱼已经看见捂在摄影棚旧址雾中的仓库底部有一团雾烟在膨涌,远远望去就像是朝外翻滚的蘑菇云的轮廓。他是看到了这股雾烟才作好听爆炸声的心理准备的。勇鱼还看到,涌起来的雾烟中还夹杂着几道偏黄色的红色闪光。透过爆炸在雾中冲开的那条缝隙,勇鱼发现有一台挖掘机,它身上描着不同颜色的条纹,高举着鹈鹕嘴巴似的大铲斗,正在朝前猛冲。顺着它冲破的雾幕往前看,前方又出现了两台挖掘机。那两个车手,像一对双胞胎似的,正准备从驾驶台往地上跳。而先前看见的那台挖掘机的高处扭向车身一旁的驾驶室里,一个小脑袋男人耸着肩、紧绷着双臂还在驾着他黄黑条纹的战车奋勇向前……把眼前看见的、没看见的情景汇在一起,守在枪眼旁的三个人顿时一切都明白了。勇鱼不禁倒吸了一口凉气,而乔木和"红脸"却怀着几分激动几分看热闹的快感高声叫起来:

"'boy'开着挖掘机发动进攻啦!"

雾又汇拢了。发动进攻的挖掘机、驾驶员临阵脱逃的挖掘机转眼间都被掩埋得没了踪影。不过,当听到雾中接着传来金属体猛烈撞击的声响时,枪眼前的三个人还是禁不住爆笑起来。

"你们不去救'boy'? 难道他还能开着挖掘机跑掉?"勇鱼马上止住笑,问。

"——是啊,听那声音,那挖掘机恐怕已经——"乔木好像不明白勇鱼在说什么,他只是瞪着勇鱼胡乱应了这么一句,接着又笑起来。

"告诉你吧,多麻吉带着救援队早就在那儿等着啦! 就在那儿。"还是"红脸"把事情的原委告诉了勇鱼。这会儿,他已经涨红着脸、伴着泪水笑够了。

说话间,仓库那边不时传来几声惨叫。可是这时,雾下方升腾起了熊熊的火焰,火舌已经舔遍了整个仓库。尽管强大的上升气流和随后挤进的新气流已经把雾驱赶得干干净净,可是,且不说正在孤军奋战的"boy"和那些干活的伙计,就连多麻吉的救援队的踪影,也消失了。望远镜里,只剩下掩埋在仓库的熊熊火焰中"boy"实现的幻象,在扩展画幅、在加大反差,益发锐利醒目。

第十七章　性的微光（二）

漫长的一天过去了。直到夜里,不,应该说直到深夜时分,多麻吉才回到了避核工事。从进玄关的那一刻起他就打定了主意,要先下手把抛向自己的疑问全都压制住。刚一进门多麻吉就说:

"'boy'挨了打,已经不行了。带着他逃到小船棚子那儿照顾了一阵,但医生说他已经没辙了,于是我们就开车把他拉到东大医院大门口扔了。"

"给医院打招呼了吗?"乔木问。

"回来路上在公用电话亭给医院总机打过,说了,大门口躺着个受伤的。"

"我问你,东大医院的电话号码是多少? 你他妈的不会是见死不救,压根儿就没想让医院的人看到他吧?"乔木又追问了一句。

多麻吉不服,噘着嘴瞪了乔木一眼,没吱声。谁都能一眼看出,这时候的多麻吉,浑身上下充满了一股暴力倾向刚得到释放的余味。尽管乔木明摆着在怀疑自己,可多麻吉并没有对乔木动手。他煞有介事地慢慢伸出胳膊,从运动衫前胸口掏出一本翻到图片栏目后再卷成圆筒的画报周刊,捅到乔木的鼻子尖下晃了两下。乔木像个看课外读物的小学生似的,立刻接过杂志,摊开看起来。"红脸"他们,还有勇鱼也把头凑了过去。原来,这就是那张"自由航海团"搞军事训练的照片。第一页上边那张,画面的整个前景几乎都被原自卫队员那张大侧脸占满了。他和身边的那些年轻人个个脸上都淌着汗,豆大的汗珠里还反射着夏天耀眼的阳光,大家脸上都挂着自豪的微笑和闪亮的汗珠构成完美的和谐。

"你们想说我为了自保,眼睁睁地看着'boy'丢了性命,是吧?可眼下我们谁也不能自保了吧?"多麻吉观察了一下大家的反应,接着说,"最心疼'boy'的,难道不是我吗?'boy'怕那半截游艇被人笑话,于是决定先用炸药把它毁掉,然后再引爆自杀,虽说那帮扛活的把他打得够呛,可他一点都不怕,死都不怕。不然的话,把他放到东大医院门口我还不放心呢!那家伙,自己给自己画的蓝图实现了,心里平静着呢!"

"'boy'身上本来就带着伤,是多麻吉杀死了他!他是怕'boy'在警察那儿招了,又怕我们不放过他,这才把'boy'扔在医院门口的!"伊奈子赤着脚冲到多麻吉身旁,大声叫起来,"我们得马上审判多麻吉,就像当初对'缩哥'那样审!"

多麻吉挺起胸看了伊奈子一眼,他又开始冒汗了,那张凶巴巴的脸,就像野兽的脑袋。伊奈子脖子上,汗毛吐着光,渗着油腻腻的汗水,脏兮兮的。那儿的皮肤上迸起一根根膨胀的血管形成的青筋。说话时整个脖子都在颤抖。

"必须审判多麻吉!无论怎么说得首先审判多麻吉!他肯定打了'boy',让他旧伤上添了新伤才成那样的,他怕'boy'在医院里把我们供出来了。一个孩子,人家都在仓库里困了三个晚上了,他见死不救不说,还……!"

伊奈子咆哮着,扑上去死死掐住多麻吉的脖子不放。见多麻吉完全无法动弹,"红脸"上前抱住伊奈子,把她从多麻吉身边拉开。他脖子上的肌肉绷得僵硬,看来使出的力气还不小。反过来,这也可以看出伊奈子对多麻吉愤怒到了什么程度。

"靖要醒了,别把他吓坏了!""红脸"在安抚伊奈子。

总之,伊奈子的攻击沉重打击了多麻吉虚张声势的嚣张气焰,他顿时像霜打的白菜,再也不敢张扬了。

"是'boy'先开着挖掘机朝人家那两台机器冲过去,撞得人家趴了窝的,"多麻吉像一个被人抛弃的人逢人就啰唆几句似的,还在那儿申辩,"这还不算,他还挥舞着铁管子追上去打人家。人家毕竟是两个人,想让'boy'住手,只好抓起方木条还击,那东西压根儿就不顶事儿,没使两下就断了。于是,他们只好顺手抓起地上的铁管还手。我们想过去救'boy',当时正从草地上朝那边赶,看得一清二楚。目标在哪儿,他看都不看,只顾挥舞着手里的铁管,像头牛似的垂着头朝前撞。那两个人想让他退回去,我想,他们本来是瞄准了打肩膀的,结果却击中了'boy'的头部。等我们赶到时,'boy'先是站在地上乱转了几圈,然后就仰面倒在地上抽搐起来,翻着白眼抽。当时'boy'的头骨被敲碎的地方在一抽一抽地动,血不住往外冒。你们说,他都这样了,我会再对着那伤口下手吗?'boy'把那半截子屁船当宝贝似的,我怎么舍得会去打他的头?……"

说到这儿,多麻吉似笑非笑地突然张开嘴抽泣起来,一边哭还一边扫视着大家,看他那意思,好像是想请大家评评理。反正,那张脸惨惨不忍睹,难看极了。

"要我说啊,眼下我们最要紧的是好好琢磨一下这张照片,商量一下下一步该怎么办。这才是正理。"扔下这句话后,乔木就自个儿噔噔噔地上楼走了。

大家都紧跟在他后面上了楼,就像是不想再搭理多麻吉那张哭丧的脸似的。可多麻吉也哭着跟在后面上了楼,勇鱼在拐角平台停下,让他先走,因为他还得去看看靖被多麻吉的哭声吵醒了没。直到大家在大船室围成一圈坐下后,多麻吉虽说不再哭了,可脸上却还挂满了泪水,好像自己受了多大的委屈似的。这么一来,想马上开会讨论今后的行动方案看来是不可能了。无奈之下,"自由航海团"的其他船员只好先静下来再仔细看看画报周刊上那张让自己第一次成为新闻人物的照片。身为唯一一个没在照片上露脸的船员,勇鱼这会儿也只好陪着他们,从一个客观观察者的角度感受着他们沉醉在照片中时场上那种令人窒息的沉闷气氛。不觉间,勇鱼把目光投到了长期孤独生活中弄脏的那块垫子上,看到了上面的污渍。和意识的操作完全无关的那块污渍的图形,只要想从中发掘出帆船的形象,稍稍朝上面加进一点引水,帆船的形象立刻奔涌而出,在眼前活生生地出现了。有了早上的那场大火,再加上白天气温的上升,使得夜里格外闷热——夏天,不折不扣的夏天。一滴自己额头上的汗珠,像一粒泪水,落到了垫子的帆船上。勇鱼甚至不相信自己的眼睛,觉得那不像是自己的眼泪。

"boy"——一个最喜欢站在那艘只剩下上半截的游艇的、几乎紧贴着地面的甲板上眺望世界的少年,在漆黑一团的地下船舱里蹲守了整整三个晚上后,在心爱的游艇上装上了炸药,驾着挖掘机捅破墙板发起了冲锋。他心怀稚嫩的悲情、由毫无道理的怨恨催生的义愤,还有直接面对暴力的胆怯,僵直地展开双臂操控着挖掘机的方向盘看着前方。那儿有手持铁管的壮汉、被翻整的夏草繁茂的荒地、通向湿地和高坡的斜面、钢筋混凝土筑成的避核工事,他眼里看到的一切,都是扭曲的景象,都在歪歪扭扭地颤抖。这些就是他视野的一切,就是他的整个世界。在无意间敲碎了他头盖骨的那根铁管的猛烈痛击下,他眼里的幻象、他眼里的现实世界全被推向了带着血腥味的黑暗深渊。——一瞬间,"boy"心中的幻象不在了,再也没有人像他那样看这个现实世界了,他心中认定的那个世界消逝了,彻底没了踪迹……

　　勇鱼心里在想,眼前自己身边这些看着新闻照片的年轻人,他们每个人心里的幻象,他们每个人心里的现实世界,用不了多久也会在一场暴戾的自我毁灭行动中消失在血腥的黑暗里。他甚至预感到了他们孤寂死去的形象,每一个形象都是那么鲜活、清晰可见。也许,为了抵御孤寂,他们都不得不选择自我毁灭,而且是暴戾的自我毁灭——这是他们谁也逃不脱的厄运。勇鱼扫视着眼前这帮年轻人,不料,和多麻吉抬起的眼睛撞了个正着。在勇鱼眼里,尽管多麻吉那双已经没了泪迹但还在发红的眼睛只是一闪而过,但直觉告诉他,多麻吉和自己想到一块儿去了,这令勇鱼十分意外。

　　"我们军训的地方,怕是只要看看这背景就能轻易找到吧?"乔木伸手把新闻照片的最后一页塞到勇鱼膝盖旁,问勇鱼。"红脸"也在一旁附和着:

　　"'缩哥'说他让编辑跟到我们藏身的地方附近了,那是吹牛。我看啦,我们的人看见的,说不定是和这事不沾边的什么人的车。不管怎么说,只要有了这张照片,熟悉伊豆风景的人一眼就能找到我们的准确位置。"

　　"是啊。"勇鱼只是简单地应答了一声。

　　其实,这事明摆着,根本用不着回答。照片上,画面上方三分之一都被大榉树的树枝占据了,树枝旁是山崖伸向大海的一角。隔海远远望去,那边是另一个海角下的村落。只要看看这背景的构图,当地人恐怕连拍照时摄影师站的那片山崖下的岩石堆在哪儿都能找出来。照片的主体,是一帮抓着绳子顺着悬崖往下弹跃的年轻人,给人的感觉好像是要从榉树旁下到海边去似的。再看他们的表情,还真有点正满怀信心、神情紧张地朝"自由航海团"的帆船进发的意思。编辑还给这张照片附上了一个白色立体字的标题——游击武装,身边游荡?

"从这个标题看,好像编辑部对'缩哥'这张照片的真实性还有点将信将疑。"勇鱼说。

"要是警察也这么觉得就好了。不过,我看没那么好的事。"乔木说。

"那还用说?"多麻吉说话的腔调里夹着一根敌意的刺,也不知他这会儿是想刺谁,"我们的武装斗争,这就要开始啦,明摆着的事!"

一听这话,所有人都吃了一惊,齐刷刷地把目光投向了多麻吉。这个多麻吉,简直就像条鱼,刚才还在那儿突着下巴一下下张合着嘴哭着鼻子,这会儿却又倒竖起浑身上下的鳞,胸有成竹地展开了攻势。

"我们的武装斗争就要开始了,你这话什么意思?"乔木反问道。

"啥意思? 就那意思!"多麻吉提高了嗓门。

"咱先不说你是啥时候搞到这照片的。反正我觉得,照看'boy'的时候你肯定和那帮兄弟商量过这事。现在只不过是把商量的结果拿到这儿来汇报,没错吧?""红脸"插进了一句,"你得说说当时讨论的经过,不然,我们当时又不在场,鬼知道你这是在说什么?"

"我是说啊,看了这张照片,自卫队会马上出动的,当然还有警察。"多麻吉说,"这杂志是今天早上开始销售的,我估摸着,他们今天就会注意到这事。国会也会为这事吵翻天,因为这不是一个普通人加入这支队伍在里面待一天,而是一个自卫官跑到游击队里当教官。拍这张照片的时候,虽说我们没有把实弹搬进训练场,而且用的手榴弹、炸药什么的,也是拔掉了引信的,可这些,照片上是看不出来的。再说了,他们还知道,照片上的这个自卫官,就是那天被渔民逼得用自卫队的配枪自杀的那个。想想看,国会、自卫队,还有警察,他们哪个不想剿灭我们？到时候，媒体也会挤进来凑热闹的，人家这会儿正愁找不到我们呢！就算交出武器老老实实地让他们抓去，告诉他们其实我们也没干什么了不得的坏事，那帮家伙也绝不会罢休的，他们肯定会咬住'缩哥'和那当兵的事不放，给我们编出一大堆罪行来，不是吗？所以说啊，眼下我们能走的，只有两条路。"

"两条路？多麻吉你就别在那儿卖关子啦！你说的这些，压根儿就是胡扯！"伊奈子和他较上了劲儿。

"我说有两条路就真的只有两条路。把我们手里现有的武器分发给'自由航海团'的每一个人，让大家分散到全国去。既然'自由航海团'不可能再集结了，就让每个人爱怎么干就怎么干。这就是第一条路，对不？'boy'那种特别怕孤独的人已经没了，选这条路的话，谁都不会有意见。谁要是觉得一个人玩下去没意思，把手里的武器处理掉就行了。既然不是分别藏在全国各地的人统一起来搞暴动向政府要游艇，大家都是自由的。哪天一个人用武器用腻了，那就各人在自个儿地盘上像凤仙花籽似的，噼里啪啦散了就是……"

"让每个人带着武器各走各的，然后在各地单枪匹马地行动，想干什么就干什么，这不是和大家进'自由航海团'前一样嘛！这和'自由航海团'组成后一步步确定下来的方向不是一回事吧？像那么搞的话，结果不就是'boy'说过的，啥事都没发生吗？"伊奈子马上旗帜鲜明地对多麻吉的提议提出了质疑。可多麻吉懒得搭理她，还在接着往下说：

"这第二条路嘛，那就是和现在一样，武器集中管理，所有'自由航海团'的人坚守在一个地方和他们斗下去。这和以前我们干过的没什么区别，只是，这次是动真格的，马上就要投入战斗。可问题是，我们守在哪儿？'自由航海团'的游艇，还有那整个根据地，不是早被炸药炸飞了吗？"

说到这儿,多麻吉打住了,他瞟了勇鱼一眼,好像是想听听他的意见。或许是在为勇鱼着想吧,看着咬着嘴唇不再吱声的多麻吉,乔木脸上露出了毫不掩饰的厌恶,"红脸"也气得满脸通红。

"讨论了这么久,刚才说的两条路当中究竟选哪条,好像已经有结论了吧?"勇鱼说,"多麻吉你只是不好意思当着我的面把结论说出来罢了,对吧?事实上,'自由航海团'把指挥部已经移到我这儿来了。我心里明白,大家其实已经定下来了,真到了要蹲守在哪儿迎敌那一步,我这儿就是'自由航海团'的最后堡垒。"

"既然话都说到这份上了,我当然选第二条道路。其实我早就想过了,只要能找到合适的地方,最好还是选第二条道路。"多麻吉话说得很直白,现在,他放心了。

"没别的意思啊,我只是想问问,难道我们就没有别的选择吗?"勇鱼看着乔木,问,"你是不是和多麻吉一样,也认为我们只有两条道路可走?"

乔木意识到勇鱼是在隔着多麻吉问自己,而且话里还带着挑战的意味。他态度十分谨慎,只是使劲盯了勇鱼一眼,没有吱声。

"不是说过要搞艘游艇,放弃日本国籍的吗?计划本来就定好了,可一旦危机真的来临时就只想着让大家分散到全国各地去,由他们七零八落地自生自灭,要不就是所有人守在一处哗啦一片地集体自灭,你们的这种态度,我没法理解。难道说,这就是'自由航海团'的有始有终吗?守在这避核工事里,以所有外面闯进来的人为敌,这和以前我一个人的生活方式有什么两样?"

"你说的确实有道理。"乔木说话更谨慎了。

"果真那样的话,最后的结局无非是,你们觉得是自己霸占了我的避核工事,我倒觉得是我把捍卫树木和鲸鱼崇高地位的宣传战士请进了自己的避核工事。不就这么回事吗?我知道,你们现在确实遇到了危机,可就因为这个就放弃'自由航海团'的长远规划,心里只想着怎么去和自卫队、警察玩命,这也太令人费解了。可别说我学'缩哥'啊,我真想问,你们真的为'自由航海团'作过规划吗?要是认真地想过,那为什么就不能想想第三条道路呢?"

乔木还是默不吱声。勇鱼的目光落到了"缩哥"拍的那些新闻照片上。照片这东西,真的很奇妙,妙就妙在画面的"现在"上到处都能感受到那个绝对不曾在画面中露面的人的想象力。眼前的这些照片也一样,从原自卫队员及那帮围在他身旁的年轻人身上,折射出一种——说它是"缩哥"的激情也好,险恶也好——鲜活的、浓郁的情感。照片上,原自卫队员正把拆卸下来的自动步枪部件往铺在火山石砾的布上摆。枪身上红肉色的序号看得清清楚楚。照片旁还附着编辑的说明——"游击队搞到了陆上自卫队装备的六四式七点六二毫米步枪,用于实战训练。"看了这行字,恐怕无论多么宽容的国家机器都不会听之任之吧!可奇怪的是,明知自己被人拍进了足以丢掉性命的照片,原自卫队员和那些年轻人脸上露着天真的微笑。而在镜头的另一侧,"缩哥"恐怕默默地在内心里欢呼——这群年轻人,笑得这么甜,得赶紧拍下来!

"既然你不反对我们在这儿坚守,也就用不着急着得出个什么结论了,"乔木终于开口了,"首先我想说,对把武器分掉,然后让大家各走各的,我是不赞成的。正像阿缩说的,咱们'自由航海团'还在组建过程中,还没有自己像样的组织形态和宗旨,也就是大家刚聚到一起而已。要是我们就这么一个个散了,不就等于是'自由航海团'解散了吗?伊奈子刚才也说了,这和'boy'做梦时说的啥也没干没什么两样。再说第二条道路吧,仅仅在这儿守着和他们斗,也看不出对'自由航海团'有什么实实在在的好处,因为这毕竟是被动的,老是被动可不行。它毕竟不是由我方主动出击,而是等机动队什么的冲过来向我们发动进攻,然后我们才作出反应、展开行动。再说了,我们'自由航海团'原本就不是为了这个目标才走到今天的。我们组成'自由航海团'的出发点,不是不明不白地被人逼着去死,而是自由自在地活着,干自己喜欢的事,对吧?"

"我们坚守在这儿,等机动队甚至自卫队攻进来,然后再展开反击,我不觉得这是被动。到时候,我会让你们看看我是怎么样不被动的。"多麻吉说。

"一开始就被动,后来无论怎么虚张声势地粗野,也总不能转为主动!这是经验告诉我的。"乔木把多麻吉顶了回去,"你说的第三条道路,我也考虑过。不用说,那肯定是对的。你不是让我想想,搞艘游艇,按'自由航海团'既定的基本策略跑到公海上去藏起来吗?可眼下最现实的办法是,我们带着武器到伊豆或是房总去,躲进游艇码头藏起来。你觉得这可行吗?"

"现实上可行还是不可行,不实际试试怎么知道?"勇鱼反问了一句,"尤其是在这种时候,我们更应该按原先设想的方向采取行动,不要觉得现实上不可能,从一开始就放弃,为什么不能试试?要是最初的设想连在现实中试都不能试,那就等于那个设想在现实中根本就不存在,甚至连抱那种设想的人本身都不存在。那样的话,再好的辩护人都没法让别人明白'缩哥''boy'是自己主动为实现'自由航海团'的设想而死的。"

"那,现实可行的事,你打算做点什么?"

"我看啦,警方现在还没有弄清'自由航海团'的具体细节,时间上我们还有余地。这样吧,明天我就去和老婆谈,只是向她要一艘游艇的话,不是不可能的。有了船,我们就可以尽量按事先的设想展开行动。先试试看,也许,正像你预想的,前面的路会越走越死,根本就行不通,这很有可能的。但是,这总比大家各走各的、消极被动地准备挨打要强点吧?"

"我也赞成走第三条道路。""红脸"提着嗓门说,"乔木,咱们试试吧!要是定下来了,我还得返回伊豆去,有件事得再做一遍,而且得赶紧做。"

"你说的是小哥埋的那个地方吧?"伊奈子说,"我也觉得像那样马上就会被警察发现的。"

"我已经让他们动身啦!去了三台摩托。"多麻吉插进来说。

一听这话,"红脸"和乔木顿时不约而同地紧绷着脸看了多麻吉一眼。他看上去好像有点不好意思,但神情里还是透着几分得意。透过他的表情,勇鱼也隐隐产生了一种不祥的预感。

"乔木你是'自由航海团'的头领,应该树立船长的权威才是!"伊奈子表达了所有人对多麻吉的义愤。

"是啊,想带'自由航海团'走上正轨,就得这样。"勇鱼也附和着。

"哎,在这种时候,也就只有指望'鲸鱼树'不责罚我们啦。"乔木紧绷着那张毫无血色的薄脸,恍恍惚惚地说。

走进有冷气的建筑时,人们往往会对身后室外盛夏的气温作出过分的估判。已经是酷暑季节了。听到隔壁病房里发出的哼哼声,勇鱼好几次站起身来,准备过去看看,可后来还是没动,只是看了看窗外远处浑身裹满树叶的榉树又坐下了。对医院的生长环境,这些榉树似乎已经习惯了。记得乔木说过,在这座大城市的街头,成片的榉树随处可见。勇鱼似乎听见这些藏在榉树群中的"树魂"在向自己发问——那被喉癌折磨的老人明摆着就是哼给你听的,可你却无动于衷,为什么? 对此,勇鱼在心里默默解释说:因为现在我对"怪"已是爱莫能助。还有,我是觉得自己可以为他们做点什么、是作为他们的代表来到这儿的。——就这样,对"怪"间歇发出的哼哼声,勇鱼彻底关上了意识的大门,只是坐在这儿等着直日的到来。这儿本来也是一间病房,原来并排摆着的两张床搬走一张,然后又加进一张办公桌和勇鱼现在坐着的这短沙发后,病房就成了眼前这间临时办公室。不一会儿,直日迈着大步进来了,她上身穿着一件短衫,外面套着一件毛背心,下身是一条掩住脚踝的长羊毛裙。都这个季节了,还是这样一身装扮,确实有点不伦不类。或许,这正是成天待在空调房里的人智慧的结晶吧?她直挺着身子笔直走进房里后,一直扭着宽肩膀上的脑袋看着勇鱼。那姿态,活脱脱一个行进在阅兵场上的战士。直到从墙边绕到书桌前坐下后,她才应了一声,算是和勇鱼打了招呼。直日的这一套举止,是从美国女子寄宿学校的女教师那儿模仿过来的。当年父亲逼她到美国去留学,也正是为了让她学会这一套。直到今天,直日那张从少女直接跳到中年的脸上,还保留着在异国度过青春时代的人身上才有的自我保护的印记。当年,正是她脸上那种随时畏畏缩缩、可怜兮兮的紧张感给野心勃勃的勇鱼提供了机会,让他这个随同"怪"去美国看望女儿的秘书锁定了能轻易得手的攻击目标。现在,直日给人的整体感觉俨然重新回到了怀上靖之前,不,甚至可以说回到了嫁给勇鱼之前……

"每天要做头发,还得化妆成女士的模样,真够累的。哎,定下来了要参选嘛!再说了,我这人,也没什么别的能耐。"直日说这些,是在对勇鱼的目光作出回应,"你也比以前注意穿着了,身边已经有什么人在照顾你了吧?"

"没别的,也就是比以前在意自己了。毕竟身边有外人嘛!靖都是他们在帮着照顾哦。"勇鱼有点不好意思,"对了,'怪'总是那样哼哼吗?"

"他不让医生打止痛的针,怎么劝都不行。"直日一脸无奈,"这么哼谁受得了啊？先前住在这个病房的患者跑到医生那儿去闹。没办法，我只好把这间房也租下来了，可就这么闲着也不好啊，我这才在里面放了一张办公桌，好歹有点竞选事务所的模样了。人家能不闹嘛？有的年轻医生甚至嘲笑说，父亲的这种哼法是最节省体力的痛苦表达方式，还说他是哼哼的高手，既可以像正常的呼吸一样半永久地持续下去。又能让听的人产生同情，觉得他这样哼哼，一定非常痛苦。你看，'怪'连生病的时候都这么狡猾。一说要给他打吗啡，他就玩命似的叫唤，死活不干，就像是咬定痛苦不松手似的。这究竟怎么回事？都一个快死的人了，为什么还这样？……"

直日刚说到这儿，隔壁传来的哼哼声又充满了整个房间。直日说的没错，他确实哼得很老到，既松缓又悠长，让旁人不忍心和他抗衡、开口说话。当时，勇鱼是这样在心里对"树魂""鲸鱼魂"诉说的——"怪"就是这样拒绝一切止痛药，成天哼哼的。就算他再痛苦地哼哼，不也是马上就要死了吗？这话我觉得没错。难道说，他正是因为知道自己早晚也是死，才拒绝缓解痛苦的药物的？那哼哼声，你听听……

"一直守在父亲身边，我都累了。于是，我经常像这样把胳膊撑在桌子上往拳头里吹气。就为这坏毛病，当年在美国不知挨过多少次训。就像这样——"说着，直日把双拳叠起来凑到嘴边，瞪着大眼睛，摆出一副好斗的架势，"每次听到哼哼声时，我都不觉得自己是在病房，反而觉得是被父亲抓得更紧了，这反而让我斗志更旺盛了。听起来有点像美国的通俗心理剧，我是怎么看父亲的，你知道吧？不久，我就产生了参选的念头。当然啰，乡下选区地盘里来了很多人，强烈要求我参选，这也是一个因素，不过主要还是……"

直日这种自我表现、总想着征服别人的姿态，别说在靖的病让她头疼的那阵子，就是在那之前，勇鱼也从没看到过。想到这里，勇鱼得出结论,虽说不过是别人用来保住选区地盘的傀儡,这次她也是自己主动站出来参选的。

"明白啦。听你这么说,这事反而成了你参政的契机。怎么说呢,我也觉得,这事能引起人们的共鸣。"

说到这儿,此前一直沉睡在勇鱼意识中的那个东西开始吐芽了。他是一个稳健的实干家,这会儿已经在不动声色地等着直日开口打听自己此行的目的。此刻,在勇鱼的脑海里,当年在巴尔干半岛的那次经历在眼前这个苦闷老人的呻吟声里晃动,二者交织在一起后立刻聚成了一道强烈的光,既映照出了隔壁那个患喉癌的老人的整个身影,也清晰地映照出了眼下的自己——自己和靖正准备冒着危险去帮"自由航海团"那群年轻人。而对那些年轻人,别说他们每个人的具体来龙去脉,就连真实姓名都还不得而知……

"我反正是习惯了,像这样不停地哼哼,搞得你都不好开口说话了吧?"到底不愧是出马参加议员竞选的候选人,果然,直日明白了勇鱼沉默不语意味着什么,马上主动鼓励他说明来意,"今天来有什么事?该不会只是来看看父亲死了没吧?上次都被打成那样了,今天还……"

"是啊,有点急事。当然啰,这呻吟声也该来听听才是。"勇鱼进入了正题,"我和靖把自己关进避核工事里,也是因为日子实在没法过下去了。靖整个都成那样了,我和你也差不多不行了,我当时就意识到,再这么下去,结果肯定是大家一起死,要避免这种结局,唯有和靖一起去什么地方隐居起来。碰巧,正好有个避核工事,我们可以去那儿隐居。现在回头想想,我们当时的选择是对的。靖差不多可以自己活下去了,我也到今天还活着,你也开始了新的生活。大概是因为我们祖辈积了德吧。当时我们谁都没想过会这么顺。记得'怪'到家里来看到我们的窘态时说过,就这样下去,怕是没辙了。说不定,当时他也像现在这样哼哼过。"

"你说的没错。现在想来,也真是这个理。"直日说,"你是说,你在避核工事的隐居生活要告一段落了,想回归社会?"

"不是,倒不如说正好相反。我只是想把隐居期间想好的事推向社会。当然,我是不至于会想到去参选的,这个你就放心好了。"

"倒也是,怎么会呢?"

"是这么回事,要把隐居生活中思考的结果告诉世人,这种想法,以前我仅仅只是在病房里向'怪'胡吹过一次,以后也不会主动去干。可后来,遇到了一帮年轻人,他们也抱有和我类似的想法。上次不是请你帮我在伊豆找过一个集训的场地吗?就是那帮搞集训的年轻人。现在,我想和他们联手做点事。这事和他们想实现的目标正好是一致的。就我来说吧,无非也就是想通过他们的行动把自己的想法告诉全社会。具体说呢,就是我们想买条船到海上去漂一漂。于是我就想啊,那个避核工事和那块地皮能不能算是'怪'送给我的,然后由你们公司把它买下来,这样一来,我们就可以用那笔钱买艘船开始新生活了。"

"竞选的经费是由父亲手下公司的人在管,这事,我跟他说说吧。反正眼下正在搞竞选活动,资金流量很大,我想,让他合在一起做账,这个不难。这样吧,明天给我打个电话,我会把他们商量的结果告诉你的。对了,你需要多少钱?"

"这个嘛,我也不太清楚。"勇鱼说,"只知道需要一艘能载十二三个人的游艇。"

"要去远航?"

"我想,无非就是围着日本边上的公海转转——哦,对了,这计划原本就是他们定的。至于我和靖嘛,说白了,也就是在一个能移动的避核工事里住着,只是这次是和外人一起住而已。"

"船的事,我也帮你打听打听。你知道的,父亲不是和渔业方面的公司也有来往吗?"直日说。

说到这儿,勇鱼站起来问:

"'怪'就这么一直哼哼,他那身体,真的扛得住吗?"

"好像不时也在强制他用点麻醉疼痛感的针剂。等好好睡过一阵、体力恢复后,他又会对着逼他打针的人猛吼一顿。"

"等下次进了体力恢复周期,你转告他一声,就说我来这儿听过他哼哼,行吗?"

"谢谢!我一定转告。"直日说,"你上次来病房时,那么大声地吼,虽说没提到性,但在我眼里,你当时简直就像是个发情的野兽。怎么回事,今天却成植物啦?"

说着,直日就像是要把刚才的感谢化为具体行动似的,从抽屉里掏出一个装着钱的信封,递给正瞅着别处的勇鱼——直日刚才对他性方面的那番评价,让他颇有点不好意思。本来勇鱼打算就此告辞的,大概是考虑到走廊上还站着几个警官吧,直日一直把勇鱼送到了电梯口。直日和勇鱼并肩在过道里走着——也就是说,两人的目光没有交汇——说:

"记得,怀上靖那年我生了重病,心里老在想,也不知道我和靖到底谁能活下去。结果是我活下来了。"

"这不很好吗?靖也活下来了,我也活下来了。"勇鱼说。

进电梯后,趁着电梯门还没关严的那一刻,勇鱼看了扭身就走的直日一眼。看着她后颈筋,还有垂着的背心外露出的胳膊肘皮肤上凸起的微微发青的毛囊,勇鱼不禁有点心酸。也就是从这一刻起,"怪"的呻吟声又开始在勇鱼耳朵深处嗡嗡作响,一波又一波地回响……

热浪扑打下,街头的空气像一块扭曲的镜片。勇鱼垂着汗渍渍的头,一块又一块地顶破镜片、伴着耳朵里一阵阵嗡嗡作响的"怪"的哼哼声,在一个劲地朝前赶,四处寻找食品店。最后,他走进了一家超市型的食品店。勇鱼把当班主管叫到收银台前,按照当年担任避核工事销售公关时制订的储存食品表清单上的项目,一一和他交涉。着手调集勇鱼所需的食品后,主管问:

"是小团体组织的驴游吧,去山里,还是海上?"

"海上。"勇鱼随口回答说。

话说出口后勇鱼才意识到,眼下连船的事都没谈妥,现在就让"自由航海团"带着这些粮食到公海上去,从何谈起?这些粮食,是买回去存放在避核工事的玄想室里给坚守在那儿的年轻人吃的。想到这儿,对乔木在"自由航海团"未来蓝图上的举棋不定、优柔寡断,勇鱼也多了几分理解。"自由航海团"的计划,在走到大家被别人,或是自己逼上船那一步之前,永远只是个计划。这些胡拼乱凑的船员,只有当他们在海浪摇晃下受尽晕船的折磨后,才能真正成为"自由航海团"的一员。明知道这些,却还要坚持一步步把这帮年轻人引导到上船那一步,身为一个实干型的头领,乔木的可贵之处就在于此。

"我得去叫出租车,先把东西放在这儿,一会儿就来。"说着,勇鱼连同付款清单和刚从直日那儿拿来的钱全放在收银台前,准备出门。

"出租车?叫不到的!"主管这时才仔细打量了勇鱼一眼,说,"你做事怎么这么没计划?刚才选商品倒是想得很周全的。"

"也是啊,买了这么多,怎么就没想想出租车上能放多少?"这时,勇鱼很自然地想到了乔木的好处——要是换了他在这儿,说不定会立马就去偷台大卡车来的……

"看你急成这样,我们也觉得不好意思。这样吧,让店里的配送车给你送去。等会儿送的话，填单很麻烦，你能不能坐在车上带路？"

"太好了，谢谢！"

"一个人一口气买这么多，这在我们店，还真是头一回。"主管说完，脸上露出一丝深信自己的才能对付眼下的工作绰绰有余的淡淡冷笑，迈着大步朝店堂深处走去。

在背后新来的顾客的推挤下，勇鱼离开了收银台。和自动门形成连动的那块橡胶踏板和反向贴着广告的玻璃窗之间有一块空地，勇鱼站在那儿看了看，身边齐头高的地方放着一个搁架，上面摆满了各种小瓶装的香料，搁架最上层是和这些香料分别对应的植物的宣传画。每幅画都只有细节特写，精细到了近乎偏执的程度。有胡椒、豆蔻、月桂、牙买加胡椒、肉桂……小时候，凭着森林中长大的孩子间口口相传的智慧，实在熬不住时，勇鱼都会跑到山谷里那棵唯一的大肉桂树下，刨一截树根来啃。我，还有村里的那些孩子，是怎么从当年那些饥肠辘辘、动荡不安的日子里活下来的，你都亲眼看见了吧？——勇鱼默默对记忆深处浮现出来的肉桂"树魂"说，直到今天，一看见食品这么泛滥，我马上就会觉得眼前看到的是数量同样庞大的胃。想到这儿，勇鱼还产生了一种幻象，好像有一大群人正朝这边冲过来，要把这家食品店抢劫一空。明摆着是为了挑衅才故意堆放在那里的罐头山崩塌了，掩埋了好多孩子，无数条腿踩在罐头上嘎嘎作响，却没人伸手去救孩子——原来是核战争爆发了，民众陷于了恐慌，他们做起了毫无意义的逃亡之梦，这会儿正在这儿抢粮食。不过，"自由航海团"不用怕，反正勇鱼已经为他们抢购了足够的粮食。现在，他们唯一要做的就是端着枪把那些想强行冲进避核工事的民众驱散，让那帮踩烂了罐头、踩死了孩子、然后又涌向这座城市唯一的避核工事的民众统统滚远点。

"不用管对社会要尽什么义务，可以和合得来的人一起去远行，多好!"转身又回到勇鱼身边的主管故意愁着脸说，"我也经常想加入一个什么团体，不在这儿干了。"

这时，又来了两个年轻人，这会儿正在把勇鱼买好的粮食往外面搬。玻璃窗外，路边停着一台小货车，正撅着屁股对着人行道。主管默不吱声地站在那儿，机灵的扁平脸上透出一圈红晕，看来，他不像在说谎，是真心想走出这些食品堆。那是为什么呢？勇鱼在心里问"树魂""鲸鱼魂"。会不会是因为这个头脑清醒的男人也担心核战争爆发那天这家店会被洗劫一空？

"你们店采取了什么防范措施没，万一哪天有人来抢劫呢？"勇鱼试探着问了一句，见主管吃惊地朝后退了一步，勇鱼干脆和他开玩笑，又加了一句更厉害的："比如说，末日审判那天。"

"哪会有那种措施？你说呢，咱们毕竟是法治国家嘛！末日审判那天又怎么样？"

把粮食都装上车后，主管对着年轻司机的耳朵嘀咕了几句。随后，勇鱼也上车在副驾驶座上坐下，小货车出发了。这台车是从市中心顺着主干线朝西北方向开的，也许是前方哪儿出了车祸吧，勇鱼他们这边堵得厉害，而反向车道上却一台车都没有。人们都在避开突然到来的酷夏的炎热，无论是人行道还是人行天桥上，连个人影都没有。这简直就是一派核战争一触即发时城市里的景象，人们抛弃了一切，都在急匆匆地朝城外赶——勇鱼在对"树魂""鲸鱼魂"呼喊。他也想把这事告诉身旁开车的年轻人，可他在勇鱼面前非常拘谨，简直到了顽固的地步，根本没有搭理勇鱼的意思。于是，勇鱼只好认定，自从开始隐居生活后，除了"自由航海团"的那帮年轻人，自己从没和别的年轻人打过交道。大概他们都和眼前这个年轻司机一样吧。再说了,天太热,车窗全开着,窗外扑进来的空气其实也就是汽车尾气的集合体,油汗裹着灰尘在皮肤上拖出一道道脏兮兮的纹线——在这样的情况下那年轻人还得绷紧神经开着车慢慢朝前挪,他不想说话,也在情理之中。于是,勇鱼也就只好一边听着耳鸣般嗡嗡作响的"怪"的哼哼声,一边向"树魂""鲸鱼魂"诉说自己的心声。当然,他身上也淌着邋邋遢遢的黑汗。

我和孩子住进避核工事的初衷,是准备作为这世界上因人类的缘故不得不灭亡的善的东西的代言人去迎接世界末日的。当初的计划是以树木和鲸鱼代言人的身份去目睹人类灭亡前最后一刻的情景。不错,我自己,还有我的孩子也会同时灭亡。但从一开始我就对此毫不介意。可是今天,行进在酷似遭受核攻击的城市的景象中,我觉得,"自由航海团"的年轻人制订的那个当城市遭受大地震时开着车四处搞破坏的计划,对我也具有相当的诱惑力。而且,我甚至还突然萌生了更具攻击性的计划!在核攻击前我还可以在城市里四处奔走,以海里的鲸鱼、陆上的树木的代言人的身份报复人类,挨个猛揍他们一顿。只有这样,才能让我的隐居生活有个意义圆满的终结。我是代表鲸鱼活在这陆地上的,是代表树木在这世上跑的。既然我一直自称是鲸鱼和树木的代言人,那么我就应该和整个人类势不两立。就说现在吧,如果开车的不是眼前这个愚不可及、自以为是的年轻人,而是"自由航海团"的船员;如果今天就是世界末日,我们不仅会在车的长蛇阵中左突右撞地自由穿行,而且还会冲到反向车道上去,把迎面而来的车一辆辆全撞飞。这还不算,对路上那些对着行动迟缓的逃难者大呼小叫的家伙,我们还会好好教训他们一顿。就像山崩地裂前、发生足以烧焦天空的火灾前应雷鸣的召唤前来执法的使臣……

两个小时后,小货车终于停在了避核工事前。一路上一直开着车闷声不响的年轻人急忙跳下车,掀开后盖,把食品卸到了路旁的斜坡上。按说,乔木他们这时应该是在避核工事的枪眼旁看着外面的,可是没见他们下来帮忙。甚至在小货车落荒而逃似的消逝在光和热渐渐衰退、微微泛红的风景里后,也没有见到他们的踪影。摄影棚旧址那边,拆毁作业已经全部完工了,于是又燃起了一大片新的焚火。顺着那些低垂在湿地上方、吐着凝固的血似的颜色的浓雾望去,那边好像有十几个男人在站着干活。大概是乔木发出了指令,不能让他们发现这钢筋混凝土建筑里还藏着好多年轻人吧?显然,这样做也是为了防范警察,为了破案,眼下他们肯定在这一带调查走访。现在是非常时期,勇鱼一个人往避核工事里搬东西时也得格外小心。"怪"的哼哼声还在耳朵深处微微作响,但勇鱼觉得,此刻,它已经化成了一种警报。

第十八章　性的微光（三）

勇鱼决定每次尽量多拿点。他在装着快餐面的大纸箱上又堆了一些洋葱、蔬菜之类的调料袋，端起来吃力地朝玄关走去。刚到门口，门就被里边的人打开了，"红脸"伸出胳膊，把纸箱接了过去。他身边还站着伊奈子，看样子，她早就在那儿等着了。

"下午两点、四点，警官都来过两次啦。我们一直反锁着门没吱声，靖真懂事，很，他也乖乖地待着没说话。乔木说了，警官这是在这一带搞调查取证，并不是直接冲着这个避核工事来的。第二次来时，我是在枪眼里看着他们上斜坡的，好像他们神经真的不是绷得那么紧。"

伊奈子只套着一件捂着肩部到胸部这一块的短全棉 T 恤和一条七分牛仔裤，"红脸"他们可好，都只穿着一条竞技泳裤，戴着一顶没檐的运动帽。看得出来，他们关在避核工事里顶着炎热干了运动量相当大的事。地下室里有响动，其余的年轻人好像都在那儿干活。勇鱼也没再多想，又转身回去搬东西了。就这样，他一个人一共跑了五个来回。天空暗成了浓茶渣般的颜色，暮色越来越浓了。勇鱼来来回回地跑着，担心门外小路的远处会突然冒出几个警官来。既然他都这样紧绷着神经，那么，避核工事里究竟发生了什么事就不难想象了。一定是去伊豆重新掩埋"缩哥"尸体的那几个人出了什么事，

315

于是"自由航海团"就决定搁置关于远航计划的讨论,把重点立即转移到在避核工事里坚守的具体行动上来。守城最必需的粮食是勇鱼自己买来的,他当然不会对"自由航海团"目前的新动向提出异议。

勇鱼最后搬进屋的,是好几打牛肉罐头,今天买来的七七八八的食品中就数这个贵。罐头盒的尺寸上下不一,还要把它堆三层放进一个大纸袋里,稳定性不好不说,还特别重。为了把这袋东西搬进屋,勇鱼流尽了最后一滴汗。大概乔木是从枪眼里看到了吧,他赶忙下楼,从勇鱼怀里接过了大纸袋。

"很重的!"勇鱼把纸袋交给乔木后,向他作了简要汇报,"船的事有点眉目了,约好了明天打电话去问问进展情况。现在说这个,虽说似乎和这些食品有点矛盾,但我是这样想的,万一事情不顺利,我们就得在这儿守着,既然这样,那就得尽早搞好食品储备。再说了,真到了上船开跑那天,把它们装到船上就是了。"

"多谢啦!我不能让多麻吉去买,太危险了。收银台的那些女孩子,个个都看画报周刊,要是她们记得那张新闻照片,事情就麻烦了。再说,我们手头也没钱了。"乔木说话还够实在。说着,他又顺手把东西交给了在一旁等着的伊奈子,也提醒了她一句,"当心,重哦!"

"靖睡着啦?"

"在地下室玩呢!东西搬下去后我得核查、造册登记。这会儿,靖正在看罐头上的商标呢!"

螺旋楼梯的透风口处传来了什么又硬又重的物件的撞击声。也只有和伊奈子在一起时,靖才能承受住这种声响。勇鱼心里想。

"我们这是在为不得已守城时作准备。"乔木仰头看着楼上,对勇鱼说。接着,他上了楼梯。

"靖,我回来啦!"勇鱼对着地下室的入口喊了一声,也跟在乔木身后上了楼。

"去伊豆的那几个家伙到现在还没回来,于是,我们就把力气下在做守城准备上了。"

刚才的撞击声,是多麻吉和他手下那帮年轻人捣鼓出来的,他们正在三楼通向阳台的出口处设障。要说,其实这东西也没多大技术含量——他们搞来了一些下水道暗渠上的混凝土盖,让盖子的边缘对齐,然后一块块重叠成一个整体,把它吊在窗框上。关键是,他们还打算在这些悬吊着的下水道盖右边再安装一截竖长的混凝土板,这块板已经裂成了三块,断裂处还看得见里面埋着的钢筋。用绳子把这块破板捆起来,再把绳子的另一头固定在窗框上——这样,一扇以混凝土板自身重量为弹簧的升降悬吊门就做成了。两个人一起使劲的话,就能轻松地挪动这块板,形成一条缝隙。通过这条缝隙,既可以对外面的动静进行侦查,也可以钻到屋顶上去对人发动攻击。

"收来这么多混凝土盖,不容易吧?而且,还不能被警官发现。"勇鱼说。

"你从伊豆回来之前我们就搜集好了,一直藏在这儿呢!"多麻吉说起来很轻松,"还有些敲碎了拉回来的,已经放在玄关门背后、厨房门边上了,到时候用来抵门。这房子本来就是个很不错的阵地嘛!只要敌人不拿火箭炮来轰,房子里其他地方都用不着设障了。"

"记得我什么时候对你说过的,这儿不是阵地!要是把这儿当阵地,到时候你会觉得左一个不方便右一个不方便的。"勇鱼警告他说。多麻吉眼下只顾着吊他的混凝土盖,没有反驳。

连在淡淡的夜色下都能看出多麻吉浑身上下在渗着汗,看来,这绝不是那种偶尔出点力的人装得出来的。虽然他们干活时不声不响,但总给人一种阳刚的力量感。而房间另一侧角落里那个壮实的年轻人给人的印象却正好相反,这会儿,他正在那儿静静地摆弄无线设备。勇鱼第一次被带到"自由航海团"根据地那天，静静蹲守在小船码头的那个就是他。他身边的无线电设备，是一台便携式的信号收发一体机和一台连在一体机上的全波段大半导体收音机。这套设备很小，带进游艇的收发报室毫无问题。这会儿，这年轻人正戴着耳机在聚精会神地调试着什么，俨然一副行家的模样。

"新闻里还没有播伊豆的消息吗？"乔木对着正缓缓拨弄着旋钮的年轻人的耳机，扯着嗓门问。

"五点的新闻里还没说，我是盯着静冈电台的。这会儿，我正在调，看能不能捕捉到巡逻警车的无线信号。"

"不装室外天线行吗？"

"装啦！这小子是我们'自由航海团'的无线电工程师，正宗电信学校毕业的，还在远洋船上干过报务员呢！"乔木侧眼扫了一下勇鱼，代替对这种低级问题懒得理睬的无线工程师作了回答。

乔木和勇鱼下楼时，多麻吉也跟了上来，他的门障做得差不多了。看样子，他是想当乔木向勇鱼介绍避核工事的近况时自己能在一旁陪着。多麻吉擅自派人去伊豆，还惹上了麻烦，而且很明显，正是这事，种下了危及整个"自由航海团"命运的种子。既然这样，他多麻吉当然担心别人会在私下里搞针对自己的缺席审判。

"那个无线电工程师，他参加过伊豆军训吗？"没等乔木开口，多麻吉就插进来回答说：

"当时他待在小船棚里抽不开身。为迎接夏天的旺季，他把每条船都修理了一遍。"

"这家伙有点怪。本来，安下心来搞他的本行，收入不错，还有前途，干起活来也轻松。可你猜他为什么不干了？他说要在租船行里好好干，将来可以当头。"乔木说。

"可这次是守城啊！你猜怎么着？我去找他时，人家二话不说，啥都不顾就这么跟着来了。"多麻吉说。看得出来,他相当得意。

"你是说,你是铁了心只准备守城啰?"勇鱼沉着脸说。可多麻吉根本就没把他的话当回事。

"前两天我还在想怎么去批点粮食进来呢,现在可以放心了。我还以为你专程跑一趟可以搞点具体收获回来呢,我说的,可不是想去搞条船来,准备以后出海去那种梦想啊。"

"那船,说不定真的能搞到哦!"

"只要去伊豆的人能够钻过警察布下的网里回来,上船出海绝不是什么梦想。"乔木说。

"那帮家伙不会被抓住的。"尽管多麻吉反驳了一句,但他粗鲁的虚张声势下捂着的是什么,谁都明白。"就算被抓住了,他们也不会开口的。再怎么挨揍,他们也会坚持到底,不把这藏身处说出来的!"

"但愿吧。"乔木说。

这时,伊奈子带着靖从地下室进了客厅。靖正在吃从勇鱼买回的食品中翻出的巧克力。

"靖,巧克力好吃吗?"

"靖,巧克力好吃哦!"靖欢快地回应着,脸上看不出丝毫对父亲抛下自己外出不满的迹象。

"水痘恢复得真好,一颗都没抓过嘛!这孩子意志真坚强。"医生也跟在他们俩后面上来了,他接着说,"这地下室真不错,厨房、厕所,里面都有。还有那么大的换气设备,卫生管理方面也考虑得很周全。"

"'自由航海团'所有人全部进去,然后把这揭盖一关,就成了一个坚固的工事,甚至用不着挪到船上去。"

"我也是这么想的。"这次,多麻吉竟然对伊奈子的话表示赞成。

"可是，一旦钻进了地下室，最终的结果要么是投降，要么是全军覆没。粮食能管多久也是个问题。"勇鱼说，"画报周刊上说我们是游击战训练团，可这种战略也不符合游击战的精神啊，游击战不是边游边战的嘛！"

"你这么说就没劲儿了。"多麻吉说。

"勇鱼说的没错，一旦我们把自己关进了地下室，恐怕连船都上不成了。"伊奈子说，"自己出不去，机动队和自卫队又来围攻，我们只好在里面死守，最后的结果不是投降就是死光光，只有这两条出路。要我说，正因为这样，说不定我们还有第三种出路呢！你想想啊，勇鱼，要是在我们被围困期间附近的美军基地上掉下了一颗核弹会怎么样？到那时候，能活下来的不就只有守在避核工事的我们吗？"

"你说核弹？你让东京上空掉颗核弹试试？包括这地下室在内，这避核工事会整个被炸飞的！什么核庇护所，压根儿就是胡扯！除了心理安慰，能顶啥事？告诉你吧，苏联人做的氢弹，可是广岛原子弹的五千倍哟！"这会儿，多麻吉又和伊奈子抬上杠了。

勇鱼觉得，这会儿该为自己的避核工事辩护一下了。刚要开口，他突然意识到，原来自己是这样深爱着这个地下室。

"核战争真的爆发时落在东京的核弹会是多大当量的，为这事，我和别人讨论过。有家公司想批量生产和我们这个避核工事一模一样的建筑，我当时就是负责搞营销宣传的。当然啰，结果还是没成功。其实啊，通过亲身经历发现了核庇护所功能上的缺陷，然后跑到公司来投诉，这样的业主根本就不存在——因为他们都已经死了。既然这样，要怎么宣传才能说服买家出手呢？我们的结论是，得给买家留下一个好印象，让他们觉得我们对核庇护所的功能无所不知。于是，我们拿来肯尼迪时代出版的各种介绍美国核庇护所功能的指南,把它们翻译过来,制成了宣传手册。我这人既没有理科又没有工科背景,按理说只能当一个懂外语的下手。之所以能在核庇护所建造公司的策划阶段成为骨干,原因就在于此。我们在宣传册中提出了一个相当有说服力的口号:核武器可怕,要买庇护所;住进庇护所,核武器就没那么可怕。"

"核庇护所的样板间也做好了,宣传册也有了,那后来为什么没能批量生产呢?"伊奈子问。

"那是因为商家最后不得不承认,这种核庇护所存在一个致命的缺陷,它终究是蒙骗不了消费者的——就算核爆炸发生时藏在核庇护所里捡回了一条命,在周围充满核辐射的环境下又怎么活下去?对这个问题,当时我们也说不清楚。"勇鱼说。然后,他又在心里接着对"树魂""鲸鱼魂"说:在当年搞营销宣传的那些日子,我就是为这事整天心神不宁,结果抑郁症越来越严重。这件事,是我最后沦落到住进这避核工事过隐居生活的远因。这么说来,年幼的孩子身上出现的那些症状,都是我自身精神崩溃导致的结果……

"那,你刚才说的'缺陷'究竟怎么回事?"多麻吉一个细节都不放过,已经在那儿催了。

"你刚才说的那颗苏联的氢弹,是一百个百万吨级的,用数学方法计算的话,它确实相当于广岛原子弹的五千倍。可是我听说,它科学意义上的破坏力应该等于五千的立方根,也就是十七倍左右。如果考虑进地形因素,恐怕实际上还达不到这个数字。就拿美国北极星潜艇发射的中距离弹道导弹的核弹头来说吧,它是零点六个百万吨级的,也就是说,它 TNT 当量是广岛原子弹的三十倍,可是,其实战破坏力还要低于它的立方根,只相当于广岛原子弹的一点五倍。所以说,只要核庇护所离爆炸中心有一定距离,是能起到一定防护作用的。关于这一点,我们有把握把它写进小册子。好,下面我就来谈那个'缺陷'。如果一口气向东京投下十颗刚才说的那种北极星核弹头,它的威力就应该是广岛原子弹的十五倍,这是个简单的数学问题,没什么好说的。问题是,美国科学家计算核弹的实战破坏力时,似乎大大低估了核辐射的威力。了解到这些后,首先是那些正在为制作宣传册而努力用功的人烦了,接着,那些研究核庇护所具体建造工艺的工程师们也没劲了,于是整个工程陷于了停顿。恰好就在这时候,美国和苏联开始着手在大城市周边部署雷达网和拦截导弹发射基地,也就是说,核庇护所这东西,连在它的策源地都烟消火熄了。于是,在日本,那家公司还没进入批量建造阶段就销声匿迹了,只留下了这么一栋核庇护所的样板间。我在印度参观过一个现在已经改作博物馆的马哈拉杰①武器库,也不知道那些东西当年取得了多大的实战效果,反正,那里面陈列着好多古时的武器,看上去个个都威猛得吓人,不是被害妄想症极度膨胀的人是绝对想不出那种玩意来的。要我说啊,我们这个避核工事,也完全有资格进入那一类纪念馆的行列。……"

"要是'自由航海团'关在里面搞一次保卫战,做纪念馆的条件就会又增加一个。"伊奈子说。

"你是说,作为核武器时代游击战的堡垒?"勇鱼回应道。

"说不定,连印度的那个什么拉杰都会跑来参观呢!到时候啊,我得提前在换气设备的突嘴嘴那儿装个过滤器,这屋里还有个很好的过滤器躺在那儿呢。那东西,靖很喜欢的。"

"靖,喜欢那过滤器!"孩子扬起星星点点地布满干黑结痂的脸,露出天真的笑,跟在伊奈子后面附和着。

---

① 马哈拉杰(Maharajah),对印度藩侯国君王的称呼,近似中文中的"大王""君王"。

"都啥时候了？还有闲心思说这些！"话虽这么说，其实勇鱼心里对伊奈子看着靖的微笑时那张充满乐观主义精神的脸并不介意。

"红脸"带着两个年轻人从地下室爬上来了。他浑身透湿，就像刚横渡过汗水河似的。枪眼射进的夕阳光下，他湿漉漉的颧骨、鼻梁，还有下巴尖上好像抹着一层红色的涂料。

"下面已经搞得有点模样了，十个人住进去一点问题都没有。"他说，"没给你打招呼，把好多东西都挪动了，不好意思。"

"要是我在家，还可以搭把手。"勇鱼说。

"现在咱们还是在这房子的地上半截分散住，万不得已的时候所有人都住到下边去。"乔木说。

"就算万不得已了，也不能说敌人来了就得跑到地下室去。"多麻吉说，"三十公分厚的混凝土墙，保护自己还行，可只要进去了就没法对敌人发动攻击。我觉得，应该组织一个战斗小组，在地下室上边一直战斗到底。对了，战斗也是由乔木直接指挥吗？"

"还用得着指定由谁指挥吗？就这么点地方。"

说完，乔木马上默默地低下头，抖动着下巴到脸颊一带的肌肉，像是在琢磨着下面的话该怎么说。这时，两个刚完成三楼门障收尾工作的年轻人也下来了。于是，客厅里自然形成了一次"自由航海团"的集体会议。此刻，所有人的目光，都集聚在默不吱声的乔木身上。一会儿，乔木终于低着头开始发言了：

"依我看，去伊豆的那三个人已经被抓了，'缩哥'的尸体也被警察发现了。"乔木不紧不慢地说，"这事，收音机的新闻节目里一个字都没提，恐怕是因为警方对所有媒体下了禁口令。警方肯定认为我们现在还没有跑散，是在什么地方藏着。要是他们觉得我们已经跑散了，肯定会让媒体把消息公之于世，以便在全国布下针对我们的包围网的。还有，多麻吉说，去伊豆的那几个家伙，就算是被抓住了也不会开口的。我可不这么看。阿缩以前担心的，就是这事。'自由航海团'毕竟不是有坚定信念的党，说闹革命就闹革命。要是有人问我们'自由航海团'是什么，我们会怎么回答？我们能想到的，也就是那艘半截子游艇。对吧？要是警察把他们一个个分开关起来，然后再来个厉害警官吓唬吓唬，他们心里的那条船立马就会垮的！对那种东西忠心耿耿，挨了揍还守口如瓶，这可能吗？所以呀，我估摸着，那帮家伙绝对熬不过今晚，肯定会把这栋房子吐出去的。既然都成这样了，大伙儿听着，有谁不想在这儿死守的，这就可以大大方方地出去！"

突着笔直的高额头的无线电工程师不知什么时候也从楼上下来了。他拨开挡在玄关门口的两个年轻人的肩，很内敛但又确切无误地摇了摇头，对乔木的话表示了否决。

"这栋房子好像已经被包围了。"无线电工程师说，"具体的通话内容不清楚，反正，这斜坡下的各个方向都停着巡逻车，而且互相之间还在通话。我猜呀，只不过是因为警察看过那些搞军训的新闻照片，所以这才比较谨慎，没敢直接冲进来罢了。"

和沉着冷静的无线电工程师相反，多麻吉噌的一下跳起来朝枪眼扑了过去。天色已经暗下来了，枪眼的圆孔看上去就像是一只贴在墙上的黑乎乎的大眼睛，从这只眼睛朝外看，多麻吉当然什么也看不见。他这样做，无非是在伙伴们面前显摆了一下自己的身体无时无刻处于施暴前的亢奋中而已。在勇鱼眼里，多麻吉趴在枪眼前时那紧绷的后背，正好是眼下避核工事里每个"自由航海团"成员既忧心忡忡又群情激昂的复杂心态的写照。看着眼前的情景，勇鱼默默对"树魂""鲸鱼魂"说，这为首的几个年轻人，他们这是想看到自己心中的船的幻象，只有当意识到自己被警官包围时，他们心中的梦的色彩才会更浓郁——看着多麻吉的背影，勇鱼心里猛然生起一阵缺憾的悲悯。

"明天天一亮他们就会发动进攻的,我们得做好枪战的准备。"多麻吉转过身来,紧绷着惨白的脸点着头说。

"好,那今天晚上我们就挑最好的猛吃一顿,就当是过节!"说着,伊奈子站起身来,准备去厨房,靖也亦步亦趋地紧跟在她身后。

说是要像过节那样猛吃一顿,等到伊奈子把吃的端到客厅后,勇鱼再一次陷于了缺憾的悲哀——食物的量倒是大得出奇,可品目却太少了,只有两个。一个是把牛肉罐头、洋葱、胡萝卜、土豆混在一起的一锅乱炖,另一个是各种快餐面里加进了肥培根的炒面。勇鱼实在没有食欲,只吃了几口炖菜就离开餐桌,退到墙边去看着这帮年轻人吃。他们酒精饮料一滴未沾,水却灌了不少,再就是中了邪似的狼吞虎咽,以一种远超挨饿几日的人的气势狼吞虎咽。看了连在食欲上都这么正直的这些年轻人,你们难道不为之动容吗?——勇鱼对"树魂""鲸鱼魂"说,而且,他们身体里完全没有皮下脂肪,不信你们就解剖看看,里面肯定是一片通红。要知道,他们的内脏里燃烧尽了多少食物?!你们说,这是不是太残忍了点?

那些年轻人还在没完没了地吃,没多久,靖就倒在地上睡着了。就在伊奈子忙着伺候那帮年轻人吃饭的这段工夫里,靖浑身渗着汗趴到了地上。现在,又轮到勇鱼来照顾靖了。他抱起靖,上了二楼。

勇鱼用洗褪色的毛巾在熟睡的靖身上擦了个遍。在他看来,世上没有什么比靖柔软的身体更能让人真切地体会到什么是人的身体结构的整体了——尤其是腹部,表现得最淋漓尽致。一想到这将身体结构整体纳于一处的腹部的气门或是阀门行将被人损毁,他就觉得自己被逼上了一条充斥着既无法申辩又离奇古怪的暴力的死路,难以逃脱。更何况,孩子的腹部就像一面阴暗的镜子,还映照出了另一处长着金色婴毛的腹部,他那只在缓缓起伏的腹部来回挪动的手,不觉间恭谨起来。这手上还曾经出现过微微渗着血的抓痕……

"打扰一下,行吗?"是乔木的声音。门本来就是开着的,而且他站的地方离门口还有一步远。也许,是勇鱼给裹在睡衣里的靖擦身子那只恭谨的手的力度让他如此退避的吧?

"没事。"勇鱼抬起头,看着站在门外昏暗中的乔木,说。

和以往一样,乔木还是侧着他那张没多少肉的盘子脸,只露出在螺旋楼楼道灯映照下放着淡淡白光的额头、鼻梁和一只眼睛,对勇鱼说:

"刚才吃饭时我想过了,我们请你进'自由航海团',是让你来当语言专家的,对吧?可事到如今,有没有你这个语言专家已经无所谓了。就算你不在,咱们照样也能干下去。依我看啦,眼下,对我也好,对多麻吉也好,最适合我们干的事嘛,也就只剩下一两件了。所以呢,要我说吧,要不,今晚你就——带着靖离开这儿?"

好像是在顶着什么渐渐强大的阻力似的,越是往后说,乔木越是哽哽巴巴。就在他停下来准备接着痛苦地挤出下一句时,勇鱼等得有点不耐烦了,脱口而出:

"你可别忘了,这避核工事原本就是我和靖的!"

乔木双唇紧闭成一条线,嘴角掠过一丝苦笑。这种成人外表掩饰下的苦笑,一旦它的外皮被捅破,就会露出年轻人的稚嫩。以致勇鱼禁不住对"树魂""鲸鱼魂"说:你们看!我竟然会和这帮乳臭未干的孩子一起守城!不过,乔木立刻止住笑,收起他稚嫩的脸,问勇鱼:

"留下来坚守,这究竟对你有什么实际意义?我真想听听。"

"不是告诉过你吗?我住进这避核工事,是为了为陆上不能动的善的化身、为不能踏上陆地的善的化身充当代言人,这是我立下的志向。"勇鱼回答说,"住进来以后,我也一直认定自己就是树木和鲸鱼的代言人，虽说行为方式不够积极，但至少我是忠实履行了自己职责的。到了核战爆发、人类社会的一切行将毁于氢弹那一天，有了这避核工事的庇护，我和靖将会是最后死去的人类。我早就想好了，真到了那一天，我就可以向地球上所有的鲸鱼和树木发出信息，告诉他们，现在，一直想让你们灭绝的人类自己眼看就要灭亡了，作为你们的代言人，我对这一天的到来表示祝贺。只要做到了这一点，就可以算是我积极履行了自己的职责。可是，我从没想过去街头演讲，把自己的这些想法告诉外界。为什么？因为连我自己都觉得这种想法是一种近乎癫狂的自以为是，我怕那样做了会被人关进精神病院。或许，我真的就是个疯子，但只要我的疯癫在这个避核工事里关着，至少我还是自由的。再说了，我身边还有靖这个无论我疯成什么样都没意见的伴不是？在这儿过上隐居生活后，靖也自然而然地生起了活下去的念头。——从认识你们'自由航海团'，成了你们中的一员那天起，我意识到，我有了一个把自己的想法告诉世人的新途径——尤其是现在，我们马上就要在这儿展开保卫战，一旦你们向人类开枪，我就可以站在一旁向他们清楚表明我这个树木和鲸鱼的代言人的态度。砰！这一枪，是替那些被你们人类毁灭的善树开的；砰！这一枪，是替那些被你们人类毁灭的善鲸鱼开的！……就这样表态。这下，那些攻过来的家伙该没辙了吧？他们又能把我怎么样？到时候我会说，想抗议是吧？找树木和鲸鱼去！"

"听你的意思，我们聚了这么多人配了这么多枪守在这儿，原本就是为了替你的树木和鲸鱼报仇雪恨，是这意思吧？要这么说的话，你留下来也说得过去。"乔木对勇鱼表示了理解。不过，接着他又提出了一个以前问过的问题："可是，靖的事怎么说？对这么个无辜的孩子，树木也好鲸鱼也好，该不会也说'你这个人类，去死吧你！'吧？"

"是啊,这还确实是个问题。"勇鱼从手掌还在抚摸的温温的、柔柔的靖的身体上挪开自己的目光,说,"枪战还没真正开始,我这只不过是随便说说嘛!这要看事态怎么发展,到时候我会具体想办法的。反正,眼下我只能想到这一步。"

"说的也是。不到子弹真正飞起来的那一刻,连我都看不到一点'自由航海团'那条船主桅杆的影子嘛!"乔木说,"对了,听你刚才的口气,你是真的打算到时候对着外面大声叫,把自己和树木、鲸鱼之间的关系告诉他们啰?包围圈外肯定会有媒体的人,说不定还真的有效果。"

"这事还真没想过。就算是报纸、电视为我做了广告,说我是树木和鲸鱼的代言人,可这毕竟和我和树木、鲸鱼之间的沟通完全是两码事啊。"

"这下,我们不就添了一种新战术吗?"说到这儿,乔木的神情又回到了老模样——一脸正经,像是时刻在防范着什么似的,"我是说,我们可以造成一种假象,让外边那些家伙以为你和靖是我们绑架的人质。这样一来,说不定我们还能杀出一条血路,真的逃到拴着'自由航海团'的船那个码头去。假如真的能搞到船的话……"

"有道理!只要我和靖成了你们的人质,就可以开口向我老婆要船,反正她本来就打算把那笔钱给我了。按说,作为一个执政党推出的候选人,去给一帮与国家权力作对的团伙提供潜逃交通工具,这事是绝对不能允许的。可是换一个角度看问题呢,那就另当别论了。如果说,那个候选人的丈夫和孩子被某个'激进暴力团伙'绑架了,为了营救他们,这候选人必须作出一点牺牲,结果会怎么样?这事甚至可以用来为选举造势的。"

"没错!要是不能让对方也从中得到一点好处,敲诈是很难见效的。"乔木说,"照这么说,让他们知道你主动参加了保卫战就不合适了。你得先退到幕后,只帮无线电工程师写写对外提出的要求就行。"

勇鱼深切地感受到,不愧是领头的,乔木的确有很强的组织能力。

"你是说,让我到无线通讯室去帮忙?"勇鱼问。

"枪战主要由多麻吉负责,他经验比谁都丰富。再说,枪和子弹,我们也就那么点,还是让专人负责好。还有一个很现实的问题,想不让那家伙碰枪也是不可能的。"说到这儿,乔木突然毫无征兆地焦躁起来,"我们这真的是在守城吗?机动队、自卫队真的会攻进来吗?要是到明天中午这儿还看不见一个警官,那还谈什么枪战啊,不就是一个平安无事的普通星期天吗?"

说完,乔木不吱声了,而且,好像整个脸还在一点点地膨胀。勇鱼定神一看,没错,他的侧脸确实扩宽了那么一丁点——原来,那是淡淡的灯光映出的汗珠的轮廓。熟睡中的靖肩膀的皮肤上,还有勇鱼那只像触摸护身符似的在靖肩上抚摸的手掌上,都渗着汗。

凌晨一点了,伊奈子上了二楼。为了不让隐藏在外面的敌人察觉到避核工事里的动静,借着螺旋楼道灯的那点微光,她摸索着脱光了衣服。顿时,她身子的整个轮廓,还有尖尖耸起的那丛阴毛都披上了一层绵软的光雾。她先静静地站在门里目测了一下自己和躺在床上的勇鱼之间的距离,然后关上门,在一团漆黑中稳稳地迈着大步走到了勇鱼身边。

"是多麻吉第一个站岗。无线电工程师在守着收音机,过一阵来换班。"伊奈子压低嗓门,对正挪动着身子、以便为自己腾出足够空间的勇鱼说,"他还说啦,估计今天夜里不会出什么大事。"

好像有谁在轻手轻脚地一步步蹬着螺旋楼梯上楼——原来是多

麻吉端着上了膛的枪去三楼站岗。没听见他关门的声响,楼上楼下都一片寂静。多麻吉故意让门敞着,大概是为了在发现什么征兆时让三楼岗哨发出的报警声能迅速传遍整栋房子、马上把避核工事里所有的人都叫醒吧?在这种情形下伊奈子还把自己和勇鱼睡的这间房门紧紧关上,那意思再明白不过了。勇鱼把手伸进自己大腿间拨弄了两下,虽说有点心中没底,但还是热切期望这小家伙今天能正常发挥。明明眼下的气氛根本不适合做那事,但勇鱼想带伊奈子进入正常高潮的愿望却还是那么强烈,强烈得近乎是绝望下的乞求。他也懒得起身,就这么仰面躺着三下两下胡乱扯下内裤,顺手塞到了肩膀旁。现在在搞灯火管制,等会儿完事了找不着可不好。对勇鱼的举动,伊奈子迅速作出了反应——满是肌肉却又柔软的腿靠近了勇鱼的身子,阴户朝勇鱼腰下毛茸茸的耸了上来。看来,勇鱼刚才的担心完全是多余的,一触到伊奈子的身体,他的阴茎立刻一鼓一鼓地跳着脉搏直绷绷地挺了起来。——以前和直日在一起时,明明结婚好久了,两人性交时身体的各个部位却还在顶撞,闹得大家都很扫兴。为了避免房事不欢而散,勇鱼只好说这是由于两人的体型和身高太相似的缘故。——伊奈子可就不同了,她个子比直日小不说,而且还身段软、不拘谨,搂着她,自然会生起一种纵情的冲动。所以,即使在漆黑一团中摸索着性交,也能流畅舒展地一气呵成,毫无磕磕碰碰的停滞。

两人就这么默默运动着,忽然间,在身处被动的伊奈子的无声诱导下,勇鱼的腰停止了起伏。这时,他自己的身体重心在腹部的一侧,而伊奈子的则在右腿上。伊奈子笔直地伸展开紧绷的右腿,剧烈晃动着左脚,阴户一次次使劲朝阴茎根部撞击;而勇鱼,则让身子配合着伊奈子动作的指向,就这么静静地期待着、迎合着……终于,勇鱼感到自己阴茎头部被一股暖流和挤压感很强的什么韧带紧紧地夹住了,而且还在裹着它一阵阵有节律地微微抽搐。不行!再这么下去,自己就会被她带入无法自控的境地。于是,勇鱼慌慌张张地低声问伊奈子:

"袋子呢?"

眼下正是守城堡垒战的关键时刻,连生死都不得而知,还担心怀孕,这也太滑稽了吧!想到这儿,勇鱼重新激起了斗志,又抽动起来。此刻的伊奈子,对自己能攀上巅峰已是深信不疑。她以绷得笔直的脚为轴心、不断调节着下体的方位,指引着勇鱼下一轮抽动的角度,同时,手指还在两人的阴毛间忙不迭地乱挠。勇鱼脑海里顿时浮现出了传言中那个色诱警察的小姑娘手淫的画面,怜爱之情油然而生,加快了抽动的节奏。同时,他还伸出手,叠放在伊奈子手上后又把它拨开,顶替了它先前扮演的角色。伊奈子那只腾出来的手先是在阴毛外缘无所适从地晃悠了几下,接着马上和另一只手合力搂住勇鱼的屁股死死往下按。勇鱼顿时沸腾起来,屁股耸动得更猛烈了——一种他青春时代任何时期都未曾达到过的既细心周到、体贴入微又疯狂至极的猛烈。当伊奈子体内深处紧裹着阴茎顶端的韧带间那股有节律的波涛更猛烈地扑打过来时,漆黑一团中勇鱼发现,伊奈子在一声声"啊——啊——"地尖声嘶叫着,那张刺破黑暗的通红的脸上还淌着滚烫的泪水。"整死你!""看我整死你!"——伴着心里一遍遍歇斯底里的闷吼,勇鱼热烈而绵长地射了进去。

两人默默地淌着汗,感受着湿漉漉的皮肤上汗水蒸发产生的丝丝凉意,疲软地躺在床上。这时的伊奈子其实还没有真正放松,她先是全身微微颤抖一阵,然后,渐渐地越来越高亢,最后所有的颤抖全都凝聚到阴户上来一次总爆发——先猛地颤动一下,随后又戛然而止。短暂的平静后,新一拨浪潮又再次开始涌动……这种律动,伊奈子重复了好多次,好像她肉体里启动了某种以前从未经历过的全新的新陈代谢似的。她满含精液的阴户舒缓地张着,酷似婴儿稚嫩红润的口腔。她脸上,无处不在散发着热泪留下的余温。她还微微张着嘴,像喝醉了似的吐着炽热的气息,扑过来把额头紧紧压在勇鱼脸颊上,把自己的微颤传递给勇鱼。渐渐地,她律动的周期越来越长了,而身体的颤抖,只有在阴户抽搐过后的那一刻才会停顿。每当这时,伊奈子都会不经意地发出一声细细的喘息。尽管担心自己的皮肤会向伊奈子透出实情,但勇鱼还是按捺不住,脸上露出了满足的微笑——这辈子,他从没体验过如此美妙的性交。他这才意识到,原来,方才高潮时那句发自肉体的雷鸣般的"整死你!"竟然是一种早就在自己意识深处扎下了根的呼唤。——最后,因疲劳过度,伊奈子已经在伴着微微的颤抖昏昏入睡了。勇鱼伸出胳膊搂着她赤裸的身子,听着另一张简易床上传来的靖的气息,像另一个站岗的哨兵似的,圆瞪着眼直愣愣地盯着不再发红的黑暗⋯⋯

枪声!避核工事像个钢筋混凝土的共鸣箱,在回响。勇鱼惊醒了,他看了看身边,听鼻息声就知道,孩子还在沉睡。从睁开眼睛那一刻起勇鱼就意识到,按理说应该是双方对射的,可怎么好像只听到了一声枪响。要不,刚才的枪声只是梦中的错觉,其实根本就没人开枪?不,绝不可能!因为躺在他身边的伊奈子也醒了,而且还浑身绷得僵直。有谁在上楼,简直就像是爬帆柱似的在顺着螺旋楼梯往上跑。又是一声爆响——这显然是自动步枪设定在半自动射击模式时发出的声响。在伊豆时,这种声音已经听习惯了。而且,这次还是在从三楼向外射击。靖吓得呜呜地哭起来,做噩梦时,他就是这样哭的。

"靖,靖!"勇鱼唤了一声,再往下他就不知该说什么了。说"是做梦,你是在做梦"吧,不行,因为说不定还会响起第三声、第四声枪响。说"没有啦,不会再响啦"安慰他吧,也不行,一旦他那昏暗的小脑勺里输进了什么信息、而后来又发现与事实不符时,他就会变成一根燃烧得最炽烈的刺。

所以,勇鱼就是这么狼狈,他只能用连自己听起来都觉得可怜的声音对着孩子轻轻地叫两声,然后紧绷着神经等着下一次枪响。

身边,伊奈子坐起了发烫的身子,跑去打开门,把螺旋楼道通风口的光放进了房里。

"靖,那是枪声,乓! 是多麻吉放的。"门口洒进来的光,凸显出伊奈子侧腹到腰部的清晰轮廓。她跪在靖的床头,安抚孩子说,"很好玩的,别怕! 靖。"

直到这时,勇鱼才想起自己有要紧的事要干。他起身坐在渗透了自己和伊奈子汗水的毯子上,穿上了衬衣和裤子。他的身旁,靖还在低声哭着。伊奈子趴在靖身边,垂着丰满柔润的长圆筒乳房,令勇鱼心动不已。

"靖的耳朵很敏感的,这事,我得去和多麻吉说说。"勇鱼狠下心把自己和那颗想一直看下去的心撕开,说。

三楼也在实施灯火管制,只有螺旋楼道口那个灯泡还亮着,不过这就够了,整个三楼都看得清清楚楚。一接触到微微发燥的硝烟味,勇鱼的鼻孔反倒像被清洗过似的,立刻想起了此前一直埋没在嗅觉中的性器官和汗水的味道,仿佛是想起了一段难以忘怀的过去。这会儿,多麻吉和乔木正紧贴在墙边,探头盯着枪眼外的黑暗。他们俩黑黑的后背上好像也在散发着硝烟味;无线电工程师正缩在墙角的暗处,鼻尖几乎触到半导体发亮的显示条、头上套着耳机在认真监听着什么,连他身上似乎也在散发着同样的味道。

乔木和多麻吉之间还有一个枪眼是空着的,勇鱼刚一靠近,乔木就压低嗓门提醒他说:

"当心,上面的玻璃我已经拆下来了。"

原本嵌在圆孔上的玻璃果然被敲掉了。刚一凑近,一股后半夜才有的阴森森的凉气就朝勇鱼额头扫过来,那感觉,就像是被飞来的子弹击中了似的。

"反正是一打就穿,有玻璃反而碍事,只要头部的阴影罩住了枪眼,人家马上就明白是怎么回事。要是撞上了个性子毛糙的家伙,他就会拿你当活靶子的!"多麻吉说,"不过,机动队好像还没接到可以用来复枪狙击的命令。"

听得出来,多麻吉现在头脑非常清醒,说起话来有点成年人的稳重,句句在理,很有说服力。既然外面的人还没开过枪,那么,那两声枪响肯定是多麻吉干的了。好像就是这两枪让多麻吉一夜间成熟了许多——他已经不再是那个开了两枪就眉飞色舞的愣小子了。勇鱼看了看多麻吉身边靠在墙边的自动步枪,即使在黑暗中,枪身和枪托的木质部分都在闪着红色的光泽,枪身到弹仓的金属部分也是乌亮乌亮的,枪上卸下来的支架,甚至擦枪布和油瓶都整整齐齐地放在他的左边。大概放哨期间他一刻也没闲着,一直是一边盯着外边黑暗中的动静一边在擦枪吧。这会儿,多麻吉正像一个专业的狙击手似的,屏住呼吸紧盯着藏着敌人的那片黑暗,静静地等待着那儿发出的新的响动。勇鱼听从多麻吉的警告轻手轻脚地凑到乔木的那个枪眼看了看,外边漆黑一团,就像是夜里在井口边看到的井底。可乔木和多麻吉也不像是一时兴起朝黑暗中胡乱开枪的,既然这样,勇鱼也朝黑乎乎的井底多看了几眼。此刻,无线电工程师也正埋头沉溺在他的耳机里,搜寻那一点电波的亮光。楼下,从靖睡着的那个房间的下边传来了压低嗓门争执什么的声音,当然,那不是在和外面闯进来的人争执,而是避核工事里的自己人在说话。那些站岗的都各就各位、在默默监视着黑暗中的动静。

"两点半了。"报过时后,无线电工程师又接着去埋头监听这一时段的新闻了。

"半个小时都没一点动静,他们这么谨慎,恐怕是想等到天亮再采取行动吧。"多麻吉总算松了一口气。

"那是因为机动队大型警备车的聚光灯被多麻吉打瞎啦!"乔木小心地从枪眼里缩回头来,扭身对勇鱼说,"射了两次两枪连发,灭了两个聚光灯,那帮家伙再也不敢动了。"

"藏在暗处的警备车是两点整打开聚光灯的,"多麻吉补充说,"大概是怕我们趁着夜色逃跑,想先试试灯光效果吧。我先打瞎了一个,另一台车马上把灯关上了。也不知怎么回事,三分钟后那盏灯又亮了,于是我就把它也给打瞎了。"

"听到灯被敲碎的声音啦?"

"绝对打中了,不就一百五十米的距离嘛!"多麻吉说,"连那当兵的都说,这自动步枪的瞄准精度是世界一流的,再怎么说人家也是现役的自卫队员嘛!"

勇鱼又凑近枪眼仔细看了看,前方的黑暗中好像真的停着两台聚光灯被打瞎的警备车,车上的那些机动队员,说不定起初还以为自己来这儿只不过是为了找一下夏天深夜外出兜风的感觉,没料到却遭到了对手的突然袭击陷于了被动,也许,他们这会儿正窝着一肚子火吧?

"没哪个电台在两点半的新闻里说我们的事,到现在,新闻速报也没有。"无线电工程师报告说。

"怕是直到有把握把我们完全包围了他们才会撤销新闻管制吧?"多麻吉说,"放心吧,等天一亮,所有电台都会铺天盖地报道这次守城保卫战的。至少有一点已经清楚了,有人在这房子里坚守着,用自卫队配备的自动步枪狙击他们。"

"说的也是。"无线电工程师说。

"没了聚光灯,我看啦,天亮前他们啥事都干不成,既不能发动进攻,也没法劝降。"乔木说,"说不定啊,在记者到位之前,他们会这么一直等下去的。既然这样,咱们干脆先去睡会儿。多麻吉,你打瞎了他们的聚光灯,已经表达了咱们'自由航海团'的决心,展示了咱们的射击技术,天亮前就别再开枪啦!"

"我知道!"多麻吉仔细想了想,回答说,"灭灯算什么?我想看到自己扣扳机灭掉的是人。要不然,端着这家伙是干啥来了,连我自己都没法交代。"

第十九章　鲸鱼腹中（一）

闹了半天，勇鱼结果还是忘了提醒乔木他们照顾一下靖的听觉。就在勇鱼和乔木准备离开时，"红脸"沉着暗红的脸跑到楼梯口，又是愤怒又是困惑地叫起来：

"那四个刚初中毕业的，全都叛变啦！妈的。""红脸"像变了一个人似的，说话粗暴不说，还明显带着对人的歧视，"就他们几个嚷嚷着叫热，于是我就让他们到地下室的高低床上去睡。听到刚才那两声枪响他们就待不住了，说是要离开这儿。这会儿，医生正拦着呢！"

说着，"红脸"走进房里，喘着粗气在乔木身旁坐了下来。多麻吉没吱声，只是小心翼翼地把自动步枪搁在膝盖上，两眼盯着枪眼外的黑暗。显然，他这是在告诉大家，这事是乔木和"红脸"的职权范围，不关自己的事。乔木重新坐到地上，捡起那两只空弹壳竖起来夹在双手的拇指和食指间默默地看了好久。静静的沉默中，身边忽然响起了一种类似微小螃蟹吐微小泡泡的声音——那是因为无线电工程师摘掉了头上的耳机。勇鱼顿时觉得，伴着轻微的呕吐感，自己的身体正像贫血时那样缓缓地瘫软下去。眼看，一场私刑又要开始了，上次对"缩哥"动用的私刑又要在别人身上重新上演了——他心里又一次开始了对"树魂""鲸鱼魂"的诉说，重蹈覆辙，这不是倒退吗？

337

像这样倒退下去,他们就会最终垮掉、各奔东西……

"我看,他们这不是背叛,而是掉队吧?"想了半天,乔木只吐出了这么一句,"说他们是下船也行。"

说完,乔木又不吱声了。多麻吉却不同,他显得出奇的冷静:

"你说医生在拦着他们,怎么拦的? 不是医生端着枪叫他们别动,而是那帮家伙提着枪说自己不想干了,要走,医生只不过是在一旁劝他们别走吧?"多麻吉指出了问题的关键所在。

"你说的没错。武器库就在高低床旁边,他们顺手就可以拿到。""红脸"回答说。

"那好,你就答应他们的要求,让他们走出来试试! 这枪,只要设定在全自动模式上来个连发,再怎么看不见我也可以把他们全收拾了!"

"你又想发疯杀人是吧?"乔木狠狠地训了多麻吉一句,"你凭什么杀人家,不就是个半途下船吗? 我们可不是抱着什么主义、什么信念守在这儿的。那帮家伙走的是邪道,我们走的是正道,有这个衡量标准吗? 更何况,你还认定他们是犯了该杀的死罪。我说的没错吧?愿意留下的和不愿意留下的,区别就在有的人心里有船的幻象,有的人心里没有,不就这点事吗? 就凭这个,你就要杀了他们?"

"那,'缩哥'不是杀了吗,这事,你怎么解释?"多麻吉立刻撕掉冷静的假面,展开了反扑。

"'缩哥'是我判的死刑。准确地说,那是我和'缩哥'共同实施完成的。为了实现自己的幻象,'阿缩'希望我们杀了他,而我们,也只好像那样对他动了私刑。整个过程,都是'阿缩'自己事先设计好的。当然啰,表面上还是我主动干的。再说了,从那时起,我心里的幻象也确实是越来越清晰了。我倒要问问你,现在开枪杀了那几个想抛弃'自由航海团'的幻象下船的,这对我们有什么好处? 以前也好,以后也好,我都不会想去主动杀人的!"

"你是说,对那边的机动队,你也不想开枪?"

"能不开枪最好不开枪。可问题是,那帮家伙跑到这儿来是想毁掉我们'自由航海团'的幻象,而我们,却又要坚持这种幻象,所以,我们不得不反抗。"

"这么说还差不多。"多麻吉说。

"走的时候当然得让他们把枪留下。可那帮家伙现在就要走,行吗?""红脸"这才松了一口气。

那几个人肯定是趁多麻吉不注意时把枪搞到手的。而先拦住他们然后跑来和乔木、多麻吉交涉的一定是"红脸",医生哪儿有这个头脑?

"他们以为只要跑出了避核工事,躲过机动队肯定不成问题,哪有那么好的事?"乔木说,"要走也得等天亮了再走,黑灯瞎火地乱跑,反而会被人乱枪打死。"

"这办法好!""红脸"说。

"我这不是从'阿缩'那件事中吸取了教训嘛!"乔木有点不好意思。

"不过,也不能让他们什么也不干就这么白白地走了。"勇鱼提议说,"要不这样吧,我们可以造成一种假象,让那几个想跑的相信我和靖本来也想跑,结果没跑掉,成了你们的人质。只要警察把这个消息告诉了记者,我们就可以在他们发动进攻时占主动。你们说呢?"

"说你和靖想跑,这话警察会信吗?""红脸"说,"他们早就知道,你原本就是'自由航海团'的人。"

"不错,在多麻吉开那两枪之前,他们确实不会怀疑勇鱼是'自由航海团'的人,"乔木说,"正是因为开了那两枪,对警察说还有人也想跑,他们是会信的。"

"其实,靖还真的怕那枪声,"这次,勇鱼总算抓住了机会,说,"他的耳朵太敏感了。"

"吓着他啦?"乔木怯生生地反问道,"听到枪声靖是不是很难受?对,有这个可能,真不好意思。看样子,得想个法子,让靖到外面去。这可怎么办?……"

"这个好办,只要在枪战之前让伊奈子带着靖到地下室去,放下盖子,靖不就不难受了吗?"

"下次开枪前,千万别把这事忘了!多麻吉,咱们就这么定了!"乔木说。

"就算是我为'自由航海团'干了一件语言专家该干的事吧。"对乔木能设身处地为靖着想,勇鱼心里充满了感激,他接着说,"我得写封信告诉妻子,我和靖成了你们的人质,在避核工事的地下室关着。只要这信转到了警察手里,就可以进一步证明逃出去的那几个说的是实话,对方就不可能不把人质当回事。"

"要是能让他们把这信带出去,这几个逃跑的也算是顶上事了。"多麻吉说,"可我就怕干这些都白搭,起不到任何作用。"

"信里总得写上让我们不伤害人质的交换条件吧?就说,让他们为我们准备好船,还有去海边码头的车,我们要离开这儿,到海上去。"

"而且,船离开码头去公海时,还得让我们带上人质,不准向我们发动攻击——最好也加上这几句。"

"还得说清楚我们要什么样的船吧?你说,该让他们为我们准备什么样的船好?"勇鱼问,"上次向妻子提这事时,这些细节我都搞不清楚,不知道怎么说好。"

"是啊,我们到底需要什么样的船,这事得再好好想想,因为它直接关系到我们要提出什么样的具体条件。"乔木说话时十分谨慎,像是在做一场梦。

"我看啦,对方什么船都不会给我们的!""红脸"说,"这种条件,警察能答应吗?"

"究竟需要什么样的船,我们自己仔细想想总可以吧?警方总不至于连这个也禁止吧?"乔木把"红脸"的话顶了回去,"就算这次写信搞不到船,但我们终归需要这东西吧?'红脸',这事就交给你了,你不是这方面的行家吗?把每个细节都想好,看看我们对船的大小、性能有些什么具体要求。"

凌晨四点,那四个年轻人学着电视里看到的模样,双手捂在后脑勺上、前屈着身子,战战兢兢地走出了避核工事。而方才还作为被绑架的人质待在无线电工程师旁边的勇鱼,这会儿却跑到枪眼旁,目送着他们列成一行缓缓地远离了避核工事。勇鱼清楚地感受到了他们的身影里渗出的屈辱和绝望。和乔木说的相反,很明显,那几个逃跑的年轻人也实实在在地怀着"自由航海团"的幻象,以致勇鱼不忍心接着往下看,想扭过头去避开眼前的一幕。除非他们哪天能和抛在身后的东西重逢(事实上也不可能重逢),那几个年轻人今生将永远无法从这种屈辱和绝望中重新站立起来——勇鱼对"树魂""鲸鱼魂"诉说着,心中充满了悲凉。他们像铁了心似的,还在低垂着淡淡晨雾的那片茂密的湿地上继续朝前走。透过晨雾可以看见,他们的前方就是正在大型警备车掩护下严阵以待的机动队——当然,能真正从枪眼里看见的,只是那些大型警备车。

"已经对四点的新闻撤除报道管制啦!也不管是不是事实,反正,每个台都没完没了地说了个够,还称我们是杀人游击队。"无线电工程师报告时说话非常客观,和报时时的口气没什么两样。

从避核工事墙正中的枪眼里只能看到两台警备车。于是多麻吉又打碎了一块枪眼上的玻璃。既然已经看到警备车周围有很多带轮的盾牌，这就意味着藏在盾牌后的机动队员随时可能向这边发起进攻。那么，就有必要把更多的枪眼改造成真正意义上的枪眼。

"你该不是想着尽量不损坏这避核工事吧，那样做是毫无意义的！干脆，把所有枪眼的玻璃都敲了得了。"勇鱼提议说。

"用不着。眼下，只要能让他们明白我们准备向警备车开火，这就够了。"多麻吉驳回了勇鱼的提议，"再说，我也不想把所有的机动队员都干掉。要表示我们'自由航海团'抵抗到底的决心，摆出一副攻击敌人老巢的架势就够了。只要指挥官从车里探出头来，我就立马让他脑袋搬家，不过，我是绝不会胡乱开火的。"

乔木正在房中央画避核工事周围敌人的战力配置分布图。眼下能描在图上的，只有那两台警备车和一列列盾牌。或许，在避核工事后面的山崖上某个从枪眼里看不到的地方也配备着大型警备车，出于这种考虑，乔木在那儿描出了一条虚线。——他是想通过这种简单的现场模拟，推测出机动队可能发动进攻的方向。为了把有限的弹药用在点子上，眼下，避核工事里的枪械只许多麻吉一个人用，而且，开枪的目的只限于展示警告，让对方领教一下"自由航海团"的厉害。即使机动队同时从两个方向发动进攻，只要其他放哨的稍加协助，多麻吉是完全可以一个人对敌人展开狙击的。对湿地方向的敌人，避核工事占尽了地利的优势，便于防守。问题是，如果敌人从背面斜坡上发动进攻呢？上次"自由航海团"深夜跑来骚扰勇鱼时，就是通过从花店里偷来的竹梯轻轻松松跳到房顶上的。如果这次机动队员也通过云梯车直接下到平台上，事情可就麻烦了。——怎么办？

"还好，咱们有的是时间，还可以慢慢琢磨。"乔木说，"反正，一时半会儿机动队是不会发动进攻的。人质的骗局,也许马上就会被他们识破,但避核工事里有个孩子,这该是事实吧?他们会谨慎行事的。再说你妻子吧,就算警察不把那封信向媒体公开,甚至连你妻子那儿也瞒着,我想,她也会来的。因为,警方已经包围了避核工事这条新闻,媒体一直在报道,你妻子总不至于还蒙在鼓里、不知道这儿出了事吧?"

这时,无线电工程师已经拔掉了收音机上的耳机插头,收音机的声音响遍了整个大船室。说不定楼下的伊奈子和"红脸"这会儿也在听。尽管现在不能像无线电工程师那样微微调动旋钮追踪各个电台的新闻、新闻专题节目,由于所有电台播送的内容都源自警视厅公开的材料,追踪每个电台也没有多大意义。当然,如果对各个电台的新闻节目进行细致比较的话,就会发现它们之间在细节上的微妙差异,一旦把它们各自强调的重点汇集起来,你就可以像看一件镶木工艺品那样,得出社会舆论为"自由航海团"打造出的严重扭曲的镜面——

"自由航海团"这个名称已经广为人知了。看来,在伊豆被捕的那几个家伙,在警察那儿嘴一直没闲着。"自由航海团"是一个活动范围广、机动性强的暴力团伙,成员不是摩托车飙车狂就是汽车飙车狂,在他们眼里,偷几台汽车简直就是家常便饭。而且,他们还从自卫队营地、驻日美军基地、建筑工地偷来自动步枪、来复枪、手榴弹、炸药等藏匿在身边。这个社会危害性极大的团体还请来现役自卫队员作教练,在伊豆山里搞过实战训练。公开销售的画报周刊就刊载过他们训练现场的照片,而那个拍照的摄影师,却被他们用残酷的手段杀害了。死者尸体就埋在他们藏身处附近的山上,尸体全身都布满了被人殴打、被人用石头砸出的伤痕,一直伤及内脏,警方还从尸体内取出了一颗自卫队配备的军用自动步枪所使用的北约七点六二毫米子弹。另外，经调查证实，九天前伊豆富户港发生的那起枪杀、爆炸案也与他们相关，案中那个在围堵下自杀的自卫队员就是他们实战训练的教练。至于这一暴力团伙的思想背景，目前还不得而知。**不明白，真不明白**他们这么干究竟是为什么？……

据被捕的团员交代，他们的所谓"自由航海团"是在等待关东地区发生大地震。该组织的计划是，平日里驻守在船上，一旦得知发生了天灾，就和海啸一起从海上登陆，向陆上的灾民发动袭击。为什么？为什么？**为什么**？现在守在钢筋混凝土建筑里的，就是这个彻头彻尾的反社会未成年人群体。他们经过了实战训练，持有自动步枪等武器弹药。前天上午，在摄影棚拆毁工地现场，有人炸毁了仓库后将其付之一炬，随后又袭击了工地的作业员工。结果，案犯反被员工制服、打倒在地，生命垂危。作案者最后是在东大医院大门口被找到的。当时，他已经完全没有了生命体征。后经查明，作案的年轻人也是这群团伙的一员。显然，他是被同伙拉到医院门口抛弃的。眼下这群团伙据守的建筑物，就在那天的犯罪现场附近。看来，这次的武装据守是他们早有预谋早有准备的行动。大家不妨想象一下，如果前几个月内大地震真的袭击了东京，那将会是一番什么景象？可见，为了剿灭这伙反社会的暴徒，警方采取任何必要手段都不过分。——**对这样的人，应该严惩不贷，应该彻底歼灭，应该杀尽烧光，应该斩草除根！**——广播里，声讨声在步步升级，就差发出这几句呼喊了。

"如果他们说的全是事实，那，'自由航海团'也真是十恶不赦了。"乔木显得既无奈又抑郁，说着，他又让无线电工程师把插头重新塞回收音机，阻断了电台的广播声，"还有，拿枪威逼着智障儿童父子作人质，这一条他们早晚也会加上的。"

"东京大地震时我们要干的，明明是想让那些造成道路拥堵的有钱人的车不能动弹,给所有人提供一个平等的逃难机会嘛!大家都想逃命,道路本来就乱成一锅粥了,他们凭什么开着车跑进来添堵?"多麻吉说,"其实,我们这是在帮消防厅干活!还真他妈能编,硬是把白的说成了黑的!去伊豆的那几个会招这种假供?我看不像。"

"可是,这还不是因为我们没想过怎么去救助那些弱者吗!"乔木沉着脸说,"我们的计划,只是为了地震时让自己能赶到船上去所以才把那些剥夺普通人生存机会的强势群体的汽车灭掉的,不就这么回事吗?想想看,要是警察揍了我们,问我们为什么要那么干,我们该怎么回答?连自己都说不清自己在干什么,挨了揍浑身疼,总得给警官一个合理的解释才能让他们住手吧?到那时候,除了'是想趁着大地震的混乱捣毁人家的车,借此向社会报复',我们还能说什么?"

"咱们这儿啥时候又冒出一个语言专家啦?"多麻吉这是在嘲讽乔木。·

"行啦!咱们这儿可只有一个狙击手,"乔木开始说正事了,"多麻吉,你一直没睡,快点吃点东西,顺便打个盹吧!"

"你们可别开枪哦,等我回来再说。要想牵制住那些机动队员,让他们待在那儿别动,就得给他们造成一种印象、得让他们知道我这个狙击手的厉害,这很重要的。"

"要向人开枪的时候我会叫你的,"乔木应了一声,等多麻吉下楼去了,又接着说,"这家伙真有意思,要是不承认只有他才有资格朝人开枪,他恐怕连饭都吃不下。"

现在,只剩下勇鱼一个人放哨了。他重新绷紧了神经,紧紧地盯着枪眼外的动静。晴空里探出头来的太阳吐出一道道晃眼的光,像是舞动着一根根细细的白金线——六点了。勇鱼眯着眼睛仔细看了

345

看,湿地外缘的警备车旁尽是盾牌,看不见一个人影——多麻吉交代过,为了防范敌人的狙击手朝镜面的发射光点开枪,原则上是不得使用望远镜的——用肉眼凝神看着看着,没有人参与其间的景象中的物体,阴影越来越浓,轮廓越来越明晰。盾牌的后面,趴着头戴钢盔、身穿防弹背心、摆好临战阵势的机动队员;警备车里,与奥林匹克射击运动员水平不分高下的狙击高手正举着来复枪严阵以待,这些都是确切无疑的。明知有人却不见人这一事实,给眼前的景象蒙上了一层年幼时噩梦中感受到的超现实的诡异。明晃晃的光线中,所有的物体都显得那么令人琢磨不透、令人生疑,连树也不例外……

突然,勇鱼觉得映入自己眼里的外部世界的边缘处正在紧密地闭合,而且是闭合得滴水不漏,就像所有物体的间隙间都塞进了填絮,这填絮绝对是什么具体有形的东西。看到这儿,勇鱼禁不住心里猛然一紧,身上渗出了冷汗。

"怎么啦?"乔木发现勇鱼的神情有些异样,马上问。

"也不知怎么回事,"这不中用的哨兵说,"明明早就知道那儿藏着人,可不知为什么,刚才突然觉得,那感觉更真切了。"

乔木毕竟是个务实的人,他马上抓起望远镜,从枪眼边朝后退了三十厘米,然后举起望远镜看了一阵,看着看着还作起了敌情报告:

"有人,确实有人,就像是蠕动的虫子似的,又冒出了一拨人。生怕挨了我们的枪子,每个人都躲在遮挡物后面,露出一只眼睛在朝这边看——他们这是想看什么呢?看了他们这模样,我还以为人都是喜欢藏起来的独眼潮虫呢!该不会是和我们分道扬镳后地球上出了什么恐怖的大事,结果搞得除了藏在避核工事的我们之外,大家都变成了这副鬼模样吧?"

勇鱼从乔木手里接过望远镜,又看了看外面阳光下的世界。前方湿地上还是那片茂密的夏草,大型警备车和车旁的两列盾牌也没什么异样。不过，它们身后的摄影棚旧址上却生出了一串用无数钢板、木材、混凝土块垒砌成的小堡垒。尤其是那些用挖掘机捣烂的混凝土块和石块筑成的掩体，特别显眼。明晃晃的阳光下，它们一个个泛着白光，让人不由得联想起爱斯基摩人筑成的冰窟房。就是在这一连串星星点点的掩体后面，有一些只露出一只眼睛的脸在晃动，有的眼睛前还罩着一台照相机。一只眼睛缩回去后又会出现另一只新的眼睛，也不知这些掩体后究竟隐藏着多少只这样的眼睛，一只眼睛认真看过一阵后又有另一只眼睛接着凑上来看。这情景，令勇鱼不禁想起了显微镜下那些窜来窜去的血球。在这些充满活力却又混乱无序的运动体前面，不时还有一些深灰蓝色的物体在轻巧地掠过——那是用盾牌从头遮到膝盖的机动队员在奔跑着互通信息。他们行事十分谨慎，哪怕只是自己的一只眼睛都绝不让它越出盾牌的遮掩。

勇鱼把望远镜往地上放时，立刻被多麻吉留下的那支自动步枪吸引住了。顿时，他脑海里闪过一个念头——要不，自己也朝那些独眼血球窝里来一家伙？

可是，那位"自由航海团"的枪械主管是不会让人钻空子的，就像对勇鱼早有防范似的，这会儿，他已经放弃了休息、吃过早饭就风风火火地回到楼上来了。没等勇鱼反应过来，多麻吉已经从背后赶过来，抢在他伸手之前把自动步枪抓到手里了——一个从未摸过枪的人蠢蠢欲动的攻击本能就这样被他轻巧地扒到了一边。而且，他同时还流畅地展开了一连串动作，一只手抓枪，另一只手拾起望远镜举到眼前，双膝着地，挺直身子，开始观察枪眼外的动静。当然，他所关注的，只是狙击目标可能出现的那一小片范围。看了两眼后，他马上放下望远镜，先调整了一下自己的位置，以便让外面无法看见藏在枪眼里的枪口，然后缓缓抬起了枪身。

"警备车小看咱们了,以为不会遭到反击,说不定会朝这边靠的。看,车身开始扭方向了!好,咱就打那开车的男人!反正这会儿靖和伊奈子都在地下室里。"

脸颊一靠上红得发亮的枪身,多麻吉顿时就像换了个人似的,表情变得凝重沉静起来,甚至令人怀疑他原本就是"boy"的亲哥哥。像是在记忆里搜寻什么似的,他先凝神调匀呼吸,然后轻轻勾动了扳机。接着,他又条件反射似的急忙收回枪,藏到混凝土墙边凑到另一个枪眼旁观察外面的反应。尽管勇鱼早在枪响之前就捂住了自己的耳朵,但这时还是觉得耳朵里在嗡嗡作响。现在,他只能在一旁静静地观察多麻吉每一个断断续续的、充满活力和自信的举动。他发现,多麻吉搁过枪托的肩膀和脖子筋染上了鲜红的血色,就像是刚被人揍过一顿似的。

"是不是打死了,我不敢说,但肯定没打偏,玻璃破了嘛!机动队员正举着盾牌在把刚才在驾驶台上倒腾的那个家伙往车下拖。我瞄的是头盔和防弹背心之间耳朵下边那一块,也不知是不是正好打中了那儿,前面还有块玻璃不是?"

说完,多麻吉把望远镜顺手递给了乔木。他不断地喘着粗气,整个脖子上方都因充血连成了红红的一片,已分辨不出枪托反坐力留下的那块红痕。这情景,令勇鱼实在不忍继续看下去,马上把头扭到了一边,甚至在乔木把望远镜递给勇鱼时,他都没接。多麻吉只是匆匆扫了勇鱼一眼,马上又把注意力转移到了敌情上。在"自由航海团"里,他是这场战斗的核心人物,眼下,他关心的是盘旋在避核工事头顶上的直升飞机发出的声响,那轰鸣声越来越近了。

"要是能把那家伙打下来,震慑效果就更好了。"多麻吉说,"可又不能爬到平台上去,会成为他们狙击手活靶子的。"

"恐怕是刚才那一枪见效了吧?"乔木说,"打直升飞机倒用不着。我看,他们一时半会儿是不会采取进一步行动的。多麻吉要是不睡,那就让他在这儿守着,我们去吃点东西再来。"

乔木也和多麻吉一样,他们的胃可真经熬。勇鱼想,其实,自己能熬到现在,也不是没有完全食欲,总之,大家都对这场小规模战争习惯了。

清晨的这段时间就这么僵持着过去了,对方一直没有主动采取行动。就算接过望远镜看又能怎么样?能看到的,无非是媒体的掩体群比刚才更密罢了——就算把那些看热闹的都赶走了,记者也会越来越多的。这会儿,又增加了两三架直升机,也不知是警视厅的还是媒体的。勇鱼又重新回到岗位,和多麻吉一起承担起站岗的任务。他也学着多麻吉的模样,只紧盯着可能隐藏着向避核工事发动进攻的人的那一小片范围。至于那些走动的人、跑动的兽,在他眼里根本没留下任何印迹。晃眼的阳光已经疲惫了他的眼睛,他只能看那些投下了近乎荒凉的浓厚阴影的物体。这些物体都在不停地摆动——是风在吹得草和树木不停地摆动。那些摆动的阴影,在岿然不动的大石头的映衬下,给人一种格外强烈的运动感,酷似展开自发运动的任何动体。尤其是避核工事门前的里樱树,就像是一头即刻就要起步奔跑的大象似的。繁茂的枝条带上了隐隐的黑色,受伤的树叶在风中挣扎着,迎着阳光凶暴地舞动。当机动队突然发起进攻时,别说你的树干,就连树枝、树叶,我都希望那帮家伙不要伤害——勇鱼对里樱"树魂"说。当然,树木的焦躁,或许不仅仅是针对避核工事外包围圈的那些人的——

"啊!"多麻吉突然发出一声孩子般的尖叫。

——从枪眼朝外一看,一大块清透的淡蓝色玻璃纤维板样的东西垂在半空上,几乎塞满了整个视野。这些东西的下方,布满了大小不等的银珠。是水！这些水，都是从背后山崖上用高压水车喷过来的。水幕外围带着一些放光的银色小鱼般的亮点，飞落到地上。

"妈的！"多麻吉叹了一口气，骂了一声，骂声里流露出几分钦佩，"这帮混蛋把高压水车开来啦！这是在做调试，为下一步发起正式进攻作准备。"

多麻吉身子紧贴在混凝土墙边，把额头凑近枪眼朝斜下方看了看，勇鱼也学着他看了看外面。长满茂密野草的斜坡上已经形成了一条小路，那是勇鱼和靖走出来的印迹（历史！）。那积在一个个泥土裸露在外的小坑里的水，在阳光下闪着光。水坑外缘的颜色有点像矿物质，中间是清澈的淡蓝色。看着这些水坑，勇鱼不禁萌生了几分感动。尽管它们不过是刚出现，而且马上就会消失的事物，但和人类不同，它们体现的是事物的坚韧和永恒——勇鱼默默对"树魂""鲸鱼魂"说，也不知怎么回事，我此刻明明是和别人在一起，但却能怀着和在地下玄想室同样的亢奋看着这些水洼、产生以前在地下室外不曾有过的感受……

"看着那些发光的水坑，我甚至觉得他们是银矿露出的表层。"多麻吉连连眨了几下眼睛——这是长期紧盯着外面留下的后遗症——说，"小时候，自打我看过那本《矿山发现指南》后（他没有用'读'字），就老想着自己也去发现一座矿山，明知道城区里是不会有矿的，可还是老在街上晃荡，只要看见有什么地方在闪着光，心里就怦怦直跳，去山里时就更不用说了，甚至兴奋得耳鸣。都过去这么多年了，叫我怎么说呢，也不知是突然想起来了，还是老毛病又犯了，反正，总觉得这感觉怪怪的。明明知道那是水坑，却还是觉得自己是发现了新的银矿。不过仔细想来，只有这次，用不着失望，不会到后来才意识到那不过就是水，只要心里想着那是银矿就行了，我终于找到真正的银矿了。"

"只有这次?这话什么意思?"

"因为这次我用不着走到银矿边上去看看它究竟是不是水呀!"多麻吉说,"要是走到那儿去看,会挨人家枪子儿的。"

勇鱼禁不住又看了看下面那些多麻吉所说的银矿的表层。心里在想,但愿这些水洼的里的水保留时间长点,不要马上被阳光晒干。

"多麻吉,这房子背后怎么办?咱们得赶快想个法子。"乔木扛着美军的来复枪上楼来了,"只要新闻内容没什么新变化,咱们就得当心房子的背面,你说呢?唉,收音机里在说些什么?"

大家回头一看,原来,无线电工程师已经憋在收音机前的小空当里、身子缩成一团睡着了。他两只裸露在外的腿胀得通红,就像是刚焯过水的虾,而且是迄今见过的最大的虾。这双充满活力的腿,正是他力量的源泉。就是在这种源泉的支撑下,眼前这个熟睡的男人才能聚精会神地守在收音机旁一直熬到现在。看来,以前他在木船棚里干活时,一定也是一把好手。

"既然咱们的无线电工程师扔下收音机不管了,这说明眼下没什么新动向。人家毕竟是行家嘛!"乔木说,"那好,我和多麻吉这就去想想办法,把房子后面的事了了。"

"办法只有一个,只是不知道效果会怎么样。"

"那就试试嘛!"乔木轻松地答应了。

"不过,这次只能用两颗手榴弹哦!剩下的,我想一颗留着大型警备车冲上来时,另一颗留着最后决战时摆阵势用。"多麻吉说到这儿,又扭身看着勇鱼,问,"你说的那个原子弹爆炸力和破坏力的关系,对手榴弹这种小型炸弹也适用吗?"

"你是想知道,要是两颗手榴弹同时爆炸,它们产生的破坏力是不是也是一颗的两倍吧?道理是一样的。"

"那好,咱们就把两颗捆在一起用!"多麻吉说,"我想用手榴弹把后面山崖上凸出来的那块尖尖炸掉,至少,得让我们能看清山上的人摆的啥阵势吧!"

"破坏力太大了,斜坡不会整个塌下来吧?那样的话,连这房子都会毁了的!"乔木说。

"这房子结实着呢。这点山体滑坡,扛得住的!"多麻吉说,"我就担心爆炸声把靖给吓着了。"

"你到地下室去看着靖吧!"乔木说,"让多麻吉一个人负责扔手榴弹,我和无线电工程师来开关障碍门,把那家伙拉上去,两个人够了。"

"要我说啊,一个人就足够了。"无线电工程师在一旁打了包票。这会儿,他慢慢睁开了眼睛,正在把耳机往头上套。

"那好,我这就去拿手榴弹。"多麻吉说着,好像此前压抑着的兴奋顿时转化成了运动能量似的,蹦蹦跳跳地朝楼梯口冲去。

"但愿多麻吉别被他们打着了。"勇鱼说,"若是警方相信了我们设下的人质骗局,那自然就意味着拿着手榴弹冲出去的不会是人质。"

"放心吧,多麻吉干事小心得很!以前飙摩托那阵子,也不知出了多少次小事故,可他自己一次都没伤着。"乔木说。

勇鱼下到一楼一看,那儿简直成了野鸟叫声的喷泉——通向地下室的洞口揭盖,多麻吉没合上,靖正在地下室里听那盘反复播放的磁带。回荡着鸟叫声的一楼客厅里,"红脸"正在小本上写着什么。刚走到他身边,"红脸"就抬起头来,满脸涨得通红,像个正在用功的中学生似的,用几分茫然几分无助的眼神看着勇鱼。他手边的小本上,画着主桅杆、前桅杆的侧面图和一些旁边添满了标注的小平面图。犹豫一阵后,"红脸"终于咬咬牙,战胜了自己的腼腆,对勇鱼解释说:

"我这是在写向对方提出的对船的要求,大小规模、结构什么的。"

"就是嘛,这些具体条件很重要的,应该提出来。"勇鱼说。

不一会儿,舱盖下面就直绷绷地露出了多麻吉的头,他满脸闪烁着激情。接着,他的胸部、上半身都以最佳姿势笔直地挺出了揭盖。多麻吉手里提着两个合成树脂的食品袋,每个袋子各装着一坨沉沉的硬家伙。看他那小心翼翼的架势,好像手榴弹和土制的燃烧瓶一样危险似的。

"十分钟以后我就扔出去,你们先到地下室去,给我把舱盖盖好了!"多麻吉一脸严肃地发出了指令。

"你不会一时兴起,搞反了方向,把它往里扔吧?那可就麻烦啦!""红脸"嘲弄了一句,多麻吉懒得理他,头也不回地走了。

作为非战斗人员,勇鱼和"红脸"下到了地下室。断后的是勇鱼,因为他是操作舱盖的熟练工。在野鸟叫声的策源地,靖正在逐个辨识不同鸟叫声的主人。以前,靖在磁带中的鸟叫声和自己的认知之间构筑的是一种双向封闭关系。可现在不同了,他还得把每一种鸟的名字告诉正紧盯着自己脸的伊奈子,向她一一作介绍。

"是画眉"——,"是夜鹰"(就像是突然意识到自己不小心闯进了月夜下的森林时求伊奈子说点什么给自己壮胆似的)——,"是猫头鹰"——,"是青叶鸮"——,"是秧鸡"……

靖沉溺在鸟叫声的辨别里,甚至对走进地下室的勇鱼都不想搭理。伊奈子也一样,她显得十分难为情,也没扭头看勇鱼一眼,只是侧对着勇鱼的目光,露出她脖子上那根酸模茎秆似的褐色的颈筋。伊奈子今天穿着勇鱼在湿地上跑步时常穿的那套纯棉衬衣和裤子,身子比以往任何时候都捂得严实,或许,这也意味着夏天清晨冷冰冰的空气还没完全从地下室消失吧。

"靖可真算得上是鸟叫声的专家。"

"你们不也是船方面的专家嘛！把这地下室收拾得有模有样的。"

"这个啊，是为了在本子上画草图前先摆弄一下，想看看我们要的船大致该是什么模样，""红脸"解释说，"不然心里就没数。于是，我们就把这地下室里的东西重新摆放了一下，得出的结论是，我们需要的，是那种负荷为十五吨、船身为十五米、带十个床位的渔船改造型的机轮。"

"渔船改造型？以前仓库里那艘帆船不是更神气吗？"

"按'自由航海团'当初的计划，我们是准备在风帆船上完成训练后再出海的。""红脸"说，"可现在情况不同了，要直接出海，还是渔船改造型的机轮安全性最可靠。"

"你考虑问题真务实。"勇鱼禁不住发出了感叹。

这会儿，医生正蹲在煤气灶台和洗菜盆那个角落里收拾食品。伊奈子一直陪着靖，大概他这是在顶替伊奈子的角色吧？

"医生，就这样能对付吗？"趁着鸟叫声停止的间隙，勇鱼问。

"相当不错！"看来，医生非常满意，"菠菜、酸包菜罐头什么的，还真亏你找着了，这些东西很重要，但都放在店堂里不起眼的角落里。还有，那个速食米饭罐头也买得好。按我们现在的人数，很可以对付一阵子。对了，水怎么办？要是上面的水阀被人关了，那可就麻烦啦！"

"最好把塑料桶都拿来装水存着，敌人真可能关水阀的。"直到这时，伊奈子才抬起头来插上了这么一句。

只是，这种心神不宁的扯淡毕竟持续不了多久——因为大家说着说着，都不时朝墙上的音叉电子钟扫一眼。倒不如说，那些真正有点人话深度的话，反而全是靖说的。此刻，靖正在帮助地下室里船员们一一识别鸟的声音特征,指导他们通过磁带发掘各种夏季野鸟的世界。

"是山椒鸟——,这是云雀——,是三光鸟——,是黄鹂……"

伴着爆炸声,房子颤动了两下。两下颤动之间的间隔,正好和两滴水落下来的间隔差不多。地下室像大树的根兜似的晃动了两下。磁带里的鸟还在歌唱,可是靖却没有通报它们的名字,而是朝伊奈子伸出他布满水痘干点点的双臂抬头望着她。而伊奈子呢,她那双瞳孔和虹膜严重收缩,只露出外围圆溜溜大眼白的眼睛,却又在无助地看着勇鱼。

"靖,告诉我,告诉我鸟的名字!",伊奈子想用这种方式稳定靖的情绪,让他振作起来。

"是、是琉璃鹟——,是、是篱雀——。"靖又开始通报鸟名了,只是,声音里带着颤抖。

勇鱼、"红脸",还有医生爬着铁梯上了一楼,盖上舱盖,把鸟叫声和靖的说话声锁进了地下室——因为散落的碎石和泥块还在房子的后墙上发出噼噼啪啪的声响。多麻吉胳膊里倒夹着自动步枪风风火火地从楼上跑下来了。他直接跑到玄关口边,肩顶在门上,喘着粗气,神色紧张地扭头看了正疑惑不解地盯着自己的那三个人一眼,

"你快上去藏起来!'红脸'、医生,你们帮我一把,"多麻吉沙哑着嗓门命令道,"抓俘虏!"

接着,他缓缓地放松顶在门上的肩膀,把自动步枪提到腰间适合端起的部位,伸出左手拨开了门闩。

"还不快上去,你是人质!"

勇鱼一个人上了楼梯,头顶上传来了一阵钝器撞击的闷响,乔木在扯着嗓子叫唤。声音太浑浊了,也听不清他究竟在说什么。上楼一看,原来乔木是紧贴在枪眼旁对着外面大声吼叫。无线电工程师

端着来复枪站在乔木身边,正在检查塞进了弹夹的弹膛。勇鱼急忙跑到另一个枪眼前看了看。外面,是一幅既好笑又壮观的画面——避核工事右侧外墙旁竟然躺着一台山上滚下来的大型警备车!它浑身裹着装甲,傻愣愣地横躺在那儿,像一头倒在枪下的大犀牛。一个全副武装的机动队员正垂头丧气地站在警备车旁,茫然不知所措。——本来,他是想回到前方摆开阵势的大型警备车和列成一排的盾牌那儿去的,可是距离太远了,让他丧失了信心,再说,背后乔木的大声吼叫也对他形成了牵制,使他不敢贸然行动。

"这次没问题了。"说着,无线电工程师把来复枪递到了还在吼叫的乔木手里。

乔木把来复枪的枪身捅到枪眼外,朝下边开了一枪。枪声还没落,几发还击的子弹就击中了房子的外墙,反弹回来的弹头和混凝土碎块掉落到还傻愣愣地站在那儿的机动队员揭面罩掀起的头盔上。也许他是坐在驾驶台里连人带车一起滚下来的吧?强大的冲击力使他顿时失去了知觉,成了一条假死状态的鱼。直到听到枪声,机动队员这才突然清醒过来,他来了一个干脆利落的向右转,然后把两只胳膊紧贴在大腿上,大黑皮靴咯噔咯噔地踩在地上,朝避核工事开始了甘当俘虏的一路狂奔。

"哈哈!"守在枪眼旁的乔木扭过身来,发出几声狂叫,兴奋得像一只终于追上猎物的狗。

乔木立刻朝楼下跑去。他那张没长多少肉的薄脸染成了紫色,眼角里像是要渗出血来似的。楼下马上传来了迎进俘虏后有人使劲关门发出的巨大声响。勇鱼侧耳细听着玄关附近的动静,他们好像对俘虏做了些什么,但那俘虏似乎没作什么身体上的反抗。看来,这是个惯于用语言反抗的善辩型俘虏。起初,他断断续续的抗议声只是一声大叫:

"Bakkgar!"

词首的辅音发得非常强,甚至让人觉得,这恐怕是世上运动能量投入最强的破裂音了。而词尾的那个 a 音,则可能是能在日本人中见到的嘴巴张得最大的元音。尽管就是一个简单的"蠢货",但从整体上看,你会感觉到这句话里蕴含着最大敌意的最强爆发力。而且,这骂声听起来还相当畅快。既然像这样没完没了地叫唤,那么,这俘虏在玄关附近被人用两条枪比着、老老实实地接受一点皮肉之苦就是确定无疑的了。过了一会儿,这俘虏虽说似乎仍然没用身体展开抗议行动,但却开始了多嘴多舌的抗议雄辩:

"Bakkgar!就你们这样,还想闹革命?Bakkgar!"("咱们没想闹革命,咱们是要出海。"乔木在不紧不慢地回应。)"Bakkgar!打着闹革命的幌子,残杀同伴,你们这算怎么回事?Bakkgar!"("你这人怎么回事?刚才不是说了吗?我们不闹革命。")"Bakkgar!你们这么搞,又不干革命,你们这是要干吗?Bakkgar!"(乔木还在忍着性子耐心地回应:"没错,我们只是想到海上去。")"哼,还杀人!Bakkgar!你们这是在干什么?千万别胡来!你们把搞革命的人间道义放到哪儿去了?Bakkgar!"("怎么说着说着又绕回来啦?再说一遍,我们没想闹革命!")接下来是一阵沉默,随后就是开门声和"砰"的一声关门上锁的声响。当乔木他们爆笑着跑上楼来时,勇鱼已经在目送俘虏噔噔地跑向自己的阵地了。获释的俘虏还是和刚才一样,暗蓝色的头盔还在头上,战斗服虽说看上去有点松松垮垮,好歹也还裹在身上,那双大皮靴也没忘穿好了再走。只不过,他身上的裤子被往下扯了半截,整个下身全裸露在外面。这还不算,他那阳光下泛着白光的、光秃秃的翘屁股还被人用红记号笔涂成了一块圆饼饼。机动队员活蹦乱跳地晃荡着屁股上的小国旗在那片夏草繁茂的草地上笔直穿行时,半路上还抬起胳膊手放下了头盔上的揭面罩,然后又垂下胳膊紧贴在双腿旁接着向前跑。看着他这副模样,每个守在枪眼旁的"自由航海团"船员还在没完没了地狂笑,唯独多麻吉不同,他把自动步枪的枪管伸进枪眼里,准星跟踪着目标,说了一句想想都让人火冒三丈的话:

"只要那崽子想提起裤子去遮屁股,我就把那日之丸①打个穿心透!"

头上顶着大白天炽热的阳光,脚下拨开高高的夏草,那个臀部挂着国旗的男子还在拼命奔跑。——时间,上午九点。

---

① 日之丸,日本人对日本国旗的称呼。

第二十章　鲸鱼腹中（二）

Young man be not forgetful of prayer，这里是"自由航海团"广播电台，这里是"自由航海团"广播电台，广播频率是一四五兆赫。请收到信号的各位 CQ① 录制好我台播送的节目，或在您自己的电台里重播，或烦请您将磁带转交给新闻媒体。Young man be not forgetful of prayer，这里是"自由航海团"广播电台，我们已经向警方提出了交换人质的条件。警方已知我处扣押的人质是两名，其中包含一名幼儿。我们也有意愿和我们所期待的民间人士就释放人质的条件展开直接交涉，并准备接受他们提出的交换条件。然而现实是，警方在故意拖延人质交换。因此，如果人质的生命安全受到威胁，责任全在警方。今后，若有必要，我们还会公开我们提出的条件的细节，以及我们乐意与其进行直接交涉的民间人士的姓名。很抱歉，本台现在使用的频率，只能发送信号，无法接收信号。Young man be not forgetful of prayer，这里是"自由航海团"广播电台……

　　无线电工程师在一字不漏地反复播送着勇鱼写好的原稿。乔木已经想好了，如果这套无线电设备出了问题，就使用便携式播音喇

---

① CQ，Call to quarters 的缩写，业余无线电爱好者间在私设的电台里通常使用的呼号。

叭，这会儿，他正忙着把它固定在另一个闲着的枪眼上。这喇叭是"自由航海团"的年轻船员们从反自卫队抗议集会上连车一起偷来的，集会时对峙双方的喇叭都被他们偷来了。医生正在做一些小装备，为的是当机动队使用催泪弹时防止催泪瓦斯雾从枪眼里钻进来。医生比较内向，本是个不善言辞的人，可这次说到自卫队的催泪瓦斯时，他的话特别多。不仅提醒"自由航海团"的船员们注意，而且身体力行，自己已经在做应急处理的准备了。他还提醒大家说，尤其要注意别让瓦斯枪直接击中了自己的眼睛，因为机动队员一般都是对着人脸平射的。他还找出勇鱼买回的柠檬片，反扣在杯子里放好了。说是一旦瓦斯渗进了眼睛，就得马上用柠檬片去抹。最令他担心的还是靖，因为他刚逃过水痘之劫的皮肤最容易受到催泪瓦斯弹中氯苯乙酮的伤害。于是最后决定，一旦敌人展开进攻，伊奈子就得带着靖躲到地下室去，无论战况如何，在这场战斗结束之前都不得揭开舱盖。至于参加战斗的人往后所需的食品，早就提前从地下室搬到一楼客厅里来了。

多麻吉两腿旁分别放着望远镜和自动步枪，负责监视正面敌人的动向。乔木端着来复枪盯着左边，"红脸"找来当初"boy"袭击勇鱼时用过的那支猎枪，往里面灌满了散弹，在从玄关朝楼上没走几步的地方守着，盯着右侧，厨房原本有一道通往避核工事背后的门，门里边早就做好了一面混凝土块的路障，而现在，门外又被手榴弹炸崩的沙石埋得严严实实，连门缝里都看不到丁点光亮。

勇鱼自个儿呢？他先搬来书桌，又在上面垛了一把椅子，然后爬到椅子上，这会儿在透过靠近天花板采光口的那个枪眼观察着外面的动静。枪眼上嵌着的玻璃还在——反正他手里也没有枪，不碍事。以前，从这儿只能看到堵在眼前的那面长满干瘦灌木的斜坡，现在情况不同了，可以顺着穿过斜坡的那条小山沟看到坡上的景象。看来，那两连发的手榴弹威力相当了得！还有,当年在斜坡底部建避核工事时,为了满足平整土地的需要,在山底掏得太厉害,以致破坏了这片山体原有的地质力学平衡,结果引发了山体滑坡,这也是手榴弹得以超常发威的一个重要因素。循着黑油油的土山沟望去,可以看到远处花店的植物苗圃。那儿成排陈列着种满了山茶和黄杨的小树苗,这些像养食用仔鸡似的培养出来的小树苗,并没有对勇鱼产生多大的心理压力。而那些躺在手榴弹掏出来的新土上、已经开始发干的细细的槲树、小橡树和成片的小灌木,反倒使勇鱼感受到了威慑。——既然把这些树扎根的土地炸飞的是我的同伙,我就没理由长期赖在这世上不走。不过,我现在已经在走向死亡了,请不要在这时候把我从代言人的位置上拉下来,别掐断和我的心灵感应。——勇鱼对那些濒死树苗的"树魂"说。"我已经在走向死亡"这句话传到了"树魂"那里并反弹回来,为勇鱼点亮了住进避核工事前的一段记忆。

那天,他举起了手里的佐林根①大剃须刀。说起来,这也是他那些日子一天天走向颓废的一个例子——握刀之前,他正好还喝了大量也产自德国的镇痛剂。——镇痛剂是有催眠作用的,一旦举起了剃须刀,就得赶紧采取行动。想用刀划开的部位——这又是他当年颓废酿成的惨剧——必须得是当年那个巴尔干半岛的孩子抓过的手腕的内侧。在镇痛剂的鼓舞下,他并没有丧失勇气。可就在他手里的剃须刀接触到粗血管旁那些凸起的紫色、蓝色的细动脉、静脉,还有那些乳白色皮肤上的褶皱的那一瞬间,他紧盯着刀刃的眼睛侧向了一旁,开始了自己独立的思考——始于这只手腕表面的整个肉身,

---

① 佐林根(Solingen),德国城市名,举世闻名的刀具城。我国消费者熟悉的双立人、博客等品牌的刀具产品均产于此地。

显然构成了一个自然的结构，难道说，已经半死的自己能够破坏这个自然的结构吗？马上就会死去并开始腐烂的自己能损伤自然的结构吗？不错，只要狠下心闭上眼睛，在剃须刀上加一把力，这事似乎并不难，可他却羞于直视自然的结构，怎么也闭不上眼睛……眼下面对的正是这种情形，迷幻中他清晰地认识到，自己已经是一个垂死的人了，没有连根带拔地毁掉这些扎根于大地的树木的权利。已经垂死的自己还去破坏自然的结构，这太下贱了，太荒唐了——勇鱼心里充满了悲哀，再一次向那些倒下的小树濒死的"树魂"诉说着，像这么干，这片土地将会变成魂灵之国，谁也无法阻拦魂灵的横行，而人类，还会继续施展他暴行的淫威……

"十点了。"无线电工程师这时已经完成了信号发送，他摘掉头上的耳机，站起身来说，"看样子，他们要采取行动了，马上会开始掩护射击的。我得去告诉伊奈子，让她关好舱盖。"

最先发现敌人新动向的，是监视着房子后方的勇鱼。他看见，那一排排山茶和黄杨树苗的上方似乎有一些星星点点的黑鸟模样的东西在朝这边跳动。再凝神一看，原来整个视野里全是朝避核工事移动的黑点。这些黑点，合起来就像是一面在地上挪动的大屋顶。同时，他还听到了一阵长长的枪声和子弹击打的撞击声。击中侧墙的子弹马上卷起了一团团涌动的白烟，白烟像一根根粗棍子在枪眼前翻来滚去地交错着，汇成一团白茫茫的尘雾，挡住了勇鱼的视线。勇鱼伸出手指头，想抹去枪眼前逆时光流来的昏暗，可指头却像受到电击似的猛地反弹了一下——一颗瓦斯弹正好命中了枪眼，双层强化玻璃的外层被击穿了，内层的玻璃上留下了几条长长的裂痕不说，整块玻璃还布满了白霜一样的雾块。要是像刚才那样把眼睛凑近枪眼可就糟了！想到这里，勇鱼不禁有些后怕。——我的眼睛不会有事的，因为，虽说太不情愿，但我毕竟得把这一切都看在眼里。相信你们支持我的。——最后,还是对"树魂""鲸鱼魂"的倾诉让他战胜了恐惧。此刻,每个枪眼都被浓密的白烟捂住了,一种近似黄昏时分的暗淡光雾掩埋了整个避核工事。医生在来回奔跑着,忙着给每个敞开的枪眼装上瓦斯防护罩,多麻吉知趣地退到一旁静静地守候着,只有乔木,他装好便携式喇叭后已经回到了侧墙的枪眼旁,胸前斜抱着来复枪,急得不知如何是好……

"等烟雾散尽了再说,外面看不清时别开枪!"多麻吉叮嘱他说,"眼下,就算是想开枪吓吓他们也没什么效果,躲在警备车背后的指挥官根本就不会把你当回事的。得一枪放倒一个,只有这样,才能让他们也和我们一样,知道这场战争的金贵。——后面情况怎么样,看见什么了吗?"

"烟雾弹和催泪瓦斯弹是从斜坡背后射过来的,我看得清清楚楚。不过,催泪弹打中枪眼,在玻璃上留下裂纹后,我就什么也看不见了。"

多麻吉立刻跳上书桌,看了看枪眼,说:

"这强化玻璃只剩下一层了,一下就可以打穿。别说来复枪子弹,瓦斯弹就足够。再来一发可就麻烦了,得赶快用混凝土块把它堵上。混凝土块,玄关那儿多的是,大的小的都有。"

勇鱼这才明白自己该干什么,赶忙像一个接到明确任务的下等兵似的,跳下桌子,跑到一楼捡混凝土块去了。螺旋楼梯上,"红脸"正端着猎枪紧盯着白雾笼罩下的枪眼。见勇鱼从楼上冲了下来,他突然精神一振。

"我不是来给你传指令的。"勇鱼解释说,"枪眼的玻璃被打碎了,我得去搬些混凝土块来堵上。强化玻璃虽说是双层的,但每一层并不怎么结实,被瓦斯弹打中时可得当心点。"

"我知道。就这个高度,水平直射的子弹是很容易飞进来的。"

"红脸"说,"好在刚才用手榴弹吓唬了一下,他们不会轻易朝玄关这边进攻的。我负责监视的这一面,真没什么意思,这猎枪,算是白端了。"

"话可不能这么说,咱们各负其责嘛!我现在不也就是在枪眼前吊几块混凝土块吗?各人把自己的事干好就行。"

为强化玄关内侧的守备,释放俘虏后,大家又在玄关门后堆上了好多混凝土块。勇鱼蹲在玄关旁,选了几块既大小合手又露出钢筋尾巴的,以便吊起来方便。伴着湿地方向传来的子弹的嗖嗖声,子弹撞上外墙、带着什么落到玄关附近的啪啪声也越来越密集了,简直就是一场风暴。不过,这声音传不到地下室——由于这房子没装辐射尘埃过滤器,换气扇采用的是不直接和外部相通的结构。即使催泪弹在房子外面卷起了浓浓的灰雾,只要待在地下室里就绝对不成问题。很明显,为了对来自枪眼的盲目射击和狙击手的点射进行压制,对方不仅用上了烟幕弹、瓦斯弹,还偶尔用来复枪来几下。这些撕破噪音黑幕的光一样的嗖嗖声、子弹撞到外墙上发出的劈啪声,在地下室里都是听不到的。反正,这栋没一个日本人相信它具有防御功能、建造企业沦为业界笑柄的所谓核庇护所,这会儿倒是实实在在地派上用场了——勇鱼默默对"树魂""鲸鱼魂"说。自己人生中干过林林总总的毫无意义的事,其中最没意义的要数这件了,可是,没料到它这会儿竟然发挥了具体的作用!想到这儿,勇鱼顿时觉得干劲倍增。他展开双臂,抱着一大堆混凝土块上了楼梯,只是,尽管明知自己几乎不可能正好被穿过枪眼的子弹击中,每当来复枪的子弹击中外墙时,他还是像个刚入伍的新兵蛋子,吓得腿直打战……

可是,被封闭在青灰白雾的昏暗中的时间一长,即便是老道的狙击手也憋得有点难受了。多麻吉刚才还在压着乔木,不让他乱开枪,现在,他自己却砸烂了自己扣牢的枷锁,焦躁得恨不得立刻把自动步枪的枪管从堵死的枪眼里捅出去。唯有回到无线电设备旁重新开始工作的无线电工程师完全不把枪眼前的白烟和噪音当回事,他需要的信息来自电波,烟雾也好、枪声也好、外墙上的噼啪声也好,除非它们直接渗进自己头上的耳机,否则,在他眼里就没有任何存在的意义。刚戴上耳机听了一会儿,他就对战况作出了自己的分析:

"大型警备车要笔直朝这边冲过来了,不用说,车后面肯定跟着机动队员,不过好像不是要直接对避核工事开火。"

"说了离我们多远吗?"多麻吉问。

"收音机里搞实况转播的记者,是站在警备车后面的,按说应该说说车走了多远才对,可他却一个字都没提。大概对记者有非常具体的报道管制规定吧?"

"这实况广播,是他们的佯攻,是做笼子。除了警备车,怕是房子周围所有的机动队员都在往前靠吧?"对无线电工程师报告的战况,乔木表示怀疑。

可是,除了能通过无线电得到证实的消息,无线电工程师是什么也不会说的。他马上着手调整设备的频率,想捕捉到机动队内部联络的信号。

医生正忙着干自己的活,他想用毛毯遮住整扇窗户,以防通向阳台的窗玻璃破损时催泪瓦斯通过挡墙上的缝隙钻进室内。因为到这时候,落到楼顶的瓦斯弹绝对不会是个小数目。勇鱼也在全神贯注忙自己的,他得用混凝土块吊起一面面挡墙来,以防剩下的玻璃也被子弹打穿。而且他还给自己确定好了定额,这样的小挡墙至少得做五面……

多麻吉已经接连开了三枪,因为微风在捂着枪眼的白雾层中挪出了一条缝。每当枪声像什么东西在自己脸上抽一下时,勇鱼就会停下手里的活,像往日坐螺旋桨飞机时那样,朝厚厚的烟尘深处明亮的青空看上一眼。每到这时,对面马上会射来还击的子弹,一阵阵敲打着房子的外墙,伴着枪声,房里的人,除了聚精会神摆弄着无线电设备的工程师,大家都会离开枪眼,紧贴在枪眼间的墙边站一会儿。不久,白雾间的缝隙又紧紧缝合起来,遮住了对面狙击手团队瞄准的枪眼。即便如此,胡乱射过来的子弹还在敲打着外墙,发出噼噼啪啪的声响。

"他们怎么沉不住气?机动队像这样动肝火,这合法吗?"乔木掩饰不住兴奋,调侃了一句。

"他们相互间联系时都在发火呢!"无线电工程师说,"在机动队里,负责指挥的还不是那些队长、班长什么的,怕也是东大法学系出身的人吧?他们都气得乱成一团啦!"

"要不咱们也用同样的频率广播两句?就说,就这德性,真不知道警视厅将来会成什么样?"

"不行,最好别让他们知道我们已经掌握了他们在无线联络时说了些什么。"多麻吉恢复了冷静,说,"第一发子弹,我干掉了一个警备车里的指挥官,剩下的两发,原本是想干掉开车的那个家伙的,可驾驶台前的瞭望孔换上了装甲护板,也不知道是不是要了他的命。也真他妈怪了,相比之下,好像干掉上司比干掉同伴更能让他们生气。"

"反正,他们这会儿气得够呛。"无线电工程师平静地说,好像他也不在乎被干掉的究竟是什么人似的。

显然,说这话时,无线电工程师在侧耳细听着耳机里的声音,好像自己的说话声和它没什么关系似的。不过,透过他平平淡淡的语气,勇鱼还是真切感受到了机动队员的愤怒。透过枪眼前的白雾,整片湿地上好像全是愤怒的机动队员的幻影。幻影的返照下,自己的轮廓越来越清晰了。自己真的就是他们发热的脑袋中映射出的那个暴力的泥娃娃,一个只会诉求暴力的昏暗的肉体。这就是自己的真面目!——勇鱼坦然接受了这一现实,尽管他当时并没有采取任何足以把自己认定为暴汉的具体行为,只是在把混凝土块上露出的钢筋扭成圆圈然后再把它们穿在一起……

"要我说啊,听那些广播包围战实况的电台节目,还不如听电视节目的调频广播。这样反而能更好地把握整体的状况,只要心里想象着电视画面,在画面中加进我们这个工事就够了。"无线电工程师说,"因为广播员一般都是画面上有什么就说什么,每当涉及报道管制的内容时,她说话肯定会乱套的,因为这时候她们心里原本想好的要点被搅乱了。"

"要不,我们大家就来一起听听电视节目的调频广播?"乔木说。

"让他们在整个大船室这么叫唤,大家听了心里不难受啊?"话虽说得婉转,但听得出,无线电工程师对乔木的提议是坚决拒绝的,"反正,我听了很丧气。"

"我想知道第一发子弹究竟把他放倒没?"多麻吉已经在催了。

"当场倒毙,从右眼到脖子打了个对穿。"无线电工程师回答说。

"我要的就是这效果。"多麻吉说,"还不知道他们离我们多远吗?记得我开枪的时候他们离我们只有七八十米了。"

"电视里说,警备车还停在那儿没动。"

"还会再往前走吗?"

"就这么停着不动,广播员没话说,都有点烦了。一时半会儿不会往前了吧。"

"他们知道我们枪法的厉害了,既然离我们只有七八十米了,可能想先稳住阵地再说吧?"乔木说,"依我看啦,在发起最后总攻之前,他们得先在警备车周围挖好战壕,要不就是堆好土袋,说不定还会再试试能不能劝我们投降的。"

"宣布警视①中弹身亡后,现在又有了新消息,说是我们绑了人质。"无线电工程师说,"看来,无线电爱好者收到我们'自由航海团'电台的广播信号后按我们的要求把它转交给了报社或是电视台,警方公开这一消息,也是迫于无奈。节目里还点了你和靖的名字,靖的名字还是靖,可说到你时,他们用的是另外的名字。"

"是啊,那个大木勇鱼,本来就是我给自己胡乱取的名字。"

"我还以为他们这么称呼是为了保护人质的人权,或是胡乱瞎编的呢!"无线电工程师总算明白了是怎么回事,"警方还说了,我们存了一打手榴弹。"

"这不正好吗?"乔木说,"那几个被抓的家伙在警察那儿胡编乱造,反倒帮了我们的忙。"

"那帮家伙也太不中用了。"多麻吉平静地对勇鱼说。

这会儿,勇鱼正在检测吊在背后墙上枪眼前的混凝土屏障,想知道这东西会不会经不住震动掉下来。多麻吉来到勇鱼身边,在看着他忙活。

"怎么样,眼睛没事吧?'红脸'的眼睛发红了,那家伙呀,平时也是那样的。"

医生去楼下走了一遭,这会儿刚回来,他是想在避核工事里四处走走,看看有什么问题需要解决。看了那么多的烟雾,听了那么多瓦斯弹的声音,现在才意识到,原来大家的眼睛、喉咙都没什么异样。虽说敌人朝房子的外墙上、房顶平台上倾斜了那么多瓦斯弹,看来,想让催泪瓦斯钻进屋里也没那么容易。知道这一点后,大家对在避核工事里坚守下去的信心更足了。

---

① 警视,日本警察官衔等级之一。日本警阶为八级,由下往上依次是:巡查、警部补、警部、警视、警视正、警视长、警视监、警视总监。

"地下室入口的揭盖封得紧,这本身是件好事,可就是不方便和下面联系。"医生说,"设计这房子时怎么就没想过装个传声筒呢?"

"别忘了,这可是核战争发生时用的庇护所!"勇鱼说,"核弹扔下来时,地上还会有人要通过传声筒和下面联系吗?"

"真的吗?"多麻吉还在疑惑,其他人好像也没明白勇鱼话里的意思。这下轮到勇鱼犯难了,他真不明白这帮人究竟是怎么想的。

十点半。一直敲打着外墙的烟幕弹和催泪弹噼噼啪啪的声响像扫过头顶的骤雨似的,突然间消失了,遮住枪眼的白雾幕越来越稀薄,阳光从层层灰雾间探出头来,照得雾幕发出纯白的光。看到这情景,多麻吉首先作出了反应,他把自动步枪的枪托靠在膝盖上,伸长脖子看了看外面。而乔木则把来复枪夹在腋窝下,一把抓来望远镜挂在脖子上,宣示了他对望远镜的主权。

"敌人调整了阵势,这下,想狙击也找不到目标了。"多麻吉说。

"看样子是打算和我们谈判。"乔木说,"说是谈判,无非就是让我们放下武器走出这栋房子,再不就是让我们释放人质。发动强攻之前,总得先在媒体面前制造一个借口吧?咱们先别开枪,看看再说。"

"没定准目标,我不会开枪的。可是,为了震慑住我们,他们会不停地对着枪眼开火的,大家得当心点,千万别让他们打穿了脸。"

每个人都凑近各自身边的枪眼俯身看了看下面,只有无线电工程师是个例外,他还在聚精会神地摆弄着无线电设备。

"怎么回事?怎么办?"楼下传来了"红脸"的叫声。

"先看看他们要干什么再说。"乔木大声回应了一句。

浓雾样的烟在枪眼前堵得太久了,此刻射进来的光十分晃眼。一时间很难把握外面的整体轮廓,勇鱼首先以里樱树为基准调整了一下眼睛的焦距。他发现,浓密的树叶丛中,不少树枝上的叶子都是翻卷着的，不过，这显然是烟幕弹和瓦斯弹造成的，是敌人作下的孽。顺着里樱树往前看，避核工事正前方约八十米处停着大型警备车，它们的轮子都掩埋在夏草丛里，只露出车身的右侧。勇鱼定了定眼神，从警备车的灰蓝色基调中隐约分辨出了冬日泛白的阴沉的天空。多麻吉刚才那一枪亮剑的狙击，迫使敌人在原本就浑身盔甲的警备车窗前又捂上了一块盾牌。这双重盔甲的警备车腰部两旁缓缓伸出了两条裙摆样的坡，那是两排由盾牌组成的栅栏，盾牌之间很规则地留着空隙，按说，那些空隙的后面，肯定就是敌人的枪管了。警备车四周的那一大片夏草都被踩得东倒西歪了，这还不算，盾牌队列前还露出了黑油油的新土。乔木说的没错，他们在那儿挖好了战壕。只是，这些现代版的特洛伊木马里完全看不到人的身影。除了警备车和盾牌组成的裙摆，一眼望去，阳光照耀下的草地里看不到什么新的东西，当然，对方也不会让你看到任何别的东西。连摄影棚旧址前的那些小掩体阵也一样，大概是被机动队长当场阵亡吓了吧，先前那些蠕动的单眼都消失了。若没有白烟罩住房子时还在天上转悠的直升机留下的回响，此刻展现在勇鱼眼前的光景，酷似逃过核弹之劫后回到地面上等待二次核辐射消散的生存者看到的景象。这时，就像是"树魂""鲸鱼魂"在主动向自己发出信息似的，勇鱼脑海里突然闪出了"自由"两个字。记得当年自己身为避核工事公关负责人准备宣传材料期间，不出意料，从顾客那儿收到的第一个负面质询果然是——身边的人全都死绝了，唯独自己一家人活了下来，可是，这以后的日子可怎么过？现在想来，当时自己真应该这样回答她——太太，您的家人从此不就可以享受真正意义上的自由了吗？十点三十五分。

"房子里的各位听着！"大型警备车上占绝对优势的高音喇叭叫起来了，"房子里的各位，房子里的各位！"这叫声令人产生一种幻觉,好像这栋房子里挤满了一百个**各位**似的,"你们已经被彻底包围了!"听了这要死不活、公事公办的腔调,大船室里,原本紧张的船员们禁不住扑地笑出声来。即便这样,大喇叭还在没完没了地重复着那枯燥无味的干叫。"他们是不是电视看多了?"——连不善言语的医生都忍不住调侃了一句。"**赶快把人质放了!**"(又重复了一遍)"**放下武器,走出来!**"(又重复了一遍)机动队的语言专家似乎对自己的腔调充满了百折不挠的自信,又回到刚才叫过的第一句,开始了新一轮的重复——"**房子里的各位!**……"

"怎么回事,他们不是气疯了的吗?怎么说话时一点疯味都没有?"乔木说,"我猜呀,他们这是在放磁带,每次搞保卫战时都用这个。可是,就算是走程序,也用不着就为放这盘磁带把车开到前面来吧?为了这个丢掉队长的一条性命,值吗?"

"**不要再加重自己的罪行了,这样做会带来什么后果,你们是知道的。房子里的各位!**"

"呵呵,没想到程序里还有这一句! 对那蠢猪,咱们也该回应一下了吧!"多麻吉实在受不了了。

"咱们的手提扩音器,功率太小啦! 根本不是他们的对手。行! 多麻吉,这事就交给你了,试试吧!"乔木说。

多麻吉扭头看了"自由航海团"的语言专家一眼,像是想征得他的同意。不过眼下,除了这个,他确实也没有别的事可干。

"就由你来吧,多麻吉!"勇鱼也凑了一句。

"**不要罪上加罪了,这样做会带来什么后果,你们是知道的。房子里的各位!**"

"**大型警备车里的各位! 大型警备车里的各位!**"多麻吉开始喊话了,声音里带着兴奋的颤抖。

扩音器是朝外牢牢固定在枪眼上的,带扩音效果的声音不能回传进屋里,大家听到的,只是多麻吉清晰的嗓音。听到这儿,大船室里的每个船员都开心地笑了。大家本想静下心来听听对面警备车的反应,可对方只是喘了一两口气就没声了。这下轮到多麻吉的扩音器出场了,在大家的鼓励下,多麻吉又呼喊起来:

"大型警备车里的各位,你们这是在干吗呢?"

这强度陡然减弱的后半句,撩得大家发出了一阵哄笑。想来,藏在大型警备车和盾牌后的那些机动队员心里的焦躁和愤怒恐怕也顿时烟消云散了。勇鱼不禁觉得有些遗憾,他真想好好看看对面包围圈掩体后这时究竟是一张张什么样的脸。心想,在自己临死之前,怕是没法知道对面那些家伙是不是也在笑了。这种遗憾,越发清晰地映衬出自己正在走向死亡的事实,越发觉得自己眼下只是一种无可奈何的静谧无声的存在……

可是,充满大船室的哄笑声却把多麻吉惹火了。他叉着腿挡在扩音器前,耳根上简直像要喷出两缕蒸汽似的,整个脖子都涨红了。自己已经开始呼喊了,可却不知道接下去该说些什么,只好乖乖等着警备车高音喇叭作出反应,可对方的喇叭后的辩论家却又偏偏不吱声,只等着把多麻吉逼进无话可说的死胡同。多麻吉毕竟不是那种任人步步紧逼、不跳起来反抗的人,即便燥得满脸冒汗、浑身抽筋,他也会硬撑着说点什么的。

"刚才那几枪都是咱放的,等会儿还会接着放。"多麻吉终于开口了,"罪上加罪,咱想加多少就加多少!你们罚不着俺,俺是未成年,不会被判死刑的。就算给咱判个无期也不怕,反正这世界马上就会完完的,咱和你们同归于尽。你们这群笨蛋!"

说到这儿,多麻吉突然不吱声了。他双手抱膝,靠在自动步枪旁坐到地上,双肩不住地抖着低头喘着粗气,脸红得像个达摩。仔细一看,那张脸还毛茸茸的,没长一根胡须。

"刚才说的那些话,很有用的啦!"勇鱼对他说。

多麻吉满脸涨得通红,愤愤地瞪了勇鱼一眼。他是觉得自己刚才干的事很丢人,所以脸才臊成那模样的。

即便这样,乔木还是安慰他说:

"真的,你刚才真的说得不错!虽说未必是真话,但至少让大家放松了不是?"

"我他妈才不想和他们一起死呢!"多麻吉扯着嗓门说。

大型警备车的高音喇叭又开始叫了。对多麻吉说的那些话,它不仅没作出回应,甚至没有一点反驳、轻蔑、冷笑的意思,还在重复着先前那些套话。

"刚才多麻吉说的那些话,那帮家伙不会没听见吧?"乔木说。

"至少从收音机的广播看,他们是气得够呛,全日本的警察官都气疯了也说不定。"无线电工程师报告说,"连搞实况转播的播音员都气坏了,说话时声音都在发抖。那播音员,就是平日里是播海上气象的那个,原本说话是很平淡的。要么就是他们没把手提扩音器的原声录下来,要不就是有什么规定不能直接播放原声。反正,她只是说,我们在用手提扩音器向机动队挑衅。太可惜了!"

"照这么说,在手提扩音器里提条件就不合适了。"乔木说,"我原本以为,只要通过手提扩音器里提出我们的条件,就算机动队不理睬,那些电视台、报社的嘴终归是堵不住的,这样的话,机动队就会受到来自外部的压力,不想谈也得和我们谈。要不,还是在'自由航海团'的电台里说?"

"那些收到我们信号,然后又把我们的广播内容转交给了媒体的家伙,肯定和电视台、报社达成了协议,说不定现在正趴在接收装置前守着呢!既然这样,对我们的广播,机动队的前线总指挥不会不理睬的。按说,说不定,他们自己也在接收我们的信号。"无线电工程师带着几分自信,说。

十一点半。"自由航海团"广播电台准备播送勇鱼根据"红脸"的笔记写好的新广播稿了。机动队的高音喇叭声、房顶上直升机的螺旋桨声太吵了,医生拿来事先做好的垫子,塞到了玻璃被打碎的枪眼上。房里的温度马上蹿上来了,眼泪大小的汗水一滴滴顺着脸往下掉。无线电工程师就更热了,他趴在发热的设备前,一把把抹着汗,在认真拨弄着旋钮。然后,他以一种公事公办的腔调、不紧不慢地开始了自己的广播,似乎要让这声音传到地球反面去似的:

"Young man be not forgetful of prayer,这里是'自由航海团'广播电台,一四五兆赫,收到信号的各位,请你们把广播内容录下来,在你们自己的电台里重新播放,那些已经向新闻机构提供过磁带的无线电爱好者,请你们与相关媒体取得联系,继续向他们提供。Young man be not forgetful of prayer,这里是'自由航海团'广播电台,我们已经向警方提出了自己的要求。以下,是我们要求的具体内容:我们需要一艘起码能满足八个人居住条件的机帆船,比如说,一艘船身为十五米、载重量为十六吨、带有三十八匹马力农用柴油发动机的捕鲣渔船改造成机帆船就行。另外,船上至少得备有能使用一周的水、粮食、燃料。停靠港口是江之岛,因此,必须为我们提供登船之前所需的交通工具,一台大型卡车就行。以上条件是向警方提出的,并不会给国家增加负担。以上所说的机帆船,估计费用为一千五百万元,这笔经费,由我们控制的人质的家属作为赎金提供。在整个行动期间内,我们一直带有枪械、手榴弹和炸药,我们做好了引爆自杀的准备,任何武力夺回人质的计划,都只会让人质面临被炸死的危险。我们要求警方或是媒体作为中介方在今天下午一点之前作出回答,尤其是媒体机构,应该对警方进行监督,以防他们对人质家属接受我们条件的意愿加以隐瞒。Young man be not forgetful of prayer,这里是'自由航海团'广播电台,这里是'自由航海团'广播电台……"

"我想,这种异想天开的要求,人家是不会答应的。"多麻吉说,"不过也好,漫天要价地提出这种条件,我们就可以看到将来要坐的那艘渔船改造型机帆船的幻象了。"

没料到,这种带点情调的话,多麻吉竟然也能整上一句。他的话,正好表达了"自由航海团"全体船员的心声。

突然,枪声又响了。这次对方只用了瓦斯弹和来复枪。警备车两旁伸出的双重盾牌间露出了一个枪孔,闪过一下又缩了回去,多麻吉瞅准空子还了一枪。只是,这一枪并不能让多麻吉真正兴奋起来,因为那狙击手是趴在盾牌阵后面的战壕里的。问题是,多麻吉还击的这一枪,反倒引起了相反的效果——两发瓦斯弹紧挨着挪开垫子的枪眼爆炸了,多麻吉赶紧收回枪,等在一旁的医生连忙把垫子塞了回去。尽管如此,大船室里的每个人还是不明不白地流着泪,不停地咳嗽着,一起冲到了事先备好的柠檬片旁。如果敌人故意对着枪眼发射瓦斯弹,这边就只有忙着堵枪眼的份,根本就没法开枪还击了。而且,只要有一发瓦斯弹射进了房里,里面的人是怎么也扛不住的。这么说来,对方尽管气得够呛,但他们还没打算立刻展开强攻。在淌着眼泪、使劲眨巴着眼睛的这帮船员们眼里,对方的形象反而更清晰了。想到这儿,大家更是气得直发抖。不得不停止反击的多麻吉就不用说了,就连乔木、医生都只能红着双眼、鼻翼旁滴着眼泪,一声不吭地听着在外墙上不住敲打的子弹发出的声响。

"完了!"无线电工程师突然气鼓鼓地惊叫了一声,"这下完了,天线被他们干掉了!"

枪声、子弹敲打外墙的啪啪声都停下来了。看来,他们这一轮开枪的目的就是打掉天线。听到无线电工程师的惊叫,船员们都聚到了无线电设备旁。无线电工程师好在不停地扭着旋钮,想看看能不能收到信号。不过围在他身旁的每一个人都明白,在无线电工程师眼里,这台设备的核心部分已经成了一块死铁。若是普通的半导体收音机,即便不用天线,也是可以收到电波信号的。可这台设备就不同了,既不能发出信号,又无法截获机动队相互通讯的内容,无线电工程师当然会把它看作一块死铁。折腾了一阵后,他彻底死了心,把放着无线电设备的桌子推到一旁,直挺挺地朝后仰起了身子。

"电源情况怎样?"

"电源?早就被人家切断啦!"无线电工程师说话的语气,像是想扇哪个傻瓜一耳光,(勇鱼马上想到了靖的那台收录机。机子里的电池是刚换的,只要把机身上那根外接电源线拔掉,收录机的电源马上就可以切换到电池上。每次扔下靖外出时,他都会让靖练习这一动作。)"发信号也好,收信号也好,我一直用的是电池!那帮家伙正是意识到了这一点才把天线干掉的。对我们的要求,一个都不回应,反而还……真够卑鄙的。"

说完,无线电工程师又朝后仰面反撑了一下腰,然后闭上了眼睛。

勇鱼这时突然意识到,自己以前看到的,似乎一直是他趴在无线电设备前的那张侧脸。现在终于看清了,原来,他紧紧挤在微微堆着厚肉的眉尖处的那截眉毛又浓又粗,从紧绷的脸颊到嘴唇处积起了几道油垢的脏纹。沾着汗珠的硬朗鼻翼,下方好像朝两侧膨胀着。这会儿,他正仰面靠在椅子背上,闭着双眼,大口喘着粗气。房子外面,好像刚才那一阵枪击和自己毫无关系似的,高音喇叭里还在重复着那几句套话:"**房子里的各位,别再罪上加罪了!**……"

"我去把天线捡回来修一下,这次,只装狗身子那么高,让子弹打不着。要是挪到房顶中央用混凝土块固定好了,说不定还能凑合着用。"无线电工程师既愤懑又懊恼,沉着嗓门闷声闷气地说。

"上屋顶马上会被打死的!"多麻吉表示反对,"我们可没法像那帮家伙那样开枪掩护你。"

"这个我当然知道。"无线电工程师紧锁着眉头、闭着眼睛说,"我不用你们掩护,有电视台实况转播的望远镜头在那儿盯着,看见有人空着手出去,他们也不好随便开枪吧?了不得就是开机枪吓唬吓唬,做做样子。我就装出一副被他们吓傻了的模样,捡了天线就跑。"

无线电工程师这番话,与其说是在骗人,倒不如说是在骗自己。在场所有人都不吱声了,只好依着他,看看他这番牵强的假定和逻辑是否行得通。

"天线就那么要紧吗?"乔木还是忍不住提出了质疑,"要我说啊,这广播也就别搞了,他们不是从没把我们的广播当回事吗?你再怎么装上天线重新开始广播,我看也是白搭,没用的。"

"我可没觉得他们没把我们的广播当回事。天线不是被他们打掉了吗?这事情明摆着。"说到这儿,无线电工程师突然倔强地扬起头,狠狠地瞪了乔木一眼,"说实话,我也没指望仅靠这个广播就能顺利地和他们把交易做成,可是,既然好不容易定了一个呼号,总不能因为天线被打掉了就放弃吧?半途而废,岂不是玩广播游戏?说'这里是自由航海团广播电台'的时候,我心里可没想着是在闹着玩,咱不是那种人,我这人啊,最烦的就是不把事当回事。"

无线电工程师不再说什么了。他那双被催泪瓦斯折磨得发红的、但又绝不是那种充血了的透着愚钝的眼睛,在盯着通向阳台出口的掩障,似乎已经在制定自己下一步的行动计划。看着他,勇鱼心里想,眼前这个年轻人,连自己心里究竟想表达什么都还没想好就已经豁出去了,好像自己的肉身根本就不存在似的。勇鱼顿时觉得,一种悲凉感咚的一声袭来,重重击打在自己肩上。他按捺不住心头的惋惜，说：

"既然知道广播本来就没什么意义，就算你修好了天线，重新开始广播，又能得到什么回报呢？"

无线电工程师听了，怔了一下，他抬头看了勇鱼一眼，眼神里蒙上了一抹愤怒和蔑视的雾。随后，连他心里的情绪也被这层雾捂住了，无线电工程师又变成了绝不向人敞开自己心扉、只是睁着铁一般红眼的年轻人。他顺手抓起身边的长椅，塞到自己棉质短裤和肚子之间的胯下，走向吊着混凝土块的掩障，想自己一个人把掩障拉上去。混凝土块摇晃起来，缝隙间透进的阳光，照亮了它们的棱角。多麻吉走上前，低着头一声不响地帮无线电工程师把掩障朝上拉了一截。

无线电工程师低垂着头，尽量前倾着身子，钻进了混凝土块下方完全暴露在阳光下的空洞，全然不顾房子外那些对着这边的枪口，上了阳台。

像顶不住突如其来的疾风似的，突然，他的腿飘忽着离开了地面。随着一声枪响，他倒下了——准确地说，他是倒下后又中了一枪。不过，无线电工程师马上又站了起来。多麻吉以为他会转身回来，把混凝土掩障又朝上拉顶了一截。无线电工程师朝后退了两步，却马上从大家的视线中消失了——他一定是上了被混凝土块遮着的铁楼梯，直接去了大船室顶上的平台。又是一声枪响，多麻吉扔下握在手里的混凝土块，跑回自己的岗位，用枪管挑掉捂在枪眼上的垫子，举起枪就是一阵突突突的连发。这次开枪，显然不是针对特定目标，以对对方造成伤害为目的的那种射击，因为直到把弹仓里的子弹打完多麻吉都一直在哭，根本就没仔细看外面一眼。最靠近楼梯的那个枪眼的外墙上，鲜红的血在一滴滴往下掉，乔木朝平台上喊了几声，当然没有回应。从血流下的地方看，无线电工程师是坚持走到天线旁才最后倒下的——他不是在做播音游戏,而是真的想恢复无线电台的广播。

多麻吉还在抽泣着,那稚嫩的嗓音不禁令人想起了"boy"。他换上了一个新的弹夹,紧紧地盯着枪眼外的斜下方。其他人,包括喘着粗气跑上楼来的"红脸",大家都在愣愣地看着顺着枪眼上的玻璃一滴滴往下流的鲜血。勇鱼听见,站在自己身旁的"红脸"正和着鲜血滴落的节奏在一句句轻声祈祷——"Young man be not forgetful of prayer……Young man be not forgetful of prayer……"

第二十一章　鲸鱼腹中（三）

下午一点了，警方没有做出任何回应，大型警备车的高音喇叭还在无休无止地重复着那几句套话。不过，尽管用的词、说话的嗓音都没什么变化，但词尾的发音不像以前那么清晰了，有时甚至舌头还有点打结。这表明，他们不是在用磁带。看来，虽说警备车后方是一片开阔地，但车里的人还是热得够呛。被热浪蒸着、在肯定宽不到哪儿去的空间里反反复复念着套话的那个穿着制服的男人，他的头肯定比谁都涨得厉害……现在，他又毅然决然地唤醒了自己的敬业精神，套话又恢复了流畅感。

"真想把那家伙收进来，让他当我们'自由航海团'的播音员，"乔木说，"这家伙很像那么回事，有点我们'阿缩'的味道。"

"'缩哥'那种人，别处找不到的！"多麻吉根本没把乔木的话当回事。

说这话时，多麻吉正举着一块深色的摩托头盔透镜片，用它半遮着脸，在监视着外面炽热阳光下机动队的一举一动。他憔悴的脸上时而淌着汗时而起着鸡皮疙瘩，看上去就像个在水里游了好久后刚上岸的孩子，一个印度的孩子。很明显，他一直在想着如何在自己不被狙击的前提下把无线电工程师的尸体搬回大船室——偶尔瞅一眼头顶斜上方的手提扩音器，大概是因为他心里在做着向大型警备车提出临时停火建议的梦吧——哪怕短暂的停火也好，只要能利用这段时间在把阳光暴晒下的无线电工程师拖回来就行。可现在，他被那只会套话的专家的气势压倒了，觉得自己的手提扩音器根本没法和对方的高音喇叭决斗。

还有，每当乔木拿起耳机时，多麻吉似乎总是有点不快。那是因为，他想从现在只能收听中波广播的无线电设备里听到媒体对枪杀无线电工程师并任由他的尸体暴晒在阳光之下一事发出的谴责之声——"机动队太不像话了，竟然枪杀一个手无寸铁的人。赶快让人家收尸！"——只要这种"舆论"之声足够强烈，多麻吉肯定会马上冲到平台上去。遗憾的是，乔木每次想听广播时，脸上总是只露出一副"拿耳机来"的神情。

医生这时也没闲着，他在忙着手里的活。他把"红脸"的泳镜拆了，准备先剪断连接两个镜框的橡皮，把二者的间距缩短后再重新缝合成一个整体——这东西是为靖做的，为的是让他的眼睛免受催泪瓦斯的伤害。此前，他还把备用耳机上的线圈和小喇叭拆下来，然后在捂在耳朵上的外圈上又套上一层海绵，为靖做了一个防音装置。作为"自由航海团"的船医，他为自己没能趁无线电工程师活着时到屋顶平台上去及时施救而感到羞愧。现在埋头干这活，正是为了对自己的失职作出补偿。

作为船员之一，勇鱼的职责是对敌人可能从后方发动的进攻进行监视。这会儿，他正琢磨着怎样才能从螺旋楼梯顶上的那个采光孔里观察敌人的动向。搬来椅子往上一站，结果发现自己的头已经顶在了天花板上，于是，他只好向后仰着身子扭着脑袋朝外看。像这么下去，他是坚持不了多久的。不过，朝苗圃后面看了一阵后，勇鱼还是有了新的发现——尽管看不清上面究竟写着什么，但有一点很清楚，那儿出现了一条被风吹得鼓鼓胀胀的白底黑字的横幅。

"住在高坡上的那帮人好像也开始抱怨咱们啦！"跳下来作完汇报后，勇鱼从乔木手里接过望远镜，又回到了椅子上。

仔细一看，原来，横幅上的文字并不是在谴责他们，而是一条当地居民出于地域本位主义的宣言——"机动队的各位，此处是安静的住宅区，不欢迎流弹！"勇鱼举着望远镜看着，一直在偷偷地笑，直到脖子开始作疼才罢休。乔木见状走过来接过望远镜站到勇鱼的位置上一看，也禁不住狂笑起来：

"原来机动队是四面楚歌啊，真可怜！加上外面又越来越热了，激动队员们会更恼火的。要是建议他们和咱们并肩战斗，向高坡上那条街发动攻击，说不定那帮家伙还真会答应！哎，你说呢？"

说到这儿，乔木对着多麻吉的后背叫了一声，因为他一直在紧盯着枪眼外的动静。

"哎，多麻吉！高坡上的居民挂了横幅，在抱怨机动队的流弹呢！"

"要是再挂一条，上面就该写'请机动队快点剿灭那帮疯子'啦！"多麻吉应了一声。

勇鱼突然明白作为语言专家自己下一步该干什么了——对，"自由航海团"也可以写条横幅，表示一下自己的诉求！就算机动队不把它当回事，那些采访记者的眼睛总挡不住吧，他们手里的电视摄影望远镜头马上会看到的。再说了，这样做还可以让他们明白，尽管无线电发报装置沉默了，但"自由航海团"并没有放弃自己的诉求。勇鱼马上找出了一大沓尿布，这东西，是靖小时候关在筒子里那阵子用剩下的，当时，靖还不能表达自己的需求，于是，每晚都得在他身上套上这玩意。医生对勇鱼挂横幅的计划表现出极大的兴趣，马上动手轻车熟路地把一片片尿布缝合起来。

"这手艺，是在医学部实习时学的？"

"学这个干吗?"医生忍不住笑出声来,不过,他还是告诉勇鱼,自己以前确实练过,为的是学会在帆布上打补丁。

语言专家立刻用记号笔在尿布条上直截了当地写上了"自由航海团"的诉求——"船给不给,快回答!"在竖幅的下方加上坠子、中间等距离夹进三根横棍后,大家把它塞到了枪眼外。潜伏在战壕里的狙击手迅速作出了反应,对准竖幅连连开了几枪。吊出去还不到一分钟,子弹击中了露在枪眼外的吊绳,横幅就这么被击落了。警备车的高音喇叭还在没完没了地叫。大型警备车和盾牌丛缥缈的轮廓,在热浪中摇曳。战壕里挖出的新土已经干了,看上去像一溜溜沙堆。不用说,战壕的内面也是干的,里面的人肯定热得够呛。避核工事里的温度也在一个劲往上蹿。下午两点了,一辆从高坡上下来的救护车想绕过湿地靠近大型警备车,结果抛锚困在了草地里。苦苦折腾一阵后,它又重新退了回去,然后顺着大翻斗车碾出的轨迹好不容易才达到了目的。

"那救护车的司机,该不是认准了我们会遵守红十字协定吧?只要勾一下扳机他就玩完,就算他们马上还一千枪又能怎么样?"

"那可不是一般的救护车哦!装着防弹玻璃、钢板什么的,比坦克还结实着呢!"多麻吉说,"不过,不管怎么说,反正我是不想对救护车下手的。因为这已经意味着机动队承认他们里面有人中暑了,他们本来就觉得不好意思。"

"要是真的不好意思,就该让我们给无线电工程师收尸。"医生说。

"对我们,他们可没觉得不好意思,无非也就是怕外人知道了这事不好交代。"乔木说,"从一开始,他们就没把我们当人看。"

救护车好像转到警备车背后的安全地带去救人了。大概是认准了不用防范避核工事这边开枪吧,没多久,又开来了一辆救护车,而且这次是笔直朝警备车开过去的。看来,中暑的还不止四五个人,要不,这原本就是一台假装成救护车的补给车,可能是来给战壕里的人送午饭的。反正,双方现在事实上转入了一种临时停火状态。于是,这边也把通向阳台的掩障拨到一边固定起来,放进了一些新鲜空气。要是这时候对方对着这个空洞的方向集中火力朝平台上发射催泪弹,事情可就麻烦了。不过还好,也许是看在这边没对救护车开火的分上,想还一个人情吧,对方并没有开枪。

"既然这样,要不我干脆打着白旗到平台上去试试?"多麻吉提议说。

"你要是出了事,我们可就没狙击手啦!"乔木说,"再说了,医生虽说没打白旗,但他明摆着是个非战斗人员嘛!倒不如趁着这点工夫去吃午饭,就我们几个还活着的聚在一起……"

勇鱼马上起身下了楼,想去给伊奈子打个招呼。进厨房一看,原来伊奈子已经在忙活了。她搬来一把椅子,让靖坐在灶台旁看着。

"怎么样,靖?"勇鱼对孩子打了一声招呼,可靖只是扭头看了他一眼,嘴里还在一字一句地跟在伊奈子后面念叨着:

"那是直升机的声音,靖。那是警察在喊话,靖……"

"直升机的声音……警察在喊话……"

伊奈子说这些,与其说是为了给靖壮胆,倒不如说,和勇鱼以前成天闷着一肚子无名火那阵子一次次反复做过的一样,她这是想借靖的声音这面镜子折射出的自己来保持平和的心态。伊奈子为大家准备的食物,表现出了自守城以来缠绕在"自由航海团"船员身上挥之不去的双重特征。一方面,仿佛这次守城战斗会持续好几个星期似的,明明电饭煲没法用了,可那些稍稍蒸一下就能吃的速食米饭罐头,伊奈子一个也没打开不说,而且还煮好了好多干面。令人不解的是,食品清单上的那些价钱贵的东西,她却又都开了封,把它们全都摊在灶台上放好了,好像是想让大家来顿豪华大餐似的。

靖从螃蟹罐头里挑出了一条骨头薄、肉质后的腿,用拇指和食指捏着笔直地竖在眼前,正一边琢磨着它的模样一边细细地品味着。从刚躲进避核工事那阵子那个虽说是消极的,但却是实实在在地排斥任何食物的靖,到眼前这个每当螃蟹骨头碰到鼻孔便露出微笑、伸出蔷薇色的舌尖接住每一粒松脆的肉粒的靖,岁月恍若流逝了百年……

"刚才到处黑灯瞎火的,我躺在高低床上好好想过了,我觉得,从出生到现在,直到昨晚才真正有了了结,现在我开始新的生活了,整个人生都焕然一新了。"

勇鱼瞅了伊奈子一眼。说这话时,她整个脸上都泛着红润,那双闪着虹彩的眼睛,确实像是在发散着新生命的力量。

医生一个人接下了在三楼继续监视的任务,其他船员都聚到了客厅。

"到现在,我们战斗了几个小时啦?"乔木扫视了围在桌前的船员们一眼,问,"有十到十二个小时了吧?这是咱'自由航海团'第一次参加战斗,打得够惨烈的。那么,咱们开吃吧!"

尽管时间很紧,但大家吃起来还是慢吞吞的。因为每个人这时心里都在惦记着伊奈子,担心她端着两个人吃的东西上大船室后被无线电工程师牺牲的噩耗击垮。果然,没多久,伊奈子强挺着硬邦邦的脑袋,圆睁着可怕的大眼睛,愣愣地瞪着前方,泪流满面地下楼来了。她强忍着,好像生怕自己一旦开口说话就会把自己对无线电工程师的死的悲痛传给了靖似的,默默地坐到了餐桌旁,然后伴着圆睁的眼睛里不住涌出的泪水使劲地吃、认真地咀嚼起来。靖也学着她的模样,在使劲嚼着浇在面条上的汤汁中夹杂着的牛筋。

"那台翻了个的警备车,我从枪眼里看了好几次,我琢磨着啊,"

还是"红脸"拨开了那股从伊奈子身上扩散开来的沉默的雾,"难道我们就不能让它动起来,开着它冲出去?"

"你说,我们能让那家伙翻过身站起来吗?又没有吊车。它可比一般的卡车重好几倍哟!"乔木说。

"说的也是,难就难在没法让它站起来。扶正了就好办了,这不,车钥匙已经从那个机动队的俘虏手里搞过来啦!"

说着,"红脸"伸出手,亮了亮掌心里的车钥匙。和往常一样,他还是满脸通红,只是,这次红得很阴郁,就像是在发烧似的。也许,其实他心里已经有了具体的实施方案,但由于天生害臊,只是缺乏把其他船员扯进自己话题的勇气吧。再加上他的话这会儿偏偏又是说给最缺乏想象力的多麻吉听的,这就使他更羞于启齿了:

"多麻吉呀,你听我说,就算除了正面的敌人以外周围全藏着伏兵,难道你就真的不觉得只要我们上了警备车就能冲出去吗?那可是他们手头最厉害的一台车啊,那帮家伙再怎么能打,咱们毕竟在车上,了不得和他们打个平手。"

"先不说坐什么车冲出去,我就不明白了,咱凭什么非得离开这儿?"多麻吉爱理不理地回答说。

"这个我明白,只要对方没答应我们的要求,就绝不能放弃守城。要是对方答应给我们船的话,就更用不着那警备车了。我想把那车扶起来,是考虑到对方拒绝了我们的条件,铁了心要把我们从这避核工事里熏出去,万一催泪瓦斯打进来了,到时候就……"

"说白了,你小子压根儿就不相信我们能搞到船,是不是?"多麻吉态度更冷淡了。说完,便准备动手擦拭吃饭时也放在身边的自动步枪。

"你打算怎么把警备车扶起来呢?"乔木接过被多麻吉打断的话头,问"红脸"。

"我也不是很有把握，"说着，"红脸"又从脸颊红到了耳根，"我在想啊，要是把警备车后面斜坡的根基炸掉，那车说不定能被爆炸力扶正的。它原本不就是被爆炸力震得翻了身滚下来的吗？这说明炸药有这么大的力量。"

"你是说，行不行，只要咱们往斜坡下面扔颗手榴弹就知道啦？"乔木说。

听到这话，多麻吉抬起头瞪了乔木一眼。还没等他开口，"红脸"接着又说：

"手榴弹怎么能这么用呢？""红脸"马上反驳了一句，好像乔木刚才的话伤害了自己的廉耻心似的，"没有十足的把握，手榴弹是不能用的。"

"那你说该怎么办？"乔木反问道。

"我先钻进警备车里，到了合适的时候再引爆炸药。""红脸"说得很轻松。

"简直是无稽之谈！"多麻吉故意甩出一句源自汉语的成语，狠狠地嘲弄了一下"红脸"。

"什么叫无稽之谈？你说说，咱们以前干的那些事，哪一件又不是无稽之谈？"。"红脸"突然翻了脸，"至少，我进'自由航海团'，我守在这儿坚持战斗，整个儿就是无稽之谈，只不过是因为它有意思而已。难道说，你多麻吉在人家机动队眼里就是无稽之谈的敌人吗？"

"假定我们真的去埋炸药，那，怎么埋？能保证不被机动队的狙击手放倒吗？你刚才说的'没有十足的把握'是啥意思？指的究竟是轰隆一声响了却不知道警备车会不会爬起来呢，还是原本就不知道埋炸药时会不会出问题？"乔木插进来问。

"我的意思是不知道能不能用炸药把警备车掀起来。埋炸药是绝对没问题的。""红脸"说，"要说我的想法嘛，我自己也觉得那是无稽之谈。反过来说,正因为是无稽之谈,所以才能成功。世界史上那些伟人,一般都是干了我们认为是无稽之谈的事才取得成功的,不是吗?"

"得啦,别再咬住无稽之谈不放了,行不?"多麻吉头也不抬,说,"我分点炸药给你不就得了嘛!不过我得想想,看用多少炸药合适。用太多了,警备车毁了也就算了,要是把你'红脸'也炸飞了,那可就糟啦!"

"你的无稽之谈也有点过头了吧。""红脸"说。

对"红脸"的哪怕是一点小小的嘲弄,以前多麻吉都会马上作出反击的。不过这次他没有吱声,而是独自起身下楼取炸药去了。

"是因为你没向他要手榴弹,所以才这么配合你的!那可是人家的宝贝疙瘩。"乔木小声说。

"要不是多麻吉给咱们管着武器,这会儿,说不定咱们早就挨着警棍被人家拖出去啦!"看来,"红脸"对多麻吉的功劳还是肯定的。

这些话,按说在地下室能听见。不过,当多麻吉把炸药筒和导火线搬到楼上来时,并没有作出什么反应。他先把搬来的东西一一摊在收拾好的餐桌上,接着又像患了强迫症似的,一边小心翼翼地接上一根根导火线,一边不厌其烦地给"红脸"讲了一大通炸药的用法。无论多麻吉把原本简单的事讲得多复杂,"红脸"还是一脸认真地听着。用橡皮筋把炸药筒和导火线捆在一起后,多麻吉把它装进塑料袋,神情严肃地交给了"红脸"。"红脸"把它夹在腋窝里找了找感觉,随即又把塑料袋多余的部分扭紧,在上面套上了一根橡皮筋。看样子,他似乎对自己的计划很有把握。可是,那些无时无刻都将枪口对准整栋建筑的狙击手们,他们会放过"红脸"、让他从玄关跑到横躺在那儿的警备车上去吗?

"你是准备等天黑了再开始行动?"勇鱼问。

"哪能等到那时候?""红脸"愣了一下,说,"只要舆论开始偏向他们一边,觉得有必要把人质抢回来,他们马上就会冲进来的。到那时候,他们肯定会放烟幕弹,等到整栋房子都被烟雾罩住了,我就冲出去。"

"可是,要是他们烟幕弹、瓦斯弹一起放呢?在那种情况下,你怎么行动?"

"我穿上保温潜水服、戴上潜水眼镜,对付催泪瓦斯足够。""红脸"毫不掩饰自己的自信,"只当是在浑浊的海水里潜水不就行啦!"

说到这儿,为了显摆自己的潜水水平,以便让大家心服口服,"红脸"发出像吹口哨似的声音,做起了深呼吸。渐渐地,哨音越来越大,声调越来越高,传遍了整个避核工事。靖在一旁听着不仅不怕,还一脸好奇地紧盯着"红脸"的嘴唇,像是发现了一种新品种的鸟叫声似的。看着靖好奇的目光,年轻人总算露出了发自内心的喜悦,脸上泛起了孩子般的红晕。

"靖,我是人,是人的声音。""红脸"恢复了正常的呼吸,说。

这阵子,医生一直在边听收音机边盯着枪眼外的动静。船员们把靖和伊奈子留在地下室里,又回到了大船室。大家刚上楼,医生就报告说:

"看样子要过来做工作啦!我是说你的太太。已经在那儿了,警察的指挥所好像就在汽车厂的墙后面,她在那儿接受记者的采访,谈自己出场前的心境。是收音机的现场直播里说的。"

"对我们要船的要求,里面说了什么吗?"

"也许是新闻管制的缘故吧,对我们的要求,什么也没说。按说,作为人质的母亲,应该对机动队说说希望他们能把人质解救出来什么的,可连这类话她都没说,记者提问时明明往那个方向诱导过的。反过来,作为市民,哪怕牺牲个人利益,也不能向暴力屈服——

这类话她倒是说了不少。真不愧是个不折不扣的鹰派政治家啊。也不知道是不是真是你太太,我当时本想让你来听听的,可又怕那帮家伙随时从那边冲过来,于是就继续守在这儿了。"

"我老婆刚入门,只不过是个政治家见习生。在这种时候,她恐怕是想给选区的人留下个政治家的好印象吧。"

"既然惦记着选票,孩子被人绑架了,给别人留个悲情母亲的印象岂不更好?真是的!"乔木说。

"看样子,她是打算让在美国受到的教育支撑着自己一个人活下去,所以就先来一套硬的试试。我个人倒是希望她这么做。"

"来做工作,那,她会提出什么样的交换条件呢?我们也只好等着看了。反正,总比那要死不活的广播强,对我们来说,这至少是前进了一步。"乔木说,"和我们说上了话本身就是一个好的开头,下一步,说不定会作出让步的,你们说呢?"

"我看啦,且不说靖,我妻子是不是真的相信我被绑架了都是个问题。我总觉得她早就认准了我和你们是一伙的。这事她没说吧?要是接受记者采访时她还把这事瞒着的话,说不定还真有点希望。"

"那,他们会怎么靠近我们呢?会不会坐救护车来?"

"不会。他们不会用救护车糊弄我们的。"乔木说,"只要喇叭一响,那救护车刚才拉来的是谁,不就马上露馅了吗?就算是为了等会儿能用救护车把那些失去战斗力的机动队员拖出去,他们也得把救护车留着。再说了,这也是警方显摆的极好机会,他们可以借此大肆渲染自己是如何精心保护与警方配合的民间人士的。依我看啦,他们会再调一台大型警备车,大大方方地开过来的。"

"也就是说,他们绝对还会用催泪弹和烟幕弹!""红脸"好像早就在等着乔木这句话似的,"那我就瞅准掩护射击停歇的空子,钻到那台躺着的警备车的驾驶室里去。"

为了防范对方将瓦斯弹一齐射向枪眼，船员们采取了相应的加固措施。这样做，大概是不想当新的大型警备车开过来时又有人牺牲在对方的枪口下吧。他们意识到，此后恐怕再也难以从避核工事的枪眼里找到适合射击的目标了，于是，他们堵死了所有玻璃已经被打碎的枪眼，然后，只留下乔木继续在三楼监视敌人的动静，其他人要么去帮"红脸"穿紧身保暖衣，要么去玄关内侧为后续行动构筑掩体——也可以说是为"红脸"粉墨登场、实施他拟定的作战方案搭好舞台吧。这并不是为了保证"红脸"本人的安全，而是为留在避核工事里的人采取的一种防范措施，而且，这还是按"红脸"本人的要求做的——一旦他冲出去了，马上就得用混凝土块掩体对玄关内侧进行加固，因为只要在门后侧边堆起一米高的混凝土掩体，玄关门的抗冲击力就会增加两倍。于是"红脸"提议，事先在门边堆起一座混凝土块的尖塔，一旦"红脸"冲出去了，马上可以一把把它推倒完事。

"要是还没到警备车那儿就被发现了，你还得转身回来对不？要是就那么一把推倒了，门打不开怎么办？"。多麻吉不赞成"红脸"的方案。

"就算是被发现了，怎么说也是不能退回来的。那帮家伙一旦知道我是从玄关出去的，肯定会朝这边放瓦斯弹或是投石块，把这门毁掉。""红脸"说，"所以呀，还是得抢先把门口加固好。"

"既然明知被发现了就是死路一条，还不如干脆别去。就算是你靠近了警备车，还不知道下一步会怎么样呢？"多麻吉沉着脸说，"我总觉得，这事也太那个了……"

"太哪个了，太无稽之谈了是不？我刚才不是说了吗？正因为这样，所以才可能会成功！""红脸"看上去很有把握，一本正经地说。

说着，"红脸"在自己布满大粒汗珠的脸上套上了潜水镜——也不知他捂在保温潜水服里的身子这会儿究竟汗湿到了什么程度。至于那张罩在满是气雾的镜片下的脸现在是不是也是红的,就更不得而知了。

三点三十五分,烟幕弹和瓦斯弹一齐朝避核工事射来。面朝螺旋楼梯的那个枪眼顿时笼罩在一片白色的烟雾中,玄关附近暗得像漆黑的水底。"红脸"双手掀起潜水镜,发出悠长的哨音深深吸了一口气,打开门朝外冲去。门外,几缕鬼火般的光线中,有好几团东西在卷着浓烟、敲打着地面滚动着。"红脸"像个潜水员似的,狠命地猫着腰,朝层层叠叠的烟雾团的底部钻了进去。虽说立刻把门关上了,但这时,一团团催泪瓦斯已经像一个个活脱脱的幽灵似的钻进屋里,扑向了里面的每一个人。他们剧烈地咳嗽着,连气都喘不过来。不住地流泪自不用说,甚至连闭眼睛时都觉得眼睑处有一种很强的灼烧感,以致自己眼睛是否真的闭上了都说不清楚。

"别擦眼睛!"医生及时发出了警告,"千万别擦,这次是CS瓦斯,洗眼睛前不能擦的。"

即便如此,大家还是一拥而上,朝着门的方向把混凝土块尖塔推倒后(这活几乎是一群盲人在干,非常危险)才晃晃悠悠地摸索着逃进了客厅。大家还在不停地咳嗽,咳得几乎想吐,明明跑到面盆前用准备好的稀硼酸液冲过了,可眼泪还在不住地往外涌,好像眼睛根本就没长在自己身上似的。

"实在不行了我们钻进地下室去,这个没事,可要是舱盖被毁了,CS瓦斯弹射进了地下室,靖怎么办?我看,不能让他在地下室再待下去了。"医生坚持着说完,马上又咳起来。

而其他人,这时连作答的声音也发不出来了。从遭到催泪瓦斯袭击、大家逃进客厅那会儿起,每个人都一直在侧耳细听着屋外的动

静,大家知道,来复枪随时都会集中火力朝这边开火。尽管谁都没有吱声,医生还是一边咳嗽着一边扯着嘶哑的嗓门接着说:

"靖出水痘时,全身的皮肤一点都没抓过。与其眼睁睁地看着他被 CS 瓦斯毁了,还不如让我抱着他去投降。这'自由航海团'还没金贵到可以让一个孩子受 CS 瓦斯折磨的程度。正是想到了这一点我才答应来接手当船医的。这事,你们可别忘了。"

被催泪瓦斯整得最厉害的是多麻吉,虽说只比别人多熬了一小会儿,但毕竟他目送"红脸"的时间最长。现在,他正低着头在使劲憋着,不让自己吐出来。不过,对医生作出回应的,还是他多麻吉:

"咱'自由航海团'原本就是大家自愿走到一起的,无论谁、以什么样的理由离开都是自由的。反正,我是会坚持到最后的,这也是我的自由,对吧?"

说着,他憋足了劲站起身来,用湿毛巾捂住嘴,冲过催泪瓦斯还没有散尽的玄关,上了螺旋楼梯。

"他们的来复枪狙击手没动静嘛,既没朝'红脸'开枪,也没有乱开枪吓唬我们。大概是看我们还算老实吧?瓦斯弹是朝房子上半截射的,按说那家伙也不会被流弹击中。"乔木罩在一团近似阴天黄昏时分的光线里,说。

"不过,这催泪瓦斯也真够厉害的。"勇鱼说,"也不知'红脸'在瓦斯堆里还能动弹不?"

"放心吧,那家伙厉害得很,连续三年都是日本少年组裸潜冠军啰!不就是在催泪瓦斯的海里潜几下水嘛,他不会在乎的。"乔木说。当他扭身看见勇鱼他们被催泪瓦斯折磨成这般模样时,不禁像啃了一口酸枣似的,瞪着眼睛,嘴咧得老大。

三点四十五分,烟幕弹和瓦斯弹的发射声停了,外墙那边一片静寂。烟团已经消散,露出了一条条光柱,一瞬间,夏天的烈日又回到了避核工事。眨着泪眼看着眼前的景象，忽然觉得身边的一切都显得那么遥远，有点贫血时的眩晕感，好像守卫战开始以后已经不知重复了多少次日夜的交替似的——陷入这种恍恍惚惚的梦境的，也就只有勇鱼了，毕竟，年龄不饶人，他是熬不过身边这帮年轻人的。烟雾刚消散，年轻的船员们马上行动起来，赶到墙边去观察外面各个方位的动静。多麻吉刚凑近此前由"红眼"值守的螺旋楼梯边的那个枪眼看了一下，马上沾上了催泪瓦斯。这会儿，他又在那儿洗眼睛了。刚洗完眼睛他就扯着嗓子报告说：

"'红脸'好像钻进警备车的驾驶台了，那车滚下来后，车门一直是开着的，可现在关上了。"

"他们负责瞭望的难道就没发现吗？"勇鱼问。

"就算发现了，眼下他们又能怎么样？正是知道他们没辙，'红脸'这才把门关上的。"乔木回答说，"问题是，避核工事面临的整个外部形势现在更糟了。"

避核工事的右前方，还有左前方都出现了新的大型警备车，房子后面斜坡远处苗圃里还藏着机动队员，可以说，避核工事已经被他们团团围死了。避核工事各个角度的枪眼，都已经暴露在大型警备车，还有车旁盾牌阵挡着的那些狙击手的枪口下。

"要是那帮家伙一起发动进攻就糟了，我们这边可只有一个熟练枪手啊！"医生说。

"他们一直以为'自由航海团'存了好多手榴弹，只要一靠近就会被炸飞。眼下，我们能指望的就是这个了。"乔木说。

"可是，'红脸'冒这么大的危险跑出去，除了炸药和导火线什么也没带，凭这一点，对方不就可以估摸出我们手里有多少手榴弹了吗？"说这话时，多麻吉舌头上像缠着什么吊锤似的，虽说有几分不情愿，但他还是不赞同乔木的说法，"哎，哪怕就为了这个，我也该分给他一颗手榴弹才对……"

"'红脸'的事让他自己去解决好啦!"乔木打断多麻吉的话,说,"人都不在了,你后悔有什么用?说这些,对'红脸'毫无意义,充其量也就是安慰一下你自己而已。我们能做的,也只能是在这上面掩护掩护'红脸'的无稽之谈啦!"

"**房子里的各位,房子里的各位**!"左前方的喇叭又叫唤开了。乔木立刻取下堵在枪眼里的垫子,想听听这次他们会说些什么。听到这声音,勇鱼突然产生了一种错觉,觉得说话的好像是身着女装的"怪"——这说话的语气里带着一股老政治家的腔,如果"怪"是个女人,他说话时就该是这种腔调。没错,听嗓音就知道,这次说话的是**直日**。——"**我就是你们要求给你们提供船的那个人**,可是,我不打算给你们船,根本就没那个意愿,快打消你们的如意算盘,威胁是毫无意义的。你们要**马上释放人质,立刻离开那栋房子走出来**!只要你们不加重自己的罪行,到时候法院对你们进行审判时,我会组织救援活动,对你们展开辩护,连律师的费用也由我承担。赶快出来,要知道,你们绑架的人质,可是一个弱智的孩子哦!还有比这种胁迫更卑劣、更不人道的行径吗?劝你们**赶快释放人质,走出来**!你们守在里面,是为了捍卫什么主义、表达什么诉求吗?——既然你们什么诉求也没有,为什么还不走出来?再坚持下去,又能有什么结果?听说你们是在等地震,当人们在蒙受大地震带来的苦难时,你们却要组织一个团伙,你们究竟想干什么?你们这种不折不扣的反社会行为,是任何人都不能容忍的,是任何社会制度都不会纵容的!如果将来的社会不能清除反社会的人,它将会是一个行将灭亡的社会。能够对你们想干的事加以容忍的时代,不可能在地球上的人类社会里出现。你们到底想要干什么?对同伴施以酷刑、逼同伴自杀、杀害警官、绑架弱智儿童作人质,以为这样做就能达到自己的目的吗?你们根本就不是人！我为什么要为你们提供逃跑的交通工具？这已经远远越出了个人私事的范畴，即便牺牲自己精神不健全的孩子，我也是不会向你们妥协的。每个人，每个市民，都承担着对社会的义务。身为母亲，我担心孩子的安全，精神都快崩溃了。但是，作为社会的一员，该怎么做我还得怎么做。我拒绝你们提出的所有要求。**把人质放了，赶快出来吧，房子里的各位！房子里的各位！**赶快放下武器，从房子里走出来。你们太卑鄙了，我不会向你们屈服的，即使牺牲我精神发育不健全的孩子也决不向你们屈服！别打傻算盘了，释放人质，走出来。这是你们最后的机会了，赶快把人质放了，走出来！……"

"你怎么娶了这么个女汉子？"乔木感叹道。

勇鱼还没有缓过神来，对乔木趁着下一次重复广播还没开始的间隙说的这句话，一时没反应过来。直到新一轮广播说完了一句时，他才接过话头为直日辩解说：

"我们婚后的那些日子里，她从没像这样一个人说这么多话。人嘛，总是会成长、会变化的。对吧？"

"你就别为这事不好意思啦！"乔木说，"我就不明白了，为什么说到人质时她只提到了靖，没提到你。该不会是已经明白我们之间的关系了吧？难道说，警察也是这么想的？"

"对我，警方还没抓到什么证据吧。我倒觉得，只有我老婆一个人心里开始对我产生怀疑了，认为我要么和你们是一伙的，要么是作为支持者在参与你们的行动。因为昨天我还在她面前隐隐约约提到过你们。正因为这个，她刚才说话时才特别小心，生怕以后警方认定我是你们的同谋时会对自己不利。说不定啊，她还想把刚才的录音拿去竞选用呢！"

"原来，她厚着脸皮把靖的事插进去是为了博取外人的同情啊。强硬的煽情的，两手都来，这女人也真够厉害的。"乔木说。

"她估摸着机动队肯定会发动最后强攻,不惜连靖都杀掉的。于是就先来了这么一篇针对社会舆论的演讲,为机动队的行为作辩护。"多麻吉沉着脸说,"那些在烈日下熬着待命的机动队员,一听到孩子的母亲把话说到了这个份上,肯定会精神一振、越发觉得即便牺牲了孩子的性命也要把我们这帮恶贼统统消灭掉的。"

"对了,她一会儿说什么孩子弱智,一会儿说孩子精神发育不全,这可以煽起机动队员的歧视意识。机动队员都是年轻人,原本就有对不正常的孩子施虐的人格倾向。"医生说,"连这一点都算计进去了,这样的母亲,真叫人恶心!靖这孩子,多听话呀,多有毅力呀,还是个辨别鸟叫声的专家!若不是把这些全忘光了,怎么会说他弱智、说他精神发育不全呢?"

大船室里凝固的空气本来就像一团热雾,经医生这么一发火,大家身上又渗出了新的汗水。

"在我们一家三口在一起的那段日子里,靖的自闭倾向是非常严重的。"勇鱼替妻子辩护说,"先不说这个了。'自由航海团'和大地震的关系被她们严重歪曲了,我们得设法还自己一个清白。要不,咱们用手提扩音器再来一次?"

"没草稿怎么行?"多麻吉在退缩。

"来不及写草稿啦!"乔木劝多麻吉说,"你刚才不是说得很好嘛!"

"这次让我来!"勇鱼说。

"听到你的声音,你妻子不就什么都明白了吗?"

"她已经怀疑我和你们是一伙的,却又没告诉警察,是想利用这事搞竞选宣传。既然这样,即使听到了我的声音,她也不会吱声的。到时候只要找个借口,说扩音器传出的声音不像是我的,警察也没法追究。再说了,等到警方查这事时,报纸上的闹腾也该消停了,是不会影响她竞选的——反正,我是预言专家,总该起点作用吧!"

"你这个预言专家,已经起了作用啦!行了,这次还是我来!"乔木作出了决断。

乔木拿起手提扩音器,尽量不让刚才多麻吉情绪激昂地广播时快要扯断的那根连接麦克和机身的线受力,把手提扩音器搁到膝盖上,等待着适当的时机。直日的呼喊告一段落时,他马上开始了自己针锋相对的广播:

"**我们要船,赶快回答!对我们提出的要求作出回答!**"说完这两句替代电台呼号的开场白后,乔木接着说,"我们不需要什么辩护,你们的法庭判决,对我们毫无意义。因为还没等惩罚我们的刑期满,你们的监狱就没了!我们手里的这个孩子,和我们一起过得很好、很自在,已经是一个活泼可爱的孩子了。好好想想吧,**回应我们的要求,答应我们的条件!**'自由航海团'想在大地震发生之前到海上去,是因为我们知道,东京毁于大地震那天你们会把我们统统杀掉的。我们只是想在大屠杀之前逃掉。想想看吧,你们现在在干什么,你们下一步想干什么?要理解我们恐惧的心情,**我们要船!**不错,我们的确是一群反社会的人,仅此而已。我们不想和未来社会扯上任何关系,因为我们知道,根本就不存在什么未来社会。我们只是不想和你们在同一块土地上灭亡才想到要去海上的。**我们要船,满足我们的要求!**"

乔木理直气壮地扯着嗓门大声喊了一阵后,突然不吱声了。他阴郁着脸,显得有些伤感。广播喇叭里直日的呼喊声、机动队枯燥无味的啰唆都陷于了沉默。不过,在对着手提扩音器叫喊时,乔木面对的可不是一群沉默的听众——在大型警备车和盾牌护卫下的战壕里,那些正忍着酷热接受手提扩音器的挑战的机动队员们火冒三丈,一直在声嘶力竭地起哄。

"'红脸'在外面听到这声音,不急得跳起来才怪。"多麻吉像忍着寒战似的,阴沉着脸说。

一听这话,所有船员都立刻屏住呼吸,静静地听着外面的动静——就在一阵阵扑向避核工事的叫骂浪涛中,突然传来了一声爆炸的巨响,伴着沙沙抖落的细灰,墙面猛地震了一下,堵着枪眼的垫子弹到了地上,船员们纷纷朝邻近的枪眼跑去。探头往下一看,低处,一股湿漉漉的扬尘在超外围翻滚;湿扬尘的上方,一团焦干的灰雾一直升腾到了枪眼附近;混杂在灰雾中的碎石粒、土疙瘩齐刷刷地落到地上,发出一阵稀里哗啦的声响,像一阵突如其来的阵雨。

"失败了!"方才冲向螺旋楼梯的多麻吉大声叫着,又匆匆折了回来。他一把抓起自动步枪冲到枪眼前,摆好了射击的架势。

灰雾散去后,守在墙正面枪眼前朝下看的人立刻知道多麻吉说的话究竟意味着什么了——横躺在地上的大型警备车,这时挪到了避核工事斜前方处,驾驶台的门已经被打开了,在那儿不停地晃。只是,这门是从里边伸出的那只裹着黑色橡胶的胳膊推开的。这些,可以从位于成正三角形的另外两个点的那两台警备车上看得一清二楚。不一会儿,一颗颗瓦斯弹朝横躺着的驾驶台飞了过来,数不清的固体汇聚在驾驶台上,然后又一一反弹着跳起来,让人不禁想起了那天傍晚在伊豆看见的那些从榉树丛中成群冲向天空的白头翁。又涌起了一波叫骂声的浪潮,一拨拨"滚出来,滚出来!"的叫喊,甚至压倒了发射瓦斯弹时发出的砰砰的枪声。渐渐地,"杀人犯、疯子、滚出来!"的叫喊声丝毫没有减弱不说,甚至还演变成了一场节日里的狂欢。多麻吉扣动了扳机。叫骂声只是稍稍停顿了一下,马上又响起来了,而且还叫得更响了。还击的来复枪子弹一颗颗击打着房子的外墙,像是为下一轮更残酷的游戏奏响的序曲。每一个机动队员都摩拳擦掌,在等待着为那个屁股上画了日之丸的俘虏复仇的那一刻……

一会儿,横躺着的警备车门开了,一个被催泪瓦斯折磨得筋疲力尽的黑色橡胶人紧绷着闪着黑光的肩缓缓探出头来,好像根本就没意识到前面有敌人似的,也不知爆炸导致了脑震荡还是浓浓的CS瓦斯损伤了他的大脑。接着,那个浑身黑乎乎的橡胶人又朝门外伸出一条腿,摇晃着上半截身子,缓缓地把屁股挪到了门外。他一把扯下潜水镜,扬起头,原本想深深吸一口新鲜的空气,却剧烈地咳嗽起来。眼看就要身子朝后仰面倒在地上了,幸好他立刻平靠到了门框上,这才勉强撑住了身子。这时候,谩骂的浪潮深处已经含着几分欢喜雀跃的情调,那些机动队员们叫喊的,已经不再是"杀人犯,疯子",而是"到这边来,到这边来!"了。尽管包围阵里看不到一个人影,却能听见他们发出的"到这边来,这边来!"的尖叫,还有一阵阵放荡的傻笑……

那黑乎乎的橡胶人试图站稳,晃动了几下身子,总算松开了扶在门框上的双手。他把手伸向喉咙处,朝下拉开了潜水服的拉链。由于背对着这边,具体也看不清楚,他好像接着又从口袋里掏出了香烟和火柴,准备抽烟。看到这模样,机动队员们又发出了一阵嘲弄的哄笑。橡胶人挺直身子,低下头,连连擦了几次火柴。而只有避核工事里的人心里清楚,"红脸"原本是不抽烟的。这次,轮到他们把心提到嗓子眼上为"红脸"捏一把冷汗了。这时,橡胶人突然摆出了一副恐吓的架势,或许,他这时突然朝自己正前方和斜前方的大型警备车分别狠狠地瞪了一眼,然后,随着一声爆炸的巨响,警备车整个身子猛然抖了一下,转眼间裹进了红红的火球里,驾驶台的碎片带着橡胶人的残骸猛烈地燃烧着四处飞散,有的落到了里樱树下,引燃了周围的树木和草地……

"我杀了他！我没给他手榴弹，是我害死了他！"多麻吉撕心裂肺地惨叫起来。

那嗓音，酷似"boy"发烧时发出的叫喊，只是这次，身边的人都只能屏住呼吸默默地看着他，不知该怎么安抚他才好……

第二十二章　洪水袭至　淹及吾魂

　　远方,报时的钟声响了,下午五点。为避免避核工事里有人朝自己开枪,救护车靠到了左前方的大型警备车旁。机动队还朝避核工事零散地发射了几颗烟幕弹和瓦斯弹,想试探一下这边的反应。对此,多麻吉没有还击。救护车先绕到警备车身后,随后又探出头来,飞快地开走了。虽说眼下正值气候干燥的时节,但在这块近乎荒野的湿地上像那样疾驰,颠簸的程度可想而知。那个中年女人,终于离开了——僵直地挺着上身、双腿使劲蹬着车厢里的地板、背对后方雪崩般压过来的恐惧紧咬着牙、浑身冒着冷汗走了,打着可怜巴巴的小算盘,心里揣摩着刚才面对媒体作的那番政治表演的成效走了。靖的母亲抛下我走了,就像此刻她在车里的姿态那样,她忽左忽右地摇晃着身子,好歹总算没有栽跟头,她盯着"怪"患上喉头癌死后留下的政治地盘,瞅着议员的交椅,这就要去追逐自己的政治梦想了——看着救护车远去的身影,勇鱼对"树魂""鲸鱼魂"说。

　　"劝降的一走,下一步该展开总攻了。"乔木说,"他们拉开了全歼'自由航海团'的架势,马上就要展开行动啦!"

　　"那,那是什么?"医生举着望远镜,吓了一大跳。

　　"是风。"勇鱼安慰他说。对避核工事外一年四季的景物,他也算得上是专家了。

那些布满湿地的茂密的夏草,尤其是秋麒麟草和抱成团高高耸起的葛藤叶,就像是被一只大手掌拨弄过似的,正齐刷刷地舞动着浪头。恐怕,借着这阵风,那些被烈日晒得浑身发软的机动队员会顿时精神大振,重新激起暴力的斗志吧!

"小树林边上冒出了高压喷水车,还有链子下吊着铁球的吊车。那吊车,比上次拆摄影棚时用过的那台好像大四五倍呢!"是跑去观察避核工事后方动静的多麻吉在对着大船室叫。

"他们还真敢大摇大摆地开过来,看,都到那儿了。"乔木赶忙跑到螺旋楼梯拐角平台去看了看,说。

"那帮家伙还没明白'红脸'究竟是想干吗就认准我们没手榴弹了。"多麻吉沉着脸,愤愤地说,"他们以为'红脸'只不过是被逼疯了才去炸掉那台警备车的。因为没手榴弹了,于是只好只带炸药去炸车,结果连自己的命也搭上了。他们这是把咱们看扁啦!"

"当初警察说我们藏了好多手榴弹,那只是说给媒体听的,"乔木冷静地说,"其实啊,他们早就心里有数。到这会儿,他们估摸着我们的手榴弹也该用完了。总攻时,他们只会提防我们手里的来复枪的。"

"妈的,等会儿就让这帮崽子尝尝我用'红脸'留下的手榴弹的味道!"多麻吉越说越来气。

"我就不明白了,不是已经明明白白告诉他们了,我们手里有人质,靖就在这屋子里吗?"医生说,"难道说,即便这样他们还会发动总攻?怕是想和我们再接触一次吧?"

"这事可说不准。在警察眼里,人质的事,无非就是一个怎么向媒体作交代的问题。母亲的演讲也作了,我们的回应也有了,警备车也被炸了,走到这一步,警方已经在宣传上下足了工夫,已经清楚地告诉媒体,这事没法通过谈判解决,劝降的闹剧该收场了。既然已经在媒体面前凑足了只有强攻才能救出人质的口实,那么,可以说,最佳方案就是在天黑前展开总攻彻底解决问题,以便对附近已经忍无可忍的居民作出交代。"

"照你这么说,我们就应该在总攻开始之前把人质给释放了,不是吗?"医生在船员们面前摆起了自己船医的架子,板着脸说。

"你可别忘了,哪来什么人质?这事不是我们胡诌出来的嘛!"勇鱼想拦住医生的话头,可医生根本就懒得理他,只顾接着往下说:"总攻时要是他们往避核工事里发射瓦斯弹,靖可扛不住哦!当然啰,我们可以让他先躲到地下室里去。可是,地下室最后总得被打开吧?到那时候,满屋的瓦斯会全部冲进去的。再说了,在掀开揭盖那一刻,他们肯定也会朝里面射瓦斯弹。你们想过没?到那时候,靖的眼睛、喉咙,还有皮肤,会被 CS 瓦斯折腾成什么样?"

"人质咱已经用不着了。就算能用人质换到船,咱也没无线电工程师了,没航海士了,有经验的船员只剩下我和乔木了,反正,有了机帆船咱也去不了远海。倒不如干脆……"多麻吉说。这种不得已的放弃,令他着实难受。

本来,勇鱼是也想叮嘱多麻吉一句、提醒他自己不是什么人质的。可当他意识到眼前这个一心想着靠枪解决问题的多麻吉竟然到这种时候还在为航海的梦想而战斗时,马上缄口不语了。这是一个全新的发现,它展现了多麻吉身上的另一个侧面。

"让我护着靖去投降,也带上伊奈子。"医生说,似乎这个险理应由他去冒似的。

"不过,伊奈子的事,还得由她自己决定。"乔木只是不慌不忙地补上了这一句。

"那好,我这就去和伊奈子谈。"说完,医生就起身走了,对自己离开后大家会怎么议论似乎毫不在意。

留在大船室的三个人没有辜负医生的坦荡。无论伊奈子作出什么样的决定,反正有一点是无疑的,乔木也好、多麻吉也好,一旦他们把现在沉思默想的结果说出了口,事关"自由航海团"命运的最后抉择也就定了——勇鱼伫立在一团近似浑浊的热风的空气里,看着远处,心中默默向森林和大海的"树魂""鲸鱼魂"报告说。

"我要坚持战斗,直到把剩下的手榴弹用完。"多麻吉沉着悲凉的嗓门,带着对"红脸"的自责,说。

"你呢,打算怎么办?"乔木问勇鱼。他说话的口气,与其说是在询问,不如说是在为说服勇鱼作铺垫,"既然靖出去了,你当然应该一起出去。只是,这避核工事原本就是你的,我们毕竟只是闯进来的外人……"

"我倒是觉得,靖完全可以托给伊奈子和医生。"勇鱼的态度十分坚定。这种坚定,就像是一道光,把他所作决定意味着什么,整个照得通亮,"我以前就说过,我隐居在这避核工事里,想的就是做树木和鲸鱼的代言人,可是却一直没能履行自己的职责,没向外界传递任何信息。现在我明白了,只要我继续在这儿待下去,这事本身就是代言人向外界发送的信息。几百个机动队员包围了避核工事,如果最后他们开枪把我杀了,那就意味着是人类杀害了树木和鲸鱼的代言人。而且,电视、广播,还有报纸都会对这事作长篇累牍的报道。这种向外界传递信息的好机会,上哪儿找去?再说了,这条件,还不是'自由航海团'给我提供的?……"

"那好,"乔木说,"就这么定了!既然你不出去,那伊奈子就得带着靖出去。这样吧,咱们先暂时休战,等伊奈子和医生带着靖走远了再和他们开战。"

"等等,乔木,我一直在想啊,"多麻吉阴沉着黑乎乎的脸说,虽他说语速很慢,但却显得异常坚定,"要是我们三个全都死在这儿了,那'自由航海团'不就完蛋了吗？真是那样的话,以前'boy'老是做的那个可怕的梦就成真的啦！——就算伊奈子和医生能活下来,养育靖就够他们受的了,哪儿还顾得上'自由航海团'？再说了,医生是自己主动提出要离开这儿的,这本身就表明,他心里原本就没描过'自由航海团'那条船的形象,这样一来,重担就会全压在伊奈子一个女人身上。'缩哥''boy'无线电工程师,还有'红脸'当然也包括我们,明天都会陷到'boy'那个可怕的梦境里去,啪的一声,全没了。——所以我在想啊,我留下来战斗到底,直到手榴弹全用光,乔木你呢,能不能也出去,免得咱'自由航海团'像那可怕的梦泡泡似的,就这么说没就没了。"

"让我出去?"乔木好像到这时才理顺了多麻吉话里的脉络,他那张突着嘴唇、满是汗水的脸,看着看着退掉了血色,紧绷起来,摆出了一副自我防卫的架势。

"是啊,只有你出去才能把这副担子挑起来。"多麻吉不经意地把自动步枪朝膝盖边挪了挪,说。

"你这是什么话,可别忘了,这'自由航海团'可是我建起来的!"乔木冷冷地对多麻吉笑了笑,说。

"没错,'自由航海团'确实是你建起来的。正因为这样,所以这担子还得你自己来扛。难道说,你搞'自由航海团'是闹着玩的?"多麻吉毫不退让,顶了乔木一句。

"要是那样,我早就劝你们投降啦!"乔木说,"我搞'自由航海团'怎么是闹着玩呢？尤其是在眼下这种时候——"

"所以说嘛,你这种人就应该到外面去。"多麻吉知道自己明显占了上风,说话的声音柔和了许多,"只能让你被他们抓去,把我们干的事全招了,才能证明伊奈子和医生和这次枪战、和处死'缩哥'完全无关。不这么做,靖往后的日子怎么过？"

"不是说好了,由你代表'自由航海团'对外发声吗?你是'自由航海团'的语言专家,不是吗?"乔木红着脏兮兮的薄脸皮,把矛头转向了勇鱼。他的神情,与其说是狼狈,不如说是带着几分恐怖。

"昨天晚上都说好了,刚才也提过了,不是没我的事了吗?"勇鱼干脆利落地顶了回去,"事情发展到了这一步,我该从语言专家的位置上退下来啦!我得静下来集中精力当好我的树木、鲸鱼代言人。至于你们'自由航海团'的内讧,你们这些老船员自己去解决吧!"

说完,勇鱼顺手提起"红脸"用过的那支猎枪,也懒得理睬乔木紧盯着自己的目光,扭头离开了大船室。这时,伊奈子和医生正从玄关口朝楼上走,为了能正好在三楼的拐角平台上避让他们,勇鱼在楼梯口看着下边静静地等了一阵。靖软塌塌地缩成一团躺在伊奈子怀里,不过这并不是因为他身体有哪儿不舒服,而是长时间的亢奋后过于疲劳的缘故。伊奈子在认真地思考着,和勇鱼擦身而过时,默默地使劲瞪了他一眼。勇鱼萎缩的阴茎带着几分自豪恭谨地抖了一下——有了他带领伊奈子进入的境界,以后,这些男孩子中的任何一个都可以引领这个姑娘走向性的进一步解放了吧……

勇鱼来到客厅,从正面的枪眼里看了看远处——警备车和那些盾牌阵里没什么新的动向。不同的是,现在盾牌已经不再反射阳光了,可以透过盾牌间的间隙,清清楚楚地看见堆积在它们后面的土袋。显然,现在从避核工事朝对方的阵地开枪,几乎起不到任何效果。不过,这事也用不着向多麻吉报告。勇鱼又把视线落到近前,看了看原本茂密的树叶被烧得精光的里樱树焦黑的树干,还有那一棵棵莫名其妙地遭到敌人的袭击、像人一样绝望地展开双臂的濒死的树。记得当年意识到那个巴尔干少年已经苏醒过来时,自己首先感受到的,是一种沸腾的水珠突然爆裂时的恐怖。接着,看到那个少年举起双臂、无助地吊在墙外的狼狈模样,又隐隐产生了一种优越感,正是在这种优越感的驱使下，自己才心安理得地干完了想干的事。现在想来，自己当时并不是被人逼急了逼疯了才那么做的。——当"怪"听到外面异样的声响，问发生了什么事时，他毫不犹豫地搪塞过去了，甚至连自己手腕上的伤都只字未提。而当年的那个"怪"，此时此刻正面对自己身体中用自己的蛋白质培育出的自己的癌细胞在承受着自己酿出的痛苦、在一步步走向死亡——他正享受着自己的痛苦、管控着自己的痛苦。只是，出于老年的自闭型畏惧，他所能做的，仅仅是拒绝麻醉剂的注射而已。而对当年那个巴尔干半岛的少年，他或许早已忘得一干二净，一刻也不曾想起……

勇鱼意识到，一种类似魂魄体的东西正在自己身体中挣扎。我的一生，就像一种无定型的物质——他默默对"树魂""鲸鱼魂"倾诉说，总是想归于定型却总是溃散垮塌，而现实世界，则是这个无定型的自己的无定型的镜片中折射出的世界。这个世界，将随同自己的死无定型地爆炸，最后一切都归于无。这世界本无定型，一切补救措施都为时已晚，只能眼睁睁地等着它爆炸，然后归于无。一切都是悬在半空、上不着天下不着地的无……勇鱼在心里诉说着，可眼前的里樱树却好像对他毫无感应——焦黑的里樱树已经将自己的"树魂"发射进了宇宙太空，此刻它归于了无。而把里樱树活活烧死的，是人类，是自己为其一分子的人类。此刻，他根本就无意对"树魂""鲸鱼魂"否认自己就是那些防火者的同伙。心里只是在想着，我是打心眼里爱着这群年轻人与众不同的方方面面的。虽说坐在他们驾驶的车上已经走了很远了，但我连一个冒牌的青年赛车手都算不上。再怎么晚，我也活不到日落后，在那之前我肯定会被人枪杀，遗憾的是，一旦死去，对这些与众不同的年轻人的记忆就会消失。至于那些悬在半空的东西，就让它们就这么悬下去归于无吧，我不觉得有什么遗憾……

"乔木在叫你。"伊奈子说着,抱着昏昏欲睡的靖和医生一起从楼上下来了。

伊奈子的眼睛,在房里光亮越来越弱的昏暗中淡定地散发着茶色的虹彩,眼圈和鼻翼旁刻出了几道很明显的皱纹——简直就像是她十年后的幻影。勇鱼凝神看了看靖的脑袋,它正像带着磁力似的,紧紧贴在伊奈子皮脂微微泛着黑光的胸膛里,头上那一圈没长头发的手术痕迹还清晰可见。一想到无定型的东西给他漂亮的小脑袋造成的伤害,勇鱼总免不了心生抱怨。不过,即便如此,他也会就这样上不着天下不着地归于无吧。——靖,咱们这就要再见啦!勇鱼默默在心里说,就像是在对"树魂"和"鲸鱼魂"发出心底的呼唤,死和在你头上筑巢的那家伙一样,也是无定型的,哪怕是那些多少有点成型的东西,它终究也会全部毁灭的。正因为如此,我以前一直就觉得,死的爆发才是我期盼。我想好了,要死,就要死得干脆利落。

"我也出去,带着靖和医生一起出去。"伊奈子说,"本来我还以为,这么开心的日子会永远继续下去的,没想到就这么……"

"可一般人都是认为好日子是不会长久的。"勇鱼深有感触地说,"反正,你也好,靖也好,我都没什么可担心的。你们去吧,伊奈子,医生!"

乔木一直守在三楼的采光孔旁观察着房子背后的动静。见勇鱼上楼来了,赶忙小心翼翼地一步步从椅子上挪下来,站到了地上。他的眼圈和鼻翼旁也生起了硬邦邦的皱纹。这反过来告诉勇鱼,伊奈子的神情,也并非仅仅是由于身体的憔悴。或许,这是口干上火的缘故吧。看!盯着勇鱼时,乔木嘴里不是在捣鼓着探着唾沫吗?接下来他说的话,多少带有几分挑逗的意味:

"记得我对你说过的'鲸鱼树'的故事吧,那是为了拉你进'自由航海团'随口说的。哪有什么'鲸鱼树'?那都是我胡编的!我只不过是想把你心里看重的两样东西结合起来罢了。"

勇鱼一点都没觉得诧异。他眯着沾满脂屑的眼睛，朝前稍稍突着嘴唇，心里在琢磨着：这年轻人要去玩命、展开一场毫无胜算的攻击，无非就是想让自己替他走出避核工事，去完成他未尽的使命。

"是啊，听你讲了'鲸鱼树'的故事后，我想了很多。后来，当发现自己心里描绘的场景真的像'boy'所说的那种幻象一样出现在眼前时，确实兴奋过好一阵子。不过，你知道的，早在那以前我就把自己看作是树木和鲸鱼的代言人了，所以说啊，就算这世上没有'鲸鱼树'，我也不会太在意的。早上多麻吉不是说过吗——除非你走出这房子到跟前去看个究竟，那些反射着阳光的水洼，和银矿露出的表层是没什么分别的。按多麻吉的说法，既然我没法去你老家打听是不是真的有那么个传说，那，我认为真的有'鲸鱼树'也说得过去，你说呢？"

勇鱼说这些时，起初，乔木还像个因事情没如愿而躁动不安的孩子，蒙在薄脂下的眼珠瞪得溜圆，可没过多久，他的目光又重新恢复了平静，像一只汗透的狗想抖掉头上的汗水似的，连连晃了几下脑袋，带着几分不情愿，缓缓地说：

"是嘛，原来你是这么想的。"

"没错！"勇鱼说，"你总不至于想说，连'自由航海团'也是自己胡诌出来的吧？"

"我怎么会！"乔木回答得十分干脆，"要说以前我就认为'自由航海团'将来能怎么样，那是骗人的，连我自己都不信。可现在不同了，不信也得信，因为它实实在在地明摆在这儿。而且，还不只是我们信，这避核工事外边还有那么多人，他们都信，难道不是吗？"

"至少，我是信的。"勇鱼说。

"下次，我们一定能成功地把游艇送到公海上去。"乔木说着，浑身透着久违的汗味从勇鱼身边掠过,急匆匆地赶到楼下去了,到玄关旁时,他又扭头朝楼上补了一句:"我说,那'鲸鱼树'的事,你可别……"

"行啦,就别说啦!"勇鱼朝楼下应了一声,笑着摇了摇头。

"乔木刚才看见了,那帮家伙在用推土机碾被手榴弹炸烂的斜坡。"留在大船室里的多麻吉说,"看那架势,大概是想等会儿把胳膊上吊着铁锤球的吊车开过来。行啊,咱们在这儿等着就行了,反而轻松。"

说着,多麻吉拿来一张行军床,把边上那两根硬金属管骨架拆了下来。勇鱼也凑过去,帮他用小刀割开了床上的垫布。接着,多麻吉又细心地把割下的摆布绑到了金属管上,勇鱼在一旁看着,觉得他的动作倒有点像是在修桅杆上的帆骨。虽说脸是紧绷着的,但手头的活却干得相当麻利。勇鱼也学着他的模样,又做了一面白旗。

"等会儿把它伸到枪眼外边去,尽可能显眼点!马上就要收回来的,伸出去时当心,免得收回时在半道上卡着了。"多麻吉叮嘱说,"这一根,我这就去交给乔木他们,记住,我让他们五分钟后走出去。"

勇鱼又找来一截收音机线圈上的铜线,对绑好垫布的金属管头部进行了加固处理。他心里很清楚,要是机动队看到白旗,误以为留在避核工事里的船员也丧失了战斗意志,成群地扑过来,到那时候,连多麻吉这个阿修罗[①]也会无济于事的。所以,一旦投降的队列进入了对方的阵地,得立刻把白旗收回来。他一把扯掉堵在房中间那个枪眼里的塞子,用白旗遮住枪眼,想把狂潮般涌向房里的高音喇叭

[①] 阿修罗,由梵语 Asura 音译而得。印度诸神中永不言败的战神、凶煞之神,八大护法神之一。

声挡回去。可外面的狙击手还没缓过神来,根本看不出换上去的是表示投降的白旗,于是,立刻引来了一阵子弹撞在外墙上发出的噼里啪啦的声响。

"赶快释放人质,放下武器,房子里的各位!"高音喇叭还在一个劲儿地叫。

勇鱼转动金属管,缓缓地展开了白旗。渐渐地,他已经能感受到风的冲击力了。机动队阵地那边突然涌起了一阵此前从未有过的喧嚣,可是,看过去,那儿并没有什么明显的动静。出现在眼前的,只是一派夕阳昏暗的红光下空无一人的喧嚣景象。勇鱼觉得,这情景,好像以前在哪儿见过。不,这记忆显然是虚幻的。按说,它应该是未来、或许是只有在世界末日那天才能见到的景象。

高音喇叭的尖叫戛然停止了,喧嚣声越发张狂了。朝枪眼斜下方一看,勇鱼首先发现了一面白旗,双手握着白旗下的金属管的,是乔木。紧跟在他身后的,是怀抱着酣睡的靖的伊奈子。靖沉重的脑袋掀开了伊奈子的衬衣,一侧胸口的整个乳房都裸露在外。勇鱼微张着发干的嘴,目光在那全裸的乳房上停留了许久。伊奈子朝前走了两三步后,医生出现了,他胳膊下夹着一个装着靖生活必需品的篮子。之所以故意和伊奈子保持一段距离,或许是怕对方的狙击手误判,以为篮子里藏着武器进而朝自己开枪吧。三个人都高昂着头、直挺着胸,在急急忙忙地朝前赶——正前方就是停着的警备车。

就在勇鱼把视线挪到他们前方的那一瞬间,那儿的场景发生了骤变——从那两台大型警备车旁,到远处摄影棚旧址附近,再到摄影棚两侧的汽车厂边、甚至连自卫队训练场上,都突然冒出了数不清的机动队员的身影。他们个个都戴着头盔,透视镜片整齐划一的朝下,一张张阴沉的黑脸齐刷刷地看着这边。虽说每个人手里都举着盾牌,但远远望去,倒不如说他们的身子反倒更像是一溜溜灰得发青的盾。而且,这帮形同机器的人还在对着这边齐声叫骂……

乔木已经靠近大型警备车了,于是,被远远抛在后面的伊奈子加快了脚步,一直和她保持两三步距离的医生也在一路小跑着朝前赶,这会儿,已经追上她、在和她肩并肩地朝前走了。早就等在那儿的机动队员组成了一条夹道,为的是引导乔木他们绕到警备车后面去。因此,乔木他们得穿过面对面排好的队列中间那条狭窄的通道才行。不时有机动队员扬起带着重装备的笨胳膊在乔木的额头上捅一下、在头发上揪一把,弄得他前倾后仰;连对前倾着身子护着靖的伊奈子,他们也不放过,有人想动手羞辱;医生上前制止时,被人狠狠地绊了一下,他踉跄了几下,最后还是一头栽到了地上。有人上前揪住他的衣领想把他拽起来,一群机动队员冲过来,把他们围在了中央——机动队的队伍全乱了,一群人推推搡搡着,把乔木他们带到了警备车后。

"太过分啦,我们是自己走出去的,妈的,还对咱们这样!"多麻吉骂开了。

他肩扛着三支枪,胳膊里搂着装着弹药和爆破筒的木箱,从勇鱼身旁凑到枪眼前看了看外面的动静。接着又随手从塞在木箱旮旯里的水煮鸡罐头盒中抓出一把肉片塞进嘴里,眼里喷着怒火鼓着腮帮子嚼了一阵。

勇鱼转动金属管收回白旗一看,外面的景象让他惊呆了——方才那些挤得密密麻麻的灰青色机器人阵消失了,避核工事外的那片湿地又恢复了它本来的模样,静悄悄的,看不到一个人影。多麻吉也凑过来,把自动步枪的枪托搁在一只膝盖上,半蹲着身子扫了外面一眼。经过一整天的战斗,持续的剧烈运动使他看上去憔悴多了,但是,这反而使他得以将全身的力量都聚集进了那双眼圈下陷、微微发黑的眼睛里。

"救护车开过来把投降的接走后,他们就该发动总攻了。"多麻吉的鹰眼紧盯着前方,说,"到时候,我们也得展开总攻。这帮家伙,只要有一个同伙挨了枪子,就像是所有人都被人侮辱了似的,马上就恨得直咬牙,什么龌龊事都干得出来。反正媒体的人在警备车里关着,啥都看不见,谁知道那帮狗娘养的究竟会干什么。"

说着,像是自己的身体受到了多大的摧残似的,多麻吉气得浑身抖了一下,急匆匆地起身到楼梯拐角那儿观察外面动静去了。

"吊车、高压水车都开过来啦!旁边还有好多盾牌掩护着。……看那吊车的高度,他们好像是打算把一楼、要不就是二楼给锤了,反正,这层楼是够不着的。我看是想锤二楼,先在二楼外墙上锤个窟窿,接着就往里面射瓦斯弹,要不就是喷水,最后把梯子伸过来,这不就是特工队嘛!"

说着,多麻吉又回到了楼上,

"你不是想去地下室守着的吗?"多麻吉侧脸对着勇鱼,问。他这时的神情,和乔木心里打着小算盘说话时一个模样,"要是二楼的墙被锤穿了,到时候你就去不了地下室啦!要不,咱们两个在总攻开始前先分开吧,一个留在大船室,一个去地下室,你说呢?"

其实勇鱼心里明白,多麻吉是想一个人独自在这儿战斗,只是不好意思直截了当地明说而已,这可不是往日多麻吉的行事风格。这下,勇鱼可犯难了。

"行啊,我这就走,"勇鱼说,"反正,我这人又不会使枪,你战斗时,我只是个累赘——"

"还行吧!"多麻吉赶忙拦住勇鱼的话头,说,"再说了,谁说你不会开枪啦?虽说只剩一弹夹子弹了,但也能开二十枪啊!你把这自动步枪拿去,我先把它拨到全自动上,只扣扳机就行。"

"那你呢,不用啊?"

"我这儿还有来复枪和猎枪不是?保准一枪一个。"说着,多麻吉把一直由自己垄断的自动步枪递到了勇鱼手里,他的目光,还是没在勇鱼脸上。

救护车横穿过弥漫着昏暗暮色的草地,驶过来了。

"只要靖他们被那车一拉走,就该到时候了。"多麻吉目光紧追着行进中的救护车,说。突然,他扭过身来,直愣愣地盯着勇鱼,问:"正因为是无稽之谈,所以才有可能成功——'红脸'是这么说过的吧?你说,他这话,是不是说着玩的?"

"既然人都死了,那么,只要活着的人觉得是真的,那就是真的。"勇鱼说,"反正,我就是这么想的。"

一听这话,多麻吉深陷在黑眼窝下的眼睛里顿时闪出一道喜悦的光,放射到了他那张脏兮兮的黑脸上。

"我啊,也和'红脸'刚才一样,在想着'无稽之谈'呢!"多麻吉提高嗓门,兴奋地说,"要说,这话听起来还真有点犯傻,实在是无稽之谈。——要是我一枪放倒一个,过一阵后形势会不会来个大逆转?说不定啊,那几百个机动队员会突然倒向我一边的。那可就热闹了,我们可以开着大型警备车,还有卡车,浩浩荡荡地冲进城里去,然后接着往前冲,去晴海码头,把那儿的油轮啥的全部征用了,组成一个超大型的'自由航海团',到海上去。你说,我这么想,不是无稽之谈吧?"

说完,多麻吉满脸挂的都是羞愧。既然这样,勇鱼怎么也得对他的无稽之谈表示一下子支持了。

"是啊,到这儿来执行任务,在酷暑下熬了一整天,'妈的,咱不干了,还不如和房子里那家伙一起到海上去!'——那些机动队员们很可能会这么想的。"勇鱼说,"一旦他们有了这种想法,并鼓起勇气付诸行动,事情就不难啦!那么多全副武装的机动队员冲进了市中心,除了出动自卫队,还有谁拦得住?只要能抢在政府作出派自卫队维持治安的决定之前让那个大型'自由航海团'出海,就大功告成啦!"

"那下一步就是宣布放弃国籍啦!自卫队员把那身臭烘烘的制服扔了就是,我嘛,就这样。哈哈,这就大功告成啦!"

"要是你那个无稽之谈的大逆转真的成功了,"勇鱼说着,心里却在盼着自己的话能被"树魂""鲸鱼魂"听见,"到那时候,我就把自己'树魂''鲸鱼魂'的位子让给你。反正,我也算是个'旧时代的人'了,充其量就是在避核工事里隐居,毕竟不像你,是'新时代的人',能干出大逆转的大事来。"

救护车从大型警备车后探出头来,拉着投降的乔木他们一溜烟走了。西边的天际已经染红了。那边有一条河,再往后是一片工业区,从那儿升腾起的烟雾,在晴空上勾出了一道道层层叠叠的晚霞般的纹理,每道纹理都像被撒上了金属粉末似的,泛着红铜色的光——那是一片由浓淡不均的涂层叠加在一起的晚霞,只有云层最底处的太阳稍稍泛着白色,远远望去,好像唯有那一块天空没被彩霞捂住似的。看着这片天空,勇鱼眼前不禁浮现出那天在伊豆看见的无数白头翁绕着大榉树顶成群上下翻飞的情景。不同的是,今天,天空上既没有鸟,地面上也没有那气势恢宏的树。哪怕是近前的里樱树都被我的同类烧焦了。想到这里,勇鱼不禁涌起一阵悲凉。最要紧的是夕阳下缺树——勇鱼在心里默默对"树魂""鲸鱼魂"说。

两台大型警备车开始同时向前推进了,两列带轮的盾牌上方隐隐地露出头盔——机动队员们跟在车旁,也在徒步向前推进。远远跟在他们后面的,是布满整片湿地的数不清的机动队员。他们列成横排,露出头盔透视镜后的眼睛,昏暗的盾牌上也淡淡地抹着一层夕阳下的红铜色粉末,在跑步向前,正像一群笨重的机器人在朝这边逼近……

"那句话,你能不能再教我一遍?"多麻吉在枪眼角落上支好军用来复枪的枪管,说,"就是投降时要用的那句话,你不是写在纸上了吗?那张纸,被伊奈子撕下来带走了。我很喜欢那句的,可惜想不起来了。"

"young man be not forgetful of prayer,"勇鱼背诵完第一句,歇了口气,见多麻吉只是静静地听着,眼睛紧盯着枪眼外,于是只好接着往下念,"every time you pray, if your prayer is sincere , there will be new feeling and new meaning in it, which will give you fresh courage, and you will ..."

"谢谢!"多麻吉缓缓地道了一声谢,拦住了勇鱼,接着又说,"意思我能理解的,就到这儿为止。现在想起来了,这下我就放心了。我这人啊,要是把什么事给忘了,就老是惦记着,心里不踏实。"

多麻吉轻轻勾动了扳机——正对面那台警备车右边,一个机动队员应声倒下了,手里握着的白棒子飞向了半空。显然,哪怕是对盾牌间隙里露在透视镜外面不设防的部位——可能是机动队员的眼睛吧,多麻吉也没有放过。既然倒下的人手里握着指挥棒,那么,刚才默许手下对投降的人施暴的那个指挥官,想必就是他了。枪声凝固了外面所有的运动,近景中的,还有远远后方的每个机动队员都缩成一团,躲到了盾牌后。他们头顶上的空间好像顿时高了许多,浮游在其中的红铜色粉末也显得益发稠密了。短暂的沉寂之后,勇鱼眼前出现了那天傍晚白头翁上下翻飞的幻影——瓦斯弹、烟幕弹朝这边劈头盖脑地飞了过来,一道道漆黑捂住了晚霞下的天空。避核工事的背后,也传来了大锤子在外墙上连连撞击的声响。

"是吊车在锤!"勇鱼这么说,其实是想证实一下,原来,那只不过是高压水炮发出的声响。接着,整栋房子猛地震动起来,这次,比刚才的声响大多了。一下,又一下,房子的外墙在晃动。

"咱们分开吧!"多麻吉掩埋在捂住了枪眼的红灰色烟幕中叫道,"看,这不是无稽之谈吗?相信我,会大逆转的。"

也不等勇鱼回应,多麻吉马上伸手掏出一把煮鸡肉塞进嘴里嚼起来,然后在胸前擦了擦手,开始摆弄炸药筒,好像根本没把勇鱼的存在当回事似的。可正当勇鱼准备起身离去时,他却又"哎"了一声,从木箱里拿出一个水煮鸡肉的大罐头盒,举到勇鱼眼前。勇鱼把指头捅进罐头盒,抓出一把来放到嘴里,他生怕炸药筒马上就会爆炸,赶忙搂着自动步枪开了大船室。铁球每击打一次,螺旋楼梯就会吱呀一声,震动一下。每当这时,勇鱼就会弯下腰等一阵。喷射到外墙上的水顺流而下,传来瀑布般的声响。瓦斯弹集中平射到玄关的门上,就像是好多有急事的人在使劲捶门,等到这门快垮了,那帮家伙就该破门而入了。想到这儿,勇鱼下到二楼的拐角上,看着斜下方的玄关,打算藏在这儿搞伏击——射杀闯进来的机动队员,掩护楼上的多麻吉。看来,在这儿阻击两三分钟还是没问题的。头顶上传来了多麻吉急促的脚步声,就像是狗在毫不忌讳地来回转悠似的。他这是在对敌人最具杀伤力的地方布炸药筒,下一步,就该检查枪里子弹是否上膛、手榴弹是否备好,然后伺机而动了。很明显,他并不需要别人的掩护。既然房子的所有楼层都是他的战场,那么,要是再这么转悠下去,说不定第一个被炸药筒炸飞的反而是自己。

想到这儿,勇鱼走进客厅,找来手电筒,顺着铁楼梯下到了地下室。他先把自动步枪和拨亮的手电筒并排放在地上,然后又回到铁楼梯旁,打算爬上去关闭上面的舱盖。本来,舱盖上是备有很坚固的锁的,但一想到多麻吉负伤后可能会进来躲避,勇鱼还是没给舱盖上锁,只是掀下舱盖就下来了。

水流的哗哗声听不见了,烟幕弹、瓦斯弹敲打外墙的声音消失了。剩下的,只是铁球撞击外墙产生的震动,勇鱼不仅没感到恐惧,反而还唤醒了他儿时独自躲在密闭的空间里时体味过的那种亢奋。脚下,聚集着一股比地上微微发凉的冷气。黑暗中,勇鱼握着手电筒走到海图台前,点亮了放在那儿的酒精灯。他本想打着赤脚在那块玄想裸土旁坐下静静地待一会儿,可这地方正对着上面的舱盖,太容易被发现了。于是,他走到房间最深处,把靠在墙边的简易床推到了房中央。一张小纸条从床上掉到了地下,上面写着"pilot berth"①——一定是"红脸"描画船的局部结构草图时留下的。勇鱼把纸条还回原处,把玄想时坐的那把椅子搬到了房间的空处。记得好像听人说过,上膛的枪是不能竖靠在墙上的。于是,他赶忙取来自动步枪,放到了纸条上。

勇鱼走到玄想椅旁,挺直身子坐下。刚坐稳,他又生起了一个新的念头,想去靖白天躺过的床旁看看那台收录机。电池还能用不?一按播放键,就像忽然间升腾起一股热气似的,收录机里立刻响起了鸟叫声。在人生最后一刻自己听到的,会是什么鸟的叫声呢?就这么个小小的疑问,恐怕也会不得而解,就这么悬在半空最终归于无吧?——勇鱼想。但是,就这么胡思乱想也不是个办法,为了省去倒带的时间,勇鱼打开磁带仓盖,把两盘放了半截的磁带一气取了出来,然后又从磁带盒里取出一盘空磁带和一盘录着鲸鱼叫声的磁带,塞进了磁带仓。这盘鲸鱼叫声的磁带,是在百慕大海域用潜水麦克录下来的,简直就是一曲座头鲸的咏叹。勇鱼把音量调到最大,按下了播放键。首先听到的,是潜到深海时耳朵感受到的那种沉闷的波涛声和摩托艇的马达声。听着这声音,好像顷刻间整个地下室都沉到了百慕大的深处似的。接着,收录机里响起了一阵阵"呜呦呜呦

---

① Pilot berth,领航员高低床。

呜吲……噗嗡噗嗡……呜吲呜吲……"的鸣叫,淹没了铁球撞击外墙的轰响。

"是鲸鱼!"勇鱼自言自语地说,嘴角露出了满意的微笑。他似乎觉得,这头座头鲸"呜吲呜吲呜吲……噗嗡噗嗡……呜吲呜吲……"的咏叹调后,整个大洋中的所有鲸鱼都在远方遥相呼应。

勇鱼想回到玄想椅坐下,刚一起身,却发现手电筒的光束下出现了一块血迹样的东西,原来,那是捂在靖床单下的一本红色封皮的书,一本英日语对照版的基甸版圣经。这书是"自由航海团"时兴学英语那阵子从宾馆里偷回来的。没料到,关在地下室的这几天里,伊奈子和靖竟然在看这个!勇鱼这才意识到,伊奈子身上,也有自己以前不曾知晓的内心世界。可惜,这事也要上不着天下不着地地归于无了。勇鱼拿着圣经回到玄想椅前坐下,想给自己算上一卦。眼下,他已经被逼进了地下室,任何自由选择的出路都被封死了,但是,正因为如此,他最大的自由也就是算卦了。至少可以说,现在,他拥有了不让任何人说自己闲话、还指责自己"到这时候还心存贪念"的权利。他闭上眼睛,让自己的思绪沉浸进深海中鲸鱼咏叹调余音缭绕的氛围里,随意翻开基甸圣经,在那一页上刻下一道指甲痕,然后睁开眼睛借着电筒光看了看。——眼前出现的,是这样一行英语:

"..., yet ye seek to kill me, because my word hath not free course in you."直觉告诉勇鱼,这是"树魂""鲸鱼魂"向他传递的最后一道信息。以前,他不知多少次向"树魂""鲸鱼魂"诉说过,却从没得到过他们的直接回应。今天,他终于收到了最精辟、最明确无误的回应——我的话,你们置若罔闻,故欲杀我。——"树魂""鲸鱼魂"这里所指的"你们",不用说,肯定也包括了一直妄称自己是"树魂""鲸鱼魂"代言人的勇鱼吧?因为,对那些震动他耳膜的美妙的话语——鲸鱼的咏叹,勇鱼也不解其意,终有一天,这鲸鱼咏叹调也会从勇鱼的记忆中消逝。这就是勇鱼也是"你们"中的一员的最好证明。好在,这事也逃不脱悬在半空、终归归于无的宿命。这想法给了勇鱼一丝安慰,使他得以从黑暗深渊的牵引力中挣脱出来,获得了自由。虽说我一直妄称自己是树木和鲸鱼的代言人,但我终归是个人,也就是说,是那些伐光树木、捕尽鲸鱼的人中的一员,勇鱼对"树魂""鲸鱼魂"说,只要看透了这一点,我就和靖没有什么不同——我也只能是吃了就吐、站起来就倒,最终带着满身的新伤力尽心衰而死。想到这些我就觉得,正是这种"世上一切都悬在半空最终归于无"的认识,把我推向了无限开阔、无比自由的境界……

录音带中的背景音原本是海洋里涌动的水声,可不知怎么回事,这会儿又加上了"咕咚咕咚"的水泡声,而且这声音越来越强烈了。冰凉的水浸湿了赤着的脚掌,勇鱼起身借着电筒光一看,发现原来是脚下的玄想池四周在使劲地向外冒水。没错,一定是高压水车射出的水渗到了避核工事后面外墙边的地下,然后又从这儿冒出来了。可这水势也太猛了,竟然淹到了脚踝,这事,用流体力学原理能解释得通吗?看来,对这个疑问的回答也只能让它悬在半空、最终归于无了。

铁球的撞击声变了。很显然,吊车已经在墙上撞出了一个窟窿,这会儿正在顺着窟窿的边缘接着锤,想把窟窿砸大。要紧的是,外面究竟成什么样了?真切地感受提出这种疑问时内心的恐惧,是在避核工事中活下来的人必须面对的宿命。就算待在避核工事里扛过了核打击,但仅仅藏在里边是无法知晓核弹给外面的世界造成的破坏的。——投下的核弹究竟是几百万吨级的?这次,是一场局部核战争吗?它是不是已经升级成人类最后一场战争了?除了自己,这世上还有活着的人类吗?哪怕是再乐观的人,也无法确定返回地面的时机,因为待在里面根本没法测定外面的核辐射强度,想走出避核工事吧,又得鼓足拼死一搏的勇气,所以,还是老老实实在里面待着,等外面有人来联系为好。可是问题又来了,就算听到了敲击舱盖的声响,你又会怀疑,那家伙究竟是有幸活下来的地球人还是目睹人类最后一战的结局后闯进地球的外星人?万一那家伙原本就是飘忽在宇宙间的幽灵呢?对了,就这些疑问,当初我搞营销宣传时,且不说在买家面前的那些信口胡说,我是怎么说服自己来着?现在,我又该如何回答呢?看来,这事也只能就这么让它悬在半空,最终归于无了。

头顶上传来几声爆响,脚下四方池里的水成了水柱,喷射到了齐膝的高度……最剧烈的爆炸声,整个地下室在吱呀作响,海图台上的灯跳了一下,滚落到了水坑里。勇鱼也被一股黑暗的力扇倒在地上,觉得好像一股股水沫在朝自己身上喷。他站起身来,估摸了一下手电筒的大致方位,不过,他没去捡,而是马上坐到了玄想椅上。黑暗中,他伸出胳膊,摸索着抓起自动步枪,双膝死死地夹住枪托,像一个盲人似的圆瞪着双眼,听着身边鲸鱼鸣叫和喷出的水声,估摸了一下扳机的位置、枪口的朝向,然后摆出一副对"树魂""鲸鱼魂"祈祷的姿态,严阵以待。

连避核工事里面的水都淹过了膝盖,那,上面呢,究竟发生了什么事?难道说,我钻进地下室后上面发生了核爆炸?要不就是,地壳发生了巨变,海啸或是大洪水奔涌过来了?——这场洪水将导致人类走向灭亡,而因人类的罪孽而濒临灭绝的鲸鱼却将由此获得复苏的能量。或许,就在此刻,成群的巨鲸已经在他们陆地上的盟友——成片的树林间游弋了。若果真如此,想必巨鲸群便会听到这地下室里的座头鲸发出的鸣叫,一拥而至,把囚禁于此的鲸鱼解救出去。尽管我一直妄称自己是鲸鱼和树木的代言人,但是现在,和那些在水面漂荡的树梢相反,已经称霸陆地的鲸鱼将会视我为敌——不过这却正是我所期待的,我一直期待着有朝一日能控诉人类对树木和鲸鱼施加的暴行,我必须揭露人类与生俱来的凶残,证明自己多年来所思所想的正确。经过一番凶残的抵抗,我这个最后的人类,肉体也好,意识也好,将会就这么悬在半空爆炸,最终归于无。只有到了这一刻,你们这些鲸鱼,你们这些树木方能就会听到这样的大合唱——"**万事皆休!**"只有到了这一刻,你们才会听到每一丛树叶的和声——"**万事皆休!**"

　　——通往地下室的舱盖被揭开了。头顶昏暗的光线中闪过一个鲸鱼皮肤样的黑影,瓦斯弹射进了地下室。勇鱼闭着眼睛扣动了扳机,五连发。要节省子弹,连发不能太长!他马上松开了手指。又是一阵瓦斯弹。他屏住呼吸,心里闪过一个念头——莫非这就是自己最后的呼吸?又射了个三连发。高压水柱猛烈地撞到地下室的内墙上,反弹回来,扑向勇鱼。眼看又要跌进水里了,这次的水,要深得多。倒下前他又开了四枪。一切都悬在半空,前方就是无了。勇鱼对"树魂""鲸鱼魂"发出了自己最后一声呼唤:"万事皆休!"——任何人类成员都必将迎来的终极,降临到了他的头上。

摇晃中的建筑与被洪水淹及的灵魂

——从大江健三郎的《洪水淹及我的灵魂》谈起

李 浩

一

《洪水淹及我的灵魂》拥有两种节奏。在最初的章节,它缓慢、凝滞、波澜不兴,仿若从松木划出的伤口上缓缓流下的树脂——它围绕着勇鱼一个人,围绕着他在避核工事中的隐居生活,甚至不断地渗入到勇鱼的内心中去,并让他的沉默发出单一的回响。它展示的不只是细胞,而且会让我们不断注意到细胞的核。它,曾让我产生错觉,以为大江健三郎写下的将是另一部《追忆逝水年华》,他要以凝滞的笔调书写已经过去的时光并检索"自己"的心灵之史——然而不是,并不是。"自由航海团"成员的介入让节奏变快,而到第十九章"避核工事保卫战"或称为"'自由航海团'的最后战斗"的那一章节,它的节奏变得迅捷、紧张而充满了急促的鼓声,并越来越快,越来越急,波澜叠起,直到收尾处它才又有了短暂的收缓。《洪水淹及我的灵魂》拥有两种节奏,前面的部分散文化倾向很重,而后来则完全是故事的：它由最初的缓慢不断地换挡提速，至后半段，甚至会让我们听到汽车急驶中的那种轰鸣。

《洪水淹及我的灵魂》拥有两种节奏，它由内心走向故事，由日常生活的摹记走向寓言化的虚构。寓言化是大江健三郎小说《洪水淹及我的灵魂》最为显然而可贵的特征，为了坦现它的"寓言"特征，大江健三郎为勇鱼和他的儿子靖专门建造了一个隔绝他者和社会的避核工事，专门构建了"树魂"和"鲸鱼魂"，专门构建了一个最后被坦诚是虚构之物的"鲸鱼树"，构建了性和多重的欲求，同时也构建了一群致力于脱离社会生活、对人类生活有着轻视和敌意的年轻人，由他们组成"自由航海团"——所谓的航海本质上也属于象征和寓言，当然他们自始至终未曾获得的航行也是象征和寓言。

而这虚构，这象征和寓言中耸立的是大江健三郎"遮遮掩掩的真情"。它让我再次地想起大江健三郎曾反复引用过的《圣经》上的那句话：我是唯一跑出来给你报信的人。

大江健三郎在《洪水淹及我的灵魂》中试图完成的，依然是那个报信的人的角色。

二

"自由航海团"——它是《洪水淹及我的灵魂》一书中最为核心也最为奇诡的想象，事实上所谓的"自由航海"始终是一个幻觉性质的蓝图，它没有锚定的根，与以往的乌托邦设立有着巨大的不同。"自由航海团"不属于左派也不属于右派，没有团体性的政治诉求，它更像是某种的"失意者联盟"，以一种决绝的方式"离开"这个以人组成的、麻木而不堪的社会。他们身上所具有的某种"暴力趋向"并不具有多强的主观性，甚至可以说匮乏主观性，所有的暴力行为其目的仅仅是"将阻挡者推开"……不止一次,大江健三郎借"自由航海团"成员乔木之口、"缩哥"之口、"boy"之口、无线电工程师之口、无线电之口、信函之口,甚至成员中最为暴力和强悍的多麻吉之口阐明:他们不是闹革命,他们只是想在大地震与核袭击的灭绝关头能够公平地逃到海上,放弃国籍,实现自由航行。"自由航海团"甚至没有绝对权威、没有号令者,拢合他们在一起的只是一个在公海上自由航行、脱离旧有社会生活的幻想。它并不坚固。是的它并不坚固,它没有确凿的实现依据,也不具有严密的纲领,我甚至猜度大江健三郎也没有完整地为"自由航海团"寻找到坚固的东西来支撑,不然他也不会在书的最后章节还在让"自由航海团"争执,并由"红脸"指出将他们组合在一起的梦想本质上属于"无稽之谈"。"正因为是无稽之谈,所以才有可能成功——'红脸'是这么说过的吧?你说,他这话,是不是说着玩的?""既然人都死了,那么,只要活着的人觉得是真的,那就是真的。"在多麻吉和勇鱼的这一对话中,它指向情绪而不指向理性,就像孩子们建立于沙砾上的建筑,充满着摇晃感。

　　充满着摇摇晃晃的感觉,大江健三郎不给"自由航海团"以坚固的纲领和目标,不给他们某种"利他"的诉求,同时,也不给予他们道德上的特殊优先权。对于勇鱼妻子直日和警察们所提到的"制造社会混乱、盗窃、对同伴施以酷刑、逼同伴自杀、杀害警官、绑架弱智儿童作人质"等指控,尽管事实小有出入,或有着程度上的差别,但"自由航海团"无法承认它们的存在。他们不是圣徒,不是勇士,不是传统意义上的理想主义者,他们的身上不负载那些,他们只是一些愿意从旧有的社会生活和社会秩序中脱离出去的人,脱离本身也确实携带有破坏的欲望。

　　不想融入"社会",从旧有的社会生活中脱离出去,年轻的"自由航海团"是一类,而勇鱼则是另一类。在最初,他是以一种无害的、自我流放的方式脱离于社会生活的,而且他的隐居还有另外的动因:为了照顾弱智的儿子。在与"自由航海团"的成员们遭遇之前,勇鱼是以一种"自我切割"的方式将自己划出旧有生活,他隐匿于荒弃的避核工事之中,日常的中心只有两项内容:照料儿子,以一种冥想的方式寻找、捕捉"树魂"与"鲸鱼魂"的细微召唤。之后两种"脱离"渐渐融合,这一过程依然充满着摇摇晃晃的感觉,勇鱼的融入并不那么彻底,"大木勇鱼的'告白'"并不具有那种无可辩驳的说服力,大江健三郎还让"自由航海团"的成员们一次次将告白打断。我要说的是《洪水淹及我的灵魂》是一栋摇晃中的建筑,勇鱼和未成年的"自由航海团"成员们不信任社会的坚固,也不信任所谓理想和信仰的坚固、道德的坚固——一旦拥有确信,他们就不再是试图挣脱"社会"束缚的人了。大江健三郎将他的追光打在这群在摇晃中"不断离去"(有的是脱离,有的是死亡,有的是逃走,有的是投降)的人的身上,我以为他也处在摇晃之中。

大江健三郎也不确信。他注意着"社会"这个词中的种种不堪,譬如虚伪、麻木、残酷、口蜜腹剑、权力的虚假和为所欲为,种种的肮脏和它可能的交易,它不应被相信,它的某些貌似合理规则其实暗含着丑陋和阴谋——然而"脱离"依然不是解决之道,他甚至无法说服自己塞给"自由航海团"一条可供在公海上自由航行的船,他也无法说服自己相信那些社会脱离者具有比其他人更为优秀的品质,无法忽略他们的行为中的确含有的"反人类"倾向。大江健三郎也处在摇晃之中,这摇晃让他写下"灵魂"这个词的时候备感痛苦。洪水不断升高,洪水淹及"我"的灵魂,"灵魂"这个词已经浸泡于汹涌上升的洪水之中,只有"我"感受到了它的被淹没,"我"发不出更强的呐喊,而即使呼喊了也不会有人真正地听到……

为了部分制止这栋建筑的摇晃,为了给"自由航海团"的行为和存在寻到更多的支撑,大江健三郎巧妙设计,找到了两本隐于故事背后的、但属于线索的书:一本是陀思妥耶夫斯基的《卡拉马佐夫兄弟》,一本是《白鲸》。这两本书作为某种"潜文本",如同隐于地表之下的树根,向更深和更远处延展开去。小说最后,大江健三郎为带着靖离开的伊奈子翻捡到一本英日对照版的《圣经》——"勇鱼这才意识到,伊奈子身上,也有自己以前不曾知晓的内心世界。"这本《圣经》的出现意味悠长,它是否会让伊奈子在经历如此众多之后找见"信和爱",还是经历到另一层的摧毁,还是……很明显大木勇鱼不是天主的信徒,而大江健三郎同样不是,否则他不会让这本《圣经》在最后一节才在靖的床单之下被遮掩地提到。从这一有深意的细节处我们当然可以猜度,大江健三郎"也处在摇晃之中"。就像小说中那些"自由航海团"的牺牲者需要在祝祷词的感召之下获得力量一样,大江健三郎同样需要一些力量。哪怕——

> 勇鱼意识到,一种类似魂魄体的东西正在自己身体里挣扎。我的一生,就像一种无定型的物质——他默默对'树魂''鲸鱼魂'倾诉说,总是想归于定型却总是溃散垮塌,而现实世界,则是这个无定型的自己的无定型的镜片中折射出的世界。这个世界将随同自己的死无定型地爆炸,然后归于无……
>
> (《洪水淹及我的灵魂》第二十二章)

"我"的一生,就像一种无定型的物质。无定型,则必然地产生某种摇晃感,"一切的坚固都在被摧毁之中"。

三

"树魂"与"鲸鱼魂"——在《洪水淹及我的灵魂》中,它们多数并置、混合与交融,善于区分草木、鱼类和鸟鸣,把功课做得十足的大江健三郎却没有特别地将二者细心剖开,仿佛在勇鱼那里它们就是一类:一种,存在于陆地上的"树魂"和存在于海洋中的"鲸鱼魂"就像雾气一样难以分解。勇鱼认定,自己是"树魂"与"鲸鱼魂"的代言人,他显得那样笃定,然而自始至终无论是"树魂"还是"鲸鱼魂",都没有真正地召唤过他或下达怎样的行为指令,他只是在不断地言说和内心独白中一次次"让自己笃定",相信"树魂"与"鲸鱼魂"能够和自己站在一边,理解自己并帮助自己。阅读中我们可以发现,"树魂"与"鲸鱼魂"对大木勇鱼来说,一是求祈的对象,它们具有潜在却超拔的力量,是指引者;另一则是虚弱的,需要勇鱼完成代言,包括对人类的损害和杀戮的指责;还有一重,则是勇鱼越过代言人的位置而以"树魂"与"鲸鱼魂"的名义为自己辩解和化解,那些摇晃的、不那么能说服自己的理由则都交给"树魂"与"鲸鱼魂"承担,这里他暗暗地成为了指引者和"施令者"的角色,是他借"树魂"与"鲸鱼魂"的名义——大木勇鱼和"树魂""鲸鱼魂"之间的关系性也可侧面证实大江健三郎的"摇晃":他不能给予勇鱼一个信徒的身份,也不能让"树魂""鲸鱼魂"以一种超现实的方式左右勇鱼的判断和思考,然而还要勇鱼有所信。"鲸鱼树"的概念是由乔木所建立起来的,同时也是乔木本人所摧毁掉的,他向勇鱼承认所谓"鲸鱼树"不过是他为了说服勇鱼加入自己而虚构的概念,不过对此"勇鱼一点儿都没有觉得诧异"。大江健三郎在他的寓言之书中并不试图稳固,甚至也无材料稳固。他只要这种种的摇晃不至于导致塌陷就可以了。

地震、核爆、战争,试图脱离社会的边缘人,"大地震时逃到海上","这是世界末日","世上一切都悬在半空,最终归于无……"《洪水淹及我的灵魂》的文字始终被"危机"所翘动,不只是勇鱼一个人相信危机的到来,几乎所有"自由航海团"的成员都如此相信。从某个意义上来说,《洪水淹及我的灵魂》也是一部关于危机和末日感的书，那种强烈的危机意识几乎弥漫于小说的每个章节、每个段落，也弥漫于试图脱离"社会"的边缘人的行为中。再重复一遍：大江健三郎在《洪水淹及我的灵魂》中试图完成的，依然是那个报信人的角色：他相信危机的存在并预感着危机的存在，即使它或多或少带有杞人忧天的性质。他试图指认，就像指认《圣经》中人类以及洪水的记忆那样，而勇鱼的避核工事不是方舟，水会淹没掉它和工事中的一切，包括那个属于"我"的灵魂。

四

伊奈子，几乎是《洪水淹及我的灵魂》唯一的女性，我是说，她是唯一凸显了性别角色的女性，而直日（大木勇鱼的妻子）身上的女性特征是被有意抹平的，她是政治的人而非"性的人"，女性的一切可能质地都在被消除之中。对待小说中出现的"唯一女性"，大江健三郎使用着他可能的呵护，每次"自由航海团"内部争执，或使用些暴力的时候他都会将伊奈子"推到局外"，给她种种的可能不让她参与。靖的存在唤起了伊奈子身上的母性，而一向敏感而脆弱的靖也对她产生了信赖；勇鱼则唤醒了她的身体，之前她只有给予从未让自己真正得到。英日文对照的《圣经》。它的存在竟然是伊奈子不曾示人的"隐秘之物"，它照见的是伊奈子内心里沉默着的幽暗区域。这个区域的大与小、深与浅我们都不得而知。无神时代，并不信任神、善于描述众神消隐的时代，"人的生活"的大江健三郎竟然在摇晃的建筑中为伊奈子的床单下塞入一本《圣经》——它很值得思忖。

我知道大木靖的身上生有"现实"的肋骨，是一种移植，他被塑造出来参与到故事中多少与大江健三郎的经历经验有关，他的身上和《个人的体验》中那个弱智儿的身上都能看到"大江光"的影子——小说中,大木靖是一个敏感而有天分的弱者,他充当着一种牵扯的力量,牵扯着勇鱼,牵扯着伊奈子,牵扯着"自由航海团"的成员们,也牵扯着他的那个母亲,让勇鱼能够对她提出"要求"来……勇鱼对待靖的关爱是整个灰色调的小说最有温度和光亮感的部分,那样的描述中真的具有"神经末梢"的微颤。小说中,大江健三郎小有"挥霍感"地使用着大量篇幅,让靖从听见的声音里分辨出不同的鸟声:是蓝矶鸫!是白眉!是画眉,是夜鹰,是猫头鹰,是秧鸡……大江健三郎耐心地为靖建立着属于声音的博物志,这也是光的部分,像一团团隐现在黑暗中的萤火。

《洪水淹及我的灵魂》,里面充满了滔滔不绝的人,大江健三郎不时让叙事略做停顿,给予他们陈词的权利,让他们尽可能地充分阐述——勇鱼先天地获得着这种权利,不只是让他不断说出,大江健三郎还在他的大脑外面安置了一个"外置话筒",让他的思考、玄想、心理变化都得以有效呈现。"自由航海团"的成员们,"boy"、"缩哥"、乔木、伊奈子、"红脸"和多麻吉,他们都获得着言说的权利,他们也不放过任何一个充分言说的机会……如同卡夫卡小说中的那些人物一样,《洪水淹及我的灵魂》里的人物同样雄辩或试图雄辩,"我相信,饶舌的卡夫卡知道让人物强辩或多或少会损害故事的流畅,这一越界包含着巨大的冒险——他知道,另外那些前仆后继的作家们也知道。明知故犯当然有它的道理所在。因为,在他们那里,小说有了更为重要和迫切的负载……"(李浩《变形记,和文学问题》)对于大江健三郎来说,《洪水淹及我的灵魂》当然有更为重要和迫切的负载,他不满足于讲述一个有吸引力、有波澜、符合一般规则和标准的故事,他要的是对人和人生的言说,对生活、社会和经验的言说,那些滔滔不绝的人分别地领取了他们的任务,大江健三郎借他们之口说出,不断地说出,而这也只有这,大江健三郎的"报信人"角色才得以

431

确立。此下的"社会"如何,"我们"为什么要脱离这样的社会?何谓"自由航海",为什么要自由航海,"自由航海团"又是一种怎样的、减灭了一般社会性的组织?"我们"的欲求是什么,"我们"是否能为自己的选择来承担,它最终的航向是否是一个确然的?"我们"又如何认识我们自己?

大江健三郎在小说中建筑,每个人滔滔不绝的言说也是他的建筑材料,而且是珍贵的建筑材料。他建筑的是"一个只属于小说的世界"。

五

化身、寓意,由理念和认知中抽出,大江健三郎建筑的是一个虚构的、只有小说中才能成立的寓言世界,然而它要表达的却是巴尔加斯·略萨反复强调的"遮遮掩掩的真情",它是《洪水淹及我的灵魂》一书中最为凸显和坚固之物,是其中"真实"的保障。我极为看重这一现实表达。"从形而上到幻想到具体到滑稽,这一切通通都是现实主义。它们更多地向我展示了作为人类一分子意味着什么、活在世上意味着什么。"通过小说这一艺术形式,大江健三郎愿意更多地向我们展示作为人类一分子意味着什么,活在世上意味着什么,甚至,作为试图脱离"社会"、和人类分开的一分子意味着什么。他们将要的得,和必然的失。

"自由航海团",作为全然的虚构理念,不得不承认大江健三郎对这一"团体"的"理解"不够,给予他们的支撑不够,尽管他反复让成员们在滔滔不绝中试图说服勇鱼和我们,但令人遗憾的是它的说服力还是弱的,部分成员为之赴死的"必然"感也就让人怀疑。勇鱼"抛弃"旧有生活和对靖的照料而义不容辞地加入到"自由航海团"

为他们的活动有所提供其实也根基不稳,大江健三郎甚至难以自我说服——好在后面的故事部分地吸引了我们,让我们可以不那么"穷追不舍",但这一吸引并不能使小说的合理性不被继续苛责,我以为。小说是虚构,但要在这个虚构中"建立一个真实和它的必然后果"。真实和必然,是不能偏废的关键词。

叙事的前后用力太过不同也是令人遗憾的,它其实可以有更好的统摄,有一个更为有力但又均衡的"旋律"会更佳。它可以有一个更为审慎的安置。

小说中的故事多是片状的,一个故事讲完、它完成了自己的寓言性使命,往往就会终止,我以为大江健三郎未能将它们充分地用足,之间衔接的环也没有特别注意。《窥视与恐吓》中的"眼睛"图案,"鲸鱼树"的意象,"缩哥"身体萎缩的象征性……它们都可以在之后一次次地被拎出,在一次次被拎出的过程中寓意加深——但大江健三郎忽略了它们的"有用"。

没有一篇作品可以做到天衣无缝的完美,"相对于上帝来说莎士比亚有一千条错误"——我对《洪水淹及我的灵魂》的技术苛责并不影响我对它的基本判断,它对我们理解生活、社会和与我们不一样的人的所思所想,有着非常的帮助。

作者单位:河北师范大学文学院